C. S. Harris, auch bekannt als Candice Proctor und C. S. Graham, ist die *USA-TODAY*-Bestsellerautorin von mehr als zwei Dutzend Romanen, darunter die historische Krimi-Bestsellerserie rund um Sebastian St. Cyr und *Good Time Coming*, ein historisches Coming-of-Age in dem vom Bürgerkrieg zerrütteten Louisiana. Als C. S. Graham schreibt sie eine zeitgenössische Thriller-Serie mit dem parapychologischen Seher October Guinness. Und unter dem Namen Candice Proctor ist sie Autorin von sieben historischen Liebesromanen und dem Sachbuch *Women, Equality, and the French Revolution.*

Als ehemalige Akademikerin mit einem Doktortitel in europäischer Geschichte hat Candice einen Großteil ihres Lebens im Ausland verbracht und in Spanien, Griechenland, England, Frankreich, Jordanien und Australien gelebt. Heute wohnt sie zusammen mit ihrem Ehemann, dem pensionierten Armeeoffizier Steven Harris, in New Orleans, Louisiana.

C.S. HARRIS

DIE SCHATTEN VON WESTMINSTER

Ein Sebastian St. Cyr Krimi

Deutsche Erstausgabe Oktober 2020

© 2020 dp DIGITAL PUBLISHERS GmbH

Made in Stuttgart with ♥
Alle Rechte vorbehalten

Die Schatten von Westminster

ISBN 978-3-96087-338-2
E-Book-ISBN 978-3-96087-234-7

Copyright © 2005 by The Two Tallers, LLC Titel des englischen
Originals: *What Angels Fear*
Published by Arrangement with TWO TALERS LLC
Dieses Werk wurde vermittelt durch die Literarische Agentur
Thomas Schlück GmbH, 30161 Hannover.
Übersetzt von: kommunikativ
Covergestaltung: Rose & Chilli Design
Umschlaggestaltung: ARTC.ore
Unter Verwendung von Abbildungen von
depositphotos.com: © releon8211
shutterstock.com: © Volodja1984, © Valery Sidelnykov
Korrektorat: Stefanie Förster
Satz: dp DIGITAL PUBLISHERS
Druck und Bindung: Books on Demand GmbH, Norderstedt

Für meinen Mann,
Steven Ray Harris,
aus mehr Gründen, als ich hier aufzählen könnte.

Kein Ort, egal, wie heilig er auch sein mag,
wird von solchen Gecken verschont.
So ist St. Paul's Cathedral nicht sicherer als
der Friedhof, der sie umgibt.
Auch die Flucht zu den Altären nützt nichts,
denn dort sind Worte scharfe Waffen:
Nur Narren überstürzen,
wovor sich selbst die Engel scheuen.

Prolog

Dienstag, 29. Januar 1811

Der Nebel war schuld. Normalerweise war sie nicht so nervös. Und nicht so ängstlich.

Der stinkende, gelbe Londoner Nebel kroch in jede Ritze. Selbst ohne ihn wäre es zu dieser Uhrzeit dunkel gewesen. Dunkel und kalt, wie immer im Januar. Aber der schmutzige Dunst machte es noch schlimmer. Er wand sich in gespenstischen Schwaden um ihre Laterne und sorgte dafür, dass Rachel ins Straucheln geriet, als sie über den Kirchhof ging.

Unter der feinen Sohle einer ihrer Ziegenlederstiefel löste sich ein Stein. Das Geräusch klang in der nächtlichen Stille unnatürlich laut. Rachel hielt inne und sah hastig über ihre Schulter. Ihr Blick flog über die undeutlichen, nebelverhangenen Konturen der Grabmäler und Leichensteine, die über den Friedhof verteilt waren. In der Ferne klapperte eine Ratsche, dann drang die Stimme des Nachtwächters, der die Zeit ausrief, gedämpft durch den Nebel. Rachel atmete die kühle Luft tief ein, die nach nasser Erde, nach feuchten Blättern und nach dem muffigen, fauligen Hauch der Verwesung roch, und eilte dann weiter.

Der massige Steinbau von *St. Matthew of the Fields* ragte vor ihr empor. Rachel griff an ihren satingefütterten Ausgehumhang und zog die Falten des Kleidungsstückes fester um ihren Körper. Sie hätte ihm sagen sollen, dass er sie um halb neun treffen sollte, dachte sie. Oder spätestens um neun. Halb neun war die übliche Zeit.

Aber dies war ein außergewöhnliches Geschäft.

Sie hatte nicht damit gerechnet, dass es so aufwühlen würde. Das war ein Gefühl, das sie nicht mochte. Denn wenn sie nervös war, fühlte sie sich wie ein Opfer – und Rachel York weigerte sich, die Opferrolle einzunehmen.

Das würde sie nie wieder tun. Sie hatte es sich selbst versprochen, als sie fünfzehn Jahre alt gewesen war. Und in den drei Jahren, die seit jener schicksalhaften Nacht, in der sie ihr Leben selbst in die Hand genommen hatte, vergangen waren, hatte sie dieses Versprechen nie gebrochen. Also würde sie es auch jetzt nicht tun.

An den Stufen, die zur Tür im nördlichen Querschiff führten, hielt sie noch einmal inne. Unter dem hohen Gewölbe des Seiteneingangs war die Dunkelheit beinahe undurchdringlich. Sie hob die Laterne hoch und ließ den schmalen Lichtstrahl auf die verwitterte alte Eichenholztür fallen. Durch das dünne Ziegenleder ihrer Handschuhe fühlte sie, wie der eiserne Schlüssel kalt und schwer in ihrer Hand lag. Zu ihrem Verdruss zitterten ihre Finger, als sie das gezackte Ende ins Schloss schob.

Mit einer Drehung des Schlüssels schnappte der Mechanismus widerstandslos beiseite. Vor ihr schwang die Tür auf geölten Scharnieren lautlos nach innen auf.

Reverend McDermott war vorsichtig, was so etwas anging. Und das musste er auch sein.

Rachel drückte die Tür weiter auf und der Luftzug wirbelte ihr eine kunstvoll gelockte Strähne ihres goldblonden Haars ins Gesicht. Die vertrauten Gerüche der Kirche umhüllten sie: der Duft nach Bienenwachs, feuchtem Stein und altem Holz. Sie huschte eilig hinein und zog behutsam die Tür hinter sich zu. Aber sie schloss nicht ab.

Sie ließ den Schlüssel in ihren Pompadour fallen und spürte, wie er schwer und fest gegen ihren Oberschenkel drückte, während sie durch das Querschiff lief. Die kalte Stille der Kirche schien sie zu umschließen, während das Licht ihrer Laterne über die von Kerzen geschwärzten Steinwände flackerte und die liegenden Silhouetten von lange verstorbenen und bestatteten Damen und Rittern beschien. Reglos und kalt ruhten sie verstreut inmitten des Schweigens, das in der leeren Kirche herrschte.

Es hieß, *St. Matthew of the Fields* wäre beinahe achthundert Jahre alt. Sie hatte aus Sandstein gehauene Rundbögen, die von wuchtigen, zylinderförmigen Stützpfeilern aufstrebten, und schmale, hohe Fenster, hinter denen man jetzt nur Dunkelheit erkennen konnte. Rachels Vater hatte sich für solche Dinge interessiert. Einmal hatte er ihr die Kathedrale in Worchester gezeigt und stundenlang von Säulengängen, Triforien und Lettnern erzählt. Aber ihr Vater war schon lange tot. Rachel wusste nicht, woher auf einmal dieser Gedanke gekommen war, und verscheuchte die Erinnerung aus ihrem Kopf.

Die Marienkapelle befand sich am hinteren Ende der Apsis und war ein zierliches Schmuckstück aus weißem Marmor mit schlanken Säulen und filigranen Schnitzarbeiten, die aus dem 14. Jahrhundert stammten. Rachel stellte ihre Laterne auf den Stufen vor dem Altar ab. Sie war zu früh; er würde frühestens in zwanzig Minuten kommen. Die Leere der alten Kirche war erdrückend – dunkel und kalt. Sie ertappte sich immer wieder dabei, wie ihr Blick zu den geweihten Kerzen wanderte, die aneinandergereiht auf dem schneeweißen Leinen des Altartuchs standen. Sie zögerte noch kurz, dann entflammte sie ein Stück Zündwachs und begann, die Kerzen eine nach der anderen anzuzünden. Die goldenen Flammen schossen warm und hell empor und schienen zu einem beruhigenden Leuchten zu verschmelzen.

Rachel starrte zu dem riesigen Gemälde hoch, das über dem Altar hing – es zeigte in dunklen Pinselstrichen, wie die Muttergottes glorreich in den Himmel aufstieg und im Hintergrund die triumphierenden Engel. Es gab eine Zeit, da hätte Rachel bei diesem Anblick ein leises Gebet gemurmelt.

Aber nicht jetzt.

Sie hörte nicht, wie sich die Seitentür öffnete und wieder schloss, sondern vernahm nur den schwachen Widerhall von verstohlenen Schritten entlang des Chorraumes. Er war früh dran. Das hätte sie nicht von ihm gedacht.

Sie drehte sich herum, schob die Kapuze ihres Umhangs zurück und zwang sich, ein routiniertes Lächeln aufzusetzen – sie war bereit, ihre Rolle zu spielen.

Jetzt konnte sie ihn als undeutlichen Schatten sehen. Durch den kunstvoll geschnitzten steinernen Lettner der Marienkapelle ließen sich die Konturen seines Wintermantels und Zylinders nur erahnen.

Dann trat er in den Lichtschein der Kerzen.

Sie machte hastig einen Schritt zurück. „Aber, wo ist –", flüsterte sie und begriff, dass sie einen schrecklichen Fehler gemacht hatte.

Kapitel 1

Mittwoch, 30. Januar 1811

Sebastian konnte hören, wie die Kirchglocken des Stadtviertels die Zeit verkündeten. Zu ihm drang nur ein dumpfes Echo des Geläuts, abgeschwächt durch die Entfernung und durch den beißenden Nebel, der selbst hier, auf weiter Flur, den Boden bedeckte und die kahlen, ausladenden Äste der Ulmen, die am Feldrand wuchsen, einhüllte. Der neue Tag war angebrochen, aber die Dämmerung hatte kaum Wärme oder Licht mit sich gebracht. Sebastian Alistair St. Cyr, Viscount Devlin, der einzige noch lebende Sohn und Erbe des Earl of Hendon, lehnte sich mit den Schultern an den hohen Sitz seines Zweispänners, verschränkte die Arme vor der Brust und dachte an sein Bett.

Es war eine lange Nacht gewesen, die er mit Brandyund Zigarren, Pharao und Siebzehnundvier verbracht hatte. Und damit, einer Frau mit traurigem Blick ein Versprechen zu geben. Das Versprechen, dass er ihn nicht töten würde, egal, wie sehr der Mann, den er hier treffen wollte, es verdient hatte, zu sterben. Sebastian legte seinen Kopf in den Nacken und schloss die Augen. Er konnte vom Feld her den feinen Ruf einer Lerche hören. Aus der Nähe drang das gleichmäßige Rauschen von nassem Gras, durch das sein Sekundant, Sir

Christopher Farrell, am Straßenrand auf und ab ging. Plötzlich hielten die Schritte inne.

„Vielleicht kommt er nicht", sagte Sir Christopher.

Sebastian öffnete die Augen nicht. „Er wird kommen."

Das Auf- und Abschreiten begann erneut. Ein paar Schritte vor, dann wieder zurück, wobei die Stiefelabsätze auf der feuchten Erde ein schmatzendes Geräusch erzeugten.

„Wenn du nicht aufpasst, wirst du dir deine Stiefel schmutzig machen."

„Zur Hölle mit meinen Stiefeln. Bist du sicher, dass Talbot einen Arzt mitbringt? Und ist das auch ein guter Arzt? Vielleicht hätten wir unseren eigenen mitbringen sollen."

Sebastian hob den Kopf und öffnete die Augen. „Ich habe nicht vor, mich anschießen zu lassen."

Sir Christopher wirbelte herum. Sein helles Haar kräuselte sich wirr im feuchten Dunst und seine sonst sanften grauen Augen waren weit aufgerissen. „Stimmt. Nun ja, das ist beruhigend. Lord Firth hatte zweifellos auch nicht die Absicht, sich anschießen zu lassen, als er sich letzten Monat gegen Maynard behauptet hat. Nur schade, dass die Kugel sein Genick durchschlagen hat."

Sebastian lächelte.

„Ich bin erfreut, zu sehen, dass ich dich amüsiere. Das ist noch ein Vorteil, den es mit sich bringt, im Krieg gewesen zu sein, nicht wahr? Dem Tod gelassen und voller Verachtung ins Antlitz sehen zu können? Das steht wohl auf einer Stufe mit der Faszination, die man dann auf die Damenwelt ausübt."

Sebastian lachte laut auf.

Auch Christopher lächelte, dann machte er sich wieder daran, schweigend auf und ab zu schreiten. Als schlanke, makellos gekleidete Gestalt in Wildlederhosen, auf Hochglanz polierten Stulpenstiefeln und feinsäuberlich gewaschenem Leinen bewegte er sich durch das Gras. Nach einer Weile sagte er: „Ich verstehe immer noch nicht, warum du nicht Schwerter gewählt hast. Die Wahrscheinlichkeit, dass jemand versehentlich getötet wird, ist bei Schwertern viel geringer." Er hob seinen linken Arm, posierte wie ein Fechter und deutete pantomimisch einen eiligen Stoß in die kalte, neblige Luft an. „Ein ordentlicher Stich in die Schulter oder ein blutiger Kratzer am Arm und die Ehre ist wiederhergestellt."

„Aber Talbot hat ja die Absicht, mich zu töten."

Christopher ließ seine Arme zur Seite fallen. „Du wirst also einfach dastehen und ihn auf dich schießen lassen?"

„Talbot könnte aus fünfundzwanzig Schritten Entfernung nicht mal ein Kriegsschiff treffen." Sebastian gähnte. „Ich bin überrascht, dass er diese Distanz gewählt hat." So besagte es der *Code Duello*. Weil er herausgefordert worden war, wählte Sebastian die Waffen. Aber die Wahl der Entfernung fiel dem Herausforderer zu.

Christopher fuhr sich mit der flachen Hand über das Gesicht. „Ich habe Gerüchte gehört –"

„Da kommt er", sagte Sebastian. Er richtete sich auf, zog schwungvoll seinen Fahrmantel aus und warf ihn über die Sitzbank des Zweispänners.

Christopher drehte sich um und starrte durch den milchigen Dunst in die Ferne. „Verdammt nochmal! Selbst du kannst bei diesem Nebel nichts sehen."

„Das stimmt. Aber ich habe Ohren."

„Die habe ich auch. Und ich höre nicht das Geringste. Ich schwöre dir, Sebastian, du musst zum Teil von einer Fledermaus abstammen. Das ist nicht normal."

Nur ein oder zwei Minuten später tauchte eine Kutsche aus dem Dunkel auf. Es war ein Phaeton mit hohem Sitz, der von zwei prächtigen Rappen gezogen wurde und in dem zwei Männer saßen. Mit etwas Abstand folgte ihnen unauffällig ein offener Wagen – der Arzt.

Ein großer, schlaksiger Mann mit schütterem, glattem, braunem Haar und einer Adlernase sprang vom hohen Sitz des Phaetons herunter. Über das nebelverhangene Feld hinweg kreuzten sich die Blicke von Sebastian und Captain John Talbot. Der Hauptmann hielt den Augenkontakt einen Moment lang, dann wandte er sich ab und zog Mantel und Handschuhe aus.

„Also gut", rief der Sekundant des Hauptmannes, ein schnauzbärtiger Soldat, aus und klatschte mit vorgetäuschter Herzlichkeit in die Hände. „Dann wollen wir mal anfangen, ja?"

„Diese Gerüchte, die ich eben erwähnt habe", begann Christopher halblaut, als er und Sebastian sich in Bewegung setzten, „die besagen, dass Talbot bei seinem letzten Duell eine Distanz von fünfundzwanzig Schritten gewählt, sich aber dann nach zwölf Schritten umgedreht und geschossen hat. Der Schuss hat den Mann umgebracht. Natürlich schworen Talbot und sein

Sekundant, dass die Distanz von vornherein auf zwölf Schritte festgelegt worden war."

„Und was war mit dem Sekundanten seines Gegners?"

„Er schwieg über die Sache, als Talbot drohte, *ihn* ebenfalls herauszufordern – dafür, dass er ihn als Lügner bezeichnet hatte."

Sebastian schenkte seinem Freund ein müdes Lächeln. „Dann würde ich dir, falls Talbot die Gelegenheit haben sollte, dich aus ähnlichem Grund herauszufordern, dazu raten, Schwerter zu wählen."

„Haben Sie die Pistolen?", fragte Talbots Sekundant, als Sir Christopher auf ihn zu ging.

Ein Paar Pistolen in einer mit blauem Samt gefütterten Nussbaumkiste wurde vorgezeigt und nach gründlicher Betrachtung von den Sekundanten geladen.

Talbot traf seine Wahl. Sebastian nahm die andere Pistole. Er spürte das kühle, vertraute Gewicht, das schwer in seiner Handfläche wog, und den harten, todbringenden Stahl des Abzugshahns unter seinem gebogenen Finger.

„Bereit, meine Herren?"

Sie standen Rücken an Rücken, dann gingen sie los, wobei jeder ihrer Schritte im gleichmäßigen Takt der angezählten Distanz gesetzt wurde.

„Eins, zwei ..."

Der Arzt wandte ihnen demonstrativ den Rücken zu, aber Christopher wich nicht von der Stelle, obwohl seine Augen sich wachsam zu Schlitzen verengt hatten und sein Gesicht vor Sorge blass geworden war. Sebastian wusste, dass sein Freund nicht nur wegen Talbots Absichten beunruhigt war, sondern auch noch andere Befürchtungen hatte. Denn Christopher verstand nicht, dass es einen schmalen Grat dazwischen gab, sich den Tod herbeizusehnen oder dem Ereignis an sich gleichgültig gegenüberzustehen. Und diese Grenze hatte Sebastian bisher noch nicht überschritten.

„… drei, vier …"

Unvermutet stieg eine Erinnerung in ihm auf – an einen nebligen Sommermorgen vor langer Zeit und einen grasbewachsenen Hang in der Nähe des Herrenhauses, als seine beiden älteren Brüder noch am Leben gewesen waren und seine Mutter ebenfalls. Die Luft hatte nach den frischen Scones gerochen, die zum Tee serviert worden waren, nach Farnen und nach dem Meer, das in der Tiefe rastlos gegen die Felsen in der Bucht schlug. Sie hatten an diesem Morgen zu viert ein Spiel gespielt, bei dem ein Kinderreim gesungen wurde, und ihre Schritte gezählt, „… fünf, sechs …", während sie sich vor und zurück bewegten. Selbst seine Mutter hatte mitgemacht und den Kopf lachend in den Nacken geworfen, sodass die höher steigende Sonne in ihrem goldenen Haar geschimmert hatte. Nur seine Schwester, Amanda, hatte still und unnahbar dagesessen, so wie immer. Unnahbar und voller Missbilligung und Verärgerung, aus Gründen, die Sebastian nie gänzlich verstanden hatte.

„… acht, neun …"

Der metallene Abzug seiner Pistole drückte kalt und fest gegen Sebastians Finger und der Nebel, den der Wind aufgewirbelt hatte, klebte feucht an seiner Wange. Er zwang sich, sich auf das Hier und Jetzt zu konzentrieren. Wieder hörte er die Lerche, aber diesmal tönte ihr Ruf vom Fuße des Hügels herüber. Er konnte in der Ferne das Plätschern eines Baches hören und das Getrappel eines Pferdes, das in langsamem Trab die Straße hinaufgeritten wurde.

„… zehn, elf …"

Was ihn warnte, war das Zögern seines Herausforderers zwischen dem zehnten und elften Schritt. Und das raschelnde Geräusch von Stoff, der über Stoff reibt, als Talbot sich umdrehte.

„… zwölf –"

Sebastian wirbelte herum und ging genau in dem Augenblick in die Hocke, als John Talbot seine Pistole abfeuerte. Die Kugel, die für Sebastians Herz bestimmt gewesen war, streifte stattdessen seine Stirn.

Talbot, dessen leere Waffe schlaff in seiner Hand baumelte, hatte keine Wahl: Er drehte seinen Körper zur Seite und presste die Zähne zusammen. Seine Nasenlöcher blähten sich bei jedem Atemzug auf, während er auf Sebastians Schuss wartete.

Ruhig und entschlossen hob Sebastian seine Pistole, zielte und schoss. Captain Talbot stieß einen spitzen Schrei aus und kippte vornüber.

Der Arzt kletterte aus dem Wagen und rannte auf ihn zu.

„Verdammte Scheiße, Sebastian", sagte Christopher. „Du hast ihn umgebracht."

„Wohl kaum." Sebastian nahm die Pistole herunter. „Aber ich kann mir vorstellen, dass er es in nächster Zeit scheußlich unbequem finden wird, zu sitzen."

„Aber hören Sie mal!", schimpfte Talbots Sekundant, wobei sein Schnauzbart auf und ab wippte. „Das ist höchst unehrenhaftes Benehmen. Ein Engländer feuert seine Waffe im Stehen ab, aus *aufrechter* Position. Jemand sollte einen Wachtmeister rufen. Dafür wird man Sie wegen Mordes anklagen, lassen Sie sich das gesagt sein!"

„Seien Sie still, Herr Gott nochmal!", sagte der Arzt und ließ seinen Koffer aufschnappen. „Bisher ist noch niemand, den ich behandelt habe, daran gestorben, dass ihm der Hintern gestutzt wurde."

Sir Christopher lachte, während Sebastian sich hochrappelte und über das Feld ging, um die andere Pistole an sich zu nehmen. Er hatte Melanie versprochen, dass er ihren Mann nicht töten würde.

Aber sie hatte nichts davon gesagt, dass er den Bastard nicht leiden lassen durfte.

Kapitel 2

Im Retrochor bemerkte Jem das Blut zuerst.

Er hatte natürlich schon vorher gewusst, dass etwas nicht stimmte – hatte es gewusst, sobald er die Tür im nördlichen Querschiff geöffnet hatte. Seit nunmehr dreißig Jahren war Jem Cummings Küster hier in *St. Matthew of the Fields*. Es zählte zu seinen Aufgaben, dafür zu sorgen, dass die Kirche jeden Abend ordentlich abgeschlossen und am nächsten Morgen wieder aufgeschlossen wurde.

Daher wusste Jem, dass etwas nicht in Ordnung war.

Sie hatten einen jungen Pfarrer, der vor drei Jahren die Pfründe übernommen hatte – Reverend McDermott. McDermott hatte die Vorstellung, die Kirche nachts abzuschließen, nicht gefallen. Aber dann hatte Jem ihm von dem Vorfall damals, im Jahr '92, erzählt, als die blutrünstigen heidnischen Froschfresser mit ihren Ausschreitungen nicht am Ärmelkanal Halt gemacht hatten. Damals war der Pfarrer eines Morgens in die Kirche gekommen und hatte den Hochaltar zertrümmert vorgefunden, während die Wände des Chorraumes mit Schweineblut besudelt worden waren. Als er davon hörte, ließ Reverend McDermott den Vorschlag, die Kirche nachts offenzulassen, recht schnell wieder fallen.

An eben dieses Schweineblut dachte Jem, als er auf das Langhaus zuschritt. Sein schlimmes Bein schmerzte unerträglich in dem feuchtkalten Klima und seine Augen spähten angestrengt in den dunklen Morgen. Doch in der Kirche schien alles ruhig und friedlich zu sein. Der Hochaltar war unversehrt und makellos, die Tür zur Sakristei war fest verschlossen und schützte so die wertvollen, geweihten Gefäße. Das nervöse Pochen von Jems Herzen ließ allmählich nach.

Dann sah er das Blut.

Zuerst erkannte er nichts. Er sah nur vage, dunkle Flecken, die immer deutlicher wurden und schließlich eindeutig die Form von männlichen Schuhabdrücken annahmen, als er ihrem Weg über die abgenutzten Bodenplatten in Richtung der Marienkapelle folgte. Die Kälte, die von den alten Steinmauern ausging, schien direkt bis in seine Knochen zu kriechen. Sein Brustkorb zog sich eng zusammen und sein Atem ging stoßweise, als er weiter schlich. Er zitterte so sehr, dass er die Zähne aufeinanderpressen musste, damit sie nicht klapperten.

Sie lag auf dem Rücken und lehnte in einer obszönen Pose an den polierten Marmorstufen, die zum Altar der Kapelle führten. Er sah bloße, weit gespreizte Oberschenkel, die im Lampenschein weiß leuchteten. Die Spitzenborte des einst feinen Satinvolant, der jetzt zerrissen und mit denselben dunklen Flecken beschmiert war wie ihre Oberschenkel. Große, glasige Augen starrten ihn aus ihrem Kopf an, der mit goldenen Locken geschmückt und in einem unnatürlichen Winkel nach hinten gefallen war. Zuerst dachte er, die Vorderseite ihres Kleides sei schwarz, aber als er langsam näher ging, sah er die klaffenden Schnitte, die sich über ihre Kehle zogen, und verstand. Er verstand auch, wo all das Blut hergekommen war. Das Blut war schier überall, es war sogar noch schlimmer als an jenem lang vergangenen Tag, an dem der jakobinische Fanatiker es eimerweise im Chor verspritzt hatte. Nur, dass das hier kein Schweineblut war. Sondern ihr Blut.

Jem stolperte zurück und stieß mit seinem Ellenbogen schmerzvoll gegen die Kante des kunstvoll verzierten steinernen Lettners der Marienkapelle, weil er seine Augen zusammenpresste, um diesen schrecklichen Anblick zu verdrängen.

Aber nichts würde jemals diesen Geruch verdrängen können – die süßliche, ekelerregende Mischung aus Blut und Kerzenwachs und roher, von Wollust getriebener Gewalt.

Kapitel 3

Obwohl es inzwischen fast Mittag war, sickerte nur ein schwaches, diffuses Licht durch die Buntglasfenster in der Apsis von *St. Matthew of the Fields*.

Sir Henry Lovejoy, leitender Untersuchungsrichter der zuständigen Behörde am Queen Square, ließ seinen Blick über die blutbefleckten Wände der Kapelle gleiten. Die Pfützen aus dickflüssigem, gerinnendem Blut hoben sich dunkel und grausam von dem weißen Marmor der Altarstufen ab. Er hatte die Theorie, dass sich Gewaltverbrechen und Verbrechen aus Leidenschaft an den Tagen, in denen der gelbe Nebel London in seinem tödlichen Würgegriff hatte, mehrten.

Aber es war lange her, dass es in London solch ein Verbrechen gegeben hatte.

An einer Seitenwand der Marienkapelle lag eine verhüllte, zierliche Gestalt unheilverheißend reglos da. Sie war von einem Tuch bedeckt, dass vor lauter Blut so dunkel und steif geworden war, dass Lovejoy sich zwingen musste, hinüberzugehen. Er zog eine Ecke des Stoffes zurück und seufzte.

Diese Frau war hübsch gewesen. Und jung. Natürlich war es immer tragisch, wenn jemand frühzeitig starb. Aber kein Mann, der jemals eine Frau geliebt hatte, kein Mann, der voller Stolz und Angst die zögerlichen ersten Gehversuche eines Kindes beobachtet hatte, könnte diesen Anblick jugendlicher Anmut ertragen, ohne dass sein Kummer noch größer werden und seine Empörung wachsen müsste.

Seine Knie beschwerten sich knackend, als Lovejoy in die Hocke ging, den Blick immer noch auf das blutverschmierte Gesicht gerichtet. „Weiß man, wer sie ist?"

Die Frage war an die einzige andere Person gerichtet, die sich in der Kapelle befand – einen großen, gut gebauten Mann Mitte dreißig mit blondem, modisch zerzaustem Haar und einem aufwendig gebundenen Halstuch. Als oberster Wachtmeister am Queen Square war Edward Maitland der erste Mitarbeiter der Behörde gewesen, der an den Ort des Geschehens gerufen worden war und derjenige, der die Ermittlungen bisher geleitet hatte. „Eine Schauspielerin", sagte er. Er hatte die Hände hinter dem Rücken verschränkt und wippte auf seinen Fußballen vor und zurück, als wolle er seine Ungeduld zügeln, die das ganze Gegenteil von Sir Henrys langsamer, systematischer Methodik war. „Eine gewisse Miss Rachel York."

„Aha. Ich wusste doch, dass sie mir bekannt vorkommt." Lovejoy schluckte schwer, zog das Tuch gänzlich vom Körper der jungen Frau und zwang sich, hinzusehen.

Ihre Kehle war wiederholt und auf brutale Weise mit langen, grausamen Schnitten aufgeschlitzt worden. Das erklärte wohl die Blutspritzer an den Wänden. In der Kapelle fand sich sehr viel Blut und es war überall.

Und trotzdem hatte der Tod Rachel York nicht schnell oder schmerzlos ereilt. Ihre zu Fäusten geballten Hände zeugten von dem Leid, das sie erduldet hatte, und an ihren Handgelenken und Unterarmen entstellten dunkle Quetschungen das helle, bloße Fleisch. Die Haut über ihrer linken Wange war von einem tiefen Schnitt gespalten worden. Das zerwühlte und zerfetzte smaragdgrüne Satinkleid und der zerrissene Samtumhang sprachen für sich.

„Sie wurde vergewaltigt, nehme ich an?", fragte Lovejoy.

Maitland verlagerte sein Gewicht zurück und balancierte auf den Absätzen seiner teuren Stiefel, wobei er den Blick nicht auf die Frau, sondern auf die hohen blau-roten Buntglasfenster an der Ostseite richtete. „Ja, Sir. Daran besteht kein Zweifel."

Allerdings, dachte Lovejoy. Der Geruch von Sperma hing noch vage aber unverkennbar in der Luft, genau wie der schwere, metallische Gestank von Blut und die frommen, süßen Noten von Weihrauch und Bienenwachs. Er ließ seinen Blick über die sorgfältig arrangierten Gliedmaßen der jungen Frau gleiten und runzelte die Stirn. „Lag sie so da, als Sie sie gefunden haben?"

„Nein, Sir. Sie lag dort, vor dem Altar. Aber es wäre nicht angemessen gewesen, sie so liegenzulassen. Immerhin sind wir hier in einer Kirche."

Lovejoy richtete sich auf und sein Blick wanderte zurück zu den blutverschmierten Marmorstufen. Jede Kerze auf dem Altar war heruntergebrannt und ausgegangen. Sie musste sie alle angezündet haben, bevor sie starb, dachte er. Warum? Aus Frömmigkeit? Oder weil sie sich vor der Dunkelheit gefürchtet hatte?

Aber er fragte nur: „Was glauben Sie, was sie hier gemacht hat?"

Maitlands Brauen zogen sich hastig und verräterisch zusammen, aber er glättete seine Miene sofort wieder. Offensichtlich war ihm diese Frage noch nicht in den Sinn gekommen. „Das weiß ich nicht, Sir. Der Küster hat sie gefunden, als er heute Morgen die Kirche aufschließen wollte." Er zog ein Notizbuch aus der Tasche seines Wintermantels und öffnete es mit einer für ihn typischen demonstrativen Sorgfalt, die Lovejoy oftmals auf die Nerven ging.

„Ein Mr Jem Cummings. Sowohl er als auch der Pfarrer," – man hörte die Seiten rascheln – „Reverend James McDermott, sagen, dass sie sie nie zuvor gesehen haben."

„Die Kirche wird jede Nacht abgeschlossen, nicht wahr?"

„Ja, Sir." Wieder sah Maitland in seinem Notizbuch nach. „Um Punkt acht Uhr."

Lovejoy beugte sich hinunter und zog vorsichtig das Tuch wieder über den Leichnam von Rachel York, aber im letzten Moment hielt er inne, um noch einmal dieses blasse, schöne Gesicht zu betrachten. Sie sah irgendwie französisch aus, mit den hellen Locken, den weit auseinanderliegenden braunen Augen und der hohen Lachlinie, die in der Normandie häufig waren. Er hatte sie erst letzte Woche zusammen mit Kat Boleyn bei der Inszenierung von *As You Like It* im Covent Garden Theater gesehen. Er hatte sie auch bewundert, und zwar nicht bloß wegen ihrer Schönheit, sondern auch wegen ihres Talents. Er hatte noch deutlich vor Augen, wie sie auf der Bühne stand, die Hände mit denen ihrer Schauspielkollegen verhakt und erhoben, während sie sich zum letzten Mal verbeugten – mit strahlenden Augen und einem fröhlichen, triumphierenden Lächeln.

Er zog eilig das Tuch über ihre reglosen, blutbefleckten Gesichtszüge und wandte sich ab. Sein Blick verengte sich, als er den Grundriss der alten Kirche mit dem von Wandelgängen begrenzten Mittelschiff, den ausladenden Querschiffen, dem Chorraum und der breiten Apsis auf sich wirken ließ. „Dieser Mr Cummings … ist er noch mal hierher, in die Marienkapelle, gekommen, bevor er gestern Abend abgeschlossen hat?“

Maitland schüttelte den Kopf. „Der Küster sagt, er hätte vom Retrochor aus einen Blick hierher geworfen und laut gerufen, dass er gleich abschließen möchte. Aber er hat die Kapelle selbst nicht betreten, Sir. Und er hätte sie auch vom Retrochor aus nicht sehen können. Ich habe das selbst überprüft.“

Lovejoy nickte. In der feuchten und kühlen Kirche waren einige der Blutlachen noch nicht getrocknet. Sie glänzten dunkel und dickflüssig im Laternenschein und er achtete darauf, nicht hineinzutreten, als er langsam durch die Kapelle schritt. In den letzten sechs Stunden waren so viele große Fußpaare achtlos in die Kapelle hinein- und wieder hinausgetrampelt, dass es ohnehin unmöglich wäre, genau zu rekonstruieren, wie der Boden vor der Ankunft des Küsters ausgesehen hatte. Aber es kam ihm irgendwie respektlos vor, wie eine Entehrung des armen Mädchens, das dort an der Wand lag, wenn er einfach rücksichtslos durch das Blut stapfen würde, das einst ihr Lebenssaft gewesen war. Daher versuchte Lovejoy, die Pfützen zu vermeiden.

Er blieb vor den weißen Marmorstufen des kleinen Altars stehen. Hier, wo sie gefunden worden war, war am meisten Blut. Dort lag eine auf die Seite gekippte Laterne, deren Glasscheiben zerbrochen waren. Er drehte sich um und warf seinem Wachtmeister einen Blick zu. „Irgendeine Ahnung, wer als Letztes die Marienkapelle benutzt hat?"

Wieder blätterte Maitland sein Notizbuch durch. Lovejoy wusste, dass er damit nur Eindruck schinden wollte. Edward Maitland wusste den gesamten Inhalt seines Notizbuches auswendig. Aber er glaubte, dass es seinen Äußerungen Gewicht verlieh, wenn er jede Begebenheit und jede Zahl nachschlug.

„Wir sind noch dabei, das nachzuprüfen", sagte er wieder mit gespielter Behäbigkeit, „aber wahrscheinlich war es eine gewisse Mrs William Nackery. Sie ist die Witwe eines Herrenschneiders. Sie kommt jeden Abend gegen halb fünf zur Marienkapelle und betet etwa eine halbe Stunde lang. Sie sagt, die Kirche wäre leer gewesen, als sie ging und da war es kurz vor fünf."

Lovejoy hob seinen Blick zu den blutbespritzten Wänden. Seine Lippen verzogen sich zu einem verkrampften Lächeln, das nichts Fröhliches an sich hatte. „Die Annahme, dass sie hier getötet wurde, scheint mir recht nahezuliegen."

Maitland räusperte sich vorsichtig. Es war ihm immer unangenehm, wenn Lovejoy das Offensichtliche herausstellte.

„Ich denke schon, Sir."

„Was dann für den Zeitpunkt unseres Mordes bedeutet, dass er gestern Abend zwischen fünf und acht Uhr geschehen sein muss."

„Das nehmen wir an, Sir." Der Wachtmeister räusperte sich noch einmal. „Wir haben ihren Pompadour gefunden, er lag einen knappen Meter von der Leiche entfernt. Er war offen und der Inhalt war zum Großteil herausgefallen. Aber ihre Brieftasche war noch darin und sie war unangetastet. Außerdem trägt sie eine Halskette und Ohrringe aus Feingold."

„Mit anderen Worten: Es war kein Raubüberfall."

„Nein, Sir."

„Aber Sie sagen, der Pompadour war offen? Ich frage mich, ob er einfach aufgegangen ist, als sie ihn fallen ließ, oder ob unser Mörder vielleicht auf der Suche nach etwas war?" Wieder sah sich Lovejoy in der kalten Kapelle um. Er spürte, wie die feuchte Kälte, die von den Steinen ausging, durch die Sohlen seiner Stiefel in ihm hochkroch. Er vergrub seine Hände, die in Handschuhen steckten, tief in den Taschen seines Wintermantels und wünschte sich, dass er seinen Schal nicht vergessen hätte. „Ich warte, Constable."

Edward Maitland verzog verwirrt sein markantes, ansehnliches Gesicht. „Sir?"

„Darauf, dass Sie mir sagen, warum Sie es für nötig hielten, dass ich persönlich herkomme."

Das Stirnrunzeln wich einem selbstzufriedenen Lächeln. „Weil wir herausgefunden haben, wer es getan hat, Sir."

„Tatsächlich?"

„Das hier hat uns auf die richtige Fährte gebracht." Maitland zog eine kleine Steinschlosspistole aus seiner Tasche und hielt sie ihm hin. „Es besteht kein Zweifel daran, dass die Waffe von unserem Mörder fallen gelassen wurde. Einer der Burschen hat sie in den Falten ihres Umhangs gefunden."

Lovejoy nahm die Pistole und wog sie nachdenklich in seiner Hand. Es war ein erlesenes Stück, aus hochwertigem Stahl, mit einem Griff aus poliertem Mahagoniholz und einem Abzugsbügel aus Messing, der kunstvoll gearbeitet war – wie eine Schlange, die sich um ein Schwert schlingt. So, wie es aussah, hatte sie vierundvierzig Kaliber, außerdem einen gezogenen Lauf und war mit einer Plakette versehen, auf der *W. REDDELL, LONDON* stand. Es klebte noch so viel Blut am Lauf, dass ein dunkler Fleck auf Lovejoys Ziegenlederhandschuh zurückblieb.

„Ist Ihnen der Abzugsbügel aufgefallen, Sir? Die Schlange und das Schwert?"

Lovejoy fuhr mit dem Daumen seiner linken Hand über den Fleck. „Ja, das ist mir aufgefallen, Constable."

„Die Waffe gehört Viscount Devlin, Sir."

Lovejoys Finger krampften sich unwillkürlich fester um die Pistole. Es gab kaum jemanden in London, der noch nie von Sebastian, Viscount Devlin, gehört hatte. Oder von seinem Vater Lord Hendon, Finanzminister und getreuer Vertrauter Spencer Percevals, des konservativen Premierministers unter dem armen, alten, verrückten König..

Lovejoy drehte die Pistole herum und streckte sie, mit dem Griff zuerst, seinem Wachtmeister hin. „Vorsicht, Constable. Wir begeben uns hier auf gefährliches Terrain. Es bringt nichts, voreilige Schlüsse zu ziehen."

Maitland hielt seinem Blick stand. Er machte keine Anstalten, Lovejoy die Pistole abzunehmen. „Da ist noch mehr, Sir."

Lovejoy ließ die Pistole in seine Manteltasche gleiten. „Lassen Sie hören."

„Wir haben mit Rachel Yorks Dienstmädchen gesprochen, einer gewissen Mary Grant." Diesmal tat Maitland nicht, als müsse er erst in seinen Aufzeichnungen nachsehen. „Mary zufolge ging ihre Herrin gestern Abend noch aus, um sich mit St. Cyr zu treffen. Sie sagte zu dem Dienstmädchen, ich zitiere: „Keine Sorge, seine Lordschaft wird gut bezahlen." Der Wachtmeister hielt inne, als wolle er mit dieser Kunstpause die Wirkung seiner Worte unterstreichen, und fügte dann hinzu: „Das war das letzte Mal, dass sie lebend gesehen wurde."

Lovejoy fixierte die hellblauen Augen des Wachtmeisters. „Worauf wollen Sie hinaus? Dass sie den Viscount erpresst hat?"

„Oder ihn sonst irgendwie bedroht hat, ja, Sir."

„Ich nehme an, Sie haben überprüft, wo sich Viscount Devlin gestern Abend aufgehalten hat?"

„Ja, Sir. Seine Bediensteten sagen, er hätte das Haus um etwa fünf Uhr verlassen. Er war auf dem Weg zu seinem Club. Aber laut seinen Freunden ist Devlin erst kurz nach neun bei *Watier's* angekommen."

„Und was sagt der Viscount, wo er gewesen sei?"

„Wir konnten den Viscount noch nicht ausfindig machen, Sir. Sein Bett blieb letzte Nacht leer. Es heißt in der Stadt, dass er heute Morgen ein Duell austragen wollte."

Lovejoy hielt die hohle Hand vor seinen Mund und pustete nachdenklich durch seine Finger, bevor er sie wieder fallen ließ. „Wer auch immer es getan hat, muss über und über mit Blut besudelt gewesen sein. Wenn

Devlin unser Mann ist, hätte er vor seinem Clubbesuch nach Hause zurückkehren müssen, um sich zu waschen und umzuziehen."

„Das ist mir auch in den Sinn gekommen, Sir."

„Und? Was sagen Devlins Bedienstete dazu?"

„Leider hat Devlin seiner gesamten Dienerschaft den Abend freigegeben, bevor er ausging. Seine Lordschaft scheint ein sehr großzügiger Dienstherr zu sein." Die Art und Weise, wie Maitland diese Worte aussprach – schmallippig und mit knappen Vokalen – verriet unterschwellig eine Regung, die er normalerweise streng verborgen hielt. Maitland war kein Radikaler. Er glaubte an die gesellschaftliche Ordnung, an die große Kette der Wesen und die hierarchische Rangfolge der Menschen. Aber das hielt ihn nicht davon ab, sich nach Reichtum und Einfluss zu sehnen und diejenigen zu beneiden, die, wie Devlin, mit Privilegien geboren worden waren, von denen Maitland selbst nur träumen konnte.

Lovejoy wandte sich ab und schritt durch die kleine Marienkapelle. „Sein Kammerdiener müsste wissen, ob Ausgehkleider in der Garderobe seiner Lordschaft verschwunden sind."

„Der Diener seiner Lordschaft behauptet, es würde nichts fehlen. Aber Sie wissen, wie das Gesinde sein kann: allzu ergeben."

Lovejoy nickte abwesend. Ein riesiges Gemälde hoch über dem Altar, das die in den Himmel emporsteigende Jungfrau Maria zeigte, hatte seine Aufmerksamkeit erregt. Er selbst fühlte sich zu evangelischem, reformpolitischem Gedankengut hingezogen – und das war eine gefährliche Neigung, die er natürlich tunlichst für sich behielt. Er hielt nichts von Buntglasfenstern und

Weihrauch und rußgeschwärzten Renaissancegemälden in wuchtigen Goldrahmen, denn für ihn waren sie sündige papistische Überbleibsel, die nichts mit dem kargen Gott gemeinsam hatten, den Lovejoy anbetete. Ihm fiel auf, dass das Blut aus Rachel Yorks aufgeschlitzter Kehle den nackten Fuß der gemalten Jungfrau bespritzt hatte – und zwar so, dass es ihn eindringlich an andere Gemälde erinnerte, die er gesehen hatte: Christus am Kreuz mit von Nägeln durchbohrten Füßen, aus denen das Blut sickerte. Wieder fragte er sich, was die junge Frau hier getan hatte, in dieser fast vergessenen, unbedeutenden alten Kirche. Es schien merkwürdig, dass eine schöne, junge Schauspielerin einen solchen Ort für eine Verabredung wählen sollte. Oder für einen Erpressungsversuch.

Maitland räusperte sich. „Ich soll Ihnen mitteilen, dass Lord Jarvis Sie zu sehen wünscht, Sir. Im *Carlton House*, und zwar sobald Sie hier fertig sind.“

Diese heiklen Worte waren absichtlich so gewählt worden, was Lovejoy durchaus bewusst war, denn eine solche Vorladung konnte kein richterlicher Beamter ablehnen. Alle Behörden, egal, ob in der Bow Street oder am Queen Square, in der Lambeth Street oder in Hatten Garden, waren beauftragt, Lord Jarvis sofort Bericht zu erstatten, wenn ein Verbrechen geschah, das mit einer angesehenen Person in Verbindung stand. Beispielsweise der Geliebten eines Herzogs, oder dem Bruder eines Adligen – oder dem einzigen Sohn und Erben eines mächtigen Kabinettsministers.

Lovejoy seufzte. Er hatte nie genau verstanden, wie Lord Jarvis zu solchem Einfluss gekommen war. Neben einem riesigen Stadthaus am Berkeley Square unterhielt er sowohl im *St. James's Palace* als auch im *Carlton House* Büros, obwohl er kein Regierungsamt innehatte. Zwar war er blutsverwandt mit der Königsfamilie, allerdings war der Verwandtschaftsgrad nur der eines Cousins. Lovejoy war des Öfteren der Gedanke gekommen, dass man Jarvis' Stellung am ehesten mit der vagen, mittelalterlichen Redewendung beschreiben könnte, dass er als *graue Eminenz* die unsichtbare, treibende Kraft hinter dem Thron war, obwohl Lovejoy nie verstanden hatte, wie es Jarvis gelungen war, so viel Macht zu erlangen und sie aufrechtzuerhalten, während König George langsam dem Wahnsinn verfallen war. Er wusste nur, dass der Prince of Wales jetzt ebenso abhängig von dem Mann war, wie vor ihm der König. Und dass ein Beamter, wenn Jarvis ihn zu sich rief, Folge zu leisten hatte.

Lovejoy wirbelte wieder zu dem Wachtmeister herum. „Sie haben Ihn schon hiervon in Kenntnis gesetzt?"

„Ich dachte, er würde es schnellstmöglich wissen wollen. Wo doch Devlins Vater dem Premierminister so nahesteht."

Lovejoy atmete langsam und angespannt aus. In der kalten Luft verwandelte sich die Atemwolke sofort in eisigen Nebel. „Sie wissen, wie heikel die Situation ist?"

„Ja, Sir."

Lovejoys Blick verengte sich, als er den ungerührten Gesichtsausdruck des Wachtmeisters bemerkte. Komisch, dass er sich noch nie Gedanken über Edward Maitlands politische Gesinnung gemacht hatte. Aber andererseits hatte das bisher nie eine Rolle gespielt. Lovejoy versuchte, sich einzureden, dass es auch jetzt keine Rolle spielte, weil es lediglich ihre Aufgabe war, diesen Mord zu untersuchen, aufzuklären und den Täter zu bestrafen. Aber trotzdem ...

Aber trotzdem war der Earl of Hendon, genau wie Spencer Perceval und die anderen Minister im Kabinett des Königs, eben ein Tory, während der Prince of Wales und die Männer, mit denen er sich umgab, zu den Whigs gehörten. Es hätte ohnehin zu jeder Zeit für Zündstoff gesorgt, wenn dem Sohn und Erben eines prominenten Tories ein solches Verbrechen vorgeworfen wurde. Aber wenn eine derartige Beschuldigung jetzt aufkam, kurz bevor man den alten König für verrückt erklären und den Prinzen zum Regenten machen wollte, konnte sie äußerst weitreichende Folgen haben. Und zwar nicht nur für die Regierungsbildung, sondern auch für Monarchie an sich.

Kapitel 4

Die privilegierten Bewohner des eleganten Londoner Viertels waren gerade dabei, sich aus ihren Betten zu erheben, als Sebastian die wenigen Treppenstufen, die zu seinem Haus in der Brook Street führten, erklomm. Nur das entfernte, durch den Nebel gedämpfte Rumpeln des Verkehrs auf der New Bond Street und die kreischenden Kinder, die unter der Aufsicht ihrer Kindermädchen auf dem nahe gelegenen Hannover Square Fangen spielten, störten die mittägliche Ruhe.

Körperliche Erschöpfung konnte einen süßen Zustand des Vergessens herbeiführen, eine taube Seligkeit, und dieses Gefühl empfand Sebastian jetzt. Im Eingangsbereich traf er Morey, seinen Hausmeier. Auf dem Gesicht des Mannes lag ein ungewöhnlich besorgter Ausdruck und er sah Sebastian stirnrunzelnd an. „Mylord –", begann er.

Sebastians Blick fiel auf einen allzu vertrauten Gehstock und einen Zylinder, die beide auf dem Tisch lagen. Plötzlich war er sich der Spuren, die die Nacht hinterlassen hatte, übermäßig bewusst: Seines zerknitterten Halstuchs, des blutverkrusteten Streifschusses auf seiner Stirn und der etlichen bei Brandy im Club verbrachten, schlaflosen Stunden. „Ich nehme an, mein Vater ist hier?"

„Ja, Mylord. Der Earl erwartet Euch in der Bibliothek. Aber ich halte es für unumgänglich, dass Ihr zuerst auf einen Vorfall aufmerksam gemacht werdet, der sich heute Morgen zugetragen hat ..."

„Später", sagte Sebastian, durchquerte die Empfangshalle und öffnete die Tür zur Bibliothek.

Alistair St. Cyr, der fünfte Earl of Hendon, saß in einem ledernen Sessel am Feuer und hielt ein Glas von Sebastians Brandy in einer Hand, die auf seinem Knie ruhte. Als sein Sohn das Zimmer betrat, sah der Earl auf. Sein Kiefer mahlte hin und her, so, wie er es für gewöhnlich tat, wenn er aufgewühlt war. Trotz seiner fünfundsechzig Jahre war er immer noch ein kräftiger Mann, mit einem breiten Brustkorb, dichtem, weißem Haar und markanten Gesichtszügen. Er hatte die erstaunlichsten tiefblauen Augen, die Sebastian jemals gesehen hatte. Solange er zurückdenken konnte, hatte er in diesen leuchtenden Augen ein Gefühl gelesen, dass er nie ganz hatte zuordnen können, aber das jedes Mal darin aufflackerte, wenn Hendons Blick auf seinen einzigen überlebenden Sohn fiel. Aber im Verlauf der letzten fünfzehn Jahre – oder sogar noch mehr – hatte Sebastian bemerkt, dass diese Gefühlsregung gleich darauf von einer Flut aus Schmerz und Enttäuschung fortgeschwemmt wurde, die sich nur allzu mühelos deuten ließ.

„Nun?", fragte der Earl jetzt. „Hast du ihn getötet?"

„Talbot?" Sebastian streifte seinen Fahrmantel ab und warf ihn über einen der Bambusrohrsessel am Bogenfenster, das zur Straße hin lag. Seinen Hut und seine Handschuhe warf er hinterher. „Leider nicht."

„Du sieht das ja verdammt gelassen."

Sebastian ging zu dem Beistelltischchen und goss sich einen Brandy ein. „Wäre es dir anders lieber?"

Der Kiefer des Earls begann, sich wütend hin und her zu bewegen. „Es wäre mir lieber, wenn du versuchen würdest, diese Neigung, der Existenz deiner Mitmenschen ein Ende zu setzen, zu unterdrücken. Es gab jetzt drei solcher Vorfälle in den sechs Monaten, seit du wieder zurück in England bist."

„Genau genommen ist es schon etwa zehn Monate her, seit ich aus der Armee ausgetreten bin."

„Zur Hölle mit deiner Unverfrorenheit." Hendon drückte sich stürmisch hoch. „Wie hieß der Letzte noch gleich?"

„Danford."

„Genau. Bei Danford konnte ich es verstehen. Es gibt gewisse Kränkungen, bei denen man von einem Gentleman nicht erwarten kann, dass er sie einfach hinnimmt. Aber Talbot? Mein Gott! Du hast es mit seiner *Ehefrau* getrieben. Das wäre dich teuer zu stehen gekommen, wenn du ihn getötet hättest, glaube mir!"

Sebastian leerte seinen Brandy in einem Zug und versuchte, die aufgestauten widersprüchlichen Gefühle der letzten achtundzwanzig Jahre ebenfalls herunterzuschlucken. Dabei hatte er es nicht mit Melanie Talbot *getrieben*. Aber selbst, wenn Sebastian danach gewesen wäre, sich zu rechtfertigen, hätte es nichts genützt: Die Tatsache, dass ein Mann und eine Frau einfach nur befreundet sein konnten, würde Hendon weder glauben, noch könnte er sie verstehen. Genauso wenig, wie er verstehen würde, warum es Sebastian etwas ausmachte, wenn ein Mann wie Captain John Talbot seine liebenswürdige junge Frau schlug.

„Der Mann hatte es darauf angelegt, dass jemand um-
kommt", sagte Sebastian schlicht.

„Ach? Und wenn er tot ist, dann kannst du wohl seine
Frau haben?"

Sebastian drehte sich um und schenkte sich noch einen Drink ein. „Das war nie meine Absicht."

„Was dir fehlt, ist eine eigene Ehefrau."

Sebastian erstarrte, dann setzte er vorsichtig die
Brandykaraffe ab. „Also sind wir wieder bei diesem
Thema, ja?"

„Wenn du schon darauf beharrst, diesen zügellosen
Lebensstil fortzuführen, könntest du wenigstens so
freundlich sein, die Erbfolge zu sichern, bevor du dich
zu Tode säufst. Oder eines Morgens los ziehst und dich
erschießen lässt."

„Du unterschätzt mich."

Sebastian drehte sich um und bemerkte, dass sein Vater die Wunde auf seiner Stirn mit sorgenvollem Blick
betrachtete.

„Das war nah dran."

„Ich sagte ja, der Mann hatte es darauf angelegt, mich
zu töten."

Der Earl spannte den Kiefer an. „Du bist schon
achtundzwanzig Jahre alt. Es ist höchste Zeit, dass du
sesshaft wirst."

„Und wofür? Um die Verwaltung der Ländereien zu
übernehmen?"

Sebastian lachte, als er den beunruhigten Ausdruck
sah, der über das Gesicht seines Vaters huschte. Er hob
den Brandy, als wolle er ihm zuprosten, und murmelte:
„Die Runde geht an dich."

„Der Sitz für den Bezirk Upper Walford ist unbesetzt."

Sebastian verschluckte sich an seinem Drink. „Das kann nicht dein Ernst sein." Sein Vater blickte ihn unentwegt an. Sebastian setzte sein Glas ab. „Großer Gott. Du meinst es tatsächlich ernst."

„Warum denn nicht? Dann hättest du eine Beschäftigung, außer dich zu betrinken, um Geld zu spielen und mit den Frauen anderer Männer zu schlafen. Und wir könnten jemanden mit deinen Begabungen im Unterhaus gebrauchen."

Sebastian betrachtete seinen Vater lange und intensiv. „Du hast Angst, dass Prinny die Whigs in die Regierung holen könnte, falls er zum Regenten gemacht wird, oder?"

„Oh, der Prince of Wales wird Regent werden, so viel ist sicher. Es ist nur noch eine reine Formsache und eine Frage der Zeit. Aber er wird auf erbitterten Widerstand stoßen, wenn er versucht, die Tories zu unterlaufen und die Regierung aller Talente wiederauferstehen zu lassen. Oder noch Schlimmeres."

„Anscheinend ist dir dieser Widerstand nicht erbittert genug, wenn du versuchst, mich als Kandidaten zu rekrutieren."

Der Earl senkte den Blick und betrachtete sein Trinkglas, während er es langsam in der Handfläche drehte, so dass das geschliffene Kristall das Licht der Lampen reflektierte, die wegen des trüben Nebels selbst zur Mittagszeit schon brannten. „Man könnte es in solch gefährlichen Zeiten wie diesen auch als seine Pflicht betrachten, sich mit rechtschaffenen Männern zu verbünden, um die Interessen, das Eigentum und die Privilegien der Nation zu verteidigen."

„Dir ist wohl nicht in den Sinn gekommen, dass ich mich, wenn ich im Parlament säße, vielleicht sogar dazu entschließen würde, die heiligen, althergebrachten Prinzipien von Grundbesitz und den Privilegien des Adels infrage zu stellen und mich an ihrer statt für die Irrlehren des Jakobinismus, des Atheismus und der Demokratie einsetzen würde?“

Lord Hendon trank in einem langen Zug den Rest seines Brandys aus und stelle das Glas beiseite. „Selbst du wärst nicht so töricht.“ Er hielt sich nicht damit auf, nach einem Lakaien zu klingeln, sondern schritt gleich zur Tür. Erst, als er den Knauf bereits in der Hand hielt, hielt er inne, drehte sich um und sagte: „Überleg es dir.“

Sebastian stand am Fenster und hielt mit einer Hand den schweren grünen Samtvorhang zur Seite, während er beobachtete, wie die kräftigen, vertrauten Konturen seines Vaters im wabernden Nebel verschwanden. Vielleicht war es eine Augentäuschung oder es lag am Nebel, aber in diesem Moment wirkte sein Vater älter und erschöpfter als Sebastian ihn in Erinnerung gehabt hatte. Ein plötzlicher Anflug von Reue überkam ihn und er hatte das Bedürfnis, die Hand nach seinem Vater auszustrecken und ihn aufzuhalten, um die Dinge zwischen ihnen irgendwie wieder in Ordnung zu bringen.

Nur, dass die Dinge zwischen ihnen sich nie wirklich in Ordnung bringen lassen würden, weil Sebastian niemals so sein konnte, wie sein Vater es sich wünschte – und das wussten sie beide.

Wieder musste er an diesen längst vergangenen, ausgelassenen Vormittag denken, den er auf den Hängen oberhalb der Bucht verbracht hatte. Alistair St. Cyr war in diesem Sommer nicht dort gewesen. Sogar damals hatte der Earl schon den Großteil seiner Zeit in London verbracht. Aber er war am nächsten Tag nach Hause kommen und sein Gesicht war vor Trauer verzerrt gewesen, als er den blassen, leblosen Körper seines ältesten Sohnes und Erben in seinen Armen gehalten und an sich gedrückt hatte.

Mit dem Tod Richards war der Titel des Viscount Devlin, sowie die Stellung als rechtmäßiger Erbe, auf den zweitältesten Sohn, Cecil, übergegangen. Aber nur vier Jahre später war auch Cecil gestorben. So ruhten alle Hoffnungen von Alistair St. Cyr, all seine Bestrebungen und Träume, seither auf dem Jungen, der nie sein Erbe hatte werden sollen: auf dem jüngsten Sohn, der seinem Vater von allen Kindern am wenigsten ähnelte.

Sebastian ließ schulterzuckend den Vorhang zufallen und wandte sich der Treppe zu.

Er hatte schon fast sein Schlafgemach erreicht, als sein Hausmeier den Flur entlangeilte. „Mylord, ich muss dringend mit Euch sprechen. Heute Morgen waren Wachtmeister hier –"

„Nicht jetzt, Morey."

„Aber Mylord –"

„Später", sagte Sebastian und schloss bestimmt die Tür hinter sich.

Kapitel 5

Sir Henry Lovejoy hielt seinen Hut mit seinen kalten Händen fest umklammert, während er einem livrierten und gepuderten Lakaien durch die hallenden, labyrinthartigen Flure von *Carlton House* folgte. Noch vor wenigen Monaten hätte Lord Jarvis eine solche Audienz im *St. James's Palace* abgehalten, wo sich die Amtsräumlichkeiten des armen, verrückten, alten Königs Georg III. befanden. Dass Jarvis sich jetzt hierher, in den Palast des Prince of Wales, verlegt hatte, schien Lovejoy ein überdeutliches Anzeichen dafür zu sein, dass dessen Regentschaft tatsächlich unmittelbar bevorstand.

Der einflussreiche Mann saß an seinem Schreibtisch und schrieb, als Lovejoy ins Zimmer geführt wurde. Er nahm Lovejoys Anwesenheit mit einer knappen Bewegung seiner feisten, mit Ringen bestückten Hand zur Kenntnis, aber er sah nicht auf und bot Henry nicht einmal einen Sitzplatz an. Henry zögerte, als er kaum über die Schwelle getreten war, dann ging er zum Kamin hinüber. Das Feuer war klein und in dem riesigen Raum war es eiskalt. Henry hielt seine tauben Hände über die Flammen. Aus der Ferne dröhnten von irgendwoher das rhythmische Klopfen eines Hammers und scheppernde Geräusche, die wahrscheinlich von einem Gerüst stammten. Der Prince of Wales war dafür bekannt, ständig zu renovieren, ob nun hier im *Carlton House* oder in seinem exotischen Palast in Brighton.

„Nun?", fragte Jarvis schließlich, legte seinen Stift beiseite und veränderte seine Sitzposition so, dass er seinen Besucher betrachten konnte. „Was haben Sie über diese bedauerliche Angelegenheit zu berichten?"

Lovejoy zog seine kalten Hände zurück, drehte sich um, machte eine elegante Verbeugung und setzte dann zu einer präzisen Erläuterung des Tatorts, des Opfers und der Beweise, die sie bisher gesammelt hatten, an.

„Ja, ja", sagte Jarvis und drückte sich so abrupt und voller Ungeduld aus seinem Sessel hoch, dass Henry verstummte. „Ich habe das alles schon von Ihrem Wachtmeister gehört. Es liegt auf der Hand, dass Lord Devlin sofort verhaftet werden muss. Wirklich, ich kann nicht verstehen, warum nicht bereits ein Haftbefehl erlassen worden ist."

Lovejoy beobachtete, wie seine Lordschaft in seiner Tasche nach etwas tastete und schließlich eine zierliche Schnupftabakdose aus Elfenbein hervorzog. Er war ein ungewöhnlich großer Mann, weit über 1,80 m groß und etwa hundertzwanzig bis hundertfünfzig Kilo schwer. In seiner Jugend war er sehr ansehnlich gewesen. Trotz seines fortschreitenden Alters und der Spuren, die sein ausschweifender Lebensstil hinterlassen hatte, war noch etwas von seinem guten Aussehen zu erahnen – etwa in den äußerst intelligenten grauen Augen, der markanten, dinarischen Nase und dem sinnlich gebogenen Mund.

Lovejoy räusperte sich. „Unglücklicherweise, Mylord, bin ich nicht überzeugt, dass die Beweise ausreichen, um zum jetzigen Zeitpunkt ein solches Handeln zu rechtfertigen."

Jarvis hob den Kopf, seine Augen verengten sich und sein fleischiges Gesicht nahm einen dunkleren Farbton an, als er Lovejoy mit strengem Blick fixierte. „Es *reicht* nicht *aus*? Großer Gott, Mann. Was wollen Sie noch? Einen Augenzeugen etwa?"

Lovejoy atmete tief ein, um sich zu beruhigen. „Ich gebe zu, dass die Beweise, die den Viscount mit dem Fall in Verbindung bringen, ihn oberflächlich betrachtet zu belasten scheinen, Mylord. Aber wir wissen tatsächlich erst sehr wenig über diese Frau. Wir haben noch nicht einmal eine genaue Vorstellung davon, was das Motiv des Mörders gewesen sein könnte."

Lord Jarvis klappte den Deckel seiner Schnupftabakdose geschickt mit einem wulstigen Finger auf, hielt eine Prise Tabak an seine Nasenlöcher und schnupfte. „Sie wurde vergewaltigt, nicht wahr?"

„Ja, Mylord."

„Da haben Sie Ihr Motiv."

„Das mag sein, Mylord. Obwohl die Grausamkeit der Tat nahelegt, dass sie aus großem Zorn begangen wurde, dass der Täter gar labil und es somit weit mehr als bloße Triebbefriedigung war."

Jarvis klappte die Dose zu und seufzte. „Bedauerlicherweise sind solche Gewaltausbrüche keine Seltenheit bei jungen Herren, die für König und Vaterland im Krieg gekämpft haben. Soweit ich weiß, hat Devlin seit seiner Rückkehr vom Festland mindestens zwei Menschen getötet."

„Das waren Duelle, Mylord. Und seine Gegner wurden verwundet, nicht getötet."

„Dennoch neigt er offenbar zur Gewalttätigkeit."

Seine Lordschaft ging weg und stand für einen Moment an einem Fenster mit Blick über die Terrasse darunter. Seine Hände hatte er hinter dem Rücken verschränkt und sein Gesicht, das Lovejoy im Profil zugewandt war, zeigte eine sorgfältig gewählte Miene, so, als wäre er ganz in Gedanken versunken. Es dauerte einen Augenblick, bevor er sprach. „Sie sind ein erfahrener Mann, Sir Henry. Sicherlich muss ich Ihnen nicht erklären, was es bedeutet, wenn der Sohn eines angesehenen Adligen – eines Regierungsmitglieds, um Himmels willen – in ein solches Verbrechen verwickelt ist. Wenn es aussieht, als zögerten wir", er deutete mit einer Hand, die in einem aufwendig geschneiderten Ärmel steckte, ausladend in Richtung der Straße,„wenn die Menschen dort draußen glauben, dass ein Engländer, weil er von Geburt an eine privilegierte Stellung innehat, mit Vergewaltigung und Mord davonkommen kann, gar mit Kirchenschändung –" Jarvis verstummte und ließ seinen Arm herunterfallen. Seine Stimme senkte sich zu einem ehrfürchtigen Flüstern. „Wissen Sie, ich war im Jahre 1789 in Paris. Ich werde den Anblick nie vergessen: wie das Blut durch die Gossen floss. Die abgetrennten, aufgespießten Köpfe von Männern. Damen, die aus ihren Kutschen gezogen wurden und die der johlende Mob in Stücke riss." Er hielt inne und sein Blick fokussierte plötzlich Lovejoys Gesicht. „Wollen Sie, dass dasselbe hier in London passiert?"

„Nein. Natürlich nicht, Mylord", sagte Lovejoy eilig. Er wusste, dass er manipuliert wurde und dass die Lage so kompliziert war, dass er als einfacher Beamter sie niemals verstehen könnte. Und obwohl er das wusste, überkam ihn ein kalter Schauer und das Grauen krampfte sich übelerregend um seine Eingeweide. Es war die größte Angst eines jeden Engländers, dass das fortwährende, zügellose und blindwütige Gemetzel der Französischen Revolution eines Tages über den Ärmelkanal kommen und alles zerstören könnte, was ihm lieb und teuer war.

„Wenn Lord Devlin tatsächlich nichts mit diesem schrecklichen Verbrechen zu tun haben sollte", begann Jarvis, „wird er zu gegebener Zeit entlastet und freigelassen werden. Das Wichtigste ist, dass das Volk uns jetzt handeln sieht. Wir leben in gefährlichen Zeiten. Die Meldungen über den Verlauf des Krieges sehen nicht gut aus. Die breite Masse ist unzufrieden und missmutig und lässt sich leicht von Radikalen aufhetzen. Jetzt, wo sich der Gesundheitszustand Seiner Majestät wahrscheinlich nicht mehr bessern wird und dem Parlament ein Gesetzesentwurf für die Regentschaft des Prinzen vorliegt, könnte der Vorfall das Königreich in seinen Grundfesten erschüttern. Das ist nicht der richtige Zeitpunkt, um sich zögerlich zu zeigen, um zu schwanken oder Entscheidungen aufzuschieben. Der Prince of Wales will, dass Devlin verhaftet wird – und zwar noch, bevor die Nacht hereinbricht." Jarvis machte eine Pause. „Ich gehe davon aus, dass ich mich auf Sie verlassen kann und dass Sie sich der Angelegenheit mit Verschwiegenheit und dem erforderlichen Fingerspitzengefühl annehmen werden."

Es war nie einfach, einen Aristokraten seiner gerechten Strafe zuzuführen. Und doch kam es vor. Es waren erst ein paar Jahre vergangen, seit dem vierten Earl Ferrers wegen des Mordes an seinem Verwalter vor dem Oberhaus der Prozess gemacht und er schließlich gehängt wurde. Als Erbe des Earl of Hendon war Sebastian St. Cyrs Titel des Viscount Devlin nur ein Ehrentitel. Er konnte zwar „Mylord" genannt werden, aber mit dem Titel gingen noch nicht die Rechtsansprüche auf ihn über, die Adlige besaßen. Erst an dem Tag, an dem er den Platz seines Vaters als Earl of Hendon einnehmen würde, wäre Devlin genau genommen ein Mitglied des Adels. Also würde er sich vor dem Oberhofgericht verantworten müssen, so, wie ein gewöhnlicher Krimineller, und nicht vor dem Oberhaus.

Für den Fall, dass es zum Prozess käme, natürlich.

Lovejoy verbeugte sich tief. „Ja, Mylord. Ich werde mich persönlich darum kümmern."

Ein unerwartet gewinnendes, beinahe sanftes Lächeln breitete sich auf Lord Jarvis' Gesicht aus. „Guter Mann. Ich wusste, dass ich mich auf Sie verlassen kann."

Lovejoy hielt seinen Hut fest umklammert vor seinem Körper und entfernte sich unter Verbeugungen aus der Gegenwart des einflussreichen Mannes. Aber als er sich umdrehte, den langen, verschnörkelten Flur entlangschritt, hörte, wie seine Schritte widerhallten, und spürte, wie ihm das Herz in der Brust merkwürdig schwer wurde, wuchs in Sir Henry Lovejoy die Überzeugung, dass er nur benutzt wurde.

Kapitel 6

Manchmal träumte er noch vom Krieg. Es waren Alpträume von sterbenden Kindern mit dunklen Augen voller Leid und Angst und Fassungslosigkeit, die ihn heimsuchten, und von Frauen mit bronzefarbener Haut, deren pralle schwangere Bäuche von Soldaten mit dem Bajonett aufgeschlitzt wurden. Einst war es für ihn von Bedeutung gewesen, *wem* diese Bajonette gehörten – ob es französische oder englische Soldaten waren. Es war sogar über alle Maßen wichtig gewesen. Bevor er begriffen hatte, dass es unerheblich war, dass Zeit und Ort austauschbar waren, weil Soldaten aller Nationen solche Dinge taten. Einst hatte er England für eine gesalbte Nation gehalten, für ein begünstigtes und gesegnetes Land, das unter göttlichem Schutz stand, für ein Heer, das für das Gute kämpfte und dessen Feinde deshalb die Mächte des Bösen verkörpern mussten. Einst hatte er geglaubt, es gäbe so etwas wie ehrenwerte Kriege, die im Namen der Gerechtigkeit geführt wurden. Einst.

Sebastian öffnete die Augen. Sein Atem ging in kurzen, hektischen Stößen und seine zu Fäusten geballten Hände waren schweißnass. Die Dunkelheit, die in seinem mit Samt verhangenen Schlafgemach herrschte, ließ keinen Rückschluss auf die Tageszeit zu und es dauerte einen Augenblick, bevor er sich erinnerte, wo er war und warum. Er hatte nicht schlafen, sondern sich nur ausruhen wollen. Langsam schloss Sebastian seine Augen, presste die Lider zusammen und öffnete sie wieder. Aber die Erinnerung an die Bilder blieb – düster, quälend und unauslöschlich.

***

Sir Henry Lovejoy entschied, in Begleitung des obersten Wachtmeisters Edward Maitland die Brook Street aufzusuchen, zusammen mit einem weiteren, jüngeren Wachtmeister namens Simplot, den Maitland vorgeschlagen hatte. Nicht, dass Lovejoy davon ausging, dass sich ein Mann von Devlins gesellschaftlicher Stellung der Verhaftung widersetzen würde. Aber Lovejoy konnte nicht abstreiten, dass er insgeheim befürchtete, der Viscount würde ihn ohne die Anwesenheit der beiden Wachtmeister, die seinem Besuch mehr Gewicht verlieh, vielleicht nicht ernstnehmen. Man erzählte sich Geschichten über diesen Viscount, von seiner respektlosen und unkonventionellen Art. Lovejoy konnte sich vorstellen, dass solch ein Mann dem Untersuchungsrichter bei seiner Festnahme einfach ins Gesicht lachte. Wenn Lovejoy größer gewesen wäre als einen Meter fünfzig – samt Stiefeln, wäre er vielleicht zuversichtlicher gewesen. Jedenfalls nahm er still und erfreut zur Kenntnis, dass Simplot sogar noch größer war als Maitland und beruhigend breite Schultern hatte.

„Warten Sie hier auf uns", sagte Lovejoy zu dem Fahrer ihrer Droschke, als sie vor Devlins Wohnhaus in Mayfair vorfuhren. Das Stadthaus war ein eleganter Bau mit einem hübschen Erkerfenster und einem wohlproportionierten ionischen Portikus. Obwohl es nicht annähernd so eindrucksvoll war wie *St. Cyr House*, dieser massige Granitklotz auf dem Grosvenor Square, der eines Tages Devlin gehören würde – genau wie die Titel seines Vaters, die Ländereien in Cornwall, Devon und Lincolnshire und die Anteile am Bergbau, der Schifffahrt und dem Kreditwesen. Lovejoy starrte an der kunstvollen, mit Stuck verzierte Fassade des Stadthauses hoch und fragte sich, was es wohl über die Beziehungen zwischen dem Earl of Hendon und seinem einzigen Sohn und Erben aussagte, dass Devlin lieber hier, in der Brook Street, residierte als unter dem prunkvollen Dach seines Vaters.

„Seine Lordschaft wird feststellen, dass die Unterbringung in Newgate weit von seinem Standard entfernt ist", bemerkte Maitland leise, als ein Hausmeier mit versteinerter Miene sie unter Verbeugungen in den Flur bat. „Wirklich sehr weit", fügte er hinzu und reckte seinen hübschen, blonden Kopf soweit er konnte, um mehr von dem großflächig verbauten schwarzen und weißen Marmor und den unzähligen goldgerahmten Gemälden zu erspähen, die sich über der ausladenden Treppe in den ersten Stock aneinanderreihten.

„Sie eilen der Entscheidung des Gerichts voraus, Constable", zischte Lovejoy, als der Hausmeier leise an die Tür zur Bibliothek klopfte, woraufhin der Viscount ihn hereinbat.

„Mylord", begann der Hausmeier, „die Herrschaften, die heute Morgen hier waren, um Sie zu sprechen, sind wieder da. Und noch ein anderer Herr."

Viscount Devlin trug Kniehosen aus Wildleder und lehnte mit der Hüfte an der Kante seines Schreibtisches. Ein Ausdruck der Verärgerung huschte über seine fein gemeißelten Züge, als er von den Dokumenten in seinen Händen aufsah. Er war groß und schlank, hatte dunkles Haar und eine Denkerstirn, auf der etwas – oder jemand – kürzlich eine schlimme Blessur hinterlassen hatte. „Ja?", fragte er. „Was gibt es?"

Lovejoy wartete, bis der Hausmeier sich entfernt hatte, dann verbeugte er sich höflich und sagte: „Ich bin Sir Henry Lovejoy, leitender Untersuchungsrichter am Queen Square. Es wurde ein Haftbefehl auf Euren Namen ausgestellt, Mylord. Bezüglich der Ermordung von Rachel York."

Lovejoy wusste nicht, welche Reaktion er erwartet hatte: vielleicht ein schuldbewusstes Erröten oder eine leidenschaftliche Beteuerung der eigenen Unschuld. Zumindest hätte man wohl Äußerungen der Empörung und Betroffenheit über den Tod einer schönen Frau, die Devlin sicherlich bewundert haben musste, erwarten können. Doch das Gesicht des jungen Mannes blieb teilnahmslos und bis auf ein schwaches Erschaudern, das eher gelangweilt wirkte, frei von jeglicher Regung.

Er legte die Dokumente beiseite. „Was soll das? Ist das ein schlechter Scherz?"

„Das ist kein Scherz, Mylord. Ihr wurdet sowohl durch Beweisstücke, die am Tatort von Miss Yorks Ermordung gefunden wurden, als auch durch Zeugenaussagen belastet."

Der Viscount verschränkte die Arme vor der Brust und verlagerte sein Gewicht, sodass er seine langen Beine vor sich ausstrecken konnte. „Wirklich? Das ist interessant. Was für Beweisstücke? Und wer sind diese Zeugen?"

Lovejoy erwiderte den starrenden Blick des jüngeren Mannes. Er hatte unheimliche Augen, streng und so leuchtend gelb wie die Mittagssonne. Es kostete Lovejoy Mühe, mit fester Stimme zu antworten. „Zunächst muss ich Euch fragen, ob Ihr mir erklären könnt, wo Ihr gestern Abend zwischen fünf und acht Uhr gewesen seid?"

Der Viscount blinzelte. „Ich war ausgegangen."

„Ausgegangen?", fragte Edward Maitland und schob seinen Unterkiefer aggressiv nach vorn. „Wohin ausgegangen?"

Der Viscount wandte den Kopf zur Seite und musterte den Wachtmeister mit einem langen, frostigen Blick. „Auf einen Spaziergang."

Die Zornesröte ließ Maitlands Wangen dunkel anlaufen. Wie Lovejoy nun feststellte, war es doch eine Fehlentscheidung gewesen, die Wachtmeister mitzunehmen. Maitland war viel zu streitsüchtig und aggressiv, zu grob und hitzköpfig, um mit einem Mann von Devlins Format umgehen zu können. Lovejoy warf seinem Untergebenen einen warnenden Blick zu und sagte leise: „Beherrschen Sie sich, Constable." Zu Devlin sagte er: „Kann das jemand bezeugen, Mylord?"

Der Viscount wandte seinen Blick wieder Lovejoy zu. Wahrlich, diese Augen waren unmenschlich – wild und animalisch, so, als funkelten sie einem aus einem dunklen Wolfsbau entgegen. „Nein."

Lovejoy spürte, wie ihm die Enttäuschung einen kurzen Stich versetzte. Wie viel einfacher wäre es für alle Beteiligten gewesen, wenn der Viscount in diesen verhängnisvollen Stunden gemeinsam mit Freunden zu Abend gegessen oder bei einem Faustkampf zugesehen hätte. „Dann muss ich Euch leider bitten, uns zum Queen Square zu begleiten, Mylord.“

Seine irritierenden, gelben Augen verengten sich. „Ich frage mich, ob es mir wohl erlaubt wäre, einen Diener nach meinem Wintermantel und anderer Schlechtwetterkleidung zu schicken. Soweit ich weiß, kann es zu dieser Jahreszeit ziemlich kühl werden in“, er wirbelte herum und fixierte Edward Maitland mit einem ironisch-höflichen Blick, „Newgate. Das sagten Sie doch, nicht wahr?“

Lovejoy spürte, wie ihm ein flüchtiger Schauer über den Rücken lief. Es war ausgeschlossen, dass der Viscount die geflüsterte Bemerkung des Wachtmeisters im Flur gehört haben konnte – das war unmöglich. Obwohl … Lovejoy erinnerte sich daran, Gerüchte aufgeschnappt zu haben. Er hatte diese beinahe märchenhaften Erzählungen stets angezweifelt, aber sie berichteten davon, dass der junge Mann über ein unnatürlich gutes Sehvermögen verfügte und ein ebenso empfindliches Gehör besaß, dazu unfassbar schnelle Reflexe und die katzenartige Fähigkeit, im Dunkeln zu sehen. Diese unschätzbaren, todbringenden Fähigkeiten hatte er im spanischen Unabhängigkeitskrieg gegen die Franzosen eingesetzt, bevor er aus Gründen, über die lediglich Gerüchte und Vermutungen kursierten, nach Hause zurückgekehrt war.

„Sie können sich natürlich gegen die Kälte rüsten und alle Kleider holen lassen, die Sie benötigen“, sagte Lovejoy eilig.

Plötzlich flackerte Belustigung in den schauderhaften gelben Augen auf, die aber sogleich wieder erstarb. „Vielen Dank“, sagte Viscount Devlin und zum zweiten

Mal an diesem Tag gewann Sir Henry Lovejoy den sonderbaren Eindruck, dass der Schein trog.

Kapitel 7

Eine halbe Stunde später blieb Sebastian auf dem Absatz seiner Vordertreppe stehen und hielt sich mit einer Hand leicht am Geländer fest. Die Temperatur fiel rasch, je näher der Abend rückte, und der Nebel lichtete sich, bis er nur noch in schmutzigen Fetzen über dem Gehweg hing und um die Pfähle der noch nicht entzündeten Laternen waberte. Sebastian sog die beißende, kalte Luft tief in seine Lungen und ließ sie dann langsam wieder herausströmen.

Er war nicht besonders besorgt. Mit Rachel York war er nur flüchtig bekannt gewesen und ihre Beziehung war bestimmt nicht fleischlicher Natur gewesen. Was für Beweise es auch immer geben mochte, die ihn in ihren Tod verwickelten, sie würden sich sicher schnell als haltlos herausstellen – selbst, wenn er nicht vorhatte, jemandem zu erzählen, wo genau er sich zwischen fünf und acht Uhr des Vorabends aufgehalten hatte.

Und doch schärfte sich Sebastians Bewusstsein auf sonderbare Weise, als er die Treppe hinunterging, und ihn überkam ein kribbelndes Gefühl der Vorahnung. Er nahm die langsamen, schwerfälligen Bewegungen des großen jungen Wachtmeisters hinter sich überdeutlich wahr, genau wie die eigenartige hohe Stimme von Richter Lovejoy, als er an der geöffneten Tür der wartenden

Droschke zögernd innehielt und etwas zu dem Kutscher sagte.

Die Droschke war ein alter Landauer mit einem niedrigen, abgerundeten Dach und durchhängenden ledernen Zugsträngen, in dem es abgestanden und muffig roch. Der oberste Wachtmeister namens Maitland drehte sich plötzlich um, packte Sebastians Arm mit ruppigem Griff und rückte nah an ihn heran. „Ich kann mir vorstellen, dass das hier ein ziemlicher Abstieg ist, im Vergleich zuIhrer üblichen Art zu reisen", sagte Maitland. Seine Lippen waren zu einem Lächeln verzogen und sein Blick eisern. „Nicht wahr?" Das Lächeln des Mannes wurde breiter und gab den Blick auf seine zusammengebissenen Zähne frei, während seine Finger sich tief in den Ärmel gruben. „*Mylord*."

Sebastian begegnete dem herausfordernden Blick aus den blauen Augen des Wachtmeisters seinerseits mit einem schmalen Lächeln. „Sie werden noch meinen Mantel zerknittern", sagte er, hob eine Hand und legte sie um das Handgelenk des Wachtmeisters. Das war ein einfacher Handgriff, den er in den Bergen Portugals gelernt hatte, und bei dem man lediglich Druck auf die richtigen Stellen ausüben musste. Der Wachtmeister sog vor Schmerz die Luft ein, sein Griff um den Mantelärmel lockerte sich und er machte einen hastigen Schritt zurück.

Der stinkende Nebel der letzten Tage hatte dafür gesorgt, dass die Steintreppe jetzt mit einer rutschigen Mischung aus Kohlenruß und gefrorenem Tauwasser überzogen war. Der Wachtmeister rutschte auf der Kante der ersten Treppenstufe aus, drehte sich und schlug mit dem Rücken gegen das eiserne Geländer, als er versuchte, das Gleichgewicht wiederzufinden. Es gelang ihm nicht und schließlich ging er auf der zweiten Stufe in die Knie. Sein Zylinder landete neben ihm.

Er hatte etwas von einem Dandy, dieser Wachtmeister, mit seinen kunstvoll zerzausten blonden Locken, dem hochstehenden, gestärkten Hemdkragen und dem umständlich gebundenen Halstuch. Er drückte sich den Hut wieder auf seinen Kopf und richtete sich langsam auf. Ein schmutziger Streifen zog sich über ein Bein seiner teuren sandfarbenen Kniehosen.

„Du verdammter Schweinehund." Maitland spannte den Kiefer an und seine Nasenlöcher blähten sich auf. Aber Sebastians Blick war auf seine Hände gerichtet. Normalerweise trugen Londons Wachtmeister kein Messer bei sich, lediglich die Aggressiveren unter ihnen führten manchmal eines mit. Maitlands Messer war klein und niederträchtig, mit einer feingeschliffenen Klinge, die selbst im schwachen Licht des trüben Nachmittags glänzte. Der Wachtmeister lächelte. „Versucht so etwas noch einmal und Ihr werdet nicht lange genug am Leben bleiben, um gehängt zu werden. *Mylord*."

Sebastian wusste, dass es nur leere Drohungen waren, die ihn einschüchtern sollten. Aber der jüngere Wachtmeister – der mit dem freundlichen Gesicht und dem grobschlächtigen, bulligen Körper – warf einen flüchtigen, besorgten Blick in Richtung der Straße, wo Lovejoy mit dem Rücken zu ihnen stand und einen Fuß bereits auf die Trittleiter der Droschke gesetzt hatte. „Großer Gott, Maitland. Tun Sie das Ding weg, bevor Sir Henry es sieht."

Er stolperte nach vorn – vielleicht in der Absicht, das Messer vor den Blicken des Untersuchungsrichters zu verbergen –, aber er war groß und ungelenk und die nassen Granitstufen waren tückisch. Beide Füße rutschten unter ihm weg. Mit einem entsetzten Schrei stürzte er nach vorn, direkt in Maitlands Klinge.

Sebastian beobachtete, wie sich die Augen des jungen Mannes vor Schreck weiteten und seine Gesichtszüge erschlafften.

„Herr im Himmel!" Maitland ließ den Griff des Messers los. Sein Gesicht war zu einer grauenvollen Grimasse verzerrt.

Der junge Wachtmeister schwankte. Er starrte auf das Messer, das aus seiner Brust ragte. Ein dünnes Rinnsal Blut lief aus seinem Mund. „Sie haben mich umgebracht", flüsterte er und sah Maitland in die Augen, dann knickten seine Beine unter ihm weg.

Sebastian fing den jungen Mann auf, als er stürzte. Das Blut lief über Sebastians Hände und auf seinen Wintermantel. Er ließ den keuchenden Wachtmeister auf den Gehweg herunter, riss sich sein Tuch vom Hals und drückte die Wunde auf der Brust des Wachtmeisters, aus der das Blut pulsierte, damit ab. Das zarte Leinen färbte sich unter seinen Händen tiefrot, bis es durchgeweicht war.

„Großer Gott", flüsterte Maitland und taumelte mit aschfahlem Gesicht die letzte Stufe hinunter.

„Holen Sie einen Arzt – schnell!", blaffte Sebastian.

Maitland stand mit weit aufgerissenen Augen am Zaun und hatte einen Arm darum geschlungen, als müsse er sich festhalten.

„Verdammte Scheiße. Sir Henry, würden Sie bitte –"

Sebastian rutschte auf einem Knie herum und sah, dass Lovejoy auf dem Tritt der Droschke stand und sein kindliches Gesicht vor Schreck verzerrt war. „Mylord“, sagte der Richter, „was habt Ihr getan?“

„Was *ich* getan habe?“, fragte Sebastian.

Constable Maitland, der sich immer noch am Geländer festhielt, wandte seinen Blick von Simplot ab und sah mit weit aufgerissenen Augen zu dem Richter. „Er hat ihn niedergestochen“, schrie Maitland plötzlich. „Er hat Simplot niedergestochen!“

Sebastian starrte auf den Mann in seinen Armen herab. Ein kalter, diesiger Regen setzte ein. Er ließ die Pflastersteine dunkel glänzen und benetzte das Gesicht des sterbenden Mannes, das allmählich eine gräuliche Farbe annahm. Sebastian hatte genug Sterbende gesehen, von Italien und Portugal bis zu den Westindischen Inseln, um die Zeichen des Todes zu erkennen, wenn er sie sah. Der Mann würde sterben, und man würde Sebastian für sein Ableben verantwortlich machen, genau wie man ihn bereits für den Mord an einer Schauspielerin aus dem Londoner West End verantwortlich machte, die er kaum gekannt hatte.

Er war davon ausgegangen, dass es ein Missverständnis sei – ein lästiger Irrtum, den man leicht hätte aufklären können. Jetzt würde das nicht mehr so einfach werden, dachte er. Sebastian zog vorsichtig seine Hände unter den Schultern des Wachtmeisters hervor und erhob sich.

Auf der Brook Street, die zuvor leer gewesen war, ertönte jetzt das Stapfen von sich nähernden Schritten. Zwei Mitglieder des Freiwilligenkorps der Advokaten, die mit scharlachroten Uniformjacken mit gelbem Besatz, weißen Westen und Kniehosen sowie schwarzen Gamaschen bekleidet waren und aus der Davies Street kamen, bogen um die Ecke. „Ihrda", rief Sir Henry Lovejoy von der offenen Kutschentür aus. Er hob zitternd eine Hand und zeigte anklagend in Sebastians Richtung. „Ergreift diesen Herrn. Constable Maitland, reißen Sie sich zusammen!"

Maitland schüttelte den Kopf, als müsse er erst zu sich kommen, und drückte sich dann hastig und unbeholfen von dem Geländer weg. Sebastian hielt ihn auf, indem er ihm einen rechten Haken verpasste, der den Wachtmeister unter dem Kinn erwischte und ihn zurücktaumeln und gegen die stuckverzierte Wand prellen ließ.

Inzwischen war der Regen stärker geworden. Jemand schrie. Die stapfenden Füße begannen zu rennen. Sebastian wirbelte herum. Er überschlug die Entfernung zum Kutschenhäuschen der Droschke und sprang. Er landete mit solcher Wucht neben dem erschrockenen Kutscher, dass der alte Landauer mit seinen durchhängenden Zugsträngen ins Schaukeln geriet.

„He da!", sagte der Kutscher und riss die blutunterlaufenen Augen auf. Sein Gesicht war knorrig und er hatte einen Schnauzbart. „Sie dürfen nich' hier oben bei mir sitzen."

„Dann schlage ich vor, dass Sie absteigen." Sebastian ergriff die Zügel, riss die Peitsche aus den schlaffen Händen des Mannes und zog den Braunen den Lederriemen über die Ohren. Die alte Kutsche bewegte sich ruckartig vorwärts.

„Heiliges Kanonenrohr!", keuchte der Kutscher und stürzte sich auf den Gehweg.

Sebastian warf einen kurzen Blick hinter sich: Die Männer des Freiwilligenkorps hatten innegehalten und knieten neben dem verwundeten Wachtmeister. Aber Maitland lief der Kutsche hinterher. Seine Arme und Beine wirbelten durch die Luft und seine Gesichtszüge waren verkrampft und zeugten von Entschlossenheit. „Stoppt die Droschke! Dieser Mann ist ein Mörder.“

„Scheiße“, fluchte Sebastian und schlug die Zügel fest gegen die Flanken der Braunen.

Ohne an der Ecke zu warten, schwenkte er auf die New Bond Street und zwängte sich zwischen einem Güterwagen mit breiten Rädern und einem hochrädrigen Zweispänner hindurch, der von einem dicken Mann mit gelbem Mantel gelenkt wurde. Der Mann im gelben Mantel riss die Zügel hoch und sein Fuchs stieg.

„Sie da!“, hörte Sebastian Maitland schreien. Als er zurückblickte, sah Sebastian, wie der Wachtmeister auf den hohen Sitz des Zweispänners sprang. „Her mit den Zügeln.“

„Aber hören Sie mal!“, beschwerte sich der Gelbmantel.

„Runter hier“, knurrte Maitland und brachte das schnaubende Pferd unter Kontrolle, bevor er den Gelbmantel von seinem Sitz stieß.

Vor ihnen gab es ein Gedränge, sodass die Fuhrwerke die Straße blockierten. Sebastian fasste die Zügel kürzer. Er kniff wegen des unablässigen Regens die Augen zusammen und schätzte den Abstand zwischen der festgefahrenen Kalesche einer Witwe und dem Eselskarren, der sich schwerfällig und langsam seinen Weg die Straße hinauf bahnte, ab.

„Mylord!“, schrie Sir Henry Lovejoy. Der Regen peitschte ihm ins Gesicht, weil er seinen Oberkörper zur Hälfte aus dem offenen Fenster des Landauers gelehnt hatte, und er trommelte mit der Faust gegen die alte Holzvertäfelung. „Im Namen des Königs verlange ich, dass Ihr diese Kutsche *sofort* anhaltet."

Verdammte Scheiße, dachte Sebastian. Er hatte den Richter vergessen. „Behalten Sie Ihren Kopf drinnen", rief er und warf Sir Henry einen flüchtigen Blick zu.

„Ich sagte, ich verlange, dass Ihr –" Sir Henry verstummte und seine Augen weiteten sich, denn in diesem Moment riss Sebastian die Kutsche um die Kalesche herum, die dem Landauer dabei so nahe kam, dass eine der am Wagen baumelnden Laternen sich in der Hutkrempe des Richters verfing. „Großer Gott", sagte der Richter und zog seinen kahlen Kopf mit einem Ruck zurück in die Droschke.

Sebastian zog an den Zügeln und lenkte den Landauer in einer scharfen Linkskurve auf die Maddox Street. Hinter ihnen schrie der Esel und trat aus, wobei sein Karren umkippte und eine Ladung gackernder, sich aufplusternder Hühner auf das nasse Straßenpflaster schüttete.

„Schafft mir den verdammten Eselskarren aus dem Weg!", schrie Maitland, dessen Zweispänner stehengeblieben war. Der zottige Fuchs schnaubte und warf seinen Kopf in den Nacken, als der Wachtmeister an den Zügeln zog.

Die Braunen liefen jetzt im gestreckten Galopp. Sebastian ließ die Zügel lang und sie preschten die Maddox Street hoch, vorbei an dem ehrwürdigen Steinbau von *St. George's.* Das Läuten der Kirchenglocken drang sanft durch die kühle Abendluft. Elegante Damen in farbenfrohen Kleidern und Herren mit aufgespannten

Schirmen flüchteten vor der heranstürmenden Droschke.

„Haltet diese Droschke an", rief Lovejoy und schlug wieder mit der Faust gegen die Kutsche, als Sebastian ausscherte und über den Hinterhof der Kirche in die Mill Street einbog. „Haltet sie an, im Namen des Königs!"

Sebastian warf hastig einen Blick zurück, aber bis auf einen Laternenanzünder und seinen Jungen war die Straße leer. Gerade, als Sebastian wieder herumwirbelte, gingen die Braunen durch und rannten in die vom Regen überspülte Conduit Street. Vor ihnen ritt eine junge Dame auf einem grobschlächtigen schwarzen Pferd, das sie nur mit Mühe beherrschen konnte und das sich in genau diesem Moment aufbäumte.

Sebastian zerrte an den Zügeln und riss die Braunen zur Seite. Die Pferde stürzten schnaubend und ihre beschlagenen Hufe trafen funkensprühend auf die Bordsteinkante. Die Federung des alten Landauers quietschte. Holz splitterte und der Wagenkasten krachte auf den Bürgersteig, wobei das Kutschenhäuschen zur Seite kippte.

„Devlin!", schrie Sir Henry und versuchte verzweifelt, die Tür der Droschke aufzudrücken.

„Scheiße", flüsterte Sebastian. Regen strömte über sein Gesicht und er bemerkte, dass er irgendwann seinen Hut verloren haben musste. Er rutschte von dem Kutschbock herunter, schlitterte über die nassen Pflastersteine und wich dem Stallknecht der jungen Dame aus, der gerade von seinem eigenen Reittier abstieg, um den laut wiehernden Rappen seiner Herrin, der die

Augen panisch aufgerissen hatte, am Zaumzeug festzuhalten.

Geduldig wartete das gut erzogene, grobknochige
Pferd des Stallknechts. Der Hals des Schimmels hing locker herunter und die Zügel schliffen über den gurgeln-
den Rinnstein. Sebastian riss das nasse Leder an sich
und sprang in den Sattel.

„He! Sie da! Bleiben Sie stehen!" Der kreidebleiche
Stallknecht wirbelte herum, aber er mühte sich immer
noch mit dem launischen Reittier seiner Herrin ab.
„Haltet den Pferdedieb!"

Sebastian drückte dem Schimmel seine Knie in den
Bauch, bis das Tier in einen gestreckten Galopp fiel und
ihn über die vom Regen verdunkelte Straße trug. Er ritt
in Richtung des Covent Garden und der geheimnisvollen Unterwelt von St. Giles jenseits davon.

Kapitel 8

Charles, Lord Jarvis, konnte sich nicht entsinnen, wann genau ihm das Ausmaß der unglaublichen Dummheit bewusst geworden war, die den Großteil seiner Mitmenschen kennzeichnete. Er nahm an, diese Erkenntnis musste ihm wohl im Laufe der Jahre gekommen sein, während er das Verhalten und die Denkweisen der Hausmädchen und Stallknechte, der Rechtsanwälte,Ärzte und Landjunker studiert hatte, die die Welt seiner Kindheit bevölkert hatten. Aber Jarvis wusste genau, wann er den Scharfsinn seines eigenen Intellekts begriffen und verstanden hatte, welche Macht ihm das verlieh.

Er war damals zehn Jahre alt gewesen und hatte unter einem Hauslehrer gelitten, der nur einer aus einer langen Reihe von Hauslehrern gewesen war, die seine Mutter eingestellt hatte, um den einzigen Sohn und Erben ihres verstorbenen Mannes zu unterrichten, anstatt seine zerbrechliche Gesundheit und ihre eigene Stellung als Mutter des Erben der möglicherweise tödlichen Strenge von Eton College auszusetzen. Der Name dieses Vikars war Mr Hammer gewesen und er hatte sich für besonders gelehrt gehalten. Nur seine lebensnotwendigen Bedürfnisse hatten Mr Hammer dazu bewogen, eine solch minderwertige Position als Hauslehrer für einen kleinen Jungen anzunehmen,

und er verlor keine Gelegenheit, seinem Schüler das
Ausmaß seiner entsprechenden Unwissenheit und
geistigen Unfähigkeit einzuschärfen. Und dann hatte
er Jarvis eines Tages eine Aufgabe gestellt, die eigentlich unlösbar für ihn hätte sein sollen: Ein mathemati-
sches Problem, für dessen Lösung Hammer selbst, als
er Student in Oxford gewesen war, einen Monat gebraucht hatte.

Jarvis erledigte die Aufgabe in zwei Stunden.

Jarvis' Erfolg hatte seinen Hauslehrer so sehr erzürnt,
dass dem Mann bald ein Vorwand einfiel, den Jungen
mit einer ordentlichen Tracht Prügel zu bestrafen. Aber
es hatte sich gelohnt, denn in diesem Augenblick lieblichen Triumphes hatte Jarvis verstanden. Er hatte verstanden, dass die meisten Männer, auch solche, die von
vornehmer Abstammung und gut ausgebildet waren,
ein beschränktes Verstandesvermögen besaßen, dass
ihre Gedanken vor sich hindümpelten und sich verhed-
derten. Und dass seine Fähigkeit, klar und schnell zu
denken, Dinge zu analysieren und Muster zu erkennen,
um daraufhin komplizierte Strategien und Lösungen
zu entwickeln, nicht nur selten, sondern, dass sein Verstand auch ein sehr mächtiges Werkzeug war.

Zuerst hatte er angenommen, dass es sich in London
anders verhalten würde. Aber es hatte nicht lange ge-
dauert, bis Jarvis verstanden hatte, dass in den höchs-
ten Kreisen der Gesellschaft und der Regierung im Wesentlichen dasselbe Ausmaß von Schwachsinn und Inkompetenz zu finden war wie beispielsweise bei einem
Jagdtreffen in Middlesex.

Der Mann, mit dem es Jarvis jetzt zu tun hatte, Lord
Frederick Fairchild, war ein typisches Beispiel. Lord

Frederick war der Sohn eines Herzogs, aber nur ein Zweitgeborener, was bedeutete, dass er sich selbst behaupten und emporkommen musste. Das war ihm nach den Maßstäben seines Dunstkreises recht gut gelungen, obwohl das hartnäckige Festhalten an whiggistischen Grundsätzen seinen Einfluss unter dem alten König Georg III. eingeschränkt hatte. Jetzt, wo der Prince of Wales bald zum Regenten ernannt werden sollte, hoffte Lord Frederick darauf, dass seine jahrelange Loyalität Prinny gegenüber endlich belohnt werden sollte. Es war leicht zu durchschauen, dass er hierhergekommen war, in die Räumlichkeiten, die der Prinz Jarvis im *Carlton House* zur Verfügung stellte, um herauszufinden, welche Position genau ihm zufallen würde. Dass er anstrebte, vielleicht sogar zum Premierminister ernannt zu werden, war in London ein offenes Geheimnis und jedermann bekannt.

„Die Abgeordneten des Ober- und Unterhauses werden nächsten Dienstag tagen", sagte Lord Frederick und blickte Jarvis aus großen und sanften grauen Augen wachsam an. „Wenn eine Einigung bezüglich des Wortlauts erzielt werden kann, sehe ich keinen Grund, warum die Vereidigung des Prinzen als Regent nicht am sechsten stattfinden sollte." Er hielt inne und sah Jarvis erwartungsvoll an.

Trotz seiner fünfzig Jahre galt Lord Frederick immer noch als stattlicher Mann: Er war groß und breitschultrig, mit schlanker Taille und einem beneidenswert dichten, gewellten silbergrauen Haarschopf. Als Witwer war er ein ziemlicher Frauenliebling. Auf ihn war stets Verlass, wenn eine alleinstehende Matrone Begleitung zum Abendessen suchte oder jemand ihre

Notenblätter umblättern sollte, während sie spielte. Seine freundliche Art und seine sozialen Kompetenzen sorgten dafür, dass er reichlich Einladungen zu Festen auf den Landsitzen des Adels und zu den üblichen Anlässen der Londoner Saison erhielt. Aber Lord Frederick hatte teure Gewohnheiten – gefährlich teure Gewohnheiten – und deshalb schwang in seiner Stimme ein dringlicher Unterton mit, als er sich räusperte und mit gespielter Beiläufigkeit fragte: „Hat der Prinz schon eine Entscheidung darüber getroffen, wie er die Ämter zu verteilen gedenkt, wenn er die neue Regierung bildet?"

Die Frage war vorsichtig formuliert. Jeder wusste, dass der Prince of Wales selbst nur wenige Entscheidungen traf, die über solch dringliche Angelegenheiten wie die Wahl der Farbe der neuen Seidenbehänge für seine Salons oder die Auswahl eines Architekten, der sein neuestes Renovierungsvorhaben ausführen sollte, hinausgingen. Jarvis lächelte schlicht auf seinem Platz neben dem Fenster. „Nein. Noch nicht."

Die Gesichtszüge von Lord Frederick entglitten für einen Augenblick, dann verbarg er seine Enttäuschung eilig. Der Mann war heute ungewöhnlich nervös. Er zuckte sogar zusammen, als einer von Jarvis' Sekretären leise an die Tür klopfte und verkündete: „Ein gewisser Sir Henry Lovejoy möchte Sie sehen, Mylord. Er sagt, es sei wichtig."

„Bringen Sie ihn herein", sagte Jarvis, obwohl er sich durchaus der Anwesenheit Lord Fredericks bewusst war. Es wäre interessant, zu sehen, ob er bereits von Rachel Yorks Tod gehört hatte. In der Tat: höchst interessant. „Nun, was gibt es?", fragte Jarvis, als der Richter erschien. Dabei wählte er absichtlich einen rauen, ungeduldigen Tonfall.

Sir Henry blickte fragend zu Lord Frederick und zögerte.

„Sie dürfen offen sprechen", sagte Jarvis und machte eine vage Handbewegung in Lord Fredericks Richtung. „Ich nehme an, es geht um Lord Devlin?"

„Ja, Mylord." Erneut hielt der Richter inne und etwas an seinem Verhalten sagte Jarvis, dass ihm nicht gefallen würde, was er gleich zu hören bekäme. „Er ist geflohen."

Jarvis erlaubte sich niemals den Luxus, die Beherrschung zu verlieren, auch wenn er manchmal bewusst den Anschein erweckte, zornig zu sein, um Angst zu schüren und die Menschen in ihrem Eifer, ihn zufriedenstellen zu wollen, noch weiter anzutreiben. Nun ließ er voller Berechnung einige Augenblicke verstreichen und sagte dann mit einem frostigen Tonfall, in dem genau die richtige Mischung aus Ungläubigkeit und gerechtfertigter Empörung lag: „Geflohen, Sir Henry? Sagten Sie, er ist *geflohen*?"

„Ja, Mylord. Er hat auf einen meiner Wachtmeister eingestochen und eine Droschke gestohlen, die er dann ..."

Jarvis presste mit Daumen und Zeigefinger einer Hand die Haut über seiner Nasenwurzel zusammen und schloss für einen Moment die Augen. „Ersparen Sie mir die Einzelheiten." Seufzend ließ er seine Hand fallen. „Ich will hoffen, dass Sie Devlins Aufenthaltsort ausfindig gemacht haben?"

Ein schwaches Erröten zeichnete sich auf den Wangen des kleineren Mannes ab. Es ging nichts über einen subtilen Hinweis auf seine Inkompetenz, um einen Mann dazu zu bringen, sich, nun ja, inkompetent zu fühlen. „Noch nicht, Mylord."

Lord Frederick erhob sich von seinem Platz am Kamin und starrte die beiden Männer an. „Verstehe ich Sie richtig: Sie sagen, Sie haben versucht, den Sohn des Earl of Hendon zu verhaften? Wegen welcher Anklagepunkte?"

„Mord", sagte Jarvis regungslos.

„Mord? Großer Gott. Aber ... ich dachte, dass Talbots Verletzung nur beschämend war, nicht lebensbedrohlich. Ist er also tatsächlich gestorben?"

Sir Henry antwortete ihm und machte dabei, wie so oft, eine seiner knicksenden Verbeugungen. „Lord Devlins jüngstes Duell war, soweit ich weiß, nicht tödlich. Er ist allerdings in den Tod einer jungen Frau verwickelt, deren Leiche heute Morgen in *St. Matthew of the Fields* in der Nähe von Westminster Abbey entdeckt wurde. Eine Schauspielerin namens Rachel York."

Jarvis beobachtete gespannt, wie Lord Fredericks Unterkiefer herunterklappte. Normalerweise war der Mann besser darin, die Fassung zu bewahren. „Sie haben Viscount Devlin wegen Rachels Ermordung verhaftet?"

Sir Henry blinzelte. „Ihr kanntet sie, Mylord?"

„*Kennen* ist vielleicht nicht ganz zutreffend. Ich meine, ich habe sie natürlich im Covent Garden *gesehen*. Und ich hatte natürlich davon gehört, dass sie getötet wurde. Aber ich hatte ja keine Ahnung, dass *Devlin* ..."

Lord Frederick zog ein Taschentuch hervor und drückte das zarte Leinen an seine Lippen. „Entschuldigen Sie mich", sagte er und eilte aus dem Raum.

Sir Henry runzelte kaum merklich die Stirn, sodass die Falte zwischen seinen Augen deutlicher hervortrat, während er der sich entfernenden Gestalt Lord Fredericks hinterher blickte.

„Ich will, dass jeder verfügbare Mann eingesetzt wird, um Devlin zu fassen", sagte Jarvis und machte den Richter wieder auf sich aufmerksam.

Sir Henry verbeugte sich. „Ja, Mylord."

„Sie haben selbstverständlich dafür gesorgt, dass die Häfen bewacht werden?"

Es folgte noch eine Verbeugung. „Ja, Mylord. Obwohl der Viscount auf dem europäischen Festland zurzeit nicht gerade willkommen wäre."

„Er könnte immer noch nach Amerika fliehen."

„Ja, Mylord."

Allmählich begann der kleinere Mann, ihn zu langweilen. Jarvis griff nach seiner Schnupftabakdose. „Ich will hoffen, dass ich morgen früh in der Angelegenheit einen erfreulicheren Bericht erhalte."

„Lassen Sie uns das hoffen, Mylord", sagte Sir Henry Lovejoy und entfernte sich unter Verbeugungen.

Auch nachdem er gegangen war, stand Jarvis eine Zeit lang am Fenster, an dem die Regentropfen herunterliefen. Seine Schnupftabakdose ruhte vergessen in seiner Hand, während er in die Dunkelheit hinaus starrte. Der Nebel hatte sich endlich aufgelöst, sodass er von hier aus die Prachtstraße *The Mall* sehen konnte. Ihr nasses Pflaster schimmerte im flackernden goldenen Schein der Straßenlaternen und im Licht der Wägen, die dort entlangfuhren.

Bisher hatte es ihn nicht interessiert, ob Devlin für den Tod dieser Schauspielerin verantwortlich war oder nicht. Und es kümmerte ihn immer noch nicht. Es zählte nur, dass die offizielle Untersuchung von Rachel Yorks Ermordung so schnell wie möglich abgeschlossen wurde, damit der schlechte Ruf des jungen Viscounts dem Ansehen der Regierung in einer solch kritischen Phase keinen Schaden zufügen konnte. Falls nötig könnte der Vater des Viscounts, der Earl of Hendon, unauffällig aus der Regierung verabschiedet werden.

Genau genommen kam Jarvis, je mehr er darüber nachdachte, sogar zu dem Schluss, dass diese Wirrungen schließlich doch etwas Gutes haben könnten. Obwohl Hendon wegen seiner überzeugt konservativen Haltung als Tory für Jarvis erträglicher war als ein Mann von beispielsweise Fairchilds Schlag, blieb immer noch die Tatsache, dass Hendon nie zu Jarvis' Anhängern gezählt hatte. Der alte Narr glaubte doch tatsächlich, dass die Politik nach denselben Regeln gemacht werden konnte wie eine Kricketpartie auf den Spielfeldern Etons – mit Sportsgeist und Fairness. Es wäre so viel einfacher, den Prinzen unter Kontrolle zu halten, wenn Jarvis Hendon endlich loswerden könnte.

Außerdem deuteten Devlins überstürzte Flucht vor der Justiz und sein vermutlich tödlicher Angriff auf einen Gesetzeshüter sicherlich darauf hin, dass seine Schuld beträchtlich war. Der junge Mann musste bald gefasst werden. Oder getötet. Jarvis klappte seine Schnupftabakdose auf, hielt sich eine Prise an die Nase

und atmete tief ein. Ja, es wäre wohl besser, wenn Devlin getötet würde.

Kapitel 9

Die Geräusche seiner Verfolger waren längst in der Ferne verklungen.

Sebastian ließ den Schimmel in einen gemächlichen Schritt fallen. Es dämmerte schon und die Dunkelheit würde bald vollends hereinbrechen. Der Regen hatte nachgelassen und nieselte nur noch, dafür frischte der Wind auf. Sebastian klappte den Kragen seines Wintermantels hoch, um sich vor der Kälte und Nässe zu schützen. In diesem Moment bedauerte er den Verlust seines Hutes sehr. Er überlegte, wie er von nun an vorgehen sollte.

Selbst hier, abseits der eleganten Stadtviertel Mayfairs, drehten sich Köpfe nach ihm um, wenn er vorbeiritt, und die Menschen zeigten mit dem Finger auf ihn. Sebastian war sich seines fehlenden Halstuches, seiner mit Schlamm bespritzten Stiefel und den Blutflecken auf seinem Mantel und seinen Handschuhen sehr wohl bewusst. Er beschloss, dass es zunächst am dringlichsten wäre, eine Gegend aufzusuchen, in der sein zerzaustes Erscheinungsbild weniger Aufmerksamkeit erregen würde. In den Gassen und Nebenstraßen eines Ortes wie dem Covent Garden oder St. Giles würde niemand einen Mann ohne Hut, mit zerrissenem Mantel und blutbefleckten Handschuhen eines zweiten Blickes würdigen.

Unter den Saumfalten seines Wintermantels spürte Sebastian das Gewicht seiner Brieftasche und einen Augenblick lang überkam ihn Dankbarkeit dafür, dass er voller Voraussicht die Geldbörse in die Tasche gesteckt hatte, bevor er das Haus verlassen hatte. Er beschloss, ein Gasthaus aufzusuchen – irgendeinen bescheidenen Ort, an dem es aber wenigstens warm und trocken war. Und dann würde er sich daran machen, Kontakt zu den Personen aufzunehmen, die –

Sebastian hob den Kopf, denn seine Aufmerksamkeit wurde von einem leisen, kaum wahrnehmbaren Geräusch erregt, das beinahe von dem Lärm der Holzräder, die über Spurrillen ratterten und von dem nicht enden wollenden Prasseln des Regens übertönt wurde.

Er befand sich jetzt in einem ärmeren Viertel, in einer Wohngegend, die von engen Gassen mit alten Häusern und kleinen Läden geprägt war, deren schmutzige Fenster mit Eisengittern gesichert waren. Es gab hier keine edlen Kutschen, sondern nur wuchtige, rumpelnde Holzwagen und Hundekarren, die sich durch einen wachsenden Pulk stämmiger Arbeiter schlängelten, vorbei an Fassbindern und Hufschmieden, Wäscherinnen und Pastetenverkäufern, die ihre Stimmen zu einem Singsang erhoben: *Pasteten. Schmackhafte, heiße Pasteten.* Jetzt konnte er es ganz deutlich hören: das Donnern sich eilig nähernder Hufpaare und eine Jungenstimme, die rief: „Wenn Sie 'nen komischen Kerl auf 'nem Schimmel suchen, der is' da lang geritten!"

„Verdammter Mist", flüsterte Sebastian und trieb sein gestohlenes Pferd vorwärts in die Schwärze der Nacht.

Er ließ den Schimmel in einem warmen Stall am Rande von St. Giles zurück. Der Bezirk St. Giles war berüchtigt und dafür bekannt, dass Polizisten auf Verfolgungsjagd dort einfach verschwunden und nie mehr gesehen wurden. Die Londoner Obrigkeiten vermieden den Stadtteil.

Das Gasthaus *Black Heart* lag am Ende einer schäbigen kleinen Straße, die als Pudding Row bekannt war. Die Gegend war geprägt von schiefen Straßen und baufälligen mittelalterlichen Gebäuden, die sich aneinander anzulehnen schienen, um nicht umzufallen, und deren Obergeschosse über die unbefestigten Gassen mit offenen Rinnsteinen, in denen Unrat verfaulte, hinausragten. Das Gasthaus war ein Überbleibsel aus alten Zeiten: Der niedrige Fachwerkbau hatte bleiverglaste Vorderfenster, durch die nur ein schwacher Lichtschein auf die nächtliche Straße hinaus drang. Sebastian hielt im Schatten des Eingangs inne und drehte den Kopf zur Seite, während er lauschte.

Es hatte aufgehört zu regnen, aber mit Einbruch der Dunkelheit war die Temperatur gefallen, sodass die meisten Bewohner Londons sich in geschlossene Räume zurückgezogen hatten. Er konnte nichts weiter hören als das ferne Kreischen von eisenbeschlagenen Rädern und das dumpfe, monotone Läuten einer Kirchenglocke, die jemandes Tod verkündete. Er drückte die Tür auf und trat ein.

Eine dichte Duftwolke aus verschiedensten Gerüchen hüllte ihn ein. Es roch nach Bier und Tabak, nach beißendem Kohlerauch und heißem Fett und ranzigem, altem Schweiß. Der Gastraum war dunkel, die flackernden Kerzen gaben nur ein schwaches Licht ab, das über die Wände und die niedrige Balkendecke tanzte. Beides hatte sich im Laufe der Zeit schwarz verfärbt. In Barchent und Kordsamt gekleidete Männer standen mit aufgestützten Ellenbogen an der Theke oder lungerten an schrammigen Tischen herum. Als Sebastian hereinkam, sahen sie auf und die dröhnende Mischung aus Geschwätz und Gelächter verstummte, während sie ihn mit tiefliegenden Augen misstrauisch und wachsam beobachteten. Er war hier ein Fremder und Fremde waren an solchen Orten niemals willkommen.

Er bahnte sich seinen Weg zur Theke, kaufte einen Krug Bier und bestellte sich ein Abendessen. Das Brot würde mit Kreide und Alaun gepanscht sein, das Rindfleisch ranzig und knorpelig, aber er würde in dieser Gegend kaum etwas Besseres finden und er hatte seit dem Frühstück, das er zusammen mit Christopher in einem Gasthaus unweit der Hampstead Heath am Morgen eingenommen hatte, nichts mehr gegessen.

In einer Ecke des Raumes brannte ein Feuer. Sebastian machte sich mit dem Krug in der Hand auf den Weg dorthin. Die Geräuschkulisse war wieder angeschwollen, obwohl er sich bewusst war, dass einige missgünstige Augenpaare skeptisch und angespannt jeden seiner Schritte verfolgten. Schatten bewegten sich verstohlen über die Wände, als zwei oder drei Männer leise aus dem Raum schlichen.

Sebastian ging über den mit Sägemehl bestreuten Boden und schlängelte sich zwischen dicht gedrängten, ungewaschenen Körpern hindurch. Auf halbem Weg zum Feuer rempelte ihn ein Junge von vielleicht acht oder zehn Jahren an.

„Ein flotter Bursche", sagte Sebastian in einem gutgelaunten, ironischen Tonfall, während er geschickt seine Brieftasche wieder aus der Faust des Jungen zog. Der unerwartete Verlust seiner Beute ließ den jungen Dieb innehalten, sodass Sebastian den Burschen, nachdem er seine Börse in eine Innentasche gesteckt hatte, am Kragen packen und ihn wieder zu sich zerren konnte, ohne auch nur den Krug abzusetzen oder einen Tropfen Bier zu verschütten. „Aber nicht besonders geschickt, fürchte ich."

Alle Augen im Raum waren jetzt auf sie gerichtet, was Sebastian durchaus bewusst war, aber die allgemeine Stimmung war eher von gespannter Erwartung geprägt, als von Feindseligkeit. Ein Marktvogt aus Covent Garden – ein dicker, schwerfälliger Mann mit einer fleckigen Weste und einem Dreifachkinn – stand von einem nahegelegenen Tisch auf und wischte sich mit dem Rücken seiner fleischigen Hand über die feuchten Lippen. „Ah, der da ist also ein Wiedertäufer." Leises Gelächter ging durch den Raum, denn diesen Spitznamen gab man jungen Taschendieben, die auf frischer Tat erwischt worden waren und denen die harte Bestrafung zukam, in den nächsten Teich geworfen zu werden. „Sollen wir ihn umtaufen?"

Der Junge hielt das Kinn erhoben und sein Blick blieb fest, aber Sebastian fühlte, wie ein Zittern durch den dünnen Körper ging. Für ein obdachloses Kind konnte es den Tod bedeuten, in einer Nacht wie dieser in einen eisigen Teich getaucht zu werden.

„Ich bezweifle nicht, dass er die Säuberung vertragen könnte", sagte Sebastian und seine Worte wurden mit noch mehr Gelächter aufgenommen. „Aber der Junge hat nicht wirklich Schaden angerichtet." Sebastian öffnete seine Faust und ließ den Stoff des dünnen, zerlumpten Hemdes, das der Bengel trug, durch seine Finger gleiten. „Na los", sagte er und deutete mit dem Kopf in Richtung der Tür, als der Junge zögerte. „Verschwinde von hier."

Anstatt wegzurennen, wich der Junge nicht von der Stelle und musterte Sebastian mit unverhohlenem, nachdenklichem Blick aus überraschend wachen Augen. „Ihr seid auf der Flucht, stimmt's?"

Sebastian hielt inne, obwohl er seinen Krug schon halb zum Mund geführt hatte. „Wie bitte?"

Der Junge war älter, als Sebastian zuerst angenommen hatte – wahrscheinlich eher zehn oder zwölf – und offensichtlich war er aufmerksam genug, um zu bemerken, dass Sebastians Wintermantel, der unter dem Schlamm und Blut verborgen war, aufwendig geschneidert und aus einem edlen Stoff war, der noch vor wenigen Stunden neu gewesen war.

„Was habt Ihr angestellt? Habt Ihr all Euer Geld verspielt und seid abgehauen, bevor man Euch im Fleet Prison einsperren konnte? Oder habt Ihr einen Mann in einem Duell getötet?" Eine kleine, knochige Hand streckte sich nach Sebastian aus und befühlte den dunklen, verräterischen Fleck auf seinem Brustkorb. „Also ich glaube ja, Ihr habt jemanden umgebracht."

Sebastian nahm einen großen Schluck von seinem Bier. „Sei nicht albern."

„Ach. Und warum sonst sollte so ein vornehmer Herr wie Ihr in einer Spelunke wie dem *Black Heart* einkehren? Erklärt mir das doch mal."

Ein vorpubertäres Mädchen mit schmalen Schultern und glattem, blassem Haar kam aus den Hinterzimmern und verfrachtete das Essen von ihrem Tablett auf

Sebastians Tisch. Er starrte auf den kleinen Laib Brot, der eine verdächtig weiße Farbe hatte, und das nicht identifizierbare Fleisch auf seinem Teller, das in einigen Schöpflöffeln voll erkaltendem Fett schwamm. Der Appetit verging ihm.

„Ihr solltet Eure Geldbörse irgendwohin stecken, wo sie nich' zu sehen ist und wo man auch nich' so leicht drankommt", sagte der Bengel, als Sebastian sich an den Tisch setzte. „Das wisst Ihr, nicht? Das verführt geradezu zum Diebstahl, wenn sich Euer Mantel so unübersehbar ausbeult. Eigentlich würde ich sogar sagen, dass es sträflich ist, ehrliche Burschen auf diese Weise zu Dummheiten zu verleiten."

Sebastian blickte auf und hielt inne, die Gabel schon halb zum Mund geführt. „Und wann warst du jemals ein ehrlicher Bursche?"

Der Junge lachte laut. „Ich mag Euch", sagte er und sein Blick wanderte zu dem Essen auf Sebastians Teller. Sein Gesicht zuckte – ein kurzes Zittern, das von bitterer Not sprach, die er eilig verbarg. „Ich sage Euch was: Ich habe ein Angebot für Euch, ja, das habe ich. Wenn Ihr einverstanden seid, könnte ich mich Euch für, sagen wir, zehn Pennies am Tag verdingen? Ich könnte Euch zeigen, wo es in diesem Stadtteil langgeht, jawohl. Ich könnte Euer Diener sein. Ein vornehmer Gentleman, wie Ihr es seid, braucht auf jeden Fall einen Diener."

„Das stimmt." Sebastian kaute und schluckte. „Aber ich bin wirklich ein seltsamer Mensch. Ich habe eine entschiedene Abneigung dagegen, von meinen Bediensteten bestohlen zu werden."

Der Junge schniefte. „Tja, wenn Ihr mir das unbedingt nachtragen wollt“, sagte er vorwurfsvoll und wandte sich mit schleppenden Schritten zum Gehen.

„Augenblick mal.“

Der Junge wirbelte wieder herum.

„Hier.“ Sebastian hob das Brot auf und warf es dem Jungen zu, der den kleinen Laib geschickt mit einer Hand auffing.

Sebastian schnaubte. „Du kannst jedenfalls besser fangen als Angebote machen. Und jetzt zieh Leine.“

Kapitel 10

Kat Boleyn hatte Rachel York zum ersten Mal am Ufer der Themse getroffen – in einer verschneiten Dezembernacht vor etwas mehr als drei Jahren. Rachel war damals fünfzehn Jahre alt gewesen, herzzerreißend jung und vollkommen verzweifelt. Kat war ganze zwanzig gewesen, aber bereits seit mehreren Jahren der Stolz der Londoner Theaterbühnen, und sie hatte ihre Geheimnisse und ihre eigene, leidvolle Vergangenheit unter kostbaren Juwelen und einem einstudierten Lächeln verborgen.

Also ging Kat Boleyn an jenem Mittwochabend an die Themse, um einen Strauß gelber Rosen mitten von der London Bridge zu werfen. Ohne eine Träne zu vergießen, beobachtete sie, wie die Blumen auseinandertrieben und langsam unter den schwarzen Wassermassen des Flusses verschwanden. Dann wandte sie sich entschlossen ab.

Die Wolken hingen noch tief über der Stadt, aber mit dem Einbruch der Nacht hatte der Regen nachgelassen. Nur ein zarter Sprühnebel war geblieben. Als sie noch ein kleines Mädchen gewesen war, hatte Kat den Nebel geliebt. Sie lebte damals in Dublin, in einem weißgekalkten Haus gegenüber von einem begrünten Anger, gesäumt von Kastanien und riesigen Eichen. Eine dieser Eichen, die älteste von allen, hatte ein dichtes Geäst, das fast bis auf den Boden reichte. Noch bevor sie in die Schule kam, hatte Kats Vater ihr beigebracht, auf diesen Baum zu klettern.

Für sie war er immer ihr Vater gewesen, auch wenn es eigentlich nicht stimmte. Aber er war der einzige Vater, den sie je gehabt hatte, und er ermutigte sie manchmal, solche Dinge zu tun, die ihrer Mutter Sorgen bereiteten.

„Das Leben ist voller furchterregender Dinge", pflegte er Kat immer zu sagen. „Die Kunst besteht darin, dich von den Ängsten nicht davon abhalten zu lassen, dein Leben zu *leben*. Was auch immer du tust, Katherine, gib dich nicht mit einem Leben zufrieden, das nur halb gelebt wurde."

An dem Tag, als die englischen Soldaten kamen, hatte Kat versucht, sich genau das vorzusagen. Der Nebel war an diesem Morgen dicht gewesen und trug beißenden Brandgeruch mit sich. Sie stand im schwachen Morgenlicht und wiederholte die Worte ihres Vaters wieder und wieder, als sie ihre schreiende, um sich tretende Mutter aus dem hübschen kleinen weißen Haus zerrten. Sie sorgten dafür, dass Kat an diesem Tag mit ansehen musste, was sie ihrer Mutter antaten, und sie zwangen auch Kats Vater, dabei zuzusehen. Und dann hängten sie sie beide auf, Kats Mutter und Vater, Seite an Seite, an der Eiche am Rande des Angers.

Diese Tage stammten aus einem anderen Leben, aus dem Leben einer anderen Person. Die Frau, die jetzt ihren Phaeton mit dem Zweigespann zügig durch Londons von Laternen beleuchtete Straßen lenkte, nannte sich Kat Boleyn, und sie war eine der berühmtesten Schauspielerinnen des Londoner Theaters. Der samtene bodenlange Mantel, den sie an diesem Abend trug, hatte eine leuchtend kirschrote Farbe, er war nicht schmutzig grau und vom Rauch beschmutzt. Und sie trug um ihren Hals eine Perlenkette, statt eines schwarzen Trauerflors.

Aber den Nebel hasste sie immer noch.

Kat zügelte die Pferde vor dem Stadthaus von Monsieur Léon Pierrepont, überreichte ihrem Stallknecht die Zügel und stieg mühelos von dem hohen Sitz herunter. „Führen Sie die Pferde spazieren, George."

„Ja, Miss."

Auf dem Gehweg hielt sie inne und starrte an der klassizistischen Fassade des Hauses hoch, die vom Schimmer flackernder Öllampen in sanftes Licht getaucht wurde. Wie so vieles an Leo Pierrepont war das Haus auf der Half Moon Street sorgfältig ausgesucht und in Szene gesetzt worden, um genau den richtigen Eindruck zu erwecken: groß, aber nicht zu groß, elegant und mit einem Hauch der verblassten Pracht, wie man sie bei einem stolzen Adligen, der nun gezwungen war, im Exil zu leben, erwartete. Wenn man ein Leben führte, das im Wesentlichen eine einzige Lüge war, war es unabdingbar, den Schein zu wahren.

Sie traf ihn allein an, in seinem Esszimmer, wo er gerade dabei war, sich an einen Tisch zu setzen, der für eine Person mit edlem Porzellan, glänzendem Silber und funkelndem altem Kristall eingedeckt war. Er war ein schlanker, zierlich gebauter Mann, den die vergangenen Jahre, wie schwierig sie auch gewesen sein mochten, kaum hatten altern lassen. Sein Gesicht war noch beinahe faltenlos, sein hellbraunes Haar kaum mit Grau durchzogen. Kat hatte sein genaues Alter nie erfahren, aber angesichts der Tatsache, dass er fast dreißig gewesen war, als er durch Robespierres Terrorherrschaft aus Paris vertrieben wurde, wusste sie, dass er inzwischen Ende vierzig sein musste.

„Du hättest nicht herkommen sollen", sagte Leo, schien aber seine Aufmerksamkeit allein auf seine Suppe zu richten.

Kat zerrte sich die Handschuhe von den Fingern und warf sie zusammen mit ihrem Pompadour, ihrem Mantel und ihrem Hut auf einen Stuhl, der in der Nähe stand. „Um wessen Ruf sorgst du dich, Leo? Meinen oder deinen?"

Er blickte auf und in seinen grauen Augen leuchtete ein schwaches Lächeln. „Meinen, natürlich. Du hast keinen Ruf mehr zu verlieren."

Er bedeutete den Dienern, sie allein zu lassen, dann lehnte er sich zurück. Das Lächeln erstarrte. „Du hast gehört, was mit Rachel passiert ist, nehme ich an?"

Kat stützte sich mit flachen Händen auf die Tischplatte und beugte sich vor. Unter dem seidenen Mieder ihres Kleides klopfte ihr Herz heftig und schnell, aber sie schaffte es, mit ruhiger und fester Stimme zu sprechen. „Warst du es?"

Wenn er es getan hätte, würde er es nicht zugeben, das wusste Kat. Aber sie wollte seinen Gesichtsausdruck sehen, während er es leugnete.

Leo tauchte seinen Löffel in die Suppe und führte ihn behutsam an seine Lippen. „Ach komm, *ma petite*. Selbst wenn ich Rachels Tod gewollt hätte – glaubst du ernsthaft, ich hätte sie auf so spektakuläre Weise getötet? In einer *Kirche*? Wie ich höre, waren die Wände praktisch mit ihrem Blut angestrichen."

Kat beobachtete, wie er seine langen, schlanken Hände nach einem Stück Brot ausstreckte. „Vielleicht hat einer deiner Lakaien über die Stränge geschlagen.“

„Ich wähle meine Lakaien sehr sorgfältig aus.“

„Wer hat sie dann getötet?“

Die Gesichtszüge des Franzosen verdunkelten sich in einem kurzen Anflug von Besorgnis, von dem Kat beinahe – *beinahe* – glaubte, dass er echt sein könnte. „Ich wünschte, ich wüsste es.“

Kat drehte sich um und schritt auf ihren langen Beinen eilig im Raum auf und ab.

Leo verlagerte auf seinem Stuhl das Gewicht und beobachtete sie.

„Warum klingelst du nicht nach dem Diener und lässt dir ein Glas bringen“, sagte er nach einer Weile. „Trink einen Schluck Wein.“

„Nein, danke.“

„Dann hör wenigstens auf, so ermüdend im Zimmer auf und ab zu laufen. Das tut meiner Verdauung nicht gut.“

Sie hielt neben dem Tisch inne, aber sie setzte sich nicht. „Mit wem sollte Rachel sich gestern Abend treffen?“

Leo nahm ein Messer in die Hand und bestrich seelenruhig sein Brot mit Butter. „Mit niemandem, den ich kenne.“

„Was willst du mir dann weismachen, Leo? Dass dorthin gegangen ist, um *zu beten*?“

„Das tun die Leute normalerweise in einer Kirche.“

„Nicht Leute wie Rachel.“ Kat ging zum Kamin und starrte mit leerem Blick auf die glühenden Kohlen. Es war schon immer ein gefährliches Spiel gewesen, das sie spielten und sie alle wussten das. Aber wer auch immer sich gestern Abend mit Rachel getroffen hatte, war nicht bloß gefährlich: Er war bösartig. Und was er getan hatte, konnte zur Bedrohung für sie alle werden. „Sie werden Nachforschungen über ihren Tod anstellen – die Behörden, meine ich. Sie könnten über etwas stolpern."

„Vorsicht, *ma petite*", sagte Leo und griff nach seinem Glas. „Die Wände haben Ohren."

Er nahm langsam einen Schluck von seinem Wein und legte die Stirn in Falten. „Und: Nein, ich glaube nicht, dass die Behörden etwas finden werden, das uns beunruhigen müsste. Ich habe mich heute Morgen, gleich nachdem ich erfahren hatte, was geschehen war, auf den Weg zu ihrer Wohnung gemacht, aber die Wachtmeister waren gerade da. Heute Abend werde ich noch einmal hinfahren und sicherstellen, dass sie nichts hinterlassen hat, was uns belasten könnte."

„Du könntest zu spät kommen. Sie haben vielleicht schon etwas gefunden."

Leo stieß ein amüsiertes Schnauben aus. „Das kann nicht dein Ernst sein. Wir sind hier in London, nicht in Paris. Die Engländer sind Narren. Sie haben so große Angst davor, dass ein stehendes Heer ihre Freiheiten beschneiden könnte, dass sie lieber zusehen, wie ihre Städte von Dieben und Mördern überrannt werden, als einen ordentlichen Polizeitrupp aufzustellen. Die Wachtmeister haben sicher nichts gefunden. Und außerdem", er schob sich noch ein Stück Brot in den Mund, kaute und schluckte, „glauben sie doch, sie wüssten bereits, wer es getan hat."

Kat wirbelte herum und sah ihn an. „Du hast gesagt, du wüsstest nicht, wer sie getötet hat."

„Ich weiß auch nicht, wer sie getötet hat. Aber die Londoner Behörden denken, sie wüssten es. Zweifellos sitzt er auch schon in Haft, während wir uns hier unterhalten. Irgendein Viscount, der angeblich einen Hang dazu hat, seine Mitmenschen abzuschlachten. Er hat einen eigenartigen Namen. Irgendwas wie Diablo oder Devil oder –"

„Devlin?" Ihr Atem ging ungewöhnlich flach und schnell, als Kat vom Kamin auf Leo zukam und mit eindringlichem Blick sein Gesicht musterte.

„Genau."

Er sah sie mit weit aufgerissenen Augen an und sie wusste, dass er mit ihr spielte und sich genau an Sebastians Namen erinnert hatte. „Ah, jetzt fällt es mir wieder ein." Er legte den Kopf schief und lächelte zu ihr hoch. „Devlin war früher einer deiner Protektoren, nicht wahr? Bevor er in den Krieg gezogen ist, um für König und Vaterland gegen die Mächte des Bösen und gegen Kaiser Napoleon zu kämpfen."

„Das ist lange her." Kat wandte sich ab und griff nach ihrem Mantel. Sie hatte plötzlich das Bedürfnis, zu gehen. Und allein zu sein.

Leo schob seinen Stuhl zurück und stand in einer einzigen, geschmeidigen Bewegung auf, streckte die Hand aus und schloss seine Finger um ihren Oberarm, sodass sie gezwungen war, sich wieder umzudrehen, und er ihr prüfend ins Gesicht sehen konnte. Er wirkte so träge, so schlank und verweichlicht, dass man leicht vergessen konnte, wie geschwind er sich bewegen konnte und welche Kraft diese langen, dünnen Finger besaßen.

Sie starrte ihn regungslos an. Es kostete sie all die Kunstfertigkeit, die sie sich während ihrer Ausbildung als Schauspielerin angeeignet hatte, ihre undurchschaubare Miene zu wahren und das schnelle, verräterische Klopfen ihres Herzens zu beruhigen.

Aber Leo kannte sie gut. Er kannte ihre Begabungen und er wusste auch um diese eine Schwäche, die sie nicht zugeben wollte, nicht einmal vor sich selbst. Ein schiefes Lächeln zuckte um seine Lippen, dann erstarrte es. „Wenn du gerade einmal dreiundzwanzig bist", flüsterte er und legte seine Hand an ihre Wange, ohne, dass die Berührung etwas Zärtliches an sich gehabt hätte, „ist nichts in deinem Leben wirklich lange her."

Kapitel 11

Sebastian verbrachte den Rest der Nacht in einer kleinen Kammer, die über dem Hinterhof des *Black Heart* gelegen war. Nachdem er einen kurzen Blick auf das Bett geworfen hatte, zog er seine Stiefel aus, breitete seinen Mantel über eine schmale Holzbank und legte sich darauf. Er hatte es schon schlimmer gehabt, im Krieg: Durchwachte Nächte, die er auf kaltem, steinigem Boden verbracht hatte, oder in denen er dem Trippeln von Kakerlaken, die über den Erdboden huschten, gelauscht hatte.

Er schlief nicht.

Als es dämmerte, erhob er sich aus seinem notdürftigen Bett und trat ans Fenster, das den Blick auf den mit Müll übersäten Hof darunter freigab. Der Morgen war nass und bitterkalt, aber er öffnete das Stulpfenster weit und sog die beißende Luft tief in seine Lungen, während seine Gedanken zu den Ereignissen des Vorabends schweiften.

Sebastian hatte immer geglaubt, dass es solche Momente im Leben eines jeden Mannes gab; entscheidende Augenblicke, in denen ein zufälliges Ereignis oder eine scheinbar unbedeutende Entscheidung ihn von einer einst unausweichlich scheinenden Zukunft abbringen und sein Leben in eine gänzlich andere Richtung lenken konnte. Trotzdem war es schwierig, zu sagen, welcher Moment genau Sebastians Leben diese Wendung gegeben hatte. War es der Augenblick seines eigenen Wutausbruchs und des Fehlverhaltens des Wachtmeisters gewesen? Oder war er schon am Abend zuvor geschehen, als er einer verzweifelten, ängstlichen Frau ein Versprechen gegeben hatte?

Sebastian schürzte die Lippen und stieß einen langen Seufzer aus. Trotz allem, was passiert war, bereute er dieses Versprechen weder, noch konnte er die Frau verraten, der er sein Wort gegeben hatte.

Er zog ein kleines Notizbuch aus seiner Tasche, riss eine Seite heraus und kritzelte eilig darauf:

Bitte versichern Sie Melanie, dass ich ihr Vertrauen nicht enttäuschen werde. Ganz gleich was passiert, sie darf nichts sagen, was sie selbst verraten würde. Ihr Leben hängt davon ab. D.

Er faltete das Blatt einmal und dann noch einmal, schrieb außen den Namen und die Adresse von Melanies Schwester darauf und steckte den Zettel dann tief in seine Tasche.

Er hatte in der vergangenen, langen Nacht in aller Ruhe über die Möglichkeiten nachgedacht, die sich ihm jetzt boten, und festgestellt, dass es dergleichen drei gab. Er könnte zum Queen Square gehen, sich Sir Henry Lovejoy stellen und sein Vertrauen in ein System setzen, dass besser dafür bekannt war, im Schnellverfahren Urteile zu fällen, als dafür, die Wahrheit herauszufinden. Er könnte ins Ausland fliehen und hoffen, dass jemand während seiner Abwesenheit seinen guten Ruf wiederherstellen würde, und sich, falls das nicht geschehen sollte, mit einem Leben im Exil abfinden.

Oder er könnte im Untergrund der Stadt verschwinden und sich daran machen, auf eigene Faust herauszufinden, wer Rachel York getötet hatte.

Rachel war eine ungewöhnlich attraktive Frau gewesen. Er hatte sie oft in den verschiedenen Theatern der Stadt gesehen – sowohl auf der Bühne als auch bei den auserlesenen geselligen Zusammenkünften, an denen ausschließlich solche Frauen und die wohlhabenden, hochwohlgeborenen Männer teilnahmen, die sie anzuziehen suchten. Er hatte sie gesehen und, das musste er zugeben, auch bewundert. Aber sie war nie seine Geliebte gewesen, er hatte nicht ein einziges Mal ihre Vorzüge genossen, obwohl sie ihm das bei mehreren Gelegenheiten mehr als deutlich angeboten hatte.

Er konnte nicht einmal ansatzweise begreifen, warum man ihn für ihren Mörder hielt oder wie es genau dazu gekommen war, aber er konnte sich nicht darauf verlassen, dass die Behörden sich die Mühe machen würden, herauszufinden, was wirklich geschehen war. Wenn die Beamten einer Stadt für jeden Schuldspruch eine Belohnung von vierzig Pfund ausgezahlt bekamen, fiel die Gerechtigkeit in den meisten Fällen der Habsucht zum Opfer.

Also hatte Sebastian irgendwann während dieser langen Nacht beschlossen, dass er weder ins Ausland fliehen noch so dumm sein würde, sich voller Vertrauen der zweifelhaften, zweckmäßigen britischen Justiz auszuliefern. Der Mann, der Rachel York getötet hatte, war irgendwo da draußen und Sebastians einzige Hoffnung

bestand darin, herauszufinden, wer eben dieser Mann
war.

In seinen fünf Jahren als Spion beim militärischen
Geheimdienst hatte Sebastian gelernt, dass er als Erstes
Informationen benötigte. Er musste mit jemandem
sprechen, der Rachel gekannt hatte; mit jemandem, der
ihre Feinde benennen konnte, jemandem, der vielleicht
wusste, warum sie in einer kalten Winternacht alleine
eine kleine, abgelegene Kirche in Westminster aufgesucht und dort den Tod gefunden hatte.

Er hatte sich bereits dagegen entschieden, zu versuchen, seine Familie oder seine Freunde zu kontaktieren; sie würden zweifellos beobachtet werden und er
wollte nichts tun, was sie in Gefahr bringen könnte. Allerdings würde niemand auf die Idee kommen, die
Schauspielerin beschatten zu lassen, die Rosalind in
der Covent Garden-Inszenierung von *As You Like It* gespielt hatte, in der Rachel die Celia verkörpert hatte.
Nämlich die Frau, die Sebastian vor sechs langen Jahren das Herz gebrochen hatte ...

Die Sonne stieg am Himmel immer höher, aber nur
wenige schwache Lichtstrahlen drangen durch den un-
vermeidbaren schmutzigen Nebel, der wie eine
schwere Decke über der Stadt lag. Sebastian konnte das
Rumpeln von Wägen und Marktkarren hören, die auf
dem Weg nach Covent Garden waren, und vernahm
das Rotieren des Schleifrades eines Scherenschleifers
unten im Hof.

Nur ein Geräusch war noch näher: Die schnellen
Schritte auf dem Flur vor seinem Zimmer.

Sebastian drückte sich flach an die Wand neben der
Tür, blieb angespannt so stehen und wartete. Dann

hörte er ein verstohlenes Kratzen und eine Jungenstimme, die flüsterte: „He, Meister. Ich bin's, Tom."

Es war der Bengel von gestern Abend. „Tom?", fragte Sebastian voller Schadenfreude. „Ich glaube nicht, dass ich mit einem Tom bekannt bin."

Von der anderen Seite der Holzverkleidung ertönte ungeduldiges Fluchen. „Der Langfinger, der gestern Nacht versucht hat, Eure Geldbörse zu stehlen."

„Ah. Und du erwartest jetzt tatsächlich, dass ich dir die Tür öffne, mein diebischer Freund?"

„Mit Verlaub, Meister, wir haben keine Zeit, um Späße machen. Da unten sind genau jetzt Männer von den Bow Street Runners. Sie fragen nach Euch, zumindest, wenn Ihr der Kerl seid, der auf Mayfair Way 'nen Wachtmeister niedergestochen hat und –"

Sebastian öffnete die Tür so hastig, dass Tom, der sich angelehnt hatte, beinahe in die Kammer stürzte. In dem schwachen Licht sah der Junge dünner und schmutziger aus, als Sebastian ihn in Erinnerung gehabt hatte. Er fixierte Sebastian mit dunklen, skeptischen Augen. „Es heißt auch, dass Ihr irgendein Mädchen in 'ner Kirche in der Nähe der Great Peter Street aufgeschlitzt habt." Er machte eine Pause. „Habt Ihr das?"

Sebastian hielt dem ernsten Blick des Jungen stand. „Nein."

Tom stimmte eilig mit einem lautlosen Nicken zu.

„Der Eine kam mir auch gleich komisch vor. Aber da sind zwei Wachtmeister im Gastraum und die fragen nach Euch, und draußen vor der Tür steht noch ein dicker Brocken."

Sebastian hockte sich auf die Kante der Bank und zog erst einen Stiefel und dann den anderen an. „Ich nehme an, du schlägst vor, dass es ratsam sein könnte, mich durch das Fenster zu entfernen?"

„Ja, Meister. Und auch recht bald, wenn Ihr nicht vorhabt, im Newgate Prison die Hornpipe zu tanzen."

Sebastian raffte seinen Wintermantel zusammen, ging zum geöffneten Fenster und betrachtete den Hof darunter. Das Stulpfenster gab den Blick auf ein niedriges Pultdach frei, das wahrscheinlich zur Küche gehörte. Aber der einzige Weg, der aus dem Hof herausführte, war durch das vordere Tor. Er würde an dem schrägen Pultdach entlanglaufen müssen, bis zu der Stelle, wo es an einen Ziegelsteinanbau grenzte, der zum zweiten Stock des Gasthauses gehörte, und müsste von dort aus irgendwie auf das Hauptdach klettern.

„Warum bist du noch gleich hergekommen und hast mich gewarnt?", fragte Sebastian und hielt inne – ein Bein hatte er schon über die Fensterbank gehievt –, um einen Blick zu dem Jungen zu werfen.

„Mein Gott. Wenn jemals jemand Hilfe gebraucht hat, dann wohl Ihr, Meister."

„Aha. Dein Altruismus ist zwar erbaulich, aber irgendwie nicht sehr überzeugend", sagte Sebastian und ließ sich nach unten auf das Schrägdach fallen.

Leicht und wendig wie eine Katze landete Tom neben ihm. „Ich weiß nich' genau, was Ihr damit meint. Aber mein Angebot gilt noch immer: Für einen Schilling am Tag seid Ihr dabei. Ich kenne diese Gegend sehr gut, wirklich. Wenn Ihr euch hier irgendwo verstecken wollt, werdet Ihr keinen besseren Burschen dafür finden."

„Ich dachte, der Preis läge bei zehn Pennies?", fragte Sebastian, während er in geduckter Haltung das Pultdach entlanglief.

„Das tat er auch. Aber, jetzt, wo die Bullen hinter Euch her sind, ist der Preis gestiegen."

Sebastian lachte – und im selben Moment ertönte im Hof unter ihnen ein Schrei.

Kapitel 12

Sebastian warf eilig einen Blick nach unten in den Hof, wo ein stämmiger Mann mit schwarzem Bart stand. Er war in einen wallenden Wintermantel gekleidet, hatte den Kopf in den Nacken gelegt und deutete in einer vernichtenden Geste mit dem Finger auf das Dach.

„Schaut! Das isser, ganz sicher. Halt, sage ich. Halt im Namen des Königs."

„Verdammte Scheiße", fluchte Sebastian. Er richtete sich auf und rannte so schnell über den Hang des Schrägdaches, dass die Ledersohlen seiner Stiefel gefährlich über die nassen Schieferplatten schlitterten. Der Junge war nur zwei Schritte hinter ihm.

An der Stelle, wo sich das Dach der Küche und die Ziegelsteinmauer des L-förmigen Seitenflügels des Gasthauses kreuzten, drehte sich Sebastian um. „Hier", sagte er, packte mit beiden Händen Toms schlanken, knochigen Körper und hob den Jungen hoch. „Halt dich an der Dachkante fest und zieh dich hoch."

Toms nackte, vor Kälte taube Finger suchten Halt und fanden ihn. „Wie kommt Ihr hier hoch?", keuchte er. Mit einem Ruck wuchtete er ächzend seine Beine hoch, sodass er auf dem Bauch lag, dann drehte er sich auf den Rücken.

Das Mauerwerk der Wand war uneben – hier und da waren kleine Vorsprünge, die Händen und Füßen Halt geben konnten. Sebastian kletterte neben den Jungen und reichte Tom eine Hand, um ihm auf die Füße zu helfen.

„Mein Gott." Tom stieß hastig Luft aus und sah Sebastian mit großen Augen voller Bewunderung an. „Ihr würdet wirklich einen erstklassigen Einbrecher abgeben, wenn's ums Fassadenklettern geht."

Sebastian lachte. Sein Blick verengte sich, als er über das baufällige Dach sah, das sie umgab. Inzwischen fiel Regen, fein wie Nebel und so eisig, dass einem die Kälte in die Knochen kroch. Der Schwarzbart war vom Hof verschwunden. Sie hörten noch mehr Rufe und gedämpfte Schritte, die über eine blanke Holztreppe rannten.

Sebastian sah auf den Jungen neben sich hinab. Als er Sebastian gewarnt hatte, hatte Tom sich ausdrücklich gegen das Gesetz gewandt. Sebastian deutete mit dem Kopf in Richtung der etwas über ein Meter breiten Kluft, die das regennasse Dach des *Black Heart* vom bröckelnden Mietshaus daneben trennte. „Kannst du so weit springen?"

Zu Sebastians Überraschung verzog sich das schmutzige Gesicht des Jungen zu einem breiten Grinsen. „Klar. Schaut mal zu."

Tom ballte voller Entschlossenheit seine Hände zu Fäusten und rannte mit rasender Geschwindigkeit auf die Dachkante zu. Erst im letztmöglichen Augenblick setzte er zu einem Sprung an, der ihn mühelos über die klaffende Lücke beförderte. Er landete leichtfüßig. Sein Körper schwankte nur einen Augenblick lang und seine Füße rutschten ein wenig über die abschüssigen Dachziegel, bevor er sein Gleichgewicht wiederfand.

„Ich glaube, du hast wohl selbst einige Übung als Fassadenkletterer", sagte Sebastian und sprang ihm hinterher. Tom lachte amüsiert auf.

Zusammen sprangen sie von einem durchhängenden Dach zum anderen, umgingen dabei bröckelnde Schornsteine und drückten sich um kaputte Dachtraufen herum. Ihr Atem erstarrte in der kalten Luft zu kleinen Dampfwölkchen. Am Ende des Blocks fanden sie ein Abflussrohr, das mit einem Gewirr aus blattlosen, nassen Glyzinienzweigen bewachsen war, und rutschten daran herunter. Sie waren auf und davon, noch bevor die ersten Bow Street Runner keuchend und fluchend auf das bemooste Dach des *Black Heart* getreten waren.

Obwohl es noch früher Morgen war, füllten kleine Scharen von Marktfrauen und Milchmädchen, Pastetenverkäufern und Metzgerjungen die engen Gassen. Als sie um die Ecke auf die Great Leicester Street bogen, hörten Tom und Sebastian auf, zu rennen, und spazierten stattdessen in Richtung Charing Cross.

„Wohin gehen wir jetzt?", fragte Tom und hüpfte ein wenig, um mit Sebastians langen Schritten mitzuhalten.

Sebastian zögerte, dann zog er aus seiner Tasche den gefalteten Zettel, den er an diesem Morgen an Melanies Schwester geschrieben hatte. „Ich habe hier eine Nachricht und ich möchte, dass du sie einer Dame überbringst. Cecilia Wainwright, am Berkeley Square." Sebastian griff nach seiner Geldbörse und zählte eine Handvoll Münzen ab. „Hier ist ein Schilling für den Brief und außerdem dein Wochenlohn." Natürlich gab es keine Garantie dafür, dass der Junge die Botschaft auch wirklich überbringen würde. Aber dieses Risiko würde Sebastian nun mal eingehen müssen.

Toms ernster Blick senkte sich auf das Geld in Sebastians Hand, dann sah er wieder auf. Er machte keine Anstalten, die Münzen an sich zu nehmen. „Ihr feuert mich?"

Sebastian erwiderte den finsteren, unergründlichen Blick des Jungen. „Ich glaube nicht, dass du das richtig verstehst: Wenn du weiterhin mit mir in Verbindung gebracht wirst, könntest du am Galgen enden."

„Nein", sagte Tom und schnaubte gleichgültig. „Eher schaffen sie mich weg. Ich bin so dürr, dass ich behaupten könnte, ich wäre erst neun und man würde mir glauben. Sie schicken keine Kinder zum Galgen." Sein Gesicht verdunkelte sich, als wäre ihm plötzlich eine unangenehme Erinnerung gekommen. „Zumindest meistens nicht."

„Es würde dir wohl gefallen, nach Botany Bay zu reisen?"

Tom zuckte die Achseln. „Dorthin haben sie meine Mutter gebracht."

Es war wohl die völlige Gefühllosigkeit in der Stimme des Jungen, die Sebastian mehr als alles andere an die Nieren ging. Er atme langsam und lange aus. Es war eine schlimme Praxis, Mütter zu verfrachten und ihre Kinder zurückzulassen, damit sie auf den Straßen Londons verhungerten. Sebastian streckte Tom das Geld hin. „Nimm es."

Der Junge zögerte noch einen Augenblick lang und biss die Zähne zusammen. Dann nahm er die Münzen und steckte den Brief in sein Hemd. „Und wohin geht Ihr?"

„Ich muss jemanden besuchen.“

Tom nickte und drehte sich ohne ein weiteres Wort um. Seine Schritte waren schleppend und sein Kopf gebeugt. Aber an der Ecke hielt er inne, hob den Kopf und drehte sich wieder herum. „Wie heißt sie denn? Diese Dame, die Ihr so unbedingt treffen wollt, dass Ihr es gar nicht abwarten könnt?“

Sebastian stieß überrascht ein leises, schnaubendes Lachen aus. „Wie kommst du darauf, dass es eine Dame ist?“

Tom grinste. „Ich hab es in Eurem Gesicht gesehen. Sie muss ein echter Hingucker sein.“ Er hielt inne und neigte seinen Kopf zur Seite. „Also, wie heißt sie?“

Sebastian zögerte, dann zuckte er mit den Schultern. „Kat. Sie heißt Kat.“

„Kat? Das ist doch kein Name für eine Dame.“

„Ich habe nie behauptet, dass sie eine Dame ist.“

Kapitel 13

Der schlafende Lord Stoneleigh lag mit dem Gesicht nach unten in ihrem Bett. Seine Augen waren geschlossen, sein Atem ging schwer und gleichmäßig. Irgendwann in der Nacht hatte er in seinem unruhigen Schlaf die dünne Bettdecke aus Leintuch weggestrampelt. Kat Boleyn stützte sich auf die Ellbogen und ließ ihren Blick über die breiten, nackten Schultern und den strammen Hintern des Mannes neben ihr wandern. Wäre da nicht sein leicht fliehendes Kinn gewesen, hätte er gut ausgesehen. Normalerweise waren die Männer, die sie in ihrem Bett empfing, nicht so jung.

Kat lehnte ihre Wange in eine Hand. Seit vier Monaten spielte sie jetzt die Rolle der Geliebten dieses Mannes. Zu Beginn hatte sie seine jugendliche Inbrunst und die Geschenke, mit denen er sie überschüttete, zumindest ein wenig unterhaltsam gefunden. Aber allmählich langweilte er sie. Und wenn der Prinz bald zum Regenten gemacht werden würde, wären überzeugte Tories wie Stoneleigh nicht mehr besonders nützlich. Sie überlegte, ihre Aufmerksamkeit stattdessen auf Samuel Whitbread zu richten, von dem die Allgemeinheit glaubte, er würde ein wichtiges Ressort zugewiesen bekommen, sobald das Regentschaftsgesetz verabschiedet worden war und der Prinz eine neue Whig-Regierung bilden konnte.

Mit einem leisen Gähnen rutschte Kat neben Stoneleigh vom Bett. Wenigstens übernachteten die Älteren selten bei ihr. Sie mochte es nicht, wenn sie die Nacht über blieben. Jetzt würde sie die Rolle der Geliebten noch einmal spielen müssen, wenn er aufwachte – zumindest, bis sie ihn dazu bekommen konnte, das Haus zu verlassen. Darbietungen am Morgen waren nicht ihre Stärke.

Sie schlüpfte mit den bloßen Armen in einen seidenen Morgenmantel und warf noch einen Blick auf den zerzausten blonden Schopf auf ihrem Kissen. Sie nahm an, dass er wohl dachte, er hätte ein Recht darauf, hierzubleiben, weil er die Miete für das Haus bezahlte. Was er nicht wusste, war, dass der Vermieter, an den er jeden Monat die Miete bezahlte, in Wirklichkeit für Kat arbeitete. In den letzten fünf Jahren war es ihr so gelungen, das Grundpfandrecht nicht nur von diesem Haus zu erwerben, sondern auch von drei weiteren. Männer waren solche Narren. Besonders diejenigen, die aus den vornehmen, wohlhabenden Familien des alten Geldadels stammten.

Sie verließ leise das Schlafzimmer und tapste die Treppe hinunter. Der Salon war dunkel, das Feuer im Kamin erloschen und die pfirsichfarbenen Satinvorhänge vor den Fenstern noch zugezogen. Das oberste Hausmädchen, Gwen, hatte offensichtlich erwartet, dass ihre Herrin bis Mittag oder noch länger schlafen würde. Kat ging hinüber, um die schweren Vorhänge aufzuziehen, da hörte sie eine Stimme aus der Vergangenheit sagen: „Du bist früh auf.“

Sie wirbelte herum und eine Hand schnellte in einer albernen Geste nach oben, um den klaffenden

Ausschnitt ihres Morgenmantels zusammenzuraffen. Als wäre ihr nackter Körper diesem Mann nicht einmal so vertraut gewesen, wie sein Körper ihr vertraut war. Als hätte er nicht jeden Zentimeter ihrer Haut mit seinen Lippen, seiner Zunge und seinen unglaublich sanften, geschickten Händen berührt.

Sebastian St. Cyr, Viscount Devlin, stand neben der leeren Feuerstelle, lehnte mit einer Schulter am Kaminsims und hatte den Absatz eines Stiefels über den kalten Rost gehakt. Er hatte seinen Wintermantel ausgezogen und über die Lehne eines Stuhls geworfen. Im nebligen Licht eines weiteren tristen Wintermorgens wirkte er zerzaust und zügellos und gefährlich. Ein Bartschatten überzog seine Wangen und eine hässliche Wunde klaffte auf einer Seite seiner Stirn.

Natürlich hatte sie ihn in den circa zehn Monaten, seit er wieder in England war, schon gesehen – in der Menge im Theater und einmal auf der New Bond Street. Aber immer nur aus der Ferne. Sie waren beide darauf bedacht gewesen, die Distanz zu wahren.

„Wie bist du hereingekommen?"

Er drückte sich vom Kaminsims weg und kam auf sie zu. Die Fältchen um seine ernsten Lippen vertieften sich, allerdings nicht aus Belustigung. Es war ein zynischer Ausdruck, den sie früher nie an ihm gesehen hatte. „Du fragst nicht, warum ich hier bin."

Damals war er ihr Ein und Alles gewesen, der Grund, warum sie weiterlebte. Damals hätte sie alles für ihn aufgegeben. Alles. Aber das war sechs Jahre her und sie hatte so wenig mit diesem liebestollen jungen Mädchen gemeinsam wie mit dem lachenden Kind, das einst auf die Eiche am Rande eines sonnendurchfluteten irischen Angers geklettert war.

Er blieb vor ihr stehen und war nahe genug, dass sie seinen Bartschatten sehen und die Erschöpfung in seinen angespannten Gesichtszügen lesen konnte. Er war ihr nah, aber nicht zu nah. Es schien, als müsse die Distanz zwischen ihnen immer noch bestehen bleiben.

„Brauchst du Geld?", fragte sie. „Oder möchtest du einfach mit einer verlässlichen Schmugglerbande bekannt gemacht werden, die es mit der Identität der Passagiere, die sie über den Ärmelkanal befördert, nicht so genau nimmt?"

Er schüttelte den Kopf. „Glaubst du wirklich, ich würde fliehen?"

Nein, das würde er nicht. Sie wusste vielleicht nicht von allem, was diesem Mann in den grausamen Jahren, die er fort gewesen war, geschehen war. Aber nichtsdestotrotz wusste sie das über ihn.

Er schien in seinen Kleidern geschlafen zu haben. Sein Halstuch fehlte und an den weißen Manschetten seines Hemdes klebte etwas, das aussah wie getrocknetes Blut. „Du siehst schrecklich aus", sagte sie.

Der Sebastian, den sie einst gekannt hatte, hätte darüber gelacht. Aber er lachte nicht. Sein Blick suchte ihren und hielt ihn in seinem Bann. „Erzähl mir von Rachel York."

Seine Augen hatten etwas erschreckend Animalisches, so, wie sie es in Erinnerung gehabt hatte. Sie drehte sich um, hockte sich neben den kalten Kamin und machte sich daran, ein Feuer anzuzünden. Es lag nahe, dass er hierhergekommen war, um nach Rachel zu fragen, sagte sie sich. Sie und Rachel hatten die

Hauptrollen in der Inszenierung von *As You Like It* am Covent Garden Theater gespielt. Er wusste das sicher. Es gab keinen Grund, sich darum zu sorgen, dass er sonst über irgendetwas Bescheid wusste.

„Auf der Straße erzählt man sich, dass Rachels Dienstmädchen gesagt hätte, Rachel wäre gestern Abend zu *St. Matthew's* gegangen, um sich mit dir zu treffen." Kat warf ihm einen Blick zu. „Stimmt das?"

Er schüttelte den Kopf.

„Es heißt, man hätte deine Pistole bei ihrer Leiche gefunden."

„Tatsächlich?" Seine Augen weiteten sich ein wenig, aber das war die einzige Reaktion, die er erkennen ließ. „Wie sonderbar."

Wann, fragte sie sich, war er so geschickt darin geworden, seine Gefühle zu verbergen? „Man erzählt sich auch, dass der Wachtmeister, den du niedergestochen hast, noch lebt, wenn auch wohl nicht mehr lange. Wusstest du das?"

„Ich habe ihn nicht niedergestochen."

„So, wie du auch Rachel nicht getötet hast?"

Einer seiner Mundwinkel zuckte. „Wenn du wirklich glauben würdest, dass ich Rachel York getötet hätte, würdest du mir den Schürhaken dort über den Kopf ziehen."

Kat kniete sich hin. Der Schürhaken lag ungenutzt in ihren Händen und ihr Blick ruhte auf dem Mann neben dem Fenster. „Warum willst du etwas über Rachel wissen?"

„Weil es mir scheint, als sei meine einzige Hoffnung, mich aus diesem elenden Durcheinander zu befreien, herauszufinden, wer zur Hölle sie getötet hat." Er ging zum Tisch, wo sie die Brandykaraffe aufbewahrte, schenkte sich einen Drink ein und kippte ihn in einem langen Zug hinunter.

„Irgendeine Ahnung, wer Rachel York gern tot sehen wollte?"

Sie hatte natürlich darüber nachgedacht. Darüber, wer abgesehen von Leo und seinen Komplizen, verantwortlich sein könnte. Rachel war nicht besonders beliebt am Theater gewesen; sie hatte zu konzentriert gearbeitet und war zu ehrgeizig gewesen – und auch zu erfolgreich – um nicht Missgunst und Rivalität zu schüren. Aber Kat fiel nur ein Mann ein, der wütend und jähzornig genug war, um so brutal über eine Frau herzufallen und solch ein Verbrechen aus Leidenschaft zu begehen.

„Es gibt da jemanden ..." Kat hielt inne, dann presste sie seinen Namen eilig hervor. „Hugh Gordon."

Devlin wandte sich überrascht um. „Hugh Gordon?" Als großer, gutaussehender Mann dunklen Typs, mit einer tiefen Stimme und der Fähigkeit, das Publikum mit einer bloßen Geste zu Tränen zu rühren, war Hugh Gordon Londons beliebtester männlicher Schauspieler nach John Kemble.

„Rachel fiel ihm schon an ihrem ersten Tag am Theater auf. Sie fühlte sich natürlich geschmeichelt. Zu Beginn hat er ihre Karriere enorm vorangetrieben. Vielleicht hat sie sich sogar in ihn verliebt, das weiß ich nicht. Irgendwann haben sie von Heirat gesprochen. Aber dann wurde er besitzergreifender. Herrischer. Und ... gewalttätiger."

„Du meinst, er hat sie geschlagen."

Kat nickte. „Sie hat ihn nach etwa einem Jahr verlassen."

Devlin griff nach der Karaffe. „Ich kann mir nicht vorstellen, dass ein Mann mit Hugh Gordons Ehrgefühl das gut aufnehmen würde."

„Er hat gedroht, sie zu umzubringen."

„Glaubst du, er wäre zu so etwas in der Lage?"

„Ich weiß es wirklich nicht."

Er schenkte sich noch einen Drink ein, stand dann einfach still da und betrachtete das Glas nachdenklich. „Was ist mit den Männern, die es nach Gordon in ihrem Leben gab?"

Neben ihr strahlten die rotglühenden Kohlen Wärme ab. Kat hielt ihren Blick auf das Feuer gerichtet. „Sie hat mit einer Reihe von Männern geflirtet, von Lord Grimes bis zu Admiral Worth. Aber ich glaube nicht, dass irgendein Mann sie als seine Geliebte gehalten hat."

Sie war sich dessen bewusst, dass sein Blick abwägend auf ihr ruhte. „Weißt du, aus welchem Teil des Landes sie ursprünglich stammte"?

„Aus irgendeinem Dorf in Worcestershire. Ich kann mich nicht an den Namen erinnern. Ihr Vater war dort Pfarrer, aber er starb, als sie ungefähr dreizehn Jahre alt war und sie wurde der Pfarrei überlassen. Sie haben sie als Hausmädchen bei einem örtlichen Kaufmann in die Lehre gegeben."

Kat hielt inne. Das hatten die beiden Frauen gemeinsam gehabt – ihre sehr ähnliche Vergangenheit. Sie teilten die Erinnerung an die Quaddeln, die eine Peitsche auf nackter, empfindlicher junger Haut verursachen konnte. Die Erinnerung an raue Händen, die Blutergüsse auf Handgelenken hinterließen, die sich verzweifelt und panisch zu wehren versuchten. An den stechenden Schmerz, der mit einem Stoß kam, und an die dumpfe, endlose Pein der Demütigungen und Erniedrigungen, die niemals aufhörten.

Kat legte die Kaminwerkzeuge scheppernd beiseite und stand auf. „Als sie fünfzehn war, ist sie weggelaufen."

Er beobachtete Kat genau. Er wusste einiges darüber, was mit ihr passiert war, nachdem ihre Mutter und ihr Vater umgebracht worden waren. Mehr als sie jemals jemand Anderem erzählt hatte. „Also ist sie nach London gekommen?"

„Natürlich", sagte Kat und hielt ihre Stimme fest. „Wie alle jungen Mädchen, die hoffen, hier ein neues Leben beginnen zu können."

Es war eine alte Geschichte und sie handelte von jungen Frauen – manchmal sogar Mädchen im Alter von nur acht oder neun Jahren – die durch die zahlreichen Bordellwirtinnen, die sich die Unschuldigen und Verletzlichen als Opfer suchten, in das fleischliche Gewerbe gelockt wurden. Rachel war einer ins Netz gegangen, noch bevor sie überhaupt die Postkutsche verlassen hatte.

„Und du hast sie kennengelernt, als sie beim Theater anfing?"

Kat schüttelte den Kopf und ein sanftes, trauriges Lächeln umschmeichelte ihre Lippen. „Wir haben uns auf der London Bridge kennengelernt. Im Dezember, wenn ich mich recht erinnere, ein paar Tage vor Weihnachten. Ich habe sie davon abgebracht, zu springen."

„Und ihr Arbeit als Schauspielerin besorgt?"

Kat zuckte mit den Schultern. „Sie war klug und hatte eine gute Aussprache. Außerdem waren ihr Gesicht und ihr Körper ganz nach dem üblichen Geschmack der Männer. Sie war ein Naturtalent."

„Was wollte sie dann Dienstagabend in *St. Matthew of the Fields*? Hast du eine Ahnung?"

Kat schüttelte den Kopf. „Ich würde nicht sagen, dass sie religiös war."

Er kam auf sie zu. Es beunruhigte sie, dass der Blick aus seinen seltsamen bernsteinfarbenen Augen starr auf ihr Gesicht gerichtet war. „Was verheimlichst du mir?"

Kat stieß ein leises, routiniertes Lachen aus „Ich weiß nicht, was du meinst."

Er streckte die Hand aus. Seine Fingerspitzen schwebten nur knapp über ihrer Wange – so, als wollte er sie berühren, überlegte es sich aber im letzten Moment anders. „Du hast Angst vor irgendetwas. Wovor?"

Sie zwang sich, vollkommen stillzustehen. „Natürlich habe ich Angst. Rachel und ich haben viele gemeinsame Freunde und Kollegen."

Sie beobachtete, wie sich seine Lippen bewegten, während er sprach. „Der Kat Boleyn, die ich kannte, konnte man nicht so leicht Angst einjagen."

„Vielleicht kanntest du sie nicht so gut, wie du dachtest."

„Anscheinend nicht", sagte er trocken und wandte sich ab. „Wie gut kanntest du Rachel?"

„Ich stand ihr wahrscheinlich näher als irgendjemand sonst, aber auch ich habe sie nicht besonders gut gekannt." Kat hielt inne, weil sie Mühe hatte, einige der Dinge, die er wissen musste, in Worte zu fassen.

„Rachel war vielleicht erst achtzehn Jahre alt, aber das Leben hatte sie geprägt. Sie konnte berechnend sein – sogar gleichgültig und skrupellos, wenn es sein musste.“

„Ihr beide hattet viel gemeinsam, nicht wahr?“

Der stechende Schmerz, den seine Worte in ihr auslösten, kam so schnell und unerwartet über sie, dass Kat beinahe die Luft wegblieb. Sie hätte nicht damit gerechnet, dass er noch in der Lage wäre, ihr wehzutun – sie hätte nicht gedacht, dass das überhaupt noch jemand konnte. Sie blickte in Richtung des Flurs. Das Haus war still. Die Ruhe wurde nur vom Hufgeklapper eines Pferdes draußen auf der Straße und den durcheinanderrufenden Stimmen der Straßenverkäufer unterbrochen: *Wer muss einen Stuhl geflickt haben* und *Kaufen Sie meine Falle. Kaufen Sie eine Rattenfalle.* „Du solltest nicht hier sein“, sagte sie.

Daraufhin lächelte er. Seine Augen leuchteten kurz auf und verengten sich dann. Sie erinnerte sich nur zu gut an diesen Blick. „Was ist los? Befürchtest du, Lord Stoneleigh könnte aufwachen und bemerken, dass du nicht mehr da bist? Ich glaube, er wird sich noch mindestens eine Stunde lang nicht rühren.“

„Woher wusstest du –“

„Dass er hier ist? Ich habe seinen Spazierstock und Zylinder am Eingang stehen sehen.“

Der Spazierstock und der Zylinder hätten Devlin vielleicht verraten können, dass sie Gesellschaft hatte, aber sie hatten ihm sicher nicht den Namen des Mannes in ihrem Bett genannt. Sie wusste, dass er diese Information schon zuvor eingeholt haben musste. Es sollte keine Rolle für sie spielen und sie redete sich ein, dass es ihr egal sei. Aber beunruhigenderweise war es das nicht.

„Du bist also durch die Vordertür hereingekommen, ja?", fragte sie und bemühte sich, unbekümmert zu klingen.

Ihr fiel auf, dass er ihre Fragen mit einer Gegenfrage zu beantworten pflegte. „Wo hat Rachel gewohnt?"

„Dorset Court. Aber du kannst dort nicht hingehen", fügte sie hastig hinzu, „falls du das vorhast."

„Warum nicht? Wenn das Dienstmädchen sagt, Rachel sei zu *St. Matthew's* gegangen, um sich mit mir zu treffen, muss ich wissen, warum."

„Das Haus wird von den Behörden bewacht."

Er legte den Kopf schief und sein verblüffter Blick erforschte ihr Gesicht. „Woher weißt du das?"

Sie wusste es, weil Leo gestern Abend nach der Vorstellung ins Theater gekommen war und es ihr erzählt hatte. Unter den gegebenen Umständen wäre es nicht klug, wenn er dort gesehen werden würde, sagte er. Also war er mit einer Bitte an Kat herangetreten, die als Hinweis getarnt gewesen war: Nämlich, dass Kat sicher ihre eigenen Gründe haben müsste, um sicherzugehen, dass Rachel nichts Belastendes hinterlassen hatte.

„Es ist allgemein bekannt." Sie hielt inne, dann sagte sie mit aufgesetzter Beiläufigkeit: „Ich könnte selbst hingehen, ein paar Worte mit dem Hausmädchen wechseln. Vielleicht kann ich mich sogar umsehen und schauen, ob ich etwas finde. Rachel hatte einen Terminkalender. Der könnte uns weiterhelfen."

Er blieb vor ihr stehen. „Du?"

Sie hob ihren Kopf, um seinen Blick zu erwidern. Es war Kat in den Sinn gekommen, dass sie mit Devlin unter Umständen einen nützlichen Verbündeten gefunden hatte – jemanden, der ein noch größeres Interesse daran hatte, den Mann zu finden, den Rachel in dieser Kirche getroffen hatte, als sie selbst. Die ganze Kunst wäre, dafür zu sorgen, dass er zwar erfuhr, was nötig war, um Rachels Mörder zu fassen, aber nicht mehr. „Du weißt, dass ich das kann“, sagte sie.

Das wusste er. Er wusste von den Jahren, die sie als junges Mädchen in einem von Londons berüchtigtsten Elendsvierteln verbracht hatte, wo sie zum Langfinger und zur Diebin ausgebildet worden war. Und zur Hure.

Sie dachte, er würde ihr Angebot vielleicht ablehnen. Aber stattdessen sagte er: „In Ordnung. Obwohl ich mich wirklich frage, warum.“

„Um der alten Zeiten willen?“, entgegnete sie.

„Vielleicht. Oder, weil du Angst hast. Selbst, wenn du mir nicht sagen willst, wovor.“

Einen Moment lang glaubte sie, dass er sie dieses Mal berühren würde. Dann ertönte von oben ein leises, dumpfes Geräusch. Sie blickte wieder zum Flur. „Du musst gehen“, sagte sie eilig. „Komm morgen früh wieder vorbei. Ich sage dir dann, was ich erfahren habe.“

„Na, na, na.“ Ein Anflug von Belustigung ließ die Linien um seinen Mund stärker hervortreten. „Ich werde *dich* ausfindig machen.“

Sie ließ zu, dass sich langsam ein Lächeln auf ihrem Gesicht ausbreitete. „Vertraust du mir nicht?“

„Würdest du das tun?“

Kats Lächeln verblasste. Einst hatte sie ihm gesagt, dass sie ihn mehr liebte als ihr eigenes Leben und ihn niemals, niemals gehen lassen würde.

Und dann hatte sie ihm gesagt, es wäre alles gelogen gewesen, und ihn so sehr verletzt, dass es selbst ihr eigenes Herz entzweigerissen hatte.

„Nein", sagte sie, wandte sich zur Treppe und ließ ihn allein im kalten Licht des Morgens stehen.

Kapitel 14

Sir Henry Lovejoy nahm sein Amt als leitender Untersuchungsrichter am Queen Square sehr, sehr ernst. Er kam oft schon früh in das Dienstbüro, um seine Aufzeichnungen zu einem Fall durchzugehen und Zweitdrucke der Entscheide, die die anderen richterlichen Beamten veranlasst hatten, einzusehen.

Es war wohl seiner Erziehung geschuldet, nahm er an, und auch den Gepflogenheiten des Gewerbes seiner Eltern. Lovejoy stammte aus einer respektablen Handelsfamilie und hatte erst im fortgeschrittenen Alter beschlossen, Richter zu werden – erst, als er es als Kaufmann zu einem bescheidenen Vermögen gebracht hatte. Zwar hatte er keine Unsummen angehäuft, aber so viel, dass er bequem leben konnte.

Diesen Richtungswechsel in seinem Leben hatte Lovejoy nicht leichtfertig unternommen, schließlich war er ein methodisch denkender Mensch, der niemals etwas ohne lange und reifliche Überlegung tat. Es hatte eine ganze Reihe von Gründen dafür gegeben, dieser neuen Berufung zu folgen – nicht zuletzt seine Überzeugung, dass ein kinderloser Mann etwas Lohnenswertes hinterlassen sollte, um einen Beitrag zur Gesellschaft zu leisten. Und Sir Henry Lovejoy war inzwischen ein kinderloser Mann.

Er saß an seinem Schreibtisch und hatte einen dicken Schal um seinen Hals gewickelt, um die Morgenkühle zu vertreiben, als Edward Maitland in seiner offenen Tür erschien und sagte: „Drei Bow Street Runners hatten Devlin bei einem alten Gasthaus in der Pudding Row in der Nähe von St. Giles eingekesselt.“

„Und?“, fragte Lovejoy und sah von seinen Notizen auf.

„Er ist aus einem Fenster gestiegen und über das Dach geflohen.“

Lovejoy lehnte sich in seinen Stuhl zurück und zog die Brille von seiner Nase.

„Ich habe ein paar von den Jungs rübergeschickt, um sich umzuschauen“, sagte Maitland. „Obwohl ich zu behaupten wage, dass das nicht viel bringen wird.“

„Interessant.“ Lovejoy kaute auf dem Bügelende seiner Brille herum. „Was glauben Sie, warum er sich noch in London aufhält?“

„Ich nehme an, er kann nirgendwo anders hin flüchten.“

„Ein Mann mit seinen Mitteln?“ Lovejoy schüttelte den Kopf. „Wohl kaum. Wie geht es Constable Simplot?“

„Er lebt noch, Sir. Aber er wird es nicht mehr lange machen, nicht mit einer solchen Wunde im Brustkorb.“

Lovejoy nickte, das Messer hatte die Lunge des Mannes durchbohrt. Es wäre jetzt nur noch eine Frage der Zeit. Lovejoy kippte seinen Stuhl nach vorn und überflog das Durcheinander auf seinem Schreibtisch. „Was genau haben Sie über diese Rachel York herausgefunden?“

„Was gibt es da herauszufinden?“

Lovejoy presste die Lippen aufeinander und verzichtete auf den Hinweis, dass er wohl kaum darauf angewiesen wäre, dass seine Wachtmeister etwas *herausfanden*, wenn er die Antwort auf diese Frage bereits kannte. „Sie haben gewiss ihre Wohnung durchsucht?"

„Gleich als Erstes gestern Morgen. Als wir mit dem Dienstmädchen gesprochen haben." Maitland zuckte mit den Schultern. „Wir haben nichts Interessantes gefunden. Ich habe einen der Burschen dort gelassen, wie Sie befohlen hatten, um das Haus über Nacht bewachen zu lassen." Sein Tonfall sagte deutlich, dass er das für eine Verschwendung von Zeit und Ressourcen hielt, auch, wenn er einen solchen Gedanken niemals laut aussprechen würde.

Lovejoy gab die Suche nach seinem Terminplan auf: „Wann werde ich heute Morgen im Gericht erwartet?"

„Um zehn Uhr, Sir."

„Das ist nicht genug Zeit", murmelte Lovejoy. „Dann muss ich wohl heute Nachmittag etwas Platz auf meiner Prozessliste schaffen."

„Sir?", fragte Maitland.

„Es gibt bei diesem Fall gewisse Aspekte, die mich beunruhigen, Constable. Es sind weitere Untersuchungen erforderlich und ich beabsichtige, damit zu beginnen, dass ich mir selbst die Räumlichkeiten, in denen diese bedauernswerte junge Frau gelebt hat, ansehe. Irgendetwas geht hier vor sich. Ich weiß vielleicht noch nicht, was es ist, aber eines weiß ich." Lovejoy schob sich die Brille wieder auf die Nase. „Ich weiß, dass es mir ganz und gar nicht gefällt."

Kapitel 15

Bis zu dem Tag nach seiner berüchtigten Flucht durch London wusste Lady Amanda Wilcox nichts davon, dass ihr Bruder Sebastian wegen des Mordes an einer Schauspielerin namens Rachel York gesucht wurde.

Da die Saison noch nicht wirklich begonnen hatte, wollte sie einen ruhigen Abend zu Hause in der Gesellschaft ihrer sechzehnjährigen Tochter Stephanie verbringen. Weder ihr Sohn Bayard noch sein Vater – beide hatten vermutlich von den Neuigkeiten erfahren, als sie die Nacht in der Stadt verbracht hatten – hielten es für nötig, sie über den Skandal zu informieren. Und so kam es, dass Amanda erst am Donnerstagmorgen, als sie zum Frühstück herunterkam und die *Morning Post* wie immer gefaltet auf ihrem Platz vorfand – so, wie sie es von der Dienerschaft stets verlangte – von der sozialen Katastrophe erfuhr, die über ihre Familie hereinzubrechen drohte.

Sie saß immer noch am Frühstückstisch, trank eine Tasse Tee und starrte die Zeitung an, als ihr Vater, der Earl of Hendon, angekündigt wurde.

Er eilte in den Frühstückssaal, obwohl er noch seinen Straßenmantel und den Hut trug. Mit sich brachte er ein widerliches Gemisch aus Gerüchen nach eiskaltem Regen und von Kohlenrauch durchsetztem Nebel. Sein fleischiges Gesicht wirkte abgespannt und seine

Mundwinkel hingen schlaff herunter. Seine Augen waren gerötet und verquollen. Er richtete seinen verzweifelten Blick fest auf sie und fragte ohne Begrüßungsworte: „Hat er sich bei dir gemeldet? *Hat er?*"

„Falls du Sebastian meinst", begann Amanda und hielt inne, um in Ruhe einen Schluck von ihrem Tee zu nehmen, „das will ich nicht meinen."

Hendon drehte sich ruckartig um und hielt sich eine Hand vor die Augen, während solch ein tiefer Seufzer durch seinen Brustkorb dröhnte, dass sie sich für ihn schämte. „*Großer Gott.* Wo steckt er nur? Warum hat er weder seine Freunde noch seine Familie um Hilfe gebeten?"

Amanda faltete die Zeitung und legte sie beiseite. „Vermutlich, weil er seine Familie gut kennt."

Er drehte sich wieder zu ihr herum und ließ seine Hand langsam sinken. „Ich würde alles in meiner Macht Stehende tun, um ihm zu helfen."

„Dann bist du ein Narr."

Seine grimmigen blauen Augen starrten sie an und hielten dem Blick, den sie erwiderte, stand. „Er ist mein Sohn."

Amanda sah zuerst weg. „Natürlich", sagte sie trocken. „Ich vergaß." Sie rückte ihren Stuhl zurück und stand auf. „Das einzig Gute, das ich an der ganzen Sache sehen kann, ist, dass er uns zwangsläufig irgendwann Schande bringen musste und zumindest so rücksichtsvoll war, es noch dieses Jahr zu tun. Hoffentlich hat sich der Skandal bis zur nächsten Saison, wenn Stephanie in die Gesellschaft eingeführt wird, einigermaßen gelegt."

„Ist das alles, was dir einfällt?"

„Stephanie ist meine Tochter. Was sonst sollte mir dabei wichtig sein?"

Er betrachtete sie nachdenklich für einen langen, intensiven Moment. „Ich wusste ja immer, dass ihr euch nicht nahesteht, Sebastian und du. Ich glaube, wenn man den Altersunterschied zwischen euch in Betracht zieht, war das wohl unvermeidlich. Aber ich glaube nicht, dass mir bis gerade eben bewusst war, wie sehr du ihn hasst."

„Du weißt, warum das so ist", sagte sie mit schroffer Stimme.

„Ja. Aber wenn ich einen Weg gefunden habe, es zu vergessen, warum in Gottes Namen kannst du es nicht auch?" Er wandte sich ab. Dann sah er über die Schulter zurück, sagte: „Grüß meine Enkelkinder von mir", und ging.

Amanda wartete, bis sie hörte, wie die Haustür hinter ihrem Vater zufiel. Dann nahm sie die Morgenausgabe der *Post* und ging nach oben in das Ankleidezimmer ihres Mannes.

Die Wilcoxes waren eine traditionsreiche Familie, älter noch als die St. Cyrs, und seit langem bekannt für gesetzte Ehrbarkeit. Da es ihm fernlag, seinen Reichtum auf der Pferderennbahn oder beim Kartenspiel zu vergeuden, wie so viele seiner Standesgenossen, hatte Martin, der zwölfte Baron Wilcox, aus dem einst recht überschaubaren Erbe an Ländereien durch Investitionen in eine Handelsgesellschaft und verschiedene andere gewinnbringende Kriegsspekulationen ein beträchtliches Vermögen erwirtschaftet.

Einige Frauen wären vielleicht entsetzt darüber gewesen, dass ihr Ehemann sich als Aristokrat im

Handelsgewerbe versuchte, nicht aber Amanda. Die Tochter des Earl of Hendon wusste genau, dass zwar die vornehme Herkunft immer von Landbesitz abhing, finanzielle Sicherheit und zukünftiger Reichtum hingegen anderswo zu finden waren. Amanda hatte Lord Wilcox nach ihrer zweiten Saison geheiratet. Sie hatte selten einen Grund gehabt, diese Entscheidung zu bedauern.

Als sie eintrat, saß er an seinem Frisiertisch und war mit der schwerwiegenden Angelegenheit beschäftigt, sein Halstuch zu binden. Martin Wilcox war zwar knapp fünfzig Jahre alt, hatte graue Strähnen in seinem ausgehenden braunen Haar und seine dünnen Lippen wurden von Hängebacken umrahmt, aber wie die meisten Männer, mit denen sich der Prinz umgab, legte er viel Wert auf seine Garderobe. Nachdem er seiner Frau kurz ins Gesicht gesehen hatte, entließ er seinen Kammerdiener mit einem knappen Nicken.

Sie warf die geöffnete *Post* vor ihm auf den Frisiertisch. „Du hättest es mir sagen können."

Wilcox richtete seinen Blick weiterhin auf sein Ebenbild im Spiegel. „Du hattest dich für den Abend zurückgezogen", sagte er, als wäre keine weitere Erklärung erforderlich – und damit hatte er Recht, denn es war schon etwa fünfzehn Jahre her, dass Amanda ihn zuletzt in ihr Schlafgemach gelassen hatte. Nicht, dass er Grund gehabt hätte, sich zu beschweren, dass sie ihre Pflicht ihm gegenüber nicht erfüllt hätte. In den ersten sechs Jahren ihrer Ehe hatte sie ihm zuerst Bayard geboren, dann eine Tochter und einen weiteren Sohn. Erst nachdem sie den notwendigen Erben und, für alle

Fälle, einen Ersatz hervorgebracht hatte, hatte Amanda ihren Ehemann ihres Bettes verwiesen.

Das jüngste Kind war im siebten Lebensjahr verstorben, aber Amanda war nicht dazu geneigt gewesen, ihre Entscheidung rückgängig zu machen, und Wilcox, der nie übertriebene Forderungen an seine Frau gestellt hatte, hatte sie nicht bedrängt. Bayard war kerngesund ... wenn schon nicht im Kopf, dann zumindest körperlich.

„Mein Vater war heute Morgen hier", sagte sie, trat in die Mitte des Zimmers und verschränkte die Arme vor der Brust.

„Und?" Wilcox hatte sich nach vorn gebeugt, um sein Spiegelbild zu begutachten, und begann, behutsam die Falten seines Halstuches mit den Fingern zu richten. „Weiß er, wo Devlin ist?"

„Nein. Er dachte, ich wüsste es."

Wilcox stieß ein grunzendes Lachen aus. „Wenn dein Bruder nicht ganz unvernünftig ist, ist er inzwischen aus dem Land geflohen. Ein scheußliches Verbrechen, so wie es sich anhört. Ich wusste immer, dass Devlin gewalttätig sein kann, aber", er hielt inne und neigte den Kopf in alle Richtungen, während er sein Spiegelbild betrachtete, „ich muss sagen, so etwas hätte ich nicht erwartet. Die Skandale, die wir seinetwegen in der Vergangenheit erdulden mussten, waren nichts im Vergleich dazu."

Amanda stieß ein höhnisches Schnauben aus. „Mach dich nicht lächerlich. Sebastian hat diese Frau nicht ermordet."

Er sah auf und ihre Blicke trafen sich im Spiegel. Seine Lippen bogen sich zu seinem üblichen, leichten Lächeln. „Bist du dir da so sicher, meine Liebe?"

„Du bist dir doch im Klaren darüber, wer diese tote Schauspielerin war, oder nicht?"

Wilcox öffnete eine lackierte chinesische Schmuckschatulle, überflog ihren Inhalt und wählte schließlich einen Diamantring und zwei Goldanhänger aus. Martin trug immer zu viel Schmuck.

„Sollte ich das?", fragte er und hängte einen der Anhänger an seine Uhrenkette.

„Du könntest es wissen, wenn du deinem Sohn und Erben mehr Beachtung schenken würdest. Rachel York ist die Frau, wegen der sich Bayard seit kurz vor Weihnachten so lächerlich aufführt."

Wilcox streifte den Ring über seinen Finger. „Und weiter?"

„Was, wenn die Vorwürfe gegen Sebastian fallen gelassen werden und die Behörden beginnen, den Tod dieser jungen Frau genauer zu untersuchen? Was dann?"

„Und weiter?", sagte er wieder. „Es ist nichts Verwerfliches daran, wenn ein gesunder junger Mann eine schöne Frau bewundert – besonders, wenn die betreffende Frau ihre Schönheit nutzt, um Männer anzuziehen und zu verleiten. Wenn die Behörden jeden Londoner Burschen verdächtigen wollen, der jemals hinter dieser Frau her war, dann glaub mir, haben sie eine sehr lange Liste vor sich."

Amanda wollte etwas sagen, hielt sich dann aber zurück.

„Außerdem", fuhr er fort, „falls jemand danach fragt, werde ich ihnen sagen, dass Bayard Dienstagnacht bei mir war."

Amanda starrte in das ausdruckslose, unbekümmerte Gesicht ihres Mannes. „Und wenn er es wirklich getan hat, Martin? Du machst dir Sorgen wegen des Skandals, den mein Bruder verursacht hat – was, wenn sich herausstellt, dass es Bayard war?"

Wilcox stand auf. Sein hängendes Gesicht verfinsterte sich allmählich. „Was genau willst du damit sagen? Dass du glaubst, unser eigener, einundzwanzigjähriger Sohn wäre zu einem Verbrechen in der Lage, von dem du abstreitest, dass dein Wüstling von einem Bruder es hätte begehen können?"

Amanda hielt seinem wütenden Blick stand. Auch ihr eigener Unterkiefer spannte sich jetzt an. „Wir wissen beide, wie Bayard ist."

„Ich habe dir bereits gesagt", entgegnete Wilcox mit mehr Nachdruck als sonst, „dass Bayard mit mir zusammen war."

„Nun, was für eine Erleichterung. Dann haben wir ja nichts zu befürchten", sagte sie trocken und verließ das Zimmer.

Kapitel 16

Sebastian hatte während seiner Zeit in der Armee festgestellt, dass er ein Talent für die Schauspielerei hatte. Für Akzente, für Nachahmung und für all die subtilen Abstufungen des Verhaltens und der Geisteshaltung der Menschen. All das konnte man dazu nutzen, sich als jemand anderes auszugeben und die Leute zu täuschen.

Er wusste auch, dass die Menschen im Allgemeinen das sahen, was sie zu sehen erwarteten. Dass also Männer, die nach einem Adligen auf der Flucht Ausschau hielten, einen einfachen Pfarrer nicht allzu genau ansehen würden, genauso wenig wie einen ehrlichen Ladenbesitzer in billiger Leinenkleidung mit einem schlecht geschnittenen, graubraunen Mantel.

Also machte er sich, nachdem er Kat Boleyns elegantes kleines Stadthaus verlassen hatte, auf den Weg zum Lumpenmarkt in der Rosemary Lane, wo er eine Garnitur gebrauchter Kleider, einen tristen Mantel und einen abgenutzten schwarzen Hut erstand. Er ging noch bei einigen anderen kleinen Geschäften vorbei, wo er eine Reihe anderer Dinge kaufte. Mit seinem neuen Mantel bekleidet und dem Hut tief ins Gesicht gezogen, um seine gelblichen Augen zu verbergen, nahm er sich dann ein Zimmer in einem achtbaren, aber einfachen Gasthaus, das sich *Rose and Crown* nannte, und machte sich daran, sich in jemand ganz anderen zu verwandeln.

Sebastian wandte seinen Kopf zuerst nach rechts, dann nach links, um sein Spiegelbild in dem kleinen Spiegel über dem Waschtisch zu begutachten. Er überlegte, dass er sich Mr Simon Taylor nennen würde. Er hatte nicht viel Stil, dieser Mr Taylor mit seinem schlecht geschnittenen Haar, dem altmodischen Mantel und dem unbeholfen geknoteten Halstuch.

Sorgfältig und geübt versetzte Sebastian seinem dunklen, frisch geschnittenen Haar ein paar graue Strähnchen mit Kreidestaub. Nachdem er sich die letzten Monate ziellos treiben lassen hatte – Monate, in denen sein Leben sowohl privilegiert als auch vorhersehbar und dazu zwangsläufig stets unerträglich langweilig gewesen war, bemerkte er, wie allmählich Aufregung in ihm aufstieg. Solche Gefühlsregungen waren nicht mehr über ihn gekommen, seit er vor zehn Monaten aus der Armee ausgetreten war.

***

Er fand Hugh Gordon in einer Sitzecke des schäbigen alten Pubs aus rotem Backstein, bekannt als *The Green Man*, der seit den Tagen der Herrschaft Queen Elizabeths beim Theatervolk beliebt war.

Der Schauspieler war allein. Er war ein großer, eleganter Mann, trank ein Pint Bier und nahm ein einfaches kaltes Mittagessen zu sich. Seine gesamte Körperhaltung strahlte Selbstbeherrschung, Überheblichkeit und den ausdrücklichen Wunsch, in Ruhe gelassen zu werden, aus.

Sebastian schlurfte zu dem Tisch hinüber, zog seinen Hut und hielt ihn sich betreten und beinahe demütig vor die Brust. „Mr Hugh Gordon?"

Gordon sah auf und runzelte die Stirn, sodass sich seine dunklen Brauen zusammenzogen. Selbst jetzt, wo er nicht auf der Bühne stand, hatte sein Auftreten etwas Theatralisches an sich und er antwortete mit überlauter Stimme: „Ja?"

Sebastian krampfte seine Finger fester um die Hutkrempe. „Verzeihen Sie, dass ich mir erlaube, mich vorzustellen. Mein Name ist Taylor. Mr Simon Taylor?" Sebastian ging mit der Stimme am Ende des Satzes nach oben, als wäre er so verunsichert, dass selbst einfache Sätze als Fragen formuliert waren. „Aus Worcestershire? Man sagte mir im Theater, dass ich Sie hier finden könnte."

Gordon streckte die Hand nach dem Krug aus und nahm langsam einen Schluck von seinem Bier. „Und?"

Sebastian schluckte und bewegte dabei seinen Adamsapfel sichtbar auf und ab. „Ich bemühe mich, eine junge Verwandte meiner Mutter ausfindig zu machen, eine gewisse Miss Rachel York. Ich hatte gehofft, Sie könnten mir sagen, wo ich sie antreffen kann."

„Wollen Sie etwa sagen, dass Sie es noch nicht gehört haben?" Das Timbre seiner Stimme war tief und voll, die Satzmelodie einwandfrei. Auch wenn Gordon nicht von vornehmer Abstammung war, hatte er sich sowohl das Erscheinungsbild als auch die Sprechweise eines Gentlemans erfolgreich angeeignet.

Sebastian sah verwirrt aus. „Entschuldigen Sie bitte?"

„Sie ist tot."

„Tot?" Sebastian schwankte, als stände er unter Schock und setzte sich auf die Bank gegenüber dem Schauspieler. „Gott im Himmel! Ich hatte keine Ahnung. Wann ist es geschehen?"

„Man hat sie in einer alten Kirche bei der Great Peter Street gefunden, in der Nähe von Westminster Abbey. Gestern Morgen war das. Jemand hat ihre hübsche kleine Kehle aufgeschlitzt."

In seiner Erklärung schwang kein Kummer mit, sondern nur eine Spur unterschwelliger Verbitterung, die Sebastian mit Interesse zur Kenntnis nahm, wobei er darauf bedacht war, sich seine Beobachtung nicht anmerken zu lassen. „Aber das ist ja entsetzlich. Haben Sie eine Ahnung, wer es war?"

„Irgendein vornehmer Kerl." Gordon stopfte sich eine Gabel voll Rindfleisch in den Mund, ließ sich dadurch aber nicht vom Sprechen abhalten. „So sagt man zumindest."

„Das tut mir sehr leid. Das muss sehr schwer für Sie sein."

Gordon hatte die nächste Gabel schon fast an seinen Mund geführt, als er innehielt. „Für mich? Was soll das heißen?"

„Ich hatte den Eindruck, Sie und Rachel waren ..." Sebastian räusperte sich. „Na ja, Sie wissen schon."

Gordon knurrte. „Ihre Informationen sind überholt, mein Freund. Es gab eine ganze Reihe von Gentlemen nach mir, die ihren Freudenpalast besucht haben, das kann ich Ihnen sagen."

Das war eine vulgäre Aussage, die sicher kein Liebhaber getroffen hätte. Sebastian atmete tief ein und seine Brust hob sich zu einem gefühlvollen Seufzer. „Meine

Mutter hat immer befürchtet, dass das Mädchen irgendwann als gewöhnliche Dirne auf dem Haymarket enden würde."

Gordon schnaubte. „An Rachel war nichts gewöhnlich. Zur Hölle, zuletzt musste man ein Lord oder zumindest ein verdammt reicher Geschäftsmann sein, um in ihre goldenen Gemächer gelassen zu werden."

Also daher, dachte Sebastian, kam zumindest zum Teil der Groll, den dieser Mann gegen seine ehemalige Geliebte hegte. Als sie jünger gewesen war und gerade erst am Anfang ihrer Theaterkarriere gestanden hatte, musste Gordon als einer der Bühnengiganten auf sie mächtig und beinahe gottgleich gewirkt haben. Aber sobald sich Rachel selbst einen Namen gemacht und die Aufmerksamkeit einiger der wohlhabendsten Adligen Londons auf sich gezogen hatte, hatte sie offensichtlich beschlossen, dass sie es besser treffen könnte als mit einem gewöhnlichen Schauspieler. Insbesondere wenn dieser Schauspieler einen Hang dazu hatte, handgreiflich zu werden.

Gordon nahm einen langen, tiefen Schluck aus seinem Krug. „Sie hat früher davon gesprochen, dass ihre vornehmen Köpfe eines Tages auf dem Spieß enden würden, und dass Londons Rinnsteine dann mit ihrem kostbaren blauen Blut gefüllt wären." Er stieß ein leises, freudloses Lachen aus. „Sie hat ziemlich schnell einen anderen Ton angeschlagen, als sie anfingen, ihr Seide und Perlen zu kaufen, nicht wahr?"

Also hatte Rachel York mit den Zielen der Französischen Revolution sympathisiert. Wie interessant, dachte Sebastian. Er schüttelte inbrünstig seinen Kopf. „Und jetzt hat einer dieser Adligen sie ermordet?"

„So heißt es. Obwohl die Behörden, wenn Sie mich fragen, sich lieber diesen verdammten Franzosen genauer ansehen sollten.“

„Sie hatte einen französischen Liebhaber?“

„Einen Liebhaber?“ Gordon schob das letzte Stück Brot in seinen Mund, kaute ein paar Mal und schluckte kräftig. „Ich weiß nicht, ob ich ihn so bezeichnen würde. Obwohl der Mann die Miete für ihre Wohnung bezahlt hat, also vielleicht schon.“

„Was für ein Mann ist das?“

„Einer dieser verdammten Emigranten. Er behauptet, der Sohn eines Grafen zu sein oder irgend so ein Unsinn.“ Für einen Moment vernachlässigte er seine makellose Aussprache, sodass man eine Spur des Dialekts heraushören konnte, der in der Gegend um Newcastle gesprochen wurde. Der Schauspieler schob seinen Teller weg, lehnte sich zurück und strich die Krümel von seinen Fingern. „Ein Mann namens Pierrepont. Leo Pierrepont.“

Kapitel 17

Sir Henry Lovejoy waren in seinem Leben noch zwei Leidenschaften geblieben. Die eine galt der Gerechtigkeit und dem Gesetz. Die andere der Wissenschaft.

Wann immer er konnte, besuchte er die öffentlichen Vorträge, die von der *Royal Scientific Society* gehalten wurden; er las die *Scientific Quarterly* und er bemühte sich mit aller Kraft, wissenschaftliche Methoden bei seinen Untersuchungen und gerichtlichen Beratungen anzuwenden. Doch hin und wieder folgte Lovejoy seinen Instinkten und seiner Intuition.

Es waren eben seine Instinkte, die ihm wegen dieses jüngsten Mordes keine Ruhe ließen und ihm zuflüsterten, dass mehr hinter der Ermordung Rachel Yorks in der Marienkapelle von *St. Matthew of the Fields* stecken müsste, als Constable Edward Maitland bisher entdeckt hatte. Und so suchte Lovejoy an diesem späten Donnerstagnachmittag den Freund und einstigen Sekundanten von Viscount Devlin im *Brooks's Club* auf der St. James's Street auf und machte sich daran, mehr über Sebastian, den berüchtigten Lebemann und Sohn des Earl of Hendon, herauszufinden.

„Erzählen Sie mir von dem Duell zwischen Lord Devlin und Captain John Talbot gestern Morgen", sagte Lovejoy, als Sir Christopher zu ihm in das unauffällige

kleine Zimmer am oberen Ende der Treppe kam, das
der Club ihnen bereitgestellt hatte.

Sir Christopher war ein unerwartet offenherziger
Mann mit klaren grauen Augen und einer entspannten
Art. Er war überhaupt nicht so, wie Lovejoy es von jemandem erwartet hätte, der mit einem so finsteren,
melancholischen Menschen wie Devlin befreundet
war. Auf Lovejoys Frage hin riss er seine Augen in einer
einstudierten Miene der Ahnungslosigkeit auf, die beinahe wirkte wie eine Parodie. „Duell? Welches Duell?"

Im Raum stand ein großer Mahagonitisch, umgeben
von einem halben Dutzend Stühle, bezogen mit dem
blauen Brokat, der auch die Wände zierte. Lovejoy
stand so, dass der Tisch zwischen ihnen war, und hatte
seinen Blick fest auf das Gesicht des anderen Mannes
gerichtet. „Sie tun Ihrem Freund damit keinen Gefallen, Sir Christopher. Ich habe im Moment wenig Interesse daran, den Richtlinien für das Austragen von Du-
ellen Geltung zu verschaffen. Aber vor zwei Tagen
wurde eine junge Frau namens Rachel York brutal
überfallen und ermordet und gewisse Beweisstücke in
Verbindung mit einer Zeugenaussage belasten Lord Devlin. Je mehr wir also über den Verbleib seiner Lordschaft in den vergangenen Tagen erfahren, desto eher
werden wir in dieser Angelegenheit die Wahrheit herausfinden. Wenn Sie irgendwelche sachdienlichen Informationen haben, obliegt es Ihnen, sie mir mitzuteilen. Ich frage Sie also noch einmal: Wer war der Herausforderer? Lord Devlin?"

Sir Christopher zögerte einen Moment, dann schüttelte er den Kopf. „Nein, Talbot."

„Wann und wo genau hat er die Herausforderung ausgesprochen?“

Farrell schaute aus dem Fenster und umfasste seine Hände hinter dem Rücken. Es dauerte einen Augenblick, bis er antwortete und er presste die Worte ruckartig heraus, als ob er sich bei jedem einzelnen dazu überwinden müsste. „Dienstagnachmittag. Bei White's. Sebastian stand in der Nähe der Tür zum Spielsalon und hatte ein Glas Wein in der Hand. Talbot rempelte ihn an und der Wein aus Sebastians Glas spritzte auf Talbots Stiefel. Er verlangte Genugtuung.“

Lovejoy nickte einsichtig. „Das war die öffentliche Begründung für das Duell. Jetzt sagen Sie mir den wahren Anlass.“

Farrell drehte sich ruckartig um und zog mit einem Ausdruck gekränkter Ehre eine Augenbraue hoch. „Wie bitte?“

Lovejoy antwortete nur mit einem schmalen, emotionslosen Lächeln. „Es gibt Leute, die behaupten, Lord Devlin hätte ein Verhältnis mit Captain Talbots Frau gehabt.“

Sir Christopher hielt Lovejoys fragendem Blick stand. Lovejoy kam in den Sinn, dass der Mann am Kartentisch keine gute Figur machen musste. All seine Gedanken und Gefühle ließen sich von seinem Gesicht ablesen. Lovejoy konnte sogar sagen, in welchem Moment genau Farrell beschloss, es nicht mehr zu leugnen. Er stieß seinen Atem in einem langen Seufzer aus, dann setzte er sich schließlich in einen der Stühle, die den Tisch, der in der Mitte des Zimmers stand, umringten. „Talbot hat das zwar gewiss geglaubt“, sagte er, stützte die Ellbogen auf den Tisch und legte sein Kinn in seine

Handflächen, „aber es stimmte nicht. Devlins Beziehung zu Melanie Talbot ging nie über Freundschaft hinaus."

„Glauben Sie das wirklich?"

Sir Christopher nickte mürrisch. „Letztes Frühjahr, auf einem Ball im *Devonshire House*, hörte Sebastian jemanden im Garten weinen. Er hat das unglaublichste Gehör, das man sich vorstellen kann, wissen Sie. Jedenfalls ging er nachsehen und fand Talbots Frau. Der Bastard hatte Anstoß daran genommen, wie sie einen der Geigenspieler angesehen hatte, und hatte sie ziemlich übel zugerichtet, bevor er in einem Wutanfall davongestürmt ist. Sebastian hat sie nach Hause gebracht."

„Aber damit war die Geschichte nicht zu Ende."

Farrell ließ die Hände in seinen Schoß fallen und lehnte sich zurück. „Nein. Sie brauchte einen Freund und Devlin wurde einer. Ich dachte immer, dass sie ihn angehimmelt hat, aber Devlin ist kein Mann, der die Verletzlichkeit einer anderen Person ausnutzen würde."

Lovejoy beäugte den anderen Mann nachdenklich. „Wie gut kennen Sie ihn?"

Ein unerwartet jungenhaftes Lächeln breitete sich langsam auf Sir Christophers Gesicht aus. „Besser als meine eigenen beiden Brüder. Sebastian und ich waren zusammen in Eton. Und danach in Oxford."

„Aber Sie sind nicht mit ihm zur Armee gegangen?"

Sir Christophers Lächeln erstarrte. „Nein. Bis zu dem Tag, bevor er England verlassen sollte, habe nicht einmal gewusst, was er vorhatte."

„Das kam ziemlich überraschend, nicht wahr?"

Sir Christopher verfiel in unbehagliches Schweigen, so als überlegte er, wie er darauf antworten sollte. Dann sagte er: „Etwa ein Jahr nachdem wir aus Oxford zurückgekommen waren, verliebte sich Sebastian in eine Frau, die der Earl für unangemessen hielt. Er drohte, Sebastian zu enterben, sollte er das junge Ding heiraten."

„Hatte Lord Hendon etwas gegen die Abkunft der Dame einzuwenden?"

Farrell rieb sich über die Nase. „Sie war eine Dirne."

„Ah", sagte Lovejoy. Es war schwierig, sich vorzustellen, wie der stolze und arrogante junge Mann, den er erstmals in der Bibliothek auf der Brook Street getroffen hatte, etwas so Unziemliches oder Törichtes tat, wie sich in eine Prostituierte zu verlieben. Andererseits musste all das vor langer Zeit geschehen sein. Er fragte sich, wie viel man – wenn überhaupt – von der Leidenschaftlichkeit und Romantik seiner Jugendtage heute noch in dem gleichgültigen, harten Mann finden konnte, zu dem Lord Devlin geworden war.

„Sebastian schwor, dass er das Mädchen trotzdem heiraten würde. Nur hatte die fragliche Dame kein Interesse daran, einen Bettler zu heiraten. Als ihr klar wurde, dass Hendon es ernst meinte, hat sie Sebastian verlassen."

„Also ist Devlin in den Krieg gezogen, um sich umbringen zu lassen."

„Ich bin mir nicht sicher, ob es ganz so dramatisch war. Sagen wir einfach, er war bestrebt, für eine Weile aus England wegzukommen."

„Verständlich" sagte Lovejoy sanft. „Und doch hat er sich, soweit ich weiß, für einige recht gefährliche Aufträge freiwillig gemeldet."

„Er hat als Spion für den Geheimdienst gearbeitet, wenn Sie das meinen. Und er war gut darin."

Lovejoy brummte nichtssagend. „Das habe ich gehört. Trotzdem muss er letztes Jahr irgendwie in Misskredit geraten sein, denn er hat die Armee verlassen. Ich frage mich, was die Gründe dafür waren?"

Auf Lovejoys fragenden Blick hin starrte Sir Christopher ihn nur störrisch an. „Darüber weiß ich nichts", sagte er und es schien, als könnte Sir Christopher nicht dazu gebracht werden, etwas über die Angelegenheit preiszugeben.

Lovejoy änderte seine Taktik: „Haben Sie Lord Devlin letzten Dienstagabend gesehen?"

„Natürlich." Sir Christophers Blick war immer noch skeptisch. Der Mann war vielleicht unbekümmert, dachte Lovejoy, aber er war nicht dumm. Er wusste, weshalb Lovejoy darauf zurückkam. „Wir waren die ganze Nacht bei *Watier's* – bis zum Morgengrauen, dann sind wir zur Chalk Heath gefahren."

Lovejoy setzte ein schmales Lächeln auf. „Ja. Aber sehen Sie, uns interessiert der Verbleib seiner Lordschaft früher an diesem Abend. Unseren Informationen zufolge kam Lord Devlin erst kurz nach neun Uhr bei *Watier's* an, obwohl er sein Haus circa vier Stunden früher, um etwa fünf Uhr, verlassen hat. Seine Lordschaft behauptet, er habe die dazwischen liegenden vier Stunden schlicht damit verbracht, durch London zu spazieren. Aber leider sagt er, dass er allein gewesen sei."

Sir Christopher spannte seinen Kiefer an und funkelte Lovejoy zornig an. „Wenn Devlin sagt, er sei spazieren gegangen, dann hat er genau das getan.“

Das Gesicht des Mannes war so leicht zu lesen und seine Veranlagung zur Ehrlichkeit so ausgeprägt, dachte Lovejoy, dass er niemals ein guter Lügner sein würde.

Der Richter verbrachte die nächsten zehn Minuten mit Versuchen, Sir Christopher die Wahrheit zu entlocken. Aber schließlich gab Lovejoy es auf. Er sagte sich, dass er mit der unglücklich verheirateten Melanie Talbot wohl mehr Glück haben würde.

Kapitel 18

Rachel York hatte sich im ersten Stock eines gepflegten kleinen Mietshauses in Dorset Court nicht weit von Kats Stadthaus eingemietet gehabt. Aber bis Kat es geschafft hatte, Lord Stoneleigh loszuwerden und dorthin zu gelangen, war es schon später Nachmittag. Das Tageslicht schwand bereits. Als sie die lange Treppe vom Erdgeschoss erklomm, begann ein heftiger Schneeregen und prasselte gegen das Fenster am Ende des breiten Korridors wie dutzende kleine Kieselsteine.

„Sie werden dort niemanden mehr antreffen, das kann ich Ihnen sagen", erklang eine mürrische Frauenstimme aus dem zweiten Stock, gerade als Kat die Hand hob, um anzuklopfen.

Kat schritt durch den Flur, reckte ihren Kopf über das Geländer und sah nach oben. „Wie bitte?"

Sie blickte in ein schmales, von der Zeit tief zerfurchtes Gesicht, das von weißem Haar umgeben war wie von einem Heiligenschein und aus dem dunklen zweiten Stock zu ihr herunter starrte. „Sie ist tot. Wurde in einer Kirche ermordet, Gott hab sie selig."

„Eigentlich war es mein Anliegen, ihr Dienstmädchen, Mary Grant, zu sprechen. Ich würde sie vielleicht gerne einstellen, wenn sie eine neue Anstellung sucht."

„Ach. Die ist schon lange weg. Hat die Wohnung gleich heute Morgen ausgeräumt."

Kat bekam allmählich einen steifen Hals und nahm eine bequemere Position ein. Sie konnte die Frau jetzt besser sehen. Sie war so klein, dass sie auf Zehenspitzen stehen musste, um sich mit den Armen oben auf das Geländer zu stützen. Ihr violettes Satinkleid gehörte zu einer Mode, die man vielleicht im vorigen Jahrhundert öfter hatte sehen können, obwohl es neu wirkte. Die Stränge aus Perlen, Smaragden und Rubinen, mit denen ihr Hals und ihre dünnen Handgelenke behangen waren, wirkten echt – zumindest bei diesen Lichtverhältnissen und aus diesem Blickwinkel. „Sie hat die Wohnung ausgeräumt?"

„Hat alles mitgenommen", sagte die ältere Frau, deren Tonfall noch den Hauch eines Akzents aus den Highlands verriet. „Hat es gleich wegbringen lassen. Das war wohl nicht schwer, nehme ich an, wenn man bedenkt, dass ihre Herrin sowieso schon fast alles gepackt hatte."

„Rachel wollte in eine neue Unterkunft ziehen?" Das waren Neuigkeiten für Kat.

„Ach, eher ganz aus London weggehen, wenn Sie mich fragen."

„Sie wollte weggehen?"

„So habe ich angenommen, obwohl das Mädchen nicht gerade sehr mitteilsam war. Sie war diese Woche in heller Aufregung. Völlig durch den Wind, hat sich vor ihrem eigenen Schatten gefürchtet. Sie ist wohl irgendwie zu Geld gekommen, dachte ich mir." Die alte Frau atmete aus und ließ dabei ein *Hmm* hören. „Hat ihr ja zum Schluss nicht viel genützt."

„Aber ... ich dachte, es wäre ein Wachtmeister hier gewesen. Wie konnte Mary Grant alles mitnehmen, ohne, dass er etwas bemerkt hat?"

Die alte Frau schien Kats Interesse für solche Details überhaupt nicht ungewöhnlich zu finden. Sie stieß noch einen kleinen Seufzer aus. „Der? Der ist gleich bei Tagesanbruch wieder gegangen. Gott sei Dank sind wir ihn los. Raten Sie mal, wie viele Menschen seit ihrem Tod diese Treppe hier rauf- und runtergetrampelt sind! Das ist ja noch schlimmer als zu den Zeiten, als das Mädchen noch gelebt hat."

„Ich nehme wohl an, dass die Behörden hier waren ..." Kat ließ ihre Stimme erwartungsvoll verklingen.

„Oh ja, drei Mal. Zumindest glaube ich, dass es die Behörden waren. Und dann war da dieser junge Mann, der einen Schlüssel hatte."

Kats Interesse erwachte. Ein junger Mann, der einen Schlüssel hatte? Soweit sie wusste, war keiner von Rachels Liebhabern jung gewesen. Und Rachel hatte niemals einem von ihnen einen Schlüssel gegeben. „Wohl einer ihrer ... Cousins, nehme ich an?"

Die ältere Frau lachte. Es war ein obszönes Gackern, das in dem schummrigen Treppenhaus, das nur von dem schwindenden Tageslicht erleuchtet wurde, unheimlich widerhallte. „Sie meinen, einer ihrer Liebhaber. Wegen mir müssen Sie kein Blatt vor den Mund nehmen, junge Frau. Ich habe meine Unschuld schon vor langer Zeit verloren."

Kat lächelte zu ihr hoch. „Ist er regelmäßig hergekommen?"

Die Frau schnaubte. „Der nicht. Ich habe ihn nie zuvor gesehen."

Diesmal unterdrückte Kat ihr Schmunzeln. Sie bezweifelte nicht, dass die alte Frau das Kommen und Gehen im Treppenhaus sehr genau beobachtete.

„Wenn Sie mich fragen", sagte die Frau, „hat er hier etwas gesucht – und es nicht gefunden."

„Ach wirklich?"

„Oh ja. Ich habe gehört, wie er da unten gut fünf Minuten lang von Zimmer zu Zimmer gegangen ist. Da hab ich mir gedacht, er muss wohl die Wohnung durchsuchen. Und was macht er dann? Er kommt hier hoch, erdreistet sich und klopft an meine Tür, wollte wissen, ob ich eine Ahnung hätte, wohin sich das Hausmädchen verzogen hat. Als ob ich das wüsste." Die alte Frau starrte Kat mit aufmerksamem Blick an. „Ich nehme an, Sie sind auch eine Schauspielerin."

„Nun" sagte Kat eilig, „wenn Mary Grant tatsächlich nicht mehr da ist, dann vergeude ich wohl meine Zeit, wenn ich hier nach ihr suche. Ich danke Ihnen für Ihre Hilfe."

Kat spürte den wachen, neugierigen Blick der Frau auf sich ruhen, als sie die Treppe mit langsamen, vorsichtigen Schritten wieder hinunterging. Erst als sie schon fast im Erdgeschoss angekommen war, hörte sie schließlich das Klicken, das verriet, dass die alte Frau oben ihre Tür geschlossen hatte.

Sie schlüpfte aus ihren Halbstiefeln und huschte nahe an der Wand – damit die Stufen nicht knarrten – wieder die Treppe hinauf. Das Schloss an Rachels Tür funktionierte mit einem einfachen Mechanismus, sodass man es mit genügend Übung leicht aufbrechen konnte. Kat trat ein und schloss die Tür leise hinter sich.

Rachel war in den drei kurzen Jahren, in denen sie auf der Bühne gestanden hatte, zu Wohlstand gekommen. Die Räume waren großzügig geschnitten und üppig vertäfelt und die Fenstervorhänge waren aus Samt. Aber die alte Frau hatte Recht gehabt: Wo einst glänzend polierte Tische und satingepolsterte Sofas gestanden hatten, waren jetzt nur noch kleine Müllhaufen zu sehen und anderer Unrat, der hier und da verstreut lag.

Kat drückte ihre Zehen von den kalten Dielen hoch und schlich leise durch den leeren, hallenden Salon und das direkt angrenzende Speisezimmer. Rachels Dienstmädchen hatte kaum etwas zurückgelassen. Der Raum, den Rachel als Schlafzimmer benutzt hatte, lag zur Rückseite des Hauses. Die Wände waren mit schmeichelhafter rosa Seide bezogen. Diesen Raum betrat Kat jetzt. Sie schritt über den nackten Boden und zog behutsam die schweren Vorhänge zurück, sodass das schwindende Licht des Tages in den Raum drang. Um sich gegen die Kälte zu schützen, überkreuzte sie die Arme vor der Brust und schlang die Hände um ihren Oberkörper, dann blieb sie vor dem Kamin stehen.

Der geschnitzte Kaminsims war geschickt gearbeitet und bemalt worden, sodass er wirkte, als wäre er aus Marmor. Kat betrachtete die geriffelten Pfeiler und die rollenförmigen Säulenknäufe. Sie berührte ein dekoratives Element nach dem anderen, drückte und drehte daran herum. *Es muss hier irgendwo sein*, dachte sie genau in dem Moment, als ein kleiner Teil des Unterbalkens sich löste.

Sie schob ihre Hand in die klaffende Dunkelheit des Geheimfachs und zog ein kleines Buch mit rotem Ledereinband und Goldschnitt heraus, das mit einer

Schnur umwickelt war. Rachels Terminkalender. Kat durchsuchte das Fach noch einmal, aber es war nun leer.

Sie löste die Lederschnur und blätterte eilig durch die Seiten des Buches. Ihr wurde klar, dass sie einige davon herausreißen musste, bevor sie Sebastian das Buch gab. Es wäre zu riskant, ihn etwas sehen zu lassen, das Rachel irgendwie mit Leo in Verbindung bringen könnte. Kat konnte nur hoffen, dass genug übrigbleiben würde, um Sebastian einen Hinweis auf die Identität von Rachels Mörder zu geben.

In der Ferne hörte Kat, wie sich die Tür zum Flur öffnete. Sie sah ruckartig auf. „Heilige Mutter Gottes", flüsterte sie und schob das kleine Buch in ihren Pompadour.

Eine hohe Männerstimme drang an ihr Ohr. Sie konnte aus den spitzen Worten Zorn und Fassungslosigkeit heraushören. „Was in Gottes Namen ist hier los? Ich habe angeordnet, dass dieses Haus bewacht wird."

Kat schob das Geheimfach zu und lief durch eine Seitentür am hinteren Ende des Zimmers, die zu der steilen, schmalen Treppe des Dienstboteneingangs führte.

„Wir haben einen Mann über Nacht hiergelassen, Sir", sagte eine andere Stimme, die einem jüngeren Mann gehörte und gleichzeitig defensiv und beschwichtigend klang. „Sie haben nichts davon gesagt, dass die Überwachung auch danach fortgesetzt werden soll."

Kat rutschte mit einem Fuß aus, hüpfte unelegant auf einem Bein herum und verlor dann auch mit dem zweiten Fuß das Gleichgewicht, sodass ihr Ellbogen auf die Tür traf, die zum Treppenhaus führte, und sie gegen die

Wand krachenließ, als sie für einen Moment haltlos schwankte.

„Was war das?“

Kat riss ihren Kopf herum, als die nachdrücklichen, mit hoher Stimme gesprochenen Worte durch die leeren Zimmer hallten.

„Was war was? Ich habe nichts gehört.“

Die erste Stimme kam näher. „Es ist jemand hier. Da hinten. Schnell.“

Kat blieb keinen Augenblick länger, um zu lauschen. Ihre Halbstiefel polterten auf den nackten Stufen, als sie ihren Pompadour in der Hand fester umklammerte und floh.

Kapitel 19

Die List, sich als der einfältige Mr Simon Taylor aus Worcestershire auszugeben, würde bei einem Mann wie Leo Pierrepont nicht funktionieren. Sebastian und Pierrepont bewegten sich zwar nicht gerade in denselben Kreisen, aber der Emigrant kannte Lord Devlin vom Sehen. Ein schlecht geschnittener Mantel und ein paar graue Strähnen an den Schläfen wären wohl kaum eine angemessene Verkleidung, denn Pierrepont war in der vornehmen Gesellschaft für seine Gerissenheit bekannt.

Also besuchte Sebastian einen verschwiegenen Laden auf der *Strand,* wo er eine hübsche kleine französische Steinschlosspistole von Cassaignard mit kanonierter Mündung und vertikalem Schraubverschluss erwarb, die genau in die Vordertasche seines Wintermantels passte. Als die Dämmerung am frühen Abend über die Stadt hereinbrach und die Lampenanzünder gegen den stetigen Regen und scharfen Januarwind zu kämpfen hatten, machte er sich auf den Weg zur Half Moon Street.

***

Leo Pierrepont eilte gerade die Stufen seiner Vordertreppe hinunter. Er hatte den Kragen seines

Mantels hochgeschlagen und sich die Hutkrempe zum Schutz gegen den windgepeitschten Regen tief ins Gesicht gezogen. „Cavendish Square", sagte er zu dem Fahrer der Droschke und zog kräftig die Tür hinter sich zu.

„Es gibt mehr Gründe, als man meinen könnte", begann Sebastian und lehnte sich entspannt in die andere Ecke zurück, „für Brummells Behauptung, Gentlemen sollten niemals eine Droschke nehmen."

Der Franzose brachte seine Verwunderung beinahe augenblicklich wieder unter Kontrolle. „Ich bitte um Verzeihung", sagte er, während sein Blick verräterisch zur Tür huschte. „Ich wusste nicht, dass diese Droschke bereits einen Fahrgast hat."

Der Franzose stand im Ruf, ein guter Fechter zu sein. Sein schlanker Körper war trotz seiner vierzig oder fünfzig Jahre immer noch flink und dynamisch. Sebastian zog seine Hand aus der Tasche und zielte mit der Steinschlosspistole gelassen auf den Brustkorb des Franzosen. „Ich denke, Sie verstehen mich schon."

Leo Pierrepont streckte die Beine aus, lehnte sich tiefer in den Sitz und lächelte. „Ich fürchte, dass Sie mein Vorstellungsvermögen überschätzen."

„Dennoch wissen Sie, wer ich bin."

„Natürlich." Seine Augenbrauen erhoben sich zu einer typisch französischen Miene der Geringschätzung. „Wo haben Sie bloß diesen entsetzlichen Mantel gefunden?"

Sebastian lächelte. „Der Lumpenmarkt in der Rosemary Lane."

„Danach sieht er auch aus. Es ist wohl gewissermaßen eine wirkungsvolle Verkleidung, nehme ich an. Aber nur so lange, bis den Behörden aufgeht, dass sie ihren flüchtigen Viscount unter den schlechter Gekleideten suchen sollten, hm?"

„Ich mache mir keine Sorgen. Ich vermute, Sie haben Ihre eigenen Gründe, um die Behörden zu vermeiden. Zumindest wenn man auf Rachel York zu sprechen kommt."

„Und wenn Sie mit Ihren Vermutungen falsch liegen?"

„Das lässt sich natürlich nicht ausschließen. Trotzdem ist es interessant, dass Sie derjenige sind, der die Miete für ihre Wohnung bezahlt hat, nicht wahr?"

Eine Kutsche ratterte vorbei. Die Fackeln der Fackeljungen warfen einen Schein, der durch das Droschkenfenster fiel und die falkenähnlichen Gesichtszüge des Franzosen akzentuierte. „Wer hat Ihnen das verraten?"

Sebastian zuckte unbekümmert mit einer Schulter. „Man kann sehr leicht an Informationen herankommen ... wenn man genügend Überzeugungsarbeit leistet."

Der Franzose betrachtete ihn einen Moment lang, ohne eine Miene zu verziehen. „Soll ich etwa erraten, warum Sie mich in der Angelegenheit aufgesucht haben?"

„Ich denke, der Grund sollte auf der Hand liegen."

Pierrepont riss die Augen auf. „Großer Gott. Was wollen Sie damit sagen? Dass ich Rachel getötet habe? Was glauben Sie denn, was mein Motiv gewesen sein könnte? Wollust wohl kaum. Angesichts der Details, die Sie bezüglich unserer Vereinbarung herausgefunden haben, ist es offensichtlich, dass ich das Mädchen jederzeit hätte haben können. Warum sollte ich sie in einer Kirche vergewaltigen?"

Sebastian studierte die beherrschten Gesichtszüge des anderen Mannes. Also war Rachel vergewaltigt worden? „Trotzdem haben Sie Rachel scheinbar mit anderen geteilt", sagte Sebastian mit absichtlich ausdrucksloser Stimme. „War das wohl aus Großzügigkeit oder aus anderen Gründen?"

„Was glauben Sie? Dass ich Rachel in einem leidenschaftlichen Ausbruch von Eifersucht umgebracht habe?" Pierrepont machte mit einer langfingrigen, zierlichen Hand eine wegwerfende Bewegung. „Eifersucht ist so eine ermüdende Emotion – und dazu ziemlich unzivilisiert und pöbelhaft. Sehen Sie, ich bin kein besitzergreifender Mann. Die Vereinbarung, die Rachel und ich getroffen hatten, war uns beiden dienlich – wie seltsam das manch einer auch finden mag."

„Es gibt auch noch andere Gründe, jemanden zu töten."

Ein Windstoß ergriff die Kutsche und rüttelte an den gläsernen Fensterscheiben, als sie auf die New Bond Street abbogen. „Es gibt Gründe dafür, ja. Aber einer Frau die Kehle aufzuschlitzen – auch noch mehrfach, bis ihr Kopf praktisch vom Körper getrennt ist? Was für ein Mensch tut so etwas, hmm?"

„Sagen Sie es mir."

Pierrepont saß für einen Moment still, er hatte das Kinn auf seine Brust geneigt und war scheinbar in Gedanken versunken. „Als junger Mann habe ich gesehen, wie der Kopf meines Vaters auf dem *Place de la Concorde* gerollt ist. Wussten Sie, dass ein enthaupteter Kopf etwa zwanzig Sekunden lang bei Bewusstsein bleibt, nachdem er vom Körper getrennt wurde? Zwanzig Sekunden. Denken Sie mal darüber nach. Das ist eine lange Zeit, nicht wahr? Glauben Sie, Rachel erging es auch so? Dass sie diesen Horror erlebt hat?"

Sebastian lauschte dem Rattern der Kutschenräder auf dem Kopfsteinpflaster und dem Klirren des Pferdegeschirrs. Auch das hatte er bisher nicht über Rachels Tod gewusst. Er dachte an die lebhafte, schöne junge Frau und daran, wie sie allein und verängstigt in dieser Kirche lag und spürte, wie ihr Lebenssaft aus ihrem Körper strömte.

„Sie haben zwar nicht danach gefragt, aber ich werde es Ihnen trotzdem erzählen", sagte Pierrepont und verzog seine Lippen zu einem kalten, harten Lächeln. „Dienstagabend habe ich eine Dinnerparty gegeben, bei der auch etwa ein halbes Dutzend hochangesehener Leute zu Gast waren, die schwören können, dass ich den ganzen Abend über zu Hause war. Sie sehen also, mein Freund, dass Sie anderswo nach Rachels Mörder suchen müssen – wenn Sie es nicht gar selbst sind."

Die Droschke wurde langsamer und fuhr schaukelnd auf die Henrietta Place. Sebastian packte den Türgriff. Er hatte keinen Zweifel daran, dass der Franzose mehr wusste, als er zugeben wollte, aber sie waren beinahe am Cavendish Square angekommen und Sebastian beabsichtigte nicht, dort gesehen zu werden.

Allmählich wurde ihm klar, wie wenig er wirklich über Rachel York und ihren Tod wusste. Er wusste, dass sie in der Marienkapelle einer kleinen Pfarrkirche in der Nähe von Westminster Abbey ermordet worden war, nachdem sie ihrem Dienstmädchen gesagt hatte, dass sie sich mit ihm treffen wollte, und, dass eine seiner Pistolen in den Falten ihrer Kleidung gefunden worden war. Und lautPierreponts Aussage war sie

vergewaltigt und ihre Kehle mehrfach brutal aufgeschlitzt worden. Er wusste nicht einmal, wer sie gefunden hatte oder zu welcher Zeit sie genau gestorben war.
Das alles musste er in Erfahrung bringen, wenn er auch
nur die kleinste Chance haben wollte, den wahren Mörder zu finden.

Und es kam ihm in den Sinn, dass er jemanden
kannte, der ihm all das vielleicht sagen könnte.

Kapitel 20

Als er die enge, mittelalterliche Gasse erreichte, die sich am Fuße des Tower Hill entlang schlängelte, blies ein scharfer Wind, dessen Böen die hölzernen Schilder über der Straße bedrohlich zum Klappern brachten und den Regen seitwärts peitschten. Im Schutz eines tiefen, zerfallenden Torbogens kniff Sebastian seine Augen zusammen, um sich gegen den windgetriebenen Regen zu schützen, und betrachtete die alten Steingebäude, die sich gegenüber aneinander zu kauern schienen. In der Praxis war es dunkel, aber in dem kleinen Haus dahinter konnte er Licht sehen.

Er warf eilig einen Blick die Straße hinunter. Der eisige Regen hatte die meisten Menschen ins Haus getrieben. So konnte ihn niemand sehen, als er die Gasse überquerte und an die verwitterte Haustür klopfte.

In der Ferne bellte ein Hund. Sebastian hörte das dumpfe, ungleichmäßige Geräusch von Schritten, die sich über den Flur näherten. Dann war es still und Sebastian wusste, dass er beobachtet wurde. Ein kluger Mann öffnete seine Tür nachts nicht, wenn ein Fremder anklopfte – selbst, wenn der Mann ein Wundarzt war.

Ein Riegel wurde zur Seite geschoben und die Tür schwang nach innen auf. Der Mann, der auf der Schwelle zu dem engen, niedrigen Flur stand, war noch jung – gerade mal dreißig. Der dunkelhaarige Ire hatte immer ein leichtes Lächeln auf den Lippen, bei dem sich Fältchen um seine Augen bildeten und sich ein schelmisches Grübchen in eine seiner hageren Wangen kerbte.

„Ah. Du bist es", sagte Paul Gibson, öffnete die Tür weiter und trat einen Schritt zurück. „Ich hatte gehofft, dass du zu mir kommen würdest."

Sebastian rührte sich nicht. „Du hast gehört, was man über mich erzählt?"

„Sicher, aber du denkst doch nicht, dass ich allem Glauben schenke, was man so hört, oder?"

Sebastian lachte und trat ein.

Paul Gibson verriegelte die Tür und ging dann voraus den Flur entlang. Sein Gang wäre geschmeidig gewesen, wenn er nicht nach jedem Tritt einen seltsamen Halbschritt gemacht hätte. Er hatte früher als Feldscher gearbeitet – selbst dann noch, nachdem eine Kanonenkugel einen seiner Unterschenkel zerstört hatte.

„Komm in die Küche. Da ist es wärmer und wir haben etwas zu essen in Reichweite."

Sebastian hatte sich im Laufe des Vormittags eine in Papier eingewickelte Bockwurst gekauft, aber er hatte keine Pause eingelegt, um Mittag zu essen, und jetzt war es schon längst Zeit für das Abendessen. Die warmen Düfte, die aus der Küche drangen, hüllten ihn ein. Er lächelte. „Essen klingt gerade ungemein verlockend."

***

„Ich bin mit paar Herren bekannt", begann Paul Gibson später, als sie vor dem Küchenofen am Tisch saßen und sich einen kalten Schinkenbraten, einen knusprigen Laib Brot und eine Flasche Wein teilten. „Sie sind im *Brandyhandel* tätig, wenn du verstehst, was ich sagen will, und ich bezweifle nicht, dass sie bereit wären –"

„Nicht", sagte Sebastian und nahm sich noch eine Scheibe Schinken.

Paul Gibson hielt inne, noch bevor er das Weinglas an seine Lippen gesetzt hatte. „Nein?"

„Nein. Warum versuchen alle immer, mich mit dem freundlichen Schmuggler aus ihrer Nachbarschaft bekannt zu machen?" Sebastian fixierte den fragenden Blick seines Freundes. „Ich werde nicht weglaufen, Paul."

Paul Gibson atmete tief ein, schürzte die Lippen und ließ die Luft wieder ausströmen. „Also gut. Wie kann ich dir dann helfen?"

„Du kannst mir sagen, was du über Rachel Yorks Tod weißt. Hast du vielleicht auch die Obduktion durchgeführt?"

In den zwei Jahren, seit er die Armee verlassen hatte, hatte Paul Gibson sich hier in der Stadt eine kleine Praxis eingerichtet. Aber er verwandt einen beträchtlichen Teil seiner Zeit und seiner Energie auf die Forschung und das Schreiben wissenschaftlicher Abhandlungen, sowie auf das Unterrichten von Medizinstudenten. Und manchmal stellte er den Behörden auch seine Expertenmeinung zur Verfügung, wenn es um Kriminalfälle ging.

„Es gab keine Obduktion."

„*Was?*“

Er zuckte mit den Schultern und leerte den restlichen Wein in der Flasche in Sebastians Glas. „Es wird nicht immer eine gemacht, weißt du. Und in diesem Fall gab es nicht wirklich einen Anlass dazu. Es war recht offensichtlich, woran sie gestorben ist.“

„Du hast die Leiche gesehen?“

„Nein. Ein Kollege von mir wurde hinzugerufen.“ Der Ire schwang sich auf seine Füße und humpelte durch die Küche, um noch eine Flasche Wein zu holen. „So wie es sich anhört, war es ein brutaler Überfall. Sie wurde sowohl geschlagen als auch vergewaltigt und ihre Kehle wurde nicht einmal, sondern mehrfach aufgeschlitzt.“

Das passte zu dem, was Pierrepont ihm gesagt hatte, aber Sebastian hatte darauf gehofft, mehr zu erfahren. „Könntest du es arrangieren, dass ich sie sehen kann?“

Gibson schüttelte den Kopf. „Zu spät. Die Leiche wird schon für die Beerdigung vorbereitet. Das Theater kümmert sich um die Beisetzung.“

Sebastian schwenkte nachdenklich sein Weinglas.

„Was hast du überhaupt vor? Hmm?“ Gibson schwang sein Holzbein über die gegenüberliegende Bank und setzte sich mit einem unbeholfenen Ruck wieder hin. „Den Mann, der sie getötet hat, selbst zu finden?“

„Wenn ich es nicht tue, wer dann?“

„Es ist nicht einfach, einen Mord aufzuklären.“

Sebastian blickte auf, um in die zusammengekniffenen, sorgenvollen Augen seines Freundes zu sehen. „Du weißt, was ich in meiner Zeit beim Militär getan habe.“

„Ja. Aber ich denke doch, dass es einen Unterschied dazwischen gibt, ein Spion zu sein und einen Mörder zu stellen."

„Er ist nicht so groß, wie man vielleicht meinen könnte."

Das Grübchen zeichnete sich kaum merklich auf der Wange des Iren ab. „Also, hast du schon einen Verdächtigen?"

Sebastian lächelte. „Zwei sogar. Einmal wäre da ein Schauspieler namens Hugh Gordon –"

„Ah. Ich habe ihn erst letzten Monat gesehen. Er gibt einen sehr effektvollen Hektor ab."

„Genau der. Anscheinend wurde Rachel York seine Geliebte, als sie anfing, am Theater zu arbeiten. Er nahm es schlecht auf, dass sie ihn verlassen hat."

Paul Gibson runzelte die Stirn. „Wie lange ist das her?"

„Etwa zwei Jahre."

Der Ire schüttelte den Kopf. „Zu lange her. Wenn sie ihn gerade erst verlassen hätte, könnte ich es mir vorstellen. Aber Leidenschaft erkaltet mit der Zeit."

„Das könnte man meinen. Aber ich finde, er klingt immer noch überraschend verbittert. Ich habe den Eindruck, Mr Gordon hegt republikanische Ansichten, von denen er glaubt, dass Rachel York sie einst geteilt hat. Ich würde sagen, dass ihre Liebhaber jüngst blaublütig waren, macht ihm zu schaffen."

Der Ire leerte sein Glas. „Wer war denn momentan ihr Liebhaber?"

Sebastian griff nach der Flasche und goss seinem Freund noch etwas Wein ein. „Sie scheint sich mit einer außergewöhnlich großen Anzahl von Herren –

zumindest oberflächlich – eingelassen zu haben. Aber der einzige von Bedeutung, der mir bisher aufgefallen ist, ist ein Franzose, der die Miete für ihre Wohnung bezahlt hat. Ein Emigrant namens Leo Pierrepont."

„Ein Franzose? Das ist interessant. Was weißt du über ihn?"

„Nicht sehr viel. Er ist Ende Vierzig, würde ich sagen. Kam damals 1792 her. Er ist als guter Fechter bekannt, aber ich habe nie jemanden etwas sagen hören, was ihn in Verruf bringen würde."

„Ich wette auf den Franzosen."

Sebastian lachte. „Aber nur, weil dir die Franzosen deinen Unterschenkel weggeschossen haben. Außerdem hat er Alibi: An dem Abend als Rachel getötet wurde, hat er eine Dinnerparty gegeben – zumindest behauptet er das. Das könnte natürlich gelogen sein, aber es sollte sich leicht überprüfen lassen."

„Wie bedauerlich." Gibson rutschte auf seinem Stuhl herum. Der Schmerz verzerrte einen Augenblick lang sein Gesicht, als er sein versehrtes Bein bewegte. „Sie klingen für mich beide nicht nach besonders vielversprechenden Tatverdächtigen. Ist das alles, was du herausbekommen hast?"

„Bis jetzt schon. Ich hatte gehofft, dass Rachels Leiche mir einige Anhaltspunkte geben würde, in welche Richtung ich meine Ermittlungen fortführen sollte."

Draußen frischte der Wind auf, klopfte gegen die Rückseite des Hauses und ließ die Flammen im Herd auflodern. Paul Gibson wandte sich dem Feuer zu, sodass der flackernde Lichtschein auf seine nachdenklichen Gesichtszüge fiel. Nach einer Weile öffnete er den Mund, um etwas zu sagen, schloss ihn wieder, und presste schließlich eilig hervor: „Weißt du, es könnte eine Möglichkeit geben …“

Sebastian musterte das Profil seines Freundes, der den Kopf abgewandt hatte. „Eine Möglichkeit?“

„Eine Möglichkeit, dass ich Rachel Yorks Leiche ansehen und eine gründliche Autopsie durchführen könnte.“

„Und wie das?“

„Wir könnten jemanden anheuern, der die Leiche morgen Nacht, nachdem sie begraben wurde, stiehlt.“

„Nein“, sagte Sebastian.

Gibson drehte den Kopf und sah ihn an. „Ich kenne einige Männer, die dazu bereit wären, ohne, dass –“

„Nein“, sagte Sebastian erneut.

Sein Freund presste frustriert die Lippen zusammen. „Es ist gang und gäbe.“

„Ach ja. Zwanzig Pfund für einen Langen, fünfzehn für einen Halblangen und acht für einen Kurzen – wobei ein Langer ein Mann ist, ein Halblanger eine Frau und ein Kurzer ein Kind. Aber nur weil es ständig gemacht wird, heißt das nicht, dass ich es auch tun muss.“

Der Ire fixierte ihn mit festem Blick. „Was glaubst du, würde Rachel York vorziehen, wenn sie die Wahl hätte? Dass man ihre Leiche in einem Grab verrotten lässt, oder dass der Mann, der sie dorthin gebracht hat, seine gerechte Strafe bekommt?“

„Nun, wir können sie wohl kaum fragen, oder?“

Paul Gibson beugte sich nach vorn. Er hob die Hände und presste die Handflächen bittend zusammen. „Sebastian, bedenke doch: Wer auch immer dieser Mann ist, er könnte wieder töten – genau genommen ist es beinahe gewiss, dass er es wieder tun wird. Das weißt du doch, oder nicht? Aber solange die Behörden nach dir suchen, werden sie nichts unternehmen, um ihn zu finden."

Sebastian sagte kein Wort.

Gibson stützte sich mit den Händen auf der zerkratzten hölzernen Tischplatte auf. „Sie ist tot, Sebastian. Die Frau, die Rachel York einst war, ist schon lange nicht mehr da. Was von ihr übrig ist, ist nur noch eine leere Hülle, die ihre Seele einst bewohnt hat. Und in einem Monat wird diese Hülle nur noch ein verwesender Klumpen sein."

„Mit dieser Begründung macht man es sich ein bisschen einfach und das weißt du."

„Ist das so? Was wir ihr antun würden, ist nicht schlimmer als das, was die Zeit ihr ohnehin antun wird. Und es gibt nichts, was du tun kannst, um das zu verhindern."

Sebastian nahm einen tiefen Schluck seines plötzlich bitteren Weines. Er redete sich ein, dass Paul Recht hatte – dass es wichtiger war, Rachels Mörder zu fassen, als die Unversehrtheit ihres Grabes zu bewahren. Er redete sich ein, dass ihr Mörder, wenn er auf freiem Fuß blieb, wieder töten könnte. Und dennoch war es falsch. Er hob den Kopf und sah seinem Freund in die Augen. „Wie schnell kannst du es arrangieren?"

Paul Gibson atmete mit einem hastigen Schnauben aus. „Je früher, desto besser. Ich werde Jumpin' Jack eine Nachricht zukommen lassen, und zwar gleich morgen früh."

„Jumpin' Jack?"

Das Grübchen des Iren war nur für einen Moment zu sehen, dann verblasste es wieder.

„Jumpin' Jack Cochran. Ein Gentleman, der im Leichenraubgeschäft tätig ist und den ich aus gewissen Gründen kenne."

„Ich frage lieber nicht, welche das sind."

Gibson lachte. „Seinen Spitznamen bekam er, als eine Leiche, die er gerade aus ihrem Sarg befreite, sich plötzlich aufsetzte und mit ihm zu sprechen begann. Der alte Jack hat ziemlich schnell einen Satz aus dem Grab gemacht."

„Das hast du dir ausgedacht", sagte Sebastian.

„Keinesfalls. Die Burschen, die er mit dabeihatte, waren alle dafür, dem Mann eine Schaufel über den Kopf zu ziehen und ihm an Ort und Stelle den Garaus zu machen, aber Jack wollte nichts davon wissen. Er hat den Kerl zu einem Apotheker geschleppt und sogar die Rechnung bezahlt, als der Pechvogel trotzdem gestorben ist."

„Ich bewundere die Charakterstärke dieses Mannes überaus", sagte Sebastian mit einem Grinsen und erhob sich, um zu gehen.

Der Ire machte ein langes Gesicht. „Du bleibst doch hier, oder?"

Sebastian schüttelte den Kopf. „Ich habe dich schon in Gefahr gebracht, weil ich überhaupt hergekommen bin – das würde es nur noch schlimmer machen. Ich habe ein Zimmer im *Rose and Crown*, in der Nähe von Tothill Fields. Dort bin ich als Mr Simon Taylor aus Worcestershire bekannt."

Gibson begleitete ihn zur Eingangstür. „Ich lasse es dich wissen, wann alles arrangiert ist." Er hielt inne und beobachtete nachdenklich, wie Sebastian seinen heruntergekommenen Mantel bis unter das Kinn zuknöpfte. „Dir ist natürlich bewusst, dass wir vielleicht nichts Nützliches erfahren, auch wenn wir all das unternehmen?"

„Das ist es."

„Du gehst nur von der Annahme aus, dass das arme Mädchen den Mann kannte, der sie getötet. Aber vielleicht war dem nicht so, weißt du. Sie könnte auch einfach zur falschen Zeit am falschen Ort gewesen sein. Dann findest du vielleicht nie heraus, wer es war."

Sebastian hatte schon die Hand ausgestreckt und hielt mit den Fingern an der Türkante inne, um sich nach seinem Freund umzudrehen. „Nein. Aber zumindest habe ich es dann versucht."

Gibson erwiderte seinen Blick, aber er lächelte nicht. In seinen Zügen zeichnete sich Besorgnis ab. „Du könntest immer noch das Land verlassen."

„Und den Rest meines Lebens auf der Flucht verbringen?" Sebastian schüttelte den Kopf. „Nein. Ich werde meinen Namen reinwaschen, Paul. Selbst, wenn ich dabei umkomme."

„Du könntest auch bei dem Versuch sterben und es trotzdem nicht schaffen, deinen Namen reinzuwaschen."

Sebastian zog sich den Hut tiefer in die Stirn und trat in die eisige Nachtluft. „Dieses Risiko muss ich schlichtweg in Kauf nehmen."

Kapitel 21

Sebastian stand allein im Schatten und beobachtete, wie Kat Boleyn sich aus der Traube lachender, hübscher Frauen und heißblütiger, lüsterner Männer löste, die sich um den Bühneneingang versammelt hatten.

Der goldene Schein der Straßenlaternen bündelte sich auf dem glänzenden, nassen Gehweg. Der bitterkalte, scharfe Wind frischte auf und brachte eine Duftwolke mit sich – von frischem Lack und schweißgetränkter Wolle und dem zähflüssigen Fett der Schminke. Es waren allesamt Theatergerüche, die ihn an eine längst vergangene Zeit erinnerten, als er noch *wirklich* an etwas geglaubt hatte – an Werte wie Wahrheit und Gerechtigkeit. Und an die Liebe.

In jenem Sommer war er einundzwanzig Jahre alt gewesen, hatte gerade seinen Abschluss in Oxford gemacht und war immer noch berauscht gewesen von dem Staunen über die Werke der Philosophen, die er studiert hatte – Platon und Thomas von Aquin und Descartes. Sie war kaum siebzehn Jahre alt gewesen und doch auf ihre eigene Art so viel älter und weiser als er. Er hatte sich unsterblich und Hals über Kopf in sie verliebt. Und er hatte geglaubt, *wirklich* geglaubt, dass sie ihn auch liebte.

Ach, und wie er das geglaubt hatte. Sie hatte ihm gesagt, sie würde ihn bis an das Ende aller Tage lieben und er hatte ihr geglaubt. Hatte ihr geglaubt und sie gebeten, seine Frau zu werden. Und sie hatte ja gesagt.

Es regnete immer noch, aber nur leicht. Er beobachtete, wie sie eilig auf ihn zukam. Sie hatte die Kapuze ihres Umhangs zum Schutz gegen den Nieselregen hochgezogen und ihr Blick wanderte zum Droschkenplatz am Ende der Straße.

„Du solltest vorsichtiger sein", sagte Sebastian und ging neben ihr her. „Um diese Uhrzeit ist es keine gute Idee, allein draußen unterwegs zu sein."

Sie erschreckte sich nicht, sondern blickte nur unter der Kapuze, die ihr Gesicht in Schatten hüllte, zu ihm hoch. „Ich sehe es nicht ein, in Angst zu leben", sagte sie. „Ich hätte gedacht, dass du das noch über mich weißt. Und außerdem", ein sanftes Lächeln umschmeichelte ihre Lippen, „glaubst du, ich hätte dich nicht gesehen?"

Er wusste, dass sie das wahrscheinlich hatte. Auch das wusste er noch über sie: Während die meisten Menschen im Dunkeln vollkommen blind waren, war Kats Nachtsicht ungewöhnlich scharf. Nicht so gut wie Sebastians Fähigkeit, im Dunkeln zu sehen, aber trotzdem scharf.

Sie machte einen Schritt auf die nächstgelegene Droschke zu. Er erwischte sie am Arm und zog sie weiter die Straße entlang. „Lass uns ein Stück spazieren."

Sie gingen in Richtung des West Ends und mischten sich in eine Gruppe Theaterbesucher, die nur durch die vom Laternenschein erhellte Dunkelheit nach Hause stolperten. Lichtstrahlen fielen durch die eilig zugeschlagenen Türen der Tavernen und Kaffeehäuser, Musiksäle und Bordelle, aus denen Gelächter drang, auf die Straße. Von einem dunklen, nach Urin stinkenden

Torbogen zischte ihm eine Straßendirne etwas zu. Ihr Blick war verwegen und verzweifelt. Und quälend eindringlich. Sebastian sah weg.

„Was kannst du mir über Leo Pierrepont sagen?", fragte er.

„Pierrepont?" Der Regen hatte inzwischen aufgehört und Kat zog sich die Kapuze vom Kopf. „Was hat er mit der ganzen Sache zu tun?"

„Er hat die Miete für Rachels Wohnung bezahlt."

Sie schwieg einen Moment lang und er erinnerte sich auch daran, dass sie oft sorgfältig nachdachte und ihre Worte abwägte, bevor sie antwortete. „Wer hat dir das gesagt?"

„Hugh Gordon. Pierrepont hat es nicht geleugnet."

„Du hast mit ihm gesprochen?"

„Wir haben uns eine Droschke geteilt", sagte Sebastian und lächelte leicht, als er die vertraute Geste bemerkte. Sie zog ihre Augenbrauen zusammen, während sie überlegte. „Es ist eine merkwürdige Vereinbarung, findest du nicht, dass ein Mann die Miete für die Wohnung einer Frau bezahlt, obwohl er weiß, dass sie weiterhin auch andere Männer empfängt? Es sei denn natürlich, er wäre ihr Zuhälter."

Wieder hielt sie inne, während sie darüber nachdachte, was er gesagt hatte und ihre Antwort erwog. „Manche Männer schauen gerne zu."

Eine Welle unangenehmer Gefühle stieg unvermittelt in Sebastian hoch. Er wollte sie fragen, woher sie das über Pierrepont wusste – ob auch sie dem Franzosen zu seinem Vergnügen erlaubt hatte, ihr dabei zuzusehen, wie sie mit anderen Männern schlief. Stattdessen sagte er: „Nun, das ist sicherlich eine Erklärung, die mir noch nicht in den Sinn gekommen war. Deine Erfahrung in solchen Angelegenheiten ist nützlicher, als man meinen könnte."

Sie blieb abrupt stehen, hob ruckartig das Kinn und funkelte ihn wütend an. Sie hätte sich wohl weggedreht und wäre zurück zum Theater gelaufen, wenn er sie nicht am Arm zu fassen bekommen hätte.

„Es tut mir leid. Es ist unverzeihlich, so etwas zu sagen."

Sie erwiderte seinen Blick. Er konnte die Gefühle, die sich jetzt dunkel in ihren Augen regten, nicht deuten. „Ja. Das war es." Sie zog ihren Arm aus seinem schlaffen Griff und ging weiter. Schweigen breitete sich zwischen ihnen aus, angefüllt nur mit dem leisen Rascheln, das die Sohlen ihrer Halbstiefel auf dem feuchten Gehweg verursachten und mit Erinnerungen an längst vergangene Tage, die flüsternd nach ihnen zu rufen schienen.

Er ließ seinen Blick über die schmerzlich vertrauten Konturen ihres Profils und die Wölbung ihres Halses wandern. Sie hatte eine kleine Stupsnase, deren Spitze sich wie bei einem Kind nach oben reckte und einen vollen – zu vollen – Mund, mit wohlgeformten, sinnlichen Lippen: eine verführerische Mischung aus Unschuld und Sündhaftigkeit.

Seit Kat Boleyn hatte es andere Frauen in seinem Leben gegeben; schöne und intelligente Frauen, darunter auch eine in Portugal, in die er sich vielleicht sogar verliebt hätte, wenn Kat Boleyn nicht immer da gewesen wäre – wie ein Schatten, der sein Herz verdunkelte. Plötzlich fragte er sich, ob er sie heute Morgen aufgesucht hatte, weil sie Rachel York gekannt hatte und er von ihr nützliche Informationen erfahren konnte, oder ob er aus einem ganz anderen Grund zu ihr gekommen war – aus einem Grund, den sein Verstand nicht zu fassen bekommen wollte.

Sie sagte plötzlich: „Du hast mich nicht gefragt, ob ich mit Rachels Dienstmädchen sprechen konnte."

Eine Kutsche rauschte vorbei. Die Adelskrone auf ihrer Vertäfelung glitzerte nass und der Geruch nach dem heißen Pech der Fackeln erfüllte die Luft. Sebastian beobachtete, wie die Kutsche in der Ferne verschwand und die Flammen vor dem Hintergrund des schwarzen Himmels flackerten. „Konntest du?"

„Nein. Sie ist weg. Verschwunden – mit praktisch allem in Rachels Wohnung, das sich transportieren ließ."

Er richtete seinen Blick wieder auf ihr Gesicht. „Ich dachte, du hättest gesagt, dass die Behörden das Haus bewachen?"

„Nach Aussage der älteren Schottin, die im Stockwerk über Rachel wohnt, wird das Haus nur nachts bewacht. Sie hat mir auch erzählt, dass am Morgen, nachdem Rachel getötet wurde, ein junger Mann in ihre Wohnung gegangen ist."

„Ein junger Mann?"

„Ein junger Mann mit einem Schlüssel. Es sah wohl danach aus, als hätte er etwas gesucht. Er ist durch Rachels Wohnung gegangen und dann nach oben, um unsere neugierige Nachbarin zu fragen, ob sie wüsste, wohin Mary Grant gegangen sei."

„Ich frage mich, was er wohl gesucht hat?"

„Das hier vielleicht." Sie hielt im flackernden Schein einer Straßenlaterne inne, zog etwas aus ihrem Pompadour und hielt es ihm hin.

Es war ein kleines Buch, in rotes Kalbsleder gebunden und mit einem Lederband verschnürt. „Ich dachte, ihre Zimmer wären ausgeräumt worden“, sagte er, nahm das Buch und löste den Knoten im Leder.

„Sie hat es in einem Geheimfach im Kaminsims aufbewahrt.“

Sie sagte nichts darüber, woher sie von diesem Geheimfach wusste. Er sah zu ihr hoch und dann wieder hinunter auf das Buch. Es war noch recht neu, nicht einmal ein Fünftel der Seiten war beschrieben worden.

Und die meisten dieser beschriebenen Seiten fehlten inzwischen.

„Die ersten Seiten wurden herausgetrennt“, sagte er und fuhr mit einem Finger an den scharfkantigen Rändern entlang.

Die Wolken über ihnen wurden vom Wind fortgetrieben. Der Regen hatte die gelbe Nebeldecke, die beinahe immerwährend über der Stadt lag, gelüftet, sodass man in der Ferne einen seltenen Blick auf den Vollmond erhaschen konnte. Im Schimmer des Mondlichts wirkten Kats Gesichtszüge blass und auch ein wenig beunruhigt. „Es ist fast so, als ob sie gewusst hätte, dass ihr etwas zustoßen würde.“

„Wenn man annimmt, dass Rachel die Seiten entfernt hat.“ Sebastian blätterte durch die etwa ein Dutzend Seiten, die noch übrig waren. Sie enthielten nicht viel mehr als die Termine der letzten Woche. „Glaubst du, dass sie jemanden schützen wollte?“

„Ich weiß es nicht. Aber das scheint mir eine plausible Erklärung zu sein, oder nicht?“

Natürlich gab es auch noch eine andere sinnvolle Erklärung: dass Kat Boleyn die Seiten selbst herausgetrennt hatte. Wenn allerdings in dem Buch etwas gestanden hätte, von dem sie nicht wollte, dass Sebastian es erfuhr, warum hätte sie sich dann überhaupt die Mühe machen sollen, ihm das Buch zu geben? Warum hatte sie es dann nicht zerstört und behauptet, nie etwas Derartiges gefunden zu haben? Warum hätte sie ihm überhaupt anbieten sollen, Rachel Yorks Wohnung aufzusuchen? Vielleicht, um ihn davon abzuhalten, das Geheimnis zu entdecken, das diese fehlenden Seiten einst enthalten hatten, was auch immer es war? Aber warum? *Warum* bloß?

„Hast du dir das angesehen, was noch übrig ist?", fragte er.

Sie nickte. „Ich habe Notizen neben den Namen gemacht, die mir etwas sagen. Die meisten Menschen davon hatten auf die eine oder andere Art mit dem Stück zu tun."

„Hat einer von ihnen einen Grund, Rachel schaden zu wollen?"

„Nicht, dass ich wüsste. Außerdem hatten wir eine Aufführung an dem Abend, als sie gestorben ist. Wir waren alle im Theater."

Das war ein Aspekt von Rachel Yorks Ermordung, der ihm noch nicht in den Sinn gekommen war. „Ihr alle außer Rachel. Warum war sie nicht da?"

„Ihre Zweitbesetzung hat an ihrer Stelle gespielt. Rachel hat uns in letzter Minute ausrichten lassen, sie sei krank."

„Hat sie das öfter getan?"

„Nein. Mir fällt keine andere Gelegenheit ein, bei der das passiert wäre. Rachel war nie krank".

Sebastian überflog eilig die verbleibenden Seiten. Sie enthielten hauptsächlich Hinweise auf Termine mit Friseuren und Schneiderinnen. Aber ein Name tauchte beinahe jeden Tag auf. „Wer ist Giorgio?"

„Ich glaube, es könnte Giorgio Donatelli sein. Er war einer der Maler, die das Bühnenbild entworfen und gemalt haben, als wir letztes Jahr *The School for Scandal* aufgeführt haben. Aber seitdem ist er als Porträtmaler sehr erfolgreich geworden. Er hatte Aufträge vom Lord Mayor und von einigen Adligen aus dem engsten Vertrautenkreis des Prince of Wales. Ich wüsste nicht, warum sich Rachel mit ihm treffen sollte."

„Was weißt du über ihn?"

„Nicht viel, außer dass er jung ist und eine romantische Ausstrahlung hat. Er ist Italiener."

„Ist er unser junger Mann mit dem Schlüssel?"

„Ich weiß es nicht. Es sieht Rachel nicht ähnlich, jemandem den Schlüssel zu ihrer Wohnung zu geben."

Sebastian wollte das Buch in seine Tasche stecken, aber Kat streckte eine Hand aus und berührte ihn am Arm, um ihn davon abzuhalten.

„Du hast nicht nachgesehen, ob sie ihren Termin in *St. Matthew of the Fields* am Dienstagabend eingetragen hat."

Irgendwo in der Nacht jaulte ein Kater. Das Geräusch war ein tiefes, kehliges Maunzen und hatte etwas Urtümliches und Animalisches. Sebastian sah der Frau, die neben ihm stand, in die Augen. „Hat sie?"

„Ja."

In den Einband war ein Band eingenäht worden, das dazu diente, den aktuellen Tag zu markieren. Er öffnete das Buch und fand mühelos den letzten Eintrag.

Oben auf die linke Seite hatte Rachel York in einer sauberen, gestochenen Handschrift geschrieben: *Dienstag, 29. Januar 1811.* Sebastian überflog die Einträge für diesen Tag. Um elf Uhr hatte sie an diesem Morgen eine Unterrichtsstunde bei einem Tanzlehrer gehabt, um drei Uhr dann einen weiteren Termin in der Nähe des Theaters. Danach las er die Worte *St. Matthew's* und daneben einen Namen.

St. Cyr.

Kapitel 22

Später an diesem Abend saß Sebastian allein in seinem kleinen Zimmer im *Rose and Crown*, zündete eine Kerze an, zog das in Leder gebundene Buch aus seiner Tasche und ließ sich zum Lesen im einzigen Stuhl des Zimmers nieder, einem Exemplar aus Holz mit gerader Rückenlehne.

Alle Seiten, die Einträge vor dem Nachmittag des 18. Januars, einem Freitag, enthielten, waren aus dem Buch herausgetrennt worden. Sebastian starrte auf das Datum, das oben auf der ersten der verbliebenen Seiten stand. Es war in dieser Woche bitterkalt gewesen, erinnerte er sich, als er Rachel York anhand ihrer feinsäuberlichen Handschrift die letzten Tage ihres Lebens über begleitete – zu alltäglichen Terminen wie Proben und Aufführungen, Unterrichtsstunden und Verabredungen mit Ladenbesitzern. Er blätterte die Tage der Reihe nach durch und überflog die Einträge. Erst, als er beim Morgen des Donnerstags, des vierundzwanzigsten angekommen war, bemerkte er, dass noch eine weitere Seite fehlte – die von Donnerstagabend und dem darauffolgenden Morgen, der auf der Rückseite dieser fehlenden Seite vermerkt gewesen sein musste.

Nachdenklich blätterte Sebastian zum Anfang zurück. Waren die fehlenden Seiten durch etwas verbunden, fragte er sich. Gab es ein Muster? Was war in ihrem Leben an diesem Donnerstagabend und Freitagmorgen geschehen, von dem Rachel nicht wollte, dass es jemand erfuhr?

Oder von dem jemand anderes nicht wollte, dass Sebastian es erfuhr?

Sebastian blätterte wieder zum Freitagnachmittag, dem fünfundzwanzigsten, zurück. Danach waren die Seiten vollständig vorhanden bis zum Dienstagabend, dem neunundzwanzigsten – dem Abend, an dem Rachel starb. Der Abend, an dem sie geplant hatte, jemanden namens St. Cyr in *St. Matthew of the Fields* zu treffen.

Dann öffnete er wieder die erste der verbliebenen Seiten und las diese und alle folgenden Seiten aufmerksam. Bei jedem einzelnen Eintrag sah er sich an, was Kat mit Bleistift daneben notiert hatte. Es gab kaum etwas Außergewöhnliches: Gesangsunterricht und Treffen mit Garderobieren; eine Erinnerung daran, ein paar Tanzschuhe vom Schuster abzuholen. Jedes einzelne Treffen mit einer dieser Personen würde natürlich überprüft werden müssen. Doch Sebastian stellte fest, dass besonders zwei Namen seine Aufmerksamkeit weckten.

Der Namen des Malers Giorgio Donatelli kam häufig vor, aber jedes Mal nur mit der kurzen Notiz *Giorgio* und einer Uhrzeit. Aber noch interessanter war eine Person, die immer nur als *F* bezeichnet wurde. Kat hatte die Initiale jedes Mal eingekreist und mit einem Fragezeichen versehen.

Wieder blätterte Sebastian zum Anfang zurück und ging die Einträge durch. Wer auch immer *F* war, er – oder sie – tauchte in den zwölf Tagen der verbleibenden

Seiten des Buches zweimal auf: am Abend vom Mittwoch, dem dreiundzwanzigsten und noch einmal am Montag, dem achtundzwanzigsten. Mit anderen Worten: Rachel hatte sich mit *F* am Vorabend des fehlenden Donnerstags getroffen und erneut am Abend des Tages vor ihrem Tod. War das bloß ein Zufall, fragte sich Sebastian, oder steckte mehr dahinter?

F könnte natürlich ein Liebhaber sein – jemand, der Rachel so vertraut und teuer war, dass eine bloße Initiale genügte. Aber er könnte auch eine Person sein, zu der Rachel ihre Beziehung – welcher Art auch immer – hatte geheim halten wollen. Aber warum? Aus demselben Grund, aus dem sie ihren Terminkalender versteckt hatte?

Es war außerdem auffällig, dass der Name des Mannes, der Rachels Miete bezahlt hatte, Leo Pierrepont, sich nicht in Rachels Notizen zu den letzten Tagen fand. Wenn weder Pierrepont noch *F* Rachel Yorks Liebhaber gewesen war, wer dann? Sebastian konnte sich schwer vorstellen, dass solch eine Frau keinen gehabt hatte. Bloß, warum tauchte der Name des Liebhabers dann nicht in ihrem Kalender auf? Weil seine regelmäßigen Besuche selbstverständlich waren? Oder weil seine Besuche im Gegenteil so unvorhersehbar waren, dass sie nie wusste, wann er zu ihr kommen würde?

Wind war aufgekommen. Er rüttelte an den Fensterläden, brachte die Flamme der Kerze zum Flackern und löschte sie dann mit einem plötzlichen, kalten Luftzug beinahe. Aus dem Aufenthaltsraum unten erklang gedämpftes Gelächter. Draußen auf dem Flur knarrte eine Diele.

Sebastian erhob sich leise von seinem Stuhl und löschte die Kerzenflamme mit Daumen und Zeigefinger, sodass das Zimmer in Dunkelheit getaucht wurde. Er zog die kleine französische Pistole, die er an diesem Nachmittag auf der *Strand* gekauft hatte, aus der Tasche seines Wintermantels, stellte sich flach an die Wand und streckte dann den Arm aus. Er drückte die Klinke herunter und stieß die Tür zum Flur auf.

„Heilige Scheiße!", kreischte Tom und blickte mit großen Augen von seinem Platz auf. Er saß im Schneidersitz gegenüber von Sebastians Tür, direkt auf den nackten Dielenbrettern. „Erschießt mich nicht."

Sebastian nahm die Pistole herunter. „Was zum Teufel machst du hier?"

Im schwachen, kalten Licht der Öllampe, die an einer Kette vom oberen Treppenabsatz baumelte, wirkte das Gesicht des Jungen ausgemergelt. „Für so einen vornehmen Kerl seid Ihr aber ein ganz schöner Angsthase. Ich passe auf Euch auf, das mache ich hier."

„Du passt auf mich auf", sagte Sebastian.

Tom zuckte mit den Schultern. „Na ja, oder zumindest auf Eure Tür."

„Warum?"

Der Jungen biss die Zähne zusammen. „Ihr habt mich für eine ganze Woche bezahlt. Ich verdiene mir meinen Lohn."

Sebastian ließ die Steinschlosspistole in seine Manteltasche gleiten. „Damit ich das richtig verstehe: Du hast kein Problem damit, die Geldbörse eines Fremden zu stehlen, aber du weigerst dich, Lohn anzunehmen, wenn du nicht das Gefühl hast, auch deine Arbeit getan zu haben?"

„Genau“, sagte Tom und war offensichtlich froh darüber, dass Sebastian ihn verstand. „Ich habe auch meinen Stolz.“

„Und dazu höchst außergewöhnliche Prinzipien“, sagte Sebastian.

Der Junge schaute lediglich verwirrt zu ihm auf.

Ein Windstoß rüttelte an dem Gasthaus, pfiff durch die Dachrinnen und blies einen eisigen Luftzug über den Flur. Tom erzitterte, schlang seine dünnen Arme um seine Beine und zog sie enger an seinen Körper.

Sebastian seufzte. „Es ist ein bisschen zu zugig hier draußen, um sich zu unterhalten. Am besten, du kommst rein.“

Für einen kurzen Moment zögerte Tom, dann rappelte er sich hoch.

„Wie hast du mich überhaupt gefunden?“, fragte Sebastian und schloss die Tür, um die Kälte draußen zu halten, während der Junge bereits durch das Zimmer zum Feuer huschte.

Er hob eine knochige Schulter und ließ sie wieder fallen. „Das war nich’ schwierig. Ich habe bloß herumgefragt, bis ich eine junge Dame namens Kat gefunden habe.“

„Du bist mir von Covent Garden bis hierher gefolgt?“

Tom hielt seine mit Frostbeulen bedeckten Hände über die glühenden Kohlen. Immer noch rieselte ein Schauer durch seinen dünnen, ungepflegten Körper. „Klar.“

Sebastian studierte das Gesicht des Jungen, das ihm im Halbprofil zugewandt war. Er war klug und einfallsreich und, wie es schien, fest entschlossen, sich seinen „Lohn“ zu verdienen. Sebastian dachte an all die

Namen und Termine in dem kleinen roten Buch und allmählich nahm eine Idee in seinem Kopf Formen an.

Er öffnete die Tür des alten Kleiderschranks im Zimmer, stöberte darin und förderte eine zweite Steppdecke und ein zusätzliches Kissen zu Tage. „Hier", sagte er und warf dem Jungen das Bettzeug zu. „Du kannst am Feuer schlafen. Morgen werden wir uns darum kümmern, dir ein Zimmer über den Stallungen zu besorgen."

Tom fing zuerst das Kissen, dann die Decke auf. „Heißt das, Ihr beschäftigt mich weiter?"

„Ich habe entschieden, dass ich einen Mitarbeiter mit deinen Fähigkeiten gebrauchen kann."

Der Junge grinste über beide Ohren. „Das werdet Ihr nicht bereuen, Meister. Solange ich in der Nähe bin, wird kein Taschendieb seine Pfoten nach Eurem Geld oder Schmuck ausstrecken, das kann ich Euch sagen. Und auch keine Irren oder Strauchdiebe, die denken, dass Ihr leichte Beute seid."

„Jetzt sieh zu, dass du schläfst", sagte Sebastian und wandte sich mit einem Lächeln ab. „Ich habe morgen früh einen Auftrag für dich. Ich möchte, dass du die Adresse eines gewissen italienischen Herren herausfindest."

„Ein *Italiener*", sagte Tom, in genau demselben Tonfall, den er wohl benutzt hätte, hätte Sebastian erklärt, dass er mit einer Kakerlake befreundet sei.

„Richtig. Ein Italiener." Sebastian zog die Pistole aus seiner Tasche und steckte sie zusammen mit seiner Geldbörse unter sein Kopfkissen. „Ein Maler, um genau zu sein. Der Mann heißt Giorgio Donatelli."

***

Es ist selten genau der gleiche Traum, denn der Schlaf und die fortschreitende Zeit verfälschen die Erinnerungen, sodass die Ereignisse zusammenhanglos wurden. Im Vorbeigehen erhaschte Eindrücke von Gesichtern verbinden sich mit quälenden Bildern und mit anderen Erlebnissen, die nichts damit zu tun haben – einzig, um den Träumer zu martern und zu verhöhnen. In einem nebelverhangenen Bergdorf ragen einfache Steinmauern verbrannt und zertrümmert in den Himmel. Sebastian streckt die Hand aus und dreht den von Fliegen umschwirrten Körper einer Frau um: Kats leblose blaue Augen starren ihn an. Er stößt einen Schrei aus und im selben Moment sickert frisches, hellrotes Blut aus ihrer aufgeschlitzten Kehle. Ihre Lippen bewegen sich. „Aidez-moi", sagt sie: Hilf mir. „Je suis mort." Ich bin tot. Aber er hält ein Messer in seiner Hand und er ist derjenige, der damit ihre Kehle durchtrennt, derjenige, der tötet, und der Blutrausch schießt heiß und süß durch seine Adern.

„He, Meister. Geht es Euch gut?"

Sebastian öffnete die Augen und erspähte den Jungen, Tom, der sich aufgesetzt hatte. Seine dünne Silhouette zeichnete sich dunkel vor den glühenden Kohlen des Feuers ab.

„Es geht mir gut. Das war nur ... das war nur ein Albtraum." Sebastian drehte sich auf den Rücken, winkelte einen Arm an und bedeckte damit seine Augen. „Schlaf jetzt weiter."

Kapitel 23

Am nächsten Morgen schickte Sebastian den Jungen mit vollem Magen und in warmer Kleidung – darunter auch ein Mantel und neue Stiefel – fort. Er rechnete fast damit, dass der Bursche wieder im Gewimmel des Elendsviertels, aus dem er stammte, verschwinden würde. Aber weniger als drei Stunden später erschien Tom im *Rose and Crown* und überbrachte die Information, dass ein italienischer Maler namens Giorgio Donatelli in der Almonry Terrace Nummer zweiunddreißig in Westminster zu finden sei.

„Was wird denn das?", fragte Tom und beobachtete skeptisch, wie Sebastian einen gepolsterten Stoffstreifen um seinen Rumpf wickelte.

Sebastian hatte an diesem Vormittag der Rosemary Lane mit ihrer Vielzahl kleiner Läden einen weiteren Besuch abgestattet. Er steckte das Ende des Polsters fest und griff nach seinem neuen, deutlich größeren Hemd. „Heute bin ich Mr Silas Beaumont, ein dicklicher, wohlhabender, aber nicht besonders kultivierter Kaufmann aus Hans Town, der sich dafür interessiert, ein Porträt seiner Tochter malen zu lassen. Während ich mit Mr Donatelli darüber spreche, ob ich ihn für diese hochwichtige Aufgabe engagieren sollte, wirst du dich in der Gegend umschauen und in Erfahrung bringen, was seine Nachbarn über unseren Freund Giorgio zu sagen haben." Er setzte eine Brille auf seine Nasenspitze, was ihm eine ernsthafte, wenn auch etwas fade Erscheinung verlieh. „Alles so diskret wie möglich, versteht sich."

Tom schnaubte. „Ihr haltet mich wohl für dumm, was?"

„Ganz und gar nicht." Sebastian band sich zwei Halstücher um, sodass sein Hals doppelt so dick wirkte. Sein Haar war so grau wie das eines alten Mannes, und er hatte mithilfe von Theaterschminke sorgfältig die Linien vertieft, die die Zeit in seinem Gesicht hinterlassen hatte. „Und währenddessen kannst du sehen, was sich über eine Frau herausfinden lässt, die Mr Donatelli regelmäßig Besuche abgestattet hat. Eine junge, attraktive Frau mit goldblondem Haar. Ihr Name war Rachel York."

Tom hatte die Augen nachdenklich zusammengekniffen und beobachtete ihn. „Ihr meint die Frau, die vor ein paar Tagen abends in der Kirche *St. Matthew's* aufgeschlitzt worden is'?"

Sebastian sah überrascht zu dem Jungen hinüber. „Genau."

„Ist das die, von der die Bullen glauben, dass Ihr sie kalt gemacht hättet?"

„Falls du mit diesem unverständlichen Satz fragen möchtest, ob sie die Frau ist, deren Ermordung die Behörden mir anlasten, dann lautet die Antwort: ja." Sebastian schlüpfte in seinen neuen, riesigen Mantel.

„Glaubt Ihr, dass dieser italienische Bursche sie erledigt hat?"

„Ich weiß es nicht. Vielleicht war er es. Oder vielleicht kann er mir einen Anhaltspunkt geben, in welcher Richtung ich sonst weitersuchen kann."

„Das ist Euer Plan, oder? Ihr sagt Euch, wenn Ihr rauskriegt, *wer* Rachel das angetan hat, dann werden die Wachtmeister aufhör'n, Euch zu verfolgen?"

„Im Wesentlichen: ja."

„Also, was glaubt Ihr, wer sie erledigt haben könnte?"

Sebastian, der allmählich großen Respekt für Toms geistige Fähigkeiten und seine Auffassungsgabe empfand, gab ihm eine kurze Zusammenfassung seiner Gespräche mit Leo Pierrepont und Hugh Gordon.

„Aha", sagte Tom, als Sebastian fertig war. „Also ich würde mein Geld auf den Einwanderer setzen."

„Vielleicht hast du Recht", sagte Sebastian und griff nach seinem neuen Gehstock. „Aber ich halte es für das Beste, die Sache unvoreingenommen anzugehen."

***

Das gepflegte, zweistöckige Backsteingebäude auf der Almonry Terrace Nummer zweiunddreißig passte nicht zu der Vorstellung, die sich Sebastian von der Dachstube eines armen, aufstrebenden Künstlers gemacht hatte. Die Wohnräume befanden sich im Erdgeschoss, während ein kleines handbeschriftetes Schild neben der Außentreppe nach oben zum Atelier wies. Donatelli schien es für einen Mann, der letztes Jahr noch Theaterkulissen gemalt hatte, finanziell sehr gut zu gehen.

Sebastian erklomm die Treppe schwerfällig und mit Mühe, so wie man es von einem dicken, bequemen

Kaufmann erwarten würde. Oben angekommen blickte er durch eine Tür mit Glaseinsätzen, vor denen keine Vorhänge hingen. Er erspähte überrascht einen großen, lichtdurchfluteten Raum mit einer Vielzahl großer Fenster, vor denen ebenfalls keine Vorhänge hingen. In der Mitte des Zimmers stand ein junger Mann mit Palette und Pinsel in der Hand. Seiner Körperhaltung nach war er in Gedanken vertieft, während er auf eine große Leinwand starrte, die auf der Staffelei vor ihm stand.

Sebastian klopfte erst einmal an und dann noch einmal, als der junge Mann weiterhin auf seine Leinwand starrte. Nachdem er ein drittes Mal geklopft hatte, öffnete Sebastian schließlich die Tür und trat ein, wobei ihm ein warmer, von Terpentin- und Ölgeruch durchsetzter Luftschwall entgegenschlug.

„Guuuten Tag, der Herr", sagte er, um sein ordinäres Benehmen zu unterstreichen, und rieb sich kräftig die Hände, so, wie es Männer tun, die aus der Kälte ins Warme treten. „Ich habe geklopft, aber es hat niemand geantwortet."

Der junge Mann drehte sich ruckartig um. Eine seiner dunklen Locken fiel ihm in die Stirn, als er verwirrt aufblickte. „Ja?"

Als *romantisch* hatte Kat sein Äußeres beschrieben. Sebastian hatte diese Schilderung seltsam gefunden, aber jetzt verstand er, was sie gemeint hatte. Der große, breitschultrige Italiener wirkte wie ein ansehnlicher Schäfer oder Troubadour aus einem venezianischen Gemälde wie sie vor zwei Jahrhunderten üblich gewesen waren. Seine kastanienbraunen Locken umrahmten ein Gesicht mit großen, samtbraunen Augen, einem klassischen Profil mit gerader Nase und den vollen, fein geschwungenen Lippen eines Botticelli-Engels.

„Ich suche einen gewissen Mr Giorgio Donatelli", sagte Sebastian. Er bemerkte, dass nicht ein, sondern drei Glutbecken in dem Raum brannten. Donatelli vermisste offensichtlich das warme Klima Italiens. Sebastian bereute noch im selben Moment, sich zwei Halstücher und das Bauchpolster um den Körper gewickelt zu haben.

Der Maler streckte den Arm aus und legte Pinsel und Palette auf einem Tisch in der Nähe ab. „Ich bin Donatelli."

„Mein Name ist Beaumont." Sebastian streckte seine gepolsterte Brust vor und nahm eine wichtigtuerische Pose ein. „Silas Beaumont. Von der *Beaumont Transatlantic Shipping Company*." Er fixierte den Künstler mit erwartungsvollem Blick. „Natürlich haben Sie schon von uns gehört."

„Ich glaube schon", sagte Donatelli zögerlich. Offensichtlich wollte er nicht das Risiko eingehen, einen potenziellen Gönner zu beleidigen, indem er das wichtigtuerische Selbstbild des Mannes kränkte. „Wie kann ich Ihnen helfen?"

Das Englisch des Künstlers war gut, bemerkte Sebastian, sogar sehr gut, mit gerade dem Hauch eines Akzents, der seine romantische Ausstrahlung noch betonte. Er lebte anscheinend schon lange Zeit in England. „Nun, es ist so, sehen Sie: Ich sprach neulich mit dem Lord Mayor darüber, dass ich jemanden suche, um ein Porträt meiner Tochter Sukie zu malen. Sie ist jetzt sechzehn Jahre alt, meine Sukie – jedenfalls hat er mir Sie empfohlen."

„Sie hätten sich nicht die Mühe machen müssen, herzukommen“, sagte Donatelli und sah sich besorgt im Atelier um, wie eine verlegene Hausfrau, die mit dem Putzen in Verzug geraten war.

Sebastian machte eine wegwerfende Bewegung mit seiner behandschuhten Hand. „Ich wollte mir einige Ihrer Arbeiten ansehen – nicht nur die ein oder zwei Bilder, die Sie für mich zur Besichtigung ausgewählt hätten. Man soll niemals ein Pferd kaufen, ohne vorher einen gründlichen Blick in den Stall zu werfen, sage ich immer.“ Er ließ seinen Blick forschend durch den Raum wandern. „Sie haben doch noch mehr als das hier, hoffe ich?“

Donatelli griff nach einem Lappen, um sich die Hände abzuwischen. „Natürlich. Folgen Sie mir.“

Während er sich weiter die Hände abwischte, führte er Sebastian durch eine offene Tür in ein großes Hinterzimmer, das so gut wie leer war – bis auf Dutzende und Aberdutzende große und kleine Leinwände, die an den Wänden lehnten.

„Sieh mal einer an“, sagte Sebastian und rieb sich die Hände. „Das ist schon eher, was ich erwartet habe.“

Als Sebastian einen gemächlichen Rundgang durch den Raum unternahm, stellte er fest, dass der Maler gut war – sehr gut. Im Gegensatz zum sentimentalen, geschönten Stil eines Lawrences oder Reynolds zeigten sich hier Frische und schillernde Farben. Sebastian verlangsamte seine Schritte und betrachtete mit wachsender Ehrfurcht vor dem Talent des Italieners die Porträts und Zeichnungen – riesige, pathetische Gemälde und kleine Skizzen. Dann kam er zu einem Stapel von

Gemälden, die mit der Bildfläche zur Wand lehnten. Neugierig griff er nach der vordersten Leinwand.

„Ich glaube nicht, dass das die Art von Gemälden ist, die Sie suchen", sagte Donatelli und trat hastig einen Schritt vor.

Sebastian hielt ihn mit einer ausgestreckten Hand zurück. Sein Blick ruhte auf einem Gemälde von Rachel York. Es war kein Porträt von Rachel, der Schauspielerin, sondern eine Darstellung von Rachel als Venus, wie sie sich nackt und überaus begehrenswert aus dem Meer erhob. Ihre Haut war lebendig und konturenreich und so realistisch dargestellt, dass man eher die Sinnlichkeit einer Frau vor sich sah als die idealisierte Göttin des Mythos.

„Nein, aber es gefällt mir. Es ist so ..." Sebastian hielt inne. *Erotisch* war das Wort, das ihm in den Sinn gekommen war. Er sagte stattdessen: „Evokativ."

Donatelli, der ihn mit besorgtem Blick beobachtet hatte, entspannte sich.

„Moment mal", sagte Sebastian und zuckte plötzlich und überdeutlich zusammen. Er beugte sich vor, als wolle er das Gemälde genauer inspizieren. „Ach du lieber Himmel, ist das nicht diese Schauspielerin – die kürzlich getötet wurde?"

„Ja." Donatelli presste das Wort schmerzerfüllt hervor.

„Eine traurige Geschichte." Sebastian schüttelte den Kopf und schnalzte mit der Zunge, so, wie es der alte Mr Blackadder immer getan hatte. Er war Apotheker gewesen und sein Vater hatte ihn aufgesucht, wann immer einer seiner Diener erkrankt war. „Wirklich sehr traurig. Man fragt sich, was nur aus der Welt geworden ist."

Er rückte die Leinwand zur Seite und wieder ruhte sein Blick auf einem Bild von Rachel York, diesmal als türkische Odaliske, die eine Zehe in ein Bad tauchte und lediglich mit einem scharlachroten Satinschal bekleidet war, der sich um ihre nackten Arme wand.

„Sieh an! Hier ist noch ein Bild von ihr. Und noch eines", sagte Sebastian und schob weitere Leinwände beiseite. „Und noch eines. Sie hat Ihnen häufig Modell gestanden, nicht wahr?"

„Ja."

„Eine außergewöhnlich schöne Frau", sagte Sebastian.

Donatelli streckte eine Hand aus und ließ seine Finger knapp über dem lebhaften, gemalten Gesicht schweben, so als könnte er so die Wange der lebendigen Frau streicheln. Seine Hand zitterte. Und während Sebastian ihn beobachtete, dachte er: *Aha, also hat er etwas für sie empfunden.*

Aber wie viel? Hatten die Gefühle ausgereicht, um Rachel in einem zornigen Anfall der Leidenschaft zu töten?

„Sie war mehr als nur schön", flüsterte Donatelli und ballte seine Hand zur Faust, bevor er den Arm schlaff herunterfallen ließ.

Sebastian wandte seinen Blick wieder der Frau auf der Leinwand zu. Dieses eine Gemälde unterschied sich von den anderen: Die Farben waren ein goldener Strudel aus Grün- und Blautönen und hatte etwas von Tiepolos Technik, mit scharfen Schatten Akzente vor dem weiten, sonnigen Himmel zu setzen, was eine kraftvolle Leichtigkeit ausstrahlte. Hier saß Rachel an einem Berghang, überströmt vom hellen, strahlenden

Licht des Frühlings. Sie hatte ihre Beine angewinkelt, sodass sie unter den Rüschen ihrer Unterröcke verborgen waren. Ihre Haltung wirkte beinahe kindlich, sie hatte ihren Kopf in den Nacken geworfen und lächelte, so, als ob sie jeden Augenblick in unbeschwertes Gelächter ausbrechen müsste.

Als Sebastian auf das Bild dieser lebendigen, vor Leben leuchtenden, jungen Frau herabblickte, wallten unerwartete Gefühle in ihm auf – eine Mischung aus Trauer und Entrüstung. „Sie war so jung", sagte er. „So jung und voller Leben." Sein Blick hob sich wieder und er sah zu dem Mann neben ihm. „Es ist schwer, sich vorzustellen, wie jemand ihren Tod wollen konnte."

Eine finstere Gefühlsregung huschte über das hübsche, gequälte Gesicht des Mannes und es schmerzte Sebastian, das zu sehen. „Die Welt ist schlecht. Und es gibt darin viele schlechte Menschen."

„Wenigstens scheint die Polizei zu wissen, wer es getan hat. Der Sohn irgendeines Earls, nicht wahr? Ein Lord Devlin?"

Donatellis Lippen verkrampften sich zu einer grausamen Grimasse voller Hass und bitterer, sinnloser Wut. „Möge er für alle Ewigkeit in der Hölle schmoren."

„Sie kannte ihn, nicht wahr?"

Der Maler schüttelte den Kopf. „Nicht, dass ich gewusst hätte. Als ich zum ersten Mal hörte, was mit ihr geschehen war, dachte ich, es wäre der Andere gewesen."

„Der Andere?"

Erschaudernd holte Donatelli Luft – so tief, dass sich sein Brustkorb hob und sich seine Nasenlöcher aufblähten. „Er hat sie seit Wochen – oder vielleicht schon seit Monaten – verfolgt. Hat vor dem Eingang zum Theater herumgelungert. Auf der anderen Straßenseite gewartet, wann immer sie hierher kam. Sie beobachtet. Wo sie auch hinging, er war dort."

„Sie hat ihn nicht angezeigt?"

Donatelli schüttelte den Kopf. „Ich wollte, dass sie zu den Behörden geht, aber sie sagte, dass es nichts nützen würde. Sie wissen doch, wie diese *Aristos* sind. Für sie sind wir ja kaum mehr als Tiere: Dinge, die benutzt und dann weggeworfen werden."

Diese harschen Worte überraschten Sebastian. Sie erinnerten ihn daran, was Hugh Gordon erzählt hatte – von aufgespießten Köpfen und Blut, das durch die Rinnsteine floss. Er fragte sich, ob Gordon vielleicht falsch gelegen und Rachel ihre recht radikalen Ansichten doch nicht aufgegeben hatte. Und offensichtlich teilte Donatelli diese Ansichten.

„Wie heißt dieser Adlige?", fragte Sebastian.

Einen Moment lang glaubte er, der Künstler würde ihm nicht antworten. Dann zuckte Donatelli mit den Schultern und schob seinen Unterkiefer vor, sichtlich bemüht, seine Emotionen unter Kontrolle zu halten.

Und sagte es ihm.

„Ihr seht ja völlig durcheinander aus", sagte Tom, als sie sich auf ein Pint Bier und eine Portion Rindfleischpastete in dem örtlichen Wirtshaus trafen. „Was hat Euch denn dieser italienische Kerl erzählt?"

„Scheinbar hat Rachel York ihm Modell gestanden." Sebastian bahnte sich seinen Weg durch die Menschentraube an der Bar und ging voraus zu einem leeren

Tisch in einer ruhigen Ecke. „Und wie bist du vorange-
kommen?“

Tom schlüpfte auf die gegenüberliegende Bank, griff
sich mit beiden Händen eine der Pasteten und zuckte
unbekümmert mit einer Schulter. „Er is’n Ausländer.
Die Leute hier scheinen nich’ viel mit ihm zu tun zu haben. Aber das Mädchen ist ihnen schon aufgefallen. Sie
muss ein Hingucker gewesen sein, diese Rachel.“

„Das war sie.“ Sebastian aß eine Weile schweigend,
dann sagte er: „Gibt es andere Frauen, die regelmäßig
in sein Atelier kommen?“

„Nicht, dass es jemandem aufgefallen wär’.“ Tom
nahm einen großen Bissen von der Pastete und sprach
mit vollem Mund. „Glaubt Ihr, dass er was mit ihr
hatte?“

„Es wäre möglich, aber ich bin mir nicht sicher. Und
man spricht nicht mit vollem Mund.“

Tom schluckte mit Mühe, dabei weiteten sich seine
Augen vor Anstrengung. „Also haben wir bei all dem
nichts Neues erfahren?“

„Oh doch, wir haben etwas Neues erfahren.“ Sebastian nahm einen großen Schluck von seinem Bier und
lehnte sich mit den Schultern an die Wand. „Laut unserem Malerfreund wurde Rachel seit Monaten von einem Mann verfolgt. Von einem Adligen, um genau zu
sein.“

Tom verputzte die letzten Reste seiner Pastete und
machte sich daran, seine Finger abzulecken. „Hat er
Ihnen den Namen des Kerls verraten?“

„Ja. Sein Name ist Bayard Wilcox.“

Etwas in Sebastians Tonfall veranlasste den Jungen,
innezuhalten, sodass sein letzter Finger auf halbem

Weg zum Mund in der Luft erstarrte. „Ihr kennt den Kerl, oder?"

Sebastian leerte seinen Krug und stand plötzlich auf. „Ziemlich gut sogar. Bayard ist mein Neffe."

Kapitel 24

Charles, Lord Jarvis, blieb auf der Schwelle zum Ankleidezimmer des Prinzen stehen und beobachtete, wie Seine Königliche Hoheit, George, der Prince of Wales, sich zuerst in eine und dann in die andere Richtung drehte, um sein Abbild in einer Reihe verzierter, goldgerahmter Spiegel zu betrachten, die die mit Seide behängten Wände des Raumes säumten. Einige der engsten Gefährten des Prinzen, darunter Lord Frederick Fairchild, lungerten entspannt in dem riesigen in Purpur und Gold eingerichteten Zimmer herum. Ihre Gesprächsthemen reichten von der Verwendung von Champagner in Stiefelpolitur bis zu den Operntänzerinnen, die jüngst ihre Aufmerksamkeit erregt hatten. Ein Dutzend zerknitterter Halstücher lag über den farbenprächtigen türkischen Teppich des Raumes verstreut und der Kammerdiener des Prinzen stand schon mit einem weiteren Stapel Halstücher aus gestärktem weißen Leinen, den er auf seinen Armen balancierte, in der Nähe bereit – für den Fall, dass die gegenwärtigen Anstrengungen des Prinzen auch nicht von mehr Erfolg gekrönt sein sollten als seine vorherigen Versuche. Prinz George brauchte zwar die Hilfe zweier Lakaien, um seinen korpulenten Körper in seinen Mantel zu zwängen, und eine mechanische Vorrichtung, um ihn in den Sattel zu heben, aber er bestand darauf, sein Halstuch stets selbst zu binden.

„Ah, da bist du ja, Jarvis", sagte der Prinz und schaute auf.

Jarvis, der die letzte halbe Stunde damit verbracht hatte, die gekränkte Würde des russischen Botschafters wiederherzustellen, verbeugte sich schlicht und sagte: „Sir?"

„Was hat es damit auf sich, was mir Lord Frederick erzählt – dass Spencer Perceval und seine verdammte Tory-Regierung auf Beschränkungen für unsere Regentschaft drängen?" Der Prinz kräuselte beleidigt seine vollen Lippen und verzog das Gesicht. „Es soll Beschränkungen geben? Was für Beschränkungen?"

Jarvis nahm ein zerknittertes Hemd und eine zerrissene Satinweste von einem goldenen Stuhl, dessen Form einer Lotusblüte nachempfunden war, und setzte sich. „Es handelt sich lediglich um vorübergehende Einschränkungen", erwiderte er regungslos. „Nach einem Jahr sollen sie aufgehoben werden."

„Nach einem Jahr!"

„Die Ärzte behaupten beharrlich, dass sich der Zustand des Königs weiterhin verbessert", sagte Lord Frederick mit nervöser Stimme. Es war die größte Angst der Whigs, dass der verrückte alte König George III gesunden könnte, bevor sie es schafften, wieder an die Macht zu gelangen. „Es gibt im Unterhaus Stimmen, die behaupten, dass Eure Regentschaft vielleicht doch nicht notwendig sein wird."

„Was meint ihr?", sagte George und wirbelte zu seinen Freunden herum. Jarvis brauchte einen Moment, bis er begriff, dass die Frage sich nicht auf die Gesundheit seines Vaters bezog, sondern auf den jüngsten Versuch des Prinzen, sein Halstuch zu einem komplizierten neuen Knoten zu binden.

Sir John Bethany, ein alternder Lüstling mit vollen, rötlichen Wangen und einem Körperumfang, der selbst dem des Prinzen Konkurrenz machte, zog sein Monokel hervor und inspizierte seinen Freund lange und aufmerksam, während der Prinz mit qualvoller Spannung auf eine Antwort wartete. „Brummell selbst könnte es nicht besser machen", sagte Bethany schließlich und ließ das Monokel fallen.

Der Prinz verzog das Gesicht zu einem breiten Lächeln, das beinahe sofort erstarb. „Das sagst du nur so." Ungeduldig fluchend riss er sich seine neueste Kreation vom Hals und begann erneut, wobei er aus dem Augenwinkel zu Jarvis blickte. „Unsere Befugnisse werden natürlich denen des Königs gleichen?"

Jarvis räusperte sich. „Nicht ganz, Sir. Aber es wird Euch erlaubt sein, eine Regierung zu bilden –"

„Das will ich auch meinen", rief der Prinz aus.

„Allerdings wird die Regierung bekannt gegeben werden müssen, bevor Ihr vom Kronrat vereidigt werdet."

Der Fürst spielte so oft den Kasper, dass man leicht vergessen konnte, dass das Blut einer ganzen Reihe von Königen durch seine Adern floss: Es waren französische und spanische, englische und schottische Könige; von Wilhelm dem Eroberer und Karl dem Großen bis Heinrich II. und Maria Stuart, Königin von Schottland. Er konnte sich ausgesprochen majestätisch geben, wenn er wollte.

„Fang mir nicht damit an, Jarvis", sagte George und sah plötzlich ganz und gar aus wie ein Prinz.

Jarvis neigte seinen Kopf in einer stummen Verbeugung.

Die majestätische Ausstrahlung verschwand beinahe augenblicklich. George seufzte. „Wenn nur Fox noch unter uns weilen würde. Es war verflucht rücksichtslos von ihm, einfach so zu sterben."

„In der Tat", sagte Jarvis. Er hielt einen Moment inne, dann fügte er hinzu: „Obwohl Perceval glaubte, dass er vielleicht –"

„Der Teufel soll Perceval holen", sagte der Prinz in einem hitzigen Anfall. „Das reicht, um einen Mann Herzrasen bekommen zu lassen." Er blieb plötzlich stehen und legte den Finger einer Hand ängstlich auf das andere Handgelenk. „Auch Unser Puls rast. Als Nächstes werden Wir Bauchkrämpfe bekommen."

Jarvis glaubte eher, dass man die Unterleibskrämpfe des Prinzen auf den Berg von gebutterten Krabben zurückführen könnte, den er am Vorabend konsumiert hatte – und die zwei Flaschen Portwein, mit denen er sie heruntergespült hatte, aber er behielt diese Ansicht für sich.

„Es ist wirklich viel zu früh am Tag für solche Diskussionen", sagte der Prinz und legte eine Hand auf den königlichen Bauch, wobei er sein fleischiges Gesicht vor Schmerz verzerrte. „Das schadet der Verdauung. Ich werde mich eine Weile hinlegen."

„Und Eure Verabredung mit dem russischen Botschafter, Sir?"

Der Prinz sah tatsächlich verwirrt aus. „Welche Verabredung?"

„Die, die vor einer halben Stunde angesetzt war. Er wartet immer noch."

„Sag das ab", sagte der Prinz und hob eine Hand, um seine Augen zu bedecken, so, als wäre das Licht plötzlich zu grell für ihn. Er wankte zu einem Diwan in der Nähe, der wie ein Krokodil geformt und mit purpurnem Satin gepolstert war. „Jemand soll die Vorhänge schließen. Und man bringe mir mein Laudanum. Dr. Herberden sagt, dass ich eine Dosis nehmen muss, wann immer ich Angst habe, um nicht zu riskieren, mein Blut aufzuwühlen."

Jarvis behielt seine Gedanken wohlüberlegt für sich und zog höchstpersönlich die Vorhänge zu. Falls der alte, verrückte König keine Wunderheilung erlebte, würde irgendwann in der nächsten Woche das Regentschaftsgesetz verabschiedet werden und dieser träge, genussfreudige, verschwenderische Prinz würde als Regent eingeschworen werden. Aber egal, wie schmeichelhaft der Prince of Wales die Vorstellung, zu regieren, auch finden mochte: Seine Erfahrung mit den Zankereien und Intrigen der Politik war so begrenzt wie sein Interesse dafür. Jarvis war zuversichtlich, dass der Prinz schließlich – und unter den richtigen Umständen – nur allzu gern bereit wäre, sich von der Weisheit anderer leiten zu lassen.

Jarvis löschte fleißig die Lampen, geleitete die Gefährten des Prinzen aus dem Zimmer und schloss leise die Tür. Die Whigs mochten vielleicht denken, dass ihre langen Jahre des politischen Exils bald zu Ende wären, aber Männer wie Lord Frederick Fairchild waren zu idealistisch, um vorauszuahnen, welche Anstrengungen ihre Gegner auf sich zu nehmen bereit waren, um die Whigs von der Macht fernzuhalten, und Männer wie er waren auch zu zurückhaltend, um jemals selbst skrupellos zu handeln.

Als Teil der Regierung musste man aber skrupellos sein. Skrupellos und sehr, sehr klug.

***

Sir Henry Lovejoy sah gerade die Fallberichte auf seinem abgenutzten alten Schreibtisch durch, als der Earl of Hendon sein Büro auf dem Queen Square betrat. Er hatte sich eine Schachtel aus poliertem Walnussholz unter einen Arm geklemmt.

Hinter ihm kam Lovejoys schwitzender, glatzköpfiger Sekretär herein. Seine sonst kleinen Augen mit dem schielenden Blick sahen groß und rund über die Brillengläser, die er auf der Nasenspitze trug. „Ich habe versucht, ihn anzumelden, Sir Henry, das habe ich wirklich –“

Lovejoy winkte ab. „Das ist schon in Ordnung, Collins.“ Lovejoy hatte bereits damit gerechnet, dass ihn der einflussreiche Vater des Flüchtigen voller Zorn aufsuchen würde. Der Untersuchungsrichter hatte auch entschieden, wie er sich in diesem Fall verhalten würde: Er wäre ehrerbietig, höflich und respektvoll, aber er würde standhaft bleiben. Er erhob sich und deutete mit einer Hand auf einen Stuhl mit verschlissenem braunem Lederpolster. „Bitte nehmt doch Platz, Mylord. Was kann ich für Euch tun?“

„Das wird nicht nötig sein.“ Hendon stellte die kleine hölzerne Schachtel auf Lovejoys Schreibtisch und blieb breitbeinig stehen. Die Hände hatte er hinter dem Rücken verschränkt. „Ich bin hier, um mich zu stellen.“

196

„Ihr wollt Euch stellen, Mylord?" Lovejoy schüttelte verwirrt den Kopf. „Weshalb?"

Hendon sah ihn mit einem vernichtenden Blick voller Verachtung an. „Seien Sie kein verdammter Dummkopf. Für den Mord an dieser Schauspielerin, Rachel York, natürlich. Ich war das. Ich habe sie getötet."

Kapitel 25

„Wie alt is' dieser Neffe von Euch?", fragte Tom.

Sie gingen an der Haymarket entlang. Die Luft war kalt – eine feuchte, alles durchdringende Kälte, die bis in die Knochen sickerte. Schmutzige Nebelschwaden waberten über das Kopfsteinpflaster und wanden sich um die halbtoten Platanen, die auf einem kleinen, nahegelegenen Platz standen. Bei Einbruch der Nacht würde der gelbe Nebel zurückkommen – dicht und beißend und bitterkalt.

„Zwanzig. Oder vielleicht einundzwanzig", sagte Sebastian. „Seine Mutter ist meine ältere Schwester."

Tom sah zu ihm auf. „Ihr mögt ihn nich' besonders, oder?"

„Früher war er einer dieser Jungen, die Freude daran haben, lebenden Schildkröten die Köpfe abzureißen." Und an schlimmeren Dingen. Sebastian zuckte mit den Schultern. „Vielleicht bin ich befangen. Er könnte diese Neigungen inzwischen abgelegt haben."

„Normalerweise tun sie das nich'", sagte Tom und spannte seinen Kiefer fest an, als wolle er Erinnerungen vertreiben, die zu barbarisch waren, um sie sich wieder ins Gedächtnis zu rufen.

Und wieder fragte sich Sebastian, was für ein Leben der Junge geführt haben musste, bevor er versucht hatte, seine Geldbörse im Gastraum des *Black Heart* zu stehlen.

Ein Bad, frische Kleider, ein paar Nächte ruhiger Schlaf und ein stets voller Bauch hatten bei dem Jungen eine erstaunliche Veränderung bewirkt. Sebastian hatte sich zusammengereimt, dass Tom mindestens zwei Jahre lang allein auf der Straße gelebt hatte. Von seinem Leben davor sprach der Junge selten.

„Warum?", fragte Sebastian plötzlich und ließ seinen Blick auf dem scharf gezeichneten, sommersprossigen Gesicht des Jungen ruhen. „Warum in Gottes Namen hast du beschlossen, dich mir anzuschließen, in meiner jetzigen Lage? Ich kann nicht glauben, dass du es für einen Schilling pro Tag tust, wenn du ein Vielfaches davon verdienen könntest, indem du Bow Street einfach Informationen über mich zukommen lassen würdest."

„Das würde ich niemals tun!"

„Warum nicht? An deiner Stelle würden das viele tun. Vielleicht sogar die meisten."

Der Junge wirkte beunruhigt. „Viele schlimme Dinge passier'n auf der Welt. Es passier'n viele schlimme Dinge und es gibt viele Leute, die schlimme Dinge tun. Aber es gibt auch Gutes. Viel Gutes. Bevor meine Mutter auf das Schiff nach Botany Bay gebracht wurde, sagte sie mir, dass ich das nie vergessen soll. Sie sagte, dass Dinge wie Ehre und Gerechtigkeit und Liebe das Wichtigste auf der Welt sind, und, dass jeder Einzelne von uns immer versuchen muss, ein so guter Mensch zu sein, wie wir nur können." Tom sah auf. Seine beinahe wimpernlosen Augen blickten Sebastian groß und ernst an. „Ich glaube nich', dass es viele Leute gibt, die wirklich daran glauben. Aber Ihr schon."

„Ich glaube an nichts dergleichen", sagte Sebastian mit barscher Stimme, weil er aus tiefster Seele über die Bewunderung erschrak, die er in den leuchtenden Augen des Jungen lesen konnte.

„Doch, das tut Ihr. Ihr glaubt bloß, dass Ihr das nich' tun solltet, das ist alles."

„Du irrst dich", sagte Sebastian, aber der Junge lächelte nur und ging weiter.

Sie bogen in die Grange Street ein und waren beide mit sich selbst beschäftigt. Sebastian ging in Gedanken immer wieder alles durch, was er bisher über die Frau erfahren hatte, an deren Tod man ihm die Schuld gab. Sebastian hatte das Gefühl, als würde sich ihm das Wesen der Frau, die Rachel York einst gewesen war, weiterhin entziehen. Es war ihm, als ob jeder der Männer, mit denen er bisher gesprochen hatte – Gordon, Pierrepont und Donatelli – ihm nur Aufschluss über eine einzelne Facette ihres Lebens gegeben hätte. Sebastian hatte einen flüchtigen Blick auf Rachel als unerfahrene junge Schauspielerin erhaschen können, als sie pathetisch über die Revolution und von Menschenrechten gesprochen hatte, und auch auf Rachel als verführerische, fügsame Geliebte und auf Rachel als Modell eines Künstlers, das zwar schön, aber letztendlich doch zweidimensional war – ein Bild, auf das der Betrachter seine eigenen Fantasien und Vorstellungen projizieren konnte.

Lediglich mit Kats Hilfe hatte Sebastian ein Gefühl dafür bekommen, was sich hinter Rachels berühmtem Gesicht und ihrem sinnlichen Körper verborgen haben mochte – für die Rachel York, die einst ein kleines, verängstigtes Kind gewesen war, allein und einer

Gesellschaft zum Opfer gefallen, die sich nicht für ihre schwächeren oder weniger wohlhabenden Mitglieder interessierte. Und doch war auch das Bild, das Kat ihm von Rachel vermittelt hatte, verschwommen und unvollständig – so, als könnte er sie nur aus der Ferne betrachten. Was er tun musste, war Rachel durch die unvoreingenommenen Augen von jemandem zu sehen, dem die verschiedenen Facetten ihres Lebens gut bekannt gewesen waren und der wusste, wie sie ihre Tage verbracht hatte.

Sebastian beschloss, dass nur ein Gespräch mit dem Dienstmädchen Mary Grant ihm hier weiterhelfen würde.

Er blieb abrupt stehen und wandte sich an Tom. „Ich möchte, dass du jemanden für mich findest – eine Frau namens Mary Grant. Sie war das Dienstmädchen von Rachel York. Aber sie hat die Wohnung ausgeräumt, gleich nachdem ihre Herrin gestorben war, also lebt sie wahrscheinlich gerade auf großem Fuß."

Tom nickte. „Wie sieht sie aus, diese Mary Grant?"

„Ich habe nicht die geringste Ahnung."

Der Junge lachte und in seinen Augen glänzte die Vorfreude. Tom war nicht nur gut in solchen Dingen – nein, Sebastian begriff allmählich, dass er derartige Aufgaben wirklich gerne übernahm.

„Also gut", sagte er und drückte mit einer Hand seinen Hut fester auf seinen Kopf. „Ich bin dann mal weg. Aber Ihr passt auf Euch auf", rief er, während er davonstürmte, „hört Ihr?"

***

201

Kat zog den Saum ihres schwarzen Umhangs enger zusammen und beschleunigte ihren Schritt. Die Luft war kalt und feucht und über den Dächern hatten sich schwere, tiefhängende graue Wolken gesammelt. Gerade, als ihr durch den Kopf ging, dass sie besser eine Droschke hätte rufen sollen, tauchte eine männliche Gestalt, die in einen dunklen Mantel gehüllt war, drohend vor ihr auf. Vor Schreck keuchte sie auf, fand aber sofort die Beherrschung wieder.

„Das sieht dir gar nicht ähnlich, Leo", sagte sie mit gespielt unbekümmerter Stimme. „Du musst nervös sein, wenn du seit neustem durch die Straßen Londons schleichst."

Leo Pierrepont ging neben ihr her. „Hast du es geschafft, in Rachels Wohnung zu gelangen?"

„Ja. Gestern Abend."

„Und?"

„Wie du schon sagtest: Es war nichts Belastendes da."

Eine schmale Linie zeichnete sich zwischen den Brauen des Franzosen ab. „Hast du im Schlafzimmer das Fach im Kaminsims überprüft?"

„Natürlich. Darin war Rachels Terminkalender, sonst nichts."

„Bist du auch ganz sicher? Hast du alles Andere durchsucht?"

„Es gab sonst nichts mehr zu durchsuchen. Rachels Dienstmädchen hat die Wohnung leergeräumt. Sie hat alles mitgenommen."

„Ihr Dienstmädchen?" Irgendetwas in Leos Tonfall brachte Kat dazu, zu ihm herüberzusehen. „Wie heißt die Frau?"

„Mary Grant. Warum? Was dachtest du denn, was ich dort finden würde?"

Anstatt ihr zu antworten, sagte er: „Ich hatte gestern Abend eine unangenehme Unterhaltung mit deinem jungen Viscount. Irgendwie hat er herausgefunden, dass ich Rachels Wohnung bezahlt habe."

„Hugh Gordon hat es ihm erzählt."

„Gordon? Woher zum Teufel hätte er das wissen können?"

„Man kann nur annehmen, dass Rachel es ihm gesagt hat."

Leos intensive graue Augen verengten sich, während er Kats Gesicht musterte. „Er hat dich kontaktiert, oder? Devlin, meine ich."

Kat zuckte mit den Schultern und beschleunigte ihre Schritte. „Man könnte wohl sagen, dass er ein persönliches Interesse daran hat, herauszufinden, wer Rachel getötet hat."

„Und du hilfst ihm dabei?" Leo streckte eine Hand aus und berührte sie an der Schulter, sodass sie nicht weitergehen konnte. „Sei vorsichtig, *mon amie*. Er könnte einige Dinge herausfinden, von denen du lieber nicht wölltest, dass er sie erführe."

Kat wirbelte herum, um zu ihm hochzuschauen. „Ich bin immer vorsichtig."

Ein Lächeln bog die dünnen, gespannten Lippen des Franzosen auf einer Seite nach oben. „Außer, wenn es um dein Herz geht."

Kat rührte sich nicht. „Besonders, wenn es um mein Herz geht."

***

Es gab nicht übermäßig viele Orte in London, an denen man einen jungen Mann von Bayards Schlag an einem kalten, nebligen Januarnachmittag finden konnte.

Sebastian spürte seinen Neffen schließlich im *Leather Bottle*, einem Gasthaus in der Nähe von Islington, auf, das bei Taschendieben und Wegelagerern beliebt war. Und ebenso bei gelangweilten, reichen jungen Männern, die gerne mit ihnen zusammenkamen, um die Gaunersprache zu lernen und sich für einige wenige, mit Gin begossene Stunden einzureden, dass es in ihrem Leben – wenn schon keinen Sinn – dann wenigstens aufregende Herausforderungen gab.

Es war noch früh und das Wirtshaus war erst spärlich besucht. Einige Männer sahen auf, als Sebastian eintrat, aber er hatte sich seinem Vorhaben entsprechend gekleidet und sich dabei den schneidigen jungen Wegelagerer zum Vorbild genommen, der vor einigen Monaten versucht hatte, seine Kutsche nachts in der Houndslow Heath zu überfallen.

Bayard war an der Bar. Er lachte und redete überlaut mit zwei oder drei dieser schlaksigen, was Zwischenmenschliches angeht eher unbeholfenen jungen Männer, mit denen er sich zu umgeben pflegte. Bayard selbst kam ganz nach seinem Vater: Er hatte braune Haare, ein fliehendes Kinn und neigte trotz seines jungen Alters bereits dazu, Fett anzusetzen.

Sebastian bestellte ein Glas hausgemachten Gin, dann beugte er sich nah an seinen Neffen heran und drückte ihm die Laufmündung der *Cassaignard* zwischen die Rippen. Bayard erstarrte.

„Ganz recht", flüsterte Sebastian mit tiefer, rauer Stimme. „Das ist eine Pistole und ich werde sie abfeuern, wenn du irgendetwas – ich wiederhole: auch nur *irgendetwas* – Dummes tust."

Bayards Augäpfel drehten sich panisch zur Seite.

„Nein, dreh dich nicht um. Und hör auf, so dreinzuschauen, als hättest du dir gerade in die Hose gemacht. Wir wollen doch deinen Freunden keine Angst machen, oder? Du musst lächeln."

Bayard stieß ein armseliges Kichern aus, das eher wie ein halb ersticktes, hysterisches Schluchzen klang. „Wer sind Sie? Was wollen Sie von mir?"

„Wir gehen jetzt zusammen ganz langsam zu dem Tisch dort hinten in der Ecke. Du wirst dich zuerst hinsetzen, dann setze ich mich dir gegenüber und wir unterhalten uns hübsch." Sebastian griff nach seinem Getränk, ohne den Lauf von Bayards Rippen zu lösen. „Geh jetzt, Bayard."

Bayard machte auf wackeligen Beinen einige unsichere Schritte.

„Jetzt setz dich hin."

Bayard setzte sich. Sebastian nahm den klapprigen Stuhl mit gerader Lehne und setzte sich ihm gegenüber. Das Licht in der Taverne war düster, denn die wenigen kleinen Fenster waren mit Schmutz bedeckt und die übelriechenden Talgkerzen warfen nur dämmriges Licht. Der Geruch von Schweiß und Tabak und verschüttetem Gin hing schwer in der Luft.

„Also", sagte Sebastian und lächelte, „jetzt musst du dir die größte Mühe geben, nicht zu vergessen, dass ich eine Waffe auf deinen Schritt gerichtet habe."

Bayard nickte und seine Augen weiteten sich, als er Sebastian zum ersten Mal genauer ansehen konnte.

„Großer Gott. Du bist das. Was hast du denn an? Du siehst aus wie ein verdammter Straßenräuber.“

Sebastian lächelte. „Eine angemessene Aufmachung, findest du nicht, für jemanden, der Gefahr läuft, grundlos gehängt zu werden?“

Sebastian beobachtete irritiert, wie Bayards Angst sich allmählich verflüchtigte und einer tiefempfundenen, rasenden Wut wich. „Ich habe gehört, dass du es warst“, sagte er und presste die Worte zwischen zusammengebissenen Zähnen hindurch. „dass *du* sie getötet hast.“

„Du vergisst die Pistole, Bayard“, sagte Sebastian, als sein Neffe sich vom Tisch erheben wollte.

Bayard sank in seinen Stuhl zurück und richtete den Blick auf das Gesicht seines Onkels. „Hast du? Hast du es getan? Hast du Rachel getötet?“

„Ich wollte dich dasselbe fragen.“

„*Mich?* Aber ich *liebe* sie.“ Sebastian entging nicht, dass er die Gegenwartsform des Verbs gebrauchte. „Außerdem heißt es, dass man deine Steinschlosspistole bei ihrer Leiche gefunden hätte.“

„Und doch bist du derjenige, der seit kurz vor Weihnachten Jagd auf die arme Frau gemacht hat.“

Bayards Augen weiteten sich und die Wut, die kurz darin aufgeflackert war, erstarb, als seine Angst wieder aufwallte. „*Jagd* auf sie gemacht? Was willst du damit sagen? Ich habe sie niemals angerührt! Ich habe ja nicht einmal den Mut aufgebracht, sie *anzusprechen*. Als ich ihr einmal direkt gegenüberstand, war ich so überwältigt, dass ich nicht einmal den Mund aufbekommen habe.“

„Du hast also niemals mit ihr gesprochen?“

„Nein! Niemals.“

Sebastian lehnte sich in seinen Stuhl zurück. „Wann hast du sie das letzte Mal gesehen?“

Bayard kaute auf seiner Unterlippe herum. „Montagabend, glaube ich. Ich war bei ihrer Vorstellung. Aber das war alles! Ich schwöre es.“

„Bist du sicher?“

„Aber ja!“

Sebastian starrte seinen Neffen über den Tisch hinweg an. Bayard war nicht nur ein verwöhntes und grausames Kind gewesen, er war damals auch so überaus verlogen gewesen, dass es schon beinahe krankhaft gewesen war. Er fragte sich, wie sehr sich der Junge seitdem – wenn überhaupt – verändert hatte.

„Wo warst du Dienstagabend?“

Bayard war zwar schwelgerisch und verweichlicht, aber er war nicht dumm. Seine Augen weiteten sich. „Du meinst die Nacht, in der Rachel getötet wurde?“

„Genau.“

„Wir wollten den Abend in *Cribb's Parlor* verbringen.“ Er deutete mit dem Kopf in Richtung der beiden Männer, die immer noch an der Bar lehnten und ihre Aufmerksamkeit ganz auf die riesigen Brüste der Frau gerichtet hatten, die hinter der Theke mit dem Schüttelbecher Gincocktails mischte. „Robert, Gil und ich. Wir haben den Großteil des Nachmittags hier im *Leather Bottle* verbracht, also waren wir schon ziemlich angetrunken, als wir dort ankamen.“

„Wart ihr die ganze Nacht dort?“

„Nun, genaugenommen nicht.“ Er fuhr mit einer Hand über sein Gesicht, als wolle er eine unangenehme Erinnerung wegwischen. „Ich fühlte mich nicht so gut.“

„Du meinst, du hast gereihert.“

Die Wangen des jungen Mannes färbten sich vor Groll und Scham tiefrot. „Na schön. Ja. Robert und Gil haben mich da rausgeschleppt, als wir – wie sollte es anders sein – geradewegs meinem Vater in die Arme liefen. Es war verdammt peinlich, das kann ich dir sagen. Er hat darauf bestanden, mich nach Hause zu bringen. Ich muss in der Kutsche ohnmächtig geworden sein, weil ich mich dann nur noch daran erinnere, wie ich in meinem Bett liege und er mir die Stiefel auszieht und darüber redet, wie viel Glück ich hätte, dass meine Mutter mich nicht so gesehen hat.“

„Um wie viel Uhr war das?“

Bayard schien verwirrt. „Um wie viel Uhr war was?“

„Um wie viel Uhr bist du ungefähr ohnmächtig geworden?“

Bayard zuckte mit einer Schulter. „Das kann ich nicht genau sagen. Es war früh. Gegen neun, nehme ich an.“

Sebastian musterte das rote, trotzige Gesicht seines Neffen. Es würde einige Zeit in Anspruch nehmen, aber es sollte sich leicht überprüfen lassen, wo Bayard sich im Laufe von Rachel Yorks letztem Tag aufgehalten hatte. Falls er die Wahrheit sagte.

„Moment mal“, sagte Bayard plötzlich und beugte sich vor. „Ich habe Rachel doch am Dienstag zuletzt gesehen. Es muss etwa später Nachmittag gewesen sein, als ich auf meinem Weg hierher beim Theater vorbeischaute. Ich hatte gehofft, ich könnte einen Blick auf sie erhaschen, und da stand sie.“

„Beim Theater?“ Sebastian runzelte die Stirn und versuchte, sich zu erinnern, welche Termine Rachel am

Nachmittag vor ihrem Tod gehabt hatte. „Haben die Schauspieler geprobt?“

„Nein, nein. Sie war nicht wirklich im Theater, weißt du. Sie war bei dem Goldschmied auf der anderen Straßenseite. Ich hätte sie nicht einmal bemerkt, wen er nicht so geschrien hätte –“

„Er?“

„Dieser Schauspieler. Kennst du den? Er hat im Covent Garden Theater Richard III. gespielt, kurz bevor es abgebrannt ist.“

„Du meinst Hugh Gordon?“

„Ja, genau den.“

„Bist du sicher?“, fragte Sebastian und runzelte die Stirn. Was hatte Hugh Gordon im *Green Man* gesagt? *Ich habe sie mindestens seit einem halben Jahr nicht gesprochen.*

Bayard nickte energisch. „Selbst, wenn ich ihn nicht gesehen hätte, hätte ich ihn an der Stimme erkannt.“

„Und die beiden haben sich gestritten?“

„Das weiß ich nicht. Aber ich konnte sehen, dass er sie am Arm gepackt hatte und sich über sie beugte, ganz so, als wollte er sie bedrohen. Ich war kurz davor, reinzugehen und ihn zu fragen, wie zum Teufel er denn mit einer Dame umging, aber dann schüttelte er sie kurz und ließ sie gehen.“

„Du hast kein Wort von dem gehört, was er gesagt hat?“

„Nicht, dass ich mich erinnern würde. Außer ganz zum Schluss, direkt bevor er sich abwandte. Er sagte –“ Bayard verstummte und seine Miene erstarrte zu einem seltsamen Ausdruck. Sein Blick war verengt und sein Unterkiefer war ihm entglitten.

Irgendwo vom hinteren Teil des Raumes ertönte das schrille Geräusch von zerspringendem Glas, gefolgt von Gelächter. „Was?", fragte Sebastian, den Blick starr auf das Gesicht seines Neffen gerichtet. „Was hat Gordon gesagt?"

„Er sagte, er würde sie dafür büßen lassen."

Kapitel 26

Sir Henry Lovejoy starrte den Mann an, der mitten in seinem Büro stand. Der Earl of Hendon war groß und kräftig gebaut, mit einem breiten Rumpf, einem wuchtigen Kopf und einer breiten, platten Nase in einem schlichten, unscheinbaren Gesicht. Falls dieser Mann und sein Sohn sich auf irgendeine Weise ähnlich sahen, konnte Lovejoy davon jedenfalls nichts erkennen. „Ihr, Mylord? Ihr gesteht den Mord an Rachel York?"

„Ganz recht. Sie war in dieser Kirche, um sich mit mir zu treffen." Der Earl fixierte Lovejoy mit einem erbitterten Blick aus seinen blauen Augen, als könnte er den Richter irgendwie dazu zwingen, ihm Glauben zu schenken. „Und ich habe sie getötet."

Lovejoy setzte sich so hastig hin, dass sein Stuhl ein leises, dumpfes Geräusch von sich gab. Er hatte erwartet, dass der einflussreiche Vater von Viscount Devlin Ärger machen würde, aber nicht einmal in seinen kühnsten Vorstellungen hätte Lovejoy hiermit gerechnet. Er schüttelte den Kopf und als er schließlich etwas sagte, war seine Stimme noch höher als gewöhnlich. „Aber ... warum?"

Mit dieser Frage schien der Earl nicht gerechnet zu haben. „Was meinen Sie mit: *Warum*?"

„Warum hat sie Euch in *St. Matthew's* getroffen?"

Hendon presste die Lippen zusammen und holte so tief Luft, dass sich seine Nasenlöcher aufblähten und sein Brustkorb sich hob. „Das geht Sie verdammt noch mal nichts an."

„Verzeiht Mylord, aber wenn Ihr möchtet, dass ich Euer Geständnis annehme, dann geht mich das sehr wohl etwas an."

Hendon wirbelte herum und machte ein paar eilige Schritte durch das Zimmer und wieder zurück. „Was zum Teufel glauben Sie denn, warum ich mich dort mit ihr treffen wollte?" Er hatte die buschigen Augenbrauen zusammengezogen und starrte Lovejoy finster an, so, als wollte er sehen, ob der Richter es wagen würde, seine Aussage anzuzweifeln. „Mit so einem Mädchen?"

Was er damit implizierte, war gleichsam euindeutig wie unfassbar. Lovejoy hielt dem herausfordernden Blick des Earls stand, ohne zusammenzuzucken. „In einer Kirche, Mylord?"

„Ganz recht." Hendon stützte sich mit den flachen Händen auf den Schreibtisch und beugte sich vor. „Was wollen Sie damit sagen? Dass Sie mir nicht glauben?"

Lovejoy saß regungslos da. Es war offensichtlich, was der Earl vorhatte. Lovejoy hatte natürlich nicht zum ersten Mal mit einem besorgten Vater zu tun, der bereit wäre, alles zu tun, um seinen geliebten Sohn zu retten. Wenn es um die Liebe eines Vaters zu seinem Kind ging, machte es wohl keinen Unterschied, ob dieser Vater ein Schmied war oder ein Mitglied des britischen Hochadels, dachte Lovejoy.

Ein tiefer, trauriger Seufzer entwich Lovejoys Brust. „Da wäre immer noch die Tatsache, dass Lord Devlins Pistole bei der Leiche gefunden wurde."

„Darum geht es ja gerade. Das ist nicht Sebastians Pistole, sondern meine."

Hendon griff nach der Holzkiste, die er auf dem Schreibtisch abgestellt hatte, ließ die Messingschließen aufschnappen und klappte den Deckel hoch. Lovejoy bemerkte, dass es ein Pistolenkoffer war, wie man ihn für Duelle benutzte. Und darin lag, eingebettet in grünen Wollstoff, der Gefährte der Steinschlosspistole, die Constable Maitland auf Rachel Yorks Leiche gefunden hatte. Die Einbuchtung für die zweite Pistole war auffälligerweise leer.

„Mein Vater, der vierte Earl of Hendon, hat sie mir geschenkt", sagte Hendon. „Kurz vor seinem Tod. Als ich noch Viscount Devlin war."

An der Vorderseite der Schachtel war eine kleine gravierte Messingplatte befestigt. Lovejoy beugte sich vor, um zu lesen, was darauf stand. *Für meinen Sohn, Alistair James St. Cyr, Viscount Devlin.*

Einen Moment lang erfüllte Lovejoy äußerstes Unbehagen. „Das beweist gar nichts", sagte er schließlich. „Ihr hättet diese Pistolen längst Eurem Sohn gegeben haben können, vielleicht schon vor zehn Jahren oder mehr."

„Mein Sohn hat seine eigenen Duellpistolen." Die Lippen des Earls bogen sich zu einem zynischen Lächeln. „Tatsache ist, dass er sie sogar am Morgen nach dem Mord benutzt hat."

„Davon hab ich gehört." Lovejoy stand auf und starrte durch das Fenster auf die kahlen Äste der Platanen unten auf dem Queen Square. Er glaubte kein Wort von Lord Hendons Geschichte. Aber falls der Earl an seinem Geständnis festhalten wollte, wenn er darauf bestehen würde, dass er und nicht sein Sohn am Dienstagabend dieses grausame Blutbad in *St. Matthew's* angerichtet hatte ... Lovejoy drehte sich abrupt wieder um, sodass er den Earl ansehen konnte. „Beschreibt mir die Position der Leiche."

„Was?"

„Rachel Yorks Leiche. Ihr sagt, Ihr habt sie getötet. Ihr solltet also in der Lage sein, mir genau zu beschreiben, wie Ihr sie dort zurückgelassen habt. Wo sie genau lag und wie sie ausgesehen haben muss, als sie gefunden wurde."

Lovejoy beobachtete fasziniert, wie die Gesichtszüge des Adligen entgleisten, wie er erblasste und ihm vor Entsetzen fast der Mund offenstehen blieb, so, als wäre er gezwungen, diesen blutüberströmten, zerfleischten Körper noch einmal anzusehen.

„Sie lag in der Marienkapelle", presste Hendon mit gedämpfter Stimme hervor. „Auf den Stufen zum Altar, auf dem ... auf dem Rücken. Sie hatte die Knie angewinkelt und da war Blut ..." Er schluckte so schwer, dass man sehen konnte, wie die Muskeln in seiner Kehle sich anspannten. „Überall war Blut."

Lovejoy streckte seine Hände aus und krampfte seine Finger um die hölzerne Rückenlehne seines Schreibtischstuhls. „Was hatte sie an, Mylord?"

„Ein Kleid. Aus Satin. Ich erinnere mich nicht an die Farbe." Hendon hielt inne. „Und einen Umhang. Aus Samt glaube ich. Aber beides war zerrissen. Und von ihrem Blut dunkel verfärbt." Er presste die Augen zusammen, als wollte er sie vor einem grausamen Bild verschließen, hob dann eine zur Faust geballte Hand und presste die Knöchel an seine Lippen.

Lovejoy starrte den Mann an, der ihm gegenüberstand. Sie waren sehr darauf bedacht gewesen, die schmutzigen Details von Rachel Yorks Ermordung nicht zu den Zeitungen durchdringen zu lassen. Die einzige Möglichkeit, wie Hendon diese Dinge wissen konnte, war, wenn er Rachel Yorks Leiche selbst gesehen hätte ... oder wenn jemand sie ihm beschrieben hatte, der die Tote gesehen hatte. Und zwar der Mann, der sie getötet hatte.

Lovejoy zog seinen Stuhl zurück und setzte sich wieder hin. „Ihr sagt, Ihr hattet mit Miss York eine Verabredung in *St. Matthew's*?“

„Ganz recht.“

Lovejoy zog einen Notizblock zu sich heran griff nach seiner Feder. „Für welche Uhrzeit haben sie sich verabredet?“

Hendon zögerte keine Sekunde. „Zehn Uhr.“

Lovejoy sah auf. „Zehn? Seid Ihr ganz sicher, Mylord?“

„Natürlich bin ich sicher. Ich kam ein bisschen zu spät, aber nur ein paar Minuten.“

Lovejoy legte seine Feder beiseite und presste die Fingerspitzen aufeinander. „Ihr kamt also ein paar Minuten nach zehn Uhr in *St. Matthew's* an? Und dann seid Ihr hineingegangen, um sie zu treffen? Stimmt das so?“

Hendon zog verwirrt seine dichten Brauen zusammen und legte die Stirn in Falten. „Ganz recht.“

Lovejoy spürte, wie sich ein trauriges, beinahe gequältes Lächeln auf seinen Lippen ausbreitete. „Ich fürchte, das ist nicht möglich, Mylord. Miss York wurde irgendwann zwischen fünf und acht Uhr getötet, denn danach wird *St. Matthew's* jeden Abend abgeschlossen."

„Wovon reden Sie da?" Lord Hendons fleischiges Gesicht nahm vor Wut eine dunkle Färbung an und seine Stimme donnerte so laut, dass der Sekretär, Collins, verängstigt in die Tür gehastet kam. „Ich habe ein Treffen mit dieser Frau für zehn Uhr in *St. Matthew's* arrangiert und die Seitentür im nördlichen Querschiff war ganz sicher nicht abgeschlossen, als ich dort ankam."

Lovejoy blieb ganz ruhig sitzen. „Bei allem Respekt, Mylord, ich glaube, Ihr versucht, Euren Sohn zu schützen, indem Ihr die Schuld für den Mord an Rachel York auf Euch nehmt." Lovejoy griff über den Schreibtisch, schloss den Deckel der Schachtel mit den Duellpistolen und zog sie zu sich. „Ihr werdet sicher verstehen, dass wir das behalten müssen. Zweifellos wird es sich als wertvolles Beweisstück erweisen bei ..." Lovejoy zögerte, sagte die Worte dann aber trotzdem. „Bei dem Prozess Eures Sohnes."

Kapitel 27

Als Sebastian an Kat Boleyns Stadthaus in der Harwick Street ankam, war der Nebel so dicht, dass die Straßenlaternen kaum mehr waren als trübe, schwache Lichtflecken. Der vertraute, bittere Gestank von Ruß lag beißend in der kalten Abendluft. Es würde eine dunkle Nacht werden – eine gute Nacht für Schmuggler und Einbrecher.

Und für Grabschänder.

Er verdrängte den Gedanken aus seinem Kopf. Er war erst um Mitternacht mit Jumpin' Jack Cochran und seiner Bande verabredet. Und bis dahin gab es noch viel zu tun.

Sebastian schlug den Kragen seines Mantels hoch, um sich gegen die Feuchtigkeit zu schützen, und betrachtete das Haus gegenüber. Es war so früh, dass Kat sich noch nicht auf den Weg zum Theater gemacht hatte. Er konnte die Silhouette ihrer schlanken, eleganten Gestalt hinter den Vorhängen im Salon erkennen – und außerdem Schatten, die aussahen, als gehörten sie einem Kind. Verwirrt überquerte Sebastian die Straße.

„Ich werde mich selbst ankündigen", sagte er zu dem dünnen Dienstmädchen mit mausbraunen Haaren, das auf sein Klopfen hin die Tür öffnete.

Er war bereits dabei, die Treppe in den ersten Stock zu erklimmen, indem er immer zwei Stufen auf einmal nahm, als die Frau sich soweit von ihrem Schock erholt hatte, dass sie sagte: „Aber – *Sir*! Das könnt Ihr nicht machen!"

Er konnte Kats rauchige Stimme hören, noch bevor er an der Tür zum Salon war.

„Es gibt ein Sprichwort, das besagt, dass ein guter Dieb die gleichen Fähigkeiten haben muss wie ein guter Wundarzt: die Augen eines Adlers, die Hände einer Dame und das Herz eines Löwen. Die Augen eines Adlers, um zu erspähen, wo genau sich die Geldbörse befindet, die Hand einer Dame, um leicht und flink in die Kleidung des Mannes zu greifen, und das Herz eines Löwen", sie hielt inne und er konnte an ihrer Stimme hören, dass sie lächelte, „um sich nicht vor den Konsequenzen zu fürchten."

„Gott. Wie hast du das gemacht?", sagte eine Stimme, die Sebastian als die seines jungen Schützlings, Tom, wiedererkannte.

Sebastian konnte sie jetzt beide sehen – sie standen am anderen Ende des Raumes mit dem Rücken zur Tür. Kat trug ein schwarzes, hochgeschlossenes Seidenkleid mit schlichten Ärmeln aus Krepp, die ihm verrieten, dass sie gerade erst von Rachel Yorks Beerdigung zurückgekommen sein musste. Warum Tom dort war, konnte er sich allerdings nicht einmal ansatzweise erklären.

„Jetzt lass uns das noch einmal versuchen", sagte sie und überreichte dem Jungen eine kleine Geldbörse aus Seide. „Dieses Mal schließe ich meine Augen, während du sie in einer deiner Taschen versteckst. Versuche, zu bemerken, wann genau ich sie entwende." Sie schloss ihre Augen.

Tom steckte die Geldbörse tief in seine Tasche. „Bereit."

Sebastian lehnte am Türrahmen und beobachtete, wie Kat einmal an dem Jungen vorbeihastete und dann noch ein zweites Mal, wobei sie geschickt und routiniert die Geldbörse aus seiner Tasche zog. Sie war gut. Sehr gut. Aber bevor er sie getroffen hatte, bevor sie eine der berühmtesten Schauspielerinnen in Covent Garden geworden war, hatte sie sich ja auch mit Taschendiebstahl auf den Straßen Londons durchgeschlagen. Damit und mit anderen Dingen, über die sie selten sprach.

„Wann werden Sie sie klauen?", fragte Tom, der immer noch geduldig wartete.

Kat lachte und wedelte mit der Geldbörse unter seiner Nase herum.

Toms Gesicht strahlte vor Bewunderung und Begeisterung. „Verflucht. Sie sind gut."

„Eine der Besten", sagte Sebastian und drückte sich vom Türrahmen weg.

Kat wirbelte herum und sah ihn an, wobei sich ihre vollen Lippen belustigt nach oben bogen. „Wenigstens hast du diesmal angeklopft", sagte sie. Er fragte sich, ob sie schon die ganze Zeit gewusst hatte, dass er sie beobachtete.

Er wandte sich an Tom. „Wolltest du nicht den Abend damit verbringen, nach Mary Grant zu suchen?"

Tom nickte. „Ich dachte mir, dass Miss Kat hier vielleicht ein paar Orte wüsste, an denen ich mich umsehen könnte."

Sebastian nahm den kecken Hut seines Wegelagererkostüms ab und warf ihn auf einen Stuhl in der Nähe.

„Ich frage lieber nicht, wie ihr von diesem Thema auf Lektionen im Taschendiebstahl gekommen seid."

Der Junge senkte den Kopf, um ein Grinsen zu verbergen. „Also, ich bin dann mal weg."

Sebastian beobachtete, wie Tom davon schlenderte und dabei ein höchst anstößiges Lied pfiff. Kat, die neben ihm stand, sagte: „Tom hat erzählt, dass du ihn als Laufburschen angestellt hast."

Sebastian lächelte. „Eigentlich hat er sich schon für vielfältige Aufgaben als nützlich erwiesen."

Sie neigte den Kopf zur Seite und blickte zu ihm hoch. „Du vertraust ihm?"

Sebastian sah sie an und hielt ihrem nachdenklichen Blick stand. „Du kennst mich. Ich bin von Natur aus so gutgläubig, dass es schon fast leichtsinnig ist."

„Das hätte ich nicht behauptet. Im Gegenteil, ich würde sagen, dass du über eine außergewöhnlich gute Menschenkenntnis verfügst."

Sebastian zog einen Mundwinkel zu einem ironischen Lächeln hoch und drehte sich weg, um seinen Wintermantel auszuziehen. „Du warst auf der Beerdigung", sagte er und warf Mantel und Handschuhe auf den Stuhl.

Kat ging zum Klingelzug hinüber und zog einmal kräftig daran. „Ja."

Er konnte die Anspannung der letzten Tage an ihrem Gesicht ablesen. Sie hatte Rachel York vielleicht nicht übermäßig nahegestanden, aber der Tod der jungen Frau hatte Kat offensichtlich bewegt und die Beerdigung hatte sie mitgenommen. Er fragte sich, was sie wohl sagen würde, wenn sie wüsste, dass er um

Mitternacht mit einer Gruppe von Leichenräubern verabredet war.

Sie bestellte Tee und Kuchen bei dem verlegenen
Dienstmädchen mit dem mausbraunen Haar, das sich
stotternd dafür entschuldigte, an der Tür nicht ordnungsgemäß ihren Dienst getan zu haben.

„Hugh Gordon war auch da“, sagte Kat, als das Hausmädchen sich davongemacht hatte.

„War er das?“ Sebastian stand mit dem Rücken zum
Feuer. Sein Blick ruhte auf dem Gesicht der Frau, die er
einmal so wahnsinnig geliebt hatte, dass er geglaubt
hatte, ohne sie nicht leben zu können. „Das ist interessant. Was ist mit Leo Pierrepont?“

Sie setzte sich auf ein pfirsich- und cremefarben gestreiftes, mit Seide gepolstertes Sofa. „Der Sohn eines
französischen Grafen besucht die Beerdigung einer gewöhnlichen englischen Schauspielerin? Du machst
wohl Witze.“

Sebastian lächelte. „Und Giorgio Donatelli?“

„Er war da und hat viel geweint. Ich wusste nicht, dass
er und Rachel sich so nahestanden. Aber andererseits
ist er ja auch Italiener. Vielleicht ist er einfach sehr sentimental.“ Sie ließ ihren Kopf zurück auf die Seidenkissen fallen. Die Kerzen in den Wandleuchtern warfen
ein flackerndes Licht auf ihren Hals, als sie zu ihm aufsah, und die weiche, nackte Haut schimmerte golden.
„Hattest du schon eine Gelegenheit, mit Hugh zu sprechen?“

Sebastian wollte sie berühren und mit den Fingerspitzen die Wölbung ihres Halses entlangfahren, bis zu ihren Brüsten. Stattdessen verlagerte er sein Gewicht und
starrte auf die Kohlen im Kamin. Er bemerkte, dass der

Sims aus weißem Carrara-Marmor war. Die Vasen aus Sèvresporzellan, die darauf standen, waren kunstvoll gestaltet und das Ölgemälde darüber sah aus wie ein Watteau. Kat hatte es in den letzten sechs Jahren weit gebracht. Und er hatte überlebt.

„Du hattest recht“, sagte er und bemerkte, dass seine Stimme selbst in seinen eigenen Ohren seltsam angespannt klang. „Hugh Gordon ist immer noch wütend, weil Rachel ihn verlassen hat. Vielleicht sogar wütend genug, um zu töten.“

„Glaubst du, dass er es war?“

„Ich glaube, er hat etwas zu verbergen. Er wurde dabei gesehen, wie er sich mit ihr in der Nähe des Theaters gestritten hat, und zwar an dem Nachmittag, an dem sie getötet wurde.“

„Weißt du, worüber sie gestritten haben?“

„Nein. Aber er hat gesagt, er würde sie dafür büßen lassen.“ Sebastian drehte sich um, als das Hausmädchen wieder in der Tür erschien und ein Tablett mit Teegeschirr in den Händen trug. „Ich wüsste gerne, wo er später an dem Abend war.“

„Er spielt Hamlet im *Stein*.“ Kat griff nach der Teekanne. „Aber die Premiere soll erst diesen Freitag sein.“

Sebastian wartete, bis das Dienstmädchen wieder gegangen war, und sagte dann: „Ich habe auch eine Gelegenheit gehabt, die Bekanntschaft des Malers Giorgio Donatelli zu machen. Es scheint, als hätte Rachel ihm Modell gestanden.“

Kat, die sich gerade Tee einschenkte, sah auf. „Das ist nicht besonders verdächtig.“

„Vielleicht nicht. Außer, wenn, sie auch mit ihm geschlafen hat.“

„Er ist ein sehr schöner Mann. Und Rachel mochte schöne Männer."

Sebastian nahm die Teetasse aus ihren Händen entgegen und achtete sorgfältig darauf, dass seine Finger ihre dabei nicht streiften. „Laut Donatelli hat Bayard Wilcox Rachel seit kurz vor Weihnachten nachgestellt."

„Ist das nicht dein Neffe?"

„Ja, das ist er. Hat sie dir nie davon erzählt?"

„Sie hat ein- oder zweimal erwähnt, dass irgendein Adliger sie beobachten würde, aber sie hat mir nie seinen Namen genannt.

Sie versuchte, es mit einem Lachen abzutun, aber ich hatte den Eindruck, dass er sie nervös machte, obwohl sie es sich nicht eingestehen wollte." Kat umfasste ihre eigene Tasse mit beiden Händen. „Glaubst du, dass er zu so etwas im Stande wäre? Zu einem derart brutalen Verbrechen aus Leidenschaft?"

Sebastian führte die Tasse an seine Lippen und nickte. „Allerdings behauptet er, er sei an diesem Abend bis kurz vor neun Uhr mit Freunden zusammen gewesen. Er sagt, dass er so betrunken war, dass er ohnmächtig wurde und von seinem Vater nach Hause gebracht werden musste."

„Aber du glaubst ihm das nicht." Wie sie es sagte, waren ihre Worte eine Aussage und keine Frage.

„Ich habe schon vor langer Zeit die Erfahrung gemacht, dass es besser ist, nichts von dem zu glauben, was Bayard mir erzählt. Aber in diesem Fall sollte es recht einfach sein, herauszufinden, ob er die Wahrheit sagt oder nicht."

Kat lehnte sich zurück und ließ ihren Blick auf der Tasse ruhen, die sie vergessen auf ihrem Schoß festhielt. „Dir ist natürlich klar, dass es möglich ist, dass Rachel ihren Mörder gar nicht kannte? Es könnte jeder gewesen sein. Wirklich jeder."

„Das glaube ich nicht. Wenn man sie auf der Straße gefunden hätte, oder selbst in ihrer Wohnung, dann würde ich das vielleicht glauben. Aber sie ging am Dienstag gezielt in diese Kirche, um sich mit jemandem zu treffen. Ich weiß, dass ich nicht derjenige war. Aber wer war es dann?"

„Könnte es nicht irgendein Cousin namens St. Cyr gewesen sein?"

Sebastian schüttelte den Kopf. „Nein." Seine Familie, die St. Cyrs, neigte nicht dazu, sich übermäßig fortzupflanzen. Sein Vater hatte mehrere Cousins und Cousinen, die er auf den Tod nicht ausstehen konnte, aber sie lebten alle im Norden, in Yorkshire, glaubte Sebastian. Und es war auch kein gebräuchlicher Name. „Meine Überlegungen führen immer wieder zu ihrem Terminkalender zurück. Wer auch immer diese Seiten entfernt hat, tat es, um zu verhindern, dass etwas von ihrem Inhalt bekannt wird. Und doch wurde das Buch zurückgelassen, damit ich es finden konnte. Warum?"

„Aber das Buch war versteckt!"

„Ja. Aber du wusstest, wo man danach suchen muss. Es ist denkbar, dass auch Andere das wussten. Vielleicht Pierrepont, zum Beispiel? Er hat die Miete für ihre Wohnung bezahlt, also hätte er sehr wohl auch einen Schlüssel haben können."

Sie saß einen Moment lang still da, als dächte sie über seine Worte nach. „Die Frau von oben hat den Mann, den sie am Morgen nach Rachels Tod gesehen hat, als jung beschrieben. Pierrepont muss beinahe fünfzig sein.“

„Er hätte jemanden schicken können.“

Kat schob ihre Teetasse beiseite und stand auf. „Du glaubst, dass *Pierrepont* Rachel getötet hat?“

Sebastian sah zu, wie sie zum Vorderfenster ging, um eine der Gardinen gerade zu rücken. Es war ein kleinlicher Handgriff und sah ihr überhaupt nicht ähnlich. „Warum denn nicht? Er hatte ein Verhältnis mit ihr. Für manche Männer ist es Grund genug, wenn die Frau sich dann entscheidet, sie zu verlassen. Oder wenn sie sich plötzlich in einen schönen, italienischen Maler verliebt.“

Kat drehte sich wieder zu ihm um. „Als ich in Rachels Mietshaus war, hat mir die Schottin, die oben wohnt, erzählt, dass sie dachte, Rachel hätte vor, aus London fortzugehen.“

„Glaubst du, das stimmt?“

„Ich weiß es nicht. Rachel hat jedenfalls nie etwas darüber gesagt. Aber diese Frau hatte wohl den Eindruck, dass Rachel dabei war, an eine große Summe Geld zu gelangen.“

„Geld?“ Sebastian stellte seine leere Tasse beiseite. „Ich frage mich, ob sie vielleicht jemanden erpresst hat.“

Kaum hatte er die Worte ausgesprochen, kam ihm ein Gedanke, der zugleich so naheliegend und so entsetzlich war, dass ihm die Luft wegblieb. Und er erkannte an der Art und Weise, wie sich Kats Augen weiteten, dass ihr diese Möglichkeit in fast demselben Moment in den Sinn gekommen war. „Nein“, sagte er, bevor sie den Gedanken aussprechen konnte.

„Aber –“

„Nein“, sagte er erneut und trat auf sie zu. „Du liegst falsch. Ich kenne meinen Vater. Er könnte vielleicht jemanden töten, wenn man ihn entsprechend provoziert, aber nicht auf diese Weise. Er könnte niemals jemanden auf diese Weise töten.“

Sie ließ ihren Kopf nach hinten fallen. Ihre großen, schönen Augen blickten ihn finster und besorgt an, als sie zu seinem Gesicht aufsah.

Sebastian sagte das nicht einfach so; er glaubte wirklich, dass Hendon Rachel York nie auf den Stufen zu einem Altar hätte vergewaltigen, geschweige denn sie sterbend in einer Lache aus ihrem eigenen Blut hätte zurücklassen können. Und doch ...

Und doch hatte der Name St. Cyr dort gestanden, in dem kleinen roten Lederbuch der Frau, die jetzt tot war. Und der Adlige, der ihr schon seit so vielen Monaten nachstellte, war nicht nur Sebastians Neffe.

Bayard Wilcox war auch der Enkelsohn des Earl of Hendon.

Kapitel 28

Sebastian traf sich mit Jumpin' Jack Cochran und seiner zweiköpfigen Truppe in einer dunklen Nebenstraße unweit der Highfield Lane. Ein kalter Wind war aufgekommen und warf die kahlen Äste der Ulmen hin und her. Die Kirchturmspitze, die kaum die Schieferdächer der nahegelegenen Häuserreihe überragte, zeichnete sich als dunkler Umriss vor dem sturmgepeitschten Himmel ab.

„Weiß ja nich', warum Sie unbedingt mitkommen woll'n", sagte Jumpin' Jack und würgte eine Ladung Speichel hoch, die er in den Wind spuckte. „Es is' ja nich' so, dass der gute Doktor Angst hätte, dass wir die Ware nich' liefern."

Der Grabräuber war ein außerordentlich großer, schlanker Mann zwischen vierzig und sechzig, mit tiefliegenden, verengten Augen und knochigen Gesichtszügen. Seine Wangen und sein Kinn waren von einem so dichten, graumelierten Bartwuchs bedeckt, dass er sich schon mindestens zwei Wochen lang nicht mehr rasiert haben musste. Aber er war schick gekleidet, mit einem leuchtend roten Halstuch und gestreiften Hosen, die am Saum nur mit wenigen Schlammspritzern besudelt waren. Der Leichenraub war ein lukratives Geschäft.

Sebastian erwiderte schlicht den fragenden Blick des Mannes und versuchte erst gar nicht, seine Gründe in Worte zu fassen. Dieser Mann verdiente seinen Lebensunterhalt damit, dass er Leichen von Friedhöfen stahl. Er würde niemals das Gefühl verstehen, das Sebastian dazu gedrängt hatte, herzukommen – die Überzeugung, dass er die Verantwortung für die Schändung von Rachel Yorks Grab trug und daher auch irgendwie dazu verpflichtet war, Zeuge davon zu werden.

Sie ließen das Pferd und den Karren der Leichenräuber bei einem der Burschen zurück und machten sich auf den Weg durch eine enge, dunkle Gasse. Dabei bewegten sie sich leise. Ihr langstieliges Werkzeug war in Säcke eingepackt, damit es nicht klirrte. In einem Hof in der Nähe begann ein Hund zu bellen. Sein tiefes, kehliges Heulen wurde vom Wind davongetragen. Sie gingen weiter.

Rachel York war auf dem Kirchhof von *St. Stephen's* zur letzten Ruhe gebettet worden – einem alten, hohen Gebäude aus Sandstein, das sich plötzlich vor ihnen erhob. Die Begräbnisse aus mehreren Jahrhunderten hatten das Niveau des Friedhofs so weit über das der Straße angehoben, dass der anschwellende Boden von einer etwa einen Meter hohen Steinmauer eingedämmt werden musste. Und trotzdem quoll er heraus – widerlich und scheinbar bis zum Bersten gefüllt.

Oben auf der Mauer verlief ein hoher Eisenzaun, der in einer Reihe bedrohlicher Spitzen endete. Aber am Ende der Gasse gab es ein schmales Seitentor, das halb mit Efeu überwuchert war und das jemand gegen Bezahlung unverschlossen gelassen hatte. Dieselbe Person war offensichtlich auch dafür bezahlt worden, die

Scharniere des Tores zu ölen. Kein verräterisches Quietschen durchbrach die Stille der Nacht, als sie leise hindurch schlüpften.

Ein fauliger Gestank hing in der Luft, nasskalt und von einer unbestimmten, ekelerregenden Süße. Die anderen Männer bewegten sich, als wären sie blind und riskierten nur gelegentlich das Aufblitzen ihrer verdunkelten Laterne, während sie durch die finstere, mondlose Nacht schlichen. Aber Sebastian konnte die verstreuten, grauen Grabsteine, die sich drohend abzeichnenden Bögen der Grabmäler und die vereinzelten, blass leuchtenden Schädel oder Röhrenknochen, die aus der schlammigen Erde ragten, beinahe zu gut erkennen. Die kalte Nachtluft brachte vielfältige Geräusche mit sich: Das Rascheln des Windes in den kahlen Ästen der Bäume, Füße, die verstohlen und dumpf über einen schlammigen Weg tappten, und die leise, angespannte Atmung nervöser Männer.

„Hier ist es", flüsterte Jumpin' Jack und seine Laterne beleuchtete für einen Augenblick einen Hügel aus nacktem, frisch umgegrabenem Erdboden. Die beiden Männer packten ihr Werkzeug aus und machten sich ans Graben. Ihre Schaufeln schürften leise über die Erde, bevor sie immer tiefer hinein sanken.

Der Gestank war hier noch stärker. Sebastian hob den Kopf und bemerkte, dass er aus dem langen, halbgefüllten Graben des Armenlochs in der hinteren Ecke des Friedhofs kam, das beinahe vollständig in den düsteren Schatten verschwand. In der Ferne bellte der Hund immer noch. Von irgendwo in der Nähe erklang das langsame, stetige Tropfen von Wasser.

Klong. Das dumpfe Geräusch von Metall, das auf Holz trifft, hallte über den Friedhof. Jumpin' Jack stieß ein zufriedenes Grunzen aus und sagte: „Hab sie."

Sebastian zwang sich, in das dunkle Loch hinabzuschauen. Die Leichenräuber waren Experten in ihrem Geschäft. Anstatt den gesamten Sarg auszugraben, hatten sie sich einfach bis zum Kopfteil vorgearbeitet. Mit einer der Schaufeln hebelte Jumpin' Jack den oberen Teil des Sargdeckels auf. Dann sprang der Junge, der bei ihnen war – ein stämmiger Bursche von etwa sechzehn Jahren namens Ben – in das Loch hinunter. Er stieß keuchend eine Reihe von Flüchen aus und zog das, was von Rachel York übriggeblieben war, vorsichtig aus dem Sarg. Der reglose, weiß gekleidete Körper wirkte vor der dunklen, umgegrabenen Erde geisterhaft blass.

Jumpin' Jack hockte sich neben die Leiche, zog ein Messer, das er an seiner Seite trug, aus der Scheide und begann, mit flinken, geübten Handgriffen ihr Leichentuch wegzuschneiden.

Sebastians streckte die Hand aus und packte den Mann am Arm, sodass er innehalten musste. „Was machen Sie da?"

Jumpin' Jack würgte noch eine Ladung Speichel hoch. Seine blassen Augen funkelten in der Dunkelheit, als er in das klaffende Loch neben ihnen spuckte. „Es gibt kein Gesetz, das verbietet, 'ne Tote durch die Straßen zu karren. Aber du kannst dir sieben Jahre in Botany Bay verdienen, wenn du mit 'ner Leiche in Grabkleidern erwischt wirst."

Sebastian nickte und trat einen Schritt zurück.

Sie entkleideten den Körper vollständig, bis auf die Binde, die der Länge nach um ihren Kopf gewickelt worden war, um den Kiefer geschlossen zu halten. Dann ließen sie den nackten Körper auf dem schlammigen Weg liegen, warfen die Grabkleider wieder zurück in den Sarg, schlossen den Deckel und schaufelten eilig die Erde wieder in das leere Grab.

„Du da drüben, Ben", sagte Jumpin' Jack und ging in die Hocke, um die bloßen weißen Schultern der Leiche zu umfassen. „Schnapp dir ihre Füße."

Sebastian sammelte die Schaufeln und die Laterne ein, während die beiden anderen Männer den Körper anhoben. Ein nackter Arm fiel herab und schleifte schlaff durch den Schlamm, als sie sich auf den Weg zum Tor machten.

Aus der Ferne ertönte der Ruf des Nachtwächters: *Ein Uhr und alles ist in Ordnung.*

***

Sie trugen die Leiche von Rachel York in das kleine, steinerne Nebengebäude hinter Paul Gibsons Praxis und legten sie auf eine flache Granitplatte mit umlaufend in den Rand geschnitzten Abläufen, die Sebastian voller Unbehagen an einen antiken Opferaltar erinnerten, den er einst in den Bergen Anatoliens gesehen hatte.

Er bezahlte Jumpin' Jack fünfzehn Pfund – das war der Marktpreis für eine „Halblange" und mehr, als ein gutes Hausmädchen in einem ganzen Jahr verdienen konnte. Als der Karren der Leichenräuber in die Nacht davon ratterte, schloss Paul Gibson den Riegel an der Außentür, humpelte dann wieder zurück und hängte seine Öllampe an die Kette, die über dem Tisch angebracht war.

Goldenes Licht flutete den Raum und warf die hohen, unnatürlich schmalen Schatten der beiden Männer an die rau verputzte Wand hinter ihnen. „Das war eine ganz schön hässliche Tat", sagte Paul Gibson schließlich.

Sebastian musste sich zwingen, zu betrachten, was vor ihnen auf der Steinplatte lag. Rachel York war eine schöne Frau gewesen: Ihr Körper war anmutig und langgliedrig, mit schlanker Taille, schmalen Hüften und prallen, vollen Brüsten. Jetzt war ihr weiches Fleisch totenbleich und beschmutzt mit dem Matsch aus ihrem Grab. Aber er konnte auch andere Spuren erkennen: Prellungen, die kräftige Finger hinterlassen hatten, als sie sich in ihre Handgelenke gruben. Weitere Blutergüsse waren auf ihren Armen und Wangen zu sehen. Und über ihren Hals zogen sich grässliche Schnittwunden, die so tief waren, dass man fast meinen könnte, ihr Angreifer hatte ihren Kopf vom Hals trennen wollen. Paul Gibson streckte die Hände aus und löste die Binde um ihren Kopf. Ihr Unterkiefer klappte auf. Sebastian sah weg.

„Es wäre besser gewesen, ich hätte sie untersuchen können, bevor sie gebadet, aufgebahrt und in den Matsch geworfen wurde", sagte Paul. „Vieles wird schon verloren gegangen sein."

Sebastian mochte nicht, wie es in dem kleinen, aus Stein gemauerten Nebengebäude roch. Oder wie er sich dort fühlte. Er hatte plötzlich das starke Bedürfnis, nach draußen zu kommen. „Wie lange wird es dauern?"

Paul Gibson griff nach etwas, das wie eine Metzger-
schürze aussah, und band es sich um Hals und Taille.
„Ich kann dir vielleicht am Morgen schon etwas sagen,
aber die ganze Obduktion wird natürlich länger dauern.“

Sebastian nickte. Der Geruch des Todes drang so er-
stickend in seine Nasenlöcher, dass jeder Atemzug zur
Qual wurde. Er bemerkte, dass Paul Gibson ihn merkwürdig ansah. „Ich nehme an, du hast es noch nicht gehört?“, fragte der Arzt.

„Was gehört?“

„Heute Nachmittag ist dein Vater zu den Behörden
am Queen Square gegangen und hat den Mord an Rachel York gestanden.“

Kapitel 29

Sebastian war etwa neun Jahre alt gewesen, als er langsam zu verstehen begonnen hatte, dass er irgendwie anders war, dass die meisten Leute keine Gespräche mitanhören konnten, die in weit entfernten Zimmern im Flüsterton gehalten wurden. Und, dass sie auch nachts im Dunkeln oder von der anderen Seite des Raumes nicht die Titel auf den Buchrücken in den Regalen der Bibliothek lesen konnten.

Manchmal fragte er sich, ob nicht die meisten Menschen die Welt um sich herum ein wenig anders wahrnahmen als ihre Gefährten, ob die Annahme einer geteilten Wahrnehmung nicht schlicht eine Illusion war. Einmal hatte er einen Mann getroffen, der dachte, ein gelber Hund hätte die gleiche Farbe wie der Streifen frischen grünen Frühlingsgrases, auf dem der Hund spielte, und der schwor, dass der graue Stoff seines Anzugs blau sei. Es war eine versehentliche Bemerkung von Sebastians Schwester, Amanda, gewesen, die Sebastian zum ersten Mal auf die Tatsache aufmerksam gemacht hatte, dass die meisten Menschen nachts keine Farben sehen konnten und dass die Welt im Dunkeln für sie nicht mehr war als undeutliche Abstufungen verschiedener Grautöne, durch die sie sich beinahe wie blind bewegten.

Seine Fähigkeit, im Dunkeln zu sehen, war besonders nützlich gewesen, als er während des Krieges für die Armee Sondermissionen übernommen hatte. Aber auch jetzt, wo er über die Gartenmauer des St. Cyr-Anwesens am Grosvenor Square kletterte und zur Terrasse schlich, kam sie ihm gelegen.

Alistair St. Cyr, der fünfte Earl of Hendon, schlief in einem massiven Tudor-Himmelbett, das einst dem Urgroßvater des ersten Earls gehört hatte. Er erwachte langsam, spitzte im Schlaf die Lippen. Seine Lider zitterten, öffneten sich und wurden wieder geschlossen, dann schlug er endgültig die Augen auf.

Er setzte sich mit einem krächzenden Keuchen auf. Seine Kinnlade war heruntergeklappt und er hatte die Augen weit aufgerissen. Sein Blick wanderte zu den Kerzen, die auf dem Nachttisch und dem Kaminsims brannten. Dann sah er zu Sebastian hoch, der am Bettpfosten lehnte und die Arme vor der Brust verschränkt hatte, und stieß einen erleichterten Seufzer aus. „*Sebastian*. Gott sei Dank. Ich hatte gehofft, dass du zu mir kommen würdest."

Sebastian drückte sich vom Bettpfosten weg und stemmte die Arme in die Hüften. Der Zorn ließ seinen Körper beben. „Was *zur Hölle* hast du dir dabei gedacht, zu den Behörden zu gehen und zu versuchen, die Leute davon zu überzeugen, dass du es bist, der Rachel York getötet hat?"

Den Ausdruck, der sich jetzt auf Hendons Gesicht abzeichnete, hatte Sebastian noch nie zuvor gesehen: Seine Miene war eine seltsame Mischung aus Kummer und Sorge und etwas, das sehr nach Schuldgefühlen aussah. „Weil ich derjenige bin, mit dem sie sich an diesem Abend treffen wollte."

Dienstag, St. Matthew's, St. Cyr.

„Gott bewahre", flüsterte Sebastian und hob eine Hand vor seine Augen.

Hendon schob die Bettwäsche beiseite und stand auf. Trotz seines Nachthemds und der Nachtmütze strahlte seine kräftige Gestalt Würde aus. „Aber ich schwöre dir, sie war bereits tot, als ich sie fand."

Sebastian stieß ein schnaubendes Lachen aus und ließ seine Hand sinken, sodass sie schlaff an seiner Seite baumelte. „Was denkst du denn? Dass ich tatsächlich glauben würde, du hättest in deinem Alter plötzlich Freude daran gefunden, zu vergewaltigen und zu morden?"

Er drehte sich um, hockte sich vor den Kamin und schürte die Kohlen. Er spürte, wie die Hitze sich über seine Wangen ausbreitete und die Flammen leckend die Friedhofskälte zu vertreiben suchte, die tief in ihm immer noch herrschte. Der Strudel aus miteinander unvereinbaren, schleierhaften Fakten fügte sich plötzlich zu einem Bild zusammen, das auf grauenhafte Weise vollkommen Sinn ergab. „Also gehört die Pistole, die man dort gefunden hat, dir", sagte er, ohne den Blick von den Flammen vor sich abzuwenden.

Husten dröhnte tief aus der Brust des älteren Mannes. „Ich hatte sie mitgenommen, für alle Fälle. Ich habe nicht einmal bemerkt, dass ich die Pistole fallen gelassen hatte, bis ich zu Hause ankam und sie nicht mehr bei mir hatte. Ich habe überlegt, zurückzugehen, und nach ihr zu suchen, aber ..." Er zögerte. „Ich konnte mich nicht dazu durchringen. Ich glaube, ich habe einfach gehofft, dass ich sie irgendwo anders verloren habe."

Sebastian warf eine weitere Schaufel Kohle auf das Feuer und beobachtete, wie sie dunkel dalag und zu schwelen begann. „Und warum genau hast du dich mitten in der Nacht in einer Kirche in Westminster allein mit Rachel York getroffen?"

„Das kann ich dir nicht sagen."

Sebastian wandte sich um, wobei sich eines seiner Knie in den Kaminvorleger drückte. „*Wie bitte?*"

Sein Vater starrte ihn wortlos an. Diese seltsamen, widersprüchlichen Gefühlsregungen verfinsterten seine strahlend blauen Augen.

„Hat sie dich erpresst? Ist es das?"

„*Nein.*"

Sebastian warf die Kohlenschaufel beiseite und stand auf. „Was soll ich denn sonst glauben?"

Hendon rieb sich mit einer gespreizten Hand über das Gesicht und sein Kiefer mahlte geräuschlos hin und her, so, wie er es immer tat, wenn er nachdachte. Anscheinend musste er überlegen, was er Sebastian sagen, und was er für sich behalten wollte. „Sie hat Dienstag früh Kontakt zu mir aufgenommen", sagte er schließlich. „Sie hatte etwas, von dem sie dachte, dass ich es vielleicht gern erwerben würde."

„Also hat sie dich erpresst."

„Nein. Ich sagte doch, sie hatte etwas zu verkaufen. Etwas, das ich auch kaufen wollte. Wir einigten uns auf einen Preis, und sie sagte, ich sollte sie in der Marienkapelle von *St. Matthew's* um zehn Uhr treffen."

„Warum in *St. Matthew's?*"

„Sie sagte, es sei dort ruhig. Die Wahrscheinlichkeit, dass wir gestört oder beobachtet würden, sei geringer." Am Fuße des kolossalen Bettes stand ein runder Tisch mit einer schimmernden, ordentlich polierten und mit Intarsien verzierten Platte. Hendon ging hinüber. Er nahm auf einem der umstehenden Stühle Platz, in dessen Lehne die kunstvolle Schnitzerei einer Leier eingelassen war. „Dieser Untersuchungsrichter, Lovejoy, der kleine Schwindler, behauptet, die Kirche wäre an diesem Abend um acht Uhr abgeschlossen worden, aber sie war nicht verschlossen. Die Seitentür am nördlichen Querschiff war offen, als ich dort ankam, genau, wie sie gesagt hatte."

„Hast du dort sonst noch jemanden gesehen?"

„Nein." Hendon presste seine ineinander verschränkten Finger fester zusammen, bis die Knöchel weiß wurden. „Niemanden. Ich dachte, wir wären allein. Sie hatte alle Kerzen auf dem Altar der Kapelle angezündet. Ich konnte sehen, wie die Flammen aufloderten und einen warmen, goldenen Schein abwarfen, als ich in den hinteren Teil des Kirchenschiffs ging. Dann habe ich sie gesehen."

Er rieb sich mit einer flachen Hand über die Augen, als wolle er die Erinnerung an das, was er gesehen hatte, auslöschen. „Es war entsetzlich: Man hatte sie dort auf den Altarstufen liegen gelassen, mit gespreizten Beinen ..." Er senkte seine Stimme zu einem Flüstern. Die Überwindung, die es ihn kostete, die Worte hervorzupressen, war beinahe greifbar. „Man konnte sogar seine blutigen Handabdrücke auf ihren nackten Oberschenkeln sehen. Überall war so viel Blut."

Sebastian musterte aus der Ferne das aschfahle, besorgte Gesicht seines Vaters. Niemand würde je den Earl of Hendon als sensiblen Mann beschreiben. Er war unnachgiebig, jähzornig und träge und er konnte auch brutal sein. Aber er war nie im Krieg gewesen und hatte nie die schwarzen, aufgedunsenen Kinderleichen in den verbrannten Trümmern ihrer Häuser liegen sehen. Er war nie Zeuge dessen geworden, was die Artillerie – eigentlich brauchte es nur ein paar betrunkene Soldaten – dem einst weichen, geschmeidigen Körper einer Frau antun konnte.

Sebastians Stimme blieb fest und teilnahmslos. „Und das, was du von ihr kaufen wolltest – was auch immer es war – hatte sie es bei sich?"

Hendon tat einen tiefen Atemzug, sodass sich sein Brustkorb hob, dann stieß er die Luft durch geschürzte Lippen wieder aus und schüttelte den Kopf. „Ich habe danach gesucht." Er presste eine geballte Faust an seine Lippen, und Sebastian konnte sich vorstellen, welche Überwindung es seinen Vater gekostet haben musste, sich der blutüberströmten, geschändeten Leiche zu nähern und sie systematisch und skrupellos abzusuchen. „Dabei muss ich die Pistole verloren haben. Ich hatte gehofft, dass ich sie in meiner Manteltasche gelassen hatte. Ich habe ihn weggeworfen, weißt du – den Mantel, meine ich. Ich habe ihn in ein Kanalgitter auf der Great Peter Street gestopft. Es klebte so viel Blut daran, das hätte ich nie Copeland erklären können. Ich wusch meine Stiefel ab, so gut ich konnte, aber ich musste mir trotzdem noch irgendeinen Quatsch einfallen lassen, von wegen, ich hätte unterwegs den Opfern eines

Kutschenunfalls geholfen." Sein Blick wurde glasig, so, als sähe er zurück in die Vergangenheit. „So viel Blut."

Sebastian ging ein paar Schritte und stellte sich auf die andere Seite des Tisches. Er musterte das Gesicht seines Vaters. „Du musst mir sagen, was du dort von ihr kaufen wolltest."

Hendon lehnte sich in seinem Stuhl zurück und spannte seinen Kiefer an. „Das kann ich nicht."

Sebastian schlug mit einer offenen Handfläche auf den Tisch zwischen ihnen. „Was auch immer du in *St. Matthew's* kaufen wolltest, ist sehr wahrscheinlich der Grund dafür, dass Rachel York gestorben ist. Wie zum Teufel soll ich herausfinden, wer sie getötet hat, wenn du mir nicht einmal sagen willst, worum es hier überhaupt geht?"

„Du liegst falsch. Mein Handel mit dieser Frau hat nichts mit ihrer Ermordung zu tun."

„Das kannst du nicht wissen."

„Doch, das kann ich."

Sebastian stützte sich mit vollem Gewicht auf die Tischplatte, dann drückte er sich weg. „*Verdammte Scheiße.* Verstehst du nicht, was hier auf dem Spiel steht?"

Hendon drückte sich hoch, bis er stand. Eine finstere Miene legte sich auf sein Gesicht. „Du scheinst zu vergessen, wer wir sind. Wer ich bin. Glaubst du ernsthaft, ich würde zulassen, dass mein Sohn wegen Mordes angeklagt wird wie ein gewöhnlicher Verbrecher?"

Sebastian antwortete mit ruhiger Stimme. „Du kannst das nicht in Ordnung bringen, Vater. Eine Frau ist tot."

„Wegen einer unbedeutenden Hure?“ Hendon machte eine Handbewegung, als wollte er in die Luft schlagen. „Mit ihrem Tod wäre ich fertig geworden. Aber ich würde gerne wissen, was zum Teufel du dir dabei gedacht hast, einen Wachtmeister niederzustechen und dir mit den Behörden eine Verfolgungsjagd quer durch London zu liefern?“

„Der Mann ist ausgerutscht und mit einem anderen Wachtmeister zusammengestoßen. Es war nicht einmal mein Messer.“

„Da sagen sie aber etwas anderes.“

„Sie lügen.“

Sebastian erwiderte den Blick seines Vaters und hielt ihm stand, ohne wegzusehen. Hendon stieß einen langen Seufzer aus. „Der Wachtmeister ist noch nicht tot, aber nach allem, was ich höre, ist das nur noch eine Frage der Zeit. Du musst das Land zu verlassen, bis ich das alles regeln kann.“

Sebastian lächelte. „Und Jarvis? Du kannst mir nicht weißmachen, dass der überaus eifrige Cousin des Königs nichts damit zu tun hat, dass die Behörden es so eilig haben, mich verhaften zu lassen.“

Sebastian erkannte an der Art und Weise, wie sein Vater jetzt den Unterkiefer hin und her bewegte, dass er Recht hatte. Auch wenn die beiden Männer vielleicht ihren Hass auf die Franzosen, Republikaner und Katholiken teilten, war Hendon ein zu großer Verfechter des Vorrangs von Regeln und Anstand, um jemals die Gunst eines machiavellistischen Intriganten wie Jarvis zu gewinnen. „Ich werde mich um Jarvis kümmern.“

Sebastian presste die Lippen zusammen und sagte nichts.

„Ich habe gewisse Vorkehrungen getroffen", sagte Hendon und drückte sich vom Tisch hoch. „Mit einem Schiffskapitän –"

„Ich laufe nicht weg."

Hendon öffnete mit einem Ruck eine kleine Schublade im Sekretär, der auf der anderen Seite des Bettes stand. „Es ist keine Schande, sich vorübergehend einer Gefahrensituation zu entziehen."

Das große, alte Haus schien sich in der gedämpften Stille der Nacht um sie herum auszudehnen, schmerzlich vertraut und plötzlich unerwartet kostbar. „Ich laufe nicht weg", sagte Sebastian noch einmal. „Ich werde hierbleiben und herausfinden, wer diese Frau getötet hat. Und warum."

Hendon drehte sich um und in seinen Augen blitzte etwas auf, das aussah wie Angst. Er zögerte, dann streckte er seinen Arm aus. „Hier. Nimm wenigstens das."

Sebastian blickte auf die Geldscheine in der großen, grobschlächtigen, ausgestreckten Hand seines Vaters. „Ich brauche kein Geld."

„Sei kein verdammter Dummkopf. Natürlich brauchst du Geld."

Es stimmte. Seine diversen Einkäufe auf dem Lumpenmarkt und auf der Haymarket hatten seine Mittel deutlich dezimiert und er würde in den kommenden Tagen noch mehr Geld benötigen.

Er nahm die Scheine und wandte sich zum Fenster. Dann kam ihm ein Gedanke und er hielt inne. „Leo Pierrepont behauptet, er hätte an dem Abend, als Rachel York getötet wurde, eine Dinnerparty ausgerichtet. Kannst du herausfinden, ob das stimmt?"

„Pierrepont? Der französische Emigrant? Was zum Teufel hat er damit zu tun?"

„Vielleicht nichts. Vielleicht sehr viel. Kannst du es herausfinden?"

Der Ausdruck, den Sebastian nie wirklich deuten konnte, war wieder auf das Gesicht seines Vaters zurückgekehrt. „Um Himmels willen, Sebastian. Das ist Wahnsinn. Wenn du das Land nicht verlassen willst, dann tauch zumindest so lange unter, bis alles vorüber ist. Ich werde die besten Männer anheuern, die Bow Street zu bieten hat. Sie werden den wahren Mörder finden. Konzentriere du dich einfach darauf, dich selbst in Sicherheit zu bringen."

Sebastian lachte leise, drehte sich um und hob den Vorhang an. „Ich fürchte, du wirst feststellen müssen, dass die besten Männer von Bow Street bereits beschäftigt sind." Er schwang ein Bein über die Fensterbank, dann hielt er inne, um noch einen Blick in das angespannte, besorgte Gesicht seines Vaters zu werfen. „Sie sind gerade alle da draußen. Und suchen mich."

***

Am nächsten Morgen waren am Himmel schwere, tiefhängende Wolken zu sehen und die beißend kalte Luft verhieß Schneefall, der noch vor der Abenddämmerung kommen würde.

Sebastian schlug den Kragen seines Wintermantels hoch, um sich vor der Kälte zu schützen, und machte sich zu Fuß auf den Weg in die Stadt. Er ging zügig, um sich warmzuhalten. Am Fuße des Tower Hill kaufte er von einer alten Frau eine Tüte geröstete Kastanien, von denen er schließlich das Meiste an eine Horde zerlumpter Kinder verteilte, die sich in der Nähe zusammendrängten, mit den Füßen stampften und ihre Hände in der bitteren Kälte aneinander rieben. Er wusste, dass diese Scharen halb verhungerter Gossenkinder schon immer da gewesen waren, genau wie die verzweifelten Mütter, die ihre wimmernden, sterbenden Säuglinge umklammerten und die obdachlosen, wehrlosen alten Männer und Frauen. Trotzdem kam es Sebastian vor, als hätte er sie vorher nie wirklich bemerkt. Oder vielleicht lag es daran, dass er noch nie zuvor unter ihnen gewandelt war, allein und verletzlich, und ihre Angst geteilt hatte.

„Du siehst nicht danach aus, als wärst du letzte Nacht zu Bett gegangen", sagte Paul Gibson, als das junge Dienstmädchen des Wundarztes Sebastian zurück in die Küche führte, wo der Ire gerade die letzten Bissen eines eiligen Frühstücks aus, wie es schien, Haferbrei und Bier zu sich nahm.

Sebastian rieb sich mit einer Hand über die unrasierten Wangen. „Bin ich nicht."

Gibson grinste. „Ich auch nicht." Er hievte sein Holzbein ungelenk über die Bank und stand auf. „Komm und schau es dir an. Ich habe ein paar Dinge gefunden, die dich interessieren könnten."

Sebastian folgte seinem Freund über den mit Unkraut übersäten Weg, nahm einen letzten, tiefen Atemzug der kühlen Luft und duckte den Kopf, um in das kleine steinerne Nebengebäude zu treten, das Gibson als Sezierzimmer nutzte. In dem Raum herrschte ein feuchtes Klima, das ihm zuvor nicht aufgefallen war und das zusammen mit der Kälte den penetranten

Gestank nach Tod und Verwesung umso deutlicher hervortreten ließ.

„Ich habe eine gute Stunde nur damit verbracht, den Matsch von ihr abzuwaschen", sagte Gibson und humpelte zu dem Körper, der weiß und kalt auf der altarartigen Steinplatte lag. Sebastian war froh, dass der Wundarzt noch nicht begonnen hatte, die Leiche zu sezieren. „Die Schnitte an ihrem Hals stammen von einem zweischneidigen Messer, wahrscheinlich ein Stockdegen, wie ihn ein Mann von Stand beispielsweise in seinem Geh- oder Spazierstock verborgen mit sich tragen könnte."

Sebastian nickte. Er besaß selbst einen solchen Spazierstock. Und Hendon ebenso.

„Er hat es so angestellt –" Gibson demonstrierte den Angriff, indem er mit einem Arm durch die Luft fuhr, zuerst in eine, dann in die andere Richtung. „Ihr Mörder hat die Klinge bei den Schnitten hin und her bewegt, wieder und wieder." Er ließ den Arm fallen. „Dabei muss eine ordentliche Menge Blut in der Kapelle verspritzt worden sein."

„So heißt es." Sebastian musterte das brutal zerstückelte Fleisch an Rachel Yorks Hals und erinnerte sich daran, was sein Vater gesagt hatte – dass er so voller Blut gewesen sei, dass er seinen Wintermantel hatte wegwerfen müssen. Wer immer das getan hatte, musste sich völlig blutüberströmt von der Kirche entfernt haben. Wie Leo Pierrepont gesagt hatte, war bei dem Angriff der Kopf des Opfers zur Hälfte von ihrem Hals abgetrennt worden. Sebastian fragte sich bloß, woher der Franzose das gewusst hatte?

„Wegen der Art und Weise, wie der Hals aufgeschlitzt wurde", begann Gibson, „gibt es sowohl Schnitte, die von links nach rechts gehen, als auch welche, die andersherum verlaufen. Aber wenn du genau hinsiehst, wirst du feststellen, dass die Schnitte, die auf der linken Seite begonnen wurden, länger und tiefer sind, was uns verrät, dass der Mann, den du suchst, Rechtshänder ist."

„Und, dass er auch ziemlich kräftig ist?"

Gibson zuckte mit den Schultern. „Sie war eine zierliche Frau. Jeder Mann von durchschnittlicher Größe hätte sie überwältigen können, obwohl ich sagen muss, dass sie sich gewehrt hat. Diese Frau wollte unbedingt leben." Er hob eine der Hände, die so blass und reglos auf der Granitplatte lagen, überaus behutsam hoch. „Siehst du, wie die Nägel hier – und auch da – abgebrochen und gespalten sind", sagte er und zeigte auf die versehrten Stellen. „Nicht nur das, ich fand auch Hautfetzen unter zwei der vollständigen Nägel an ihrer rechten Hand."

Sebastian blickte überrascht auf. „Denkst du, dass sie ihn gekratzt hat?"

„Das würde ich annehmen, ja. Aber ich vermute, es war, bevor er sie mit dem Messer attackiert hat, denn an ihren Händen sind keine Schnittwunden."

Sebastian ging in Gedanken die Männer durch, mit denen er gesprochen hatte; an keinem von ihnen hatte er Anzeichen dafür entdeckt, dass ihnen kürzlich Kratzer zugefügt worden waren – zumindest nicht an sichtbaren Stellen. „Also hat sie ihn wahrscheinlich gekratzt, als er sie vergewaltigt hat."

„Ich fürchte nicht." Paul Gibson legte Rachels Hand wieder auf dem kalten Stein ab. „Sie wurde vergewaltigt, als sie schon tot war. Nicht vorher."

„*Was?* Wie kannst du dir da sicher sein?"

Der Ire beugte sich über die Leiche. „Sieh dir die Quetschungen an ihren Handgelenken und den Unterarmen an. Man kann sehen, wo sie sich gewehrt und mit ihm gerungen hat. Aber es gibt kein Anzeichen für Blutergüsse auf ihren Oberschenkeln, Die gäbe es, wenn er ihre Beine gewaltsam auseinandergezwängt und sie auf den Boden gedrückt hätte. Es gibt auch keinerlei Blutergüsse auf ihren Genitalien; nur leichte innere Abschürfungen, die auch nach dem Tod entstanden sein könnten."

Er drehte sich um und hob eine flache, emaillierte Schale von dem langen, niedrigen Tisch unter dem kleinen, verglasten Vorderfenster. „Aber das hier ist das aufschlussreichste Beweisstück", sagte er. Sebastian starrte auf das zerrissene Stück Satin herunter, das so blutgetränkt war, dass man seine ursprüngliche Farbe nicht einmal erraten konnte.

„Es stammt vermutlich von ihrem Kleid. Ich habe es *in* ihr gefunden. Er muss es in sie hineingeschoben haben, als er in sie eindrang. Aber von den kleinen Abschürfungen, die sie bei der Vergewaltigung erlitten hat, kann eine solche Menge Blut nicht stammen. Das Blut, mit dem der Stoff getränkt ist, muss Blut aus ihrer Kehle sein. Was bedeutet, dass er sie bereits getötet hatte, als er sie bestieg."

Die feuchte Kälte, die im Raum herrschte, sickerte allmählich durch den billigen Wollstoff von Sebastians Mantel. Er hielt sich seine hohlen Hände vor den Mund

und blies seinen Atem hinein, während sein Blick wieder zu der reglosen Gestalt auf der Steinplatte wanderte. Ihm kam wieder in den Kopf, was sein Vater gesagt hatte – dass er die blutigen Fingerabdrücke des Täters auf ihren nackten weißen Oberschenkeln gesehen hatte. Und Sebastian hatte nicht einmal begriffen, was das hieß.

Sebastian ließ seine Hände sinken: „Also macht er … was? Ringt mit ihr, hinterlässt dabei Quetschungen an ihren Armen und Handgelenken, vielleicht ohrfeigt er sie mit der Rückhand, als sie ihn kratzt. Er zieht einen Degen aus seinem Spazierstock, schlitzt ihr die Kehle auf, immer und immer wieder, und tötet sie so. Und *anschließend* vergewaltigt er sie?"

Gibson nickte. „Und stell dir das mal vor: So brutal, wie er ihre Kehle aufgeschlitzt hat, muss sie völlig blutgetränkt gewesen sein. Das müssen sie beide gewesen sein."

Sebastian stieß einen schroffen Seufzer aus. „Mein Gott. Was für eine Art von Mann tut so etwas?"

„Ein sehr gefährlicher." Gibson stellte die Schüssel beiseite, das scheppernde Geräusch hallte laut durch den kalten Raum. „Es gibt einen Namen für diese spezielle Form der Verderbtheit: Man nennt sie Nekrophilie."

Sebastian wandte seinen Blick wieder dem zerfleischten, nackten Körper der Frau zu, die ausgestreckt vor ihnen lag. Er hatte natürlich schon davon gehört. Es gab in London Orte, die sich darauf spezialisiert hatten, jede Art von abscheulicher Perversion, die man sich vorstellen konnte, zu bedienen: Sodomie, Sadomasochismus, Päderastie. Und das hier.

„Also hat er sie getötet, damit er sie dann vergewaltigen konnte?", fragte Sebastian. Und er dachte: *Was, wenn Kat Recht gehabt hatte? Was, wenn Rachel York von jemandem getötet worden war, der sie überhaupt nicht kannte? Was, wenn ihr Tod überhaupt nicht damit zusammenhing, wer sie gewesen war, nicht mit den Männern, die in ihrem Leben eine Rolle gespielt hatten, oder gar mit der mysteriösen Verabredung, die sie an jenem Abend mit dem Earl of Hendon gehabt hatte?* Wie konnte Sebastian dann noch hoffen, ihren Mörder zu finden?

„Vielleicht", sagte Paul Gibson. „Andererseits gibt es Männer, die durch den Akt des Tötens sexuell stimuliert werden."

Der Schatten alter, grausamer Erinnerungen trübte seine sanften grauen Augen. Paul Gibson senkte seine Stimme zu einem schmerzverzerrten Flüstern. „Wie wir beide wissen."

Sebastian nickte, ohne seinen Blick zu erwidern. Sie hatten es während des Krieges zu oft erlebt: Die rabiate Wollust der Soldaten, die sich, noch blutig von der Schlacht, wie im Wahn auf die unglückseligen Frauen und Kinder stürzten, die in einer eroberten Stadt lebten, oder auf einem Bauernhof, der einfach durch einen unglücklichen Zufall auf der Marschroute ihres Heeres lag. Der Akt des Tötens hatte etwas an sich, das in einem Mann primitive und kaum noch menschliche Triebe zum Vorschein bringen konnte. Oder war es ein Irrtum, so zu denken, der nur in menschlicher Arroganz gründete, fragte sich Sebastian? Denn diese spezielle Art selbstsüchtiger, grausamer Zerstörungswut war dem Menschen nur all zu eigen. Es gab viele wilde

Tiere, die für Nahrung töteten oder um zu überleben, aber es gab keine, die töteten, weil sie eine sadistische, sexuelle Lust dabei empfanden.

„Also könnte er sie auch aus einem gänzlich anderen Grund getötet haben, fand dann aber vielleicht die Erfahrung so erregend, dass er das Bedürfnis hatte, seine Lust an ihrem toten Körper zu stillen."

Der Arzt nickte. „Die inneren Schürfwunden sind leicht. Er muss schon sehr erregt gewesen sein, als er in sie eindrang." Er zögerte, dann fügte er hinzu: „Da ist noch etwas anderes, das vielleicht relevant sein könnte, oder auch nicht. Sind dir die Narben an ihren Handgelenken aufgefallen?"

Sebastian beugte sich vor, um die unscharfen, verblassten Konturen der alten Narben zu betrachten, die sich wie Armbänder um ihre beiden Handgelenke zogen. Sebastian hatte selbst ähnliche Narben aus seinen Tagen in Portugal: Sie waren ein Andenken an zwölf schmerzhafte, blutige Stunden, die er damit verbracht hatte, seine Handgelenke gegen enganliegende Fesseln aus grobem Strick zu scheuern.

„Und sieh dir das an." Gibson umfasste eine Schulter und rollte die Leiche zur Seite, sodass Sebastian die blassen Linien weißer Narben sehen konnte, die sich kreuz und quer über ihren schlanken, schönen Rücken zogen. „Jemand hat sie ausgepeitscht."

„Was würdest du sagen, wie lange das her ist?"

„Ich bin nicht sicher." Gibson legte die Leiche behutsam wieder ab. „Es ist mindestens ein paar Jahre her, würde ich sagen." Er ging jetzt im Raum umher und sammelte verschiedene Werkzeuge auf einem Tablett zusammen. „Vielleicht kann ich dir in ein oder zwei

Tagen mehr sagen, wenn ich eine Gelegenheit hatte, die eigentliche Autopsie durchzuführen.“

Sebastian nickte. Sein Blick blieb an den reglosen, schönen Gesichtszügen der Frau vor ihm hängen. Ihre Haut war schon zu Lebzeiten blass gewesen, aber jetzt, im kalten Morgenlicht, wirkte sie beinahe blau und ihre vollen Lippen waren von einem erstaunlich dunklen Violett. „Ich möchte sie wieder begraben, wenn du fertig bist“, sagte er.

Gibson blieb neben ihm stehen. Er hatte aufgehört, mit seinen chirurgischen Werkzeugen zu klappern. „In Ordnung.“

Sebastian ließ seinen Blick auf dem ruhen, was einzig von Rachel York übriggeblieben war. Vor weniger als einer Woche hatte sie ihm nichts bedeutet – sie war nur ein Name auf einem Theaterzettel gewesen, nur ein hübsches Gesicht. Selbst nachdem er ihres Mordes beschuldigt worden war, hatte seine Sorge nur seinem eigenen Überleben gegolten und der Wunsch, ihren Mörder zu finden, war aus seiner eigenen Not geboren worden, und nicht aus dem Unrecht, das sie erfahren hatte.

Aber jetzt wurde ihm klar, dass sich das irgendwann im Laufe der letzten Tage geändert hatte. Rachel York war nicht einmal neunzehn Jahre alt gewesen, als sie starb. Sie war eine junge Frau gewesen, die allein und wehrlos ums Überleben kämpfte, in einer Gesellschaft, die die Schwachen und Unglückseligen benutzte und ausschloss, als wären sie auf irgendeine Weise weniger als menschlich. Und doch hatte sie sich hartnäckig geweigert, die Opferrolle einzunehmen. Sie hatte gegen alle Widrigkeiten angekämpft und sich gewehrt, sie war mutig und entschlossen gewesen ... bis irgendjemand, ein Mann, sie in der Marienkapelle einer alten, verlassenen Kirche in die Enge getrieben und ihr *das* angetan hatte.

Die Welt war voller Abscheulichkeit, das wusste Sebastian – voller Abscheulichkeit und voller abscheulicher Menschen. Aber man konnte diese Männer nicht obsiegen lassen. Männer, die sich nahmen, was sie wollten, ohne jemals einen Gedanken an diejenigen zu verschwenden, die wegen ihnen litten und starben. Man durfte niemals aufhören, sich gegen sie zur Wehr zu setzen und sie niemals in dem Glauben lassen, dass das, was sie taten, richtig war oder sich irgendwie rechtfertigen ließ. Man durfte sie niemals kampflos gewinnen lassen.

„Dir wird Gerechtigkeit widerfahren“, flüsterte er, obwohl die Frau, die vor ihm lag, ihn längst nicht mehr hören konnte und er seinen Glauben an einen allwissenden Gott, der gütig über den Menschen wachte, schon vor langer Zeit auf irgendeinem Schlachtfeld in Zentralspanien verloren hatte. „Wer auch immer dir das angetan hat, wird nicht ungestraft davonkommen. Das schwöre ich.“

Plötzlich bemerkte er, dass Paul Gibson neben ihm stand und in einer sonderbaren Miene einen Mundwinkel hochgezogen hatte. „Und ich habe geglaubt, du hättest den Glauben an Gerechtigkeit oder an das Gute, für das es sich zu kämpfen lohnt, aufgegeben.“

„Das habe ich auch“, sagte Sebastian und wandte sich zur Tür.

Aber sein Freund lächelte nur still.

Kapitel 30

Der Schneefall setzte noch vor dem Mittag ein.

Sebastian lief durch gewundene mittelalterliche Straßen. Eine Eisschicht überzog das Wasser in den Rinnsteinen. Eine zerlumpte Frau eilte an ihm vorbei. Sie hatte ihre in ein Umschlagtuch gewickelten Schultern zum Schutz gegen die Kälte hochgezogen und ihr Atem bildete weiße Wölkchen in der kalten, feuchten Luft. Er ging weiter, bis der Gestank des Flusses ihm durchdringend in die Nase stieg und über ihm die Schreie der Möwen ertönten. Unter seinen Füßen wurde das Kopfsteinpflaster glitschig, weil der Schnee in großen nassen Flocken vom gelblich weißen Himmel fiel.

Er bog zwischen einem vernagelten Lagerhaus und einer hohen Steinmauer ein und nahm ein paar bröckelige Treppenstufen, bis sich die Themse dickflüssig und braun ausladend vor ihm erstreckte. Der Wind war inzwischen so stark, dass er kleine Schaumkronen auf die Wellen trieb und die Luft mit dem Geruch des fernen Meeres erfüllte. Trotz der Kälte und des Schnees wimmelte der Fluss von Booten – Prahme, Ruderboote, Lastkähne und Leichterschiffe, die flussabwärts nach Gravesend oder ins offene Meer unterwegs waren. Dieser Fluss war die Lebensader der Stadt. Und doch: Wie oft war er seinen Beschäftigungen in ein paar wenigen

Straßen der Stadt nachgegangen, wochenlang, ohne den Fluss wirklich zu bemerken.

Er hatte natürlich gewusst, dass er da war, doch weil das kaum Einfluss auf sein eigenes Leben hatte, war es leicht zu ignorieren gewesen. So, wie das entfernte Wehklagen hungriger Kinder in der Nacht oder das gedämpfte Rumpeln der Pfarrkarren, die früh am Morgen ihre Runden drehten und die weiß umwickelten Bündel einsammelten, deren Zufuhr nicht abzureißen schien, und die die Armenlöcher von *St. Stephen's*, *St. Andrew's* und *St. Pancreas* füllten, genauso wie den Kirchhof von Spitalfields.

Ebenfalls leicht zu ignorieren war die Existenz der düsteren, unscheinbaren Häuser in der Field Lane und in Covent Garden, wo sich ein Mann für ein paar Münzen das Recht erkaufen konnte, ein verschlossenes Zimmer zu betreten und mit dem zitternden, verängstigten Kind oder der schluchzenden Frau, die er dort vorfand, zu tun und zu lassen, was er wollte. In diesen Häusern schnalzten Peitschenhiebe und Körper wanden sich in Höllenqualen. Dort gab es keine Hoffnung und keinen Gott, sondern nur Erduldung und schließlich den erlösenden Tod. Nach welcher perversen Praktik auch immer ein Mann gierte, er konnte sich seine Befriedigung in dieser Stadt für Geld erkaufen.

Der Schnee fiel jetzt heftiger und wurde zu Graupel. Sebastian sah auf und ließ sich die kleinen weißen Kügelchen, die auf seiner kalten Haut schmerzten, ins Gesicht regnen. Eine bestimmte Angst, die allmählich zu einem ständigen Begleiter wurde, kam wieder in ihm hoch: Die Angst, dass er es niemals schaffen würde, sich von diesem schrecklichen Verbrechen zu entlasten, dessen man ihn beschuldigt hatte. Und was dann?, fragte er sich. Was, wenn Rachel Yorks Ermordung nur ein zufälliger Akt der Gewalt gewesen war? Was, wenn er niemals den Mann finden würde, der ihr die Kehle aufgeschlitzt und dann seine Triebe an ihrem toten, blutüberströmten Körper befriedigt hatte? Was würde dann aus seinem Versprechen werden, für Gerechtigkeit zu sorgen – um ihretwillen und um seinetwillen?

Er hatte sich gesagt, dass ihr Mörder jemand sein müsste, der ihr nahestand, jemand, der wusste, dass sie allein und wehrlos so spät in der Nacht in dieser Kirche warten würde. Aber jetzt erkannte Sebastian, dass er sich geirrt hatte, und dass ihr Mörder sie einfach auf der Straße hätte bemerkt haben und ihr hätte folgen können. Er hätte beobachten können, wie sie die geweihten Kerzen auf dem Altar anzündete und hätte dann aus der Dunkelheit über sie herfallen können – eine todbringende, intime Begegnung mit einem Fremden.

Sebastian rieb sich mit einer Hand über die Augen, die bereits schmerzten, weil er zu lange nicht geschlafen hatte. Nachdem er das Haus seines Vaters auf dem Grosvenor Square verlassen hatte, hatte er den Rest der Nacht damit zugebracht, durch die Gassen und Seitenstraßen der Stadt zu streifen, während es allmählich hell geworden war. Er ging in Gedanken immer wieder durch, was sein Vater ihm gesagt hatte, und versuchte, herauszufinden, was Rachel York zu verkaufen gehabt haben könnte, das sein Vater so dringend erwerben wollte, dass er zugestimmt hatte, sich mit ihr in einer verlassenen Kirche in dunkelster Nacht zu treffen.

Er hatte geschworen, dass sie ihn nicht erpresst hatte, aber Sebastian musste sich eingestehen, dass das bloß eine Spitzfindigkeit sein konnte, was die Formulierung betraf. Was auch immer es war, Hendon wollte es so dringend in seinen Besitz bringen, dass er sich dazu gezwungen hatte, seine Abscheu zu überwinden und Rachel Yorks blutigen, verstümmelten Körper abzusuchen, in der Hoffnung, es zu finden.

Aber er hatte es nicht gefunden, was entweder bedeuten könnte, dass es jetzt im Besitz ihres Mörders war, oder dass Rachel York es gar nicht mitgenommen hatte, als sie zu *St. Matthew's* ging.

Andererseits konnte Sebastian auch die Möglichkeit nicht ausschließen, dass sein Vater log, dass Hendon es gefunden und doch an sich genommen hatte.

Plötzlich überkam ihn ein Frösteln. Sebastian schlug seinen Kragen zum Schutz gegen die Kälte hoch. Hendons Weigerung, ihm alles zu erzählen, stellte ihn vor ein Rätsel. Und auch nach all den Stunden, in denen er durch die Straßen getrottet und in Gedanken eine Möglichkeit nach der anderen durchgegangen war, war Sebastian der Lösung dieses Rätsels immer noch nicht nähergekommen. Aber erst jetzt, als er beobachtete, wie die dicken Schneeflocken hastig vom düsteren Himmel fielen, konnte er sich selbst eingestehen, dass die Verwirrung und die Wut, die jedes Mal in ihm aufstiegen, wenn er an das Gespräch mit seinem Vater dachte, noch ein anderes, viel stärkeres Gefühl verbargen: eine tiefe, beständige Kränkung. Denn, so sehr er es auch versuchte, er konnte sich kein Geheimnis vorstellen, dessen Wahrung so wichtig wäre, dass ein Vater sie über das Leben und die Freiheit seines einzigen überlebenden Sohnes stellen würde.

***

An diesem Nachmittag stattete Sebastian dem kleinen Laden des Goldschmieds gegenüber des Covent Garten Theaters einen Besuch ab. Er war gerade dabei, wieder zu gehen, als er Tom entdeckte, der mit einem kleinen Taschenmesser an einem Holzklotz herum schnitzte, während er geschützt im Windschatten der breiten Vorhalle des Theatergebäudes wartete.

„Was tust du hier?", fragte Sebastian und ging zu ihm hinüber.

„Warte auf Miss Kat. Sie kennt jemanden, von dem sie glaubt, er könnte mir vielleicht sagen, wo diese Mary Grant zu finden ist, aber sie meint, es wär' besser, wenn sie mich dem Kerl selbst vorstellt."

„Aha", sagte Sebastian, der eine Vorstellung davon hatte, welche Art von „Freunden" Kat noch aus ihrer ersten Zeit in London hatte. Er beugte sich vor und spähte auf das vierbeinige Tier, das unter den geschickten Fingern des Jungen Form annahm. „Was wird das?"

„Ein Pferd", sagte der Junge und hielt es stolz in die Höhe.

„Du magst Pferde, oder?"

Tom nickte. „Ich hab' immer gedacht, es muss einfach großartig sein, als einer dieser Pferdeknechte hinter einem schneidigen vornehmen Herrn in der Kutsche zu sitzen und zuzuschauen, wie er ein paar erstklassige Pferde lenkt."

257

Sebastian konnte persönlich wenig mit der derzeitigen Mode, Kinder als Stallknechte zu beschäftigen, anfangen. Aber als er in die leuchtenden Augen des Jungen herabschaute, ertappte er sich dabei, zu antworten: „Sobald ich mich aus dieser elenden Lago, in der ich mich momentan befinde, befreit habe, könnte ich dich als Pferdeknecht einstellen. Wenn du möchtest."

Toms Augen verengten sich. Sein Gesichtsausdruck war skeptisch und zurückhaltend, um sich gegen eine Enttäuschung zu wappnen, aber sein Atem ging schneller und sein Unterkiefer war ehrfurchtsvoll heruntergeklappt. „Ihr habt 'ne Kutsche?"

Sebastian lachte und machte einen Schritt auf die Straße. „Die habe ich."

„Habt Ihr auch 'nen Pferdeknecht?"

„Noch nicht."

Der Junge nickte und versuchte, sein Grinsen zu unterdrücken. „Und wo geht Ihr hin?"

Sebastian schlug seinen Kragen zum Schutz gegen den Schnee hoch. „Noch ein Gespräch mit Hamlet führen."

Kapitel 31

Es dämmerte an diesem Tag früh und mit der Dunkelheit kam heftiger Schneefall über die Stadt.

Auf der Straßenseite gegenüber dem Mietshaus, in dem Hugh Gordons Wohnung lag, stampfte Sebastian mit seinen tauben Füßen auf und beobachtete, wie die gedrungene, grauhaarige Frau, die jeden Tag herkam, um bei dem Schauspieler „reinezumachen", die Haustür hinter sich schloss und sich auf den Weg zur *Strand* machte. Der Schnee bedeckte ihren Kopf und ihre Schultern mit weißen Flocken, als sie in die aufkommende Dunkelheit davoneilte.

Sebastian wartete, während ein Kohlekarren vorbeirollte, gefolgt von einem Brauereiwagen. Dann überquerte er die Straße und ging mit jedem Schritt mehr in seiner Rolle auf, bis er ganz Vetter Simon Taylor aus Worcestershire war. Als er schließlich vor Gordons Tür stand, hingen seine Schultern schlaff herunter und er knetete nervös seinen Hut in den Händen, während er darauf wartete, dass Gordon auf sein Klopfen hin die Tür öffnete.

„Oh, Sie sind's schon wieder, ja?", fragte der Schauspieler und presste verärgert die Lippen zusammen, während er einen Seitenblick auf die verschnörkelte goldbronzene Uhr warf, die in seinem Wohnzimmer auf dem Kaminsims stand. Immer noch hatte er die Tür nur einen Spalt weit geöffnet. „Ich habe im Moment nicht sehr viel Zeit –"

„Es wird nicht lange dauern", sagte Sebastian und lächelte hoffnungsvoll.

Gordon zögerte, dann atmete er mit einem schweren Seufzer aus und öffnete die Tür weiter. „Also gut. Was gibt es?"

„Ich habe mich gefragt, ob Sie vielleicht eine Sache für mich aufklären könnten", sagte Sebastian und huschte durch die Tür. „Sehen Sie, es ist so: Ich habe mit dem überaus zuvorkommenden Herrn gesprochen, dem das Juweliergeschäft gegenüber vom Covent Garden Theater gehört – Sie kennen den Laden, nicht wahr? Den mit der neuen Gasbeleuchtung? Nun, Mr Touro sagte mir – so heißt der Eigentümer, Mr Jacob Touro? – er sagte mir, dass Rachel noch am Nachmittag des Tages, an dem sie starb, in seinem Geschäft war. Aber was mich verwirrt, verstehen Sie, ist, dass Sie mir erzählt haben, Sie hätten Rachel schon fast sechs Monate lang nicht gesehen, während Mr Touro mir sagt, dass Sie eben an diesem Nachmittag in seinen Laden kamen und Rachel zur Rede stellten." Sebastian beobachtete den Schauspieler mit ängstlichem Blick. „Genaugenommen ist *belästigt* das Wort, das er benutzt hat."

Hugh Gordon erwiderte Sebastians Starren mit einem nichtssagenden Blick. „Offensichtlich täuscht sich der Mann."

„Nun, das könnte man meinen. Allerdings ist dieser Mr Touro einer Ihrer größten Anhänger", fuhr Sebastian mit einem gütigen Lächeln fort. Dabei setzte er sich – ohne, dass es ihm angeboten worden wäre – auf ein mit weinrotem Brokat gepolstertes Sofa mit hoher Rückenlehne. „Er sagt, er habe in den letzten fünf Jahren keine einzige Ihrer Aufführungen verpasst. Und soviel ich weiß, war Vetterin Rachel eine seiner besten Kundinnen, wenn Sie wissen, was ich meine? Also hat er sich natürlich an den Vorfall erinnert, als er am nächsten Tag davon las, was Rachel zugestoßen war. Obwohl ich Ihnen versichern kann, dass er nicht die Absicht hat, den Behörden etwas von dem Streit zu erzählen – oder davon, wie Sie Rachel am Arm gepackt und gedroht haben, sie umzubringen.“

Gordon stand mitten in seinem kunstvoll dekorierten, mit weinroten Spitzenbehängen ausgestatteten Wohnzimmer und seine Augen verengten sich nachdenklich – so, als würde er allmählich seine Haltung gegenüber Rachels Cousin Simon überdenken. „Ich habe nie etwas dergleichen getan.“

„Sie haben Recht: Ich übertreibe. Laut Mr Touro war die genaue Formulierung, die Sie verwendet haben: ‚Ich werde dich halbtot prügeln.‘“

Der Schauspieler schwieg einen Moment lang und es schien, als würde er abwägen, ob er das Treffen weiter leugnen, oder Sebastian eine verkürzte, verdrehte Version der Wahrheit liefern sollte. Er entschied sich für die verkürzte, verdrehte Wahrheit.

„Rachel schuldete mir Geld“, sagte er, drehte sich um und goss sich einen Brandy in eines der schweren Gläser mit Goldrand, die auf einem verzierten Tablett standen und aussahen, als hätten sie einst zu den Bühnenrequisiten für eine Inszenierung der *Arabian Nights* gehört. „Sie schuldet es mir schon, seit sie am Theater angefangen hat. Damals hat sie noch nicht viel verdient, also habe ich sie mit allem versorgt, was sie brauchte, wenn es um Kleider und dergleichen ging. Sie wusste immer, dass das kein Geschenk war."

„Ich bin sicher, Sie waren mehr als großzügig", sagte Sebastian mit aufgesetztem Lächeln.

Gordons Brauen zogen sich zu einem übertrieben finsteren Blick zusammen. Alles an dem Mann war übertrieben, stellte Sebastian fest – von der opulenten Aufmachung seines Wohnzimmers mit dem weinroten und goldfarbenen Plüsch bis zu seiner überlauten Sprechstimme und den theatralischen Gesten. Das war wohl eine unweigerliche Folge, nahm er an, wenn man immer vor einem großen und weit entfernten Publikum spielte.

„Sie hat diese Kleider benutzt, um Jagd auf einen anderen Mann zu machen, und als sie ihn in ihren gierigen kleinen Krallen hatte, hat sie mich verlassen", sagte der Schauspieler und ließ seine Hand, die immer noch den Brandy umklammerte, ausladend durch die Luft schweifen. „Was hätte ich Ihrer Meinung nach tun sollen? Die Angelegenheit einfach vergessen?"

„Sie scheinen sie beinahe zwei Jahre lang vergessen zu haben."

Gordon zuckte mit den Schultern. „Ein Mann hat seine Ausgaben."

Sebastian musterte die ausgemergelten Wangen des Schauspielers und seine zerstreuten, von Schatten umrahmten Augen. Der Anblick war dieser Tage in den Spielhöllen und Clubs Londons kein seltener. So gequält und ruhelos sah nur ein Mann aus, der hoch verschuldet war.

„Was ist Ihr Laster? Pharao?"

Die vollen Lippen des Schauspielers bogen sich zu einem gequälten Lächeln. „Eigentlich habe ich das Würfelspiel – *Hazard* – als meinen Weg ins Verderben gewählt.“

Sebastian betrachtete den anderen Mann aufmerksam. Schulden konnten einen Menschen verzweifeln lassen. Und ein verzweifelter Mensch konnte gefährlich werden. „Es gibt Leute, die behaupten, Ihnen würde schon mal die Hand ausrutschen“, begann Sebastian, „bei den Frauen.“

Mit einer geübten Bewegung aus dem Handgelenk heraus leerte Gordon sein Getränk, dann zeigte er mit einem Finger über den Rand des leeren Glases hinweg auf Sebastian. „Frauen mögen starke Männer. Sie wollen einen Mann, der weiß, wie man sie in die Schranken weist. Lassen Sie sich niemals etwas anderes erzählen.“

Sebastian nickte, als wollte er dem zustimmen. „Ich kann mir vorstellen, dass ein strenger Mann sich vielleicht manchmal vergessen könnte. Vielleicht, wenn er einer Frau nur eine Lektion erteilen will und es dabei dann zu weit treibt.“

Gordon knallte das leere Glas auf einen Tisch, der in der Nähe stand. Dabei atmete er so hastig ein, dass seine Nasenlöcher sich weit aufblähten. „Was wollen Sie damit sagen? Dass ich Rachel getötet habe? Für was für einen verdammten Dummkopf halten Sie mich eigentlich? Rachel hat mir *Geld* geschuldet. Als ich sie am Dienstagnachmittag gesehen habe, schwor sie mir, sie würde es mir bis Mittwochmittag zurückgeben.“ Er fuhr sich mit den weit gespreizten Fingern einer Hand durch das dunkle Haar, raufte es und senkte seine

Stimme plötzlich, bis er beinahe flüsterte. „Man kann von einer toten Frau kein Geld bekommen."

Sebastian erinnerte sich an das, was Kat ihm von dem jungen Mann erzählt hatte, der dabei gesehen wurde, wie er am frühen Mittwochmorgen Rachels Wohnung aufgeschlossen hatte und hineingegangen war. Hugh Gordon war Mitte dreißig, aber eine Frau über achtzig würde ihn sicherlich als jung bezeichnen. „Da bin ich mir nicht so sicher", sagte Sebastian. „Wenn man weiß, dass eine Frau Geld hat, sie sich aber weigert, ihre Schulden zu bezahlen, kann man immer noch in ihre Wohnung eindringen und die Schulden selbst eintreiben. Falls sie tot ist."

Gordon ließ seine Hand fallen. „Großer Gott. Jetzt bin ich also ein Mörder *und* ein Dieb?"

Sebastian wandte seinen Blick nicht von dem Gesicht des Mannes ab. „Wo waren Sie Dienstagabend?"

„Ich war hier. Zu Hause. Ich habe meinen Text gelernt."

„Allein?"

„Allein kann ich am besten arbeiten." Er warf noch einmal einen Blick auf die goldbronzene Uhr auf dem verschnörkelten Kaminsims. „Hören Sie, um sieben beginnt meine Vorstellung. Wir hatten erst gestern Abend Premiere und ich muss –"

„Ganz ruhig." Sebastian schenkte dem Mann ein langsames, provokantes Lächeln. „Sie haben noch genügend Zeit."

Gordon erwiderte Sebastians festen Blick. „Sie sind nicht Rachels Vetter, oder?" Seine Brauen zogen sich rasch zusammen. „Wer sind Sie dann? Sowas wie ein Bow Street Runner?"

Sebastian lächelte. „So etwas in der Art." In gewisser Weise stimmte das sogar, dachte er – jedenfalls lief er gewiss *vor* den Männern von Bow Street weg.

Gordon drehte sich um und zog mit einem Ruck die weinroten Samtvorhänge zu, um die aufsteigende Kälte draußen zu halten. „Rachel war eine ungewöhnliche Frau", sagte er plötzlich, wobei eine Hand noch den schweren Stoff umklammert hielt, so als hätte er Mühe, seine Gedanken in Worte zu fassen. „Es gab nicht viel, vor dem sie sich fürchtete. Sie sagte mir einmal, dass Angst einen Menschen verwundbar machen würde und dass sie nie wieder verwundbar sein wollte. Aber in letzter Zeit ist mir aufgefallen, dass sie nervös und schreckhaft war, so, als wäre sie plötzlich in prekäre Dinge verstrickt gewesen, die ihr über den Kopf wuchsen, und als wüsste sie nicht genau, wie sie da wieder herauskommen sollte."

Sebastian beobachtete, wie der Mann sich vom Fenster abwandte. „Was zum Beispiel?"

„Genau genommen frage ich mich allmählich, ob Rachel nicht vielleicht Informationen an die Franzosen weitergegeben hat."

„An die *Franzosen?*" Das war das Letzte, womit Sebastian gerechnet hatte. „Wie kommen Sie darauf?"

„Sehen Sie sich die Männer an, die sie sich ausgesucht hat." Hugh Gordon führte seine Hände in einer Geste zusammen, die daran erinnerte, wie Moses seinem Volk predigte, und Sebastian begriff in genau diesem Moment, dass Gordons affektiertes Gehabe, das plötzliche Bedürfnis, ihm etwas anzuvertrauen, eine schauspielerische Darbietung war. Er wusste auch, dass Hugh Gordon sich bewusst dazu entschieden hatte, diese Informationen mit ihm zu teilen – ob sie nun stimmten, oder nicht – und zwar vermutlich mit der konkreten Intention, den Verdacht von sich selbst abzulenken. „Normalerweise haben Frauen ein Muster. Die eine hat es auf die Männer abgesehen, die Geld haben, die andere mag die hübschen Jungs, die Dandys und jungen Schönlinge, während wieder eine andere verrückt nach jedem Mann ist, der einen Adelstitel hat. Aber nicht Rachel. Die Männer, an denen sie interessiert war, arbeiteten in der Regel im Außenministerium, wie Sir Albert. Oder sie standen dem König nahe, wie Lord Grimes. Einmal hatte sie sogar einen Admiral im Schlepptau.“

Admiral Worth. Sebastian hatte gehört, dass man sich seinen Namen, genau wie die Namen Sir Albert und Lord Grimes, auf der Straße zuflüsterte. Als er die Namen durchging, stellte er fest, dass es stimmte: Rachel Yorks noble Liebhaber hatten alle diese eine Gemeinsamkeit – sie besaßen Informationen, die sich als sehr nützlich erweisen konnten, sollten sie in die falschen Hände gelangen.

„Sie machen keinen Hehl daraus, dass Sie Rachels republikanische Ansichten teilen“, sagte Sebastian. „Sind die Franzosen jemals an Sie herangetreten?“

Er erwartete, dass Gordon es zornig abstreiten und hitzige, patriotische Reden schwingen würde.

Stattdessen erwiderte er Sebastians fragenden Blick und sagte schlicht: „Wie sehr ich mir auch wünsche, dass sich hier etwas ändert, so bin ich immer noch ein Engländer. Ich würde niemals mein eigenes Land verraten.“

„Aber Sie glauben, Rachel könnte es getan haben?“

Gordon hob achselzuckend eine Schulter. „Rachel trug viel Wut in sich und viel Hass – sowohl wegen der Dinge, die man ihr selbst angetan hatte, als auch, weil sie sah, was mit anderen um sie herum geschah. Sie hat einen Nachmittag pro Woche als Freiwillige im St. Jude's Findelhaus ausgeholfen. Wussten Sie das? Sie hat immer gesagt, dass Napoleon zwar die Ideale der Revolution verraten haben mochte, aber dass die Franzosen es immer noch besser hätten als die meisten Menschen hier."

Sebastian musterte die ansehnlichen Gesichtszüge des Mannes mit der hohen Stirn. Hugh Gordon war Schauspieler, also verdiente er seinen Lebensunterhalt damit, dass er Menschen dazu brachte, eine Lüge zu glauben. Um nichts in der Welt würde Sebastian ihm jemals vertrauen. Aber trotz seines wichtigtuerischen Gehabes klangen Gordons Worte aufrichtig. Sie waren glaubwürdig und auf eine entsetzliche Art schwerwiegend, so wie es plötzliche, aber wahre Erkenntnisse, mit denen man nicht gerechnet hat, immer sind.

Draußen frischte der Wind auf und peitschte den Schneeschauer so heftig gegen die Fensterscheiben, dass das prasselnde Geräusch in der Stille, die plötzlich zwischen ihnen lag, unnatürlich laut klang. Sebastian bemerkte, dass Gordon ihn mit verengtem Blick abwägend beobachtete. „Sie glauben mir nicht, oder? Dabei haben Sie inzwischen sicher herausgefunden, dass ich Ihnen das letzte Mal die Wahrheit erzählt habe, als ich sagte, dass Leo Pierrepont die Miete für Rachels Wohnung bezahlt hat."

„Was wollen Sie mir weismachen? Dass *Leo Pierrepont* als Napoleons Spion fungiert?"

„So einfach ist das nicht. Leo Pierrepont ist das, was man, glaube ich, als führenden Geheimagenten bezeichnet.“

Sebastian drückte sich vom Sofa hoch. „Als die Familie von Leo Pierrepont vor zwanzig Jahren vor der Revolution geflohen ist, haben sie all ihren Besitz verloren.“

Gordon rang sich ein schmales, verkrampftes Lächeln ab. „Pierrepont ist vor der Revolution und aus der Republik geflohen. Aber Frankreich ist jetzt keine Republik mehr, nicht wahr?“

Das war ein schlüssiges Argument. Die blutigen, inbrünstigen Tage der Republik und das Jahr II der Freiheit gehörten der Vergangenheit an. In letzter Zeit hatten immer mehr emigrierte Familien ihren Frieden mit Frankreichs neuem Kaiser gemacht, der neuen Regierung Frankreichs die Treue geschworen und ihren alten Grundbesitz zurückerlangt. Sebastian betrachtete den Mann nachdenklich. „Solch eine Anschuldigung kann man leichtfertig erheben. Aber wo ist Ihr Beweis?“

„Männer, die so gut sind wie Pierrepont, hinterlassen keine Beweise.“

„Wohl war. Aber als ich das letzte Mal mit Ihnen gesprochen habe, haben Sie mich in dem Glauben gelassen, Leo Pierrepont wäre Rachels Liebhaber gewesen.“

Hugh Gordons Lächeln wurde breiter und wirkte auf einmal sehr authentisch und auch ein wenig spöttisch. „Eigentlich erinnere ich mich nur daran, dass ich sagte, die Behörden täten gut daran, sich genauer anzuschauen, in welcher Verbindung Rachel zu ihm stand. Ich wüsste nicht, dass ich ihn als ihren Liebhaber

bezeichnet habe. Diesen Schluss haben Sie selbst gezogen.“

Kapitel 32

Der Besuch des Earl of Hendon hatte viel dazu beigetragen, die Zweifel, die Sir Henry Lovejoy noch an der Schuld von Viscount Devlin hegte, auszuräumen. Aber Lovejoy war ein methodischer Mensch, daher beschloss er am Samstagnachmittag, nun ein paar Stunden zu opfern, um der Sache mit Captain John Talbot und seiner Frau auf den Grund zu gehen.

Lovejoy fand heraus, dass der Captain ein großer, gutaussehender Mann Anfang dreißig und der jüngste Sohn eines kleinen Grundbesitzers aus Devonshire war. Durch sein Offizierspatent in der Leibgarde hatte ihm eine vielversprechende Zukunft bevorgestanden, bis er den Fehler beging, mit einer Erbin namens Melanie Peregrin durchzubrennen. Seine Vorgesetzten waren über dieses romantische Abenteuer nicht erfreut. Captain Talbots berufliche Laufbahn hatte daraufhin stagniert, während Melanies Vater so erbost über die, wie er es nannte, Treulosigkeit seiner Tochter war, dass er sie enterbte und ihr verbot, jemals wieder sein Haus zu betreten.

Es schneite heftig, als Lovejoy bei dem schmalen Backsteinhaus der Talbots auf der Upper Union Street in Chelsea ankam. Das Haus war klein und zweifellos nur gemietet, aber die Haustür war in einem fröhlichen Rot gestrichen, der Türklopfer auf Hochglanz poliert worden und jemand, der über einen Blick fürs Detail verfügte, hatte zwei mit Rosmarin bepflanzte Blumentöpfe rechts und links des Eingangs aufgestellt. Lovejoy nahm diese Besonderheiten wahr und beschloss, sie später in Ruhe zu analysieren. Sie passten nicht recht zu dem Bild der weinenden, misshandelten Frau, das Sir Christopher ihm vermittelt hatte.

Ebenso wenig wie die ruhige, selbstbeherrschte junge Frau selbst, die sich ihm als Melanie Talbot vorstellte.

Er hatte das Glück, sie zu Hause anzutreffen – und zwar allein. Lovejoy entschuldigte sich für seinen Besuch zu so später Stunde und Mrs Talbot entschuldigte sich für den unordentlichen Aufzug, in dem er sie vorgefunden hatte.

„Ich fürchte, ich bekleckere mich beim Malen immer", sagte sie. Sie rieb sich mit dem Daumen über einen dunkelblauen Farbklecks auf der blassen Innenseite ihres Handgelenks und lächelte dabei reizend, beinahe schelmisch. Lovejoy hätte wohl fälschlicherweise angenommen, dass sie sich für die Aquarellmalerei interessierte, wie es viele vornehme Frauen taten, wenn er nicht bei seiner Ankunft einen Blick darauf erhascht hätte, wie sie auf einer Leiter stand und die Wände ihres Esszimmers strich.

„Vielen Dank, dass Sie eingewilligt haben, mich so kurzfristig zu empfangen", sagte Lovejoy und setzte sich auf den Platz, den sie ihm in dem kleinen, freundlichen Wohnzimmer mit Blick auf die schneebedeckte Straße angeboten hatte. Die Möbel in dem Zimmer waren altmodisch und abgewetzt, wie er feststellte, aber geschmackvoll und mit klaren, eleganten Formen – so, wie man sie vielleicht versteckt auf den Dachböden eines alten Landsitzes finden konnte, und wie sie billig auf den Märkten von Hatfield Street zum Kauf angeboten wurden. Falls aus Melanie Talbots Liebesheirat eine unglückliche Ehe geworden war, hielt sie das jedenfalls nicht davon ab, hart daran zu arbeiten, ihr Zuhause hübsch und komfortabel einzurichten, wie beschränkt ihre finanziellen Mittel auch sein mochten.

Sie ließ sich in den Sessel ihm gegenüber fallen. Er bemerkte, dass sie eine schlanke und ungewöhnlich attraktive junge Frau war: Sie hatte hellblondes Haar und große, weit auseinanderstehende blaue Augen in einem fein gemeißelten Gesicht. Das war genau die Art von Frau, die in jedem jungen Burschen – und auch in einem Großteil der älteren – den Wunsch wecken würde, sich ihr als edler Ritter zu präsentieren.

Sie schenkte Lovejoy ein breites, schönes Lächeln: „Und wie genau kann ich Ihnen helfen, Sir Henry?"

„Ich würde Ihnen gern ein paar Fragen zu Lord Devlin stellen."

Lovejoy beobachtete fasziniert, wie ein Hauch von Angst über ihre hübschen Gesichtszüge zuckte. Sie warf eilig einen nervösen Blick in Richtung des engen Flurs, so, als wolle sie sich vergewissern, dass sie niemand belauschen konnte. Dann wurde ihr Lächeln wieder breiter, geradezu strahlend – es war vollkommen aufgesetzt. „Ich bin mir nicht sicher, inwieweit ich Ihnen weiterhelfen kann. Lord Devlin und ich sind nichts weiter als flüchtige Bekannte."

„Wirklich, Mrs Talbot? Ich weiß aus verlässlicher Quelle, dass Sie und seine Lordschaft wesentlich mehr sind als das. Und lassen Sie mich Ihnen eiligst versichern, falls Sie Angst vor ihrem Ehemann haben –"

„Und wie kommen Sie bitte darauf, dass ich Grund hätte, mich vor meinem Ehemann zu fürchten, Sir Henry?", fragte sie spitzzüngig.

Lovejoy erwiderte ihren festen, unverwandten Blick. „Ich weiß, was letztes Jahr auf dem Ball der Duchess of Devonshire geschehen ist."

„Ah." Ein schwacher Seufzer erschütterte ihre Brust, während sie einen Moment lang schweigend und scheinbar gedankenverloren dasaß. Dann hob sie ihren Blick wieder und ihr Kiefer spannte sich an. „Na schön. Devlin und ich sind Freunde, gute Freunde. Aber sonst nichts."

Lovejoys Miene blieb teilnahmslos. „Soweit ich weiß, haben Ihr Mann und Lord Devlin am letzten Mittwochmorgen ein Duell ausgetragen."

Diesmal war ihr Lächeln weder schelmisch noch reizend. „Sicherlich ist Ihnen bewusst, Sir Henry, dass man uns Ehefrauen nie von solchen Dingen erzählt?"

„Aber Sie wussten es."

Sie stand abrupt auf und stellte sich vor den bemalten Kamin, in dem schwach ein kleines Feuer brannte, das kaum Wärme spendete. „Sie müssen verstehen, Sir Henry", begann sie mit Blick auf das Feuer, „dass ich meinem Ehemann versprochen habe, jeglichen Kontakt zu Lord Devlin abzubrechen."

Lovejoy musterte die schlanken, straffen Konturen ihres Rückens. „Und wann haben Sie ihm dieses Versprechen gegeben?"

„Am letzten Montag."

„Sie haben Lord Devlin also am Dienstag nicht gesehen?"

„Nein. Natürlich nicht. Ich bin eine gute und gehorsame Ehefrau. Das ist es doch, was von einer Frau erwartet wird, nicht wahr?“, sagte sie. Der spöttische Hohn in ihrer Stimme galt sowohl ihr selbst als auch der Gesellschaft, in der sie lebte.

„Dann können Sie mir wohl nicht sagen, wo seine Lordschaft den betreffenden Abend verbracht hat?“

„Nein.“ Sie wirbelte herum, um ihn anzusehen, und er war überrascht, derart heftige Gefühlsregungen in ihrem Gesicht lesen zu können. „Aber ich kann Ihnen sagen, wie er den letzten Dienstagabend *nicht* verbracht hat. Er hat ihn nicht damit verbracht, diese arme Frau zu ermorden, die Sie in *St. Matthew of the Fields* gefunden haben.“

„Sind Sie sich da so sicher, Mrs Talbot?“

Sie atmete schroff aus und ihre Augenbrauen zogen sich skeptisch zusammen. „Wer hat Ihnen von dem Ball der Duchess of Devonshire erzählt?“

„Ich fürchte, das kann ich Ihnen nicht sagen.“

„Aber Sie wissen – Sie wissen, was Sebastian und mich zusammengeführt hat?“

Lovejoy nickte. Ihm war aufgefallen, dass sie unbewusst den Vornamen des Viscounts benutzt hatte.

„Er war gerade erst aus dem Krieg zurückgekehrt.“ Sie hielt inne. „Wir hatten beide mit unseren Dämonen zu kämpfen. Ich hoffe, dass ich ihm wenigstens halb so sehr geholfen habe wie er mir.

„Die Dämonen, die ein Mann aus dem Krieg mit nach Hause bringt, können ihn manchmal dazu bringen, schreckliche Dinge zu tun.“

Sie schüttelte den Kopf. „Die Geister, die Lord Devlin heimsuchen, sind nicht von der Art, die einen Mann

zum Vergewaltigen und Morden bringen.“ Sie hielt
inne, dann fuhr sie entschlossen und erhobenen Haup-
tes fort. „Ich hätte mich ihm sogar hingegeben, wenn er
gewollt hätte. Finden Sie das anstößig, Sir Henry? Es
gab eine Zeit, da hätte ich es sicher anstößig gefunden.
Aber …“ Sie schluckte, schüttelte dann den Kopf und
ließ den Satz unvollendet stehen. „Aber er wollte mich
nicht. Also sagen Sie mir, Sir Henry, würde so ein Mann
eine Frau vor einem Altar vergewaltigen?“

„Ich weiß es nicht“, sagte Lovejoy und hielt ihrem gepeinigten Blick stand. „Ich weiß nicht, was für Männer
so etwas tun. Aber es gibt solche Männer.“ Er machte
eine Kopfbewegung in Richtung der schneebedeckten,
dunklen Straße. „Einer von ihnen spaziert gerade da
draußen umher. Vielleicht ist es Lord Devlin. Vielleicht
ist es jemand anderes – ein Mann, der sich gerade in der
Schenke um die Ecke eine Wurst kauft, oder vielleicht
sitzt er auch gerade mit seiner Frau und seiner Familie
beim Abendessen zusammen. Und niemand – *niemand*
–, der ihn kennt, hält ihn für fähig, so etwas Schreckli-
ches zu tun. Aber er ist in der Lage dazu. Das ist er.“

***

Lovejoy nahm seinen Hut ab und hängte ihn an den
Haken neben seiner Bürotür, dann stand er einen Mo-
ment lang einfach da, gedankenverloren, und sein
Blick ging ins Leere.
Da waren sie wieder, all diese nagenden kleinen Ge-
danken, die ihn an Lord Devlins Schuld zweifeln ließen
und das Gefühl, dass mehr hinter dem Tod von Rachel
York steckte, als sie alle bisher zu fassen bekommen

275

hatten. Er wusste, dass diese Überlegungen unwissenschaftlich waren und nicht auf Erfahrungswerten beruhten, ja, vielleicht waren sie sogar irrational. Aber in der Vergangenheit hatte seine Intuition zu oft richtig gelegen, als dass er sie jetzt ignorieren konnte.

Achselzuckend riss er sich gedanklich von der Frau mit den traurigen Augen los, die er gerade kennengelernt hatte, und machte sich daran, seinen Schal abzulegen. Er hatte gerade den Mantel halb aufgeknöpft, als sein Sekretär, Collins, um die Ecke schaute.

„Was gibt es?", fragte Lovejoy und sah auf.

„Es geht um die Dirne, die in der Kirche umgebracht wurde, Sir – diese Rachel York. Constable Maitland dachte, das würde Sie vielleicht interessieren."

Lovejoy hielt inne, obwohl er seinen Mantel erst halb ausgezogen hatte. „Mich würde was interessieren?"

„Wir haben gerade mit dem Küster von *St. Stephen's* gesprochen, Sir. Grabräuber waren letzte Nacht dort. Und es war *ihr* Grab, auf das sie es abgesehen hatten."

„Wollen Sie mir sagen, dass jemand Rachel Yorks Leiche gestohlen hat?"

„Ja, Sir. Constable Maitland glaubt zwar, dass es nur ein Zufall ist, aber –"

Collins ließ seine Worte verklingen und brach ab, denn Sir Henry, der zerstreut mit einer Hand wieder nach seinem Mantel gegriffen hatte, war bereits verschwunden. Sein Hut und sein Schal baumelten noch an dem Haken neben der Tür.

Kapitel 33

Als Sebastian sich der Half Moon Street näherte, war es vollkommen dunkel und der Schnee lag wie eine schwere, schmutzig weiße Decke erdrückend über der Stadt. Aber in dem eleganten Stadthaus des französischen Emigranten war jedes der Fenster mit goldenem Licht erleuchtet. Das Granitpflaster der Straße war dicht mit Stroh bedeckt und ein roter Teppich führte von den Stufen am Eingang zum Gehweg. Es war kurz nach sechs, aber schon jetzt hatte sich eine Menschenmenge gebildet – zerlumpte Männer, Frauen und Kinder, die sich zum Schutz vor der Kälte zusammendrängten. Einige murmelten etwas, aber die meisten lachten und scherzten aufgeregt und voller Vorfreude. Diese großen Feste, die von der *besseren Gesellschaft* ausgerichtet wurden, waren gewissermaßen ein Spektakel; nicht ganz so unterhaltsam wie eine Hinrichtung zwar, aber wesentlich eindrucksvoller als ein Ballonaufstieg.

„Monsieur Pierrepont gibt heute Abend einen Ball, oder nicht?", fragte Sebastian einen halbwüchsigen livrierten Burschen, der gerade mit einem vor Selbstgefälligkeit ganz erhitzten Gesicht vorbeirauschte.

„Jawohl, eine Maskerade", sagte der Junge. Dabei strahlten seine Augen so vor Aufregung, als wäre er selbst als Gast eingeladen.

Sebastian sah zu, wie der Junge davonstürmte, und blieb dann für einen Moment in der Menge stehen, während sein Blick von einem erleuchteten Fenster zum nächsten wanderte.

In Gedanken wälzte er hin und her, was er von Hugh Gordon erfahren hatte – dass Rachel York möglicherweise durch Leo Pierrepont Informationen an die Franzosen weitergegeben hatte. Falls es stimmte und Rachel York irgendwelche krummen Geschäfte mit den Franzosen gemacht hatte, dann warf das ein ganz neues Licht auf ihre Ermordung.

Und falls es stimmte, warum hatte sich dann Sebastians Vater heimlich mit ihr in der dunklen, verlassenen Marienkapelle einer abgelegenen Kirche in Westminster getroffen?

***

Es waren nur noch wenige Minuten bis zum Beginn der Aufführung. Kat eilte einen Gang hinter der Bühne entlang, als sich eine starke Hand von hinten um ihren Arm schloss und sie zurück in den Schatten zog.

„*Sebastian.*" Kat warf einen besorgten Blick den Gang hinauf.

„Was machst du hier? Es könnte dich jemand sehen."

„Ich brauche ein Kostüm."

Im gedämpften Licht der Öllampe, die am Ende des Korridors hing, konnte sie den unförmigen Schnitt seines Mantels erkennen und die grauen Strähnen, die er seinem dunklen Haar verpasst hatte. „Ich würde behaupten, dass du bereits recht gut verkleidet bist."

„Ich hatte an etwas Eleganteres gedacht. Etwas aus Seide oder Satin."

„Satin? Gehst du auf einen Ball?"

„So ähnlich."

***

Er wartete bis kurz vor Mitternacht, weil er dachte, dass dann die Menge der kostümierten Feiernden am größten wäre und ein einzelner Pirat, der eine Halbmaske und einen schwarzen Kapuzenmantel über einem Wams aus schwarz-goldenem Satin trug, nicht weiter auffallen würde.

Sebastian schlich leise durch den schneebedeckten Garten hinter dem Haus und mischte sich eine Weile unter die Paare, die auf der Terrasse der Kälte trotzten. Dann schlüpfte er durch eine der hohen verglasten Türen, die in den Ballsaal führten.

Als er eintrat, umschloss ihn ein Schwall warmer Luft, in der der Duft von Bienenwachs und exquisitem französischen Parfüm lag – und der strenge Geruch hunderter, heißer und schwitzender, auf beengtem Raum zusammengepresster Körper. Über dem Getöse aus Stimmen und verhaltenem Lachen waren schwach die lieblichen Klänge einer Quadrille zu hören, die ein kleines Ensemble auf einem Podium am anderen Ende des Saals spielte. Ein paar mutige Paare versuchten, sich tanzend ihren Weg durch die Menge zu bahnen. Man würde über Leo Pierreponts Maskenball zweifellos sagen, dass die Gäste „erbärmlich zusammengequetscht" worden waren, was nichts anderes bedeutete, als dass er ein durchschlagender Erfolg gewesen war.

Sebastian schlängelte sich durch die Menge, vorbei
an Walküren und Romeos, an arabischen Prinzen und
im Stil der Renaissance gekleideten Damen. Er bahnte
sich seinen Weg bis in den Flur, wo er aus einem jungen
Dienstmädchen mit Grübchen herausbekam, dass die
Bibliothek von Monsieur Pierrepont im Erdgeschoss
unten an der Treppe im hinteren Teil des Hauses zu finden sei.

Die Tür zur Bibliothek war geschlossen. Als Sebastian
sie öffnete, verstand er auch, warum, denn ein Großteil
der Möbel, die man aus den repräsentativen Räumlichkeiten des Hauses entfernt hatte, wurde offensichtlich
hier gelagert. Sebastian schloss die Tür hinter sich und
bahnte sich seinen Weg vorbei an hohen Stapeln aus
Sofas, eingerollten Teppichen und Beistelltischen bis
zu den Fenstern, von denen er die schweren Samtvorhänge zurückzog.

Das Licht der Laternen auf der nahegelegenen Terrasse fiel draußen auf den Schnee und tauchte die Bibliothek in ein blasses, weißes Leuchten. Sebastian
drehte sich um und warf einen fachmännischen, abwägenden Blick durch den Raum. Ungefähr die Hälfte der
Wandflächen in der Bibliothek wurde von deckenhohen Bücherregalen aus Mahagoni eingenommen, während die offenen Paneele dazwischen Pierreponts
Sammlung an Säbeln und Duelldegen, Dolchen und
Entermessern zeigten, deren sorgfältig gepflegte Klingen im Dunkeln glänzten.

Sebastian durchsuchte den Raum schnell und systematisch. Er hielt Ausschau nach allem, das Leo

Pierrepont mit der napoleonischen Regierung und dem schmutzigen, tückischen Spionagegeschäft in Verbindung bringen könnte. Er sah hinter den Bildern und entlang der Rückwände der Bücherregale nach. Er durchstöberte auch die Schreibtischschubladen geschickt, fand aber nichts. Ratlos ließ er sich auf die Tischkante sinken.

Sein Blick fiel auf eine kleine, geschnitzte Holzkiste, die auf der Schreibfläche aus grünem Leder stand. *Wenn du etwas verstecken willst,* so das Diktum, *platziere es gut sichtbar.* Sebastian klappte den Holzdeckel der Kiste hoch und lächelte. Für den Uneingeweihten war es ein einfacher, wenn auch etwas sonderbarer Zylinder, circa fünfzehn Zentimeter lang und zusammengesetzt aus einer Reihe heller Holzscheiben, die sich um eine Eisenspindel in der Mitte drehen ließen. Aber für diejenigen, die es wussten, war es eine Jefferson-Walze, erfunden vom gleichnamigen geistreichen Amerikaner Thomas Jefferson. Jede der sechsunddreißig Scheiben der Walze enthielt die Buchstaben des Alphabets in zufälliger Reihenfolge. Wenn zwei Parteien identische Walzen zur Verschlüsselung und Entzifferung ihrer Korrespondenz verwendeten, war es beinahe unmöglich, den entsprechenden Code zu entschlüsseln.

Sebastian hielt den Zylinder in seinen Händen und drehte nachdenklich mit seinem Daumen an den Scheiben, während er darüber nachdachte, was das alles zu bedeuten hatte. Die Amerikaner selbst hatten merkwürdigerweise kürzlich die Jefferson-Walze zugunsten eines weit weniger sicheren Geräts aufgegeben, während die Engländer hartnäckig an ihren schwarzen Kammern und ihren Geheimtinten zum

Schutz ihrer geheimen Korrespondenz festhielten. Aber die raffinierte Erfindung des ehemaligen amerikanischen Präsidenten wurde immer noch von Frankreich, dem alten Verbündeten der Amerikaner, genutzt.

Sebastian wandte den Kopf, weil ein leises Geräusch plötzlich seine Aufmerksamkeit erregte. Er hatte schon die ganze Zeit über die Schritte der Diener wahrgenommen, die draußen auf dem Flur hin und her eilten. Aber jetzt hörte er andere Schritte, die strammer und bedachter waren, und die abrupt vor der Tür zur Bibliothek zum Stehen kamen.

Sebastian ließ den Zylinder in eine seiner Innentaschen gleiten, gerade in dem Moment, als sich plötzlich die Tür öffnete und der dunkle Raum mit Licht geflutet wurde.

Kapitel 34

Ein schlanker Musketier stand im Türrahmen. Er hielt eine Öllampe in der Hand und sein Blick flog von Sebastian zu der offenen Kiste auf dem Schreibtisch und dann wieder zurück. Mit einem leisen Klicken schloss er behutsam die Tür hinter sich.

„Sie haben sich wohl hierher verirrt. Die Feier findet andernorts statt, Monsieur", sagte Leo Pierrepont und stellte seine Öllampe auf einem Tischchen neben sich ab.

„Ich bitte um Entschuldigung." Sebastian drückte sich vom Schreibtisch hoch. „Ich werde mich sofort wieder zu den anderen Gästen gesellen."

„Das denke ich nicht." Mit einem seitlichen Ausfallschritt griff der Franzose einen der Degen von der Wand der Bibliothek und positionierte ihn vor sich. Die scharfe Klinge glitt mit einem summenden Geräusch durch die Luft und ließ Sebastian, der nur noch etwa drei Meter von der Tür entfernt war, abrupt zum Stehen kommen. „Ich glaube, Monsieur", begann Pierrepont und zeichnete mit der Spitze seines Degens ein akkurates Muster in die Luft, „dass Sie und ich uns unterhalten sollten, nicht?"

„In der Tat wäre" – Sebastian machte einen Satz zurück, stemmte sich auf einem ausgestreckten Arm hoch und schwang sich über den Schreibtisch, hinter dem er mühelos auf dem Boden landete. Pierrepont stürzte ihm mit blitzender Klinge hinterher. Gerade noch rechtzeitig riss Sebastian einen glänzenden spanischen Degen von der Wand neben dem Flügelfenster und schwang ihn hoch, um die Klinge des Franzosen, die auf ihn niedersank, mit einem metallischen Klirren abzuwehren – „eine Unterhaltung ceteris paribus höchst interessant", sagte Sebastian und lächelte.

Pierrepont sprang leise keuchend zurück. In seinen blassen Augen lag ein seltsamer, amüsierter Glanz. „Sie sind es, nicht wahr? Devlin? Ich habe gehört, dass Sie gut fechten – zumindest für einen Engländer."

Sebastian lachte.

Pierrepont holte aus und die langen Klingen trafen klirrend aufeinander, als Sebastian mühelos parierte.

„Warum haben Sie Rachel York getötet?", fragte Sebastian beinahe beiläufig und wich vor dem blitzenden Degen zurück, nur, um dann wieder zu Pierrepont aufzuschließen, wobei seine Stiefel lautlos über den Orientteppich glitten. „Was haben Sie befürchtet? Dass sie beabsichtigte, Informationen weiterzugeben, die Sie belasten könnten?"

„Informationen? Die mich belasten?" Pierreponts Lippen verzogen sich zu einem Lächeln, als sich ihre Klingen erneut kreuzten. „Und was für Informationen sollten das sein, Monsieur?"

„Informationen über Ihren kleinen Spionagering."

Pierrepont wehrte Sebastians Hieb ab. „Ihre Erfahrungen im Krieg haben offensichtlich zu einer übersteigerten Vorstellungskraft geführt, *monsieur le vicomte*."

„Vielleicht. Aber ich bin noch genug bei Verstand, um auf Folgendes zu schließen: Wenn stimmt, was ich gehört habe, und Rachel Sie stetig mit Informationen versorgt hat, die sie von ihren adligen Liebhabern erlangt hatte – dann könnte ihr Tod darauf hindeuten, dass zumindest einige Einzelheiten über Ihre Aktivitäten bekannt geworden sind."

„Und wer hat Sie auf diese Fantastereien gebracht?"

„Was ist denn, Monsieur? Haben Sie Angst?", fragte Sebastian in dem Moment, als Pierrepont einen flinken und brutalen Angriff ausführte.

Der Franzose hatte gerade seinen Stoß ausgeführt, da umkreiste Sebastian den Degen, tänzelte zur Seite und stieß mit funkelnder Klinge zu.

Die Spitze seines Degens glitt sauber durch den seidenen Wappenrock des Musketiers bis ins Fleisch.

Pierrepont machte einen Satz zurück. Ein dünnes Rinnsal aus leuchtend rotem Blut sickerte durch die weiße Vorderseite seines Hemdes und seine Lippen verkrampften sich zu einem bitteren Lächeln. „Wir müssen ein andermal miteinander fechten, Monsieur. Das heißt, falls Sie nicht gehängt werden."

Er wandte den Kopf und rief mit erhobener Stimme: „Arnaud. Robert. *Aidez-moi.*" Offensichtlich waren die beiden Männer in der Nähe. Die Tür zur Bibliothek wurde aufgestoßen und zwei von Pierreponts stämmigen Lakaien stürzten in den Raum.

Sebastian festigte seine Finger um den Griff seines Degens. Sein Atem ging stoßweise. Weil ihm der Weg zur Tür versperrt war, führte der einzig mögliche Weg aus dem Raum durch eines der hohen Flügelfenster mit Blick auf den Garten hinter dem Haus. Er zögerte nur für den Bruchteil einer Sekunde, dann rannte er geradewegs auf das nächstgelegene Fenster zu, schirmte mit einem Arm, der vom Stoff des Mantels geschützt wurde, sein Gesicht gegen das Gröbste ab und stürzte sich unter einem Schauer aus berstendem Glas und splitterndem Holz hinab.

Er fiel aus einer Höhe von etwa zwei oder zweieinhalb Metern in den Schnee. Sebastian schlug hart auf dem Boden auf. Unter ihm knirschten die Glasscherben, als er sich hochrappelte und durch den schneebedeckten Garten davonrannte. Von oben ertönte irgendwo der Schrei einer Frau. Ein Mann rief etwas, dann hörte Sebastian ein schmerzerfülltes Jaulen – einer von Pierreponts Schergen schwang sein Bein über den scharfkantigen Rand des zerbrochenen Fensters und es sah aus, als wollte er ihm folgen.

„Nein. Lass ihn gehen", sagte Pierrepont und stellte sich vor das zerbrochene Fenster. Eine Hand presste er flach gegen die blutende Wunde auf seiner Brust. „Lass ihn gehen ... fürs Erste."

***

Der Earl of Hendon saß in einem großen, dick gepolsterten Sessel in seiner Bibliothek am Feuer und ein abgenutzter, mit lederbezogener Band von Ciceros Werken lag offen auf seinem Schoß. Dieser Anblick bot sich Sebastian, der hereintrat und die schwarze Halbmaske von einem Finger baumeln ließ.

„Gütiger Himmel", sagte der Earl, nachdem er kurz gestutzt hatte. „Du siehst aus, als hättest du gerade die

Schlacht um die südliche Karibik gekämpft. Und verloren."

Sebastian wischte sich einen Blutstropfen von der Wange und lachte. Hendon hatte die Kunst der für die Briten typischen sachlichen Gemütsruhe wirklich perfektioniert. Nur an seinem angespannten Unterkiefer und der leicht beschleunigten Atmung hätte man vielleicht erkennen können, dass er erschüttert oder besorgt war.

Sebastian schritt durch den Raum und nahm die Brandykaraffe, die auf einem kleinen Tisch unweit des Feuers warmgehalten wurde. Er zog den Stopfen aus geschliffenem Kristall und tränkte sein Taschentuch mit dem unverdünnten Alkohol. „Ich hatte gerade eine recht interessante Begegnung mit Monsieur Léon Pierrepont."

„Ah, ja. Ich habe gehört, dass er heute Abend einen Maskenball veranstalten soll."

„Das hier habe ich in seiner Bibliothek gefunden." Sebastian griff mit der linken Hand in seine Tasche, zog die kleine Walze heraus und warf sie seinem Vater zu.

Hendon fing sie geschickt auf. „Was ist das?"

Sebastian betupfte erst einen und dann die anderen seiner unzähligen Schnitte mit dem alkoholgetränkten Tuch und stieß dabei durch zusammengebissene Zähne zischend die Luft aus. „Es ist eine Jefferson-Walze zum Verschlüsseln von Botschaften. Ich glaube, dass der Mann für die Franzosen spioniert." Sebastian suchte das breite, schlichte Gesicht seines Vaters nach einem Anzeichen dafür ab, dass er überrascht gewesen wäre. Er fand keines. „Du scheinst mir über diese Vorstellung nicht besonders schockiert zu sein."

Hendon legte die Walze beiseite und faltete seelenruhig die Hände auf der Wölbung seines Bauches. „Vor etwa einem Jahr hat sich ein gewisser Herr, dessen Name nicht von Bedeutung ist, von Monsieur Pierrepont bei einer potenziell blamablen Eskapade ertappen lassen."

„Was für eine Eskapade war das genau?"

„Sie war sexueller Natur. Der betreffende Herr – nennen wir ihn Mr Smith, ja? – hat etwas ungewöhnliche Vorlieben. Und es wäre ihm lieber, wenn diese Vorlieben nicht öffentlich gemacht werden würden."

Sebastian hob das Taschentuch an den Schnitt auf seiner Wange und drückte dagegen. „Und weiter?"

„Klugerweise hat er erkannt, dass es notwendig war, die gesamte schmutzige Geschichte zu beichten und um Hilfe zu bitten. Ich besprach die Angelegenheit mit Lord Jarvis und wir entschieden unter uns, dass wir Mr Smith gebrauchen könnten."

„Du meinst, als Doppelagent, der via Pierrepont ausgewählte Informationen an die Franzosen weitergibt?" Sebastian warf das blutgetränkte Tuch beiseite und schenkte sich einen Drink ein.

„Ja." Der Earl drückte sich aus seinem Sessel hoch und ging zum Feuer hinüber. „Die Franzosen werden immer Spione und Geheimagenten in London haben. Es ist besser für uns, wenn zumindest einige der Akteure bekannt sind, sodass wir sie beobachten und die Weitergabe potenziell schädlicher Informationen kontrollieren können ... zumindest bis zu einem gewissen Grad."

„Und Rachel York? Hat sie Pierrepont mit Informationen versorgt?"

Hendons Gesicht wurde plötzlich kreidebleich. „Großer Gott. Wer hat dir das gesagt?“

„Dieselbe Person, die mir von Pierrepont erzählt hat. Ist es wahr? War Rachel eine von Pierreponts Spionen?“

„Das weiß ich nicht.“

Sebastian fixierte seinen Vater mit einem unnachgiebigen Blick. „Bist du sicher? Hat sie dich nicht erpresst, Regierungsgeheimnisse an die Franzosen weiterzugeben?“

Hendons blaue Augen funkelten gefährlich und er ballte seine Hände zu Fäusten. „Mein Gott. Wenn du nicht mein Sohn wärst, würde ich dich dafür zum Duell herausfordern.“

Sebastian kippte seinen Drink hinunter. „Was soll ich denn sonst denken?“

Der Earl stand reglos da, nur sein Kiefer bewegte sich gedankenversunken vor und zurück. Er stieß angestrengt einen Seufzer aus und sagte dann: „An jenem Dienstagmorgen, an dem Tag, an dem sie gestorben ist, kam Rachel York zu mir. Sie sagte, sie hätte ein gewisses Dokument in ihrem Besitz und wäre bereit, es zu verkaufen.“

„Was für ein Dokument?“

Hendon zögerte.

„Was war es, *verdammt* nochmal?“

Das Gesicht des Earls war merkwürdig fahl geworden. „Eine beeidigte Aussage – der ausführliche Beweis eines Fehltritts, den deine Mutter begangen hat.“

„Meine Mutter?“

Sebastian fühlte sich plötzlich seltsam deplatziert und leer. Seine Mutter war schon vor langer Zeit gestorben – sie war beim Segeln vor der Küste Brightons verunglückt, in dem Sommer, als er elf Jahre alt gewesen war. Ein Kaleidoskop aus Erinnerungen aus dieser Zeit wirbelten durch seinen Kopf: Bilder vom Meer, auf dem die Sonne funkelte, das liebliche Lachen einer Frau und das tiefe, umfassende Gefühl des Verlusts. Er verdrängte die Eindrücke alle. „Konntest du dieses Dokument an dich nehmen?"

„Nein. Ich habe dir doch gesagt, dass das Mädchen schon tot war, als ich in die Marienkapelle trat. Ich habe danach gesucht, aber sie hatte sie nicht bei sich."

Die Kohlen im Kamin knisterten und das Geräusch klang in der plötzlichen, angespannten Stille überlaut. „Dir ist doch klar", begann Sebastian, „dass dieses Dokument sehr wahrscheinlich das Motiv für den Mord war, oder nicht?"

„Mach dich nicht lächerlich." Hendon kramte in den Taschen seines Morgenmantels und zog seine Pfeife und einen Beutel Tabak hervor. „Wenn der Inhalt des Dokuments bekannt würde, würde mich das blamieren, aber mehr nicht."

„Wie viel wolltest du dafür bezahlen?"

„Fünftausend Pfund."

Sebastian stieß einen leisen, beinahe lautlosen Pfiff aus. „Für einige Menschen wären fünftausend Pfund wohl ein mehr als ausreichendes Motiv für einen Mord."

Hendon sagte nichts, sondern machte sich nur daran, seine Pfeife zu stopfen. Sebastian beobachtete, wie er den Tabak mit starrer, unnachgiebiger Miene hineinpresste. Und da fiel Sebastian auf, wie wenig er seinen eigenen Vater in mancherlei Hinsicht wirklich kannte.

„Und wenn der Mann, der Rachel York getötet hat, jetzt über dieses Dokument verfügt? Was dann?“

Hendon schüttelte den Kopf. „Ich glaube nicht, dass sie es mit in die Kirche genommen hatte. Ziemlich wahrscheinlich wollte sie versuchen, einen höheren Preis zu erzielen.“

Sebastian hielt es für möglich, aber es schien ihm nicht besonders wahrscheinlich, in Anbetracht dessen, was er über Rachels Nervosität und ihre Pläne, London zu verlassen, gehört hatte. Tiefes Unbehagen breitete sich in ihm aus. Hier ging zu viel vor sich, das er nicht verstand, das er aber verstehen musste, wenn er überhaupt eine Chance haben wollte, Rachels Mörder zu fassen.

„Hat sie dir gesagt, wie sie dieses Dokument in die Finger bekommen hat?“

„Nein.“

„Hast du nicht gefragt?“

„Natürlich habe ich gefragt. Sie hat sich geweigert, mir das zu verraten.“ Hendon wischte mit einer großen, fleischigen Hand über die untere Gesichtshälfte. „Großer Gott. Wenn sie für Pierrepont gearbeitet hat, dann hat sie das Dokument aller Wahrscheinlichkeit nach von ihm bekommen.“

„Aber du weißt es nicht.“

„Nein.“

„Sie könnte auch eine andere Absicht verfolgt haben, ist dir das klar? Wenn herauskommen würde, dass du verfängliche Dokumente von einem französischen Spion gekauft hast, wärst du ruiniert.“

Hendon steckte sich den Pfeifenstiel in den Mund und biss fest darauf. „Es wird nicht herauskommen.“ Er entflammte ein Stück Zündwachs und hielt es an den Pfeifenkopf. Mit hohlen Wangen zog er kräftig daran und blies dann eine dünne blaue Rauchfahne aus. „Du hattest mich gebeten, in Erfahrung zu bringen, wo sich Pierrepont letzten Dienstagabend aufgehalten hat."

„Und?"

„Er hat an diesem Abend tatsächlich eine Dinnerparty in seinem Haus gegeben. Sie wurde in aller Eile organisiert, denn er war aufs Land gefahren und gerade erst an diesem Morgen zurückgekehrt."

„Also kommt er als Rachels Mörder nicht in Frage."

„Nicht zwangsläufig. Laut einem der Gäste hat Pierrepont sich entschuldigt und war für eine beträchtliche Zeitspanne irgendwann zwischen neun und zehn Uhr abwesend."

„Lang genug, um es nach Westminster und zurück zu schaffen?"

„Vielleicht."

Sebastian fluchte leise und derb. „Warum zum Teufel hast du mir nicht von Anfang an von dieser beeidigten Aussage erzählt?"

„Ich hielt es für belanglos. Ich halte es immer noch für belanglos. Spielt es eine Rolle, warum Rachel York in dieser Kirche war? Irgendein Wüstling ist dort einfach zufällig auf sie gestoßen, sie war allein, und er hat das ausgenutzt. Er hat sie vergewaltigt und dann getötet. Das passiert heutzutage nur allzu häufig."

„Mit der Ausnahme, dass sie erst vergewaltigt wurde, als sie schon tot war."

Hendons Kiefer, der eben noch fest den Stiel seiner Pfeife umklammert hatte, klappte herunter. „Gütiger Himmel. Was für ein Mensch tut so etwas?"

„Einer, der das Töten genießt", sagte Sebastian.

***

Er bahnte sich seinen Weg zurück zum *Rose and Crown* durch gewundene Nebenstraßen, die mit glitzerndem weißem Schnee bedeckt waren, der unter jedem seiner Schritte hörbar knirschte. Ein paar vereinzelte Flocken schwebten noch immer träge und friedlich vom nächtlichen Himmel herab. Es war, als ob die Dunkelheit und der Schnee alles verbargen, das hässlich war, alles Grausame und Gefährliche, das in der Stadt lauerte, sodass er sich plötzlich der Schönheit einer Reihe antiker Steinbögen vor den nahegelegenen Läden bewusst wurde und die kunstvollen Laubsägearbeiten des Fachwerkhauses im Tudorstil daneben wahrnahm. Und er fragte sich, was davon realer war, das Hässliche oder das Schöne?

Sebastian stieß einen leisen Seufzer aus und sein Atem flirrte weiß durch die kalte Luft, während seine Gedanken immer zu um das kreisten, was er an diesem Abend über seinen Vater, über Leo Pierrepont und über Rachel York erfahren hatte. Er fragte sich, warum sich eine Frau wie Rachel York in die gefährliche Schattenwelt hätte hineinziehen lassen sollen, in der Männer wie Leo Pierrepont agierten. Was hatte sie angetrieben? Politische Überzeugungen? Gier? Oder war sie auf irgendeine Weise gegen ihren Willen dazu gezwungen worden?

Was auch immer ursprünglich ihr Motiv gewesen war, es musste offensichtlich etwas schief gelaufen sein im Leben von Rachel York. Laut ihrer Nachbarin hatte Rachel bereits ihre Sachen gepackt, um London zu verlassen. Das Geld dazu hätte offensichtlich von Hendon kommen sollen. Aber die Summe wäre nicht hoch genug gewesen, um eine Frau, die an der Schwelle zu einer vielversprechenden Schauspielkarriere stand, wegzulocken. Es gab offensichtlich etwas in Rachels Leben, das Sebastian übersah. Und zwar etwas Wichtiges.

Er hatte beinahe das *Rose and Crown* erreicht. Sebastian tat, was er in der Vergangenheit während des Krieges unzählige Male getan hatte: Er hielt am Ende der Straße, nicht weit von dem Gasthaus entfernt, inne, und achtete mit jedem seiner Sinne wachsam auf die subtilen Veränderungen, die ihm verraten würden, dass sein Versteck entdeckt worden war. Aber alles lag inmitten des sanft rieselnden Schnees friedlich und ruhig da.

Er betrat die warme Gaststube des Wirtshauses, die nach harzigem Holz und Feuer roch und von dem Gemurmel schläfriger Stimmen erfüllt war, und nahm im hinteren Teil des Gasthauses die Treppe zu seinem Zimmer hinauf.

Er kam zu dem Schluss, dass es wichtig war, dass er eine genauere Vorstellung von dem Leben, das Rachel York geführt hatte, gewann. Am nächsten Morgen würde er das Findelhaus besuchen, in dem sie einmal pro Woche freiwillig ausgeholfen hatte. Und wenn es Tom gelang, dieses Dienstmädchen zu finden, Mary Grant …

Sebastian blieb im dämmrigen, zugigen Flur vor seiner Zimmertür stehen. Er konnte nicht sagen, was ihn gewarnt hatte. Der schwache Duft, der in der Luft hing vielleicht. Oder vielleicht war es einfach nur ein

Überbleibsel des primitiven Instinktes gewesen, der ein Tier, das in seinen Bau zurückkehrt, aufhorchen lässt, weil nicht mehr alles so ist, wie es zurückgelassen wurde.

Was auch immer es war, irgendetwas verriet Sebastian, noch bevor er den Schlüssel in das Schloss seiner Tür schob, dass sie da war.

Er zögerte nur den Bruchteil einer Sekunde lang. Dann drückte er die Tür auf und trat zurück in seine Vergangenheit.

Kapitel 35

Sie saß auf dem abgenutzten alten Stuhl neben dem Kamin und hatte den Kopf nach hinten fallen lassen, sodass der Schein des Feuers über die elegante Biegung ihres langen, anmutigen Halses spielte und den kastanienbraunen Schimmer in ihrem dunklen Haar betonte. Der Opernmantel aus kirschrotem Samt, den sie getragen hatte, lag jetzt auf einem Tisch in der Nähe, aber sie war noch in ihrem Kostüm der Rosalind zu ihm gekommen.

„Du hast das Schloss geknackt, nehme ich an." Sebastian schloss die Tür hinter sich und lehnte sich dagegen.

„Es ist ein sehr altes Schloss", sagte Kat Boleyn und der Anflug eines Lächelns bog kaum merklich ihre Mundwinkel nach oben.

Er drückte sich von der Tür weg und ging auf sie zu. „Warum bist du hergekommen?"

„Du hast deine Kleider im Theater vergessen. Ich habe sie dir gebracht."

Er machte sich nicht die Mühe zu fragen, wie sie ihn hier im *Rose and Crown* gefunden hatte. Sie hatte ihre Methoden, ebenso wie er seine hatte. Das war gefährlich, aber er hatte es sowohl gewusst als auch akzeptiert, als er das erste Mal beschlossen hatte, sie um Hilfe zu bitten.

„Du bist verletzt", sagte sie, als er so nahe vor ihr stehenblieb, dass seine Beine beinahe – nur beinahe – die ihren berührten.

„Ich habe eine Abkürzung durch ein Fenster genommen."

„Leo hat dich also entdeckt, ja?"

„Wie kommst du darauf, dass ich bei Pierrepont war?"

„So viele Maskenbälle gab es heute Abend nicht in Mayfair." Sie verlagerte ihr Gewicht auf dem Stuhl ein wenig, sodass ihr Oberschenkel kaum merklich seinen streifte. „Was hat dich dorthin geführt?"

„Laut Hugh Gordon ist Pierrepont ein wichtiger Geheimagent der Franzosen."

Sie saß für einen Moment ganz still und schweigsam da, dann fragte sie: „Und glaubst du ihm?"

Sebastian zuckte mit den Schultern. „Gordon hatte natürlich keinen Beweis dafür. Aber ich habe in der Bibliothek von Pierrepont eine Chiffrierwalze gefunden." Was Hendon ihm erzählt hatte, behielt Sebastian allerdings für sich.

„Was hat das alles mit Rachel zu tun?"

Sebastian drehte sich um, schlüpfte aus seinem Mantel und hing ihn an einen Haken neben dem Bett. „Ich glaube, sie könnte vielleicht Informationen an Pierrepont weitergegeben haben. Es scheint, als wäre ein interessantes Grüppchen von Männern in den Genuss ihrer Gesellschaft gekommen. Nämlich Männer, die aufgrund ihrer Stellung über einige pikante Details Bescheid wussten, die ihnen leicht hätten entschlüpfen können – Details wie Truppenbewegungen, wechselnde Bündnisse und die Überlegungen der Männer im Umkreis des Königs."

„Es heißt, jemand habe Rachels Leiche vom Friedhof gestohlen", sagte sie. „Warst du das?"

„Ja."

Jede andere Frau hätte das Bedürfnis gehabt, ihrer fraulichen Natur gemäß Empörung und Abscheu zu heucheln. Aber nicht Kat. Sie beobachtete, wie er sein Wams und das Hemd auszog und sich dann kaltes Wasser aus der Waschschüssel in sein blutverkrustetes Gesicht und über den Hals spritzte. „Was erhoffst du dir, dadurch zu erfahren?"

Das Handtuch in seinem Zimmer war rau und starr, also tupfte er sich behutsam um seine Schnitte herum trocken. „Das weiß ich nicht. Aber ich habe bereits ein interessantes kleines Detail erfahren: Wer auch immer Rachel York getötet hat, hat ihr zuerst die Kehle aufgeschlitzt. Dann hat er sich an ihr vergangen."

„Was für eine widerwärtige kleine Perversion."

Sebastian warf das Handtuch beiseite: „Was für ein Mann hat gern Sex mit einer toten Frau?"

„Ein Mann, der Frauen hasst, würde ich sagen."

Sebastian sah auf die Blutflecken herab, die er auf dem alten Handtuch hinterlassen hatte. So hatte er das noch nicht betrachtet – dass Rachels Vergewaltigung eher eine von Hass und nicht von Wollust getriebene Tat gewesen war, aber vermutlich hatte Kat Recht. Wer auch immer Rachel York getötet hatte, hatte sich daran erfreut, sie zu vernichten, und war sexuell dadurch erregt worden, ihre blasse Kehle aufzuschlitzen und zuzuschauen, wie das Lebenslicht langsam aus ihren hübschen braunen Augen wich. Die meisten Männer hatten das Bedürfnis, wenigstens ein Mindestmaß an Reaktion von den Frauen zu bekommen, mit denen sie schliefen – das war schließlich auch der Grund dafür, warum Prostituierte stöhnten und seufzten, um ihr Vergnügen vorzutäuschen. Aber so ein Mann war Rachel Yorks Mörder nicht – nein, er hatte zu seiner Befriedigung nur die reglose, leere Hülle dessen benutzt, was einst eine atmende, lebendige Frau gewesen war.

Sebastian dachte an die Männer, die in Rachels Leben eine Rolle gespielt hatten – an Hugh Gordon, Giorgio Donatelli und Leo Pierrepont. War einer von ihnen so pervers, so vom Hass auf Frauen getrieben? Und was war mit den anderen? Mit den ständig wechselnden Männern in bedeutungsvollen Positionen wie Admiral Worth und Lord Grimes, denen sie vielleicht vertrauliche Informationen entlockt hatte? Dass allem, was weiblich war, mit Argwohn begegnet wurde – man könnte sogar von einer grundlegenden Abneigung Frauen gegenüber sprechen – war üblich und weitverbreitet, es war beinahe schon eine Tradition unter den Adligen Englands mit ihren Eliteschulen für Jungen, ihren muffigen Herrenclubs und ihrer Vorliebe für solch männliche sportliche Aktivitäten wie Boxen, Hahnenkämpfe und die Jagd. Aber es brachte die meisten von ihnen nicht dazu, zu morden und zu schänden. Was für ein Mann überschritt diese Grenze? Wann wurde aus Misstrauen und Abneigung etwas noch Düstereres, etwas Gefährliches und Böses?

Sebastian lauschte auf das Zischen des Windes, der um die Dachtraufe wirbelte. Da spürte er sie wieder, die Angst, dass er niemals den Mörder von Rachel York finden würde, dass der Mann, der ihr die Kehle aufgeschlitzt und sich auf ihrem toten, blutüberströmten Körper seiner Lust hingegeben hatte, irgendein beliebiger Fremder und so wenig greifbar war wie ein willkürlicher Schatten in der Nacht, sodass Sebastian ihn nie und nimmer aufspüren könnte.

Er hörte eine flüsterleise Bewegung, das Rascheln von Stoff. Kat ging auf ihn zu und blieb vor ihm stehen. Sanft umfasste sie sein Gesicht mit beiden Händen. „Du wirst ihn finden", sagte sie leise, so, als hätte er seine Ängste laut ausgesprochen. „Du wirst ihn finden." Und obwohl er wusste, dass sie das sagte, weil sie ihn beruhigen wollte und nicht, weil sie überzeugt davon war, fand er Trost in ihren Worten. Ihre Worte trösteten, aber ihre Berührungen ließen eine alte, aber nie vergessene Begierde wieder in ihm aufwallen.

Er umfasste sie, drückte sie an sich und vergrub seine Finger in dem dunklen Haar, das über ihre Schultern fiel. Sein Mund suchte und fand ihre Lippen. Ihre Atmung ging jetzt ebenso schnell und flach wie seine. Er küsste ihre Augenlider, fuhr mit den Händen über die geschmeidige, warme Haut ihres Halses und fühlte, wie ein Verlangen, das mehr als nur körperlich war, seinen Körper erzittern ließ.

Noch dringlicher als zuvor nahmen seine Lippen ihre wieder gefangen. Ein heißer Kohlenschauer ging mit einem Rauschen im Kamin neben ihnen nieder, als er sie auf das Bett legte. Sie hatte ihre Arme um seinen Hals geschlungen und wölbte ihren Körper seinen Berührungen entgegen.

Fiebrige Hände rissen den Stoff beiseite und entdeckten die Freuden von weichem, warmem Fleisch unter zärtlich streichelnden Fingern. Und in diesem Moment war es ihm egal, welcher Art ihre Verbindung zu Leo Pierrepont war. Nicht einmal die Dinge, die sie an jenem dunklen Tag vor sechs Jahre gesagt hatte, kümmerten ihn jetzt. Er brauchte sie.

Mit einem leisen Seufzen vergrub sich Sebastian in ihr. Sie wurden eins und bewegten sich gemeinsam, erst langsam, dann immer schneller, und er spürte, wie sich seine Angst und die Kälte, die ihn eben noch erfüllt hatten, im sanften Rhythmus ihres Körpers und in der Wärme ihrer hastigen Atemzüge, die sich mit seinen mischten, auflösten.

***

Hinterher lag er rücklings da, während das Feuer die Nacht in ein weiches Licht tauchte. Er hielt Kat eng umschlungen, küsste ihr Haar und lauschte auf die Geräusche der sich schlafen legenden Stadt um sie herum – in der Ferne polterte eine einsame Kutsche über die Straße und in der Nähe wurde ein Fensterladen zugeschlagen. Er ließ seine Hand an ihrer Seite entlang nach unten wandern, über die nackte Wölbung ihrer Hüften, und atmete den unvergesslich warmen und berauschenden Duft dieser Frau ein.

Nach einiger Zeit verlagerte sie ihr Gewicht und stützte sich auf die Ellenbogen, so dass sie auf ihn hinunterblicken konnte. Sie sagte: „Wovor würde sich ein Engel fürchten?"

Er lachte leise und strich mit seiner Hand ihren nackten Arm hinauf bis zu ihrer Schulter. „Was ist denn das für eine Frage?"

Sie zeichnete mit einer Fingerspitze ein unsichtbares Muster auf seinen nackten Brustkorb. „Ich dachte an diese Zeile von Pope – kennst du die? ‚Nur Narren überstürzen, wovor sich selbst die Engel fürchten. Was könnte ein Engel zu befürchten haben?"

„In Ungnade zu fallen, nehme ich an. Ich weiß nicht. Ich glaube nicht an Engel."

„Dann nehmen wir ein unsterbliches Wesen. Wovor sollte sich ein unsterbliches Wesen fürchten?"

Er überlegte eine Weile. „Davor, eine dumme Entscheidung zu treffen, würde ich meinen; das Falsche zu wählen. Stell dir vor, du müsstest bis in alle Ewigkeit damit leben." Er drehte seinen Kopf, um ihr Profil zu betrachten, das, vom Feuer beschienen, schön und unerwartet ernst aussah. „Warum? Was glaubst du, wovor sich ein Engel fürchten würde?"

Sie schwieg einen Moment lang. Dann sagte sie: „Liebe. Ich glaube, ein Engel hätte Angst, sich in ein sterbliches Wesen zu verlieben. In jemanden, der nur für kurze Zeit ihm gehören könnte und ihm dann für immer entgleiten würde."

Er drückte sie an sich, schlang seinen Ellenbogen um ihren Nacken und zog sie für einen Kuss zu sich herunter. Als sie sich dieses Mal liebten, hatten Kats Berührungen etwas Verzweifeltes an sich, auf eine stille Art und Weise, und er bemerkte es, auch wenn er den Grund dafür nicht verstehen konnte.

Irgendwann vor der Morgendämmerung erwachte er vom leisen Tapsen ihrer Schritte auf den abgewetzten Dielen und dem Rascheln des Stoffes, als sie sich anzog. Er hätte etwas sagen können, hätte seinen Arm nach ihr ausstrecken und sie aufhalten können.

Er ließ sie gehen und die Tür schloss sich mit einem kalten Luftzug hinter ihr.

Dann lag er einfach nur da, starrte ins Nichts und wartete auf den Anbruch des neuen Tages.

***

Am nächsten Morgen hatte sich der Schnee bereits in schmutzigen braunen Matsch verwandelt, der von den Traufen tropfte und als breites Rinnsal mitten durch die ungepflasterten Straßen lief.

Sebastian versuchte, dem Wasser, das beständig und schwallartig aus zerbrochenen Dachrinnen und durchhängenden Markisen strömte, auszuweichen, während er sich auf den Weg zum St. Jude's Findelhaus am Südufer der Themse in der Nähe von Lambeth machte. Das Haus erwies sich als großes, düsteres Bauwerk, das vor etwa zwei Jahrhunderten aus dem gleichen roten, für den Tudorstil typischen Ziegelstein und im selben unfreundlichen, festungsartigen Stil wie Hampton Court erbaut worden war. Außer natürlich, dass das Findelhaus längst nicht so gepflegt war wie Hampton Court.

„Ich weiß nicht, inwiefern ich Ihnen weiterhelfen kann", sagte die Hausmutter mit dem faltigen Gesicht, das ihn an eine Dörrpflaume erinnerte, als sich Sebastian ihr als Vetter Simon Taylor aus Worcestershire vorstellte. „Miss York kam immer montags her und das ist mein freier Tag."

Die Art, wie Hausmutter Snyder ihre Lippe kräuselte und den Namen *Miss York* förmlich ausspuckte, verriet viel darüber, wie sich der Umgang der beiden Frauen miteinander gestaltet hatte. Hausmutter Snyder hatte eine versteinerte Miene, dazu einen kompakten Körperbau und einen massiven Busen, den sie wie ein Regal vor sich hertrug. Falls sie jemals jung oder hübsch gewesen war, hatte ihre Geisteshaltung längst alle Spuren solcher früheren Schwächen ausgelöscht.

„Wenn es nach mir gegangen wäre“, bemerkte die Hausmutter, „hätten Mädchen wie *sie* dieses Haus niemals betreten dürfen.“

Sebastian schürzte jetzt selbst die Lippen und nickte zustimmend.

„Ich schätze, dass Reverend Finley Ihnen wohl weiterhelfen könnte“, sagte Hausmutter Snyder und taute ein wenig auf. „Miss York war eine seiner Lieblinge.“

„Reverend Finley?“ Sebastians Interesse erwachte. Bisher hatte er keine Spur, die ihn zu dem mysteriösen *F* führen könnte, der zweimal in den Seiten von Rachels Terminkalender aufgetaucht war. Aber wenn Rachel romantische Gefühle für den jungen geistlichen Berater des Hauses gehegt hätte, würde das sicherlich ihre kontinuierlichen Besuche in der Einrichtung erklären.

Frau Snyder kräuselte wieder die Lippen. Offensichtlich hielt sie auch nicht viel von Reverend Finley. „Wenn Sie sich beeilen, treffen Sie ihn vielleicht noch im Hof an. Er ist dort oft am Sonntagmorgen vor dem Gottesdienst bei den Kindern.“

Der Hof war ein trostloser, windumtoster Ort mit rissigen Mauern und fleckigem Gras, das braun unter den schmutzigen Überresten des nächtlichen Schneefalls hervorschaute. Sebastian schlug seinen Kragen hoch, um sich vor der Kälte zu schützen, und schritt über den vernachlässigten Innenhof in Richtung der Kinder, die sich mit verkniffenen Gesichtern weiter hinten zusammenscharten, wo ein schmaler Streifen des Hofs von der raren Wintersonne beschienen wurde. Als er sich der Gruppe näherte, bemerkte er, dass sie um einen Mann versammelt waren, der ihnen eine Geschichte von einem Löwen und einem Hasen erzählte. Der Mann war dünn, mit hängenden Schultern, einer rosafarbenen Halbglatze, die von weißen Haaren umrahmt wurde, und mit dicken Brillengläsern, die auf der Spitze seiner langen, dünnen Nase saßen.

Sebastian hielt sich zurück und vergrub seine Hände tief in den Taschen seines billigen Wintermantels. Ein Lächeln umspielte seine Lippen, während er beobachtete, wie der alte Pfarrer es schaffte, die Horde zerlumpter Wohlfahrtskinder mit der bloßen Macht seiner Worte zu fesseln. Welcher Art auch immer Rachels Beziehung zu diesem Mann gewesen war, eine Liebesbeziehung war es offensichtlich nicht gewesen.

„Schrecklich, was Rachel zugestoßen ist", sagte Reverend Finley. Nachdem er seine Geschichte beendet hatte, hatte er eilig die Kinder in die Kirche getrieben und sich umgedreht, damit sich Sebastian vorstellen konnte. „Wirklich eine Tragödie."

„Hat sie schon lange freiwillig hier ausgeholfen?", fragte Sebastian, als die beiden Männer sich umdrehten, um zusammen ein paar Schritte zu gehen.

Der alte Pfarrer zog das Drahtgestell seiner Brille von der Nase und rieb sich die geröteten Augen. „Fast drei Jahre lang, was mehr ist, als die meisten Frauen, die herkommen, verkraften können. Anfangs sind sie immer so entschlossen, voller guter Absichten, aber es geht ihnen irgendwann an die Nieren. Wissen Sie, es sterben so viele von den Kleinen. Ich habe es selbst nie richtig verstanden. Aber Rachel, sie hatte da eine Theorie und glaubte, dass sie starben, weil sie zu wenig Liebe bekamen. Also kam sie jeden Montagnachmittag und verbrachte Zeit mit jedem einzelnen der armen Babys. Sie hat sie der Reihe nach auf den Arm genommen und einfach nur gehalten. Und ihnen vorgesungen."

Sebastian starrte über den verschneiten Innenhof, wo Hausmutter Snyder geschäftig hin und her lief, um die Kinder dazu zu bringen, sich in Zweierreihen vor der Kirchentür aufzustellen. „Eine ungewöhnliche Beschäftigung für so eine Frau, nicht wahr?"

„Sie meinen für eine erfolgreiche Schauspielerin?" Der alte Pfarrer hob achselzuckend eine magere Schulter an. „Rachel war eine ungewöhnliche Frau. Die meisten Menschen, die das Glück hatten, sich aus einer schlimmen Lage befreien zu können, vergessen sehr schnell, wo sie herkommen. Aber nicht Rachel."

„Aber Rachel war gar kein Findelkind."

„Nein. Aber sie wusste, wie es ist, auf dieser Welt ein einsames und verlassenes Kind zu sein, ohne einen einzigen Freund." Der Pfarrer hielt inne. Seine Gesichtszüge wirkten plötzlich verhärmt und beunruhigt. „Manchmal frage ich mich ..."

„Was fragen Sie sich?"

Auf der anderen Seite des Hofs begann die einzelne Kirchglocke zu läuten – ein feierlicher und gleichförmiger Ton. Der Blick des alten Mannes verengte sich, als er zu der kleinen Turmspitze über ihnen hinauf starrte. „Seit etwa einem Monat kam mir Rachel irgendwie verändert vor. Sie war mit den Gedanken woanders. Es war fast so, als hätte sie Angst vor irgendetwas. Aber ich habe sie nie darauf angesprochen. In den letzten Tagen, nach dem, was passiert ist ... Na ja, da frage ich mich ständig, ob ich vielleicht einen Fehler gemacht habe. Ob ich ihr vielleicht irgendwie hätte helfen können, wenn ich nur gefragt hätte."

„Haben Sie eine Ahnung, wovor sie Angst hatte?"

Finley schüttelte den Kopf. „Nein. Ich wünschte, sie hätte sich mir anvertraut, aber das hat sie nicht."

„Wussten Sie, dass sie vorhatte, London zu verlassen?"

Der alte Mann sah sich überrascht um. „Nein. Davon wusste ich nichts."

„Haben Sie vielleicht eine Idee, wohin sie hätte gehen wollen?"

Er dachte einen Moment lang nach, schüttelte aber dann den Kopf. „Nein. Ich kann mir kaum vorstellen, dass sie nach Worcestershire zurückkehren wollte."

Nein, dachte Sebastian, sie wäre sicher nicht nach Worcestershire zurückgegangen. „Glauben Sie, dass es einen Mann in ihrem Leben gab? Einen Mann, vor dem sie vielleicht Angst gehabt haben könnte?"

Die meisten Kinder waren inzwischen in der Kirche. Nur drei oder vier Nachzügler waren zurückgeblieben und wurden von Hausmutter Snyder, die den beiden Männern einen kurzen, missbilligenden Blick zuwarf, zur Eile angetrieben.

Reverend Finley wandte sich der offenen Kirchentür zu. „Wir haben natürlich nie über solche Dinge gesprochen, aber ich würde sagen: Ja, Rachel war in jemanden verliebt – obwohl ich nicht glaube, dass sie sich vor diesem Mann gefürchtet hat. Sie hatte dieses Strahlen an sich, wie eine Frau, die glücklich verliebt ist." Ein trauriges, beinahe wehmütiges Lächeln umspielte die Lippen des alten Mannes. „Man könnte meinen, ich sei zu alt, um dieses Leuchten zu erkennen, aber wissen Sie, ich war auch einmal jung.“

***

Sebastian lief durch die kalten, windgepeitschten Straßen von Lambeth bis ans Ufer der Themse, wo er ein Skullboot nahm, das ihn über den Fluss und bis zu den Treppen unterhalb des Tower Hill brachte. Von dort aus war es nur ein kurzer Fußweg zu Paul Gibsons Praxis.

Sein Freund saß in eine zerlumpte Steppdecke gehüllt in einem rissigen Ledersessel im Wohnzimmer vor dem Feuer und hatte den starren Blick auf die glühenden Kohlen gerichtet.

„Ist das Bein wieder schlimm?“, fragte Sebastian und ließ sich in den schäbigen Sessel gegenüber sinken.

„Ein klein wenig.“ Gibson sah auf. In seinen Augen leuchte das gottlose Feuer des Opiumessers. Viel zu viele der Männer, die im Krieg verwundet worden waren, brachten diese Sucht mit nach Hause. Normalerweise konnte der Ire sein Verlangen danach beherrschen, aber es gab Zeiten, in denen die Erinnerungen an das, was er im Krieg gesehen hatte, unerträglich wurden oder die verbleibenden Granatsplitter in seinem Bein wanderten und es bluten ließen. Dann verschwand Gibson tagelang im Drogennebel. „Aber ich habe deine Obduktion abgeschlossen, keine Sorge.“

„Und?“

Gibson schüttelte den Kopf. „Nichts weiter, fürchte ich. Wenn man sie direkt zu mir gebracht hätte, hätte ich vielleicht noch irgendwelche Hinweise finden können. Aber so ...“

Sebastian nickte und schluckte seine Enttäuschung hinunter. Er hatte gewusst, dass es nicht sehr aussichtsreich war. „Ich habe überlegt, ob du dich vielleicht noch einmal für mich mit Jumpin’ Jack in Verbindung setzen könntest.“

„Cochran?“ Gibson stieß ein leises, schnaubendes Lachen aus. „Du hast wohl vor, noch eine Leiche zu stehlen, was?“

Sebastian grinste und schüttelte den Kopf. „Diesmal bin ich nur an Informationen interessiert. Ich frage mich, ob man unter den Leichenräubern schon einmal von jemandem gehört hat, der ein konkretes Interesse an weiblichen Leichen hat.“

Paul Gibson nickte nachdenklich. „Du willst deinem Mann also auf diese Weise auf die Schliche kommen?“

„Es ist einen Versuch wert.“ Sebastian drückte sich aus dem Sessel hoch. Er legte für einen Moment eine Hand auf die Schulter seines Freundes, bevor er sich zur Tür wandte. „Ich schaue in ein paar Tagen wieder vorbei, um zu sehen, wie es dir geht.“

Er griff nach dem Knauf, aber Gibson ließ ihn mit folgenden Worten innehalten: „Es gibt da noch eine Sache, die die vollständige Untersuchung der Leiche ergeben hat. Sie könnte für deine Untersuchung von Bedeutung sein, oder auch nicht.“

Sebastian wirbelte wieder herum. „Und was wäre das?“

„Rachel York befand sich in, wie die Damen sagen, *anderen Umständen.*“

Sebastian spürte, wie sich plötzlich seine Eingeweide zusammenkrampften. Er dachte daran, was Reverend Finley ihm erzählt hatte, und an Rachel York, die jeden Montagnachmittag ins St. Jude's Findelhaus gekommen war, um die Babys auf den Arm zu nehmen und ihnen vorzusingen, damit sie nicht aus Mangel an Liebe starben. Hatte sie davon gewusst? Und wenn sie es gewusst hatte, was waren wohl ihre letzten Gedanken gewesen, als sie spürte, wie das Messer ihres Mörders immer und immer wieder durch ihre Kehle schnitt?

„Wie weit war sie?“, fragte Sebastian mit seltsam heiserer Stimme.

„Beinahe im vierten Monat, würde ich sagen. Mit Sicherheit weit genug, um zu wissen, dass sie ein Kind erwartete.“

Kapitel 36

Sebastian nippte gerade in der Gaststube des *Rose and Crown* an einem Krug Bier, als Tom von der Straße hereingestürmt kam. Mit ihm wehte ein eisiger, nach Kohlenrauch stinkender Windstoß in den Raum.

„Ich hab' sie gefunden", sagte er mit hoher und vor Aufregung zitternder Stimme. „Ich hab' Eure Mary Grant gefunden. Und sie muss' es sich ziemlich gut gehen lassen mit dem Zeug, das sie ihrer alten Herrin abgenommen hat, wirklich ziemlich gut, denn sie lebt wie 'ne Königin – und auch noch in Bloomsbury."

***

Rachel Yorks einstiges Dienstmädchen hatte sich eine Wohnung in einem Mietshaus in einer respektierlichen Straße südlich von Russell Square genommen. Als Sebastian dort ankam, hatte der Himmel eine matte, weiße Färbung angenommen, die noch mehr Schneefall vor Einbruch der Nacht verhieß.

Sebastian bemerkte, wie eine Welle gespannter Erwartung, gar Hoffnung, ihn überkam und versuchte, das Gefühl zu unterdrücken. Er folgte der sauberen Treppe bis in den ersten Stock. Die Tür befand sich zu seiner Linken, so, wie Tom gesagt hatte. Aber als Sebastian kräftig gegen die frisch gestrichenen Holzpaneele klopfte, schwang sie knarrend unter seiner Berührung auf.

„Miss Grant?", rief er und seine Stimme hallte in der Stille wider. Er drückte die Tür weiter auf und trat in die Wohnung.

Er befand sich in einem Salon, der mit den Kirschholzmöbeln, vergoldeten Spiegeln und teuren Kuriositäten eingerichtet war, die einst Rachel York gehört hatten. Alle Möbelstücke waren auf rücksichtslose Weise gründlich durchsucht worden.

Spiegel und Bilder hatte der Eindringling von den Wänden gerissen und zertrümmert; Stühle lagen umgestürzt am Boden und ihre Polsterung hatte sich über den zerwühlten Teppich verteilt. Die Schubladen waren aus den Kommoden hervorgezogen worden und ihr Inhalt war – anscheinend in einer wilden, fieberhaften Suche – überall verstreut worden.

Sebastian zog die Tür hinter sich zu. Das Geräusch klang in der Stille des frühen Nachmittags unnatürlich laut. Er ging einen Raum nach dem anderen ab. Es war unmöglich, zu sagen, wonach der Eindringling gesucht und ob er es gefunden hatte. Aber als Sebastian das Schlafzimmer betrat, glaubte er, zumindest die Antwort auf einen Teil dieser Frage zu kennen. Denn hier war nur das halbe Zimmer durcheinandergebracht worden, die andere Hälfte hatte niemand angerührt.

Sebastian ging zu der Kommode, die auf der anderen Seite des Zimmers stand. Die unteren vier Schubladen waren noch an ihrem Platz. Aber aus der oberen Schublade, die zerbrochen auf dem Teppich lag, quollen spitzenbesetzte, feminine Kleidungsstücke hervor. Es lag nahe, eine solch verzweifelte Suche dort zu beginnen, denn Frauen versteckten nur allzu häufig geheime Dinge in ihrer Unterwäsche. Wer auch immer Mary Grants Eindringling war, er hatte offensichtlich nicht viel Erfahrung in solchen Dingen.

Sebastian hockte sich neben die kaputte Schublade. Etwas Blaues erregte seine Aufmerksamkeit. Es sah aus wie die Ecke eines Stück Papiers, das heruntergefallen oder weggetreten worden war, sodass es beinahe vollständig unter dem Rahmen der Kommode begraben lag. Sebastian zog das Papier behutsam unter dem Holz hervor, bis er einen blauen Umschlag in der Hand hielt, auf den jemand mit einer großen, männlich wirkenden Handschrift gekrakelt hatte: *Lord Frederick Fairchild.*

Lord Frederick war einer der berühmtesten, wortgewandtesten Whigs im Oberhaus. Er war kultiviert und geistreich und – im Gegensatz zu den meisten Männern im Dunstkreis des Prince of Wales – außergewöhnlich gemäßigt. Es wurde allgemein angenommen, dass der Prinz Fairchild auswählen würde, um ihn bei der Bildung der neuen whiggistischen Regierung zu unterstützen, nachdem er in ein paar Tagen als Regent vereidigt worden wäre.

Sebastian starrte nachdenklich auf den blauen Umschlag in seinen Händen. Sicherlich war er mit dem in Rachels rotem, lederbezogenem Büchlein erwähnten *F* gemeint. Konnte Lord Frederick sogar der Vater ihres ungeborenen Kindes sein? Und vielleicht auch ihr Mörder?

Der Raum war kalt, das Feuer im Kamin hatte man herunterbrennen und ausgehen lassen. Der süße, schwere Duft von Fliederwasser hing in der Luft, aber darunter machte Sebastian schwach einen anderen

Geruch aus, einen strengen, metallischen Geruch, der jedem Mann, der den Krieg kannte, nur zu vertraut war.

Eine unheilverheißende Vorahnung überkam ihn. Er steckte den Umschlag in seine Innentasche und stand auf. Die Tür zum Ankleidezimmer stand einen Spalt breit offen. Mit einer Hand an der Pistole in seiner Manteltasche schritt Sebastian durch das Zimmer, drückte die Tür weiter auf ...

Und blickte auf die sterblichen Überreste Mary Grants herab.

Kapitel 37

Sie lag ausgestreckt auf dem Rücken, die Augen weit aufgerissenen, der Blick leer. Ihre zerrissenen, blutverschmierten Kleider waren hochgeschoben worden und entblößten ihr blasses, nacktes Fleisch, das im schwindenden Tageslicht leuchtete. Ihre Kehle war so brutal zerstückelt worden, dass ihr Kopf sich beinahe abgelöst hatte.

Sebastian stand noch im Türrahmen und ließ seinen Blick durch das kleine, vertäfelte Zimmer wandern. Er hatte die Marienkapelle in *St. Matthew of the Fields* nicht gesehen, nachdem Rachel Yorks Mörder sein Opfer dort zurückgelassen hatte, aber er vermutete, dass es in der Kirche ähnlich ausgesehen haben musste. Das Blut war hoch und breit an die umliegenden Wände gespritzt, bis es in dünnen Rinnsalen die Vertäfelung hinunter gelaufen war, und die blutigen Handabdrücke des Mörders stachen unübersehbar und bedeutungsschwer auf den weißen, gespreizten Oberschenkeln der Toten hervor.

Es gab jetzt nichts mehr, was Sebastian für die Frau tun konnte, aber er hockte sich trotzdem neben sie und berührte mit den Fingerspitzen ihre blutige Wange. Sie war noch ein wenig warm.

Er lehnte sich zurück und umfasste mit den Händen seine Knie, während er in ihre blassen, leeren Augen blickte. Sie war jünger, als er erwartet hatte, wahrscheinlich nicht älter als fünfundzwanzig oder dreißig Jahre, hatte flachsblondes Haar, einen fahlen Teint und das schmale, kantige Gesicht, das man auf den Straßen Londons häufig sah. Sie musste sich wohl für gerissen gehalten haben und für überaus clever. Sie hatte eine Gelegenheit gewittert, alles an sich zu reißen, was einst ihrer Herrin gehört hatte – die edlen Möbel, die teure Kleidung und den wertvollen Schmuck – und sie hatte sie beim Schopf gepackt. Sie musste geglaubt haben, sie würde so dafür sorgen, eine ganze Weile lang ein angenehmes Leben führen zu können.

Nur, dass sie in Wirklichkeit dafür gesorgt hatte, das nächste Opfer des Mörders zu werden.

Sebastian starrte auf die blutigen Handabdrücke auf Mary Grants Oberschenkeln. Das Vorgehen glich sich bei beiden Frauen: Erst wurden sie getötet, dann vergewaltigt. Es deutete auf einen Mann hin, der von dem Wunsch, seine befremdliche, kranke Form der Lust zu stillen, zum Töten getrieben wurde. Allerdings konnte die Verbindung zwischen den beiden Frauen nur bedeuten, dass sie keine zufälligen Opfer waren: Wer auch immer Rachel York ermordet hatte, hatte sie nicht bloß zufällig in der Marienkapelle von *St. Matthew of the Fields* angetroffen. Er hatte sie aufgespürt. Und danach hatte er auch ihr Dienstmädchen, Mary Grant, ausfindig gemacht und sie ebenfalls umgebracht.

Aber warum? *Warum?*

Was wäre, wenn das Bedürfnis, sich an den Leichen der Frauen zu vergehen, nicht der Grund für die Morde, sondern nur eine Auswirkung derselben gewesen war

– ein Ventil für die Erregung und den Blutrausch, die der Tötungsakt hervorgerufen hatte? Mary Grant war vielleicht getötet worden, weil sie ihren Mörder dabei überrascht hatte, wie er ihre Wohnung durchsuchte oder weil sie etwas gewusst hatte, das ihn als Rachel Yorks Mörder hätte überführen können.

Oder hatte der Mörder beide Frauen aus einem ganz anderen Grund als Opfer ausgewählt?

Sebastian tastete nach dem Umschlag in seiner Tasche. Ganz gleich, ob er versehentlich fallen gelassen oder absichtlich dort hinterlassen worden war, damit ihn jemand fand – es ließ nichts Gutes erahnen, dass ein Mann wie Lord Frederick Fairchild in die Angelegenheit verstrickt war. Beide Frauen standen mit einem französischen Spionagering in Zusammenhang, während Lord Frederick derjenige war, der wahrscheinlich zum nächsten Premierminister Englands ernannt werden würden, wenn sein guter Freund, der Prince of Wales, das Amt des Regenten übernahm …

Ein leises, raschelndes Geräusch ließ Sebastian ruckartig den Kopf herumreißen, aber es waren nur die schweren Satinvorhänge vor dem Fenster, die sich durch einen plötzlichen Luftzug bewegt hatten. Er konnte den Wind draußen hören, der jetzt an Kraft zunahm. Bald würde es dunkel werden.

Er drückte sich hoch und verspürte das Bedürfnis, den blutigen, geschändeten Körper von Mary Grant zu bedecken, um sie vor den starrenden, forschenden Blicken zu schützen, denen sie mit der Zeit, wenn man sie fand, ausgesetzt sein würde. Doch er zwang er sich, sich abzuwenden und ihre Wohnung im Wesentlichen so zurückzulassen, wie er sie vorgefunden hatte.

Er war gerade durch die Haustür getreten, als er an einer beleibten Matrone vorbeihastete, die innehielt und ihm direkt ins Gesicht sah. Und in dem kurzen Augenblick, bevor er sich abwandte und die Vordertreppe hinuntereilte, erkannte er sie und bemerkte, wie ihre Augen aufleuchteten, weil auch sie ihn wiedererkannte.

„Mylord!", rief sie ihm nach. „Ihr seid es doch, oder nicht? Lord Devlin?"

Sebastian ging weiter. Er hatte sich seinen Hut tief ins Gesicht gezogen und auch die Schultern zum Schutz gegen die Kälte angehoben. Aber sein Herz begann, gegen seinen Brustkorb zu hämmern. Er stieß ein paar lautlose Flüche aus.

Ihr Name war Mrs Charles Lavery und sie war die Witwe eines Obersts, der zusammen mit Sebastian auf der Halbinsel gedient hatte. Fürs Erste würde sie denken, dass sie sich getäuscht und lediglich einen Fremden gesehen hatte, der sie vage an den jungen Viscount erinnert hatte, den sie von früher kannte. Sie würde sich sagen, dass es dumm von ihr war, nicht früher zu bemerken, wie schäbig seine Kleider waren, und dass graue Strähnen sein Haar, das unter dem Hut hervorschaute, durchzogen hatten. Aber wenn man Mary Grants Leiche fand, was gewiss geschehen würde, würde sich Mrs Lavery an diese zufällige Begegnung erinnern.

Und damit die Schlinge um Sebastians Hals noch weiter zuziehen.

***

„Ich verstehe das nicht", sagte Tom. Er versuchte so angestrengt, seine Gedanken zu ordnen, dass sein Gesichtchen ganz verhärmt aussah. Sie saßen in einer Droschke. Das Licht der Straßenlaternen spielte flackernd über die verschlissenen Lederpolster, als sie auf dem Weg nach *St. James's* in die Pall Mall einbogen.

„Lord Frederick ist ein Whig", sagte Sebastian und hatte Mühe, die englische Politik des frühen neunzehnten Jahrhunderts so zu erklären, dass es für ein Straßenkind Sinn ergab. „Aber ungefähr seit zwanzig Jahren sind die Tories an der Macht."

Tom steckte seine Fäuste tief in die Taschen des warmen Mantels, den Sebastian ihm gekauft hatte, und machte mit seiner Nase ein derbes, schnaubendes Geräusch. „Alle dasselbe Pack, wenn Ihr mich fragt."

Sebastian lächelte. „In vielerlei Hinsicht hast du Recht. Aber im Allgemeinen sehen sich die Tories als eiserne Beschützer der althergebrachten Institutionen des Landes, wie zum Beispiel der Monarchie und der anglikanischen Kirche. Das bedeutet, dass sie gegen jegliche Veränderungen sind, insbesondere gegen Dinge wie Toleranz gegenüber anderen Religionen oder Parlamentsreformen –"

„Und das sind Dinge, die die Whigs unterstützen?"

„So ungefähr. Und im Gegensatz zu den Tories wollen die Whigs den Krieg gegen Napoleon nicht weiterführen."

Tom sah überrascht auf. „Ihr meint, die mögen die *Franzosen?*"

„Wohl kaum. Aber sie stellen die Beweggründe, aus denen die Tories den Krieg fortsetzen wollen, in Frage. Krieg ist teuer. Er führt zu hohen Steuern und zu

Staatsanleihen, die zu horrenden Zinsen aufgenommen werden. Das ist gut für die Großgrundbesitzer und Kaufleute, die Kredite an die Regierung vergeben, aber nicht so gut für die einfachen Leute wie Landwirte, Handwerker und Tagelöhner. Wenn die Whigs an die Macht kommen, wird es sehr wahrscheinlich einen Friedensvertrag mit Frankreich geben."

Tom nickte und seine Augen strahlten, weil er Sebastians Worte verstand. „Also, was glaubt Ihr? Dass dieser Lord Frederick irgendwelche krummen Sachen mit den Franzosen macht und die zwei Frauen getötet hat, weil sie gedroht haben, ihn zu verpfeifen?"

„Vielleicht. Oder vielleicht käme es einfach jemandem zugute, wenn es danach aussähe."

„Ihr meint die Tories", sagte Tom.

Der Junge begriff erstaunlich schnell. Sebastian nickte. „Genau."

„Ihr Vater ist ein Tory, nicht wahr? Irgendein Minister oder so?"

Sebastian warf seinem jungen Freund einen Seitenblick zu. „Wer hat dir das erzählt?"

„Miss Kat."

„Ah."

Sie näherten sich den Konzertsälen auf der Ryder Street. Die fernen Klänge einer Geige waren schwach zu vernehmen. Sie wurden beinahe von dem Rattern von Kutschenrädern und dem Getrappel der Pferdehufe übertönt. Sebastian beugte sich vor, klopfte gegen die Vorderwand, zog dann seinen Hut bis weit über seine Augen und wickelte sich vorsichtig seinen Schal um die untere Gesichtshälfte, als die Droschke nahe an den Bordstein heranfuhr und im geheimnisvollen

Schatten zwischen zwei Straßenlaternen zum Stehen kam.

***

Sebastian stand im Dunkeln und beobachtete, wie die mit Juwelen behangene, parfümierte Schar von Männern und Frauen die Vordertreppe der *Compton's Recital Rooms* herunterkamen.

Selbst aus dieser seltenen Anhäufung teuer gekleideter feiner Leute stach Lord Frederick hervor: Er war eine stattliche, kultivierte Gestalt in makellosem weißem Leinen und trug einen Mantel von unnachahmlichem Schnitt. Die kleine, mit sich selbst beschäftigte Gruppe unterhielt sich lachend und hatte gerade den Fußweg erreicht und sich der *Mall* zugewandt, wahrscheinlich in der Absicht, bei *Richard's* zu dinieren, als Sebastian vortrat. Seine dunkle Gestalt war halb im Schatten verborgen. „Lord Frederick?"

Lord Frederick drehte sich um. „Ja?"

„Könnte ich wohl kurz mit Euch sprechen, Mylord?"

Ein Anflug von Verdruss huschte über die liebenswürdigen Gesichtszüge des anderen Mannes. „Nicht jetzt, mein guter Mann. Aber Sie können morgen zu mir kommen, wenn Sie möchten."

„Wie Ihr wünscht", sagte Sebastian und zog sich den Hut noch tiefer ins Gesicht. „Ich dachte nur, Ihr würdet vielleicht ein Gespräch unter vier Augen vorziehen, wenn man bedenkt, was ich zu sagen habe. Aber ich könnte morgen früh bei Euch zu Hause vorbeischauen, wenn es Euch nichts ausmacht, dass Eure Familie erfährt, was Ihr mit Rachel Y–"

Lord Frederick machte einen eiligen Schritt nach vorn und stieß dabei zischend, beinahe als Drohung, den Atem aus. Dann warf er einen Blick über seine Schulter, als wolle er sichergehen, dass seine Freunde nichts gehört hätten. „Um Gottes willen, sprechen Sie leiser."

Sebastian sah den Mann weiterhin starr und erwartungsvoll an.

Lord Frederick zögerte und bat knapp: „Entschuldigen Sie mich für einen Augenblick." Er drehte sich zu seinen Freunden um und sagte mit einem breiten Lächeln: „Geht ihr schon mal ohne mich vor. Ich komme dann später nach." Sein Lächeln verblasste genau in dem Moment, als er sich wieder Sebastian zuwandte. „Wer sind Sie? Was wollen Sie von mir?"

Sebastian vergrub seine Hände tief in den Taschen seines Wintermantels und wippte auf seinen Absätzen hin und her. „Nun, wisst Ihr, wir haben Euren Namen in Miss Yorks Terminkalender gefunden – Ihr wisst schon, die Miss Rachel York, die am vergangenen Dienstag in Westminster ermordet wurde? Ob Ihr uns wohl sagen könntet, wie Euer Name dort hinkam?"

Lord Frederick hatte seine Gesichtsregungen vortrefflich unter Kontrolle. Weder ein Anflug der Überraschung noch der Bestürzung zeichnete sich auf seinem glatten, liebenswürdigen Gesicht ab. „Sie sind von Bow Street, nehme ich an? Es tut mir leid, aber meine Bekanntschaft mit Miss York war rein oberflächlicher Natur. Ich wüsste wirklich nicht, wie ich Ihnen behilflich sein könnte."

Sebastian seufzte. „Ich hatte befürchtet, dass Ihr etwas Derartiges sagen würdet. Die Sache ist die: Ihr könnt gleich hier und jetzt mit mir plaudern, nett und freundlich. Oder wir können unseren kleinen Plausch drüben in der Bow Street fortführen."

„Ihr blufft. Das würdet Ihr nicht wagen."

Sebastian erwiderte das Starren des anderen Mannes seinerseits mit festem Blick.

Lord Frederick sah zuerst weg. Er kräuselte die Lippen und atmete in einem langen Seufzer aus, dann gab er ein unsicheres Lachen von sich. „Na schön. Miss York und ich hatten eine kleine Liaison. Sie wissen ja, wie das ist."

„Ihr meint, Ihr hattet Sex mit ihr."

Wieder gab Lord Frederick ein vages Lachen von sich. „Das ist zwar etwas ungehobelt formuliert, aber im Wesentlichen korrekt, ja."

„Und das war alles?"

„Was gibt es sonst noch über solche Angelegenheiten zu sagen?"

„Nun, die Antwort darauf wird Euch vielleicht überraschen, da die betreffende Dame anscheinend mit den Franzosen zusammengearbeitet hat."

Fairchild mochte zwar seine Gesichtsregungen unter Kontrolle haben, aber er konnte nicht verhindern, dass das Blut aus seinem Gesicht wich, sodass er blass und verängstigt wirkte.

Sebastian musterte den anderen Mann aufmerksam. „Ich nehme an, Ihr wollt mir glauben machen, Ihr hättet nichts davon gewusst?"

„Nein. Natürlich nicht. Sind Sie da ganz sicher?"

Lord Frederick zog sein Taschentuch hervor und drückte die zarten Seidenfalten auf seine Oberlippe. „Das ist furchtbar", presste er mit gedämpfter Stimme unter dem Taschentuch hervor. „Einfach furchtbar. Da muss ein Irrtum vorliegen."

Der Mann war offensichtlich erschüttert. Allerdings sah er Sebastian nicht mehr in die Augen.

„Wo genau wart Ihr am letzten Dienstagabend?"

„Ich habe den Abend natürlich mit dem Prinzen verbracht. Warum?" Lord Fredericks Unterkiefer klappte herunter, als er plötzlich begriff. „Großer Gott. Sicherlich wollen Sie nicht andeuten, dass ich sie getötet habe?"

„Ihr habt ein Motiv, Mylord."

Wut blitzte unerwartet heftig in den Augen des anderen Mannes auf. „Sie wagen es? Sie *wagen* es, *mir* gegenüber diesen Ton anzuschlagen? Wie ist Ihr Name? Hmm?" Er trat vor und sein Blick verengte sich, als er versuchte, Sebastians bedecktes Gesicht im Dunkeln zu erkennen. „Heraus mit der Sprache, Mann. Wer ist Ihr Vorgesetzter in der Bow Street? Ich schwöre bei Gott, das wird Sie Ihre Stelle kosten."

Sebastian lächelte. „Ich habe nie gesagt, dass ich für Bow Street arbeite."

„*Was?* Für wen arbeiten Sie dann?", fragte Fairchild eindringlich. Aber er sprach diese Worte nur in die Dunkelheit und zu ein paar verstreuten trockenen Blättern, die vom Nachtwind vorbeigeweht wurden, denn Sebastian war längst verschwunden.

***

„Er verbirgt etwas", sagte Sebastian.

Im Schutz eines Säulenganges beobachteten er und Tom, wie Lord Frederick zügig davoneilte. Das

Klackern seiner Stiefelabsätze hallte unheimlich im dichter werdenden Nebel wider. Er hatte offensichtlich seine Meinung geändert, was ein gemeinsames Abendessen mit seinen Freunden anging, denn er entfernte sich von *Richard's* auf der *Mall* und war stattdessen in Richtung der Piccadilly Street unterwegs.

Tom zappelte vor Ungeduld. „Glaubt Ihr, dass er unser Mann ist?"

„Ich bin mir nicht sicher", sagte Sebastian und umfasste mit einer Hand Toms Schulter, um ihn zurückzuhalten, als er sich rühren wollte. „Aber es ist sicher aufschlussreich, zu sehen, wo er hingeht."

Sie warteten, bis ihr Ziel fast außer Sichtweite war. Dann drückte Sebastian die Schulter des Jungen und ließ ihn gehen.

„*Jetzt*", sagte Sebastian.

So anmutig, geräuschlos und leichtfüßig wie eine Straßenkatze glitt Tom hinter der Säule hervor und flitzte hinterher – als Schatten, der einem Schatten durch die neblige Nacht folgte.

Kapitel 38

Sir Henry Lovejoy blieb auf der Türschwelle zum Ankleidezimmer stehen und starrte auf die Leiche von Mary Grant hinab. Die Leiche war noch nicht abgedeckt worden und der Geruch von Blut hing schwer in der Luft. Er war froh, dass er bisher nicht dazu gekommen war, sein Abendessen zu sich zu nehmen.

„Dieses Mal besteht kein Zweifel daran, wer es war", sagte Edward Maitland.

Lovejoy warf einen Blick zurück zu seinem Wachtmeister. „Nicht?"

„Wir haben eine Zeugin." Maitland klappte sein Notizbuch auf und hielt es in den goldenen Lichtschein einer der Öllampen, die sie angezündet hatten. „Eine Mrs Charles Lavery. Sie hat gesehen, wie Lord Devlin heute Nachmittag das Gebäude verlassen hat."

„Ist sie sicher, dass es Devlin war?"

„Sagt, sie kennt den Viscount. Ihr Mann hat zusammen mit Devlin in Spanien gedient." Maitland klappte sein Notizbuch zu. „Er ist unser Mann, keine Frage, Sir."

Lovejoy hockte sich neben die tote Frau und musterte ihr Gesicht. Sie war jung, aber nicht besonders hübsch. Nicht annähernd so attraktiv, wie es Rachel York gewesen war. „Warum diese Frau? Warum hätte er sich die ganze Mühe machen sollen, sie aufzuspüren?"

„Sie wusste, dass Rachel York an diesem Abend zu *St. Matthew's* gegangen war, um ihn zu treffen." Maitland zuckte unter seinem teuren, maßgeschneiderten Mantel mit den Schultern. „Also hat er sie getötet, um sie zum Schweigen zu bringen."

„Aber das hatte sie uns schon erzählt." Lovejoys Blick schweifte durch die Unordnung im Zimmer. „Was hat sie wohl sonst noch gewusst? Und was glauben Sie, was er gesucht hat?"

„Geld", regte Maitland an. „Oder etwas, das man verkaufen kann. Schmuck vielleicht."

„Wir haben es hier mit dem Erben einer Grafenwürde zu tun. Nicht mit irgendeinem unbedeutenden Dieb."

„Trotzdem muss ihm wohl langsam das Geld ausgehen. Ein Mann hat seine Ausgaben."

„Hmm. Vielleicht. Aber auch Rachel Yorks Pompadour war durchsucht worden, wenn Sie sich erinnern." Lovejoy drückte sich hoch, bis er wieder stand. Seine Knie ächzten aus Protest. „Aber ich frage mich", sagte er halb zu sich selbst. „Ich frage mich bloß ..."

***

Der Anblick eines Feuers und die Geräusche, die es machte, hatten etwas eigenartig Beruhigendes an sich. Kat Boleyn hatte ihre Füße an den Körper gezogen und den Kopf nach hinten gegen das Seidenpolster des Sofas in ihrem Wohnzimmer gelehnt. Ihr Blick ruhte auf den flackernden Flammen vor ihr, während sie der Stimme des Mannes lauschte, den sie einst geliebt hatte, und ihm zuhörte, wie er von seinem Besuch im St. Jude's Findelhaus erzählte.

Und von Mary Grant.

„Es ist nicht deine Schuld", sagte Kat, als Devlin seine Erzählung beendet hatte und neben ihr verstummte. „Es ist nicht deine Schuld, dass er sie zuerst gefunden hat."

„Nein. Ich weiß, dass es das nicht ist", sagte er, den Blick auf das Feuer gerichtet.

„In gewisser Weise bist auch du ein Opfer dieses Mörders."

„Ich weiß, dass es nicht meine Schuld ist", sagte er noch einmal.

„Aber trotzdem fühlst du dich schuldig."

Er sah auf, um ihrem Blick zu begegnen. Der Hauch eines gequälten Lächelns zuckte um seine Lippen, dann holte er tief Luft und es verblasste. „Ich glaube, das liegt daran, dass ich noch nicht verstehe, was das alles mit mir zu tun hat. Ich komme der Wahrheit immer näher und erhasche flüchtige Blicke darauf, aber ich bekomme sie bei bestem Willen nicht zu fassen. Und in der Zwischenzeit sterben all diese Frauen."

Sie berührte ihn an der Schulter. Er wandte sich ihr zu und krallte sich mit den Fingern an ihrem Arm fest, während er sein Gesicht an ihrer Brust barg. Sie fühlte, wie ein Beben seinen Körper erschütterte, dann rührte er sich nicht mehr.

Ihre eigenen widersprüchlichen Gefühle verunsicherten sie, aber sie legte ihre Hand sacht auf sein Haar, direkt über seinem Genick. „Es ist merkwürdig, nicht wahr?", fragte sie leise. „All die Jahre ist Rachel jeden Montagnachmittag zum *St. Jude's* gefahren und ich habe nichts davon gewusst."

Er verlagerte seine Position, sodass seine Wange auf ihrem Brustkorb lag und die nackte Haut berührte, die der Ausschnitt ihres Mieders preisgab. Seine Hand ruhte auf ihrem Oberbauch. „Sie hat ein Kind erwartet. Wusstest du das?"

Kats streichelnde Finger erstarrten in seinen Haaren. „Nein. Das wusste ich nicht. Aber es kommt vor. Selbst wenn man vorsichtig ist."

Mit einer Fingerkuppe zeichnete er ein filigranes Muster auf die dünne Seide ihres Kleides. Ein wohliges, warmes Gefühl, das tief aus ihrem Inneren zu kommen schien, breitete sich von dort weiter über ihren Körper aus. Sie staunte darüber, was die Berührung dieses Mannes in ihr auslöste. Obwohl sie es nicht wollte. Obwohl sie versuchte, sich dagegen zu wehren.

Er sagte: „Reverend Finley glaubt anscheinend, dass sie in jemanden verliebt war."

Kat umfasste seine Finger mit einer Hand und gebot der langsamen, verführerischen Bewegung Einhalt. „Glaubst du, sie wurde wegen des Babys umgebracht?"

„Vielleicht. Aber das erklärt nicht ihre Vergewaltigung. Oder was Mary Grant angetan wurde." Er hob den Kopf und sah ihr ins Gesicht. „Wie gut kennst du Lord Frederick?"

Als Freund des Prince of Wales war Lord Frederick häufiger zu Gast bei der Art von Veranstaltungen, zu denen Frauen wie Kat eingeladen wurden. Sie schätzte, dass sie den Mann wahrscheinlich besser kannte als Devlin, der nicht zu diesen Reihen gehörte und der zudem so viele Jahre außer Landes verbracht hatte. Sie verhakte ihre Finger mit seinen, obwohl selbst diese einfache Berührung widersprüchliche Gefühle in ihr aufsteigen ließ, die sie weder wollte noch gebrauchen konnte.

„Ich würde nicht sagen, dass er zu solcher Gewalt fähig ist", sagte sie nach kurzem Überlegen. „Genau genommen würde ich sogar sagen, dass er zu den wenigen Männern gehört, die Frauen wirklich *mögen*, wenn du verstehst, was ich meine? Er ist von der Art, die weibliche Gesellschaft genießt und gerne mit ihnen über Dinge wie Mode und Musik und Kunst plaudert. Er hat eine Tochter, Elizabeth, die letzten Monat den ältesten Sohn des Earl of Southwick geheiratet hat. Wann immer er von ihr spricht, kann man an seinem Gesicht ablesen, wie sehr er sie vergöttert.

„Sie ist sein einziges Kind, oder?"

Kat nickte. „Seine Frau ist vor fast fünfzehn Jahren gestorben, aber in all dieser Zeit hat er nie wieder geheiratet, sich nicht mal eine Geliebte genommen."

„Und trotzdem schlittert er plötzlich in eine lockere Liaison mit einer Frau, die zufälligerweise Informationen an die Franzosen weitergibt? Das ergibt keinen Sinn." Er stützte sich auf einen Ellenbogen, sodass er einen Umschlag aus Büttenpapier aus der Innentasche seines Mantels ziehen und ihr reichen konnte. „Ist das Rachel Yorks Handschrift?"

Kat blickte auf den Umschlag in ihrer Hand hinab, er war blau und die Worte *Lord Frederick Fairchild* waren in Leo Pierreponts großer Handschrift darauf gekritzelt worden.

„Nein", sagte sie und gab Sebastian den Umschlag zurück. Sie sah ihm dabei direkt in die Augen und hielt seinem Blick stand. „Zumindest glaube ich das nicht. Sie kommt mir nicht bekannt vor."

Er steckte den Umschlag weg.

„Wo hast du ihn her?“, fragte sie.

„Ich habe ihn in Mary Grants Wohnung gefunden.“

„Leer?“

„Ja.“

Er senkte den Kopf und ließ seine Lippen über die empfindliche Haut direkt unter ihrem Schlüsselbein gleiten, während seine Hände an all die geheimen Stellen wanderten, an denen seine Berührungen ihr Herz zum Rasen brachten und ihren Atem stocken ließen. All die Stellen, die er vor so langer Zeit entdeckt und offensichtlich nicht vergessen hatte.

Sie hatte gedacht, sie könnte ihr Herz aus alledem heraushalten. Sie hatte beschlossen, ihr Herz herauszuhalten. Aber eine unerwartete, ungewollte Flut aus zärtlichen Gefühlen und tiefem, ungestilltem Verlangen trieb ihr brennende Tränen in die Augen und verlieh dem Hunger, mit dem sich ihr Körper seinem entgegen wölbte, eine ungekannte Dringlichkeit.

***

Am nächsten Morgen erhielt Sebastian von Paul Gibson die Nachricht, dass ein gewisser Gentleman, mit dem sie bekannt waren, über Informationen verfügte, die für Sebastian interessant sein könnten. Dieser Herr hatte sich bereit erklärt, sich um zehn Uhr morgens am südöstlichen Rand von Green Park mit Sebastian zu treffen.

Für den Fall, dass es möglicherweise eine Falle sein könnte, kam Sebastian frühzeitig zum Treffpunkt. Aber die Weideflächen des Parks wurden lediglich von einem Dutzend Milchkühe und einigen Viehhirten bevölkert. Erst um halb elf erschien der große, ausgezehrt dünne Mann in gestreiften Hosen und mit einem fröhlichen roten Halstuch. Er brachte einen schwachen, undefinierbaren Geruch nach Verwesung mit sich, den er bei jedem seiner Schritte auszuströmen schien.

Jumpin' Jack Cochran würgte eine Ladung Speichel hoch, spuckte und wischte sich dann mit dem Handrücken über seinen Mund. „Ich hab' gehört, dass Sie nach einem Herrn suchen, der kein Arzt ist, aber sich trotzdem dafür interessiert, Halblange zu kaufen."

„Das stimmt", sagte Sebastian. Er zählte fünf Pfund ab, faltete sie zu einer Rolle und übergab sie ihm.

Jumpin' Jack leckte sich über die Lippen, stopfte das Geld tief in seine Manteltasche und rieb sich noch einmal über den Mund. „Ich hatte vor ungefähr einem Monat so einen Auftrag – von einem Burschen, der behauptete, er sei ein Künstler, aber ich dachte mir, dass er ein komischer Kauz war."

„Erinnern Sie sich an seinen Namen?"

Jumpin' Jack stieß ein Lachen aus, das gleich darauf in Husten überging. „In diesem Geschäft fragt man die Leute nicht nach ihrem Namen. Aber ich würde den Kerl schon wiedererkennen, wenn ich ihn sehen würde. Er war jung, mit einem dunklen Lockenkopf, so wie bei einem Mädchen. Meine Sarah hat noch tagelang da herumgelungert, nachdem sie ihn gesehen hatte. Sie sagte, er sähe aus wie die Engel in den Gemälden, die über den Seitenaltären in der Trinity Church hängen." Cochran spuckte erneut. „Man sollte meinen, das Mädchen hätte mehr Verstand, schließlich ist sie eine anständige Engländerin und er irgendein heidnischer Ausländer.“

Sebastian spürte, wie sich sein Puls vor Aufregung beschleunigte. „Er war Ausländer?“

„Ja. Aus Italien oder so. Das hat er jedenfalls gesagt. Für mich klingen die alle ziemlich gleich.“

„Wohin haben Sie die Waren geliefert? Erinnern Sie sich?“

„Klar. Almonry Terrace war das. In Westminster.“

Kapitel 39

Donatelli war gerade in seinem Atelier, als Sebastian durch die Tür kam.

Der Künstler drehte sich halb um, dann klappte sein Unterkiefer vor Schreck herunter und er riss den Mund weit auf. Der Atem entwich zischend aus seinem Brustkorb, weil Sebastian ihm seine Schulter in die Magengrube gerammt hatte und ihn zu Boden rang.

Der Italiener schaffte es gerade noch, zu keuchen: „Was machen Sie da? Was wollen Sie von mir?" Dann drückte Sebastian dem Mann seinen Unterarm unter das Kinn und schnürte ihm die Luft ab.

„Wie ich höre, haben Sie sich ein paar Halblange gekauft", presste Sebastian zähneknirschend hervor. „So mögen Sie also Ihre Frauen, hmm? Mögen Sie es, wenn sie sich nicht bewegen, keine Widerworte geben, ja, nicht einmal *atmen?*"

Donatellis engelsgleiche braune Augen weiteten sich. Er versuchte zu sprechen, aber alles, was er herausbekam, war ein Gurgeln.

Sebastian lockerte den Druck auf die Kehle des Mannes gerade so viel, dass er keuchen konnte: „Nein! Es ist nichts dergleichen. Ich fertige medizinische Illustrationen an."

Sebastian tat, als wolle er dem Mann die Kehle wieder abschnüren. „Schwachsinn."

„Nein! Ich schwöre, es ist die Wahrheit. Mein letzter Auftrag waren Abbildungen des weiblichen Torsos.“ Es sah aus, als wolle er sich vom Boden hochrappeln, dann erschlaffte er wieder. Sein Gesicht zuckte vor Angst, als Sebastian die kleine Steinschlosspistole hervorzog und den Lauf gegen die Schläfe des Mannes presste.

Donatelli leckte sich über die Lippen und rollte mit den Augäpfeln zur Seite, um Sebastians Finger am Abzug beobachten zu können. „Wenn Sie mich gehen lassen, zeige ich Ihnen die Illustrationen. Sie sind im Hinterzimmer.“

Sebastian zögerte, dann ließ er den Mann aufstehen.

Donatellis Hand wanderte an seine Kehle. „Heilige Mutter Gottes, Sie hätten mich beinahe getötet.“

Sebastian richtete die Steinschlosspistole auf den Brustkorb des Künstlers. „Die Illustrationen.“

Donatelli nickte. „Sie sind hier hinten.“ Er taumelte auf den anderen Raum zu. „Sehen Sie?“ Dort stand eine Reihe von vielleicht einem Dutzend Zeichnungen, die mit akribischer Detailgenauigkeit den Torso einer Frau in verschiedenen Stadien der Zergliederung und aus einer Vielzahl von Blickwinkeln zeigten.

„Ich arbeite mit einem Medizinstudenten vom *St. Thomas's*“, sagte Donatelli, dessen Stimme noch immer heiser und angespannt klang. „Er übernimmt das Sezieren, während ich zeichne.“

„Und warum sollte ein Maler, der die jüngste Entdeckung der *besseren Gesellschaft* ist, anatomische Skizzen an medizinische Fachzeitschriften verhökern müssen?“

Donatelli zog auf sehr südländische Art eine Schulter hoch. „Ich fing damit an, um mir etwas dazuzuverdienen, als ich für das Theater Bühnenbilder malte. Ich mache es immer noch, weil es mir Übung darin verschafft, den menschlichen Körper akkurat darzustellen. Ich bin nicht der einzige Maler, der an Leichen lernt. Sehen Sie sich mal Fragonard an."

Sebastian wandte sich von den blutigen Darstellungen ab. „Wo waren Sie an dem Abend, als Rachel York getötet wurde?" Die Abbildungen mochten dem Künstler vielleicht einen plausiblen Grund dafür verschaffen, menschliche Leichen zu erwerben, aber mehr nicht.

Die Augen des Italieners weiteten sich. „*Ich?* Aber … sicherlich glauben Sie nicht, dass ich Rachel getötet habe?"

Sebastian blickte dem Anderen unverwandt ins Gesicht. „Wo waren Sie?"

„Hier natürlich. Ich habe gemalt."

„War jemand bei Ihnen?"

Der Italiener spannte den Kiefer an. „Nein."

Sebastian hielt inne, denn eine kleine Leinwand in der Nähe hatte seine Aufmerksamkeit erregt. Sie sah aus wie eine Skizze für ein größeres Gemälde, ein Familienporträt. Die Gruppe bestand aus einem Mann und drei Frauen, von denen sich jede in einem anderen Lebensabschnitt befand. Die Matriarchin der Familie saß in der Mitte. Sie war dünn und faltig und vom Alter gebeugt, aber ihre Augen strahlten Stolz und solche Entschlossenheit aus, dass sie die Frau zu ihrer Linken vollkommen in den Schatten stellte – eine blasse Dame mittleren Alters mit ausdruckslosem Gesicht, die zweifelsohne die Ehefrau des Mannes war. Auf der anderen Seite starrte die unscheinbare braunhaarige Tochter der Familie, die etwa Anfang zwanzig sein musste, auf etwas außerhalb der Bildfläche, als wolle sie sich von den Anderen distanzieren. Und über ihnen allen thronte mit ausgebreiteten Armen – sowohl, um die Frauen zu beschützen, als auch, um über sie zu herrschen – ein großer Mann mit Hängebacken, gerötetem Gesicht und erbittert starrenden Augen, den Sebastian als Charles, Lord Jarvis identifizierte.

Sebastian sah auf und bemerkte, dass der Künstler ihn nervös beobachtete. „Sie porträtieren die Familie von Lord Jarvis?"

„Das ist die Skizze. Das Porträt selbst wurde im letzten Frühling fertiggestellt."

„Als Sie noch Theaterkulissen gemalt haben?"

Ein Muskel an der Seite von Donatellis Kiefer sprang hervor. „Lord Jarvis ist dafür bekannt, junge Künstler großzügig zu fördern. Er ist derjenige, der die *bessere Gesellschaft* auf mich aufmerksam gemacht hat."

Sebastian blickte wieder zurück auf die Familie. Er bemerkte, dass ein undeutlicher Gedanke am Rande seines Bewusstseins vorbeihuschte. Aber als er versuchte, ihn zu fassen zu bekommen, schwebte er einfach davon, wie ein blasses, spöttisches Trugbild, das nur für einen Augenblick auftauchte und genauso schnell wieder verschwand.

Mit der kleinen Steinschlosspistole, die er noch immer in der Hand hielt, schritt Sebastian weiter im Raum umher und betrachtete die verschiedenen Leinwände, die gegen die Wände gelehnt worden waren. Er war auf der Suche nach etwas, das all die eigenartigen, ungleichen Aspekte, die er bisher über Rachels Leben und ihren Tod erfahren hatte, zu einem schlüssigen Bild zusammenfügen würde.

Plötzlich blieb er vor einem eindringlichen Gemälde eines jungen Mädchens stehen, deren Handgelenke über ihrem Kopf zusammengebunden waren. Ihr nackter Körper wand sich unter Qualen und ihre Augen blickten gen Himmel, als wollte sie Gott um Gnade anflehen. Als er genauer hinsah, erkannte Sebastian, dass das Mädchen Rachel war, nur jünger. Viel jünger. „Das ist Rachel York, nicht wahr? Als Kind."

Aber Giorgio Donatelli betrachtete nicht das Gemälde, sondern ihn. „Sie sind der Kaufmann, der am Freitag hier war. Sie sehen jetzt anders aus, aber die Gesichtszüge sind dieselben." Seine Brauen zogen sich beunruhigt zusammen und er legte die Stirn in Falten. „Sie haben damals auch nach Rachel gefragt. Warum?"

Es gab wahrscheinlich ein halbes Dutzend Erklärungen, die Sebastian hätte vorgeben können, aber er beschloss, die Wahrheit zu sagen. „Weil ich versuche, herauszufinden, wer sie getötet hat."

„Es heißt, man wüsste, wer es war. Ein Viscount namens Devlin."

„Ich bin Devlin."

Sebastian war nicht sicher, welche Reaktion er von dem anderen Mann erwartet hatte. Donatelli blickte auf die Pistole, die Sebastian noch immer in der Hand hielt, sah dann wieder weg und nickte einmal, so, als wäre er selbst schon irgendwie zu dieser Schlussfolgerung gekommen.

„Rachel hat sich manchmal mit mir unterhalten", sagte er und deutete mit seinem Kinn auf die Leinwand, „während ich sie gemalt habe. Sie erzählte mir von ihrem Leben, davon, wie sie nach London gekommen ist. Und von ihrem Leben davor. Das hat mich zu diesem Gemälde inspiriert.

„Ihr Leben in Worcestershire?"

Wut blitzte dunkel in Donatellis Augen auf. „Sie war erst dreizehn, als ihr Vater starb. Ihre Mutter war bereits tot und sie hatte keine Verwandten, die sie aufnehmen wollten, also wurde sie der Pfarrei überlassen, die sie als Hausmädchen verkaufte." Er holte so tief Luft, dass sich seine Nasenlöcher aufblähten und sich sein Brustkorb hob. „Das macht man hier so, wissen Sie. Ihr Engländer, ihr schwingt so große Reden, wenn ihr die Nase über die Amerikaner rümpft und davon schwafelt, wie sündhaft und unmenschlich der Sklavenhandel mit Afrika ist. Und doch verkauft ihr eure eigenen Kinder als Sklaven."

Er hielt inne. „Man hat sie an einen fetten alten Kaufmann und seine Frau verkauft. Die war verrückt, diese Frau. Krank im Kopf. Sie hat Rachel immer an einen Pfosten im Keller angebunden und ihr den nackten Rücken ausgepeitscht, bis aufs Blut."

Sebastian starrte zu dem nackten, verängstigten Mädchen auf dem Gemälde hinunter. Er erinnerte sich an die dünnen, kreuz und quer verlaufenden weißen Linien, die Paul Gibson auf Rachels Rücken gefunden hatte und an die Narben an ihren Handgelenken.

„Aber was ihr der Kaufmann angetan hat, war noch schlimmer." Donatellis Stimme zitterte, als ihn der Zorn beinahe überwältigte. „Er hat Rachel als seine Hure benutzt. Sie war ein dreizehnjähriges Mädchen, fast noch ein Kind, und er hat sie über seinen

Schreibtisch gelegt und von hinten genommen wie einen Hund."

„Man würde nicht meinen, dass eine Frau, die so etwas durchgemacht hat, viel für Männer übrighätte", sagte Sebastian leise.

„Sie hat gelernt zu tun, was sie tun musste, um zu überleben."

„Wussten Sie, dass sie vorhatte, London zu verlassen?"

Donatellis Blick driftete ab. „Nein. Sie hat es nie erwähnt.

„Aber Sie wussten, dass sie schwanger war."

So, wie er das sagte, war es eine Feststellung und keine Frage. Zu Sebastians Überraschung, weiteten sich Donatellis Augen und seine Lippen öffneten sich, als müsste er plötzlich vor Angst nach Luft ringen. „Woher wissen Sie das?"

„Ich weiß es einfach. Wer war der Vater? Sie?"

„Nein!"

„Wer dann? Lord Frederick?"

„Lord Frederick?" Donatelli stieß ein kurzes, schrilles Lachen aus. „Wohl kaum. Der Mann ist ein Uranist."

Es war ein alter Begriff, *Uranist.* Ein alter Begriff für einen Mann mit bestimmten Neigungen, die so alt waren wie die Menschheit selbst. Sebastians erster Impuls war, die Behauptung kurzerhand als Unsinn abzutun. Allerdings war Donatelli viel zu leidenschaftlich und zu durchschaubar, um ein guter Lügner zu sein. Und es klang auch nicht nach einer Lüge. „Wenn das stimmt, warum hatte er dann ein Verhältnis mit Rachel?"

„Das hatte er nicht. Sie war – wie sagt man? Sein Alibi. Er bezahlte sie dafür, ihre Zimmer nutzen zu können, um sich dort mit seinem Liebhaber zu treffen. Einem jungen Beamten.“

Diese List war nicht unüblich, besonders unter denen, die für den Geheimdienst oder in der Regierung tätig waren. Man verbarg ein Geheimnis, indem man es als ein anderes tarnte – und zwar als ein Geheimnis, das so pikant und unanständig war, dass jemand, der es zufällig entdeckte, nie auf die Idee käme, dahinter zu blicken und die eigentliche, noch gefährlichere Wahrheit zu entdecken, die es verschleiern sollte. Wenn also Lord Fredericks Besuche in Rachel Yorks Wohnung bekannt geworden wären, hätten die Leute automatisch angenommen, dass er sich die junge Schauspielerin als Geliebte genommen hätte. Das wäre natürlich anstößig gewesen, aber durchaus nicht unüblich für einen Mann seines Alters und Vermögens. Die Gesellschaft hätte darüber geschmunzelt und getratscht, aber niemand wäre je auf die Idee gekommen, der Sache nachzugehen und zu dem wahren Geheimnis vorzudringen, das ihn zerstören würde, sollte es an die Öffentlichkeit gelangen.

Das Problem mit solchen Vereinbarungen war jedoch, dass sie einen erpressbar machten. Und Erpressung war ein häufiges Mordmotiv. Außer ... außer, dass es schwer vorstellbar war, dass ein Mann, dessen Vorliebe junge Männer waren, durch die Tötungshandlung so erregt wurde, dass er sich an den Leichen seiner weiblichen Opfer verging.

Sebastians Blick fiel auf ein weiteres von Donatellis Gemälden, das, in dem Rachel als Odaliske baden gehen wollte. Zum ersten Mal bemerkte er, dass das Gemälde auch die Gestalt eines Mannes zeigte, der sich hinter einer Reihe dicht beieinanderstehender Orangenbäume versteckt hatte und zu ihr hinüber spähte.

„Erzählen Sie mir noch einmal, was Sie über Bayard Wilcox wissen“, sagte Sebastian plötzlich. „Sie sagten, er hat Rachel beobachtet und ist ihr hinterhergelaufen. Aber er hat sie nie wirklich angesprochen?“

„Nicht vor letztem Samstag.“

Sebastian sah überrascht auf. „Samstag?“

„Bei *Steven's* in der Bond Street. Wir sind nach der Aufführung dorthin gegangen – unsere Gruppe bestand hauptsächlich aus Leuten vom Theater. Ungefähr gegen halb zwölf tauchte Bayard mit ein paar seiner befreundeten *Aristos* auf.“ Donatellis engelsgleiche Züge zitterten bei dieser Erinnerung vor Abscheu und Ekel. „Sie waren so betrunken, dass sie sich gegenseitig stützen mussten. Haben gelacht wie Idioten. Dann hat Bayard Rachel entdeckt. Er wurde plötzlich ganz still und ließ die Anderen stehen. Er lehnte sich an eine Säule in der Nähe und starrte sie an, so, wie er es immer tat. Seine Freunde versuchten, ihn da wegzuholen, aber er wollte sich nicht rühren. Also haben sie angefangen, ihn zu necken. Sie sagten, er müsse wohl ein Eunuch sein, wenn er bloß herumsteht und eine Frau einfach nur ansieht. Sie sagten, wenn er ein Mann wäre, würde er zu ihr gehen und ihr sagen, was er für sie empfindet.“

„Also hat er genau das gemacht?“

Donatelli nickte. „Er ging direkt auf sie zu und sagte ihr, dass er sie ficken wolle. Mit genau diesen Worten. Sie hat ihm ihre Faust ins Gesicht geschlagen.“

„Was hat Bayard getan?“

„So etwas habe ich noch nie erlebt. In einem Augenblick plärrte er noch vor sich hin und sagte, sie wäre wie eine Göttin für ihn und dass er an nichts anderes denken könnte als daran, wie es wäre, sie nackt unter sich zu haben. Dann hat sie ihn ins Gesicht geschlagen und es war, als würde er sich in jemand anderen verwandeln. Ich meine, seine Gesichtszüge haben sich wirklich verändert – seine Augen verengten sich zu Schlitzen und seine Lippen zogen sich zurück und seine Haut wurde dunkler. Es war, als wäre er besessen von jemand anderem. Von jemand Bösem."

Sebastian nickte. Er wusste, wovon Donatelli sprach. Er hatte diese Art der Veränderung bei Bayard schon beobachtet, als er noch ein Kind gewesen war.

„Ich glaube, wenn wir nicht da gewesen wären", sagte Donatelli, „hätte er sie auf der Stelle mit seinen bloßen Händen umgebracht. Wir mussten ihn mit aller Kraft zurückhalten, bis seine Freunde ihn schließlich weggezerrt haben. Man konnte ihn noch schreien hören, als er draußen war – er hat ihr die abscheulichsten Obszönitäten entgegengeschleudert. Hat gesagt, er würde sie töten."

„Das hat er gesagt? Dass er sie töten wollte?"

Donatelli nickte. Sein Gesicht war aschfahl und angespannt. „Er sagte, er würde ihr den Kopf abreißen."

Kapitel 40

Normalerweise war der Sonntag der einzige Tag der Woche, an dem Charles, Lord Jarvis, überhaupt Zeit zu Hause verbrachte. Er brachte dann am Morgen seine Mutter, seine Frau und seine Tochter zur Kirche und setzte sich danach mit ihnen für ein traditionelles englisches Sonntagsessen zusammen, bevor er sich in einen seiner Clubs zurückzog oder in die Räumlichkeiten, die ihm im *Carlton House* und im *St. James's Palace* zur Verfügung gestellt worden waren.

Aber ein Leiden, das seine Ärzte eine Herzentzündung nannten – das aber nach Jarvis' Meinung nur ein bisschen Sodbrennen war – hatte an diesem Montag dafür gesorgt, dass er im Bett geblieben war und unter der Obhut seiner sarkastischen, spitzzüngigen Mutter stand, die seinen Haushalt führte, während seine Frau immer tiefer in ihren nebligen Traumwelten versank und seine Tochter unterwegs war, um gegen Windmühlen zu kämpfen und sich in Dinge einzumischen, die sie nichts angingen, während sie sich beharrlich weigerte, das einzusehen.

Es war eine gewisse Ironie des Schicksals, dass Jarvis' Leben voller Frauen war. Zusätzlich zu seiner Mutter, Frau und Tochter, die bei ihm lebten, nahm Jarvis weit mehr am Leben seiner beiden Schwestern teil, als ihm lieb war. Da war die weinerliche, verrückte Agnes, die

stets seine Hilfe brauchte, um sowohl ihren nutzlosen
Ehemann als auch ihren Sohn von ihren jeweiligen
Schulden zu befreien; und Phyllis, die zwar nicht intel-
ligenter als ihre Schwester, aber zumindest so klug gewesen war, bei ihrer Hochzeit eine gute Partie zu machen.

Nach Jarvis' Meinung waren Frauen im Allgemeinen
überaus einfältig und töricht, mehr noch als die meisten Männer. Zugegebenermaßen gab es ein paar Aus-
nahmen – Frauen, die erstaunlich rational waren und
einen wachen Geist hatten, allerdings dazu neigten,
entweder verbittert und mürrisch oder sarkastisch und
respektlos zu sein – und diese Exemplare verärgerten
ihn noch mehr als seine hohlköpfigen Schwestern.
Trotz des tiefen, anhaltenden Hasses, den er für die
Franzosen hegte – und wenn auch sonst ihre Ansichten
auseinandergingen –, musste Jarvis Napoleon in zumindest in dieser Angelegenheit zustimmen: Die einzigen zwei Dinge, für die Frauen zu gebrauchen waren,
waren das Vergnügen und die Fortpflanzung.

Und dieser Gedanke brachte ihn, wie so oft, wieder zu
Annabelle, seiner Frau, zurück.

Sie war ein feenhaftes, hübsches kleines Ding gewesen, als er sie geheiratet hatte – eine zierliche junge
Frau mit strahlend blauen Augen, einem fröhlichen Lachen und einer stattlichen Mitgift. Aber sie hatte sich
als herbe Enttäuschung erwiesen. Sie hatte es lediglich
geschafft, eine lebendige Tochter und einen kränkli-
chen, schwachen Sohn zu gebären, bevor sie dazu übergegangen war, jährlich Fehl- und Totgeburten zu haben, von denen die Ärzte behaupteten, dass sie ihre Gesundheit ruiniert und das Gleichgewicht ihres zarten

Geistes durcheinandergebracht hätten. Jarvis wusste es besser. Annabelles Geist war nie in einer ausgeglichenen Verfassung gewesen. Aber welche Hoffnungen er auch immer gehabt haben mochte, dass ihr labiler Gesundheitszustand sie bald entschwinden lassen würde, sie erwiesen sich als falsch. Sie lebte einfach weiter, Jahr für Jahr. Von ihren Ärzten war es ihr verboten worden, ihm die Befriedigung zu verschaffen, nach der sein Körper noch gelegentlich verlangte. Und sie war unfähig, den Sohn hervorzubringen, den er brauchte, um David zu ersetzen, der jetzt in seinem Grab irgendwo auf dem Meeresboden lag.

Und doch war es von allen Frauen in Jarvis' Leben seine Tochter, Hero, die Jarvis am meisten Kummer bereitete. Sie war ein stures, verschrobenes Ding und hatte ihr Leben widerlicherweise guten Taten gewidmet. Zudem gab sie eine Unmenge besorgniserregender Ansichten von sich, geprägt von ihrer Lektüre der Werke von Mary Wollstonecraft und dem Marquis of Condorcet und dergleichen. Schlimmer noch: Nachdem sie sich seinen unzähligen Bemühungen, eine vorteilhafte Partie für sie auszuhandeln, hartnäckig widersetzt hatte, war sie inzwischen fast fünfundzwanzig Jahre alt und auf dem besten Weg, als alte Jungfer zu enden. Sie war nie so ein hübsches, einnehmendes Ding gewesen wie ihre Mutter damals und selbst das, was man an ihr ansehnlich finden könnte, drohte, schon bald zu welken.

Gerade war sie unterwegs, um ausgerechnet ein Armenhaus zu besuchen. Allein bei dem Gedanken daran stieg ein saures Brennen in seinem Brustkorb auf, sodass er nicht gerade guter Stimmung war, als am

späten Nachmittag dieser törichte Richter, Lovejoy,
endlich zu ihm geführt wurde.

„Ihr wolltet mich sehen, Mylord?", sagte der kleinere
Mann und verbeugte sich.

„Das wurde aber auch Zeit", meckerte Jarvis vom Sofa
neben dem Feuer aus, wo er sich eine Art provisori-
schen Arbeitsplatz eingerichtet hatte. „Wie ich höre,
hat Devlin wieder gemordet."

„Wir wissen eigentlich nicht genau –"

„Er wurde gesehen, oder nicht?"

Der kleine Mann presste die Lippen zusammen und
seufzte. „Ja, Mylord."

„Dem Prinzen missfällt diese ganze Angelegenheit
überaus. Auf den Straßen wird geredet. Das Geschwätz
ist beunruhigend. Die Leute sagen, es sei in diesem
Land so weit gekommen, dass die Adligen ungestraft
morden können und dass die Frauen aus dem einfachen Volk nicht mehr sicher sind, nicht einmal mehr in
ihrer eigenen Wohnung. Das ist das Letzte, was der
Prinz jetzt gebrauchen kann, nur zwei Tage vor seiner
Vereidigung als Regent."

„Ja, Mylord."

„Der Prinz will, dass Devlin gefangen genommen oder
getötet wird und zwar innerhalb der nächsten
achtundvierzig Stunden. Oder Queen Square wird sich
nach einem neuen Untersuchungsrichter umsehen
müssen. Habe ich mich verständlich genug ausgedrückt?"

„Ja, Mylord", sagte Lovejoy und entfernte sich unter
Verbeugungen.

Kapitel 41

Kurz nach der Mittagszeit erreichte Sebastian das Stadthaus seiner Schwester am St. James's Square.

„Mylord", sagte Amandas Butler. Seine Augen weiteten sich vor Verwunderung und Angst, als er die Tür auf Sebastians eindringliches Klopfen hin öffnete.

„Ich nehme an, Bayard ist noch zu Hause?", fragte Sebastian, zwängte sich an dem Mann vorbei und steuerte auf die Treppe zu.

„Ich glaube, Mr Wilcox ist in seinem Ankleidezimmer, Mylord. Wenn es Ihnen nichts ausmacht, warten Sie doch bitte – *Mylord"*, jammerte der Butler, aber Sebastian erklomm bereits die Treppe und nahm dabei immer zwei Stufen auf einmal.

Sebastian stieß die Garderobentür ohne Vorwarnung auf. Bayard hatte gerade erst sein Hemd angezogen. Sein Hals war in einem ungünstigen Winkel nach hinten gebeugt, während er sich mit einem der ungeheuer breiten Halstücher abmühte, für die er eine Vorliebe hatte. Er wirbelte herum. Sein Unterkiefer klappte herunter und er riss die Augen auf. *„Devlin."*

Sebastian stürzte wutentbrannt auf ihn zu und packte ihn, sodass einer der Stühle durch das Zimmer flog und die beiden Männer quer durch den Raum taumelten, bis Bayard mit dem Rücken so heftig gegen die

Wand schlug, dass ihm die Luft wegblieb und er vor Schmerz aufkeuchte.

„Du hast mich angelogen", sagte Sebastian, zerrte seinen Neffen von der Wand weg und schlug ihn dann mit dem Rücken ein zweites Mal dagegen. „Du hast gesagt, du hättest dich Rachel York niemals genähert. Und jetzt kommt mir zu Ohren, dass du im *Steven's* auf der Bond Street gedroht hast, sie umzubringen."

Bayards Stimme war nur noch ein Röcheln und sein Brustkorb zuckte heftig, als er angestrengt um Luft rang. „Ich war betrunken! Ich wusste nicht, was ich tat, geschweige denn, was ich sagte."

„An dem Abend, als sie starb, warst du auch betrunken. Wie kannst du wissen, was du da getan hast?"

„Ich würde ihr nie etwas antun! Ich habe sie *geliebt*."

„Du sagtest, du würdest ihr den Kopf abreißen, Bayard. Und dann, nur ein paar Tage später, macht jemand etwas, was dem verdammt nahekommt. Ich erinnere mich noch an die Schildkröten, Bayard."

Bayards Mund klappte auf und seine Augen weiteten sich vor Entsetzen. „Ist ihr das etwa zugestoßen? Woher weißt du das? Oh Gott, das ist doch nicht wahr, oder?"

Sebastian festigte seinen Griff um die Arme seines Neffen, hob ihn hoch, bis seine Füße kaum noch den Boden berührten, und hielt ihn dort festgenagelt. „Was ist mit der Anderen, Bayard? Mary Grant. Warum bist du auch über sie hergefallen?"

Die Verwirrung in Bayards Gesicht wirkte so echt, dass Sebastian einen Augenblick lang Zweifel überkamen. „Die Andere? Wer zum Teufel ist Mary Grant?"

Eine Frauenstimme durchbrach die plötzliche, bleischwere Stille. „Lass ihn los", sagte Amanda. „Lass ihn los oder ich schwöre bei Gott, Sebastian, ich werde dir die Wachtmeister auf den Hals hetzen."

Sebastian drehte den Kopf und starrte seine Schwester an, die im Türrahmen stand. Sie war eine große Frau mittleren Alters mit der hochmütigen Ausstrahlung, die die Tochter eines Earls wohl zwangsläufig haben musste. Sie hatte die Haar- und Augenfarbe ihrer Mutter geerbt und auch ihre schlanke, anmutige Statur, aber so viel von den faden, grobschlächtigen Gesichtszügen ihres Vaters, dass sie im Alter von vierzig Jahren dem Grafen weit mehr ähnelte als der schönen, zauberhaften Frau, die einst die Countess of Hendon gewesen war.

Sebastian zögerte, dann lockerte er seinen Griff um Bayards Arme und ließ den Jungen gegen die Wand sacken.

Bayard rührte sich nicht von der Stelle – seine Schultern waren immer noch gegen die Vertäfelung gepresst, sein Mund stand offen und seine Atmung ging schwer und stoßweise.

„Du hast es gewusst, nicht wahr", sagte Sebastian. „Du hast gewusst, dass er das Mädchen getötet hat."

Bayard wischte sich mit einer zittrigen Hand über seine schlaffen, feuchten Lippen. „Das habe ich nicht! Warum willst du mir denn nicht glauben?"

Sebastians Blick verharrte auf dem Gesicht seiner Schwester. „Du hast es gewusst, aber du hast es mir verschwiegen. Und jetzt hat er wieder gemordet."

„Ich sagte dir doch, ich habe sie nicht getötet", sagte Bayard. „Ich habe niemanden getötet."

Amanda richtete den Blick auf ihren Sohn. Ihre Gesichtszüge waren dabei so kalt und streng, dass Sebastian für einen Augenblick Mitgefühl für seinen Neffen empfand. Sie hatte ihn schon immer so angesehen, selbst, als er noch ein kleiner Junge gewesen war und auf herzergreifende Weise um ihre Liebe gebettelt hatte. „Lass uns allein.“

„Aber ich schwöre dir, ich habe niemanden getötet!“

„Lass uns jetzt allein, Bayard.“

Bayard schluckte so schwer, dass sein Kehlkopf hervortrat. Er zögerte einen Moment und sein Mund zuckte, so, als wollte er versuchen, noch etwas zu sagen. Dann zog er den Kopf ein, drückte sich von der Wand weg und hastete mit hilflosen, unbeholfenen Schritten an seiner Mutter vorbei aus dem Zimmer.

Amanda beobachtete, wie er zur Treppe stolperte, dann wandte sie ihren Blick wieder Sebastian zu. „Der Vorfall in der Bond Street hat gar nichts zu sagen“, begann sie. „Wirres Gerede eines Jungen, weiter nichts.“

„Ist es wirklich weiter nichts? Du weißt, wie er ist, Amanda. Das hast du immer gewusst, auch wenn du es nicht zugeben wolltest.“

„Du gibst zu viel auf das ungehobelte Benehmen eines Schuljungen.“

„Eines *Schuljungen?*“

Amanda ging ohne Umschweife zu dem Stuhl hinüber, der beim Ringen der beiden umgeworfen worden war. „Lass dir das gesagt sein, Sebastian: Ich werde nicht zulassen, dass mein Sohn ruiniert wird, nur weil belangloserweise irgendeine nutzlose kleine Hure gestorben ist, die lediglich bekommen hat, was sie verdient hat.“

„Mein Gott, Amanda. Wir sprechen hier von einem Menschenleben."

Amandas Lippen kräuselten sich voller Verachtung. „Wir haben nicht alle eine so jämmerliche Schwäche für den Abschaum der Gesellschaft. Man sollte meinen, du hättest deine Lektion gelernt, nach der Erfahrung mit diesem leichten Mädchen, das dich vor sechs Jahren so zum Narren gehalten hat. Wie war noch gleich ihr Name? Anne Boleyn? Nein, warte, so hieß ja die Hure eines anderen Mannes. Deine hieß –"

„Tu das nicht", sagte Sebastian und machte einen hastigen Schritt auf seine Schwester zu, bevor er abrupt innehielt. „Fang nicht von Kat an."

„Um Himmels willen!" Amandas Augen weiteten sich vor Erstaunen, als sie ihrem Bruder ins Gesicht sah. „Du bist ja immer noch in sie verliebt."

Sebastian erwiderte lediglich starr ihren Blick, aber ein schwacher, verräterischer Rotschimmer zeichnete sich auf seinen erhitzten Wangen ab.

„Du triffst sie wieder, oder?" Sie stieß ein schrilles Lachen aus. „Du wirst es wohl nie lernen. Auf was ist sie bloß diesmal aus, frage ich mich? Auf eine Chance, die trauernde Witwe bei deiner Hinrichtung zu spielen?"

„Ich werde mich nicht für deinen Sohn hängen lassen, Amanda."

Die Belustigung wich aus Amandas Gesicht. „Ich sage dir noch einmal: Bayard hat nichts mit dem Tod dieser Dirne zu tun. Er war bis neun Uhr mit seinen Freunden zusammen, dann hat Wilcox ihn abgeholt und nach Hause gebracht. Danach hat er das Haus nicht mehr verlassen."

„Mit dieser Lüge werden sich die Behörden vielleicht dieses Mal zufriedengeben. Aber er wird es wieder tun, Amanda. Und was dann? Was glaubst du, wie lange du ihn beschützen kannst?“

Die Zornesröte färbte ihre Wangen dunkel und ließ das feindselige Funkeln ihrer strahlend blauen Augen, die denen ihres Vaters so ähnlich waren, noch deutlicher hervortreten. „Verschwinde aus meinem Haus.“

Laute Klopfgeräusche gefolgt von aufgeregten Stimmen und einem harschen Schrei hallten die Treppe hinauf. Sebastian wandte sich in die Richtung, aus der der Aufruhr kam, und seine Lippen verzogen sich zu einem grimmigen Lächeln. „Du hast vielleicht nicht die Wachtmeister gerufen, meine liebe Schwester, aber wie es scheint, hat Bayard das getan.“

Kapitel 42

Es waren nur zwei Wachtmeister und beide waren jenseits der vierzig. Der eine war groß und knochendürr, der andere träge und korpulent.

Einer von ihnen hatte die Treppe schon halb erklommen, als Sebastians Faust den Mann mit einem klatschenden Geräusch unter dem Kinn traf, sodass sein Kiefer zuklappte und er rückwärts die Treppe heruntersegelte, während er verzweifelt mit den Armen ruderte.

„Na hören Sie mal", schimpfte der zweite – nur einen Augenblick, bevor Sebastian seine Faust im weichen Bauch des Mannes versenkte. Er riss die Augen auf, dann krümmte er sich und gab ein keuchendes Jaulen von sich.

Bayard stand am Fuße der Treppe. Das spöttische, selbstgefällige Lächeln, das auf seinen Lippen lag, verblasste bald. „Du kleiner Bastard", sagte Sebastian und schlug auch ihn, einfach aus Prinzip, bevor er aus der Tür stürmte.

Anschließend verbrachte Sebastian einige Stunden mit dem Versuch, Bayards Alibi zu widerlegen, nur um festzustellen, dass Bayard und seine beiden Kumpanen tatsächlich den Nachmittag und Abend des vergangenen Dienstags damit verbracht hatten, sich hemmungslos im *Leather Bottle* in Islington zu betrinken, bis sie sternhagelvoll waren. Ihre anschließende Ankunft in *Cribb's Parlor*, gefolgt von ihrem übereilten Aufbruch, war gleichermaßen spektakulär wie einprägsam gewesen. Tatsächlich erinnerte sich der Pförtner genau daran, dass er geholfen hatte, den besinnungslosen jungen Herrn in die Kutsche seines Vaters zu hieven. Er erinnerte sich sogar an die Zeit, weil die Kirchenglocken der Stadt gerade begonnen hatten, neun Uhr zu schlagen, als die Kutsche davonfuhr.

***

Tom spürte Sebastian in einem Kaffeehaus in der Nähe des *Rose and Crown* auf. In der linken Hand hielt er einen Krug Bier und um die Knöchel seiner Rechten hatte er ein blutverschmiertes Taschentuch gewickelt.

„Was habt Ihr mit Eurer Hand gemacht?"

„Ich habe sie mir angeschlagen."

„Jemandem ins Gesicht geschlagen, meint Ihr?", fragte Tom grinsend und krabbelte auf die Bank ihm gegenüber, ohne die in Papier eingewickelte Fleischpastete loszulassen, die er mit einer Hand umklammert hielt. „Habt Ihr was über Euren Neffen rausgefunden?"

Sebastian nahm langsam einen großen Schluck von seinem Bier. „Dass er ein hieb- und stichfestes Alibi hat."

Tom unterbrach den Versuch, das Papier von seiner Pastete abzureißen, und sah auf. „Ein was?"

„Ein Alibi. Ein überprüfbarer Nachweis, dass er zum Zeitpunkt der Straftat irgendwo anders war. In diesem Fall lag er besinnungslos in den Armen seines Vaters." Sebastian lehnte sich auf die Bank zurück. „Die Zahl meiner Verdächtigen verringert sich beständig. Bayard hatte das Motiv und er wäre fähig dazu, aber anscheinend hatte er keine Gelegenheit, den Mord zu begehen. Giorgio Donatelli hatte die Gelegenheit, aber kein Motiv, dessen ich mir bewusst wäre – außerdem lässt nichts, was wir über den Mann erfahren haben, vermuten, dass er zu solch roher Gewalt fähig wäre. Lord Frederick behauptet, er wäre zum Zeitpunkt der Morde mit dem Prince of Wales zusammen gewesen und obwohl ich noch keine Gelegenheit hatte, das zu überprüfen, würde ich zweifellos denken, dass ein Mann mit seinen Neigungen sich wohl kaum dieser besonderen Art der Nekrophilie hingeben würde, der unser Mörder frönt."

„Nekrowas?"

Sebastian blickte in das aufgeschlossene, neugierige Gesicht des Jungen. „Schon gut, vergiss das."

„Bleibt immer noch der Franzose", sagte Tom. Er hielt inne, um einen Bissen von seiner Pastete zu nehmen, schluckte dann eilig und fuhr fort: „Und dieser Schauspieler, Hugh Gordon. Ihr habt nur sein Wort als Beweis dafür, dass er an diesem Abend zuhause war und seinen Text gelernt hat."

„Eine Liebesbeziehung, die vor zwei Jahren böse endete, scheint mir als Mordmotiv nicht sehr wahrscheinlich, aber du hast Recht, es könnte nicht schaden, zu überprüfen, wo er sich an diesem Abend aufgehalten hat. Warum fragst du nicht ein bisschen herum, ob sich einer seiner Nachbarn erinnert, ihn an diesem Abend gesehen zu haben?"

Tom nickte und schluckte den letzten Bissen seiner Pastete herunter. „Ich habe etwas Interessantes über

Euren Lord Frederick erfahren. Er hat gestern Abend noch einen Freund besucht. Er ist in Richtung Marylebone gegangen, zu einem jungen Freund, der eine Wohnung in der Stratton Street hat."

Sebastian leerte seinen Krug und schob ihn beiseite.

„Wer ist dieser Freund?"

„Die Leute dort schienen es nicht zu wissen. Ich nehme an, er wohnt da noch nicht sehr lange. Also bin ich ihm heute Morgen gefolgt."

„Und?"

„Sein Name ist Davis. Wesley Davis. Wie sich herausgestellt hat, ist er Beamter. Im Außenministerium."

***

Es war die Stunde, zu der die feine Gesellschaft durch den Hyde Park lustwandelte, die Stunde, zu der jeder, der etwas auf sich hielt, darauf bedacht war, sich dort sehen zu lassen, entweder beim Spazieren gehen, dabei, wie er gemächlich auf einem prächtigen Reitpferd die *Row* entlang trabte oder die Allee in einem angemessen eleganten Zweispänner, einem Phaeton oder einem Landauer hinauf rollte. Das Wetter war in letzter Zeit nicht besonders gut gewesen, aber der trübe Sonnenschein dieses Morgens hatte zusammen mit einer steifen Brise den restlichen Schnee zum Schmelzen gebracht. Der Wind blies noch immer kräftig genug, um den stinkenden, gelben Londoner Nebel fernzuhalten. Die Hautevolee war in Scharen hinausgeströmt. Zum Schutz gegen die Kälte waren sie bis unter ihre gerümpften Nasen dick eingepackt.

Sebastian hatte seinen Hut tief heruntergezogen und sein Gesicht halb mit seinem Schal bedeckt, während er geduldig neben dem Spazierweg wartete, aber seine ungepflegte Erscheinung zog trotzdem noch mehr Aufmerksamkeit auf sich, als ihm lieb gewesen wäre. Er stand knapp zwanzig Meter entfernt von der Stelle, an der Lord Frederick gerade innegehalten hatte, um mit einer kriecherischen Matrone und ihrer errötenden jungen Tochter zu sprechen.

Er mochte fast fünfzig und ein zweitgeborener Sohn sein, aber trotz allem galt Lord Frederick immer noch als ziemlich gute Partie. Seine erste Frau hatte leider das Meiste ihres beträchtlichen Vermögens in einem Treuhandfonds für ihre Tochter fest angelegt, aber es war allgemein bekannt, dass die Chancen mehr als gut standen, dass der Mann in wenigen Tagen zum Premierminister ernannt werden würde. Zwar hatte er zugegebenermaßen in all den Jahren seit dem tragischen Tod seiner Frau kein Interesse daran gezeigt, wieder zu heiraten, aber die kürzliche Vermählung seiner einzigen, geliebten Tochter hatte Hoffnungen in den Herzen der Mütter der Hauptstadt geweckt – und ebenso bei nicht gerade wenigen der noch recht ansehnlichen Witwen der *besseren Gesellschaft.* Sicherlich, so dachten sie, würde das Bedürfnis nach weiblicher Gesellschaft Lord Frederick letztendlich dazu bringen, sich nach einer Ehefrau umzusehen – vor allem, wenn man die Notwendigkeit bedachte, dass jemand für politische Anlässe die Rolle der Gastgeberin an seiner Seite einnehmen musste.

Natürlich wussten sie alle nichts von der Existenz eines Mr Wesley Davis aus der Stratton Street.

Mit einem sanften Lächeln befreite sich Lord Frederick aus den Fängen der beiden ambitionierten Damen, tippte sich an den Hut, verbeugte sich und ging weiter den Spazierweg entlang. Er trug gelbbraune Kniehosen aus Rehleder und einen Garrick mit mehreren Pelerinenkragen. Dazu führte er einen ebenhölzernen Gehstock mit Elfenbeingriff mit sich, den er selbstvergessen mit einer Hand hin- und herschwingen ließ, während er in Richtung der Park Lane ging.

Sebastian schloss zu ihm auf und lief neben ihm her. „Ich hab' 'ne Steinschlosspistole in meiner Tasche, die hat so 'n Kaliber, damit könnt' ich Ihnen ein tellergroßes Loch in die Gedärme schießen, also kommen Sie nich' auf irgendwelche dummen Ideen, wie um Hilfe zu rufen …" Die Faust des Mannes schloss sich um seinen Spazierstock. „… oder mich mit dem schicken kleinen Degen, den Sie in Ihr'm Stock versteckt haben, aufzuspießen", fügte Sebastian hinzu.

Fairchild entspannte seine Finger am Elfenbeingriff des Stockes, aber sein Gesichtsausdruck blieb gefasst und kühn. „Sicherlich glauben Sie nicht, dass Sie mit einem bewaffneten Raubüberfall mitten im Hyde Park und am helllichten Tag davonkommen könnten?"

„Ich will weder Ihre Geldbörse noch ihren Schmuck. Alles, was ich will, ist, dass wir uns mal hübsch unterhalten können. Da drüb'n." Sebastian deutete mit dem Kopf in Richtung einer Holzbank, die etwas weiter hinten zwischen ein paar Büschen stand. „Unter dem Kastanienbaum da."

Lord Frederick zögerte für einen Moment, dann verließ er den Fußweg und trat in das lange, nasse Gras.

„Setzen Sie sich einfach ganz ruhig hin", sagte Sebastian, als Fairchild die Bank erreicht hatte, sich umdrehte und ihn erwartungsvoll ansah. „Und lassen Sie den Spazierstock fallen. So ist es gut. Jetzt stoßen Sie ihn mit dem Fuß hier rüber."

Sebastian beobachtete den Mann auf der Bank wachsam und griff nach dem Stock zu seinen Füßen. Der Mechanismus, mit dem sich der Elfenbeingriff vom Ebenholzschaft löste, war leicht zu finden. Der Schaft war offensichtlich gut geölt worden und glitt mit einem zischenden Geräusch herunter, sodass eine glänzende, zweischneidige Klinge zum Vorschein kam.

„Eine hässliche kleine Waffe ist das", sagte er in seinem eigenen Tonfall und mit seiner üblichen Wortwahl.

Lord Frederick schob sein hübsches, markantes Kinn vor. „Auf den Straßen ist es heutzutage gefährlich."

Sebastian lachte und löste den Schal, den er um seine untere Gesichtshälfte gewickelt hatte. „Sie haben ja keine Ahnung, wie gefährlich."

Eine Mischung aus Erkenntnis und Erschütterung ließ die Gesichtszüge des Anderen erschlaffen. „Oh Gott! Sie sind Devlin, nicht wahr?" Er schluckte und verengte seinen Blick, als Skepsis die anfängliche Verwunderung verdrängte. „Was wollen Sie von mir?"

„Die Wahrheit wäre schön. Mal zur Abwechslung." Sebastian spielte mit dem Stockdegen. Er machte sich mit dem Gewicht der Waffe vertraut und damit, wie sie in der Hand lag. „Soll ich uns etwas Zeit und Mühe sparen, indem ich Ihnen sage, was ich bereits weiß? Zum Beispiel weiß ich Folgendes: Was auch immer Sie mit

Rachel York gemacht haben, Sie haben es nicht mit ihr getrieben.“

Lord Frederick lachte schrill auf: „Seien Sie nicht albern. Was glauben Sie, was ich sonst in ihrer Wohnung gemacht habe, zweimal die Woche?“

„Sich mit einem jungen Beamten des Außenministeriums vergnügt. Wesley Davis ist sein Name.“

Fairchild saß reglos da. Es gelang ihm, seine Gesichtszüge zu beherrschen, aber die Angst war trotzdem greifbar, wie ein Schatten, der sich über seine sanften grauen Augen gelegt hatte.

„Das ist der Grund, warum Sie nie wieder geheiratet haben, nicht wahr?“, fragte Sebastian. „Denn während Sie vielleicht gerne mit den Damen über Gärten und Möbelstile und die neueste Sonate plaudern, hatten Sie nie das geringste Interesse daran, mit einer von ihnen das Bett zu teilen.“

Einen Moment lang glaubte Sebastian, der Mann wollte es noch länger leugnen. Dann ließ er die Schultern hängen, Falten legten sich in einem schmerzerfüllten Ausdruck um seine Augen und er fragte leise: „Wer weiß es noch?“

„Genau das frage ich mich auch.“ Sebastian betrachtete den Degen sorgfältig. Er war zweischneidig und die Klinge war sehr, sehr scharf. „Rachel hat Sie erpresst, nicht wahr? Ihr Schweigen im Austausch für all die kleinen Geheimnisse, die den Franzosen nützlich sein könnten.“

Fairchild riss den Kopf zurück. „Was? Großer Gott. Ich würde so etwas nie tun.“ Zornig sog er die Luft ein, so tief, dass sich seine Nasenlöcher aufblähten. „Was denken Sie bloß? Macht es mich zum Verräter, dass ich den Frieden mit den Franzosen befürworte? Ich bin gegen diesen Krieg, weil er unser Land zerstört und nicht, weil ich mit Napoleon sympathisiere." Er streckte einen Arm in einer ausladenden Geste aus, die das Londoner East End umspannte und seine Stimme nahm die übertriebene Lautstärke eines Parlamentsredners an. „Sehen Sie sich um. Kinder verhungern auf unseren Straßen. Zehntausende Männer sind von dem Land vertrieben worden, das ihre Familien seit Generationen bewirtschaftet haben, während Frauen, die einst ein menschenwürdiges Auskommen hatten, jetzt so bettelarm sind, dass sie ihren Körper in den Gassen und unter den Brücken verkaufen müssen. Der Preis für ein Pfund Brot hat sich in den letzten zwanzig Jahren verdoppelt, während der Lohn eines typischen Arbeiters auf fast die Hälfte des früheren Niveaus gefallen ist. Und wofür? Damit eine Handvoll Fabrikanten und Kaufleute reich werden können, indem sie ihr Geld an die Regierung verleihen und die Armeen ausstatten, die eingesetzt werden, um den alten gekrönten Tyrannen Europas wieder auf den Thron zu verhelfen?"

Es hätte eine bloße schauspielerische Darbietung sein können, ein Auftritt, der ihn täuschen sollte, aber das glaubte Sebastian nicht. Das ganze Wesen des Mannes pulsierte praktisch vor Entrüstung und strahlte die leidenschaftliche Entschlossenheit eines hoffnungslosen Idealisten aus. „Wollen Sie mir sagen, dass Rachel York Sie nie darum gebeten hat, vertrauliche Informationen an sie weiterzugeben?"

Fairchild starrte ihn an und seine Augen weiteten sich vor Entsetzen, als er die Implikation verstand. „Großer Gott. Was glauben Sie? Dass ich sie getötet habe? Dass sie gedroht hat, mich zu erpressen, und ich sie zum Schweigen gebracht habe?"

„Das würde ich vielleicht glauben", sagte Sebastian, der immer noch mit dem Schwert spielte, „wäre da nicht eine Sache."

„Und was wäre das, bitte?"

„Wer immer sie getötet hat, hat sie auch vergewaltigt."

„Ach du großer Gott." Fairchild faltete seine Hände zwischen seinen Knien und starrte einen Moment lang darauf herunter. „Das wusste ich nicht. Die arme Rachel."

Er sagte das, als wäre sie seine Freundin gewesen. Und da ging Sebastian auf, dass sie wahrscheinlich auf eine seltsame Art und Weise Freunde gewesen waren – dieser sanftmütige, von Sorgen geplagte Adlige und die Frau, die jeden Montagnachmittag in das St. Jude's Findelhaus gegangen ist, um den Babys etwas vorzusingen.

Nach einer Weile sah Fairchild auf und fragte: „Sind Sie ganz sicher, dass Rachel für die Franzosen gearbeitet hat?"

„Nein. Aber alles, was ich gefunden habe, scheint darauf hinzudeuten."

Fairchild spitzte die Lippen und atmete lange und voller Besorgnis aus. „Vor ein paar Wochen wurde in Wesleys Wohnung eingebrochen. Er hatte Briefe, die ich ihm geschrieben hatte – wahrscheinlich ungefähr ein halbes Dutzend." Ein schwacher Hauch von Farbe zeichnete sich auf seinen Wangen ab. „Es war dumm, das zu tun, so viel weiß ich jetzt."

„Die Briefe wurden gestohlen?“, hakte Sebastian nach und fragte sich, ob dieser Wesley Davis auch eine Rolle in dem Plan, Lord Frederick erpressbar zu machen, gespielt hatte.

Fairchild nickte. „Ich war krank vor Sorge. Rachel und ich haben darüber gesprochen. Sie versprach mir, alles abzustreiten, falls jemand versuchen sollte, die Briefe gegen mich zu verwenden, obwohl wir beide wussten, dass das herzlich wenig nützen würde, wenn es so weit käme. Letzten Freitag kam sie dann auf mich zu. Sie sagte, sie hätte herausgefunden, wer die Briefe hatte, und sie würde jemanden kennen, der sie mir wiederbeschaffen könnte. Sie stehlen könnte, um genau zu sein.“

„Für wie viel?“

„Dreitausend Pfund.“

Das war weniger als das, was sie von Hendon verlangt hatte. Sebastian kam der Gedanke, dass sie sich sehr wohl noch an andere Männer gewandt haben könnte; andere reiche und einflussreiche Männer, von denen sich einer vielleicht dazu entschlossen haben könnte, sie lieber zu töten, als für die Geheimnisse zu bezahlen, die sie entdeckt hatte.

Er betrachtete den Mann, der zusammengesackt und gedankenverloren auf der Bank saß. „Glauben Sie, dass sie auch die Briefe erst aus Davis’ Wohnung gestohlen hat?“

„Rachel?“ Lord Frederick überlegte einen Moment, dann schüttelte dann den Kopf. „Das glaube ich nicht. Aber in den letzten Wochen schien sie sich vor irgendetwas zu fürchten, ich weiß nicht wovor. Sie sprach

davon, wegzugehen und irgendwo anders neu anzufangen."

Das passte zu dem, was ihm auch schon andere, wie
Hugh Gordon und Reverend Finley vom *St. Jude's*, er-
zählt hatten. „Wann sollten Sie sich mit ihr treffen? Am
Dienstag?"

Fairchilds Brustkorb hob sich mit einem schweren
Seufzer. „Ich wünschte, ich hätte sie Dienstag getroffen.
Sie wollte das, aber es war nicht leicht für mich, so viel
Geld aufzutreiben. Ich bat sie, mir bis Mittwoch Zeit zu
geben." Er rieb sich mit einer Hand über das Gesicht
und massierte mit Daumen und Zeigefinger die Stelle
zwischen seinen Augen. „Ich war immer noch damit beschäftigt, das Geld zusammenzubekommen, als ich
hörte, dass sie ermordet worden war."

„Und wer hat die Briefe jetzt?"

Lord Frederick ließ seine Hand wieder sinken. Er
wirkte ausgezehrt und verängstigt. „Ich wünschte, ich
wüsste es. Als ich hörte, was Rachel zugestoßen ist, bin
ich an dem Mietshaus vorbeigefahren, in dem sie ihre
Wohnung hatte. Ich hatte eigentlich vorgehabt, hinauf-
zugehen und nach ihnen zu suchen, aber die Wachtmeister waren da. Ich wagte es nicht, Halt zu machen."

Sebastian nickte. Also war Fairchild an diesem Tag in
Dorset Court gewesen. Aber wenn er nicht Rachels
Wohnung durchsucht hatte, wer dann?

Fairchild stand ruckartig von der Bank auf und
machte aufgeregt einen Schritt nach vorn, bevor er
wieder herumwirbelte. „Wenn diese Briefe öffentlich
gemacht werden, bin ich ruiniert. Vollkommen ruiniert."

Sebastian musterte ihn teilnahmslos. „Hat Rachel Ihnen gesagt, wer die Briefe hatte?“

Eine blasse Röte legte sich auf die hohen, aristokratischen Wangenknochen des Mannes. „Ja. Leo Pierrepont.“

„Natürlich“, sagte Sebastian. „Ich hätte es wissen müssen.“

Am anderen Ende der *Row* ließ ein junger Bursche auf einem prächtigen Fuchs mit weißen Abzeichen sein Reittier umhertänzeln. Sebastian hob den Kopf und betrachtete die vier weißen Stiefel des Fuchses, die in der spärlichen Wintersonne aufblitzten. Und wieder überkam es ihn, dieses quälende Gefühl, dass irgendwo am Rande seines Bewusstseins ein Gedanke umherschwirrte, den er einfach nicht zu fassen bekam.

„Wen genau hatte sie beauftragt, um die Briefe von Pierrepont zu stehlen? Hat sie das gesagt?“

Der andere Mann schüttelte den Kopf. „Ich wusste nur, dass es passieren musste, während Pierrepont unter der Woche nicht in der Stadt war, sondern im Landhaus von Lord Edgeworth unten in Hampshire. Sie hatte gehofft, bis Donnerstag selbst abzureisen, bevor Pierrepont Gelegenheit hatte, zurückzukommen und zu bemerken, dass die Briefe fehlten. Ich könnte mich irren, aber ich hatte den Eindruck ...“

„Ja?“

„Dass er derjenige ist, vor dem sie sich gefürchtet hat. Derjenige, vor dem sie weglaufen wollte.“

Sebastian blickte auf die glänzende Klinge in seinen Händen hinab. Der Stockdegen war eine weit verbreitete Waffe unter Londons Adligen. Selbst Sebastians eigener Vater führte einen mit sich, während Leo

Pierrepont bekanntlich sogar eine umfangreiche Sammlung besaß.

Sebastian schob die Klinge mit einem leisen Zischen zurück in die Scheide. Lord Edgeworth hatte auf seinem Landsitz in Hampshire in der Woche zuvor eine Feier ausgerichtet und Sebastian wusste, dass Pierrepont als Teil dieses Kreises zweifelsohne eingeladen gewesen sein musste. Aber wenn er geplant gehabt hatte, die ganze Woche dort zu verbringen, musste etwas passiert sein, woraufhin er seine Meinung geändert hatte, denn er war rechtzeitig zurückgekommen, um am Dienstagabend eine Dinnerparty auszurichten.

An dem Abend, an dem Rachel York getötet wurde.

Kapitel 43

Sir Henry Lovejoy saß auf einem Platz im leeren Parkett des *Stein* und beobachtete, wie Hugh Gordon, herausgeputzt als Hamlet, bei einer Probe einen sich zuspitzenden Schwertkampf gegen einen deutlich übergewichtigen Laertes focht.

Die Entdeckung der übel zugerichteten Leiche von Mary Grant hätte alle Zweifel, die der Untersuchungsrichter noch an der Schuld von Lord Devlin hegen mochte, beseitigen sollen. Lovejoy selbst hatte die Zeugin, Mrs Charles Lavery, befragt und er hatte festgestellt, dass sie eine verlässliche und sachliche Frau war. Wenn Mrs Lavery sagte, dass sie gesehen hatte, wie Lord Devlin das Mietshaus verlassen hatte, dann war Lovejoy geneigt zu glauben, dass der Mann auch dort gewesen war. Und doch ...

Und doch hatte der Arzt, der Mary Grants Leiche untersucht hatte, die Ansicht geäußert, dass sie schon früher am Tag getötet worden war, vielleicht noch vor der Mittagsstunde. Und während die meisten Leute nichts auf solche Dinge gaben, hatte Lovejoy zu viel Respekt vor wissenschaftlicher Methodik, um den Bericht des Arztes zu ignorieren. Aber natürlich blieb die Frage: Wenn Devlin Mary Grant nicht getötet hatte, was hatte er dann in ihrer Wohnung gemacht? Und warum war er überhaupt noch in London?

Lovejoy rutschte unbehaglich auf seinem Sitz herum und erinnerte sich an sein Gespräch mit Charles, Lord Jarvis. Wenn Henrys Frau Julia noch am Leben wäre, würde sie ihm jetzt sagen, dass er ein dickköpfiger Narr war, wenn er versuchte, Sebastian St. Cyr zu verstehen, anstatt sich nur darauf zu konzentrieren, ihn zu fassen. Und Henry, er würde ihr sagen, dass er alles in seiner Macht Stehende tat, um den Viscount zu fassen. Und dass er um seiner selbst willen nur noch die Antworten auf ein, zwei offene Fragen finden musste.

Dann wurde Lovejoy bewusst, was er da tat, und er stieß einen leisen Seufzer aus. Es war jetzt schon fast zehn Jahre her, dass seine Julia von ihm gegangen war, und noch immer führte er diese kleinen Unterhaltungen mit ihr und stellte sich vor, was sie wohl sagen und was er darauf antworten würde.

Ein dumpfer Aufprall, gefolgt von geschäftigem Treiben und von mit Lachen durchsetztem Geplapper lenkten seine Aufmerksamkeit zurück auf die Bühne. Die Szene war zu Ende. Hugh Gordon wischte sich das erhitzte Gesicht mit einem Handtuch ab, während er leichtfüßig die Treppe zum Parkett hinunterlief.

„Sie wollten mich sprechen?", fragte er. Er lächelte dabei, aber Lovejoy bemerkte die Skepsis in seinen dunklen Augen: Diese Art wachsamer Zurückhaltung sah man häufig in den Gesichtern von Männern, die einem Untersuchungsrichter gegenüberstanden.

„Das stimmt." Lovejoys Glieder waren steif vor Kälte. Er stand auf. „Wie ich höre, hatten Sie und Rachel York früher ..." Er zögerte, weil er nach einem Ausdruck suchte, der seinem sittlichen Moralempfinden nicht zuwiderlief. Aber jede unzulässige sexuelle Liaison

dieser Art entrüstete Lovejoy aufgrund seiner strengen
bibeltreuen Grundsätze. Er entschied sich schließlich
für die Formulierung: „... ein Verhältnis miteinander."

Gordons Nasenlöcher blähten sich auf, als er hastig
die Luft einsog. „Jeder weiß, wer sie getötet hat. Es ist
dieser Viscount, Lord Devlin. Er hat Rachel erledigt und
gestern hat er in Bloomsbury noch diese Andere erwischt. Also warum sind Sie hier und reden mit mir?"

Die aggressiven Worte des Mannes überraschten Lovejoy. „Wir haben ein paar Nachforschungen zu Ihrer
Vorgeschichte angestellt, Mr Gordon, und dabei haben
wir einige Dinge entdeckt, die uns beunruhigen."

„Zum Beispiel?"

„Sagt Ihnen der Name Adelaide Hunt etwas?"

Der Mann zögerte und biss die Zähne zusammen,
während er überlegte, was er antworten sollte. „Offensichtlich wissen Sie bereits, dass er mir etwas sagt. Ich
habe die Frau seit Jahren nicht gesehen, also was hat sie
mit alledem zu tun?"

„Wie ich höre, haben Sie sie einmal ziemlich schlimm
tätlich angegriffen. Genaugenommen hätten Sie sie
beinahe umgebracht."

„Hat sie Ihnen das erzählt?"

Lovejoy sagte nichts, sondern schaute den Mann nur
erwartungsvoll an.

Ein Muskel im Kiefer des Schauspielers spannte sich
an. „Das war Notwehr. Die verdammte Frau ist mit einem Bettwärmer auf mich losgegangen. Hat sie Ihnen
das auch erzählt?"

„So wie ich es verstehe, sind Sie in Zorn geraten, als
sie versucht hat, die Beziehung zu beenden. Sie hat den
Bettwärmer ergriffen, um sich zu schützen."

„Es wurde deswegen nie Anklage gegen mich erhoben, oder etwa doch?"

Lovejoy holte tief Luft – sie roch nach Theaterschminke und dem schwachen, anhaltenden Duft von Orangenschalen. „Manche Männer verprügeln jede Frau, die versucht, sich von ihnen zu trennen. Soweit ich weiß, waren Sie besonders wütend auf Rachel York, als sie Sie wegen eines anderen Mannes verlassen hat."

Eine blasse Röte zeichnete sich auf den schlanken, attraktiven Gesichtszügen des Schauspielers ab. „Na und? Das ist jetzt fast zwei Jahre her. Was wollt ihr bloß alle von mir? Ich habe das alles schon dem anderen Kerl erzählt."

„Welchem anderen Kerl?"

„Dem, der ein paar Mal vorbeigekommen ist und Fragen über Rachel gestellt hat. Zuerst behauptete er, er wäre ihr Vetter Simon Taylor aus Worcestershire, dann sagte er, er sei ein Bow Street Runner."

„Was? Wie sah dieser Mann aus?"

Gordon zuckte mit den Schultern. „Groß, schlank, dunkelhaarig. Hat versucht älter auszusehen, als er eigentlich war. Und er war ziemlich schäbig gekleidet."

Lovejoy spürte, wie sein Interesse wuchs, so sehr, dass er schon beinahe aufgeregt war. *Siehst du, Julia*, dachte er. *Dieser dickköpfige Narr hat wohl doch eine Spur gefunden.*

Denn die Beschreibung stimmte fast vollständig mit der des Mannes überein, der dabei gesehen worden war, wie er Mary Grants Wohnung verließ. Der Mann, den Mrs Charles Lavery als Viscount Devlin identifiziert hatte.

***

Edward Maitland kam gerade die Vordertreppe des Dienstgebäudes herunter, als Sir Henry Lovejoy wieder nach Queen Square zurückkehrte.

„Ich möchte, dass Sie ein paar Männer darauf ansetzen, Hugh Gordon zu beobachten. Sowohl im Theater als auch bei ihm zu Hause", sagte Lovejoy.

Der Wachtmeister blieb überrascht stehen. „Was? Sie glauben doch nicht ernsthaft, dass Gordon unser Mann ist?"

Lovejoy hatte diese Möglichkeit zwar noch nicht völlig ausgeschlossen, aber das wollte er jetzt nicht im Einzelnen mit Maitland besprechen. „Nein, das glaube ich nicht. Aber Devlin scheint sich für ihn zu interessieren. Er hat Gordon bereits zweimal aufgesucht und er könnte es möglicherweise erneut versuchen. Ich möchte, dass wir dann auf ihn vorbereitet sind."

Kapitel 44

Diesen Abend verbrachte Lady Amanda bei einer Soiree, die im Anwesen der Duchess of Carlyle ausgerichtet wurde.

Die Anzeichen für ein drohendes gesellschaftliches Desaster waren zwar subtil, aber dennoch nicht zu übersehen: Die Gäste warfen verstohlene Blicke in Amandas Richtung. Sie unterhielten sich im Flüsterton und verstummten immer dann abrupt, wenn Amanda näherkam. Amanda fühlte, wie sich ein erbitterter Zorn in ihr regte, der die Kränkung verdrängte. Sie bewegte sich zielstrebig und leichtfüßig durch die Menge aus Matronen mit unbeugsamem Blick und Witwen, die mit Turbanen geschmückt waren. Sie war Lady Amanda, die Gattin von Lord Wilcox, dem engen Vertrauten des Prinzen und die Tochter des Earl of Hendon, der Finanzminister war. Wenn die Leute sie kränken wollten, dann auf eigene Gefahr.

Am späten Abend bemerkte sie voller Erstaunen, dass ihr eigener Ehemann durch das Gedränge auf sie zukam. Da er nichts für die aufregenden gesellschaftlichen Anlässe, Theater- und Opernbesuche übrighatte, mit denen seine Ehefrau ihre Zeit zubrachte, zog sich Wilcox nach dem Abendessen normalerweise entweder zu einer Abendsitzung des Oberhauses oder in einen seiner Clubs zurück.

„Stimmt etwas nicht, Liebster?“, fragte sie beiläufig und lächelte, während sie ein Glas Champagner von dem Silbertablett nahm, das ein Bediensteter vorbei trug. „Hat Sebastians letzte Heldentat dafür gesorgt, dass du aus *White’s* verwiesen wurdest? Oder ist Boney in Dover eingefallen?“

Wilcox’ gewohnt seelenruhiges Lächeln wich nicht aus seinem Gesicht, aber seine Augen blickten ernst. „Bayard hat mir erzählt, dass sein Onkel euch heute Nachmittag einen Besuch abgestattet hat.“ Selbst während er die Worte sprach, wanderte sein Blick gelassen über die funkelnde Menge. „Ist das klug, meine Liebe?“

„Ich muss doch sehr bitten, Martin. Glaubst du ernsthaft, ich hätte Devlin eingeladen? Ihm angeboten, sich in der Remise zu verstecken oder sich vielleicht als einer unserer Lakaien auszugeben?“

„Nein. Vermutlich nicht.“ Für einen verräterischen Augenblick erstarrte Wilcox’ Lächeln. „Wo zum Teufel *versteckt* er sich denn überhaupt?“

„Zufälligerweise hat er es nicht erwähnt. Aber wenn ich mit meiner Vermutung nicht falsch liege, hat er wieder bei dieser Dirne Zuflucht gesucht, wegen der er sich damals, als er gerade in Oxford seinen Abschluss gemacht hatte, so zum Narren gemacht hat.“

Wilcox wandte den Kopf und starrte sie an. „Das kann nicht dein Ernst sein.“

„Oh, doch, das ist es.“ Amanda stellte ihr Glas beiseite. „Ah, da ist Lady Bainbridge. Entschuldige mich, mein Liebster.“ Und dann ließ sie ihn stehen und überließ es ihm, etwas mit diesen Informationen anzufangen oder nicht.

***

Sebastian beobachtete, wie Leo Pierrepont vor dem offenen Tor seines Kutschenhauses hielt. Im Februar dämmerte es früh auf den Straßen Londons, gegen vier, und die Stallungen und Gartenanlagen hinter dem Haus lagen bereits im Dunkeln. „Giles!", rief der Franzose. Seine Stimme hallte dumpf durch die kalte Stille. „Giles? *Où est tu?*" Er lauschte gespannt. „Charles?"

Leo Pierrepont fluchte vor sich hin, glitt aus dem Sattel und führte den müden Fuchs in den Stall. Er zündete die Lampe an, die von den Dachsparren baumelte, blickte sich im schwach beleuchteten Gebäude um und rief leise aus: „*Merde!*" Dann streckte er den Arm aus, um seinen Sattelgurt zu lösen.

Im Schutz einer leeren Box am Ende der Stallgasse wartete Sebastian und lauschte dem leisen Grummeln eines Mannes, der es nicht gewohnt war, sein eigenes Pferd selbst abzusatteln und zu versorgen. Der Geruch des sich erwärmenden Öls mischte sich mit Noten von Heu und Hafer und Pferd. In einer Box in der Nähe tänzelte eines von Pierreponts Kutschpferden unruhig hin und her.

Sebastian zog die Steinschlosspistole aus seiner Tasche und schlich zu der Stelle, wo der Franzose – immer noch murrend – hockte und mit einem Striegel über den nassen Bauch des Fuchses fuhr. Sebastian positionierte die Pistole so, dass die Laufmündung nur wenige Zentimeter von Pierreponts Ohr entfernt war. Als Sebastian den Abzug mit einem klickenden Geräusch zurückzog, erstarrte Pierrepont.

„Bewegen Sie sich jetzt sehr vorsichtig, Monsieur Pierrepont.“

Pierrepont drehte den Kopf. Sein Blick fokussierte erst die Pistole, dann sah er auf und Sebastian ins Gesicht. „Wo sind mein Stallbursche und mein Kutscher?“

„Weit genug weg, als dass wir uns darum sorgen müssten, dass sie uns stören könnten.“

Der Franzose richtete sich langsam auf. „Was wollen Sie von mir?“

„Ich dachte, ich erzähle Ihnen eine Geschichte.“

Pierrepont zog die Augenbrauen hoch. „Eine Geschichte.“

„Eine Geschichte.“ Sebastian lehnte sich zurück gegen die Kante eines Heuballens. Die Pistole hielt er immer noch locker in der Hand. „Sie geht ungefähr so: Es war einmal ein alter König, an einem Ort, den wir Windsor Castle nennen, und er war verrückt.“

„Wie originell.“

„Ja, nicht wahr? Während unser König immer tiefer in seiner eigenen verrückten Welt versinkt, verhandelt jedenfalls das Parlament der nahe gelegenen Stadt London über die Details eines Gesetzes, das den ältesten Sohn des Königs zum Regenten macht, was bedeutet, dass er anstelle seines Vaters regieren wird.“

„Das ist aber faszinierend.“ Pierrepont lehnte sich gegen einen Holzpfahl in der Nähe und verschränkte die Arme vor der Brust. „Hoffentlich macht die Geschichte auch Sinn.“

„Dazu komme ich noch. Es gibt in unserer Geschichte auch einen Schurken, wissen Sie. Einen Mann namens Napoleon.“

„Natürlich. Der Bösewicht ist ja immer ein Franzose.“

Sebastian lächelte. „Napoleons Land führt schon beinahe zwanzig Jahre lang Krieg gegen unseren alten verrückten König, also interessiert sich Napoleon natürlich für diese Verhandlungen. Ihm ist bewusst, dass diese Regentschaft des Prinzen vorteilhaft für Frankreich sein könnte."

„Und wie das?"

„Nun ja, der König hat sich bisher immer mit einer Gruppe von Männern im Parlament umgeben, die wir die Tories nennen. Wie der alte König mögen die Tories keine Veränderungen. Sie denken, dass sie ihr Land stärken können, indem sie die althergebrachten Institutionen wie die Monarchie und die Kirche unterstützen. Und weil sie dank des Krieges einen ordentlichen Gewinn machen, ist das Letzte, was sie wollen, dass es irgendeinen Friedensvertrag mit unserem Schurken Napoleon gibt."

„Krieg kann sehr lukrativ sein."

„Für manche. Aber unser zukünftiger Regent, der Prinz, hat sich mit Männern umgeben, die zu einer anderen Partei gehören. Nennen wir sie mal die Whigs, ja? Nun, diese Whigs konzentrieren sich eher auf die Zukunft als auf die Vergangenheit. Sie glauben, dass es Veränderungen geben muss, wenn ihr Land gedeihen und mächtig bleiben soll. Sie haben erkannt, dass dieser lange, kostspielige Krieg zwar manche Männer sehr, sehr reich gemacht, dass aber das einfache Volk des Landes darunter gelitten hat. Schrecklich gelitten hat. Also sagen sie sich: ,Warum führen wir überhaupt diesen Krieg? Napoleon ist da drüben in seinem Land und wir sind hier in unserem. Wir sind diejenigen, die ihm den Krieg erklärt haben. Warum beenden wir diesen Wahnsinn nicht einfach und schließen Frieden?'"

„Warum eigentlich nicht", sagte Pierrepont mit einem angespannten Lächeln.

„Nun ist unser Bösewicht, Napoleon, auch nicht besonders erpicht darauf, diesen Krieg fortzusetzen. Er möchte gern einen Friedensvertrag mit den Whigs aushandeln, wenn sie an die Macht kommen. Aber weil er ein kluger Mann ist, denkt er sich, dass es eine gute Idee wäre, seine Verhandlungsposition zu verbessern. Ihm kommt in den Sinn, dass eine Möglichkeit, dies zu tun, darin bestünde, irgendein Druckmittel dem Herren gegenüber zu haben, von dem jedermann glaubt, dass er Premierminister werden wird, wenn unser Prinz seine neue Regierung bildet." Sebastian hielt inne. „Nennen wir doch diesen whiggistischen Herren Lord F., ja?"

Ein vager Anflug von Verwunderung huschte über das Gesicht des Franzosen. „Reden Sie weiter."

„Nun hat Napoleon einen heimlichen Gehilfen in der Stadt London, eine Person, die wir jetzt mal den Löwen nennen."

Pierrepont stieß ein schnaubendes Lachen aus. „Da fällt Ihnen doch sicher etwas Besseres ein, oder nicht, Monsieur?"

„Verzeihen Sie. Jedenfalls weist Napoleon den Löwen an, Lord F.s Schwäche herauszufinden. Alle Menschen haben Schwächen und es dauert nicht lange, bis der Löwe entdeckt, dass Lord F.

eine Vorliebe für hübsche junge Männer hat. Also schmiedet der Löwe einen Plan. Er lockt Lord F. in eine Falle – eine Affäre mit einem hübschen jungen Beamten in einer heiklen Stellung – sagen wir mal, dass er im

Außenministerium arbeitet, ja? Und er arrangiert das so, dass die kompromittierenden Verabredungen in der Wohnung einer der Assistentinnen des Löwen stattfinden, in diesem Fall einer leidenschaftlichen jungen Revolutionärin, die wir ..." Sebastian zögerte. „Die wir Rachel nennen wollen, nicht?"

„Es ist Ihre Geschichte."

„Das stimmt. So wie ich das sehe, verleitet der hübsche junge Angestellte Lord F. dazu, einige äußerst kompromittierende Liebesbriefe zu schreiben, die schließlich in den Besitz des Löwen gelangen. Die Falle ist nun aufgestellt. Alles, was unsere Schurken tun müssen, ist abzuwarten, bis Lord F. Premierminister wird."

„Ich hoffe, dass Sie damit noch auf irgendetwas hinauswollen."

„Gleich geschafft", sagte Sebastian und verlagerte sein Gewicht. „Sehen Sie, so clever dieser Plan auch ist, etwas geht schief. Etwas jagt Rachel Angst ein, sodass sie beschließt, aus unserem London zu fliehen. Sie kommt auf die prächtige Idee, dass sie ja Lord Fredericks belastende Briefe – zusammen mit einigen anderen wertvollen Dokumenten, die der Löwe in seinen Besitz gebracht hat – stehlen und dann an entsprechende Interessenten verkaufen könnte. So würde sie ein hübsches Sümmchen verdienen, mit dem sie ein neues Leben beginnen könnte. Sie wartet, bis der Löwe nicht mehr in der Stadt ist, stiehlt die Dokumente und macht sich dann daran, sie zu verkaufen."

Pierreponts Gesicht blieb ausdruckslos. „Fahren Sie fort."

„Zu Rachels Pech ändert der Löwe seine Pläne. Er kommt früher von seiner Feier auf dem Land nach Hause. Er stellt fest, dass die Dokumente fehlen, und braucht nicht lange, um herauszufinden, wer sie an sich genommen hat. Er folgt Rachel zu einem Treffen, das sie in *St. Matthew of the Fields* anberaumt hat, und er tötet sie dort auf eine sehr, sehr grausame Art und Weise – vielleicht als Warnung an seine anderen Assistentinnen, für den Fall, dass sie in Zukunft auf ähnlich schlaue Ideen kommen könnten.“

Pierrepont ließ seine Arme sinken, sodass sie locker neben seinem Körper baumelten. „Das ist eine unterhaltsame Geschichte, *monsieur le vicomte*. Sie sollte es erwägen, für das Theater zu schreiben. Oder für Kinder. Aber alles, was Sie haben, ist eine Geschichte. Sie haben keine Beweise. Und überhaupt keine Ahnung, wo Sie da wirklich hineingeraten sind. Sie sind ein Dummkopf. Sie hätten London schon vor Tagen verlassen sollen, als Sie es noch konnten.“

Sebastians Lippen verzogen sich zu einem kalten Lächeln. „Da ist nur eine Sache, die ich nicht verstehe. Die beeidigte Aussage meiner Mutter – ich nehme an, dass Rachel sie Ihnen ebenfalls gestohlen hat – warum hatten Sie das Dokument an sich genommen? Um Druck auf meinen Vater auszuüben?“

Pierrepont setzte einen übertriebenen Ausdruck der Bestürzung auf. „*Alors.* Gibt es denn etwas in der Vergangenheit Ihres Vaters, mit dem man ihn unter Druck setzen könnte?“

„Wer spielt jetzt den Dummkopf?“ Sebastian hob die Pistole und richtete sie auf den Brustkorb des anderen Mannes. „Wofür brauchten Sie das Dokument?“

Pierrepont zuckte mit den Schultern. „Beweise für schmutzige kleine Geheimnisse aus dem Leben einflussreicher Männer können immer nützlich sein." Er blickte in die Dunkelheit, die hinter dem offenen Tor der Remise lag. Aber Sebastian hatte schon lange vorher die Geräusche gehört – schleichende Schritte, die durch den Garten auf sie zukamen. Und zwar schnell.

Er rutschte von dem Heuballen hinunter und trat hinter den Franzosen, dann klemmte er ihm einen Unterarm unter den Hals und presste die Mündung der Pistole an seine Schläfe.

„Sagt ihnen, sie sollen sich entfernen", flüsterte Sebastian. Als Pierrepont zögerte, fügte er hinzu: „Sofort!"

„*Restez-en là*", rief Pierrepont. Die Schritte hielten inne.

„Es wäre vielleicht eine gute Idee, sie wissen zu lassen, dass wir jetzt rauskommen. Und denken Sie nicht einmal daran, irgendeinen Trick zu versuchen", ergänzte Sebastian, als Pierrepont seine Forderung wiederholte.

„Sie irren, wissen Sie", sagte Pierrepont über seine Schulter hinweg, als Sebastian ihn zum Eingang zerrte.

„Worin?"

Zu seiner Überraschung lachte Pierrepont. „Zu dem Rest der Geschichte werde ich nichts sagen. Aber Sie irren sich in einer Sache", sagte er, als Sebastian ihn losließ und zurück in die Dunkelheit trat. „Ich habe Rachel York nicht getötet."

Kapitel 45

Dass er einen ganzen Tag verhältnismäßig untätig verbracht hatte, hatte Unruhe in Jarvis aufsteigen lassen. Unruhe und Ungeduld, was die kommenden Ereignisse betraf. In weniger als sechsunddreißig Stunden würde der Prince of Wales als Regent vereidigt werden. Der morgige Tag würde unterhaltsam werden. Höchst unterhaltsam.

Irgendwann nach Mitternacht legte er den Bericht zur Seite, den er gelesen hatte und richtete sich auf. Das Haus umgab ihn leer und still, denn all die lästigen Frauen in seinem Leben hatten sich längst in ihre jeweiligen Zimmer zurückgezogen.

Er ging hinunter in die Bibliothek und goss sich einen Brandy ein, dann schloss er die oberste Schublade auf der rechten Seite seines Schreibtisches auf und zog sie ein Stück Papier hervor. Es geschah nicht oft, dass Jarvis sich den Luxus erlaubte, schadenfroh zu sein, aber jetzt schwelgte er einen Augenblick lang in dem Gefühl, als er das Papier herauszog, um es kurz in seinen Händen zu halten.

Er lächelte leise in sich hinein und war gerade dabei, die Schublade wieder zu schließen, als er die Stimme seiner Tochter hörte: „Stimmt etwas nicht?"

Er sah auf und bemerkte, dass sie im Türrahmen stand und eine hohle Hand vor die flackernde Flamme ihres Kerzenleuchters hielt, um sie vor Zugluft zu schützen. Hero war eine große Frau. Zu groß, wie Jarvis fand, und viel zu dünn, mit schmalen Hüften und ohne nennenswerten Busen. Sie hatte aschbraunes Haar, das sie auf unmodische Weise lang und glatt trug, und vor kurzem hatte sie begonnen, es streng nach hinten zu binden – auf eine Art, die eher zu einer evangelischen Missionarin passen würde als zu einer vornehmen jungen Dame. Aber heute Abend trug sie ihr Haar offen und im goldenen Schein des Kerzenlichts kam ihm plötzlich in den Sinn, dass seine Tochter vielleicht tatsächlich – zumindest passabel – hübsch sein könnte, wenn sie es nur versuchen würde.

Er runzelte die Stirn und sagte: „Was nicht stimmt, ist die Art, wie du seit neustem dein Haar trägst. Du solltest es häufiger offen tragen. Lass dir die Vorderpartie zu Locken schneiden, so, wie man das heutzutage macht.“

Sie gab ein erstauntes, schallendes Lachen von sich. „Locken würden an mir lächerlich aussehen und das weißt du. Außerdem habe ich nicht von mir gesprochen.“ Ihr Lächeln verblasste und wich einem besorgten Blick. „Bist du sicher, dass alles in Ordnung ist?“

Jarvis war mit einem besonders einnehmenden Lächeln gesegnet worden. Er hatte schon vor langer Zeit gelernt, es zu benutzen, um Menschen zu belohnen, ihnen zu schmeicheln oder sie zu täuschen. Er setzte es auch jetzt ein und sah, wie die Sorgenfalten aus dem Gesicht seiner Tochter wichen, als sie sein Lächeln erwiderte.

„Es geht mir gut, Kind“, sagte er und drehte den Schlüssel im Schloss der Schreibtischschublade herum.

Kapitel 46

Kat schloss ihre Augen und lächelte. Die vielen Jahre, in denen ihr Verhalten von Kunstgriffen und routiniertem Kalkül geprägt gewesen war und in denen sie ihr Innerstes resolut vor jeglichem Gefühl verschlossen hatte, hatten die Erinnerungen allmählich verblassen lassen. Sie hatte vergessen, wie es sich anfühlte, hatte die beseligende Glut vergessen, die es in einem entfachte, wenn man mit den Handflächen über die schweißbenetzte Haut eines geliebten Menschen glitt. Auch hatte sie vergessen, wie sich ihr Magen vor Aufregung verkrampfte, wenn die vertraute, dunkle Silhouette von breiten Schultern über ihr auftauchte, und ebenso, welche Lust es bereitete, wenn kräftige Finger, von denen sie sich bereitwillig gefangen nehmen ließ, ihre Hände umfassten, während weiche Lippen auf Wanderschaft gingen, sodass sie um Luft ringen musste. Sie hatte vergessen, dass es jenseits von Triebbefriedigung und rein körperlichen Empfindungen, weit jenseits davon, noch etwas anderes gab – dass sich zwei Wesen auf so spirituelle Weise voller Verzückung vereinigen konnten, dass es von beinahe erhabener Herrlichkeit war.

Die Nacht umgab sie beide ruhig und dunkel. Durchbrochen wurde die Stille nur durch ihre miteinander verwobenen, unregelmäßigen Atemzüge und das

Knistern des Feuers in Kats Schlafzimmerkamin. Mit zitternden Händen drückte sie Sebastians angespannten Körper an sich und schlang ihre Beine fester um seine Taille, als sie spürte, dass ein Schauer seinen Körper erschütterte. Sie hörte, wie er ihren Namen in einem gequälten Schrei ausstieß und fühlte, wie sein Körper tief in ihr pulsierte.

Anschließend strich er ihr das Haar aus der feuchten Stirn, bevor er von ihr herunterglitt, sich so neben sie legte, dass sie sich in seine Armbeuge schmiegen konnte, und er sie sanft auf die Stelle unter ihrem Ohr küsste. In der Nacht wirkte sein Lächeln zärtlich. Aber gleich darauf erzitterten seine Augenlider und fielen zu. Sie spürte, wie die Sorgen und die Strapazen des langen Tages aus ihm wichen und fühlte, wie seine Arme, die sie umschlossen, schlaff wurden. Er schlief.

Sie wusste, dass er manchmal Albträume hatte, durchsetzt mit Erinnerungen an den Krieg, aus denen er schweißnass mit weit aufgerissenen Augen hochschreckte. Doch im Moment schlief er ruhig. Sie lag still neben ihm, lauschte seiner Atmung und beobachtete, wie der Schein des Feuers über seine markanten Gesichtszüge spielte. Aber als die in ihr aufwallenden Gefühle sie zu überwältigen drohten, wich sie vorsichtig von seiner Seite, bedacht darauf, ihn nicht zu wecken. Sie zog einen Kaschmirschal von der Rückenlehne eines Stuhls, der in der Nähe stand, dann ging sie zum Fenster und ließ ihren Blick nach unten wandern, über die nebelverhangenen Gärten.

Sie hatte nie aufgehört, ihn zu lieben. Sie vermutete, dass sie die Wahrheit in irgendeinem versteckten Winkel ihres Herzens, auch, wenn sie es sich nicht eingestehen wollte, immer gewusst hatte. Und jetzt wusste sie auch, dass unter all der pochenden Wut und dem Schmerz der letzten sechs Jahre Sebastians Liebe zu ihr immer noch loderte – als etwas Warmes und Wunderschönes. Aber das Schwerste von alldem war, sich der schonungslosen Erkenntnis zu stellen, dass sie niemals aufhören würde, ihn zu lieben und dass dieser Schmerz, den ihre Liebe zu ihm in ihr auslöste, immer und immer weiter andauern würde – in all den trostlosen und einsamen Jahren, die noch vor ihr lagen.

Sie ließ die Vorhänge zurück über das mit Raureif bedeckte Fenster fallen und wandte sich wieder dem Mann zu, der noch immer sanft schlafend in ihrem Bett lag. Ihr Blick schweifte über seine Formen, über die stolzen, aristokratischen Konturen seiner Nase und seines Kiefers. Einen schwachen Moment lang gab sie sich einer gefährlichen Tagträumerei hin, einer verlockenden Vorstellung, in der sie sich ausmalte, welche gemeinsame Zukunft ihnen bevorstehen könnte, wenn Sebastian es niemals schaffen würde, sich von den Anschuldigungen, dieses schreckliche Verbrechen begangen zu haben, zu befreien. Wenn er, anstatt eines Tages seinen Platz als Earl of Hendon einzunehmen, für immer auf der Flucht bleiben sollte.

Aber sie hielt sich gerade noch davon ab, sich das tatsächlich zu wünschen, obwohl ein Seufzer ihrem Brustkorb entweichen wollte und ihr Tränen, die sie niemals weinen würde, brennend in die Augen traten. Denn gerade weil Kat Sebastian so sehr liebte, hatte sie ihn vor sechs Jahren von sich gestoßen. Und sie kannte diesen Mann, den sie liebte, sehr gut. Sie wusste, dass

Sebastian, solange er lebte, weiter dafür kämpfen würde, seinen Namen reinzuwaschen.

Oder aber bei dem Versuch sein Leben lassen würde.

***

Am nächsten Morgen war die Sonne kaum mehr als ein leises Versprechen an einem von Nebel verdeckten Horizont, als Sebastian zum *Rose and Crown* zurückkehrte. Er war gerade in seinem Zimmer und frühstückte, als Tom hereinkam und die Gerüche Londons mit sich brachte – nach Schnee und Kohlenrauch und den Fleischbraten, die auf den Gehwegen verkauft wurden. „Mein Gott, es is' so kalt draußen, da frieren einem ja die Beine ab", sagte er, stampfte mit den Füßen auf und blies Luft auf seine steifen, roten Hände, bevor er sie über Sebastians Feuer ausstreckte.

Sebastian, der gerade seinen Toast mit Butter bestrich, sah auf und fragte: „Wo sind deine Handschuhe?"

„Ich hab' sie Paddy gegeben."

„Paddy?"

„Genau. Paddy O'Neal. Er ist ein Nachbar des Schauspieler-Kerls, Hugh Gordon. Und hört Euch das mal an: Laut Paddy hat Gordon ihm eine Droschke weggeschnappt, die einer der Burschen aus seiner Nachbarschaft letzten Dienstagabend für ihn holen sollte. Er hat sogar damit gedroht, Paddy eine reinzuschlagen, als der alte Kauz ihm zeigen wollte, was er davon hält."

Sebastian schob seinen Stuhl zurück und stand auf. „Bist du sicher, dass das am Dienstagabend war? Dieser – äh, Kauz – könnte sich auch im Tag geirrt haben."

„Nicht der alte Bock. Seit fünfzehn Jahren nimmt er jeden Dienstag an einer Ewigen Anbetung in der Lower Weymouth Street teil. Ihm wurde die Zeit von neun bis zehn Uhr zugeteilt, also wollte er genau da hin, als Gordon ihm die Kutsche weggeschnappt hat."

Sebastian sah den Jungen überrascht an. „Und woher kennst du solche Dinge wie Ewige Anbetungen?"

Die Wangen des Jungen röteten sich leicht, aber er sagte nichts weiter als: „Ich kenn' das nun mal."

Sebastian ließ das unkommentiert stehen. „Also verließ Gordon vor neun Uhr das Haus?"

Tom nickte. „Das ist richtig. Und hört Euch das an: Unser Paddy weiß sogar, wo der Kerl hingefahren ist – er hat gehört, wie er mit dem Kutscher gesprochen hat."

„Und?"

„Er hat dem Kutscher gesagt, er soll ihn nach Westminster bringen."

Kapitel 47

Einige Stunden nachdem Sebastian gegangen war, saß Kat in ihrem Ankleidezimmer, um sich um ihre Post zu kümmern. Plötzlich führte ihr Dienstmädchen aufgeregt Leo Pierrepont ins Zimmer.

Kat sah überrascht von ihrem Schreibtisch auf. „Ist das klug, Leo?"

Pierrepont warf seinen Hut auf einen Tisch in der Nähe und stellte sich vor das Fenster mit Blick auf die Straße. „Er war letzte Nacht hier, oder?"

„Meinst du Sebastian? Lieber Leo, was hast du gemacht? Durch meine Vorhänge gespäht?"

Er richtete seinen Blick weiterhin aus dem Fenster. „Und was ist mit Lord Stoneleigh?"

Kat legte ihren Stift beiseite und lehnte sich in ihren Stuhl zurück. „Ich bin seiner Lordschaft überdrüssig geworden. Zweifellos wird er sich von seinem Liebeskummer in", sie zögerte und setzte ein zynisches Lächeln auf, „sagen wir zwei Wochen erholt haben, nicht wahr?"

Leo sagte nichts. Ihre Zusammenarbeit war schon immer so gewesen. Kat hatte von Anfang an deutlich gemacht, dass sie ihre Liebhaber – oder Opfer, wie Leo sie gern nannte – selbst auswählte. Denn obwohl Kat häufig mit Leo kooperierte, hatte sie genau genommen nie wirklich für ihn gearbeitet. Er konnte sie zwar um

Dinge bitten, aber er würde sich davor hüten, zu versuchen, ihr Befehle zu erteilen.

Er drehte sich plötzlich vom Fenster weg. Sein Gesicht wirkte im fahlen Morgenlicht unerwartet verhärmt. „Dein Verhältnis mit Devlin ist gefährlich. Das ist dir doch klar, oder? Er hat den Verdacht, dass meine Beziehung zu Paris nicht ganz so ist, wie ich es die Leute gern glauben lassen möchte."

Kat drückte sich von ihrem Schreibtisch weg und stand auf. „Solange es nur ein Verdacht ist –"

„Er weiß auch von den fehlenden Dokumenten."

Kat stand vollkommen reglos da. „Was für fehlende Dokumente, Leo?"

Seine schmalen Nasenlöcher blähten sich auf, als er plötzlich die Luft einsog. „Letzte Woche, als ich in Hampshire war, hat jemand einige Dokumente aus dem Geheimfach in dem Kaminsims in meiner Bibliothek gestohlen. Es waren ein Mann und eine Frau, die zusammengearbeitet haben."

„Wen verdächtigst du? Etwa mich?"

Leo schüttelte den Kopf. „Das war das Werk von Dilettanten." Er zögerte und sagte dann: „Ich nehme an, dass es wahrscheinlich Rachel gewesen ist."

Kat spürte, wie ein ahnungsvoller Schauer über ihren Rücken lief. „Über was für Dokumente sprechen wir hier genau, Leo?"

Er zog eine seiner Schultern auf typisch französische Art hoch. „Liebesbriefe von Lord Frederick an einen hübschen jungen Beamten im Außenministerium. Die Geburtsurkunde eines Kindes, das Prinzessin Caroline vor einigen Jahren auf dem Festland geboren hat. Solche Dinge."

„Was noch?“

Plötzlich flackerte Belustigung in seinen eindringlichen grauen Augen auf. „Du erwartest doch nicht wirklich, dass ich dir das verrate, oder, *mon amie?*“

Kat lächelte nicht. „Ist irgendetwas dabei, das mich belastet?“

Er schüttelte den Kopf. „Nein. Du solltest sicher sein – es sei denn, du stellst etwas Dummes an. Ich hingegen könnte es zu gegebener Zeit für klug halten, London übereilt zu verlassen. Wenn dieser Fall eintritt, werde ich versuchen, dich zu benachrichtigen. Du weißt, wohin du gehen sollst?“

„Ja.“ Sie hatten das alles schon besprochen und sie kannte auch den Namen des abgelegenen Gasthauses südlich der Stadt, in dem sie versuchen würde, sich mit ihm zu treffen, sollte er gezwungen sein, aus England zu fliehen.

Kat beobachtete, wie er nach seinem Hut griff. Der Diebstahl dieser anscheinend wertvollen Dokumente ließ Rachels Tod in einem neuen, unheilvollen Licht erscheinen. „Sag mir nur eines, Leo, warum hast du am vergangenen Dienstag die Feier auf Lord Edgeworths Landsitz frühzeitig verlassen?“

Er drehte sich um und sah sie an. „Ich erhielt die Nachricht, dass ein Abgesandter aus Paris mit mir Kontakt aufnehmen würde. Warum?“

„Also hast du dich mit ihm in der Stunde getroffen, in der du deine Gäste alleingelassen hast?“

„Ja. Er ist früher gekommen, als ich erwartet hatte.“ Leo legte den Kopf schief und musterte mit kritischem Blick ihr Gesicht. „Jetzt glaubst du also wieder, dass ich Rachel getötet habe, hm?“

„Es scheint, als hättest du einen Grund dazu gehabt."

Pierrepont setzte sich seinen Hut auf den Kopf. „Genau wie dein junger Viscount."

„Er hat einen Grund gehabt? Welchen denn?"

Der Franzose lächelte. „Frag ihn selbst."

***

Sebastian verließ gerade das *Rose and Crown* und war auf dem Weg nach Covent Garden, als ein verlotterter Junge von etwa acht Jahren ihm nachgerannt kam und ihm eine Notiz von Paul Gibson überreichte.

Komm bei Gelegenheit zu mir, hatte der Ire eilig hingekritzelt. *Ich werde bis heute Mittag im Armenhaus in der Chalks Street sein.*

Sebastian warf dem Jungen einen Penny zu, zögerte einen Augenblick lang und ging dann in Richtung East End weiter.

Das Armenhaus in der Chalks Street war in einer Gruppe rußgeschwärzter, alter Steingebäude untergebracht, die einst ein Franziskanerkloster gewesen waren, und lag in einem Randbezirk Spitalfields', nicht weit vom Shepherds' Place. Das Armenhaus wurde von einer privaten Wohltätigkeitsgesellschaft als menschenwürdige Alternative zu den öffentlichen Arbeits- und Armenhäusern der Stadt geführt. Es stellte den Bedürftigen der Gegend Kleidung und Nahrungsmittel zur Verfügung und bot ihnen unter bestimmten Bedingungen Unterschlupf. Paul Gibson war dort oft zu den ungewöhnlichsten Zeiten anzutreffen. Er verband die

Wunden der Arbeiter, untersuchte Säuglinge, die nicht gedeihen wollten, und verteilte heimlich Verhütungsmittel an die wachsende Zahl der Prostituierten des Stadtteils.

„Sie werden jedes Jahr jünger“, sagte Gibson und seufzte, als er Sebastian in die kleine, ungeheizte Nischenkammer zog, die ihm von der Leitung des Armenhauses zugewiesen worden war. „Ich glaube nicht, dass mir heute auch nur eine begegnet ist, die älter war als sechzehn Jahre.“

Durch das einzelne, dreckverkrustete Bleiglasfenster der Kammer beobachtete Sebastian, wie die letzte Patientin des Arztes verstohlen über die Straße huschte. Das Mädchen sah aus, als wäre es gerade einmal zwölf Jahre alt. „Dieser Beruf trägt nicht zu einem langen Leben bei.“

„Leider nicht“, sagte Gibson, dessen Augen ihn an diesem Morgen zum Glück ungetrübt und wach anblickten. „Es ist mir in den Sinn gekommen, dass die *filles de joie* aus der Gegend sich als gute Informationsquelle erweisen könnten, wenn es um vornehme Herren mit gewissen widerwärtigen Vorlieben geht, aber ich habe in dieser Hinsicht bisher noch nichts Brauchbares herausgefunden.“ Gibson wischte sich die Hände an einem Handtuch ab, ging zu dem offenstehenden Schrank, in dem er einen dürftigen Vorrat an Bedarfsgütern aufbewahrte, und schloss die Tür. „Es gibt allerdings eine Sache, die du wissen solltest, wie ich meine. Seit ich die Autopsie von Rachel York abgeschlossen habe, hat mich dieses quälende Gefühl nicht losgelassen – dass ich etwas übersehen habe. Eine ganze Weile lang bin ich nicht darauf gekommen, was genau es ist, aber als ich gestern Abend im *St. Thomas's* meinen Vortrag über die Muskulatur hielt, da ist es mir aufgegangen."

Sebastian drehte sich vom Fenster weg. Er blickte forschend in das Gesicht seines Freundes. „Und was?"

„Etwas, das mir beim Baden von Rachel Yorks Leiche aufgefallen ist. Dass ihre Hand gebrochen war. Die Art des Bruches zeigte eindeutig, dass die Hand gebrochen wurde, nachdem die Totenstarre bereits eingesetzt hatte, weshalb ich dem zunächst nicht viel Bedeutung beigemessen habe. Ich habe schlicht angenommen, dass die Frau, die damit beauftragt gewesen war, die Leiche aufzubahren, den Bruch verursacht hatte. Oft ist das notwendig, verstehst du. Aber gestern Abend kam mir der Gedanke ..."

„Ja?"

„Wenn die Frau, die Rachels Leiche aufgebahrt hat, ihre Hand brechen musste, um sie zu öffnen, dann muss sie zur Faust geballt gewesen sein. Ungefähr so." Gibson hielt seine Faust hoch. „Aber wir wissen, dass Rachel ihren Angreifer gekratzt hat." Er löste seine Finger und krümmte sie wie Krallen. „Etwa so." Dann entspannte er seine Hand wieder. „Wenn sie vor ihrem Tod vergewaltigt worden wäre, dann würde ich sagen, dass sie vielleicht schließlich die Fäuste geballt hatte, so wie es ein Mensch tut, der versucht, etwas Schmerzhaftes zu erdulden. Aber wir wissen, dass das nicht der Fall war."

„Also worauf willst du hinaus? Dass sie etwas mit ihrer Hand umklammerte, als sie starb?"

Gibson nickte. „Das vermute ich. Natürlich könnte es auch etwas so Belangloses wie ein Haarbüschel gewesen sein, das sie ihrem Angreifer entrissen hatte."

„Oder es könnte etwas wesentlich Bedeutsameres gewesen sein. Wir haben jetzt keine Möglichkeit mehr, das jemals herauszufinden.“

„Vielleicht nicht. Oder vielleicht doch. Ich versuche, die Frau ausfindig zu machen, die die Leiche aufgebahrt hat. Wenn ich sie davon überzeugen kann, dass ich sie nicht wegen Diebstahls anzeigen werde, sagt sie es mir vielleicht.“

Sebastian stellte sich wieder an das Fenster, von dem aus man auf die schmale, mit Unrat gefüllte Straße hinabsehen konnte. Dunkelgraue Wolken hingen tief über der Stadt und versprachen Regen. Kurz darauf stellte sich der Ire neben ihn. Sein Blick ruhte, wie Sebastians, ebenfalls auf dem düsteren Himmel. „Hast du noch einmal darüber nachgedacht, ein bisschen Urlaub in Amerika zu machen?“

Sebastian lachte leise. „Meine Suche nach Rachel Yorks Mörder wird wohl nicht sehr erfolgversprechend sein, wenn ich ihn irgendwo in Baltimore oder Philadelphia suche, oder?“

„Es ist nicht Rachel York, wegen der ich frage. Sie ist tot. Um wen ich mir Sorgen mache, ist Sebastian St. Cyr.“

Sebastian schüttelte den Kopf. „Ich kann nicht fortgehen, Paul. Es steckt mehr hinter der Sache, als mir anfangs klar war. Viel mehr.“

Paul Gibson hockte sich auf einen Schemel in der Nähe, während Sebastian knapp umriss, in welcher Beziehung Rachel zu Leo Pierrepont gestanden hatte.

„Und, was glaubst du?“, fragte der Ire, als Sebastian seine Ausführungen beendet hatte. „Dass Pierrepont herausfand, dass sie ihm die Dokumente abgenommen hatte, und sie deshalb getötet hat?"

„Entweder er war es oder einer der Männer, gegen den die Franzosen belastende Informationen gesammelt haben. Ich bezweifle, dass Lord Frederick und mein Vater die einzigen Männer sind, die Rachel kontaktiert hat. Und jeder von ihnen hätte sie töten können."

Der Arzt nickte. „Diese Frau war in düstere Machenschaften verwickelt. Düstere Machenschaften mit gefährlichen Männern."

„Ich nehme an, dass die Seiten, die aus ihrem Terminkalender herausgerissen wurden, mit Lord Frederick und Pierrepont in Zusammenhang stehen, aber langsam zweifle ich daran, dass ich das jemals genau wissen werde." Er stieß schroff die Luft aus. „Es wäre sogar möglich, dass Pierreponts Dokumente überhaupt nichts mit ihrem Tod zu tun haben, außer, dass sie erklären, warum sie so spät abends in dieser Kirche war."

Gibson musterte ihn mit zusammengekniffenen Augen. „Du hast noch etwas anderes herausgefunden, nicht wahr?"

Sebastian erwiderte den Blick seines Freundes und nickte. „Mein Neffe, Bayard. Er scheint in die Frau vernarrt gewesen zu sein. Er ist ihr überall hin gefolgt."

„Das kommt sicherlich häufig genug vor, wenn man es mit schönen Schauspielerinnen und Operntänzerinnen zu tun hat, und mit unerfahrenen jungen Männern, die sich erst seit kurzem in den Wirtshäusern der Stadt amüsieren, oder?"

„Das mag sein. Aber an dem Samstag vor Rachels Tod hat Bayard bei *Steven's* einen Wutanfall bekommen und gedroht, sie zu töten. Er hat gesagt, er würde ihr den Kopf abreißen."

„Oh. Das ist nicht mehr ganz so gewöhnlich. Denkst du, dass er zu so etwas fähig wäre?

„Als Kind mochte ich ihn nie. Er konnte grausam sein. Sogar bösartig ..." Sebastian verstummte. „Doch er scheint keine Gelegenheit zu der Tat gehabt zu haben, wenn man bedenkt, dass er den Abend über seinen Hang zu zügellosen Ausschweifungen öffentlich zur Schau gestellt hat, bevor er vor *Cribb's Parlor* das Bewusstsein verlor. Sein Vater hat ihn selbst nach Hause gebracht."

Gibson saß für einen Moment still und gedankenversunken da. „Nein, dann scheint er keine Gelegenheit dazu gehabt zu haben, nicht? Und dann bleibt noch diese andere Frau, Mary Grant. Warum sollte Bayard auch sie verfolgen und töten?"

Sebastian schüttelte den Kopf. „Mir fällt kein Grund ein. Obwohl man, was das angeht, dasselbe auch von Hugh Gordon sagen könnte. Rachel schuldete ihm Geld, und er hat so hohe Schulden, dass er ausgerastet sein und sie getötet haben könnte, falls sie sich geweigert hat, zu zahlen. Aber warum das Dienstmädchen? Das macht keinen Sinn. Es sei denn –" Sebastian brach plötzlich mitten im Satz ab.

„Es sei denn?"

Sebastian beugte sich nach vorne. „Es sei denn, Gordon hat Jagd auf Mary gemacht, weil er die Dokumente gesucht hat, die Rachel an sich genommen hatte. Denk mal darüber nach: Gordon wusste, dass Rachel mit Pierrepont und den Franzosen zusammenarbeitete. Was, wenn er auch wusste, dass sie die Dokumente gestohlen hatte, um sie zu verkaufen? Er könnte durchaus den Plan gefasst haben, die Dokumente in die Finger zu bekommen und selbst zu verkaufen."

„Und was sagt Mr Gordon, wo er letzten Dienstagabend war?"

Sebastian drückte sich vom Hocker hoch. „Er sagt, er sei zu Hause gewesen und hätte seinen Text gelernt. Aber laut eines verschrobenen alten Iren namens Paddy O'Neal ist Gordon um kurz vor neun Uhr in einer Droschke weggefahren."

„Irgendeine Ahnung, wohin er fuhr?"

Sebastian lächelte. „Nach Westminster."

***

Sebastian spürte Hugh Gordon in einem Tuchgeschäft in der Haymarket auf, wo der Schauspieler eine Reihe besonders feiner Wollstoffe aus Bath begutachtete, die auf einem Regal an der Seitenwand aufgestapelt waren.

„Oh, Gott. Sie schon wieder", sagte er, als Sebastian neben ihm stehenblieb. „Was zum Teufel wollen Sie denn jetzt?

„Wie wäre es zur Abwechslung mal mit der Wahrheit?" Sebastian lehnte sich gegen die dunkel getäfelte Wand und lächelte. „Sie sind Rachel am Dienstagabend bis zu *St. Matthew's* gefolgt. Oder etwa nicht?"

„Was?" Gordon warf einen nervösen Blick über die Schulter. „Natürlich nicht. Ich sagte Ihnen doch, dass ich letzten Dienstagabend zu Hause war und meinen Text gelernt habe."

„Da sagt Paddy O'Neal aber etwas Anderes."

„Paddy? Was zum Teufel hat dieser kauzige alte Ire denn damit zu tun?“

„Er sagt, Sie hätten ihm die Droschke weggeschnappt, die er an diesem Abend bestellt hatte. Und Sie wären damit nach Westminster gefahren.“

„Er lügt.“

„Ist das so? Sie brauchten Geld – viel Geld, sogar mehr, als Rachel Ihnen überhaupt geschuldet hat. Ich glaube, Sie haben von den Dokumenten erfahren, die Rachel von Pierrepont gestohlen hatte und da kam Ihnen die glänzende Idee, ihr Angst einzujagen, damit sie Ihnen die Papiere übergibt. Aber sie hat sich geweigert.“ Sebastian beugte sich nah zu ihm heran und senkte seine Stimme. „Und genau da haben Sie sie gepackt, nicht wahr? Vielleicht haben sie Rachel sogar geschüttelt, genau wie Sie das früher schon mit ihr gemacht haben. Bloß hat sich Rachel dieses Mal gewehrt. Sie hat versucht, Ihnen die Augen auszukratzen. Also haben Sie ihr mit der Rückhand ins Gesicht –“

„Das ist doch verrückt“, widersprach Gordon.

„– geschlagen“, fuhr Sebastian ohne zu zögern fort. „Und als sie sich wieder gewehrt hat, haben Sie den Degen aus Ihrem Gehstock gezogen und ihr die Kehle aufgeschlitzt. Und weil es Sie erregt, Frauen zu schlagen, haben Sie sie vergewaltigt …“

„*Was?*“ Gordon presste das Wort leise und voller Empörung hervor. „Was wollen Sie damit sagen? Dass jemand Rachel vergewaltigt hat, *nachdem* sie getötet wurde?“

„Ganz recht“, sagte Sebastian. „Ich schätze, es ist für einen Mann ganz schön ermüdend, sich so einem leidenschaftlichen Blutrausch hinzugeben. Vielleicht war das der Grund, warum Sie es erst am nächsten Tag geschafft haben, bei Rachels Wohnung vorbeizuschauen, in der Hoffnung, dort die Dokumente zu finden. Bloß hatte ihr Dienstmädchen dann schon die Wohnung ausgeräumt, nicht wahr? Also mussten Sie auch *diese* Frau ausfindig machen. Und als Sie sie aufgespürt hatten, haben Sie sie auch getötet. Ich frage mich, warum. Weil sie Ihnen die Dokumente nicht überlassen wollte? Oder war es, weil Sie inzwischen auf den Geschmack gekommen waren, was tote Frauen angeht?"

Gordons Adamsapfel bewegte sich schmerzhaft auf und ab, während er schwer schluckte. „Ich schwöre bei Gott, es ist nicht das, was Sie denken."

Sebastian drückte sich von der Wand weg und ließ seine Hände schlaff herunterhängen.

Gordon trat eilig einen Schritt zurück und leckte sich mit einem nervösen Zungenschlag über die trockenen Lippen. „Sie haben Recht. Ich bin an diesem Abend nach Westminster gefahren. Aber ich war nicht mal in der Nähe von *St. Matthew's.*" Er zögerte, dann sagte er eilig: „Es ging um eine Frau. Ihre ... ihre Familie würde es nicht gutheißen, wenn sie wüsste, dass sie sich mit mir trifft, also haben wir uns in einem Gasthaus verabredet. Ein Lokal in der Nähe von Westminster Abbey. Es wird das *Three Feathers* genannt. Wir haben die halbe Nacht dort verbracht. Sie können den Gastwirt fragen, wenn Sie wollen."

Sebastian nickte. Es wäre leicht, das zu überprüfen, so, wie Gordon vorgeschlagen hatte. Eine hastige Bewegung auf der Straße erregte seine Aufmerksamkeit und er blickte aus dem bogenförmigen Vorderfenster des Geschäfts. Es hatte zu regnen begonnen und ein feiner

Nebel überzog das Pflaster, bis es nass und dunkel war. Er wandte seinen Blick wieder dem Schauspieler zu. Auch Hugh Gordon sah auf die Straße.

Sebastian musterte das Gesicht des Anderen, das inzwischen rot angelaufen war. Es kam ihm in den Sinn, dass Gordon zwar auf die Vorstellung, dass Rachel nach ihrem Tod vergewaltigt worden war, mit Bestürzung reagiert hatte, dass er aber nicht überrascht gewirkt hatte, als Sebastian die von Pierrepont gestohlenen Dokumente erwähnt hatte. „Aber nichtsdestotrotz wussten Sie von den Dokumenten, die Rachel Pierrepont gestohlen hatte."

Gordon zuckte zusammen. „Na schön. Ja. Ich wusste davon. Es ist Rachel herausgerutscht, als ich das Geld von ihr zurückverlangt habe. Aber ich schwöre bei Gott, *ich habe sie nicht umgebracht.*"

Sebastian positionierte sich so, dass der Schauspieler zwischen ihm und der Eingangstür des Geschäfts stand. „Wer wusste sonst noch, dass Rachel im Besitz dieser Dokumente war?"

„Ich weiß es nicht. Woher auch? Warum fragen Sie sie nicht ihren Liebhaber?" Der Schauspieler setzte ein ausgesprochen höhnisches Lächeln auf, sodass sich seine Unterlippe vorschob. „Er sollte das wissen. Immerhin hat er ihr geholfen, sie zu stehlen."

Ein Mann lungerte direkt vor der Ladentür herum. Er hatte den Kopf abgewandt, sodass Sebastian nur wenig von seinem Gesicht erkennen konnte. Aber die Art, wie er seine Schultern straffte, und die Umrisse seines Gesichts kamen ihm vertraut vor. „Ihr Liebhaber?", fragte Sebastian harsch. „Wer? Wie heißt der Mann?"

„Donatelli. Giorgio Donatelli", sagte der Schauspieler genau in dem Moment, als Edward Maitland, gefolgt von noch einem anderen Wachtmeister, durch die Eingangstür des Geschäfts stürmte.

Kapitel 48

Sebastian rannte in den hinteren Bereich des Ladens. Die Ledersohlen seiner Reitstiefel rutschten über den spiegelblank polierten Holzdielenboden.

„Halt!", rief Edward Maitland hinter ihm. „Halt, im Namen des Königs!"

Ein aufgebockter Tisch, der turmhoch mit Stoffballen aus Seide und Satin beladen war, versperrte Sebastian den Weg. Er raste direkt hinein, sodass das Brett von den Böcken flog und hinter ihm beide Polizisten zu Boden riss.

„Haltet ihn auf!", rief Maitland und rappelte sich in der schimmernden Masse sich abrollender Stoffbahnen hoch, bis er auf allen Vieren stand.

Jemand erwischte Sebastian am Mantel. Sebastian drehte sich um und schleuderte dem rotgesichtigen Mann mittleren Alters ein kleines Nähkästchen gegen den Wohlstandsbauch. Dieser riss den Mund auf, schnappte nach Luft und ließ Sebastians Mantel los.

Er konnte die Hintertür sehen, die durch eine Werkstatt führte. Sebastian betete still, dass das verdammte Ding nicht verschlossen war, rannte darauf zu und lächelte in sich hinein, als er spürte, wie die Klinke unter seiner Hand nachgab.

Mit einem Sprung von der Hintertreppe landete er in einer engen Gasse. Schlammiges Wasser spritzte an seinen Stiefeln hoch, als er an einem Haufen zertrümmerter, hölzerner Kisten und Fässer vorbeieilte, die mit rostigem Eisen beschlagen waren. Er bog gerade um die Ecke in die *Panton Street* ein, als Edward Maitland aus der Hintertür des Geschäfts stürzte und etwas schrie, das in einem plötzlichen, heftigen Regenguss unterging.

Sebastian floh über den Leicester Square nach Westen und huschte zwischen einem Phaeton mit hohem Sitz und einem scharlachroten Landauer hindurch. Der Riemen einer Peitsche sauste knapp neben ihm vorbei, Holz splitterte, die Pferde schnaubten und rissen die Köpfe hoch, bevor sie zum Stehen kamen. Eine Frau schrie.

Sebastian rannte weiter, der Wind zerrte an seinem Mantel und der Regen schlug ihm hart ins Gesicht. Er schüttelte den Kopf, um das Wasser in seinen Augen loszuwerden, und warf einen kurzen Blick über die Schulter: Edward Maitland war immer noch hinter ihm, etwa hundert Meter entfernt, und ruderte kräftig mit Armen und Beinen. Der zweite Polizist war zurückgefallen.

Sie waren in dem Teil der Stadt, in dem die eleganten Straßen wie Piccadilly und Pall Mall den engen Seitenstraßen und schäbigen Gassen von Covent Garden wichen. Das Pflaster unter Sebastians Stiefeln wurde uneben und die Straßen waren zunehmend überfüllt. Ein Haufen zerlumpter Bengel jubelte laut, als Maitland auf einem Haufen Mist ausrutschte und beinahe fiel, und eine alte Frau in einem zerrissenen Schal rief: „Gott schütze Sie, junger Mann!", als Sebastian an ihr vorbei spurtete.

Dann hörte er Maitland schreien: „Haltet den Mann auf! Er ist ein Mörder!" Als Sebastian aufblickte, sah er, dass das obere Ende der Straße durch eine Truppe der *Bow Street Horse Patrol* blockiert wurde, die aus den Randgebieten der Stadt zurückkamen: Es waren drei in blaurote Uniformen gekleidete Männer auf großen, braunen Pferden.

Sie trieben ihre Reittiere vorwärts. Die Hufe der Pferde donnerten über die enge Gasse zwischen den beiden Reihen mit alten Fachwerkhäusern. Neben ihm ging eine Seitenstraße ab und Sebastian rannte sie hinunter, nur, um sich sogleich in einer Menge zerlumpter Bettler wiederzufinden – hühnerbrüstige Männer mit buckligen Schultern und Frauen mit schmutzigen Gesichtern in zerfledderten Gewändern, die mit knochigen Händen schreiende, in Tücher gewickelte Babys umklammerten. Es waren auch Kinder darunter: Kleinkinder mit stumpfem Haar und halbwüchsige, mit Lumpen bekleidete Jugendliche, deren nackte Arme und Beine mit eiternden Wunden bedeckt waren. Hier lebten die Mittel- und Hoffnungslosen der Stadt, die das St. Martin's Armenhaus um Nahrung oder Kleidung gebeten hatten und abgewiesen worden waren.

Sebastian kämpfte, um sich seinen Weg durch die Menschenmenge zu bahnen, die das Armenhaus umringte. Dann packte ein Mann am Ende der Straße das Fass eines Apfelverkäufers und warf es durch das Fenster einer nahegelegenen Bäckerei. Glas zerschmetterte, Splitter flogen durch die Luft und das Getöse setzte sich bebend in der drängelnden, wallenden Masse verhärmter Gesichter und eingefallener Augen fort. „Brot! Es gibt Brot umsonst!"

Die Meute preschte vorwärts. Der Strom hungernder Menschen schwoll um Sebastian herum an und trug ihn in bis die Flemming's Row. Und dort stand am Ende der Gasse Edward Maitland, hinter dem die drei Reiter in der vertrauten blau-roten Uniform der *Bow Street Horse Patrol* warteten. Die Pferde standen mit steifen Beinen da und rissen die Köpfe hoch. Ihre Nüstern blähten sich auf, während die Männer der Bow Street die Reittiere im Zaum hielten und die Menschenmenge, die immer weiter nach vorn drängte und Sebastian mit sich zog, zwischen sich durchströmen ließen.

Sebastian drehte sich um, kämpfte dagegen an und versuchte verzweifelt, kehrtzumachen, aber der Sog der Meute war zu groß. Er konnte den Triumph in Maitlands ansehnlichem Gesicht lesen und sah den ausgelassenen, freudigen Glanz in seinen Augen, während er und die Männer der Bow Street einfach darauf warteten, dass die Menge Sebastian zu ihnen tragen würde.

Das erinnerte ihn an die heftige Strömung in der Bucht, in der er als Junge oft geschwommen war. Sie konnte tödlich sein, diese kalte Flut, die die Unachtsamen erbarmungslos aufs Meer hinauszog. Er und seine Brüder hatten schon früh gelernt, dass der einzige Weg, gegen die Flut anzukommen, war, sich mit ihr treiben zu lassen. Also hörte Sebastian auf, gegen den Mob anzukämpfen, und ließ sich jetzt einfach von ihm mitziehen. Er nutzte lediglich seine Größe und sein Gewicht aus, um sich langsam ein Stück seitwärts zu bewegen, zuerst bis zum Bordstein, dann nach oben auf den schmalen Fußweg vor der Häuserzeile gegenüber von *St. Martin's.*

Einst waren die Häuser hier prachtvoll gewesen, mit drei oder mehr Stockwerken. Aber sie waren längst zu dürftigen Mietshäusern verfallen, von deren durchhängenden Dachrinnen das Regenwasser lief, deren zerbrochene Fenster mit Lumpen gestopft worden waren und mit Haustüren, die entweder nicht verriegelt waren oder gleich ganz fehlten. Er achtete sorgsam darauf, seine Augen weiterhin auf die Männer am Ende der Straße zu richten, damit seine verstohlenen Blicke sein Vorhaben nicht verrieten. Deshalb wusste Sebastian ganz genau, in welchem Moment Maitland dämmerte, was passieren würde.

Maitland rief den Männern der Bow Street eilig eine Warnung zu und stürzte sich dann nach vorne, gerade, als Sebastian in dem dunklen Torbogen abtauchte, der neben ihm vom Fußweg abging. Er fand sich in einem schwach beleuchteten Flur wieder, der nach Urin, Feuchtigkeit und Fäulnis stank. Einst waren die Wände mit gemusterter, scharlachroter Seide behangen gewesen, aber jetzt hing der Stoff in gekräuselten Fetzen von dem schmutzigen Gips, der sich großzügig von der Wand geschält hatte und den Blick auf den bloßen, hölzernen Putzträger darunter freigab. Im Türrahmen zu Sebastians Linken stand ein dunkelhaariges kleines Mädchen von etwa fünf Jahren, die etwas im Arm hielt, das wie ein Neugeborenes aussah. Der Raum hinter ihr war leer.

Sie stand einfach nur da, reglos und mit großen Augen, und beobachtete, wie Sebastian durch den Flur rannte, vorbei an dem zerbrochenen Geländer und den kahlen, durchgetretenen Stufen, die einst zu einem prächtigen, geschwungenen Treppenaufgang gehört hatten. Die Hintertür stand halb offen und Sebastian stürzte hinaus. Er sprang von der bröckelnden Treppe und überquerte einen kleinen Hof, der an zwei Seiten von hoch aufragenden Backsteinmauern begrenzt wurde und mit zerbrochenen Fliesen, angeschlagenen Fässern und modernden, stinkenden Müllhaufen übersät war. Am hinteren Ende des Hofes standen die Überreste eines ehemaligen Kutschenhauses, aber als Sebastian die eisenbeschlagene Eichentür aufdrücken wollte, musste er feststellen, dass sie verschlossen war.

„*Verdammte Scheiße*", fluchte er und hämmerte mit einer Faust gegen das stabile Holz. Von der Straße hinter dem Haus ertönten Rufe und dann plötzlich das beharrliche Klingeln der Alarmglocke. „Verdammte Scheiße", sagte er noch einmal, drehte sich um und drückte seine Schultern gegen die Tür hinter sich.

Neben ihm führte eine Außentreppe zum Dachboden hoch. Er drückte sich ab und rannte die Stufen hoch. Auch die einfache Tür am oberen Ende der Treppe war verschlossen. Sebastian trat einmal dagegen, dann noch einmal. Holz zersplitterte unter seinem Stiefel und die Tür schwang an quietschenden Scharnieren knarrend nach innen auf.

Der Dachboden war nur ein grob unterteilter Raum. Als er ihn durchquerte, knirschten schimmelnde alte Heuhaufen unter seinen Stiefeln und stießen Staubwolken aus. Die Partikel tanzten im dämmrigen Lichtstrahl, der durch ein mit Spinnweben und Ruß verdrecktes Flügelfenster gegenüber einfiel. Sebastian stieß das Fenster auf, schwang zuerst ein Bein und dann das andere über den Fenstersims, und zwängte sich durch die schmale Öffnung. Der Regen prasselte jetzt wieder kräftiger und schlug ihm ins nackte Gesicht wie kalte Nadelstiche. Sebastian ließ sich an seinen ausgestreckten Armen vom Fenstersims herunterhängen, holte tief Luft und ließ sich dann fallen.

Als er auf dem glitschigen Bürgersteig unter sich aufkam, rollte er sich ab und rannte weiter, sobald er sich aufgerichtet hatte. Seine Füße rutschten und schlitterten über den säuerlich riechenden Matsch aus verfaulten Kohlblättern, altem Stroh und nicht identifizierbarem Unrat. Vor ihm gab das verfallene Gewölbe der ehemaligen Stallungen den Weg auf eine Seitengasse frei. Hier waren weniger Menschen, sodass er sich einen Weg durch die Menge bahnen konnte – weg vom Armenhaus und von Maitland und der *Bow Street Horse Patrol.* Irgendwo hinter ihm ertönte ein Schrei, dann noch einer und erneut läutete die Alarmglocke. Sebastian zog seinen Kopf ein, um sich vor dem Regen zu schützen, und ging weiter. So war er nur noch ein zerlumpter, nasser und verdreckter Mann, der sich, abgesehen von seiner Größe und der guten Gesundheit seines sehnigen Körpers nicht von den anderen Menschen dort unterschied.

Kapitel 49

Giorgio Donatelli eilte am frühen Nachmittag durch den Regen nach Hause, er hatte sich einen Laib Brot unter den Arm geklemmt. Geduckt stand er unter dem niedrigen Vordach seiner Haustür und nestelte gerade an seinen Schlüsseln herum, als Sebastian hinter ihn trat.

„Bitte. Lassen Sie mich behilflich sein", sagte Sebastian, griff an dem reglosen, erstarrten Italiener vorbei und stieß die Tür auf.

„Heilige Mutter Gottes", flüsterte Donatelli. Alle Farbe wich aus seinem Gesicht, während das Brot aus seinen Händen glitt. „Nicht Sie schon wieder."

Sebastian fing das Brot, kurz bevor es auf der Treppe aufschlug, und schenkte dem Künstler ein breites Lächeln. „Lassen Sie uns ein wenig plaudern, ja?"

***

„Sie haben mir nicht gesagt, dass Sie und Rachel ein Liebespaar waren", sagte Sebastian.

Donatelli saß in einem abgenutzten, mit Gobelin bespannten Sessel neben dem Feuer im Wohnzimmerkamin. Er hatte die Ellenbogen auf die Knie gestützt und seinen dunklen Lockenkopf in den Händen vergraben. Langsam hob er den Kopf und presste die Zähne zusammen. „Ich kenne dieses Land und ich weiß, was Ihr Engländer von Ausländern haltet."

Sebastian stand auf der anderen Seite des Zimmers, lehnte mit den Schultern an der Wand und hatte die Arme vor der Brust verschränkt. Auch er kannte seine Landsleute, wusste um ihre Überheblichkeit, ihre Ängste und ihre Bereitschaft, jedem Fremden ohne einen ordentlichen Prozess oder auch nur annähernd rationale Überlegungen etwas anzulasten. Donatelli hatte Recht; wenn die Behörden gewusst hätten, dass der Italiener Rachels Geliebter gewesen war, hätten sie an seiner Stelle Donatelli festgenommen, egal, wie viele Beweise Sebastian belasteten.

„Ich habe gehört, dass Rachel vorhatte, aus London wegzugehen", sagte Sebastian. „Wussten Sie das?"

Donatelli drückte sich hoch, bis er stand, und seine dunklen Augen funkelten. „Was wollen Sie damit andeuten? Dass sie vorhatte, *mich* zu verlassen? Dass ich es herausgefunden und sie in einem Anfall von Eifersucht getötet habe? Heilige Mutter Gottes, natürlich wusste ich das. Sie hat mein Kind unter ihrem Herzen getragen!"

Sebastian zeigte keine Regung. „Sie hatten also beide vor, wegzugehen? War es so? Und warum? Nach vielen mühevollen Jahren bekommen Sie endlich mehr Aufträge, als Sie annehmen können, während Rachel eine vielversprechende Karriere auf den Bühnen Londons vor sich hatte. Warum hätten sie beide das alles wegwerfen wollen?"

Donatelli stellte sich neben das Feuer. Eine Hand ruhte auf dem Kaminsims und sein Blick war auf die Flammen gerichtet. Nach einem Augenblick stieß er mit einem langen Seufzer die Luft aus und es war, als würde auch all die Wut aus seinem Körper weichen. „Wir wollten nach Italien fahren. Nach Rom. Rachel … Rachel hatte Angst vor irgendwas. Ich weiß nicht, vor was. Sie wollte es mir nicht sagen. Sie hat gesagt, es wäre besser, wenn ich nichts davon wüsste."

„Aber Sie wussten, dass sie die Informationen, die sie von ihren Liebhabern erhielt, über Pierrepont an die Franzosen weitergab."

Donatelli nickte und seine Lippen kräuselten sich vor Verachtung. „Es ist erstaunlich, was Männer so alles ausplaudern, um eine schöne Frau zu beeindrucken."

Sebastian studierte das markante Profil des anderen Mannes. Er wunderte sich, mit welcher Gelassenheit der Maler darüber sprach, dass die Frau, die er liebte, sich mit anderen Männern getroffen und diese auf der Suche nach Informationen vielleicht sogar in ihr Bett gelockt hatte. „Wussten Sie, dass sie Pierrepont eine Reihe von Dokumenten gestohlen hat?"

Donatelli nickte, ohne den Blick von den glühenden Kohlen abzuwenden. „Gott verzeih mir, ich habe ihr sogar dabei geholfen. Letzten Sonntag, als Pierrepont aufs Land gefahren war, habe ich den Butler abgelenkt, während sie sich in Pierreponts Bibliothek schlich. Sie wusste genau, wo er die Dokumente aufbewahrte, nämlich in einem Geheimfach im Kaminsims. Er hatte genauso ein Versteck in ihrer Wohnung in Dorset Court einrichten lassen."

„Wie viele Dokumente hat sie genau gestohlen?"

Donatelli zuckte mit den Schultern. „Ich weiß, dass da ein Umschlag darunter war, der etwa ein halbes Dutzend Briefe von Lord Frederick enthielt, aber da war noch mehr. Ich glaube, sie hatte vor, drei oder vier verschiedene Personen zu kontaktieren, aber ich weiß es nicht genau. Ich wollte nichts damit zu tun haben. Ich habe ihr gesagt, dass das, was sie da tut, gefährlich ist, dass es im Prinzip Erpressung ist. Aber sie hat gesagt, dass dem nicht so sei, dass die Leute, denen sie diese Dokumente verkaufte, sich freuen würden, sie in ihren Besitz zu bekommen." Er senkte die Stimme zu einem gequälten Flüstern. „Ich habe befürchtet, dass so etwas passieren würde."

„Trotzdem haben Sie selbst nach den Dokumenten gesucht, als Sie erfahren hatten, dass Rachel tot war", sagte Sebastian. Er erinnerte sich daran, was Kat ihm von dem jungen Mann erzählt hatte, der am Morgen nach Rachels Tod ihre Wohnung durchsucht hatte. Er war der junge Mann mit dem Schlüssel.

Donatelli sah sich um und die Haut um seine hohen Wangenknochen nahm eine tiefrote Farbe an. „Ich hatte Angst – Angst, dass, wer auch immer Rachel getötet hat, es auch auf mich abgesehen haben könnte. Ich dachte, wenn ich die Dokumente hätte und sie ihm vielleicht gäbe …"

„Sie wem geben?", fragte Sebastian barsch. „Pierrepont? Glauben Sie, er wusste, dass es Rachel war, die die Dokumente aus seinem Haus gestohlen hatte?"

„Vielleicht. Ich wäre nicht überrascht, wenn er bemerkt hätte, dass etwas nicht stimmte. In den letzten Wochen war sie einfach nicht sie selbst."

„Lag das an dem, was sie für Pierrepont getan hat?"

„Das glaube ich nicht. Sie war stolz auf das, was sie tat, und auf ihre Rolle im Kampf darum,

Republikanismus und soziale Gerechtigkeit in dieses Land zu bringen. Aber andererseits ..."

„Andererseits was?"

„Ich weiß es nicht. Es war, als ob sie jemand zwingen würde, etwas zu tun, das sie nicht tun wollte, etwas, das ihr Angst machte. Als sie von dem Baby erfuhr ..." Seine Stimme brach und er musste schlucken. „Da beschloss sie, dass wir weggehen mussten. Dann kam ihr auch die Idee, die Dokumente von Pierrepont zu stehlen und zu verkaufen, damit wir genug Geld hätten, um in Rom neu anzufangen."

„Glauben Sie, dass jemand herausgefunden hat, dass sie geheime Informationen an die Franzosen weitergab?"

Donatelli wandte sich hastig vom Kamin ab und presste seine zu Fäusten geballten Hände an den Mund. „Ich bin mir nicht sicher. Vielleicht. Es könnte etwas mit diesem Whig zu tun gehabt haben – der, von dem es hieß, er würde zum Premierminister ernannt werden, wenn der Prinz morgen als Regent vereidigt wird."

„Sie meinen Lord Frederick?"

„Ja, genau der", sagte Donatelli. „Lord Frederick Fairchild. Pierrepont benutzte Rachel in einer seiner Intrigen, weil er versuchen wollte, ihn zu beeinflussen." Er ließ seine Hände sinken. „Sie haben davon gehört, nicht wahr? Von Pierrepont?"

Sebastian schüttelte den Kopf und spürte, wie ein beunruhigtes Beben tief durch seinen Körper ging. „Was ist mit Pierrepont?"

„Die Regierung ist gegen ihn vorgegangen. Er wurde der Spionage beschuldigt und sein Haus wurde durchsucht."

Sebastian drückte sich von der Wand weg. „Und was ist mit Pierrepont selbst? Ist er verhaftet worden?"

„Nein. Entweder hat er großes Glück gehabt oder jemand hat ihn gewarnt: Er ist geflohen. Es heißt, er habe London bereits verlassen." Donatellis Lippen verzogen sich zu einem gequälten Lächeln. „Welche Ironie, nicht wahr? All diese Intrigen, um einen Mann in die Falle zu locken, der jetzt nicht einmal Premierminister werden wird."

„Was? Wie meinen Sie das?"

„Sie sind sehr schlecht informiert, oder? Es ist heute Morgen bekannt gegeben worden. Der Prinz hat sich dagegen entschieden, mit den Whigs eine Regierung zu bilden. Die Tories bleiben an der Macht."

***

Als Sebastian das Stadthaus von Lord Frederick auf der George Street erreichte, hatte der Regen nachgelassen und es nieselte nur noch.

Allmählich zeichnete sich ein Muster ab, dachte er – ein verworrenes Geflecht aus Verschwörungen, die wieder neue Verschwörungen hervorbrachten. Noch mochte das Bild zwar verschwommen und undeutlich sein, aber es wurde immer deutlicher.

Sebastian hob die Hand und klopfte kräftig an die Tür des Stadthauses. „Hier ist Mr Simon Taylor", sagte er, als die Tür nach innen aufschwang und den Blick auf einen tristen Butler mit roten Wangen, eindrucksvollem Körperumfang und einem Gesichtsausdruck, der die nötige arrogante Geringschätzung vermittelte, freigab. „Ich möchte Lord Frederick sehen."

Die Miene des Mannes blieb bewundernswert ausdruckslos, während er Sebastians auf der Rosemary Lane erstandene Kleider zur Kenntnis nahm und den dreisten Affront erduldete, den es bedeutete, in einem solchen Aufzug an der Tür eines Adligen zu erscheinen. Die Kniehosen und der Mantel waren inzwischen vom Regen durchnässt und – dank Sebastians rasanter Flucht durch die Gassen und Hurenviertel der Stadt – mit übelriechendem Schlamm bespritzt. Der erste Impuls des Butlers war offensichtlich, einen solchen Besucher zum Dienstboteneingang zu schicken. Aber etwas an Sebastians Auftreten, vielleicht sein gelassenes Selbstbewusstsein, ließ den Butler stutzig werden. Er zögerte und fragte: „Erwartet Seine Lordschaft Sie?"

„Das sollte er. Ich bin Rachel Yorks Vetter."

Der Mann rümpfte auf würdevolle Weise die Nase. „Warten Sie hier", sagte er und wandte sich dem Flur zu …

Genau in diesem Moment ertönte hinter der geschlossenen Tür zur Bibliothek der dröhnende Knall eines Schusses.

Kapitel 50

Sir Henry Lovejoy saß an seinem Schreibtisch und döste vor sich hin, nachdem er ein wohlschmeckendes Mahl aus Rindfleischpastete in dem Wirtshaus an der Ecke eingenommen hatte, als er von dem entschuldigenden Zischeln seines Sekretärs aufgeschreckt wurde.

„Sir Henry?", fragte Collins und sein kahler Kopf erschien im Türrahmen. „Hier ist eine Dame, die Sie sehen möchte. Und sie weigert sich, mir ihren Namen zu nennen."

Lovejoy konnte die Frau jetzt auch sehen: Sie war jung und zierlich gebaut und trug eine modische hellblaue Redingote mit passendem rundem Hut samt dichtem Schleier. Sie wartete, bis der Sachbearbeiter widerstrebend das Zimmer verlassen hatte und hob dann ihren Schleier, sodass Lovejoy in das blasse, besorgte Gesicht von Melanie Talbot sehen konnte.

„Mrs Talbot." Lovejoy rappelte sich eilig hoch. „Sie hätten sich nicht die Mühe machen müssen, herzukommen. Wenn Sie eine Nachricht geschickt hätten –"

„Nein", sagte sie nachdrücklicher, als er erwartet hätte. Diese Frau sah vielleicht zerbrechlich aus mit ihrem schlanken, zierlichen Körperbau und ihren traurigen Augen, aber sie war es nicht. „Unter den gegebenen Umständen habe ich schon zu lange gewartet. Ich hätte von Anfang an die Wahrheit sagen sollen." Sie holte tief

Luft und sagte dann hastig: „An dem Abend, in der die junge Frau getötet wurde, war Devlin bei mir."

Lovejoy trat hinter seinem Schreibtisch hervor und streckte eine Hand aus, um seine Besucherin zu einem Stuhl zu geleiten. „Mrs Talbot, ich verstehe Ihren Wunsch, dem Viscount zu helfen, aber bitte glauben Sie mir, wenn ich sage, dass dies völlig nutzlos ist."

„Nutzlos?" Sie riss sich von ihm weg und in ihren blauen Augen blitzte unvermittelt Wut auf. „Was glauben Sie? Dass ich mir das ausdenke? John hat geschworen, mich zu töten, falls er jemals herausfinden würde, dass ich mich wieder mit Sebastian getroffen hätte. Glauben Sie, dass ich das riskieren würde? Für eine Lüge?"

Lovejoy blieb stehen und ließ seine Hand sinken. All seine langgehegten Zweifel an diesem Fall wurden von neuem befeuert. „Was wollen Sie damit sagen? Dass Sie Lord Devlin am letzten Dienstagabend getroffen haben, obwohl es Ihr Ehemann verboten hatte?"

Sie stellte sich an das Fenster mit Blick auf den Platz. „John erzählte mir von dem Duell und prahlte damit, dass er Sebastian töten wollte."

„Also haben Sie ... was gemacht? Wollten Sie Seine Lordschaft davor warnen, dass Ihr Mann vorhatte, ihn zu erschießen? Sicherlich war sich Seine Lordschaft dessen bewusst?"

Sie schüttelte den Kopf und ihre Lippen bogen sich unvermittelt zu einem gequälten Lächeln. „John hätte Sebastian niemals überwältigen können. Ich traf mich mit Sebastian, um ihm das Versprechen abzunehmen, dass er meinen Mann nicht umbringen würde."

Sie drehte sich vom Fenster weg. „Das überrascht Sie, nicht wahr?", fragte sie, als Lovejoy sie lediglich anstarrte. „Sie denken, wenn ich wirklich unglücklich mit meinem Mann wäre, müsste ich doch froh sein, ihn loszuwerden – auf welchem Wege auch immer. Sie verstehen nicht, wie das Leben als Frau ist. So schwierig es auch sein mag, so ist John doch alles, was ich habe. Mein Vater würde mich niemals wieder bei sich aufnehmen. Wenn meinem Mann etwas zustößt, bin ich mittellos und müsste auf der Straße leben. Das könnte ich nicht ertragen."

„Wo haben Sie sich mit Lord Devlin getroffen?"

„In einer ruhigen Ecke des Parks. Ich glaube nicht, dass uns jemand gesehen hat. Ich schwöre, wir haben nichts getan, nur geredet. Aber selbst wenn man John davon überzeugen könnte, wäre das egal. Er würde –" Ihre Stimme brach und sie verstummte.

Lovejoy beobachtete, wie ihre schlanke Kehle sich bewegte, als sie schluckte. Dort waren Blutergüsse, bemerkte er, die beinahe vom Spitzenbesatz ihres Kleides verdeckt wurden: Vier Blutergüsse in eindeutiger Form – die Finger eines Mannes hatten sie dort hinterlassen. „Um wie viel Uhr war das?"

„Von halb sechs bis kurz vor acht."

Es musste die schöne junge Ehefrau von Captain John Talbot viel Mühe gekostet haben, dachte Lovejoy, Lord Devlin davon zu überzeugen, ihren gewalttätigen Ehemann nicht zu töten. Aber wenn sie die Wahrheit sagte, wäre es für Devlin praktisch unmöglich gewesen entweder vor oder nach seinem Treffen mit Mrs Talbot rechtzeitig in die Marienkapelle von *St. Matthew of the*

Fields in Westminster zu gelangen, um Rachel York zu töten.

Falls sie die Wahrheit sagte.

Lovejoy fixierte sie mit starrem Blick. „Was hat Sie dazu gebracht, jetzt damit an mich heranzutreten?"

Ein Hauch von Farbe legte sich auf ihre blassen Wangen. „Ich hätte Ihnen schon vorher die Wahrheit sagen sollen. Aber Sebastian hatte mir über meine Schwester eine Nachricht zukommen lassen." Sie öffnet ihren Pompadour, zog ein eingerissenes, zerknittertes Blatt Papier hervor und reichte es Lovejoy. „Er hat mich ermahnt, zu schweigen. Ich habe gehofft, dass Sie erkennen würden, dass alles ein Fehler war. Dass es falsch war, zu glauben, Sebastian wäre irgendwie in den Tod dieser Frau verwickelt und dass ich nichts sagen müsste. Dass John niemals davon wissen müsste ..."

Lovejoy starrte auf die eilig geschriebenen Worte auf dem Zettel. Die Tinte war zerlaufen, so, als hätten Tränen das Papier benetzt. „Es ist überhaupt nicht nötig, dass Sie irgendetwas sagen."

„Was?" Sie schüttelte mit großen Augen verständnislos den Kopf. „Was wollen Sie damit sagen?"

„Ich will damit sagen, dass es keinen Sinn macht, dass Sie sich einer Gefahr aussetzen, indem Sie mir jetzt diese Informationen zukommen lassen. Dank des Duells ist Ihre Beziehung zu Lord Devlin bekannt und aus diesem Umstand wurden bereits die verfänglichsten Rückschlüsse gezogen. Man würde daher einfach annehmen, dass Sie diese Geschichte erfunden haben und dass Sie lügen, um den Mann zu schützen, den Sie lieben."

„Aber es ist die Wahrheit.“ Mit verengten Augen musterte sie sein Gesicht. „Sie glauben mir doch, oder nicht?“

„Als Mensch, hier und jetzt, würde ich wahrscheinlich sagen: Ja. Aber als Richter, der Ihre Aussage vor Gericht gegen die anderen Beweise abwägen muss?“ Er zuckte mit den Schultern. „Ich denke nicht.“

„Aber das ist absurd.“

Lovejoy steckte den Zettel des Viscounts in seine Tasche. „So ist das Gesetz.“

Kapitel 51

Lord Fredericks Butler griff nach der Messingklinke der Bibliothekstür und riss die Augen weit auf. „Sie ist verschlossen.“

Sebastian schob den Mann beiseite und trat kräftig zu. Das Holz zersplitterte unter dem Absatz seines Stiefels, die Tür gab nach und schmetterte mit einem lauten Knall gegen die Wand.

Der Raum dahinter lag im Halbdunkeln. Das Feuer im Kamin war heruntergebrannt und jemand hatte die schweren Brokatvorhänge vor die Fenster gezogen. Das einzige Licht kam von einer flackernden Öllampe aus Messing, die auf dem Schreibtisch stand. Der Lampenschirm aus Milchglas warf einen weichen Schein auf die sterblichen Überreste von Lord Frederick Fairchild.

Er lag in einem unnatürlichen Winkel ausgestreckt in seinem Schreibtischsessel und eine Hand baumelt schlaff auf den Teppich herunter. Überall war Blut – auf der polierten hölzernen Schreibtischplatte, auf dem gesteppten Ledersessel, auf den Bücherregalen und auf der Wandvertäfelung dahinter. Sebastian dachte zuerst, dass der Mann, der Rachel York und Mary Grant getötet hatte, irgendwie vor ihm in dieses Haus gekommen sein musste. Dann fiel sein Blick auf die hübsche, kleine Pistole mit Elfenbeingriff, die Lord Frederick immer noch mit der Hand umklammert hielt, und er begriff.

Sebastian wischte sich ein paar Tropfen Regenwasser und Schweiß aus dem Gesicht und schritt über den Orientteppich des Zimmers zu den Fenstern mit Blick auf den Garten hinter dem Haus hinüber. Er riss die Vorhänge zur Seite. Das blasse Licht eines regnerischen Winternachmittags flutete den Raum. Fairchild hatte die Mündung der Pistole an seiner Schläfe aufgesetzt und der Schuss hatte die rechte Seite seines Kopfes zertrümmert, sodass davon nur noch ein blutiger Brei übriggeblieben war. Sebastian wandte sich gerade vom Fenster ab, als der Brustkorb des Mannes zuckte, sein Mund sich öffnete und nach Luft schnappte, um zu atmen. Er hatte den Großteil seines Schädels auf der rechten Seite weggeschossen, sodass Sebastian sehen konnte, wie das Gehirn des Mannes unter dem weißen Schädelknochen und dem zerfetzten, blutigen Fleisch seiner Kopfhaut zitterte. Aber noch war er nicht tot.

„Gütiger Himmel!" Der Butler rang entsetzt nach Luft, dann presste er eine Faust an seinen Mund und eilte aus dem Zimmer. Vom Flur her kamen heftige Würgegeräusche.

Lord Frederick holte noch einmal schwerfällig Luft. „Hätte mir die verdammte Mündung in den Mund stecken sollen", flüsterte er.

Sebastian kauerte sich neben ihn: „Wissen Sie, wer ich bin?"

Erkenntnis leuchtete in den Augen des Mannes auf.

„Er hatte einen meiner Briefe. Einen meiner Briefe an Wesley."

„Wer? Wer hat die Briefe?"

„Jarvis." Der zertrümmerte Kopf des Mannes bewegte sich unruhig auf dem blutigen Leder seines Stuhls hin und her. „Hat ihn dem Prinzen gezeigt. Hat gesagt, er sei unter Leo Pierreponts Dokumenten gefunden worden ... und, dass ich mit Pierrepont zusammenarbeiten würde, um hinter dem Rücken des Prinzen Frieden mit Frankreich zu schließen." Der nächste Atemzug rasselte in seiner Kehle. „Ist nicht wahr. Habe mein Land nie verraten. Würde das niemals ..."

„Aber der Prinz hat es geglaubt?"

Der Mann presste die Augen zusammen, wie unter heftigen Schmerzen und seine Stimme wurde noch leiser. „Jarvis ... Jarvis hat gesagt, wenn ich nicht im Stillen verschwinde, würde er dafür sorgen, dass der Brief veröffentlicht wird. Konnte das nicht zulassen ... Elizabeth ... mein kleines Mädchen ... würde sie ruinieren."

Sebastian beugte sich vor und umfasste mit einer Hand die mit Leder gepolsterte Lehne des Sessels. „Der Brief – wie hat Jarvis ihn in die Finger bekommen?"

Statt einer Antwort starrten ihn Fairchilds Augen lediglich groß und leer an.

Sebastian ließ sich nach hinten sinken. Er hielt mit der Hand immer noch die Armlehne des Sessels umklammert. Plötzlich vernahm er den eindringlichen, gellenden Ton einer Pfeife, wie sie Wachtmeister besaßen. Er hörte auch die Stimme des Butlers, der rief: „Da. Er ist da drin. In der Bibliothek."

Sebastian sprang auf die Beine und riss eines der hinteren Fenster auf. In diesem Moment vernahm er das Geräusch von Schritten, die über den marmorgefliesten Flur rannten. Er schwang ein Bein über das Fensterbrett.

„Sie da! Halt! Halt, habe ich gesagt!"

Sebastian schlüpfte durch den Fensterrahmen und landete sanft in einem Bett aus feuchtem, gefrorenem, braunem Laub und dunkler, durchnässter Erde und rannte los.

***

Charles, Lord Jarvis, erschreckte seinen Kammerdiener, indem er bereits kurz vor vier Uhr an diesem Nachmittag nach Berkeley Square zurückkehrte. Jarvis war kein eitler Mann in dem Sinne, dass er sehr viel Wert auf Äußerlichkeiten gelegt hätte, aber die Ereignisse im *Carlton House* an diesem Abend waren besonders bedeutsam. Und in einer Zeit, in der man dem Erscheinungsbild übertriebene Bedeutung beimaß, achtete ein kluger Mann auf solche Dinge.

Er zog Kniehosen und Seidenstrümpfe und dazu einen Frack an, widersetzte sich den Versuchen seines Kammerdieners, seinen rötlichen Teint mit einem Hauch von Puder aufzuhellen, und machte sich auf den Weg nach unten in seine Bibliothek. Jarvis unterhielt zwar auch Büros im *St. James's Palace* und im *Carlton House*, aber seine wichtigsten Papiere bewahrte er hier im Haus am Berkeley Square auf.

Er musste zugeben, dass er zeitweise ein wenig besorgt gewesen war, dass die aufsehenerregende Art und Weise, wie dieses Mädchen zu Tode gekommen war, Schwierigkeiten machen könnte. Aber am Ende war alles im Wesentlichen so gelaufen wie geplant. Die drohende Gefahr einer whiggistischen Regierung war abgewendet worden; Perceval und die Tories würden an der Macht bleiben und der Krieg gegen den Atheismus, den Republikanismus und die Mächte des Bösen würde andauern.

Jarvis blieb am Fuß der Treppe stehen, nahm eine Prise Schnupftabak, hielt ihn an seine Nasenlöcher und atmete tief ein. Dann stieß er einen zufriedenen Seufzer aus. Er wusste, dass es Menschen gab, die nicht verstehen konnten, warum er sich gegen die unermüdlichen Versuche des Prinzen, ihn davon zu überzeugen, dass er selbst ein Regierungsamt bekleiden sollte, widersetzte. Aber Jarvis begriff, was die meisten nicht verstanden: Dass Männer, die sich offen zu einer Partei oder Politik bekannten, dadurch jeden Anschein von Objektivität verloren, und dass diejenigen, die durch ein Amt Macht ausüben wollten, dieses Amt – und damit auch ihre Macht – nur allzu schnell wieder *abtreten* mussten. Jarvis' Loyalität galt England und dem König, nicht etwa irgendeiner Partei oder Ideologie, und ihn verlangte auch nicht nach den kleinlichen Schmeicheleien und dem Prunk, die das Amt des Premierministers mit sich brachte. Seine Macht beruhte nicht auf einer vergänglichen Regierungsposition, sondern auf der Überlegenheit seines Intellekts und der Stärke seiner Persönlichkeit und der selbstlosen, weisen, unerschütterlichen Hingabe an sein Land und dessen Monarchie.

Jarvis steckte die Schnupftabakdose wieder zurück in seine Manteltasche, öffnete die Tür zu seiner Bibliothek und wunderte sich, als er bemerkte, dass die schweren Vorhänge vor dem Fenster immer noch aufgezogen waren, obwohl sich dahinter der kalte, in die Dämmerung übergehende Nachmittag abzeichnete. Eine kaum wahrnehmbare Bewegung ließ seinen Blick

zu seinem Schreibtisch huschen, an dem ein junger
Mann stand – ein schäbig gekleideter junger Mann mit
einem schlammbespritzten, vom Regen durchnässten
Mantel und einer hübschen kleinen Pistole von
Cassaignard.

„Sie kommen unerwartet, aber gelegen", sagte Viscount Devlin. Seine seltsamen bernsteinfarbenen Augen leuchteten, als er die Pistole auf Jarvis' Brustkorb
richtete. „Bitte, treten Sie doch ein."

Kapitel 52

Der gelbe Nebel würde bald zurückkehren.

Sir Henry Lovejoy konnte ihn zwar noch nicht sehen, aber er erkannte es am Geruch der kalten, feuchten Luft, als er die Droschke bezahlte und über den Kirchhof eilte. Nasskalt und bitter zwickte sie in seinen Nasenlöchern, brannte in seiner Kehle und zerrte an seinen Lungen. Bald würde er sich wieder über die Landschaft legen, dick und stinkend, und alles unter sich ersticken.

Lovejoy hielt inne und starrte zu den gedrungenen Westtürmen und der schlichten Fassade von *St. Matthew of the Fields* hoch, deren goldener Sandstein über die Jahrhunderte von Kohlenrauch und Ruß geschwärzt worden war. Er erinnerte sich daran, dass der gelbe Nebel auch am vergangenen Dienstagabend alles bedeckt hatte.

Er musste immer wieder daran denken, was der Earl of Hendon ihm erzählt hatte. Dass seine Lordschaft an diesem Abend um zehn Uhr hierhergekommen war, um Rachel York zu treffen, und die Seitentür im nördlichen Querschiff unverschlossen vorgefunden hatte, so, wie sie es dem Earl gesagt hatte. Damals hatte Lovejoy die Aussage seiner Lordschaft als die erfundene Geschichte eines Vaters abgetan, der verzweifelt versuchte, seinen einzigen Sohn und Erben vor dem

Galgenstrick zu bewahren. Aber jetzt war sich Lovejoy da nicht mehr so sicher.

Er folgte dem Geräusch eines Spatens, der in lockere Erde sank, bis er zur Rückseite der Kirche kam, wo er den Küster Jem Cummings antraf, der ein Grab aushob.

„Mr Cummings", sagte Lovejoy und achtete darauf, nicht zu nahe an den schlammigen Rand des frischen Grabes heranzutreten. „Ich wollte Sie fragen, ob es eine Möglichkeit gäbe, dass Rachel York letzten Dienstagabend nach acht Uhr in die Kirche *St. Matthew's* gelangt sein könnte?"

Der Küster geriet aus dem Takt und die Erde rutschte zurück von seiner Schaufel in das Grab, als er innehielt. Er zögerte und versenkte dann das metallene Schaufelblatt mit einem lauten, dumpfen Geräusch tief in der Erde. „Ich schließe die Tür im nördlichen Querschiff seit zweiundneunzig jede Nacht ab", sagte er und warf eine Schaufel voll Erde hoch und weit hinter sich. „Das mache ich, seit einer von diesen heidnischen Jakobinern hier reingekommen ist und –"

„Ja, ja, ich weiß", sagte Lovejoy eilig und schnitt ihm damit das Wort ab. „Aber danach habe ich nicht gefragt. Ich fragte, ob es irgendwie möglich gewesen wäre, dass Rachel York – oder vielleicht jemand anderes – die Tür hätte aufschließen können, nachdem Sie gegangen waren. Sie müssen verstehen, dass Ihre Antwort von entscheidender Bedeutung für diesen Fall sein könnte. Das Leben eines unschuldigen Mannes könnte sogar davon abhängen – und Gott möge Ihrer Seele gnädig sein, wenn Sie nicht vollkommen ehrlich zu mir sind."

Jem Cummings richtete sich langsam auf und seine Schaufel glitt ungenutzt durch seine Hände, während er mit seinem zahnlosen Zahnfleisch auf seiner Unterlippe herumnagte. Er zögerte, dann legte er die Schaufel beiseite, wandte sich abrupt ab und wühlte in allerlei Habseligkeiten herum, die er am Rande des Grabes aufgehäuft hatte. Als er sich wieder umdrehte, hielt er etwas mit seiner Hand umklammert. Wieder zögerte er, dann hielt er es hoch. Lovejoy trat vorsichtig auf ihn zu, griff danach und blickte auf den schweren eisernen Schlüssel, den er jetzt in der Hand hielt.

„Ich hab ihn in der Marienkapelle gefunden", sagte Jem, ohne Lovejoy ins Gesicht zu sehen. „Letzte Woche, als die Aufwartefrau und ich mit dem ganzen Blut und so zu tun hatten. Er lag unter einer von den noblen kleinen Bankreihen und ich nehme an, deshalb haben Ihre Jungs ihn wohl nicht gesehen. Er passt zur Tür im nördlichen Querschiff."

Lovejoy atmete hastig ein. Die Luft pfiff laut zischend durch seine Zähne. „Warum sind Sie nicht gleich damit an mich herangetreten?"

Der Küster wischte sich mit einer flachen Hand kreuz und quer über sein unrasiertes Gesicht. „Ich war nicht ganz ehrlich, als ich Ihnen vom letzten Mittwochmorgen berichtet hab'. Wissen Sie, ich hätte schwören können, dass ich die Seitentür im nördlichen Querschiff am Abend davor abgeschlossen hab'. Aber dann komme ich am nächsten Tag hierher und siehe da, sie war offen und im Querschiff waren die blutigen Fußabdrücke dieser Männer, und das Mädchen lag so unanständig in der Marienkapelle. Ich dachte, ich hätte mich wohl falsch erinnert und, dass ich doch vergessen hatte, die Tür abzuschließen. Dass es meine eigene Schuld war, wie die Kirche jetzt aussah. Das ganze Blut ..."

Der alte Mann packte wieder seine Schaufel, aber dann stand er einfach nur da, umklammerte den Griff und starrte auf die Erde zu seinen Füßen. „Als ich diesen Schlüssel fand, wusste ich, dass ich doch Recht gehabt hatte, dass ich die Tür wirklich abgeschlossen hatte. Sie muss sie selbst aufgeschlossen haben, als sie herkam. Nur war es inzwischen zu spät, Ihnen etwas darüber zu sagen, denn ich hatte Ihrem Wachtmeister doch schon gesagt, dass ich die Tür am nächsten Morgen verschlossen vorgefunden hatte."

Lovejoys Griff um den eisernen Schlüssel festigte sich und das gezahnte Ende drückte sich in seine Handfläche. „Ihnen ist doch klar, was das bedeutet, nicht wahr? Dass es den Zeitpunkt, den wir für Miss Yorks Tod angenommen haben, vollkommen verschiebt?"

Jem Cummings nickte und zog den Kopf ein, als er seine Schaufel wieder in die Erde stieß.

Lovejoy trat einen Schritt zurück. „Wie viele Menschen haben einen Schlüssel zu dieser Kirche?"

„Ich weiß es nich' genau. Sie müssten Reverend McDermott fragen. Er sollte jetzt im Pfarrhaus sein."

Lovejoy nickte und wandte sich ab, nur um gleich wieder herumzuwirbeln, als ihm noch ein anderer Gedanke kam. „Einen Augenblick noch. Sagten Sie gerade, Sie hätten an jenem Morgen die Fußabdrücke von mehreren *Männern* im Querschiff gesehen?"

„Ganz recht."

„Sind Sie sicher?"

„'Türlich. Ich lebe zwar seit vierzig Jahren oder länger
in London, aber ich bin in Chester aufgewachsen. Mein
Vater war Wildhüter bei Lord Broxton und er hat uns
Kindern allen gezeigt, wie man Wildfährten liest. Fuß-
spuren von Menschen sind nichts Anderes. Da waren
zwei Paar blutige Fußabdrücke von Männern, die aus
der Kapelle führten. Daran gibt's keinen Zweifel."

Kapitel 53

Sebastian stützte sich mit der Hüfte gegen die Kante von Lord Jarvis üppig mit Schnitzereien verziertem Schreibtisch im jakobinischen Stil. Ein Bein schwang lässig vor und zurück, während er die Steinschlosspistole von Cassaignard auf den Brustkorb des korpulenten Mannes richtete. „Stellen Sie bloß nichts Dummes an."

„Ich mache nie etwas Dummes", sagte Jarvis. Er sah von Sebastian zu den hohen Fenstern mit Blick über den rückwärtigen Garten und wieder zurück. „Sie haben meinen Teppich dreckig gemacht."

„Das habe ich wohl. Der Matsch ist meiner jüngsten Unterhaltung mit Lord Frederick Fairchild geschuldet."

Jarvis lehnte sich mit dem Rücken gegen die geschlossene Tür und verschränkte die Arme vor seiner breiten Brust. „Ach wirklich? Und was soll mir diese Bemerkung sagen?"

„Lord Frederick hat mir gesagt, dass Sie dem Prince of Wales eine Reihe verfänglicher Briefe Lord Fredericks an einen gewissen jungen Herrn im Außenministerium zukommen lassen haben. Nun, so wie ich das verstehe, haben Sie den Prinzen glauben gemacht, diese Briefe hätten sich im Besitz eines französischen Agenten namens Monsieur Léon Pierrepont befunden. Was merkwürdig ist, angesichts der Tatsache, dass Rachel

York diese Briefe aus Monsieur Pierreponts Stadthaus gestohlen hat, kurz bevor sie am letzten Dienstag ermordet wurde, finden Sie nicht?"

Jarvis' volle Lippen bogen sich zu einem Lächeln. „Ach wirklich?"

„Tun Sie das nicht", sagte Sebastian und drückte sich vom Schreibtisch weg. „Strapazieren Sie nicht meine Geduld. Ich hatte einen langen und sehr ermüdenden Tag."

Jarvis' Blick wanderte verächtlich über Sebastians vom Regen durchnässte, verdreckte Kleider aus der Rosemary Lane. „Offensichtlich."

Sebastian zupfte einen einzelnen Heuhalm von seinem Revers und ließ ihn fallen. „Wie haben Sie herausgefunden, dass Rachel York für die Franzosen arbeitet?"

„In dieser Stadt geht sehr wenig vor, von dem ich nicht weiß."

„Also haben Sie – was gemacht? Ihr angeboten, dass sie einer Verhaftung entgehen könnte, wenn sie zustimmen würde, bei Ihrer Intrige mitzuspielen, mit der Sie Lord Fredericks Ruf zerstören wollten?"

„Die Hinrichtung von Verrätern ist immer eine so schmutzige und schmerzhafte Angelegenheit. Es ist erstaunlich, was die Menschen zu tun bereit sind, um diesen Unannehmlichkeiten zu entgehen." Jarvis nickte in Richtung einer Karaffe aus geschliffenem Kristall, die auf einem Tisch neben dem Feuer warmgehalten wurde. „Ich will hoffen, dass Sie mich nicht erschießen, wenn ich es wage, mir ein Glas Brandy einzuschenken?"

Ein Glockenzug aus Gobelinstoff hing direkt neben dem mit Schnitzereien verzierten Kaminsims. Sebastian lächelte. „Natürlich nicht. Solange Sie daran denken, was ich über Dummheiten gesagt habe."

Er sah zu, wie der stämmige Mann durch das Zimmer schritt. Es würde Rachel Yorks Nervosität in den Wochen vor ihrem Tod nur zu gut erklären, wenn Jarvis ihre Verbindung zu den Franzosen entdeckt und benutzt hätte, um die Frau dazu zu zwingen, für ihn zu arbeiten.

Jarvis griff nach der Brandykaraffe und nahm sie mit langsamen, schwerfälligen Bewegungen vom Tablett.

„Also hat Rachel die Briefe von Pierrepont gestohlen, um sie Ihnen zu geben", sagte Sebastian.

„Den Brief", korrigierte ihn Jarvis. „Die gute Rachel hat mir nur einen Brief zukommen lassen."

„Und die anderen Dokumente? Hat sie die auch auf Ihre Anweisung hin gestohlen? Oder war das ihr eigener Entschluss? Haben Sie sie deshalb getötet? Weil sie etwas herausgefunden hatte, von dem sie nichts wissen sollte?"

Jarvis stieß ein leises, schnaubendes Lachen aus. „Sie glauben doch nicht ernsthaft, ich würde mich dazu herablassen, eine unbedeutende Hure zu töten, oder etwa doch?"

„Das glaube ich in der Tat, ja."

„Warum hätte ich das tun sollen? Sie hatte den Brief beschafft, den ich brauchte. Ich gebe zu, er war zwar nicht so belastend, wie ich gehofft hatte, aber letztlich hat er seinen Zweck erfüllt. Sogar sehr gut."

„Sehen Sie, das gehört zu den Dingen, die mich verwirren. Rachel York hat etwa ein halbes Dutzend von

Lord Fredericks Briefen aus Pierreponts Stadthaus gestohlen und doch behaupten Sie, sie hätte Ihnen nur einen gegeben. Was ist mit den anderen geschehen?"

In Jarvis' gerötetem, selbstsicherem Gesicht konnte man keine Gefühlsregung ablesen. Aber Sebastian sah, dass ein Hauch von Verwunderung in den Augen des Mannes aufleuchtete. „Ich weiß es nicht und es interessiert mich auch nicht."

„Und ich dachte, in dieser Stadt ginge wenig vor, von dem Sie nichts wissen." Sebastian beobachtete, wie Jarvis einen großzügigen Schluck Brandy in ein Glas goss. „Was Sie allerdings wussten, ist, dass es nicht stimmt, was Sie dem Prinzen erzählt haben. Lord Frederick mag leichtsinnig und unbesonnen gehandelt haben, aber er hatte keine Verbindung zu den Franzosen."

Jarvis steckte den Kristallstopfen wieder auf die Karaffe und stellte sie beiseite. „Die Wahrheit wird immer schrecklich überbewertet. Mit einem verrückten König auf dem Thron konnte es in diesem Land nicht länger weitergehen; jeder wusste das. Wir brauchten also diese Regentschaft. Aber die Einsetzung des Prinzen als Regent drohte, den Whigs eine Möglichkeit zu bieten, die Macht zu ergreifen. Und was dann? Sie hätten die großartigste und glücklichste Nation der Geschichte genommen – die alle Welt bewundert – und sie ruiniert. Und das alles im Namen einer Reihe von oberflächlichen, vermessenen französischen Prinzipen wie ‚Demokratie' und ‚Freiheit'. Diese Art des Wahnsinns kann nur zu Chaos und Verwirrung und dem Zerfall jeglicher Gesellschaftsordnung führen. Das ist die einzige Wahrheit, die mich interessiert und die einzige Wahrheit, die von Bedeutung ist."

„Ich habe gehört, dass Prinny seine Regierung angekündigt hat. Er hat beschlossen, Spencer Perceval und die Tories in ihren Ämtern zu belassen.“

„Ganz recht. Es wird keine Whig-Regierung geben, keine Friedensverhandlungen mit den Franzosen, keine Parlamentsreform und keine Katholikenemanzipation.“

„Ich hätte nicht gedacht, dass Prinny so leicht dazu gebracht werden könnte, sich von seinen Freunden abzuwenden.“

Jarvis stieß ein spitzes Lachen aus. „Die Freundschaft des Prinzen mit den Whigs gründete schon immer eher auf dem Wunsch eines launischen Sohnes, seinen Vater zu kränken, als auf einer tatsächlichen Hingabe an whiggistische Prinzipien.“

Sebastian wusste, dass es die Wahrheit war. Denn obwohl er sich den Anschein unbekümmerter Modernität gab, war der Prince of Wales im Wesentlichen derselbe katholikenfeindliche, autokratisch gesinnte Monarchist wie sein Vater, Georg III.

Jarvis rückte näher an den Kamin, so, als zöge ihn die Wärme an. Eine große Leinwand mit einem schweren, vergoldeten Holzrahmen hing über den Kaminsims – es war ein Gruppenporträt von Lord Jarvis mit seiner Frau, seiner Mutter und seiner Tochter. Sebastian hatte dieses Porträt schon einmal gesehen, als kleine Skizze im Atelier von Giorgio Donatelli.

„Sie sagen, Sie hatten keinen Grund, Rachels Tod zu wollen“, sagte Sebastian. „Aber sie wusste genug, um all Ihre raffinierten Machenschaften als solche zu entlarven.“

„Nicht, ohne sich selbst zu verraten.“

Sebastian hielt sein Augenmerk dem Anschein nach auf die dramatisch ineinanderfließenden Farben auf Donatellis Leinwand gerichtet. All die unförmigen, sich scheinbar widersprechenden Teile des Puzzles begannen, sich zusammenzufügen: Leo Pierrepont, der geduldig ein Netz webt, um den Mann in die Falle zu locken, von dem alle glauben, er würde der nächste, whiggistische Premierminister werden, während Lord Jarvis von vornherein Intrigen schmiedet, um die Whigs daran zu hindern, an die Macht zu gelangen. Und Rachel York – voller Überzeugung und dabei schrecklich verängstigt – war zwischen beide Fronten geraten.

„So wie ich das sehe", begann Sebastian, „ist es egal, ob Sie sie selbst getötet haben oder töten lassen haben oder einfach die Umstände geschaffen haben, die zu ihrem Tode führten. So oder so sind Sie derjenige, der letztlich dafür verantwortlich ist, was mit Rachel York passiert ist."

„Erwartet man jetzt von mir, dass ich von Reue übermannt werde?" Jarvis hob sein Brandyglas an die Lippen. „Welchen Unterschied macht es, ob eine dumme kleine Hure lebt oder stirbt, wenn die Zukunft eines ganzen Weltreichs auf dem Spiel steht?"

Blanke, übermächtige Wut durchströmte Sebastian. „Für mich macht es einen Unterschied."

„Nur weil Sie so dumm waren, sich die Schuld dafür anlasten zu lassen."

Sebastian machte eine Kopfbewegung in Richtung des Familienporträts über dem Kaminsims. „Und der Auftrag für Giorgio Donatelli? War das ein Teil der Bezahlung?"

Im Flur waren Schritte zu hören, das leise Rascheln von Frauenpantoffeln auf Marmorfliesen. Jarvis' Hand rückte einen Zentimeter näher an den Klingelzug heran. Sebastian zog den Hahn der Pistole mit einem Klicken zurück, das laut durch das Zimmer hallte. „Das würde auch unter *Dummheiten* fallen, Mylord."

Jarvis erstarrte und im selben Augenblick schwang die Tür zum Flur auf.

„Deine Kutsche ist vorgefahren, Papa", sagte eine junge Frau und betrat das Zimmer. „Wünschst du, dass ich Kutscher John sage –"

Sie war groß für eine junge Frau, beinahe so groß wie ihr Vater, mit gewöhnlichem braunem Haar, das sie zu einem unschmeichelhaften Knoten zurückgebunden trug. Sie hatte noch eine Hand am Türknauf, als sie im Zimmer stehenblieb und ein leises Keuchen von sich gab, das Sebastians Aufmerksamkeit für einen verhee- renden Moment von dem Mann am Kamin ablenkte.

Und in diesem Moment stürzte sich Jarvis auf den Glockenstrang und zog kräftig daran.

Kapitel 54

Sebastian stürzte auf die Frau zu. Er packte sie am Arm, drehte sie herum und hielt sie vor seinen Körper, gerade als der Erste der Lakaien durch die Tür kam. Seine Finger gruben sich in den Arm der Frau und er drückte die Mündung der Steinschlosspistole an ihre Schläfe. „Sagen Sie ihnen, sie sollen verschwinden", sagte er zu Jarvis.

Entsetzen, Wut und ein Anflug von etwas, das aussah wie Angst, zeichneten sich auf Jarvis' normalerweise teilnahmslosen Zügen ab. Sein Kiefer war fest zusammengepresst und nur seine Lippen bewegten sich, als er die Männer, die sich mit aufgerissenen Augen in den Türrahmen drängten, wütend anfunkelte und hervorpresste: „Bleibt zurück, ihr Narren."

Mit ausgebreiteten Armen und ohne den Blick von Sebastian abzuwenden, trat der oberste Lakai einen Schritt zurück und dann noch einen und seine Kollegen wichen gemeinsam mit ihm zurück.

„Miss Jarvis hier –" Sebastian warf der Frau, die er festhielt, einen fragenden Blick zu. „Zumindest nehme ich an, dass Sie Miss Jarvis sind?"

Sie legte eine erstaunliche Selbstbeherrschung an den Tag und nickte langsam mit dem Kopf.

„Das dachte ich mir." Sebastian schob sich durch die Tür auf den Flur hinaus und zog die Frau mit sich.

„Miss Jarvis hier wird mich begleiten, bis ich in Sicherheit bin. Ich hoffe, dass Sie alle so vernünftig sind, keine Heldentaten zu versuchen.“

Der Flur schien plötzlich voller Diener zu sein. Die kreidebleichen Männer und Frauen wichen schweigend zurück, als Sebastian Jarvis' Tochter zur Eingangstür schob. Jarvis nickte von der Bibliothekstür aus dem Butler zu, der mit versteinerter Miene eilig die Tür öffnete.

Dahinter lag eine gespenstische, trübe Dunkelheit. Das letzte Licht des Tages war vom Nebel verschluckt worden, der durch die geöffnete Tür waberte und sich im Flur verteilte. Er brachte einen fauligen, beißenden Gestank mit sich, der in der Nase zwickte und in der Kehle brannte.

Sebastian blickte auf die Frau hinab, die sich in seinem Griff so steif und gerade hielt. „Sie sagten doch, draußen würde eine Kutsche warten, oder nicht?“

„Sagte ich das?“, fragte sie mit bewundernswert deutlicher, fester Stimme.

„Das glaube ich schon.“ Er sah zu einem der Dienstmädchen – einer grobknochigen Frau mit rotem Gesicht, die direkt vor der Haustür stand, die Arme um sich selbst geschlungen hatte und die Augen so fest zusammenpresste, dass ihr ganzes Gesicht vor Anstrengung verzerrt war.

„Du da.“

Das Dienstmädchen riss die Augen weit auf und ihr Unterkiefer klappte herunter.

„Ja, du“, wiederholte er, als sie ihn einfach nur anstarrte, wobei sich das Mieder ihres Kleides mit jedem ihrer hastigen, flachen Atemzüge hob und senkte. „Steig in die Kutsche. Sofort.“

„Sicher wird eine Geisel genügen, um Ihre Sicherheit zu gewährleisten“, sagte Miss Jarvis eilig. „Sie brauchen Alice nicht.“

„Es ist nicht meine Sicherheit, auf die ich bedacht bin.“ Sebastian deutete mit der Waffe auf das Dienstmädchen. „Jetzt, Alice. Ab in die Kutsche.“

Alice stieß einen Schreckensschrei aus, trippelte die Vordertreppe hinunter und dann hinauf in die Kutsche.

Sebastian erklomm rücklings die Stufen zur Kutsche und zog Miss Jarvis dabei mit sich. „Es wäre dem Wohlergehen der Damen nicht zuträglich, wenn jemand versuchen sollte, uns zu folgen“, sagte er zu den finster blickenden Männern, die sich hinter ihnen um die Tür drängten. „Fahren Sie in Richtung Tothill Fields“, rief er dem Kutscher zu. „*Sofort.*“

Die Peitsche knallte und die Pferde sprangen in die Spur, wobei der Wagen mit einem Ruck vorwärts taumelte, sodass die Laternen auf ihren Halterungen hin und her schaukelten. Das Dienstmädchen drückte sich auf dem vorwärtsgerichteten Sitz in die Ecke und hielt sich mit beiden Händen die Schürze vor das Gesicht, während sie eine Reihe leiser Schreie ausstieß.

„Hören Sie mit diesem verdammten Unsinn auf“, sagte Sebastian nach ungefähr dem zwanzigsten Schrei.

„Sie hat Angst“, sagte Miss Jarvis.

Sebastian richtete seine Aufmerksamkeit auf die Frau, die aufrecht und mit steifem Rücken auf dem Sitz neben ihm saß. „Sie nicht?“

Sie drehte den Kopf, um ihm ins Gesicht zu sehen. Im schwankenden Licht der Außenlaternen konnte er das Grauen in ihren Augen lesen. „Natürlich habe ich Angst."

„Ich muss sagen, Sie haben sich vortrefflich in der Gewalt."

„Ich denke nicht, dass es sinnvoll ist, in Hysterie zu verfallen." Sie fuhr mit einer Hand zügig über ihren anderen Arm, so, als wolle sie ihn wärmen. Ein Glutbecken verteilte langsam seine Wärme im Kutschenhäuschen, aber die Glasscheiben strahlten eine feuchte Kälte ab und das schlichte Kleid aus Musselin, das Miss Jarvis trug, war nicht dafür gedacht, seine Trägerin warmzuhalten.

Sebastian griff nach der fellgefütterten Kutschendecke aus Wolle, die zusammengefaltet neben ihm lag und reichte sie ihr. „Ich werde Ihnen nichts tun, das wissen Sie doch."

Sie zögerte nur kurz, dann nahm sie die Decke, murmelte höflich ein „Dankeschön" und legte sie sich um die Schultern.

„Wissen Sie, wer ich bin?", fragte er.

Ein ohrenbetäubender Schrei vom vorwärtsgerichteten Sitz lenkte seine Aufmerksamkeit schlagartig wieder auf Alice. „Heilige Maria, Mutter Gottes!", schrie das Dienstmädchen, ließ ihre Schürze fallen und entblößte ihr angstverzerrtes Gesicht. „Er wird uns beide vergewaltigen. Er wird uns vergewaltigen und uns dann liegenlassen – enthauptet und ausgeweidet wie ein Opfer auf irgendeinem heidnischen Altar." Ihr Körper wurde plötzlich starr und ihre zu Fäusten geballten Hände krallten sich in das Plüschpolster. Sie begann, hysterisch zu lachen.

Miss Jarvis beugte sich vor und gab dem Dienstmädchen seelenruhig eine Ohrfeige. Alice sog erschrocken die Luft ein und riss die Augen weit auf, dann kniff sie sie wieder zusammen, sackte zurück in ihre Ecke und begann, zu weinen. Miss Jarvis nahm eine Hand des Dienstmädchens zwischen ihre eigenen Hände und sagte sanft: „Komm schon, Alice, es wird alles gut werden. Wir sind in Sicherheit."

Dann wandte sie sich an Sebastian und sagte: „Ich weiß, wer Sie sind."

Sebastian machte eine Kopfbewegung in Richtung der leise schluchzenden Bediensteten. „Und sie offensichtlich auch."

Miss Jarvis, die mit ihren großen, fähigen Händen beruhigend die zitternden Finger des Dienstmädchens warm rieb, hielt in ihren Bemühungen inne.

„Ein Humorist, sieh an. Damit hätte ich nicht gerechnet."

„Und womit genau haben Sie gerechnet? Dass Sie geschändet und in Einzelteilen liegen gelassen werden würden wie ein Opferlamm auf dem Altar des Zeus?"

Wieder stieß Alice einen verängstigten Schrei aus.

Miss Jarvis warf Sebastian einen finsteren Blick zu. „Still! Sie machen ihr schon wieder Angst."

Sebastian musterte die Frau neben ihm. Sie war ungefähr Anfang zwanzig, schätzte er, hatte braune Haare und ein unscheinbares Gesicht, abgesehen von ihren gelassenen grauen Augen, in denen ein unverkennbar intelligentes Funkeln lag und die von einer Neigung zu schlagfertigem Humor zeugten. Er versuchte, sich zu erinnern, was er bisher über Jarvis’ Tochter gehört hatte und konnte sich nur wenig ins Gedächtnis rufen.

„Warum haben Sie darauf bestanden, Alice mitzunehmen?“, fragte sie nach einer kleinen Weile.

Er blickte zum Fenster hinaus. Sie rollten inzwischen die Whitehall hoch. Die Fahrgeschirre rasselten und das Hufgetrappel der Pferde hallte in dem feuchten, dicken Nebel sonderbar nach. Bald würden sie die schmalen Straßen des älteren Teils von Westminster umgeben. Es wäre dann ein Leichtes, eventuelle Möchtegern-Retter loszuwerden und sich auf den Weg zu dem Wirtshaus *Three Feathers* zu machen, wo er eine kleine Unterhaltung mit dem Gastwirt führen wollte.

„Gütiger Himmel“, sagte Miss Jarvis und riss die Augen weit auf, als der Wagen in einer Kurve langsamer wurde. „Ist *das* der Grund, warum sie hier ist? Um meinen Ruf vor Leuten zu bewahren, die tratschen und liebend gerne über alle möglichen unredlichen Dinge spekulieren? Glauben Sie wirklich, dass das etwas nützen wird?“

Sebastian öffnete die Tür neben sich. „Das bleibt zu hoffen“, sagte er und schlüpfte in die feuchtkalte Nacht hinaus.

Kapitel 55

Es dauerte nicht lange, bis er das *Three Feathers* ausfindig gemacht hatte – ein überraschend elegantes kleines Gasthaus in einer Sackgasse in unmittelbarer Nähe der Barton Street. Es kostete ihn nur ein wenig Überzeugungskraft – und Sebastian setzte sie nicht einmal besonders taktvoll ein, denn er war müde – und schon gab der Gastwirt preis, dass Hugh Gordon und eine unbekannte, stark verschleierte Dame tatsächlich den letzten Dienstagabend im besten Zimmer des Gasthauses zusammen verbracht hatten.

Aber das *Three Feathers* war ein belebtes Lokal und so hatte der Gastwirt keine Möglichkeit, sicher zu wissen, ob der Schauspieler den ganzen Abend an der Seite seiner Dame verbracht hatte. Und gleich um die Ecke von der Barton Street befanden sich die Great Peter Street und die alte Kirche *St. Matthew of the Fields*.

Sebastian verließ Westminster in einer Droschke in Richtung Tower Hill. „Ah. Da bist du ja", sagte Paul Gibson, als er auf Sebastians Klopfen hin eine halbe Stunde später die Tür öffnete. „Tom hat dich also ausfindig gemacht, ja?"

„Nein", sagte Sebastian und schloss eilig die Tür, um die bittere Kälte der nahenden Nacht draußen zu halten. „Ich habe den Jungen seit heute Morgen nicht gesehen. Warum? Hast du etwas herausgefunden?"

„Nicht so viel, wie ich mir wünschen würde." Der Arzt ging voran durch den schmalen Flur hinunter in das Wohnzimmer, wo er Sebastian ein Glas Glühwein aus einem Gefäß einschenkte, das am Feuer stand. „Du siehst wirklich mitgenommen aus."

Sebastian ließ sich in einen der Sessel neben dem Feuer sinken und umfasste den Becher mit beiden Händen. „Das höre ich heute nicht zum ersten Mal." Er nahm einen Schluck von dem warmen Wein, dann lehnte er seinen Kopf zurück gegen die Lehne und schloss die Augen. „Ich fühle mich, als würde man mich schon seit hundert Jahren kreuz und quer durch London jagen."

Gibson lächelte. „Das erklärt wohl, warum Tom dich nicht gefunden hat." Er schenkte sich etwas von dem Glühwein ein und setzte sich schließlich in den anderen Sessel. „Ich habe die Frau aufgespürt, die Rachel York aufgebahrt hat. Eine alte Schabracke mit einem Pferdegesicht – sie heißt Molly O'Hara."

Sebastian hob seinen Kopf wieder an und öffnete die Augen. „Und weiter?"

„Rachel York hatte einen Anhänger, von der Art, wie Männer sie tragen, in ihrer Faust. Als ich sie aufgestöbert hatte, hatte unsere liebe Molly das Schmuckstück leider bereits verkauft. Sie erinnerte sich an keine Details, außer, dass das Drehlager defekt war."

„Rachel muss den Anhänger von der Weste ihres Angreifers gerissen haben, als er ihr die Kehle aufgeschlitzt hat."

„Ja, so stelle ich mir das auch vor. Der Goldschmied, dem Molly das Schmuckstück verkauft hat, hat wegen der Beschädigung hart mit ihr verhandelt." Der Arzt zog ein gefaltetes Blatt Papier aus seiner Tasche. „Ein gewisser Mr Sal Levitz. In der Grace Church Street.“

„Du warst bei ihm?“

„Ja, obwohl ich fürchte, dass ich meine Sache nicht besonders genug gemacht habe.“

„Lass mich raten. Er behauptet, er hätte das Schmuckstück verkauft, nur ungefähr fünfzehn Minuten, bevor du durch seine Tür kamst.“

Gibson lächelte gequält. „Ich fürchte, ja. Ich habe ihn lediglich dazu bekommen, mir eine grobe Skizze des Stückes anzufertigen.“ Er faltete das Papier auseinander und strich es auf der Lehne seines Sessels glatt. „Statt eines Siegels war an dem Anhänger eine Berlocke: eine korinthische Säule, gearbeitet aus achtzehnkarätigem, reinem Gold. Wer auch immer Rachel York angegriffen hat, war offensichtlich ein Mann von Stand. Oder zumindest sehr wohlhabend.“

Sebastian griff nach dem Papier. „Dir ist natürlich klar, dass dein Mr Levitz das verdammte Ding wahrscheinlich eingeschmolzen hat, sobald du zur Tür raus warst.“ Sebastian starrte auf die Skizze herunter. „Wie albern und affektiert. Prinny selbst hat diese Säulen vor ein paar Monaten in Mode gebracht. Ohne das Schmuckstück selbst, das wir zurückverfolgen könnten, sind diese Erkenntnisse völlig nutzlos.“

„Das fürchte ich auch.“

Sebastian stand auf und begann, in dem kleinen Zimmer auf und ab zu gehen. „*Verdammte Scheiße*“, sagte er plötzlich und zerknüllte die Zeichnung in seiner Hand zu einem kleinen Ball. „Nicht zu fassen, dass ich mir eingebildet habe, wenn ich anhand ihrer letzten Tage nachvollziehen könnte, wie Rachel York gelebt hat, wenn ich verstehen könnte, warum sie in diese Kirche gegangen ist – und in was für ein gefährliches Spiel sie verwickelt war – dann wüsste ich auch, wer sie getötet hat. Ja, ich dachte, dann *wüsste* ich es nicht bloß, sondern könnte es auch beweisen." Er stieß ein heiseres Lachen aus und warf das zerknitterte Papier auf einen Tisch im Zimmer. „Wie vermessen von mir."

„*Weißt* du denn inzwischen, in was genau sie verwickelt war?"

„Ich glaube schon." Sebastian trat wieder an den Kamin und fasste rasch seine Unterhaltungen mit Gordon und Donatelli zusammen, dann den Tod von Lord Frederick und die Begegnung mit Jarvis.

„Ich würde immer noch auf den Franzosen wetten", sagte Gibson, als Sebastian fertig war. „Er hätte leicht herausfinden können, dass Rachel mit Jarvis zusammengearbeitet hat, *und* dass sie diejenige war, die seine Dokumente gestohlen hatte. Und nicht nur das, er hätte auch einen Grund gehabt, nach dem Dienstmädchen, Mary Grant, zu suchen, um sich die restlichen Dokumente von ihr zurückzuholen."

„Dazu hätte auch Hugh Gordon Grund gehabt", sagte Sebastian. „Wir wissen, dass er letzten Dienstag in Westminster war. Und obwohl der Gastwirt des *Three Feathers* bestätigt hat, dass Gordon da war, hätte er sich leicht irgendwann im Laufe des Abends davonschleichen können."

Der Arzt drückte sich aus seinem Sessel hoch, um den Glühwein umzurühren. „Ich verstehe immer noch nicht, welche Rolle Lord Jarvis bei alledem spielt."

Sebastian lächelte und leerte seinen Becher. „Das liegt daran, dass du nicht so verschlagen bist wie Jarvis. Lord

Jarvis wusste, dass Pierrepont der führende Geheimagent in London war. Laut meinem Vater ist das schon seit über einem Jahr bekannt. Jarvis muss bemerkt haben, dass Lord Frederick in eine der sorgfältig vorbereiteten Fallen des Franzosen tappte. Aber anstatt den Mann zu warnen, hat Jarvis einen eigenen Plan geschmiedet. Einen Plan, der dazu dienen sollte, die Whigs zu diskreditieren und zu verhindern, dass sie die Macht übernehmen, wenn die Regentschaft des Prinzen verkündet wird."

„Also hat er – was getan? Sich Rachel genähert und gedroht, dass sie der grausame Tod einer Verräterin erwarten würde, wenn sie ihm nicht einen der Briefe liefern würde, die Fairchild an seinen jungen Geliebten schrieb? Ich kann verstehen, wie Fairchild das in Verruf bringen könnte. Was ich nicht verstehe, ist, wie es ihn und die Whigs in Verbindung mit den Franzosen bringt."

„Ach so. Aber Jarvis hat den Brief nicht sofort dem Prinzen gezeigt, wenn du dich erinnerst. Er hat gewartet bis heute, wo der Prinz wegen seiner morgigen Amtseinsetzung zweifellos in großem Aufruhr ist. Dann hat Jarvis so getan, als hätte er die Aktivitäten des Franzosen erst kürzlich entdeckt, und hat die Durchsuchung von Pierreponts Stadthaus befohlen. Und erst *dann* hat er den Brief vorgezeigt und dem Prinzen erzählt, man habe ihn bei Pierrepont gefunden. Und weil Pierrepont praktischerweise verschwunden ist, besteht auch keine Gefahr, dass der Franzose die Wahrheit ausplaudern könnte."

Gibson schöpfte behutsam noch mehr dampfenden Wein in Sebastians Becher. „Aber wenn Jarvis ohnehin vorhatte, Pierrepont zu entlarven und sein Stadthaus durchsuchen zu lassen, warum hätte er dann Rachel York dazu zwingen sollen, ihm vorher schon einen der Briefe zu beschaffen? Warum, wenn er die Briefe einfach bei der Razzia hätte beschlagnahmen können?“

„Weil trotz allem die Möglichkeit bestand, dass man die Briefe nicht finden würde – und ein Mann wie Jarvis überlässt so etwas nicht dem Zufall.“ Sebastian nahm das warme Getränk in beide Hände. „Und du musst bedenken, dass der Brief nicht das Einzige war, was Lord Frederick belastet hat. Dieser Narr hat seinen Liebhaber in der Wohnung einer Frau getroffen, von der bekannt war, dass sie mit den Franzosen zusammenarbeitet.“

„Das arme Mädchen“, sagte Paul Gibson und füllte seinen eigenen Becher wieder. „Also hatte Jarvis so oder so vor, sie zu hintergehen?“

„Ich vermute es. Bloß war Rachel klug und bemerkte, dass sie in Gefahr war. Sie beschloss zu fliehen, und hat sich einen eigenen Plan ausgedacht – nämlich, die restlichen Briefe von Fairchild zu nehmen und das Dokument über meine Mutter und Gott weiß, was noch alles, und diese dann an die Interessenten zu verkaufen.“

„Uff“, sagte der Arzt und ließ sich wieder in seinen Sessel fallen. „Wenn du mich fragst, könnte jeder von ihnen der Mörder sein – Pierrepont, Gordon, Donatelli – sogar der verfluchte Jarvis selbst.“

„Du vergisst Bayard“, sagte Sebastian und stellte sich ans Feuer. „Er war vielleicht sturzbetrunken, als sein Vater ihn um neun Uhr nach Hause gebracht hat. Aber wir haben außer Amandas Aussage keinen Beweis dafür, dass er dort auch geblieben ist. Es ist nicht ausgeschlossen, dass er noch einmal ausgegangen ist und nach Rachel gesucht hat. Er hätte ihr in die Kirche folgen und sie töten können."

„Aber warum hätte Bayard dem Dienstmädchen, Mary Grant, nachstellen sollen? Pierrepont und Gordon hatten beide einen guten Grund, die restlichen Dokumente in die Hände bekommen zu wollen. Sogar Donatelli gibt zu, dass er nach ihnen gesucht hat. Aber Bayard wusste überhaupt nichts davon."

„Stimmt", sagte Sebastian und richtete seinen Blick auf die glühenden Kohlen im Kamin. „Trotzdem ist Bayard von ihnen allen der Einzige, den ich für so unausgeglichen halte, dass ich mir vorstellen könnte, dass er seine Lust an der Leiche einer Frau befriedigt."

„Wie gut kennst du denn die Anderen? Hmm? Wenn wir uns mal auf das Wesentliche konzentrieren? Wir wissen, dass Hugh Gordon Frauen gegenüber gerne gewalttätig wird, während Pierrepont während der Revolution in Paris so viele Gräueltaten mitangesehen haben muss, dass es ausreichen würde, um jeden um den Verstand zu bringen. Um ehrlich zu sein: Der einzige, bei dem ich mir nicht vorstellen kann, dass er sich zu solch einem zügellosen Akt der Leidenschaft hinreißen lassen würde, ist Lord Jarvis. Er ist zu widerlich kaltherzig und gelassen und beherrscht dafür."

„Ganz wie seine Tochter", bemerkte Sebastian mit trockenem Humor.

Ein Anflug von Belustigung glättete die Sorgenfalten, die sich auf der Stirn des Iren abgezeichnet hatten. „Du weißt ja, was man sagt: Der Apfel fällt nicht weit vom Stamm."

Sebastian wirbelte herum. „Sag das noch mal!"

„Was? Was soll ich noch mal sagen?“

„*Der Apfel und der Stamm*“, sagte Sebastian, durchschritt den Raum und griff nach der zerknüllten Skizze des Goldschmiedes. „Großer Gott. Warum habe ich das nicht früher gesehen?“

Kapitel 56

Das *Black Dog* befand sich am äußersten Rande Walworths, südlich von London. Die halbvergessene Herberge einer Poststation wurde beinahe vollständig von einem wuchernden Buchenwald und den Nebelschwaden, die sich um die roten Ziegelsteinmauern des Hauses wanden, verborgen. Sie war bekannt für die Verschwiegenheit des Gastwirtes und für die guten französischen Weine, die, ohne dass für sie Zollbezahlt wurde, ihren Weg in den Keller der Schenke fanden.

Kat trug ein warmes Reitkleid aus Samt und einen Hut mit dichtem Schleier. Sie ließ ihre Stute unter den flackernden Fackeln im Hof des Gasthauses Halt machen. Ein Vierspänner stand voll beladen und reisefertig in der Nähe des Torbogens und wartete. „Führ die Pferde ein Stück", sagte sie zu ihrem Stallknecht. „Ich werde nicht lange brauchen."

Sie entdeckte Leo in einem privaten Zimmer im niedrigen ersten Stock. Er saß an einem kleinen Tisch und schrieb hastig eine Korrespondenz. Eine Brille mit Silberfassung saß dabei auf seiner Nasenspitze.

„Wie hast du es geschafft, zu entkommen?", fragte Kat, schlug ihren Schleier zurück und zog mit einem Klicken die Tür hinter sich zu.

Er schaute sie über den Rand seiner Brille hinweg an. „Was denkst du denn?"

„Dass du gewarnt wurdest." Es war mehr eine Aussage als eine Frage. „Warum?"

Er stand auf, dann griff er nach seinen Unterlagen und ordnete sie. „Du hast doch sicher die Gerüchte gehört? Von Lord Fredericks Selbstmord und allen möglichen dunklen Verschwörungen, in die die Whigs verwickelt sein sollen?"

„Und nichts davon stimmt."

„Natürlich nicht. Deshalb ist es im besten Interesse der Gefährten des Prinzen, dass ich nicht erwischt werde. Daher die Warnung." Er zog sich die Brille von der Nase und steckte sie in seine Tasche. Sie stellte fest, dass sie bisher gar nicht bemerkt hatte, dass er eine Brille trug.

Kat sah zu, wie er zu einem kleinen Lederkoffer ging, seine Unterlagen hineinlegte und ihn zuklappte. „Wie lange weiß man schon über dich Bescheid?"

Etwas in ihrer Stimme bewirkte, dass Leo einen Blick zurückwarf, sie ansah und lächelte. „Machst du dir Sorgen, dass sie auch von dir wissen könnten, *ma petite?* Er schüttelte den Kopf. „Das glaube ich kaum. Deine Dienste können Frankreich immer noch sehr nützlich sein."

„Frankreich ist mir völlig egal."

Er lachte. „Das weiß ich. Aber du hasst England voller löblicher – und auch sehr nützlicher – Inbrunst. Meiner Erfahrung nach geben diejenigen, die von ihren Emotionen angetrieben werden, immer die besten Spione ab. Ein Mann, der sein Land für Geld verrät, oder weil man ihn bei irgendeinem törichten Fehltritt erwischt hat, kann sich nur allzu schnell gegen dich wenden." Leo plusterte seine Wangen auf und stieß einen langen, schmerzerfüllten Seufzer aus. „Ich hätte es früher bemerken müssen."

Kat schüttelte den Kopf. „Was bemerken?"

„Am Sonntag bevor Rachel getötet wurde, hat man mir vier Unterlagensätze gestohlen", sagte er und schlüpfte in seinen Mantel. „Neben Lord Fredericks Sammlung an Liebesbriefen und der königlichen Geburtsurkunde war auch eine eidesstattliche Erklärung darunter, die mit einer gewissen Indiskretion der Mutter deines jungen Viscounts zu tun hatte, und der Kaufbrief für ein Schiff samt Ladung, das der Eigentümer als auf See verschollen gemeldet hatte."

„Ich verstehe nicht ganz."

Leo rückte die Aufschläge seines Mantels zurecht. „Der Erwerb von Letzterem erwies sich als überaus nützlich, da der Schuldige bei diesem kleinen Versicherungsbetrug zufällig ein enger Gefährte des Prinzen ist. Er selbst war zwar nicht in der Lage, uns viele Staatsgeheimnisse zu verraten, aber er hat sich als unschätzbare Informationsquelle erwiesen, was die kleinen Sünden und eventuellen Schwächen anderer Männer betrifft – Lord Fredericks unglückliche Vorliebe ist nur ein Beispiel von vielen."

„Was willst du damit sagen?"

„Was ich sagen will, ist: Wenn der Prince of Wales nicht kürzlich Gefallen daran gefunden hat, Frauen zu vergewaltigen und alle möglichen anderen gottlosen Taten mit ihnen anzustellen, dann ist Rachels Mörder sehr wahrscheinlich der Schwager deines jungen Viscounts selbst, Martin, Lord Wilcox."

Kat atmete heftig aus. „Bis du sicher?"

„Nein. Aber ich würde den Mann im Auge behalten, wenn ich Devlin wäre." Pierrepont griff nach seinem Hut, aber dann hielt er inne. „Soviel ich weiß, ist Devlin im Unklaren darüber, dass du in diesem kleinen Krieg auf der Seite der Franzosen stehst. Dem Krieg, dem er – wie viel? Fünf Jahre seines Lebens geopfert hat?"

„Ich kämpfe für Irland, nicht für die Franzosen. Das macht einen Unterschied."

„Den macht es in der Tat", sagte Leo und kam auf sie zu. „Aber ich nehme an, dass dieser Unterschied für Devlin keine Rolle spielen würde." Er streckte die Hand aus und seine Berührung war unerwartet sanft, als er ihre Wange streichelte. „Verliere dein Herz nicht wieder an ihn, *ma petite.* Er wird es dir brechen."

Kat regte sich nicht. „Ich kann selbst auf mein Herz aufpassen."

Fältchen bildeten sich um Leos Augen, als er lächelte. Dann wandte er sich ab und das Lächeln erstarrte abrupt. „Paris wird bald jemanden schicken, um meinen Platz einzunehmen", sagte er über seine Schulter hinweg. „Sei wachsam. Er wird dich kontaktieren. Du kennst das Zeichen."

Wortlos folgte Kat ihm auf den Hof. Sie beobachtete, wie seine Reisekutsche in der Nacht verschwand, ließ den Schleier wieder über ihr Gesicht herunter, stieg auf ihr Pferd und ritt davon.

***

Der Nebel hatte sich über die Straßen Londons gelegt wie eine schwere Decke – als giftiger, dicker Dunst, der in der Kehle brannte und den Schein der flackernden

Gaslaternen in gespenstische goldene Lichter verwandelte, die sich in der Dunkelheit verloren.

Kat hielt vor ihrem Haus und übergab die Zügel ihrem Stallknecht. „Bring die Pferde in den Stall“, sagte sie und glitt aus dem Sattel. Sie stand einen Moment lang da und lauschte auf das dumpfe Hufgetrappel der Pferde, die in der undurchdringlichen Nacht verschwanden. Dann warf sie sich die Schleppe ihres Reitkleides über den Arm und drehte sich gerade in dem Moment um, als eine dunkle Gestalt aus dem Nebel heraustrat. Kat keuchte erschrocken auf.

„Sie haben den Meister auch nicht gesehen, oder?“, fragte der Junge – es war Tom.

Kat fühlte sich ein wenig lächerlich und stieß einen leisen Seufzer der Erleichterung aus. „Ich glaube, er hat eine Nachricht von seinem Freund Dr. Gibson bekommen. Vielleicht kann er dir mehr sagen.“

Tom schüttelte den Kopf. „Gibson will ihn ja gerade sehen. Es geht um irgendeinen Tand, den man in der Hand dieser Frau gefunden hat.“

Kat blieb am unteren Ende ihrer Eingangstreppe stehen. Auf dem Gehweg kam ihnen jemand entgegen – ein Mann, der einen wallenden Umhang trug und dessen bedächtiger Gang von vornehmer Herkunft zeugte.

„Miss Boleyn?“, fragte er und berührte mit einer Hand seine Hutkrempe, als er neben ihr zum Stehen kam.

„Ja?“ Ein Anflug von Angst überkam sie und obwohl sie nur halb verstand, was geschah, erfüllte sie eine dunkle Vorahnung, als sie in das Gesicht des Mannes blickte. Er war mittleren Alters und lächelte still. „Kann ich Ihnen weiterhelfen?“

„Ich bin Lord Wilcox", sagte der Mann, ließ die Hand von seinem Hut fallen und schob sie unheilverheißend in seinen Umhang. „Ich muss Sie bitten, mich zu meiner Kutsche zu begleiten." Er machte eine Kopfbewegung in Richtung der nebelverhangenen Dunkelheit. „Sie wartet gleich da, am Ende der Straße."

Kat bemerkte, wie Tom neben ihr erstarrte und den Herrn vor ihnen mit großen Augen anblickte. „Und wenn ich mich weigern sollte?", fragte sie. Die Worte kamen leise und heiser heraus.

Seine Finger krampften sich fester um etwas, das sich direkt unter seinem Umhang befand und sie verstand, dass es eine Pistole war, die er dort festhielt. Eine Pistole, die er jetzt anhob und auf sie richtete. Er bemerkte, in welche Richtung ihr Blick ging, und lächelte. „Wie Sie sehen, steht das wirklich nicht zur Wahl."

Kapitel 57

Amanda war elf Jahre alt gewesen, als ihr Bruder Richard ihr die Wahrheit über ihre Mutter erzählt hatte.

In jenem Sommer war er gerade aus Eton zurückgekommen. Er war zehn Jahre alt gewesen und hatte sich selbst sehr wichtig genommen. Amanda war zwar ein Jahr älter als er, aber ja nur ein Mädchen, sodass die Grenzen ihrer Welt sehr eng gesteckt waren. Im Wesentlichen bestand ihr Leben aus der Schulstube, aus Privatunterricht und Spaziergängen mit dem Kindermädchen im Park. Sie lauschte schweigend und schockiert Richards aufgeregt im Flüsterton erzählten Geschichten über die abscheulichen Dinge, die Männer mit Frauen taten, darüber, wie sie sich im beschämenden Zusammentreffen von nackten Körpern vereinigten. Und dann, während sie noch voller Entsetzen den Würgereiz unterdrückte, der in ihr aufstieg, wenn sie daran dachte, dass sie eines Tages gezwungen sein könnte, einen ebensolchen widerlichen Überfall am eigenen Leib zu erdulden, erzählte ihr Richard von den Gerüchten, die er über ihre Mutter gehört hatte. Gerüchte darüber, dass die Countess of Hendon *das* nicht nur mit ihrem Ehemann, Amandas Vater, tat, sondern auch noch mit anderen Männern.

Amanda hatte Richard natürlich nicht geglaubt. Oh, sie hatte die Nutztiere des Landgutes oft genug bei einer gewissen Beschäftigung beobachtet, um zu wissen, dass zumindest *dieser* Teil seiner Erzählung wahrscheinlich stimmte. Aber sie wollte nicht glauben, was er über ihre Mutter sagte, darüber, wie die schöne, lachende Countess *das* mit allen möglichen Männern machte, von königlichen Herzögen bis hin zu gewöhnlichen Lakaien. Amanda hatte ihm kein einziges Wort davon geglaubt. Kein einziges Wort.

Aber solche Gerüchte können sich auf heimtückische Art in der Seele eines Menschen einnisten und langsam an ihr fressen wie ein Parasit. Als der Sommer in den Herbst überging, ertappte sich Amanda dabei, wie sie ihre Mutter beobachtete. Sie bemerkte den Blick, der plötzlich in den strahlend blauen Augen der Gräfin lag, wenn ein gutaussehender Mann den Raum betrat. Sie bemerkte auch, wie sie ihren hübschen blonden Kopf in den Nacken warf und lachte, wenn ein Mann mit ihr sprach. Und, wie sich ihre Lippen teilten und ihr der Atem stockte, wenn er ihre Hand nahm.

Und dann, an einem der seltenen sonnigen Septembertage, als die Countess und ihre Kinder auf dem Landsitz in Cornwall waren und der Earl wie üblich um den König herumscharwenzelte, entwischte Amanda aus der Schulstube und ging spazieren. Die Luft war frisch und duftete süß nach dem erdigen Geruch gepflügter Felder und von der Sonne erwärmter Kiefernnadeln, und sie ging weiter als sie vorgehabt hatte und weiter als es ihr erlaubt war. Eine wachsende Unruhe war in letzter Zeit über sie gekommen, eine aufreibende Sehnsucht, die sie dazu brachte, die gepflegten

Terrassen der Gartenanlage und die ordentlich einge-
zäunten Felder des heimischen Landsitzes hinter sich
zu lassen und tief in das wilde Gestrüpp des Waldes
vorzudringen, der sich bis zum Meer erstreckte.

Dort fand sie sie: in einer sonnigen Mulde, die von einer Felszunge vor dem frischen Wind geschützt wurde,
der von den schaumgekrönten Fluten herüberwehte.
Der Mann lag ausgestreckt auf dem Rücken. Sein nackter, schweißbenetzter Körper war groß und schlank
und sein Hals war nach hinten gewölbt – vor Schmerz,
wie ihr zunächst schien. Eine Frau saß rittlings auf ihm
und presste mit ihren weichen weißen Damenfingern
seine größeren, dunkleren Hände auf ihre Brüste. Sie
biss sich mit den Zähnen auf die Unterlippe und presste
die Augen in Ekstase zusammen, während sie ihn ritt.
Sie ritt ihn.

In den Monaten, die seit Richards Besuch vergangen
waren, hatte Amanda versucht, sich diese widerliche
Sache vorzustellen, von der er ihr erzählt hatte. Aber
nie hatte sie sich so etwas vorgestellt – nie hätte sie sich
etwas dergleichen überhaupt vorstellen können.

Weil sie von einer makabren Mischung aus Entsetzen
und Faszination angezogen wurde, schlich sie noch näher heran. Ihr Herz klopfte schmerzhaft in ihrer Brust
und die Magensäure stieg heiß und Übelkeit erregend
in ihrer Kehle hoch. Aber erst, als ihre Faszination sie
dazu gebracht hatte, noch näher heranzukommen, obwohl sie zitterte und ihr speiübel war, erkannte
Amanda die Wahrheit: Die Frau, deren Atmung nur
noch ein harsches, abgehacktes Keuchen war, war ihre
eigene Mutter, Sophia Hendon. Und der Mann, der sein
nacktes Becken wieder und wieder in einem wilden,

hämmernden Rhythmus nach oben stieß, der seinen Körper immer tiefer in ihr vergrub, war der Stallknecht Ihrer Ladyschaft.

Amanda erzählte Richard nie, was sie an diesem Tag gesehen hatte, obwohl sie wegen der hämischen Bemerkungen, die ihr Bruder gelegentlich fallen ließ, wusste, dass er ihrem Vater die Schuld an den Taten ihrer Mutter gab – dass er es Hendon verübelte, all seine Zeit König und Vaterland zu opfern und dabei seine einsame, schöne Frau zu vernachlässigen. Aber Amanda kannte die Wahrheit, denn sie hatte den Hunger in dem hübschen, von der Sonne beschienenen Gesicht ihrer Mutter gesehen. Ihren schändlichen, unersättlichen Hunger.

***

Es war schon seit einiger Zeit dunkel, denn der Nebel hatte das letzte Licht des Tages geschluckt, der unmerklich in die Nacht übergegangen war. Irgendwann war das Dienstmädchen, Emily, gekommen, um die Vorhänge zuzuziehen, und frische Kohlen auf das Feuer zu legen, aber Amanda hatte sie weggeschickt.

Jetzt schüttelte Amanda die Erinnerungen an längst vergangene Tage ab und drehte die Flamme der Öllampe auf, die das Ankleidezimmer mit einem süßlich duftenden Schein erfüllte, dann zog sie die schweren Brokatvorhänge zum Schutz gegen die Kälte zu, die die hohen Fenster mit Blick über den Platz abstrahlten.

Sie ging zu ihrem Schreibtisch hinüber, hielt für einen Moment mit erhobenem Kopf inne und lauschte. Aber im Haus um sie herum war es still, und so schob sie kurz darauf den unauffälligen Riegel beiseite, der das versteckte Fach ihres Schreibtisches öffnete, und zog den einzelnen Pergamentbogen heraus.

Sie hatte es schon oft gelesen, vielleicht hundertmal, aber jetzt las sie es noch einmal. Irgendetwas, das sie nicht näher bestimmen wollte, brachte sie dazu und lenkte ihre Aufmerksamkeit auf das seltsame Geständnis dieser längst vergangenen Sünde, aufgeschrieben von Sophia Hendon selbst. Amanda konnte sich nicht im Geringsten vorstellen, was ihre Mutter dazu gebracht hatte, es alles in so schonungslosen, unmissverständlichen Sätzen niederzuschreiben, und sich dann vor Zeugen vereidigen zu lassen. Auch wusste Amanda nicht, wie diese Hure, Rachel York, an ein solches Dokument gekommen war, oder für welchen Zweck es bestimmt gewesen war. Aber Amanda hatte keinen Zweifel daran, dass das Dokument von der Schauspielerin stammte.

Noch immer besudelte ihr Blut eine Ecke des Bogens. Der Kutscher Ned hatte ihr als erstes die Wahrheit darüber verraten, was an diesem Dienstagabend passiert war – oder zumindest das, was er für die Wahrheit hielt. Es hatte sie einige Zeit gekostet – und ein paar behutsam formulierte Drohungen – aber schließlich hatte Amanda ihm eine eigentümliche Geschichte darüber entlockt, wie seine Lordschaft gerade auf dem Weg nach Westminster gewesen war, als er Master Bayard, völlig betrunken und besinnungslos auf dem Gehweg vor *Cribb's Parlor* gefunden hatte. Natürlich hatten sie den Jungen in die Kutsche gehoben. Bloß hatten sie ihn nicht direkt nach Hause gebracht. Auf Anweisung seiner Lordschaft war der Kutscher Ned weiter zur Great Peter Street in Westminster gefahren, wo seine Lordschaft den Jungen in der Obhut des Bediensteten gelassen hatte.

Es stand einem Diener natürlich nicht zu, das Vorhaben seines Herren infrage zu stellen, aber Kutscher Ned gab zu, dass er besorgt gewesen war, als er sah, wie Lord Wilcox allein und zu Fuß in dem stinkenden Nebel verschwand. Und seine schlimmsten Befürchtungen hatten sich bewahrheitet, als Lord Wilcox etwa zwanzig oder dreißig Minuten später von Dieben überfallen worden war. Er schwankte zum Wagen zurück. Die Vorderseite seines Mantels war mit dem Blut seiner Angreifer getränkt und es tropfte noch von dem Stockdegen, mit dem er sich gegen sie zur Wehr gesetzt hatte. Er hatte dem Kutscher Ned die genaue Anweisung gegeben, dass Ihre Ladyschaft nichts von dem Vorfall erfahren dürfte, weil es ihre Nerven überstrapazieren könnte. Er hatte dieselben Worte benutzt, wie Amanda schließlich erfahren hatte, um seinen Kammerdiener, Downing, dazu zu bringen, Stillschweigen zu bewahren.

Bayard hatte den ganzen Vorfall in völliger Besinnungslosigkeit verschlafen. Aber Amanda wunderte sich über die beiden Bediensteten, die sicherlich wussten, dass sie nicht empfänglich für die Nervenanfälle war, die so viele der Damen ihrer Stellung heimsuchten. Sie fragte sich auch, wie sie weiterhin so leichtgläubig hatten bleiben können, als die blutigen Details der Geschehnisse an diesem Abend in der Marienkapelle von *St. Matthew of the Fields* in aller Munde gewesen waren. Andererseits hatten vielleicht weder Kutscher Ned noch Downing jemals bemerkt, wie sich das

Gesicht seiner Lordschaft beim Anblick einer Hure, die ausgepeitscht und durch die Straßen getrieben wurde, vor Erregung anspannte. Vielleicht wussten sie nichts von der Anzahl an Hausmädchen, die er im Laufe der Jahre vergewaltigt hatte, oder von der einen, der er eine Schnittverletzung zugefügt hatte, als sie versucht hatte, sich ihm zu verweigern. Aber Amanda hatte davon gewusst und sie hatte darüber nachgedacht und schließlich hatte es sie dazu getrieben, die Wahrheit herauszufinden.

Amanda faltete den Pergamentbogen wieder zusammen, steckte ihn sorgfältig weg und schob das Geheimfach wieder zu. Sie fragte sich, was Wilcox wohl durch den Kopf gegangen war, als er bemerkt hatte, dass das Dokument fehlte. Amanda war nur zufällig darauf gestoßen, als sie nach etwas – irgendwas – gesucht hatte, das bestätigen würde, was sie tief in ihrem Herzen bereits als die Wahrheit erkannt hatte. Die anderen Dokumente, die sie bei der beeidigten Aussage gefunden hatte – Liebesbriefe von Lord Frederick an jemanden namens Wesley und eine interessante königliche Geburtsurkunde – hatte sie dort liegen gelassen, wo sie sie gefunden hatte, denn sie waren für sie nicht von Bedeutung. Aber das Geständnis ihrer Mutter hatte Amanda an sich genommen, ohne zu zögern. Ein Dokument dieser Art war zu brisant, zu potenziell wertvoll, als dass sie es jemandem wie Martin überlassen konnte.

Sie war so in Gedanken versunken, dass sie nicht hörte, wie die Tür leise geöffnet wurde. Allein die Tatsache, dass sich die Stimmung im Zimmer plötzlich verändert hatte, verriet ihr, dass sie nicht länger allein war. Sie drehte den Kopf und entdeckte Sebastian, der am Türpfosten lehnte.

Einen Augenblick lang packte sie Entsetzen beim Gedanken daran, dass er gesehen hatte, wie sie das Geständnis ihrer Mutter las. Dann fiel ihr auf, dass er zu ihr blickte und nicht auf den Schreibtisch und so wusste sie, dass er es nicht bemerkt hatte.

„Wo ist er?", fragte Sebastian nachdrücklich in einem angespannten, drohenden Tonfall. „Wo ist Wilcox?"

„Du scheinst es dir zur Gewohnheit gemacht zu haben, ungebeten in die Häuser anderer Leute einzudringen", sagte sie und ignorierte seine Frage.

Er drückte sich vom Türrahmen weg und kam auf sie zu, seine schauderhaften bernsteinfarbenen Augen starr auf ihr Gesicht gerichtet. „Du weißt Bescheid, nicht wahr? Seit wann? Seit wann weißt du es?"

Unwillkürlich machte Amanda einen Schritt zurück. „Seit wann weiß ich was?"

„Ich dachte, es wäre Bayard", fuhr er fort, als hätte sie überhaupt nichts gesagt. „Ich habe mich an all die hässlichen kleinen Vorfälle von damals erinnert, als er noch ein Kind war. Daran, wie er das Feuer im Hühnerstall von *Hendon Hall* gelegt hat, bloß, weil es ihm Spaß machte, dabei zuzusehen, wie er brannte. Und an all die unaussprechlichen Dinge, die er früher mit jedem streunenden Tier getan hat, das das Pech hatte, ihm zwischen die Klauen zu geraten."

Er blieb so nah vor ihr stehen, dass sie die beißende Feuchtigkeit riechen konnte, die mit dem Nebel in seine derbe Arbeiterkleidung gekrochen war. „Ich habe mich immer gefragt, woher dieser Charakterzug kam, dieser völlige Mangel an Empathie für das Leid anderer

Lebewesen, diese Grausamkeit, die schon an Wahnsinn grenzt. Ich fragte mich sogar, ob es vielleicht auch in mir schlummert. Und dann sah ich eines Tages, wie Wilcox lachend beobachtete, wie das Kind eines Kleinbauern von einer Meute Hunde zerfleischt wurde, und da wusste ich es. Ich wusste, wo es herkam.“

„Du bist hier derjenige, der verrückt ist.“

„Bin ich das?“ Er drehte sich weg. „Du hast die Neuigkeiten gehört, nehme ich an? Über Leo Pierrepont?“

„Pierrepont?“ Amanda schüttelte den Kopf. „Was hat er mit alledem zu tun?“

„Liebe Amanda. Kann es denn sein, dass du wirklich nicht Bescheid weißt? Hendon hat mir vor ein paar Tagen etwas erzählt – etwas, das mein Interesse hätte wecken sollen, aber zu dieser Zeit ist es mir entgangen. Er sagte, die Regierung habe schon fast seit einem Jahr von den Beziehungen Pierreponts zu Napoleon gewusst. Nämlich, seit ein gewisser Herr, den er Mr Smith nannte, von Pierrepont erpresst worden war, damit er der französischen Regierung wertvolle Informationen zukommen ließ. Wie es scheint, haben Hendon und Lord Jarvis einfach gemeinsam beschlossen, die Enthüllungen über Pierrepont für sich zu behalten und diesen kompromittierten Herrn als eine Art Doppelagenten zu benutzen.“

„Und weiter?“, fragte Amanda.

„Weiter ist das Merkwürdige an der Sache, dass Vater und Jarvis zwar beide dem König dienen, sich die Männer auf persönlicher Ebene aber nicht ausstehen können. Was mir sagt, dass es nur einen einzigen Grund gibt, warum Jarvis die Situation mit Hendon besprechen würde: weil der kompromittierte Herr *Hendon* um Hilfe gebeten hat. Und der einzige Mann, von dem ich mir vorstellen kann, dass er das tun würde, ist dein Mann. Wilcox."

Amanda stand reglos da und beobachtete, wie ihr Bruder unruhig durch ihr Ankleidezimmer pirschte. Das hätte sie nicht von Wilcox gedacht, dass er so unvorsichtig wäre, in eine Falle der Franzosen zu tappen. Sie krampfte ihre Hände fester zusammen, weil sie plötzlich von einem Ansturm heftiger Wut gepackt wurde, die sich nicht nur gegen Martin richtete, sondern auch gegen diesen Mann, ihren Bruder, der hierhergekommen war, um sie mit der Dummheit ihres Mannes zu verhöhnen.

„Ich frage mich, was sie bloß gegen ihn in der Hand hatten", sagte Sebastian und hielt inne, um mit der Schreibfeder zu spielen, die sie auf der lederbezogenen Schreibfläche ihres Schreibtisches liegen gelassen hatte. „Es muss mehr gewesen sein, vermute ich, als bloß ein sexueller Fehltritt. Und was auch immer es war, Rachel muss Beweise dafür gefunden haben, als sie sich an dem Versteck mit vertraulichen Dokumenten bediente, die im Besitz Pierreponts waren. Das arme Mädchen hat einen verhängnisvollen Fehler begangen, denn dann muss sie Wilcox angeboten haben, ihm das belastende Beweismaterial zu verkaufen. Sie wusste nicht, mit was für einem Mann sie es da zu tun hatte." Er wirbelte plötzlich herum und sah ihr ins Gesicht. „Aber du wusstest es."

„Du bist verrückt", sagte Amanda noch einmal und presste ihre Hände noch fester zusammen.

„Bin ich das? An dem Tag, als ich herkam, um Bayard zur Rede zu stellen, da wusstest du es schon. Darum warst du so bedacht darauf, mir genau mitzuteilen, um wie viel Uhr Wilcox auf Bayard gestoßen war. Nur, dass er den Knaben nicht direkt nach Hause gebracht hat, nicht wahr?"

„Das Mädchen war eine Hure", sagte Amanda plötzlich. Sie zwängte die Worte abgehackt und zornig aus ihrer eng zusammengeschnürten Kehle. „Eine Hure und eine Verräterin."

Ein seltsamer Glanz lag jetzt in den unheimlichen, fremden Augen ihres Bruders. „Dann ist es also in Ordnung, was Wilcox ihr angetan hat, ja? Und was ist mit dem Dienstmädchen, Mary Grant? Oder ist auch das in Ordnung, denn sie war ja nur eine gewöhnliche Bedienstete und dazu nicht gerade sehr ehrenwert?"

Seine Worte verklangen in einem Schweigen, das Amanda nicht brechen wollte. Von draußen ertönte durch den Nebel gedämpftes Hufgeklapper und, ganz in der Nähe, das Poltern eines umgekippten Eimers, gefolgt vom Kichern eines der Hausmädchen.

Schließlich war es Sebastian, der das Schweigen durchbrach. Die Wut, die eben noch in seiner Stimme gelegen hatte, war jetzt einer gewissen Eindringlichkeit gewichen. „Wilcox hat inzwischen Geschmack daran gefunden, Amanda. Das ist dir doch klar, oder? Er wird es wieder tun. Und eines Tages wird er gefasst werden."

„Hoffentlich erst, nachdem man dich gehängt hat."

Amanda bemerkte voller Genugtuung, dass seine Gesichtszüge plötzlich entgleisten. „Ich habe ja immer gewusst, dass du mich nicht magst", sagte er nach einer kurzen Weile. „Aber ich glaube nicht, dass mir bis gerade eben klar gewesen ist, wie sehr du mich hasst."

„Natürlich hasse ich dich." Sie spuckte ihm die Worte beinahe entgegen. „Warum sollte ich das auch nicht tun? Du bist Viscount Devlin, der heißgeliebte, verhätschelte Erbe von allem. Allem, das hätte mir gehören sollen." Sie schlug sich mit der Faust gegen die Brust. *„Mir.* Ich war das erstgeborene Kind meines Vaters. Wohingegen du –" Sie brachte sich gerade noch rechtzeitig zum Verstummen, indem sie die Zähne zusammenbiss.

„Ich habe mir das männliche Erstgeburtsrecht nicht ausgedacht", sagte er. Im Gegensatz zu ihrer aufgebrachten Stimme sprach er die Worte leise. Als verwirre ihn ihre Reaktion, zog er die Brauen zusammen und musterte ihr Gesicht. „Auch, wenn ich davon profitiert habe."

Sie beobachtete irritiert, wie ein sonderbares Lächeln über seine Lippen zuckte und dann wieder verblasste. „Es ist komisch, aber mein erster Gedanke, als sich schließlich alles zusammenfügte, war, hierher zu eilen und dich davor zu warnen, wie gefährlich der Mann geworden ist, den du geheiratet hast. Erst als ich schließlich darüber nachdachte, was du gesagt hast – dass Bayard vor neun Uhr das Bewusstsein verloren hatte, obwohl die Polizei allen gesagt hatte, dass der Mord zwischen fünf und acht Uhr geschehen war, wurde mir klar, dass du die Wahrheit wusstest." Er holte tief Luft und stieß den Atem dann mit einem Mal harsch wieder aus. „Ich werde mich nicht für dich hängen lassen, Amanda. Und ich werde nicht zulassen, dass dein Ehemann, dieser kranke Schweinehund, weiterhin Frauen abschlachtet."

„Du hast keine Beweise", sagte sie, als er sich zur Tür wandte.

Er hielt inne und blickte über die Schulter zurück zu ihr. „Ich werde schon etwas finden." Sein Mund bog sich zu einem straffen Lächeln, das verkrampfter und viel niederträchtiger war als das letzte. „Selbst, wenn ich mir etwas ausdenken muss."

***

Sir Henry musste feststellen, dass die Straßen in Westminster, die den Kirchhof von *St. Matthew of the Fields* umgaben, menschenleer waren. Er spähte hoffnungsvoll in die trübe Dunkelheit und schlug seinen Kragen hoch, um sich vor der durchdringenden, tückischen Kälte zu schützen, und wünschte sich, er hätte die Voraussicht gehabt, den Fahrer seiner Droschke zu bitten, auf ihn zu warten.

Er dachte an das Mädchen, Rachel York, die in einer Nacht wie dieser allein hergekommen war. Er wunderte sich darüber, welchen Mut sie das gekostet haben musste. Statt Mut konnten auch voller Leidenschaft vertretene Überzeugungen sie hergeführt haben, oder vielleicht beides. Und trotzdem hatte er in diesem Fall noch nichts entdeckt, was auch nur auf eines von beidem hindeuten würde.

Reverend McDermott war bestürzt gewesen, als er erfahren hatte, dass eine solche Frau im Besitz eines Schlüssels zu seiner Kirche gewesen war und hatte keinen Schimmer, wie sie an ihn gelangt sein konnte. Trotzdem hatte sie den Schlüssel irgendwie bekommen und ihn benutzt, um den Earl of Hendon um zehn Uhr dort zu treffen, genau wie Hendon behauptet hatte. Deshalb hatte Jem Cummings die blutigen Fußabdrücke zweier Männer gesehen – das erste Paar gehörte dem Mörder von Rachel York und das zweite war später von Hendon dort hinterlassen worden.

Lovejoy wusste, dass es stets gefährlich war, eine Tatsache als wahr zu erachten, nur, weil sie naheliegend erschien. Und doch passierte dieser Fehler allzu oft – auch ihm war er unterlaufen. Und deshalb hatten sie die letzte Woche damit verbracht, einen unschuldigen Mann zu verfolgen.

Das Klappern von Kutschenrädern, die über grobes Kopfsteinpflaster rollten, ließ Lovejoy den Kopf wenden: Ein dunkles, knochiges Mietpferd samt Droschke tauchte aus dem Dunkel auf. Jemand rief etwas und der Kutscher hielt an.

Die Tür der Kutsche schwang nicht weit entfernt von ihm auf. „Sir Henry. Da sind Sie ja." Edward Maitland streckte den Kopf durch die offene Wagentür. „Ich hatte gehofft, Sie noch zu erwischen, bevor Sie die Kirche verlassen. Uns wurde berichtet, dass Viscount Devlin ein Zimmer in einem Gasthaus in der Nähe von Tothill Fields bezogen hat. Es nennt sich das *Rose and Crown*. Ich habe ein paar Burschen hingeschickt, um das Haus zu bewachen, aber ich dachte, Sie würden gerne bei der Verhaftung anwesend sein."

Lovejoy kletterte in den muffigen Innenraum des Wagens. „Es gibt einige neue Entwicklungen in dem Fall", sagte er, als der Wagen mit einem Ruck weiterfuhr. Er gab dem Wachtmeister eine kurze Zusammenfassung seiner Gespräche mit dem Küster undReverend McDermott: „Was das alles bedeutet", sagte er zusammenfassend, „ist, dass Rachel York aller Wahrscheinlichkeit nach erst nach acht Uhr getötet wurde – wohl ungefähr gegen zehn Uhr. Und da wir wissen, dass Lord Devlin kurz vor neun in seinem Club ankam, konnte seine Lordschaft es unmöglich schaffen, das Mädchen hier in Westminster zu töten, nach Hause in die Brook Street zu hasten, sich umzuziehen und dann trotzdem zu der Zeit in der St. James's Street zu erscheinen, zu der er dort ankam."

Die schwankende Kutschenlampe warf bizarre Muster aus Licht und Schatten über die starren Gesichtszüge des Wachtmeisters. „Nur weil wir nicht verstehen, wie er es geschafft hat, heißt das nicht, dass er es nicht war", sagte Maitland. „Außerdem vergessen Sie, was er Constable Simplot angetan hat."

Lovejoy schluckte die Worte hinunter, die ihm auf der Zunge lagen. Es stimmte: Er hatte Simplot vergessen. Lovejoy seufzte. „Wie geht es dem Burschen?"

„Er ist immer noch im Fieberdelirium. Die Ärzte glauben nicht, dass er die Nacht überstehen wird. Es ist schon ein Wunder, dass er bis jetzt überlebt hat."

Lovejoy nickte und seine Gedanken schweiften wieder zu den Geschehnissen an jenem Mittwochnachmittag in der Brook Street. Das war ein Gesichtspunkt dieses Falles, über den er noch nachdenken musste. Warum sollte ein privilegierter junger Adliger aus einer einflussreichen und wohlhabenden Familie vorsätzlich einen Wachtmeister angreifen und versuchen, ihn zu töten – nur, um der Verhaftung wegen eines Verbrechens zu entgehen, an dem er unschuldig war? Das ergab keinen Sinn.

Aber was die Verhaftung des jungen Viscounts anging, war diese Frage genauso wenig von Bedeutung wie die Tatsache, dass der Küster den Schlüssel gefunden hatte. Lovejoy seufzte, als ihm diese Feststellung durch den Kopf ging. Denn er hatte auch Charles, Lord Jarvis vergessen. Für Lord Jarvis hatte die Frage, ob Devlin schuldig oder unschuldig war, nie eine Rolle gespielt. Der Viscount war von den Zeitungen und den Leuten auf der Straße angeklagt und für schuldig befunden worden und die erschütterte Bevölkerung Londons wollte, dass er zur Rechenschaft gezogen wurde.

Es wäre zu jeder Zeit brisant gewesen, wenn die Menschen mit ansahen, wie der Sohn eines Adligen ungestraft mit einem Mord davonkam. Aber jetzt, wo der König für verrückt erklärt worden war und der Prinz in Kürze zum Regenten erklärt werden sollte, konnte die Situation gefährlich werden. Und Jarvis hatte mehr als deutlich gemacht, was auf dem Spiel stand: Entweder Devlin wurde vor der morgigen Zeremonie gefangen genommen oder Lovejoy würde seine Stelle als Untersuchungsrichter am Queen Square verlieren.

Kapitel 58

Das Leben ist voller furchteinflößender Dinge, pflegte Kat Boleyns Vater ihr zu sagen. Furchteinflößende Dinge, wie die immer näher rückenden, schweren Schritte marschierender Soldaten oder die Silhouette eines Seils, das vor einem nebligen Morgenhimmel baumelt. Oder auch die unheilvolle Mündung einer Waffe in der Hand eines lächelnden Mannes.

„Warum?", fragte sie und richtete ihren Blick auf den Mann vor ihr. Das Leben war vielleicht voller furchteinflößender Dinge, aber sie hatte schon vor langer Zeit gelernt, ihre Angst hinter einer reglosen Miene und einer festen Stimme zu verbergen. „Was wollen Sie von mir?"

Er war einer dieser Männer, deren Lippen ständig zu einem leichten Lächeln gebogen waren. Aber auf ihre Worte hin erstarrte das Lächeln, als hätte er kleinlauten Gehorsam erwartet oder ängstliche Hysterie, und als würde ihn ihre gefasste, direkte Frage beunruhigen.

„Alles, was ich von Ihnen möchte, meine Liebe, ist ein wenig Mithilfe." Das Lächeln war jetzt wieder zurück an seinem Platz – gelassen und selbstsicher. Er machte eine Kopfbewegung in Toms Richtung. „Sie kennen diesen Burschen, nicht wahr?"

Kats Blick kreuzte den des Jungen, der angespannt neben ihr stand. Tom starrte sie mit wachsamen, dunklen Augen an. „Ja", sagte sie.

„Gut. Dann kann man sich wohl darauf verlassen, dass er eine Nachricht überbringt."

Mit seiner freien Hand holte Wilcox einen gefalteten Zettel aus einer Innentasche und hielt ihn Tom hin. „Bring das zu Viscount Devlin. Diese Notiz übermittelt ihm alle Details, die er wissen muss und ich verlasse mich darauf, dass du seiner Lordschaft den Ernst der Lage deutlich machst. Ich hoffe, ich habe mich klar ausgedrückt?"

Kat sog hastig die Luft ein und hielt sich ebenso schnell wieder zurück, denn sie verstand nur allzu deutlich, was Wilcox vorhatte. Er stelle eine Falle auf, um Sebastian zu fassen, und sie sollte der Köder sein.

Angst wallte in ihr auf, heiß und erschütternd, aber sie unterdrückte das Gefühl. Angst beeinträchtigte die Fähigkeit, zu denken, und sie musste jetzt klar denken. Ihr kam in den Sinn, dass sie Wilcox' sorgfältig vorbereiteten Plan, wie auch immer er genau aussehen mochte, im Nu zerstören konnte, indem sie sich einfach weigerte, mit ihm zu kommen. Aber in Wilcox' Augen lag etwas, das ihr zu denken gab. Ein Mann wie er tötete ohne Zweifel oder Gewissensbisse. Kat wusste, wie schlimm es für Sebastian wäre, wenn er sich für ihren Tod verantwortlich fühlen würde. Ein Mann, der von solcher Wut und von solchen Schuldgefühlen angetrieben wurde, könnte Fehler begehen. Fatale Fehler.

Sie atmete die kalte, rauchgeschwängerte Nachtluft tief ein und spürte das beißende Brennen in ihrer Kehle. Auf ihrer Zunge blieb ein bitterer Geschmack zurück – bitter wie die Angst. Als könnte er ihre Angst riechen, wurde Wilcox' Lächeln breiter.

Das Lächeln brachte sie schließlich dazu, eine Entscheidung zu treffen – das Lächeln und das selbstsichere Vertrauen des Mannes darauf, dass die Vorgehensweise, die er ersonnen hatte, um Sebastian St. Cyr in die Falle zu locken, funktionieren würde. Offensichtlich hielt er seinen Plan für unfehlbar. Aber Kat kannte Sebastian und wusste um seine Sinne, die so scharf waren, wie man es sonst nur bei Tieren fand, und um die Schnelligkeit seiner Reflexe. Sebastian würde vielleicht in eine Falle laufen, aber zumindest würde er es merken.

Also sah Kat Tom zum zweiten Mal an diesem Abend eindringlich an und nickte dann langsam. Sie konnte nur hoffen, dass er sie verstand.

Tom zögerte noch für einen kurzen Moment. Dann griff er nach dem Zettel, hastete an Wilcox vorbei und huschte auf die Straße hinaus. Aber plötzlich blieb der Junge auf dem Kopfsteinpflaster stehen, wirbelte herum und hob einen Arm, um sich den Hut fester auf den Kopf zu drücken. „Und was, wenn der Meister nicht kommt?"

„Erinnere ihn daran, was Rachel York und Mary Grant zugestoßen ist", sagte Wilcox, packte Kat am Arm und zog sie mit festem Griff nahe zu sich. „Er wird kommen."

***

Sebastian zog sich gerade in seinem Zimmer im *Rose and Crown* um, als Tom durch die Tür stürzte und den Gestank der kalten, nebligen Nacht mit sich brachte.

„Gott steh uns bei, Meister, er hat sie erwischt", keuchte der Junge. Er hatte die Augen weit aufgerissen und seine schmächtige Brust bebte vor Anstrengung, als er versuchte, zu Atem zu kommen. „Er hat Miss Kat erwischt."

Sebastian fuhr herum. „*Was?* Was soll das heißen?"

„Der Vater Eures Neffen. Lord Wilcox. Hat sie direkt vor ihr'm Haus geschnappt und mir diese Nachricht hier für Euch gegeben. Er meinte, ich soll Euch sagen –"

Sebastian griff das versiegelte Schreiben aus der ausgestreckten Hand des Jungen und riss es auf, dann überflog er das dicht beschriebene Papier.

Ich habe ein Gut in meinen Besitz gebracht, von dem ich denke, dass es für dich von großem Interesse ist. Du kannst dieses Gut persönlich im Lagerhaus der Prosperity Trading Company, unterhalb des Hermitage Dock, einfordern. Eine schnelle Reaktion deinerseits wird gewährleisten, dass das Gut unversehrt bleibt.

Es versteht sich von selbst, dass du allein und unbewaffnet kommst. Andernfalls werden unverzüglich bedauernswerte Konsequenzen eintreten.

Sebastian spürte, wie eine Flut aus Gefühlen ihn überrollte. Die Übelkeit erregende Mischung aus Wut und Angst jagte abwechselnd heiße und kalte Schauer durch seinen Körper, nahm ihm die Luft zum Atmen und krampfte sich fest um seine Eingeweide. Er wusste, dass Tom noch weitersprach, aber die Wörter gingen in dem tosenden Rauschen unter, das in Sebastians Ohren dröhnte.

Er hob den Kopf und sah den Jungen direkt an: „Was? Sag das noch einmal."

Irgendetwas in Sebastians Gesicht veranlasste den Jungen, einen Schritt zurück zu machen. Seine Nasenlöcher blähten sich auf, als er tief Luft holte und dann schwer schluckte. „Das is' er, nich' wahr? Der Bursche, den Sie gesucht haben, der die beiden Frauen getötet hat. Er hat gesagt, ich soll Sie dran erinnern, was den anderen beiden passiert is'. Rachel York und Mary Grant."

„*Mein Gott.*" Sebastian warf den Zettel weg und griff nach seinen Stiefeln.

Hinter ihm stürzte Tom einen Schritt nach vorn und hob das Papier auf. Sein Mund bewegte sich lautlos, während ermühsam die Worte entzifferte. Er sah auf und seine Brauen zogen sich zusammen, während sein Atem nur noch stoßweise ging. „Ihr könnt nich' wirklich vorhaben, dorthin zu gehen? Zu diesem Hafenkai?"

Sebastian steckte einen Fuß in einen der Stiefel. Ihm war vorher nicht aufgefallen, dass der Junge lesen konnte. „Was sollte ich deiner Meinung nach stattdessen tun?"

„Aber es ist eine Falle!"

„Das ist mir bewusst."

„Was habt Ihr denn vor? Einfach da rein gehen?"

„Nicht, wenn ich eine andere Möglichkeit finde." Er hielt inne und umfasste die Schultern des Jungen. „Aber für den Fall, dass mir etwas zustoßen sollte, möchte ich, dass du zu meinem Vater, dem Earl of

Hendon, gehst. Erzähle ihm so viel von der ganzen Geschichte, wie du kannst."

Toms Nasenlöcher weiteten sich, als er hastig Luft einsog. „Kein Earl würde mir jemals glauben! Irgend so einem Dieb von der Straße."

„Zeig ihm die Notiz. Leider ist sie nicht unterschrieben, Wilcox ist ja kein Narr."

Plötzlich leuchtete ein freudiger Hoffnungsschimmer in den Augen des Jungen auf. „Ich hab' seine –" Er verstummte, als Sebastian warnend eine Hand hob. „Was ist denn? Was habt Ihr denn gehört?"

Mit dem Mantel in der Hand durchquerte Sebastian eilig den Raum und lauschte an der Tür. „Ist dir jemand hierher gefolgt?" Obwohl die Geräusche nicht aus unmittelbarer Nähe kamen, waren sie unverkennbar: Sebastian hörte ein eilig wieder verstummendes Flüstern und die leisen, vorsichtigen Schritte von Männern auf der Treppe.

„Nein." Toms Augen weiteten sich. „Aber als ich gekommen bin, habe ich einen Kerl im Gastraum sitzen sehen. Ich hatte das Gefühl, dass er auf jemanden wartet."

Die Schritte waren inzwischen im Flur angekommen.

Sebastian warf sich seinen Mantel über und eilte zur anderen Seite des Zimmers. „Ich glaube, wir nehmen das Fenster", sagte er genau in dem Augenblick, als das Glas zersplitterte und der Rahmen des Flügelfensters mit einem Stoß kalter, rauchgeschwängerter Luft ins Zimmer stürzte.

„Verdammte Scheiße", fluchte Sebastian. Er zog den Stuhl mit der geraden Rückenlehne unter dem Tisch hervor und schleuderte ihn gegen den Brustkorb des schwarzbärtigen Mannes, dessen wuchtiger Körper in dem zerbrochenen Fenster aufgetaucht war. Der Mann ächzte und stürzte hinunter. Sebastian war gerade dabei, die Überreste des Stuhls einem zweiten Mann in den Magen zu rammen, als er hörte, wie ein Schlüssel im Schloss der Tür hinter ihm kratzte. Er fluchte noch einmal. *Sollte der Teufel den Gastwirt holen!*

Noch mit dem Stuhl in der Hand wirbelte Sebastian zur Tür herum. Direkt vor ihm stand jetzt der große, blonde Wachtmeister, den er von jenem verhängnisvollen Abend in der Brook Street kannte.

„Tom, *lauf*", rief Sebastian über seine Schulter, als er und Edward Maitland sich in geduckter Haltung mit wachsamen Blicken umkreisten. „Geh zu meinem Vater. Verdammt nochmal", rief er, als der Junge einfach mit offenem Mund reglos dastand. „Ich sagte: Lauf!"

Der Junge taumelte auf die Tür zu.

Etwas Hartes und Festes schlug seitlich gegen Sebastians Kopf. Er schwankte und versuchte, sich herumzudrehen, aber um ihn herum wurde alles schwarz. Das Letzte, was er sah, waren die dünnen, fuchtelnden Arme des Jungen, Tom, die von Sir Henry Lovejoys Händen festgehalten wurden.

Kapitel 59

Sebastian erwachte, weil er spürte, dass sich etwas unter ihm bewegte. Er hörte das Hufgeklapper von Pferden und das Rattern der Kutschenräder, die über unebenes Pflaster rumpelten.

Als er trotz der schwindelerregenden Schmerzen wieder einen klaren Gedanken fassen konnte, galt dieser Kat. Das Grauen, das ihn packte, wenn er sich vorstellte, was Wilcox ihr antun würde, war so überwältigend, dass er vor Anstrengung beinahe zitterte, als er mühevoll versuchte, seine Angst zu beherrschen und sich daran zu hindern, in blindwütiger, sinnloser Verzweiflung um sich zu schlagen. Er zwang sich, die Augen geschlossen zu halten, still dazuliegen und den Brechreiz zu unterdrücken, der sauer in seiner Kehle brannte. Dann konzentrierte er sich mit allen Sinnen darauf, die Lage, in der er sich jetzt befand, zu begreifen.

Er lag auf dem rissigen Ledersitz einer alten Kutsche. Auf dem vorwärtsgerichteten Sitz. Grobe Seile schnitten in seine Handgelenke, die man vor seinem Körper zusammengebunden hatte. Auch seine Knöchel waren gefesselt. Aber er konnte die gleichmäßigen Atemzüge von nur einer weiteren Person in der Kutsche ausmachen. Es war ein Mann, der ruhig und wachsam auf dem Sitz ihm gegenübersaß. Nur ein einziger Mann. Welcher?

Sebastian öffnete die Augen und erspähte Sir Henry Lovejoy, der ihn mit zu Schlitzen verengten, wachsamen braunen Augen betrachtete.

„Nun", sagte Sebastian in einem freundlichen Plauderton. „Ich hätte nicht gedacht, dass der Beau Brummell von Queen Square sich das freiwillig entgehen lässt."

„Falls Ihr auf Senior Constable Maitland anspielt, er ist derzeit anderweitig beschäftigt. Damit, zwei seiner Kollegen zum Wundarzt zu bringen, um genau zu sein."

Sebastian unterdrückte einen erneuten Anflug von Übelkeit und Schwindel und verlagerte dann sein Gewicht ein wenig. Er stellte fest, dass seine Handgelenke nicht nur gefesselt, sondern auch an einem mit dem Wagenboden verschraubten Ring befestigt waren. Er biss die Zähne zusammen, als die Wut gewaltsam in ihm aufstieg, aber ein Hauch dessen, wie Sebastian sich fühlte, musste sich auf seinem Gesicht abgezeichnet haben, denn er bemerkte, dass der Richter weiter in seine Ecke zurückwich und die wachsamen Augen weit aufgerissen hatte.

Sebastian lächelte und zeigte dabei die Zähne. „Sie befürchten doch nicht, dass ich Sie auf dem Weg von hier bis zum Dienstgebäude ermorden könnte? Dass ich Ihren Kopf abtrenne und ein Bad in Ihrem Blut nehme und alle möglichen anderen gottlosen Dinge mit Ihnen anstelle?"

Lovejoy wirkte nicht belustigt. „Das denke ich eher nicht."

Sebastian blickte aus dem Fenster, als die Kutsche um eine Ecke bog. Das neblige Nichts der Nacht umwaberte sie. „Und der Junge?", fragte er beiläufig.

„Wenn Ihr diesen entsetzlich vulgären Bengel meint, den man in Eurer Gesellschaft gefasst hat – er hat sich von mir losgerissen und ist davongerannt, als wir das Gasthaus verließen."

Es war nur ein schwacher, armseliger Trost. Es gab zu viele Dinge, die schief gehen konnten. Hendon könnte sich weigern, den Jungen bei sich zu empfangen, oder ihm schlicht nicht glauben. Und selbst wenn der Earl die Geschichte des Jungen glaubte, was dann? Ob nun Hendon eine Reihe von Wachtmeistern zum Kai schickte, oder er selbst dorthin fuhr, die Folgen wären so oder so verheerend. Martin Wilcox mochte ein Mörder sein, aber er war kein Narr und er wusste, was auf dem Spiel stand. Die Falle, in die er Sebastian gelockt hatte, musste ausgeklügelt und sorgfältig geplant und arrangiert worden sein, sodass Kat sterben würde, egal, wie alles ausging. Wilcox konnte es sich nicht leisten, sie am Leben zu lassen, damit sie herumerzählte, was geschehen war.

Sebastian fixierte Sir Henry Lovejoy mit eindringlichem Blick. „Sie müssen mich gehen lassen."

Der kleine Richter steckte seine Hände in die Taschen und versank tiefer in seinem Mantel, so, als plagte ihn die Kälte, die von den mit Stroh bestreuten Holzdielen hochkroch und mit dem Wind hereinkam, der durch die gesprungenen Fensterscheiben pfiff. „Vielleicht ist es Euch ein Trost, zu wissen, dass ich Grund zu der Annahme habe, dass Ihr in der Tat unschuldig am Tod der beiden Frauen, Rachel York und Mary Grant, seid. Sobald also die Formalitäten erfüllt worden sind –"

„Sie verstehen nicht", sagte Sebastian mit tiefer, ernster Stimme. „Sie müssen mich *jetzt* gehen lassen. Der Mann, der diese Frauen getötet hat, hat eine andere in seine Gewalt gebracht, Kat Boleyn. Wenn ich nicht rechtzeitig zu ihr komme, wird er auch sie töten."

Die Kutsche schaukelte plötzlich und wurde langsamer, bis sie sich kaum noch vorwärtsbewegte, weil sie in einem dichten Menschengedränge verschwunden war. Zuerst hielt Sebastian es für einen weiteren Brotaufstand. Dann hörte er, wie jemand rief: „Ein Hoch auf Florizel!" und er sah die Menge der lachenden, nach oben blickenden, strahlenden Gesichter voller Hoffnung im goldenen Licht der Kutschenlampen. Da verstand er. Dies hier war kein Mob, sondern eine Schar von Feiernden, die die Vereidigung des Prinzen als Regent bejubelten, die am Morgen stattfinden sollte. Sie glaubten tatsächlich, dass ihr ärmliches, verzweifeltes Leben sich endlich zum Besseren wenden würde. Sie hatten nicht verstanden, dass sich nichts wirklich ändern würde, dass sie einfach einen aufrichtigen, aber verrückten alten König durch einen eitlen, genusssüchtigen und zügellosen Prinzen ersetzten, der weit mehr Gedanken an den Schnitt seiner Mäntel verschwendete als an den in die Höhe schießenden Preis von Brot. Einen Prinzen, der noch nie das Weinen eines Kindes gehört hatte, das in der Kälte verhungerte, und niemals die Berge mitleiderregend kleiner, in weiße Tücher gehüllter Körper gesehen hatte, auf die im Armenloch der Branntkalk wartete.

„Da ist immer noch der Vorfall mit Constable Simplot“, sagte Sir Henry. „Obwohl ich verstehen kann –“

„*Verdammt nochmal*“, fluchte Sebastian und setzte sich halb auf, verlor aber wegen seiner gefesselten Knöchel das Gleichgewicht. „Ich habe Ihren verdammten Wachtmeister nicht angegriffen. Warum sollte ich auch? Haben Sie nicht gehört, was ich eben gesagt habe? Eine Frau wird *sterben*. Noch heute Nacht.“

Ein paar Feuerwerkskörper explodierten neben der Kutsche, machten das Pferd scheu und ließen ein begeistertes Grölen durch die Menge gehen. „Wenn das wahr ist“, begann Lovejoy und blickte nervös zum Fenster, „dann sagt mir, wo dieser Mann sie festhält. Ich werde die Wachtmeister hinschicken.“

Sebastian stieß ein raues Lachen aus. „Sie ist ein Köder, der mich in die Falle locken soll. Wenn Ihre Wachtmeister das Gebäude stürmen, wird sie sterben.“

„Ich glaube, Ihr unterschätzt die Fähigkeiten meiner Wachtmeister.“

„Tue ich das?“

„Dieser Mann, der, wie Ihr behauptet, diese Frauen ermordet hat – wer ist er?“

„Mein Schwager. Lord Wilcox.“

Die Lippen des Richters öffneten sich ein wenig, so, als hätte es ihm den Atem verschlagen, aber ansonsten hatte er seine Gesichtszüge bewundernswert unter Kontrolle. Trotzdem dauerte es einen Augenblick, bevor er fragte: „Und Euer Beweis dafür?“

Sebastian musste einen selten gekannten Anflug von Frustration und Verzweiflung unterdrücken. Einen Beweis? Er hatte keinen.

„Der einzige Beweis, den ich habe, ist, dass er Kat Boleyn entführt hat."

„Und Euer Beweis dafür?"

Explodierende Feuerwerkskörper ließen plötzlich die Nacht erbeben und erfüllten die Straße mit einem Funkenregen, der im dichten Nebel gespenstisch leuchtete. „Ich habe keinen."

Lovejoy nickte, wobei sich das Licht einer erneuten Explosion von Feuerwerkskörpern in den Gläsern seiner Brille spiegelte. „Und wenn Ihr in diese Falle tappt, die Lord Wilcox Euch, wie Ihr sagt, gestellt hat? Inwiefern würde das die Frau retten?"

„Ich habe nicht die Absicht, in Wilcox' Falle zu tappen."

„Dennoch könnte es passieren. Wenn Ihr mir einfach sagen würdet –"

„Verdammt nochmal!", rief Sebastian und zerrte, obwohl es schmerzte und zwecklos war, an den Seilen, die ihn fesselten. „Sie dummer, starrsinniger, selbstgefälliger Mistkerl. Mit jeder Minute, die Sie mich hier festhalten, sorgen Sie dafür, dass sie *stirbt*."

Sebastian hielt plötzlich in seinen Bewegungen inne. Sein Brustkorb hob sich ruckartig, als er hastig die kalte, nach Rauch stinkende Luft einsog und seinen Blick bewusst von dem Fenster abwandte, vor dem er eben für einen Moment den schmalen, dünnen Arm eines Jungen gesehen hatte, der sich an der Rückseite der Kutsche festhielt.

„Ich kann Euren Missmut verstehen", sagte Sir Henry mit einer Seelenruhe, bei der Sebastian laut aufschreien wollte. „Aber das Gesetz –" Er verstummte, als neben ihm die Tür der Droschke aufgerissen wurde und eine kleine, derb gekleidete Gestalt auf dem Tritt auftauchte. „Das gibt es doch nicht –", begann er und verstummte gleich wieder, als Tom sich hoch in das Kutschenhäuschen schwang. Der Schein von explodierenden Feuerwerkskörpern spiegelte sich hell und bedrohlich auf der blitzenden Klinge, die er fest in einer Faust umklammert hielt.

„Wenn Sie 'nen Mucks machen oder auch nur einen Finger rühren", brachte der Junge erbittert hervor, „schlitze ich Ihnen die Kehle auf."

„Gott bewahre mich", sagte Sir Henry und tastete mit einer Hand nach dem Türriemen, um sich festzuhalten, als der Wagen plötzlich einen Ruck machte.

„Ich weiß, ich habe nicht gemacht, was Ihr mir gesagt habt", sagte Tom und stürzte zu Sebastian, um die Seile, die seine Handgelenke gefesselt hielten, durchzuschneiden.

„Gott sei Dank nicht." Sebastian warf die zerschnittenen Seile beiseite, während der Junge sich hinhockte und auch die Fesseln um seine Knöchel durchtrennte. Sebastian behielt wachsam den kreidebleichen Untersuchungsrichter im Blick und umfasste Toms Schulter. Als der Junge aufstand, überwältigte ihn die Dankbarkeit und er festigte sprachlos seinen Griff. „Aber tu es jetzt, Junge. Und zwar schnell. Und lass dich dieses Mal nicht aufhalten."

Toms Kopf zuckte zurück und sein Gesicht erstarrte zu einer sturen Miene. „Ich komme mit Euch mit."

Sebastian drängte ihn zur Tür. „Nein. Ich habe dir Anweisungen gegeben. Ich erwarte, dass du sie auch befolgst."

„Aber –"

Der Drang zur Eile stieg heftig und überwältigend in Sebastian auf und brannte in seiner Brust, sodass er den Impuls, den Jungen anzuschreien, unterdrücken musste. „Es könnte sein, dass etwas schiefgeht", sagte Sebastian. Er musste all seine Selbstbeherrschung aufbringen, um mit ruhiger und fester Stimme zu sprechen, während jede Faser seines Körpers vor Ungeduld und Verzweiflung zitterte. „Und wenn das passiert, verlasse ich mich darauf, dass du dafür sorgst, dass dieser Schweinehund seine gerechte Strafe bekommt." Sebastian hatte nicht vergessen, dass der grimmige Richter anwesend war und wählte seine Worte mit Bedacht. „Du weißt, was ich von dir erwarte. Kannst du das für mich tun? *Kannst* du?"

Der Junge zögerte und sein Kehlkopf trat hervor, während er schwer schluckte. Dann zog er den Kopf ein und nickte. „Ja, Meister. Ich tu' es." Er drückte Sebastian den Griff seines Messers in die Hand. „Hier. Vielleicht könnt Ihr das gebrauchen", sagte er und glitt, ohne zurückzublicken, von dem Tritt hinunter in die Menge.

Sebastian sah zu, wie seine kleine Gestalt in der wogenden, jubelnden Menschenmenge verschwand. Dann steckte er das Messer in seinen Stiefel und wollte ihm folgen.

„Diese Frau", sagte Sir Henry plötzlich. „Sagt mir, wo sie festgehalten wird."

Sebastian blieb in der offenen Tür stehen, umklammerte mit einer Hand den Rahmen und blickte zurück. „Ganz bestimmt nicht", sagte er und ließ sich von dem Tritt auf die Straße fallen, wo ihn die Nacht umfing.

Kapitel 60

Das Lagerhaus der Prosperity Trading Company war an einem der Flussbecken gelegen, direkt unterhalb der Parson's Stairs und des Hermitage Dock.

Sebastian nahm eine Droschke bis zur Burr Street und ging dann zu Fuß weiter in Richtung des Flusses. Bei Tag waren die Kais mit Seeleuten und Hafenarbeitern bevölkert, aber nach Einbruch der Dunkelheit waren sie ein gefährliches Labyrinth, in dem die Hafenpolizei und einige private Wachleuten, die von Schiffseignern und Handelsgesellschaften angeheuert worden waren, patrouillierten. Diese Unternehmen versuchten verzweifelt, den Scharen von Dieben Herr zu werden, die ein Lagerhaus oder einen Schiffsladeraum in einer Nacht plündern konnten und einem Mann für den Mantel, den er trug, die Kehle aufschlitzen würden.

Aber als Sebastian heute Nacht durch den nach Salz und schlammigem Flusswasser stinkenden Nebel lief, der auch die Gerüche der nahe gelegenen Gerbereien und Seifenfabriken mit sich brachte, schien er die Ufergegend ganz für sich allein zu haben. Er konnte hören, wie die einlaufende Flut gegen die Kaimauer klatschte, und vernahm gelegentlich das gedämpfte *Wumms* von explodierendem Feuerwerk um den Tower Hill und auf der Tower Bridge, aber der dichte Nebel bedeckte die Welt mit seiner eigentümlichen Stille, sodass

Sebastians Atemgeräusche ihm überlaut erschienen und harsch in seinen Ohren dröhnten.

Das Lagerhaus, das er suchte, lag in der Mitte einer Häuserreihe, die sich drohend vor ihm aus der Dunkelheit erhob. Es war zwei Stockwerke hoch, aus unbehauenem Stein gebaut und grenzte im Süden an ein anderes Lagerhaus, während es auf der linken Seite nur durch eine Gasse, die gerade breit genug für einen einzelnen Karren war, von der nächsten Häuserreihe voller antiker Relikte aus rußgeschwärzten Ziegelsteinen getrennt war.

Als er sich den Gebäuden näherte, konnte Sebastian einen schwachen Lichtschein in den gewölbten, mit Ziegeln verblendeten Fenstern des Lagerhauses der Prosperity Trading Company erkennen, aber diese Fenster befanden sich weit oben in den dicken Steinmauern – zu weit oben als dass man hätte hindurchsehen können. Mittig in der Hauswand, gegenüber der schmalen Gasse, bot eine breite, aus dicken Brettern gezimmerte Doppeltür Zugang zum Erdgeschoss des Lagers. Das dunkle, schwere Vorhängeschloss der Tür hing unheilverheißend vor dem Holz, von dem die Farbe abblätterte – es war nicht aufgebrochen worden.

Das Schloss war sowohl ein Zeichen der Anerkennung als auch eine höhnische Warnung, dachte Sebastian. Es war Wilcox' Art, zu sagen: *Ich weiß, dass du nicht die Absicht hast, blind in meine Falle zu laufen. Aber mach keinen Fehler, denn ich warte auf dich. Und während ich dieses Lagerhaus sehr, sehr gut kenne, kennst du, mein Freund, es nicht.*

Sebastian wusste, was ihn Hochmut kosten könnte. Es war schließlich sein eigener Hochmut gewesen – die

Überzeugung, dass er in der Lage wäre, Rachels Mörder zu fassen – der dazu geführt hatte, dass Kat jetzt in diesem verlassenen Lagerhaus gefangen war und der Grund für das Grauen, das sie jetzt gerade als lebender Köder in der Falle dieses Monsters durchleiden musste. Aber er sagte sich immer wieder, dass Wilcox, wie arrogant er auch sein mochte, kein Dummkopf war. Er würde wissen, dass er Kat lebend brauchte, wenn er eine Chance haben wollte, die bevorstehende Konfrontation zu überleben.

Sebastian sah auf und ließ seinen Blick über die Fenster im Obergeschoss wandern. Wie diejenigen im Erdgeschoss waren sie mit stabilen Eisengittern gesichert. Aber er wusste, dass es noch eine Tür geben musste – eine zum Wasser hin.

Auf leisen Sohlen schlüpfte er die Seitengasse, die zum Fluss führte, hinunter und versuchte sogar, das krächzende Geräusch seiner Atmung zu unterdrücken. Als er an einem Stapel leerer Packkisten und zerbrochener Fässer vorbeikam, huschte eine Ratte quiekend vor ihm über den Weg.

Er blieb stehen und lauschte angestrengt, um auch das leiseste Geräusch zu bemerken und irgendeinen Hinweis darauf zu erhaschen, dass Wilcox, der innerhalb der steinernen Festung des Lagerhauses wartete, ihn gehört hatte. Eine leichte Brise, angefüllt mit dem Geruch des Meeres, blies über das Flussbecken, dessen wogendes schwarzes Wasser unter dem eisigen Nebel, der tief und dicht über den Wellen hing, kaum zu erkennen war. Die hohen, dunklen Rümpfe und schwankenden Masten der vor Anker liegenden Schiffe waren nicht mehr als Schatten, die sich in der Nacht abzeichneten und still und gespenstisch dalagen.

Sebastian schritt vorsichtig über die rauen, verwitterten Bohlen des offenen Ladedocks und schlich zu der am Wasser gelegenen Doppeltür. Sie war nicht mit einem Vorhängeschloss versehen, aber normalerweise waren diese Türen ohnehin von innen verriegelt. Er streckte die Hand aus und übte gerade genug Druck auf die Paneele aus, um zu bestätigten, was er bereits vermutet hatte: Auch diese Tür war verschlossen.

Er konnte hören, wie unter ihm das Wassers gegen das Holz klatschte, denn die Lagerhäuser waren, wie an den vielen anderen Becken und Kanälen, die vom Fluss abgingen, auch hier über dem Wasser gebaut worden. Im Bohlenboden des Lagerhauses würde es eine Falltür geben, um das direkte Beladen von Leichterschiffen und Lastkähnen zu ermöglichen. Das wäre vielleicht eine Möglichkeit, hineinzukommen – aber eine, die dem Mann, der ihn im Inneren erwartete, einen zu großen Vorteil verschaffen würde. Sebastian musste einen Weg finden, der ihm selbst einen Vorteil verschaffen würde, und zwar was die Sicht anging. Er musste von oben einsteigen.

Eine weitere wasserseitige Ladetür führte in das obere Stockwerk, wo ein stabiler Balken, der an der Wand befestigt war, genutzt werden konnte, um Güter anzuheben. Aber an dem Balken waren jetzt weder eine Winde noch ein Flaschenzug angebracht und Sebastian hatte auch kein Seil, um daran hinaufzuklettern. Ein nahegelegener Kistenstapel versperrte nahezu den weiteren Weg über den Kai, aber er war weder nahe genug an der Tür noch hoch genug, als dass Sebastian sie, wenn er hinaufkletterte, erreichen konnte. Er musste einen anderen Weg hineinfinden.

Auf demselben Weg, den er gekommen war, schlich er zur Vorderseite des Lagerhauses zurück und ließ seinen Blick über das flache Dach des Gebäudes wandern. Das Lager daneben war älter und größer, aber es hatte ungefähr die gleiche Höhe. Die Tür war wie bei der Prosperity Trading Company mit einem Vorhängeschloss gesichert.

Sebastian holte eines der beschädigten Fässer aus der Gasse. Selbst leer wog das eisenbeschlagene Eichenfass ungefähr vierzig oder fünfzig Pfund. Er hob es über seinen Kopf und schmetterte es mit den Eisenbeschlägen erst einmal auf das Vorhängeschloss, dann noch einmal. Sebastian lächelte verbissen, als er spürte, dass das Schloss mitsamt der Schließe von der Tür sprang.

In der stillen, nebelverhangenen Nacht kam ihm das Scheppern, das hierdurch verursacht wurde, unnatürlich laut vor. Sebastian hielt inne. Sein keuchender Atem ging stoßweise, während er auf die Flut lauschte, die gegen die Kaimauern schwappte. Er zwängte sich durch die schwere Tür, hielt erneut inne und wartete, bis sich seine Augen an die Dunkelheit gewöhnt hatten. Es stimmte zwar, dass er sich nachts und im Dunkeln besser zurechtfand als die meisten Menschen. Trotzdem brauchten seine Augen zumindest ein bisschen Licht, um etwas sehen zu können, und der dichte Nebel schluckte jegliches Sternenlicht, den Mondschein und selbst das Licht, das die Stadt um ihn herum zurückwarf.

Er bahnte sich Stück für Stück seinen Weg über den mit Kisten und Fässern bedeckten Boden, welche die

Luft mit den schweren Düften der Waren erfüllten, die sie beinhalteten: Tee aus Indien, Zobel aus Russland, Baumwollballen aus North und South Carolina. Ein schwacher Lichtschein ließ ihn erkennen, dass sich in der Mitte des Raumes ein ungefähr drei Meter breiter quadratischer Schacht befand, der schwach durch ein schmutziges Oberlicht beleuchtet wurde und der von einer steilen, geraden Treppe gesäumt wurde, die nach oben führte.

Er erklomm auf leisen Sohlen eilig die Treppe und fand sich im Obergeschoss wieder, in dem sich, genau wie im Erdgeschoss, Packkisten und Ballen stapelten. Über ihm zeichnete sich das Oberlicht als dunkelgraues Quadrat vor der schwarzen Decke ab. Er wusste, dass es Werkzeug geben musste, das die Lagerarbeiter hier im oberen Stockwerk aufbewahrten. Kostbare Minuten verstrichen, während er zuerst am oberen Ende der Treppe und dann entlang der Kante des Schachts, die nicht von einem Geländer gesäumt wurde, danach suchte.

Er fand das Werkzeug schließlich in einer Holzkiste, die sich in der Nähe der Vorderwand befand. Er warf Hämmer, Kettenstücke und eine Spule Seil beiseite und nahm eine kleine Brechstange an sich, die er in den Bund seiner Kniehosen steckte. Dann verschob er einige der Kisten. Es gelang ihm, so weit hinaufzuklettern, dass das Oberlicht nur noch eine Armlänge von ihm entfernt war.

Das Oberlicht war in ein ausladendes Ständerwerk aus Holzbalken eingelassen und unterteilt in ein halbes Dutzend aufklappbare Fenster, die sich zur Belüftung einzeln öffnen ließen. Sebastian tastete mit den

Händen am Rand des Fensters über seinem Kopf entlang, fand die Schließe, öffnete sie und drückte vorsichtig die Scheibe auf.

Schwer mit dem Gestank nach Schwefel und Kohlenrauch und den Gerüchen des Meeres beladen strömte die Nachtluft herein und umschloss ihn. Sebastian packte die Kante des Fensterrahmens, stemmte sich hoch und schob sich durch die kleine quadratische Öffnung auf das Dach hinaus.

Einen Moment lang lag er reglos da. Sein Atem bildete in der Winterluft weiße Wölkchen, während er auf das Dröhnen der explodierenden Feuerwerkskörper lauschte, das sich in der Nacht verlor. Langsam rollte er sich herum und rappelte sich hoch, dann überquerte er die Schieferfläche und ließ sich sacht auf das Dach des angrenzenden Lagerhauses fallen.

Hier drang ein schwacher, goldener Lichtschein durch das Oberlicht. Doch als er langsam näherkam, sah er, dass das Glas zu beschlagen und zu schmutzig war, um mehr preiszugeben als die vagen Umrisse dessen, was sich darunter befand. Er wusste, dass Wilcox durchaus hier im oberen Stockwerk auf ihn warten könnte. Aber die meisten Menschen fürchteten die Dunkelheit und die Lichtquelle im Inneren des Gebäudes kam offensichtlich aus dem Erdgeschoss, wo sich die beiden Haupteingänge und die wasserseitige Tür des Lagerhauses befanden.

Sebastian schob die Brechstange unter den Rahmen des Oberlichts, übte leichten Druck aus und spürte, wie das Fenster ein Stück weit nachgab, als sich der innere Verschluss zu lockern begann. Er versuchte es noch einmal mit mehr Kraft und hörte, wie das Holz sich knarrend beschwerte.

Sofort lockerte er den Druck auf das Brecheisen. Die Nachtluft schlug kühl in sein schweißgetränktes Gesicht. Er kniete sich hin und ließ sich durch den Kopf gehen, welche Möglichkeiten er hatte. Es war unmöglich, den Fensterrahmen des Oberlichts aufzubrechen oder die Scheibe einzuschlagen, ohne seine Ankunft anzukündigen. Aber außer der Falltür, die vom Wasser ins Lagerhaus führte, gab es nur noch einen weiteren Eingang: die zum Kai gerichtete Tür im Obergeschoss.

Sein Blick fixierte den bröckelnden Schornstein des Kamins, der genutzt wurde, um das kleine Büro des Lagerhauses zu beheizen. Er starrte einen Moment lang darauf, dann ging er denselben Weg, den er gekommen war, behutsam wieder zum angrenzenden Dach zurück. Er ließ sich sacht durch das offene Oberlicht fallen und nahm eine Rolle Seil und eine stabile Eisenstange mit, die er dort eben gesehen hatte.

Dabei wurde ihm erneut bewusst, wie unerbittlich die Zeit voranschritt. Sebastian zurrte ein Ende des Seils am Schornstein fest, wickelte das andere Ende um seine Taille und ließ sich vorsichtig an der Rückwand des Lagerhauses herunter. Etwa sechs Meter unter ihm verloren sich die groben Planken der Hafenanlagen im Nebel, der vom Wasser über den Kai trieb. Er streckte seine Beine aus, um sich abzustützen, und stemmte sich mit ihnen von der Wand weg. So lief er seitwärts den rauen Stein hinunter, bis er zu der Doppeltür kam, die in das obere Stockwerk führte. Ein breiter Balken verlief als Sturz direkt unter der Tür und bot ihm eine Kante, gegen die er sich stemmen konnte, während er sanften Druck auf die Tür ausübte. Die Holzpaneele gaben nur ein paar Zentimeter nach, dann bewegten sie sich nicht weiter. Auch diese Tür war von innen verriegelt.

Sebastian verlagerte sein Gewicht, zog die Brechstange aus seinem Hosenbund und schob das Ende zwischen die beiden Flügel der Doppeltür. Er zwängte sie so weit auf, dass er die Eisenstange der Länge nach unter den Schwenkriegel schieben und ihn damit aufhebeln konnte. Er fühlte, wie der Riegel sich kurz verhakte und dann mit einem Scheppern herunterfiel, was ihn dazu brachte, im Dunkel der Nacht lautlos zu fluchen.

Sebastian gab der Tür nur einen leichten Stoß, sodass sie aufschwang, ohne, dass ihre Angeln ein verräterisches Quietschen von sich gaben. Sebastian schlüpfte hinein und schloss flink die Tür hinter sich, damit kein Lichtschimmer und kein plötzlicher, kalter Luftzug seine Anwesenheit verraten konnten … falls das Geklapper des fallenden Riegels das nicht längst getan hatte.

Die Luft duftete hier nach dem warmen, exotischen Aroma von Kaffee. Umgeben von turmhoch aufgestapelten, prall gefüllten Leinensäcken schlich Sebastian auf den goldenen Lichtkreis zu, der in der Mitte des Raumes den Blick nach unten freigab. Der Schacht war groß, etwa drei Meter breit und ähnlich gebaut wie der des angrenzenden Lagerhauses: Auf einer Seite führte ein gerader Treppenlauf nach oben. Sebastian konnte über dem Schacht einen riesigen Kragträger sehen. Daran war ein stabiler Flaschenzug befestigt, um den sich ein dickes Seil wand. Ein Ende des Seils verlief schräg nach unten, sodass es aus Sebastians Blickfeld verschwand, aber das andere Ende musste mit etwas beschwert worden sein und spannte sich gerade und straff nach unten. Als er es betrachtete, zitterte es leicht, so, als hätte sich das Gewicht, das damit hochgezogen worden war, bewegt.

Während die Angst sich Übelkeit erregend durch Sebastians Eingeweide fraß, kroch er bis an den Rand des Schachts, den kein Geländer umgab, sodass er die Szene, die Martin Wilcox für ihn vorbereitet hatte, von oben betrachten konnte.

Drei Laternen standen dort nebeneinander, aber ihre Läden waren geschlossen worden, sodass sie nur einen schmalen, gebündelten Lichtstrahl abwarfen, der den Bereich direkt vor ihnen erleuchtete, während das restliche Lagerhaus in Dunkelheit gehüllt war. Und in diesem Lichtstrahl hatte Wilcox Kat aufgehängt.

Ihre Handgelenke waren gefesselt und sie war damit an dem großen Flaschenzug über ihrem Kopf aufgehängt worden, sodass ihre Finger sich schmerzhaft verdrehten und nach dem Seil tasteten, weil sie versuchte, ihre Arme und Schultern zu entlasten. Während Sebastian sie betrachtete, baumelte sie langsam hin und her und drehte sich schließlich zu ihm herum, sodass er die Angst und den Schmerz in ihren Augen lesen konnte. Er sah auch, dass ihre Lippen in einer brutalen Grimasse nach hinten gezogen waren, um dem Knebel Platz zu machen, der ihren Mund offenhielt. Ihre Knöchel waren ebenfalls gefesselt und um ihre Beine war ein Seil gebunden worden, sodass der zerrissene Samtstoff ihres Reitkleides fest um ihren Körper gewickelt war.

Sie hing etwas mehr als einen Meter über dem Boden, aber Wilcox hatte sie direkt über der Falltür zum Wasser positioniert, die jetzt offenstand. Durch die Öffnung konnte Sebastian die schimmernd schwarzen Wellen sehen, denn die Flut stieg mit fortschreitender Nacht an.

Es war eine ausgeklügelte Falle und sie war auf teuflische Art und Weise mit einem Köder versehen und ausgelegt worden. Egal, ob Sebastian das Lagerhaus über einen der beiden Eingänge im Erdgeschoss betreten hätte, ob er durch die Falltür gekommen wäre oder ob er jetzt die Treppe nahm: Er konnte Kat nicht erreichen, ohne sich im Licht zu erkennen zu geben. Und Wilcox hatte die Laternen gezielt so aufgestellt, dass er selbst in schützende Finsternis gehüllt war. Er hatte auch das Seil unter Kontrolle, an dem Kat Boleyn hing. Der einzige Weg, wie Sebastian sie befreien könnte, wäre, es durchzuschneiden. Aber selbst, wenn es ihm gelänge, sich mit ihr in das dunkle, eisige Wasser unter ihnen zu stürzen, würde sie, weil sie gefesselt war, höchstwahrscheinlich ertrinken, bevor er sie ans Ufer ziehen konnte.

Es gab nur einen Zug für Sebastian. Er reagierte schnell und schätzte die Position der Laternen und den Abstand zum Seil ab. Leise hob er einen der großen Säcke mit Kaffeebohnen an und manövrierte ihn vorsichtig bis an den Rand des Schachtes. Er trat gerade einen Schritt zurück, als ein Brett unter seinen Füßen verräterisch knarrte.

Er erstarrte sofort, aber es war zu spät. Martin Wilcox' amüsierte Stimme schallte aus der Dunkelheit zu ihm hinauf. „Du kannst dich auch zeigen, Devlin. Ich weiß sowieso, dass du hier bist."

Er hielt inne und Sebastian nutzte die Pause, um aus seinem Mantel zu schlüpfen und Toms Messer zwischen seine Zähne zu klemmen. Wilcox rief in die Stille hinein: „Lass es mich anders formulieren. Wenn du nicht runterkommst, dann versinkt deine Hure hier im Fluss. Hast du gehört, Devlin? Ich muss nur das Seil durchschneiden, dann ist sie Fischfutter."

Sebastian versetzte dem Kaffeesack einen kräftigen Stoß, der ihn über den Rand des Schachtes beförderte. Er stürzte direkt auf die drei Laternen unter ihm und landete mit einem scheppernden Krach, der das Lagerhaus in Dunkelheit tauchte. Genau in diesem Moment sprang Sebastian vom Rand des Schachtes.

Eine Hand griff ins Leere und bekam nur kalte Luft zu fassen. Aber mit der Rechten erwischte Sebastian das Seil und schloss seine Finger darum. Sein Arm verdrehte sich in seinem Schultergelenk, als er mit einem Mal Sebastians ganzes Gewicht tragen musste. Die Wucht seines Sturzes brachte das Seil zum Schwingen, aber es bewegte sich nur leicht zur Seite – das war zu wenig. Sebastian strampelte mit den Beinen, um es weiter ausschwingen zu lassen. Er glitt bis zu Kat hinunter, wobei die Fasern des Seils seine Hand durch das Leder seines Handschuhs hindurch verbrannten.

Er konnte ihre ängstliche, angestrengte Atmung hören. Mit einer Hand hielt er immer noch das Seil umklammert, aber den freien Arm schloss er um sie. Er umklammerte ihren zitternden Körper und presste ihn stürmisch an seine Brust. Dann trat er wieder in die Luft, sodass sie beide am Ende des Seils wie ein Pendel hin und her schwangen. Schließlich wickelte er ein Bein um ihre Hüften, um sie beide zusammenzuhalten, zog das Messer zwischen seinen Zähnen hervor. Als sich ihre Pendelbewegung dem Höhepunkt der Kurve näherte, griff er nach oben und schnitt das Seil durch.

Mit zusammengebissenen Zähnen hieb Sebastian auf die dicken Fasern ein, sodass die letzten Stränge durchtrennt wurden. Er betete still, dass er sich bei dem Verlauf der Kurve nicht verschätzt hatte, und dass das Seil nicht genau in dem Moment nachgeben würde, in dem sie sich über der offenen Falltür befanden, sodass sie beide in das eiskalte, schwarze Wasser unten ihnen stürzen würden.

Das Seil hielt noch kurz, dann zerfaserte es und riss schließlich mit einem Ruck. Sie wurden zu Boden geschleudert und genau in diesem Moment explodierte eine Donnerbüchse unter einem ohrenbetäubenden Durcheinander aus Feuer und Rauch.

Kapitel 61

Sebastian spürte den Schmerz des Schusses, der wie Feuer in seinem Oberschenkel brannte, kurz bevor sie auf dem Dielenboden aufschlugen. In letzter Sekunde schaffte er es, sich so zu drehen, dass Kat halb auf ihn fiel und sein Körper ihren Aufprall zum Großteil abfederte.

Er wälzte sich herum und verlagerte ihr Gewicht, sodass sie schützend an seinem gekrümmten Körper lag. Er konnte ihre raue Atmung hören – wegen des Knebels rang sie mit offenem Mund nach Luft –, aber er wusste nicht, ob der Schuss sie ebenfalls verletzt hatte. Er führte seine Lippen nah an ihr Ohr heran und flüsterte leise: „Bleib still liegen."

Sie nickte. Er spürte die Bewegung mehr, als dass er sie sah, denn ohne die Laternen, umgeben von turmhohen Stapeln aus Kisten und Wollballen, schien die Dunkelheit der Nacht beinahe undurchdringlich.

Trotz der Finsternis bewegte er sich zügig. Er durchtrennte eilig die Seile, mit denen ihre Knöchel gefesselt waren und riss das Tau weg, das um ihre Beine gewickelt worden war. Behutsam fuhr er mit den Händen von unten nach oben über ihren Körper. Knapp unter ihrem Rippenbogen spürte er warmes, klebriges, feuchtes Blut.

Sein Herz pochte schmerzhaft gegen seinen Brustkorb. Er riss sich sein Halstuch herunter, faltete eilig den Stoff und drückte ihn auf ihre Seite, denn in der nebligen Nacht, die ungewohnt dunkel und undurchdringlich war, konnte er nicht abschätzen, wie schwer die Wunde war. Mit einer Hand hielt er den Stoff fest, mit der anderen machte er sich umständlich daran, die Seile um ihre Handgelenke loszuschneiden, bevor er ihr den Knebel aus dem Mund zog.

Ihre Hand griff nach seiner und drückte sie, um sich still und zitternd mitzuteilen, dann ließ Kat los und ihre Finger wanderten hinunter an ihre blutende Seite.

Sebastian presste eine Wange gegen ihr Haar, zwang sich, die Luft anzuhalten und versuchte angestrengt, in der stillen, finsteren Nacht etwas zu erkennen. Er wusste, dass sich Wilcox, als die Donnerbüchse abgefeuert worden war, zwischen den Kisten hinten unter der Treppe versteckt haben musste. Aber er konnte nicht davon ausgehen, dass sich der Mann seither nicht bewegt hatte. Und obwohl Sebastian bezweifelte, dass Wilcox in der Lage wäre, eine Donnerbüchse im Dunkeln nachzuladen, konnte er unmöglich wissen, wie viele Schusswaffen er bei sich hatte. Selbst Kat würde nicht wissen, ob der Mann Vorräte an Karabinern oder Pistolen im ganzen Lagerhaus versteckt hatte, bevor er sie hergebracht hatte.

Wenn er allein gewesen wäre, wäre Sebastian in die Offensive gegangen und hätte sich auf seine Ausbildung und seine unnatürlich scharfen Sinne verlassen, um die Nachteile auszugleichen, die ihm entstanden, weil er unbewaffnet und mit seiner Umgebung nicht vertraut war. Aber er konnte Kat nicht zurücklassen – schon gar nicht allein, wehrlos und verletzt.

Aber als sich die Stille im Lagerhaus ausdehnte, finster und beinahe greifbar, erkannte Sebastian, dass er es auch nicht riskieren konnte, zu warten, bis Wilcox den nächsten Schritt machte. Er konnte nicht sagen, wie schwer Kat verletzt war, aber er fühlte, wie ihr Blut heiß und nass durch die dicken Falten seines Halstuches sickerte und er vernahm den metallischen Geruch, der sich mit den Noten von Salz und Lanolin mischte, die schwer in der Nachtluft hingen.

Sebastian nahm ihre Hand in seine und drückte sie auf den Stoff an ihrer Seite, dann zog er seine Hand weg. Er beugte den Kopf und streifte ihre Wange mit seinen Lippen – ihr Gesicht fühlte sich kalt und unnatürlich klamm an. *Ich lasse dich nicht allein,* wollte er ihr so sagen, obwohl er nicht wissen konnte, ob sie verstand oder nicht.

Er konnte spüren, wie die feuchte Kälte des Wassers durch die Öffnung neben ihnen aufstieg, denn der Sturz hatte sie erschreckend nahe an den Rand der Falltür gebracht. Nicht weit vom Rand der Tür waren die undeutlichen Umrisse eines Stapels von Kaffeesäcken zu erkennen. Sebastian bewegte sich langsam und bedächtig und schaffte es, sein Gewicht so zu verlagern, dass seine Schulter einen der Säcke berührte.

Er biss die Zähne zusammen und wuchtete den Kaffee hoch, sodass er über den Rand kippte. Dann wälzte er sich eilig weg und zog Kat mit sich, als der schwere Sack zwei oder drei Meter tief herunterplumpste, bevor er mit einem langen und erfreulich lauten Platschen in das schwarze Wasser sank.

Sebastian hielt Kats zitternden Körper eng an sich gedrückt, und wartete darauf, dass um sie herum erneut Schüsse explodieren würden. Aber es umgab sie nur Stille, die lediglich von dem Wellenschlag der sich fächerartig ausbreitenden Wogen erfüllt war, die gegen die Holzpfähle schwappten, bevor sie sich im Nichts verloren.

Wilcox' Stimme drang tief und spöttisch zu ihm herüber – sie kam aus den Schatten zu seiner Linken. „Ein armseliger Trick, Devlin. Was dachtest du, würde ich tun? Mich leichtfertig hinauswagen in der Annahme, du hättest dich davongemacht?"

Weil er ihre eigene Position nicht preisgeben wollte, lächelte Sebastian nur mit grimmiger Miene in die Nacht hinein. Also *hatte* sich der Bastard bewegt und auf eine neue Position begeben – hinter den Ballen australischer Wolle, die zwischen Sebastian und den Türen lagen, die zum Ladedock führten.

„Ein Patt, wie interessant", fuhr Wilcox fort. „Man könnte versucht sein, zu sagen, dass ich meinen Vorsprung verloren habe. Allerdings kann ich Blut riechen, Devlin. Deins, frage ich mich, oder ihres? Ich kann es mir leisten, zu warten, bis die Nacht vorbei ist. Kannst du das auch?"

Kat streckte plötzlich ihre Hand aus und berührte Sebastian am Arm. „*Sebastian*", flüsterte sie.

Aber er hatte es selbst schon gesehen: Ein schwaches, orangefarbenes Leuchten hinter den aufgestapelten Wollballen nahe am Fuße der Treppe, das stetig heller wurde. Bei dem Schuss aus der Donnerbüchse musste ein Funken inmitten der lanolinhaltigen Ballen gelandet sein und zu schwelen begonnen haben. Ein milder

Lufthauch, der von dem Zug, der durch die offene Falltür strömte, ausging, wehte den schwachen, aber penetranten und unverkennbaren Geruch nach brennender Rohwolle zu ihnen herüber. Dann ging der gesamte aufgestapelte Haufen in Flammen auf.

Während Sebastian zusah, stoben die Flammen in die Höhe, weil sie von dem Aufwind, der durch die offene Tür zum Wasser zog, noch angeheizt wurden. Mit einem zischenden Geräusch fing das alte Holz der Treppe Feuer. Der knisternde Flammentanz ließ schwarze Rauchwolken durch das Gebäude ziehen.

Er hörte, wie Kat den Atem in einem erstickten Keuchen einsog, und wusste in diesem Moment, dass die vollen Auswirkungen des Brandes ihr bewusst waren. Wilcox befand sich zwischen ihnen und der Doppeltür, die zum Wasser führte. Weil die Treppe, die in den zweiten Stock führte, in Flammen stand, und der Haupteingang auf die Gasse hinaus von außen mit Vorhängeschlössern gesichert war, blieb als einziger Weg aus dem Gebäude die Falltür. Aber das wäre ein Sturz aus zweieinhalb Metern Höhe in das eiskalte Wasser des Flussbeckens. Weil sie wegen des Blutverlustes der Ohnmacht nahe war und das Gewicht der schweren samtenen Schleppe ihres Reitkleides sie nach unten ziehen würde, würde Kat mit Sicherheit ertrinken.

Rings um sie herum ging das Lagerhaus samt seinen Waren in Flammen auf wie eine pechgetränkte Fackel. Hier auf dem Boden, nahe bei der offenen Falltür, war die Luft noch verhältnismäßig klar, aber das würde nicht lange andauern. Sie mussten hier raus – und zwar sofort.

Das Geräusch von Wilcox' trockenem Husten verriet Sebastian, dass der Mann sich wieder bewegte. Der Riegel an der Doppeltür, die zum Kai führte, gab ein metallisches Kreischen von sich, als er zurückgezogen wurde. Für einen Augenblick teilte sich der wabernde schwarze Rauch. Sebastian sah, dass die Tür offenstand und sich die Gestalt eines Mannes dunkel und klar konturiert vor dem nebligen Nachthimmel abzeichnete. Dann war er verschwunden.

Kats Finger legten sich um Sebastians Arm und hielten ihn fest. Im unheimlichen roten Schein des Feuers konnte er sie jetzt ganz deutlich sehen. Die gesamte Seite ihres Reitkleides war mit dunklem Blut getränkt.

„Herrgott!" Jetzt, wo Sebastian nicht mehr fürchten musste, Wilcox' Schüsse zu provozieren, riss er mit hastigen Bewegungen lange Stoffstreifen aus Kats Schleppe und band sie fest um die Wunde. „Wir müssen ihm durch die Tür folgen. Das ist dir doch klar, oder?"

Kat schüttelte den Kopf. Sie hatte die Augen in ihrem blassen Gesicht weit aufgerissen. „Nein. Er hat immer noch eine Pistole. Wenn wir durch diese Tür gehen, wird er draußen auf uns warten."

Sebastian umschloss sie mit seinen Armen. „Wir haben keine Wahl." Er musste schreien, damit sie ihn über den Lärm des Feuers hinweg hören konnte. „Die Türen zur Gasse sind mit Vorhängeschlössern von außen gesichert."

„Dann brich das Schloss auf."

Sebastian warf einen Blick zur Vorderseite des Gebäudes. Der Rauch war bereits so dicht, dass jeder

Atemzug in seiner Kehle brannte und schmerzhaft an seinen Lungen zerrte. „Ich kann es versuchen.“

Unter starkem Husten trug er sie an eine Stelle, wo sie die wenige frische Luft einatmen konnte, die aus dem Spalt zwischen den beiden Vordertüren hereinströmte. Dann tastete er sich durch den zusehends dichter werdenden Rauch und fand er eine schwere Seemannskiste, die mit Messing beschlagen, aber klein genug war, als dass er sie mit beiden Händen packen konnte. Er nutzte das Ende der Truhe als Rammbock und schlug sie gegen die Stelle, an der die schweren Flügel der Holztür miteinander verbunden waren. Sein Ziel war es, das Schloss aufzubrechen oder zumindest das Schließband abzureißen. Er spürte, wie die Hitze der Flammen seinen Rücken versengte und die Luft aus seinen Lungen sog. Er biss die Zähne zusammen, schlug die Truhe ein zweites Mal gegen die Türen und vernahm voller Erleichterung ein splitterndes Geräusch.

Mit aller Kraft rammte er ein drittes Mal gegen die Türen. Dabei zerbrach die Truhe in seinen Händen.

„Es hat keinen Zweck“, schrie er und warf die Truhe zur Seite. „Wir müssen hinten rausgehen.“

Er beugte sich hinunter, um Kat in seine Arme zu heben, aber sie griff nach seinem Brustkorb und schüttelte den Kopf. „Lass mich hier. Ohne mich kannst du durch die Falltür entkommen.“

Er hielt ihrem Blick stand. Unter ihren gespreizten Fingern hob sich sein Brustkorb ruckartig, als er um Luft rang. „Ich werde dich nicht zurücklassen. Du kannst also auch aufhören, so verdammt großmütig zu sein, und einfach akzeptieren, dass es meine Entscheidung ist.“

Einen Moment lang herrschte Schweigen, dann hörte er, wie sie statt einer Antwort lachte – schwach, aber aufrichtig.

Mit einem überlauten, reißenden Geräusch krachte der große Kragträger des Schachtes in einem heftigen Funkenregen herab. „Verdammte Scheiße", fluchte Sebastian.

Er drückte Kat fest an sich, wich brennenden Ballen und herabfallenden Trümmern aus und rannte über den Fußboden des Lagerhauses. Einen elenden Augenblick lang dachte er, er hätte die Orientierung verloren und sich in dem immer dichter werdenden Rauch verirrt. Dann sah er die offene Tür, die den Blick auf ein rechteckiges Stück grauen Nebel freigab, und stürmte in die kühle, lebensspendende Nachtluft hinaus.

Er hatte erwartet, Wilcox dort auf dem Dock, neben dem Hafenbecken vorzufinden. Aber der Kai erstreckte sich leer vor ihnen.

„Er muss gehört haben, wie du versucht hast, die Vordertür aufzubrechen und ist vielleicht um das Gebäude herumgegangen", sagte Kat und hustete heftig.

„Vielleicht." Sebastians Stimme war nicht mehr als ein schmerzhaftes Krächzen. Oder vielleicht wartete Wilcox einfach am Ende der langen dunklen Gasse auf sie, die an der nördlichen Seite des Lagerhauses entlangführte.

„Lass mich runter. Ich kann gehen", sagte sie.

„Bist du sicher?"

„Ja." Sie drückte sich von ihm weg, so dass ihre Füße auf den Boden glitten. Dann sagte sie: „Entschuldige. Ich habe mich verschätzt" und fiel in Ohnmacht.

Sebastian hob sie wieder in seine Arme und wandte sich nach Süden, weg von der Gasse und den Gefahren, die dort lauern könnten. Er hatte gedacht, dass der Stapel Kisten zwischen den beiden Gebäuden den Kai nur teilweise blockiere würden, aber jetzt erkannte er, dass er falsch gelegen hatte und dass der Weg gänzlich versperrt war. Er hatte keine andere Wahl als nach Norden zu gehen.

Inzwischen schossen die Flammen aus dem oberen Stock des Lagerhauses. Die Fenster begannen, eins nach dem anderen zu bersten, sodass die Nacht mit dem Geräusch splitternden Glases angefüllt war, während Scherben auf sie herabregneten. Sebastian schützte Kat mit seinem eigenen Körper und rannte los. Dabei knirschte das zerbrochene Glas unter seinen Stiefeln. Als er an dem Eingang der Gasse vorbeihastete, sah er, dass sie mit Rauch gefüllt war und die Flammen aus dem brennenden Gebäude daneben herüber schlugen. Wenn Wilcox dort wäre und auf ihn warten würde, hätten ihn die Hitze und das berstende Glas wieder zurückgetrieben.

Das Feuer tobte hinter ihm, als Sebastian weiter den schmalen Kaistreifen entlang rannte, der am Rande des Hafenbeckens verlief. Er kam an der Reihe alter, aus Ziegelstein erbauter Lagerhäuser vorbei und bahnte sich seinen Weg nach Norden. Das schwarze Wasser des Hafenbeckens reflektierte die hochschlagenden Flammen, während der Nebel das grausame orangefarbene Leuchten weitertrug, bis es so aussah, als ob um ihn herum die ganze Nacht in Flammen stünde.

Er konnte vor sich eine weitere Gasse erkennen, die nach links abbog und von der er hoffte, dass sie ihn vom Wasser wegführen würde. Da blieb er mit dem Absatz auf einer unebenen Planke hängen und stolperte zu Boden, weil sein verwundetes Bein unter plötzlichen, alles verzehrenden, beinahe überwältigenden Schmerzen unter ihm nachgab.

Sebastian sank auf die Knie und hielt Kat immer noch bewusstlos in seinen Armen. Er spürte Hitze des Feuers in der Ferne und den Schmerz in seinen angesengten Lungen, als er mühevoll um Luft rang. Er sammelte seine Kräfte und war er im Begriff, wieder aufzustehen, als er hörte, wie ein Pistolenhahn mit einem Klicken zurückgezogen wurde und Wilcox' Stimme sagte: „Das war die falsche Entscheidung, Devlin."

Kapitel 62

Martin Wilcox trat aus der rauchverhangenen Dunkelheit. In einer Hand hielt er eine Steinschlosspistole. Sein Fahrmantel war verschwunden, das gestärkte weiße Leinen seines Halstuches war mit Ruß befleckt und die herabfallende Asche hatte den feinen Bather Wollstoff seines exquisit geschnittenen Mantels angesengt. Aber seine Stimme war immer noch merkwürdig freundlich, er sprach beinahe im Plauderton.

„Es läuft alles auf die Entscheidungen hinaus, die wir treffen. Nicht wahr, Devlin?", fragte er. „Zum Beispiel deine Entscheidung, in London zu bleiben und Schwierigkeiten zu machen, obwohl jeder vernünftige, besonnene Mann ins Ausland geflohen wäre. Deine Entscheidung, heute Abend herzukommen und in meine kleine Falle zu tappen. Und dann noch die Entscheidung, vor der du gerade eben standest. Wenn du das Mädchen geopfert hättest, wärst du mir vielleicht entkommen. Aber das ist keine Entscheidung, mit der ein Mann wie du leben könnte, nicht wahr? Das macht dich so unglaublich berechenbar."

Sebastian spürte die rauen Planken des Kais unter seinen Knien und fühlte, wie die Luft, die vom Hafenbecken herüberströmte, kühl über sein schweißbenetztes Gesicht strich, während er beobachtete, wie Wilcox auf ihn zukam. „Und was ist mit deinen Entscheidungen, Wilcox? Deine Entscheidung, Rachel York zu töten, anstatt für das, was sie dir zum Verkauf angeboten hat, zu bezahlen. War das so klug?"

Wilcox kam immer näher, bis er nur noch einen Meter entfernt stand. Er richtete die Pistole mit ausgestrecktem Arm auf ihn. „Ah, aber weißt du, ich war der Ansicht, dass unsere liebe Rachel selbst auch eine unkluge Entscheidung getroffen hatte. Als ich hörte, dass sie sich an diesem Abend mit Hendon treffen wollte, nahm ich an, dass ihr jemand ein besseres Angebot für ihre Waren gemacht hatte. Also folgte ich ihr, in der Erwartung, die Beweise für meinen kleinen Versicherungsbetrug wiederzuerlangen. Und was finde ich stattdessen? Die höchst interessante beeidigte Aussage deiner Mutter. Das war vielleicht eine Überraschung, glaube mir."

„Deinen Versicherungsbetrug –?", begann Sebastian und verstummte gleich darauf, als er plötzlich begriff. „Natürlich. Die Geschichte über einen peinlichen Fehltritt sexueller Art, die du Hendon letztes Jahr erzählt hast, hast du nur erfunden, um dich aus einer heiklen Situation zu befreien. Wie lange *bist* du in Wirklichkeit schon in Leo Pierreponts Netz gefangen?"

Wilcox' routiniertes Lächeln entglitt ihm nicht einmal für einen Moment. „Seit drei Jahren. Ich bin derjenige, der Pierrepont einen Hinweis auf unsere Absichten in Spanien gegeben hat." Er sagte das, als wäre er stolz darauf.

„Das ist also der Grund, warum du Rachels Dienstmädchen Mary Grant aufgespürt hast? Um alle Dokumente wieder in deinen Besitz zu bringen, die Rachel von Pierrepont gestohlen hatte, und die bewiesen hätten, dass deine Beziehung zu den Franzosen viel weiter zurückreicht, als alle angenommen haben."

„Ganz recht. Ich bezweifle, dass die Närrin überhaupt um den Wert der Schriftstücke in ihrem Besitz wusste."

„Aber das hat dich nicht davon abgehalten, sie zu töten."

„Es ist immer besser, ganz sicherzugehen", sagte er und lächelte gezwungen. „Die Beweise gegen mich selbst habe ich natürlich sofort vernichtet. Aber die anderen Dokumente habe ich behalten. Man kann nie wissen, wann solche Dinge sich noch einmal als nützlich erweisen. Dein Fehler war, dass du die beeidigte Aussage deiner Mutter aus meiner Bibliothek gestohlen hast. Bis ich entdeckt habe, dass sie fehlt, hatte ich keine Ahnung, dass du mir auf die Schliche gekommen warst."

Sebastian blickte auf, sah seinem Schwager ins Gesicht und lachte. „Ich habe das Dokument mit der beeidigten Aussage nicht. Willst du mir sagen, dass du es verloren hast? Wie ... fahrlässig von dir."

Wilcox' Finger krampften sich schlagartig um den Griff der Pistole, dann entspannten sie sich wieder. „Eine interessante Taktik. Du hast vor, mich aus der Fassung zu bringen, nehme ich an?" Er schüttelte den Kopf. „Das wird nicht funktionieren." Die Gesichtszüge des Mannes erstarrten plötzlich und seine normalerweise gelassene, lächelnde Miene verzog sich, sodass der Anblick Sebastian an Bayard erinnerte. „Leg das Mädchen auf dem Kai ab – aber steh nicht auf. Entferne dich auf Knien wieder von ihr."

Ohne seinen Blick von Wilcox' Gesicht abzuwenden, ließ Sebastian Kat behutsam auf den Kai hinunter. Sie stieß einen leisen Seufzer aus, dann lag sie reglos da, während er sich von ihr wegbewegte und sich dabei geschickt neu positionierte, sodass er in die Hocke gehen konnte.

Wilcox lächelte. „Na also. Ich brauche einen sauberen Schuss. Will die Behörden nicht unnötig verwirren, wenn ich ihnen deinen Leichnam zeige." Sein Blick huschte vielsagend in Kats Richtung. „Und natürlich die verstümmelten Überreste deines letzten Opfers", fügte er hinzu. „Sie werden sehr zufrieden sein."

Sebastian hatte sich auf sein unverletztes Bein gestützt und seine Muskeln angespannt. Er war bereit, sich abzustoßen, und beobachtete konzentriert Wilcox' Augen.

„Niemanden *interessiert* es wirklich, wer diese Frauen getötet hat. Das weißt du doch, oder nicht? In der kollektiven Brust der Hauptstadt brennt kein Verlangen nach Gerechtigkeit. Die Menschen wollen sich lediglich sicher fühlen und wenn du tot bist, werden sie das tun. Ich werde ein Held sein. Welche Ironie, nicht wahr?"

Sebastian sah etwas in Wilcox' Augen aufleuchten, genau in dem Moment, bevor sein Finger sich um den Abzug der Pistole festigte.

Sebastian stürzte sich in der Hocke nach vorn und drehte seinen Körper zur Seite, während er seinen linken Arm nach oben schleuderte. Seine offene Handfläche schlug gegen Wilcox' gestrecktes Handgelenk und stieß es nach oben, gerade, als die Pistole eine Explosion aus Feuer und Rauch in die Nacht hinausschoss.

Sebastian fühlte, wie eine sengende Hitze sich über seinen Oberarm brannte. Dann prallte seine rechte

Schulter gegen Wilcox' Oberschenkel. Er schlang seinen unversehrten Arm um die Kniekehlen des Schweinehunds und zog sie mit einem Ruck zu sich, obwohl die schiere Wucht seines Angriffs allein ausgereicht hätte, um ihn umzuwerfen.

Wilcox ging mit voller Wucht zu Boden. Sein Rücken prallte mit einem dumpfen Schlag so heftig auf den Steg, dass ihm die Luft wegblieb. Er keuchte auf, als Sebastian auf ihm landete. Noch während Wilcox nach Atem rang, schwang er die leergeschossene Steinschlosspistole wie einen Knüppel und schlug die schwere Waffe auf Sebastians Rücken nieder.

Sebastian fluchte derb, packte brutal die Hand des Mannes, in der er die Pistole hielt, und zog sie ihm über den Kopf. Dabei drückte er immer fester zu, bis Wilcox, vom Schmerz überwältigt, seinen Griff um die Waffe lockerte und plötzlich vollkommen reglos dalag.

„Du hast mich also überwältigt", sagte er und keuchte. Der Schein des fernen Feuers leuchtete in seinen Augen, als er zu Sebastian hochsah und lächelte. „Und was jetzt, hm? Dir ist doch klar, dass du keinen Beweis dafür hast, was ich mit diesen Frauen gemacht habe. Nicht einen Einzigen. Selbst die Kratzer, die dieses Miststück in meinem Nacken hinterlassen hat, sind verheilt. Also wird Aussage gegen Aussage stehen. Und wer würde dir schon glauben?"

„Du vergisst Kat Boleyn."

„Was? Das Wort einer Hure? Gegen das eines Freundes des Kronprinzen selbst?" Wilcox lächelte. „Wohl kaum." Immer noch lächelnd drehte er seinen Unterkörper ein Stück und stieß sein Knie nach oben, direkt in Sebastians verletzten Oberschenkel.

Der Schmerz breitete sich wie ein Feuerball explosionsartig aus und ließ Sebastian aufkeuchen. Für einen Augenblick verschwamm seine Sicht und ihm wurde schwindelig. Der Griff, in dem er Wilcox hielt, lockerte sich gerade so weit, dass der Mann rückwärts unter ihm wegkriechen konnte.

Wilcox drehte sich um und schaffte es, sich auf alle viere hochzurappeln, bevor Sebastian ihm hinterher stürzte. Einen Moment rangen sie schwankend am Rande des Stegs miteinander, dann fielen sie zusammen hinunter.

Bei ihrem Sturz wurde Sebastian von Wilcox getrennt, der als plumper, zerknautschter Haufen ins Wasser stürzte. Aber Sebastian schaffte es, seinen Körper so weit aufzurichten, dass er mit den Füßen zuerst aufkam. Er tauchte tief in die kalten, schwarzen Fluten und schoss dann wieder an die Oberfläche, wo er angestrengt Wasser trat, weil seine Stiefel und die derben Kniehosen ihn hinunterzogen und seine Verletzungen an Schulter und Oberschenkel brannten wie Feuer.

Er konnte hören, wie sein Schwager hustete und keuchte, und sah den weißen Stoff seines Halstuches und seiner Weste in der Dunkelheit der Nacht leuchten. Sebastian schwamm auf ihn zu. Einen Augenblick lang verschwand der feiste Kopf des Mannes in dem schwarzen Wasser, das von dem fernen Feuer mit einem orangefarbenen Schimmer überzogen wurde. Dann kam er zappelnd wieder hoch und schlug mit Armen und Beinen um sich. Er riss die Augen in seinem bleichen Gesicht weit auf, als er Sebastian sah.

„Hilf mir! Um Gottes willen, *hilf mir!* Ich kann nicht schwimmen." Mit einer seiner fuchtelnden Hände bekam er Sebastian am Hals zu fassen und klammerte sich würgend daran.

„Lass mich los, du Narr. So ertrinken wir beide."

Aber Wilcox war völlig außer sich. „Du kannst mich nicht ertrinken lassen", brachte er hervor und klammerte sich verzweifelt noch fester an Sebastian.

Sebastian holte tief Luft, dann tauchte er ab und drehte sich unter Wilcox' Arm herum, um den Griff zu lösen. Dieses Mal achtete er darauf, hinter dem Rücken des strampelnden Mannes wiederaufzutauchen. Sebastian streckte seinen Arm aus und packte Wilcox' von hinten am Kragen. Es war ein übliches Manöver zur Rettung Ertrinkender; Sebastian brauchte den Mann nur an sich heranzuziehen, einen gebeugten Ellbogen unter Wilcox' Kinn zu klemmen, um seinen Kopf über Wasser zu halten, und dann zum Kai zu schwimmen.

In der Ferne konnte er das Getöse der Flammen hören, die das Lagerhaus verzehrten, und noch weiter entfernt das hektische Klingeln der Feuerglocke. Sebastian packte Wilcox' fester am Rückenteil seines Mantels. Aber er ließ seinen Arm gestreckt.

Es läuft alles auf unsere Entscheidungen hinaus, hatte der Mann gesagt. Und die Entscheidung, die Sebastian jetzt treffen musste, lag finster und unergründlich vor ihm. Denn Wilcox hatte Recht: Es gab keinen Beweis dafür, was der Mann getan hatte, nichts, was ihn mit den abartigen Morden an den beiden Frauen in Verbindung brachte, und nichts, was ihn daran hindern würde, es wieder und wieder zu tun.

Andere Überlegungenseines Gewissens waren: Wenn er aus dem Wasser gerettet würde, könnte Wilcox es immer noch irgendwie schaffen, Sebastian zu überwältigen und Kat anzugreifen. Aber Sebastian wusste, dass das nicht das eigentliche Problem war. Er hatte vor langer Zeit gelernt, dass man die Grenze zwischen richtig und falsch, zwischen gut und böse nicht immer eindeutig ziehen konnte. Trotzdem glaubte er immer noch, dass diese Grenze existierte. Er war vor nicht mal einer Woche aufgebrochen, um zu beweisen, dass er zu Unrecht eines abscheulichen Verbrechens beschuldigt worden war. Nur langsam, nach und nach, hatte sich sein Ziel verändert. Und er wusste: Selbst wenn er vielleicht niemals in der Lage sein würde, seine eigene Unschuld zu beweisen, könnte er zumindest ein Versprechen erfüllen, dass er einer Frau gegeben hatte, die schon nicht mehr unter den Lebenden geweilt hatte, und ihn nicht hatte hören können.

Irgendwo aus der Nähe ertönte der Schrei eines Mannes. Aber das spielte keine Rolle. Sebastian hatte seine Entscheidung getroffen. Er öffnete seine Hand und ließ den Mantel aus feinstem Bather Wollstoff durch seine Finger gleiten.

Kapitel 63

Sir Henry Lovejoy stand am Rande des Kais und beobachtete, wie der Viscount die grob gezimmerte Leiter erklomm, die vom Wasser hinaufführte. Als er auf der letzten Stufe war, sah Devlin auf. Seine unheimlichen Augen leuchteten gelb im vom Wasser reflektierten Schein des Feuers.

Die beiden Männer starrten einander an. Devlins Atem ging dabei so heftig und schnell, dass der grobe Stoff seines triefnassen, blutverschmierten Hemdes jedes Mal, wenn sich sein Brustkorb hob, erzitterte. Devlin war auch derjenige, der zuerst das Wort ergriff.

„Der Junge, Tom, wo ist er?"

„In Sicherheit. Ich habe ihn vor dem Haus Eures Vaters am Grosvenor Square abgefangen." Als Devlins Augenbrauen sich zusammenzogen, fügte er hinzu: „Ganz recht. Ich habe mitbekommen, wie Ihr dem Burschen im *Rose and Crown* Anweisungen gegeben habt."

„Und?"

Lovejoy räusperte sich. „Ich habe auch Wilcox' Nachricht in seiner Tasche gefunden."

„Die Nachricht war nicht unterschrieben."

„Ja. Ich gestehe, dass ich anfangs Schwierigkeiten hatte, der recht langen und verworrenen Geschichte des Jungen Glauben zu schenken. Aber er war so klug, die Brieftasche seiner Lordschaft zu entwenden, was seiner Geschichte schließlich beträchtliches Gewicht verliehen hat."

Der Viscount stemmte sich auf den Kai hoch. Seine nassen Kleider klebten an seiner schlanken Gestalt, als er sich neben den zusammengesackten, blutüberströmten Körper der Frau hockte. Lovejoy blieb reglos stehen. „Ist sie …"

„Nein." Ihr Blut lief über seine Hände, als Devlin die Frau sanft in seine Arme hob. Der Wind verfing sich in ihrem langen, dunklen Haar und wehte ihm ein paar Strähnen ins Gesicht. Sie regte sich und murmelte mit heiserer Stimme etwas. Er drückte seine Lippen an ihr Ohr und flüsterte ihr beruhigende Worte zu.

Dann hob er den Blick wieder und sah Lovejoy direkt an. „Wie viel haben Sie mitbekommen – gerade eben, meine ich?"

Und Sir Henry Lovejoy, der stets nüchtern denkende Verfechter von Recht und Gesetz, der Mann, dem die Wahrheit heilig war und der gerade rechtzeitig am Rande des Hafenbeckens angekommen war, um zu sehen, wie Wilcox' Kopf in den schwarzen Fluten verschwand, lächelte verkrampft und sagte: „Genug."

Kapitel 64

Sebastian beobachtete, wie Kat atmete, wie sich ihre Brust sanft unter den spitzenbesetzten Bettüchern hob und senkte, und wie der goldene Kerzenschein über die blasse Haut ihrer Augenlider flackerte, die jetzt geschlossen waren, weil sie ruhig schlief.

Er stand neben dem Bett und hatte sich seinen Morgenmantel zwanglos über die Schultern geworfen. Um sie herum legte sich die Stille der Nacht über das Haus in der Brook Street. Es fühlte sich seltsam befremdlich an, wieder hier in seinem eigenen Haus zu sein und frisch gewaschenes Leinen und edle Seide zu tragen. Er war hier und er war in Sicherheit, aber trotzdem waren das angespannte Gefühl, wachsam sein zu müssen, und die innere Unruhe, die ihn umtrieb, noch da.

„Es wird ihr bald wieder gut gehen, Sebastian", sagte Paul Gibson und stellt sich neben ihn. „Ich werde bei ihr bleiben. Aber du musst dich ausruhen. Du hast selbst auch eine beträchtliche Menge Blut verloren."

Sebastian nickte. In seiner Schulter und seinem Bein pochte unter den Verbänden ein brennender Schmerz, der sich auszubreiten und mit den Nachwirkungen jeder Schnittverletzung und jeder Prellung zu verschmelzen schien, die er sich in der vergangenen Woche zugezogen hatte. Er fühlte sich, als hätte er ein ganzes Leben lang nicht geschlafen. „Ruf mich, wenn sie aufwacht."

„Natürlich."

Als Sebastian sich seinem Zimmer zuwandte, hörte er die laute, wütende Stimme eines Mannes, die vom Flur im Stockwerk unter ihnen hinauf dröhnte.

„Das ist eine verdammte Unverschämtheit", fluchte der Earl of Hendon. „Und zur Hölle mit Ihren Anweisungen. *Ich will meinen Sohn sehen.*"

Sebastian blieb oben auf der Treppe stehen. „Vater."

Hendon sah auf und ein Wechselbad widersprüchlicher Gefühle zeichnete sich auf seinen bleichen, gepeinigten Gesichtszügen ab, während er beobachtete, wie Sebastian erst die Treppe hinunter und dann auf ihn zu humpelte. Aber alles, was er schließlich sagte, war: „Ich habe gehört, dass du verletzt worden bist."

„Es ist nicht der Rede wert", sagte Sebastian und führte ihn in den Salon.

Hendon schloss gewissenhaft die Tür hinter sich. „Ich hatte ein Treffen mit Lord Jarvis und Sir Henry Lovejoy. Es ging um die jüngsten Enthüllungen über Wilcox. Die Situation ist heikel, vor allem, weil morgen die Amtseinsetzung des Prinzen als Regent stattfinden soll. Dass ein Vertrauter des Prinzen in solch abscheuliche Verbrechen verwickelt gewesen ist, ausgerechnet zum jetzigen Zeitpunkt ..."

„Kommt verdammt ungelegen. Was also schlägt Jarvis vor? Ich habe keinen Zweifel daran, dass er eine Lösung gefunden hat."

Als er die Leichtfertigkeit in Sebastians Tonfall bemerkte, verzogen sich die Gesichtszüge des Earls zu einer finsteren Miene. „Um genau zu sein, kam der Vorschlag von mir. Die Morde an Rachel York und Mary

Grant werden dem Franzosen angehängt, Leo Pierrepont."

„Aber natürlich. Wie entgegenkommend von ihm, außer Landes geflohen zu sein." Sebastian stellte sich vor den Kamin und richtete seinen Blick auf das Feuer. „Und Wilcox' Tod?"

„Das Werk von Mördern und Dieben, die das Feuer im Lagerhaus gelegt haben. Die Gegend am Flussufer kann bei Nacht sehr gefährlich sein."

„Amanda wird erfreut sein. So kommt keine Schande über den Namen der Familie und Stephanies Einführung in die Gesellschaft nächstes Jahr wird nicht beeinträchtigt." Sebastian blickte zurück. „Du bist dir aber im Klaren darüber, dass Amanda davon wusste?"

„Was? Dass Wilcox diese beiden Frauen abgeschlachtet hat? Das kann ich nicht glauben. Selbst von Amanda nicht."

Sebastian lächelte verbissen. „Aber im Gegensatz zu dir wusste sie nichts von den Beziehungen ihres Mannes zu den Franzosen."

Sebastian erwartete keine Entschuldigung von seinem Vater und er bekam auch keine. Stattdessen wartete Sebastian auf die unvermeidliche Frage.

Hendon räusperte sich. „Es war Wilcox, der Lady Hendons beeidigte Aussage von Rachel Yorks Leiche entwendet hat, nehme ich an?"

„Ja. Obwohl mich etwas, das er gesagt hat, darauf schließen lässt, dass das Dokument wieder verschwunden sein muss. Er dachte, ich hätte es ihm gestohlen."

Hendon stand reglos da, während sich feine Schweißperlen an seinen Schläfen bildeten – so, als wäre ihm plötzlich sehr warm. „Aber du hast es nicht?"

„Nein."

Der Earl wandte sich ab und fuhr sich mit einer Hand über das Gesicht, während er Mühe hatte, die Erkenntnis zu verarbeiten. Es dauerte einen Moment, bevor er barsch fragte: „Und die Frau? Ich habe gehört, dass sie schwer verletzt ist."

„Sie hat viel Blut verloren, aber der Arzt sagt, dass keine lebenswichtigen Organe getroffen wurden. Wenn sich die Wunde nicht entzündet, sollte sie wieder gesund werden."

Hendon bewegte zähneknirschend seinen Unterkiefer vor und zurück, so, wie er es oft tat. „Ich nehme an, sie hat dir erzählt, was vor sechs Jahren zwischen uns passiert ist."

Sebastian starrte seinen Vater an.

„Ich tat, was ich damals für richtig hielt", sagte Hendon mit schroffer Stimme. „Ich glaube immer noch, dass es richtig war. Eine solche Heirat hätte dein Leben ruiniert. Gott sei Dank hat sie das schließlich selbst eingesehen."

„Wie viel genau hast du ihr angeboten?", fragte Sebastian mit tiefer, bedrohlicher Stimme.

„Zwanzigtausend Pfund. Es gibt nicht viele Frauen, die sich eine Gelegenheit entgehen lassen würden, an so viel Geld zu kommen."

„Sie hat abgelehnt?"

„Aber ja. Willst du mir weismachen, sie hätte dir das nicht gesagt?"

„Nein. Nein, das hat sie nicht."

***

Kat erwachte langsam. Der brennende Schmerz vom Vorabend, an den sie sich noch erinnerte, war zu einem dumpfen Pochen entlang ihrer Seite verblasst.

Der Raum mit seinen dunkelblauen, seidenen Wandbehängen und den vergoldeten Möbeln kam ihr nicht vertraut vor, aber sie erkannte den Mann in Kniehosen und Stulpstiefeln, der in einem mit Gobelin bespannten Stuhl neben dem Bett saß und die Arme vor der Brust verschränkt hatte. Er musste ihren Blick auf sich gespürt haben, denn er wandte sich zu ihr, streckte seine Hand aus und legte sie über der Tagesdecke auf ihre.

„Ich wusste, dass du mich retten würdest", sagte sie und stellte überrascht fest, dass ihre Kehle wund war und ihre Stimme vom Feuer heiser klang.

Devlin schloss seine Hand fester um ihre Finger. „*Kat.* Mein Gott. Es tut mir so leid."

Sie lächelte, weil es so typisch für ihn war, sich die Schuld daran zu geben, was ihr zugestoßen war, und auch die Schuld daran, dass er sie in seine Bemühungen, Rachels Tod zu verstehen, hineingezogen hatte. Aber dann verblasste ihr Lächeln, weil er nicht wusste – und hoffentlich nie erfahren würde –, wie tief sie selbst schon in die Ereignisse, die mit Rachels Tod zusammenhingen, verstrickt gewesen war, bevor er sie um Hilfe gebeten hatte.

„Ich habe letzte Nacht eine lange Unterhaltung mit Hendon geführt", sagte er und zog die Augenbrauen zusammen. Er bissdie Zähne fest zusammen. „Warum hast du mir nicht die Wahrheit gesagt?"

„Welche Wahrheit meinst du?" Sie bemühte sich, mit fester Stimme zu sprechen, obwohl ihr Herz begonnen hatte, unangenehm heftig gegen ihren Brustkorb zu pochen. „Es gibt viele Dinge, die wahr sind, und über mehr als nur ein paar davon sollte man am besten niemals sprechen."

„Ich meine die Wahrheit über das, was vor sechs Jahren geschehen ist."

„Ah. Das also." Sie lachte leise, in der Hoffnung, damit weiteren Fragen vorzubeugen. Aber er starrte sie weiterhin mit seinem eindringlichen Blick an, und sie wusste, dass er auf eine Antwort bestehen würde. Sie versuchte, ihre Worte so umsichtig wie möglich zu formulieren. „Es dir zu sagen, wäre kontraproduktiv gewesen. Solche ein nobles Opfer erfüllt seinen Zweck nur, wenn es ein Geheimnis bleibt."

Einer seiner Mundwinkel bog sich mit dem Anflug eines Lächelns nach oben. „Du solltest dein unglückliches Faible für das Märtyrertum zügeln."

Ihre Hand drehte sich unter seiner und ihre Finger hielten seine fest. „Er hatte Recht, weißt du. Dein Vater. Er hat gesagt, wenn ich dich wirklich lieben würde, würde ich dich nicht heiraten."

Seine Augen hatten sie schon immer fasziniert. Sie waren wild und strahlten eine erbitterte Intelligenz aus, aber jetzt funkelten sie vor Zorn und Kränkung. „Also hast du mich angelogen. Zu meinem eigenen Wohl."

„Ja."

„Verdammt nochmal." Er drückte sich vom Stuhl hoch und wirbelte herum, um sich sogleich wieder zu ihr umzudrehen. Seine Nasenlöcher waren aufgebläht und sein Brustkorb hob sich ruckartig, weil sein Atem so heftig ging. „Ich hätte dich zu meiner *Ehefrau* gemacht. Du hattest kein Recht, so eine Entscheidung ohne mich zu treffen."

Sie setzte sich mit Mühe auf und stützte sie sich mit einer zittrigen Hand auf dem Federbett ab. „Ach, Sebastian. Verstehst du denn nicht? Ich bin die Einzige, die diese Entscheidung treffen konnte."

Eine angespannte, schwermütige Stille breitete sich zwischen ihnen aus. Sie konnte die Rufe eines Verkäufers hören, der seine Waren draußen auf der Straße verkaufte und aus der Nähe kam das leise Rieseln der Asche im Kamin. Sie ließ ihren Blick über den Mann vor sich schweifen, über seine vertrauten, stolzen Gesichtszüge und seinen großen und schlanken, schönen Körper. Und weil sie ihn so sehr liebte, weil sie ihn immer lieben würde, zwang sie sich, zu sagen, was gesagt werden musste – obwohl die Worte jene alte, immer noch blutende Wunde, die sie so tief in sich verborgen geglaubt hatte, wieder frisch aufrissen. „Und ich würde es wieder tun", flüsterte sie, „weil du bist, wer du bist, während ich ... bin, was ich bin."

Er zog ruckartig den Kopf zurück und presste die Lippen schmal und angespannt aufeinander. „Ich kann ändern, was du bist."

„Indem du mich zur zukünftigen Lady Hendon machst?" Kat schüttelte den Kopf. „Das würde nur meinen Namen ändern, nicht aber, was ich *bin* – was die Menschen sehen würden, wenn sie mich anschauen."

„Glaubst du, ich schere mich einen Dreck um andere Menschen?"

„Nein. Aber mir ist es wichtig. Mir ist wichtig, was andere Menschen von dir denken. Es gibt nichts, was du tun könntest, um mich jemals zu dir hochzuziehen,

Sebastian, zu deinem Ansehen und deiner Stellung. Ich würde dich nur zu mir herunterziehen. Und ich weigere mich, das zu tun."

Er starrte sie mit seinen außergewöhnlichen gelben Augen erbittert und unnachgiebig an. Dann sog er hastig die Luft ein und für einen kurzen Moment bekam sie einen Einblick in seine Seele, entdeckte einen Hauch seiner Verwundbarkeit, die er, wie sie wusste, tief in sich versteckt hielt. Die Erkenntnis zerrte schmerzhaft an ihrem Herzen. „Das hättest du mir schon vor sechs Jahren sagen können, anstatt mich mit einer Lüge von dir wegzustoßen."

„Ach, Sebastian. Verstehst du denn nicht? Ich musste dich wegstoßen. Ich wusste, wenn ich dir die Wahrheit sagen würde, würdest du versuchen, mich umzustimmen, anstatt meine Entscheidung zu akzeptieren. Und ich wusste auch, dass ich nicht die Kraft hatte, dir standzuhalten."

Er blieb neben ihr stehen. Erst, als er sanft ihre Wange berührte und sie den nassen Glanz auf seinen Fingerspitzen sah, merkte sie, dass sie weinte. „Auch jetzt werde ich sie nicht akzeptieren", sagte er.

Sie schüttelte den Kopf, obwohl sie sich nicht dagegen wehren konnte, dass ihre Finger nach oben zuckten und seine Handfläche an ihre Wange pressten. „Ich werde meine Meinung nicht ändern."

Daraufhin lächelte er. Es war dieses Lächeln, das sie liebte, jenes, das ihn sowohl jungenhaft als auch ein wenig verschmitzt aussehen ließ. „Ich kann warten."

***

„Der Umhang sollte aus seidenbesetztem Paramatta sein, denke ich", sagte Amanda und hielt die Musterkarte so, dass sie das schwache Morgenlicht einfing, das durch die Fenster ihres Salons strömte. „Mit Krepp." Sie reichte die Karte wieder ihrer Damenschneiderin und griff nach dem nächsten Entwurf. „Aber bei diesem hier werden wir das Mieder mit Seidenkrepp beziehen, mit Manschetten und einem Kragen aus dunklem Batist."

„Ja, Mylady."

Amanda seufzte. Es war immer so lästig, die entsprechende Kleidung zusammenzustellen, um einen Haushalt in tiefer Trauer auszustaffieren. Schwarze Unterröcke und Strümpfe, Taschentücher mit schwarzen Bordüren aus Batist und Seide ... Die Liste schien endlos zu sein. Alle Bediensteten müssten natürlich ebenfalls ausgestattet werden, obwohl Amanda vorhatte, zu prüfen, ob sie einige der vorhandenen Kleidungsstücke schwarz färben könnte. Sie hatte gehört, dass das mit dem indischen Blutholzbaum recht gut funktionieren sollte. Gott sei Dank wäre Stephanie nicht mehr in Trauer, wenn sie in der folgenden Saison bei Hofe präsentiert werden sollte. Amanda selbst würde natürlich noch ein oder zwei Jahre länger Halbtrauer tragen.

Sie wunderte sich über den Tumult unten im Hausflur. Dann hörte sie die Stimme ihres Vaters und verstand.

„Schick die Frau weg", sagte Hendon, der in die Tür zum Morgenzimmer getreten war.

Amanda nickte der Damenschneiderin zu, die ihre Musterkarten und Stoffmuster einsammelte und durch die Tür huschte.

„Wo ist es?", fragte Hendon mit Nachdruck, kaum, dass die Tür hinter der Schneiderin zugefallen war.

Amanda lehnte sich in die Damastkissen ihres Sessels zurück und starrte mit friedlicher, vollkommen beherrschter Miene zu ihrem Vater hoch. „Wo ist was?"

„Halte mich nicht zum Narren. Die beeidigte Aussage deiner Mutter. Wilcox dachte, dass Sebastian sie gestohlen hätte. Und da ich mich nicht daran erinnern kann, gehört zu haben, dass in letzter Zeit bei dir eingebrochen wurde, liegt die Schlussfolgerung auf der Hand."

Amanda rührte sich nicht. „Tut sie das?"

Hendon starrte von der anderen Seite des Zimmers zu ihr herüber. Eine tiefrote Farbe stieg in sein Gesicht und sein Brustkorb hob und senkte sich bei jedem erregten Atemzug. Es dauerte einen Augenblick, bevor er etwas sagte. Seine Stimme war forsch, aber überraschend ruhig und fest. „Dieses Spiel wollen wir also spielen, ja? Na schön. Aber lass dir gesagt sein –" Er hob eine Hand und streckte einen dicken Finger zwischen ihnen in die Luft. „Wenn ich die hässlichen kleinen Geschäfte deines geschätzten Ehemannes vertuschen kann, kann ich sie auch vor aller Welt enthüllen. Und ich glaube nicht, dass die Konsequenzen erfreulich wären – weder für dich noch für deine Kinder."

Amanda sprang auf ihre Füße. Zorn rauschte so heftig und schnell durch ihren Körper, dass sie zitterte. „Das würdest du tun? Das würdest du deinen eigenen Enkelkindern antun?"

Hendon starrte sie mit zusammengebissenen Zähnen an. „Ich würde alles tun, um die Erbfolge zu sichern. Hast du das verstanden? Alles."

„Ja. Tja.“ Sie lachte gequält. „Das haben wir ja bereits
gesehen, nicht wahr?“

Kapitel 65

Zu der Stunde, die für die Einsetzung des Prince of Wales als Regent vorgesehen war, brach die Sonne durch die Wolken, die über der Stadt gelegen hatten, und ein leichter Wind vertrieb die letzten schmutzigen Nebelfetzen.

Sebastian drängte sich rastlos durch den Mob, der sich auf den Straßen versammelt hatte. Genau genommen war er ja wegen des Angriffes auf Constable Simplot immer noch auf der Flucht vor den Behörden. Er überquerte gerade die Piccadilly Street, als Sir Henry Lovejoy ihn aus dem offenen Fenster einer vorbeifahrenden Droschke zu sich rief. „Wenn ich kurz mit Euch sprechen könnte, Mylord?"

Sebastian nickte und wartete, während der kleingewachsene Richter den Kutscher bezahlte. Gemeinsam betraten sie den Park und wandten sich dem See zu. Schweigend gingen sie nebeneinanderher, bis die Menschenmassen um sie herum dünner wurden.

Schließlich sagte Lovejoy: „Ich dachte, Ihr solltet wissen, dass Constable Simplot gestern Abend wieder zu Bewusstsein gekommen ist. Sein Fieber ist gesunken und die Ärzte sagen, die Prognose für seine Genesung ist sehr vielversprechend."

„Der Mann muss so stark sein wie ein Stier."

Ein unerwartetes Lächeln umspielte die dünnen Lippen des Untersuchungsrichters. „Das ist auch in etwa die Meinung seiner Ärzte."

Sein Lächeln verblasste. „Er hat uns erzählt, was an diesem Nachmittag in der Brook Street passiert ist. Es erübrigt sich wohl, zu erwähnen, dass Oberwachtmeister Maitland von seinen Pflichten entbunden worden ist."

Sebastian nickte. Er sollte wohl erleichtert darüber sein, dass der junge Polizist überlebt und die Wahrheit bezeugt hatte. Vielleicht würde die Erleichterung darüber mit der Zeit noch kommen, dachte Sebastian. Aber im Moment fühlte er sich einfach nur innerlich taub, so, als wäre das alles schon vor langer Zeit und im Leben eines anderen Menschen geschehen.

„Ich war höchst beeindruckt", begann Sir Henry, „davon, wie Ihr die Aufgabe angegangen seid, die wahre Identität des Mörders aufzudecken. Eure investigativen Fähigkeiten sind wirklich bemerkenswert, Mylord. Wenn Ihr kein Adliger wärt, würdet Ihr einen ausgezeichneten Detektiv abgeben."

Sebastian lachte.

„Natürlich sind die Ermittlungen für uns Behörden in manchen Fällen schwieriger als in anderen", sagte Lovejoy. „Besonders bei solchen Fällen, die die königliche Familie oder Mitglieder des Adels betreffen." Er räusperte sich unbehaglich und spähte in die Ferne. „Ich habe mich gefragt ... ob Ihr, in Anbetracht Eurer Fähigkeiten und Begabungen, nicht vielleicht daran interessiert wärt, gelegentlich bei solch außergewöhnlichen Fällen mit uns zusammenzuarbeiten? Natürlich ganz inoffiziell."

„Nein", sagte Sebastian geradeheraus.

Lovejoy nickte und drückte dabei sein Kinn fest an die Brust. „Ja, natürlich. Ich verstehe. Diese Leidenschaft verspüren nicht viele; die meisten Menschen verspüren wohl nicht das dringende Bedürfnis, dafür zu sorgen, dass den Menschen dieser Welt Gerechtigkeit widerfährt. Im Kampf gegen die Einflussreichen und Mächtigen auf der Seite der Schwachen und Benachteiligten zu stehen und dafür zu kämpfen, dass grausame Fehler wiedergutgemacht werden. Ungerechtigkeit ist eine so tiefgreifende, zermürbende Sache. Und leider nur allzu verbreitet. Ich schätze, die einzige Möglichkeit, wie die meisten Menschen sie ertragen können, ist wohl einfach mit den Schultern zu zucken, die Ungerechtigkeit zu ignorieren und ihr eigenes Leben weiterzuführen wie zuvor. Es sei denn, natürlich, die Ungerechtigkeit widerfährt Ihnen oder denen, die sie lieben."

„Ich weiß, was Sie zu tun versuchen", sagte Sebastian. „Aber Sie täuschen sich in mir. Was ich getan habe, tat ich aus eigennützigen Motiven. Nichts weiter."

„Natürlich." Sie hatten inzwischen den See erreicht. Lovejoy hielt inne und verengte seinen Blick, als er über die vom Wind aufgewühlte Wasserfläche starrte. „Ich habe mir die Akten, die Eure Dienstzeit in Portugal betreffen, angesehen", sagte er nach einer Weile. „Ich weiß, warum Ihr die Armee verlassen habt."

Neben ihnen hob ein Erpel vom Wasser ab. Sebastian kniff die Augen zusammen und beobachtete, wie er emporflog und vor dem blauen Winterhimmel mit seinen gespreizten Flügeln schlug. „Sie deuten da zu viel hinein."

„Tue ich das?“

Sebastian drehte seinen Kopf, um den Mann anzusehen, der neben ihm stand. „Ich habe ihn getötet. Das wissen Sie doch, nicht wahr?“ Sie wussten beide, dass er von Wilcox sprach.

„Ihr habt ihn sterben lassen. Das macht einen Unterschied. Man bringt uns bei, dass es falsch ist, ein anderes Leben auszulöschen, und doch tut es der Staat und nennt das Gerechtigkeit. Die Soldaten auf dem Schlachtfeld töten und werden als Helden gefeiert.“ Der kleingewachsene Magistrat schlug zum Schutz gegen den kalten Wind, der von dem sonnenbeschienenen Gewässer herüberwehte, seinen Kragen hoch. „Was Ihr getan habt, war falsch. Aber es ist eine Sünde, die wir beide teilen, und ich für meinen Teil bin jedenfalls froh, dass Ihr diese Entscheidung getroffen habt.

Entscheidungen, hatte der Mann gesagt. *Es läuft alles auf unsere Entscheidungen hinaus ...*

In der Ferne dröhnte ein Kanonenschuss, und dann noch einer. Sie hörten das Grölen, als sich zigtausende Stimmen gleichzeitig erhoben, um zu jubeln.

„Nun“, sagte Sir Henry Lovejoy. „Die Regentschaft beginnt.“

***

„Nein, warte!“ George, Prince of Wales und bald auch Prinzregent, schnappte verzweifelt nach Luft und streckte eine fette, mit Ringen geschmückte Hand aus, um nach der rot lackierten Rückenlehne eines Stuhls, der in der Nähe stand, zu greifen. „Ich kann da noch nicht rausgehen. Ich kriege keine Luft. Ich kriege keine

Luft. *Oh, Gott.* Glaubst du, es ist mein Herz? Ich spüre, dass Herzrasen im Verzug ist. Wo ist Dr. Herberden?"

Charles, Lord Jarvis, zerrte den Pfropfen aus einer Phiole mit Riechsalzen und schwenkte das beißende Gebräu unter den blassen Nasenlöchern seines Prinzen hin und her. „Aber, aber, Eure Königliche Hoheit. Es wird alles gut werden. Es ist nur ein verständlicher Nervenanfall, das ist alles", sagte er beschwichtigend und flüsterte dann mit einem dringlichen Unterton einem der Höflinge des Prinzen zu: „Lockern Sie sein Korsett."

Von seinem Platz in der Nähe der Tür aus zog der Earl of Hendon eine Uhr aus seiner Westentasche und blickte finster drein. Sie hatten den Kronrat bereits eine Stunde warten lassen. Andererseits war es jeder am Hofe gewöhnt, auf den Prinzen zu warten. Es gab keinen Grund, zu erwarten, dass es bei seiner Amtseinsetzung als Regent anders sein sollte.

Der Prinz bekam jetzt besser Luft, aber Jarvis schüttelte den Kopf, als er zum Earl of Hendon blickte, und drückte dann ein Glas Wein in die zitternden Hände des Prinzen.

Es war nicht einfach gewesen, den Prinzen auf seine neue Stellung als Regent vorzubereiten und gleichzeitig die Whigs aus der Regierung herauszuhalten. Der Mord an diesem Mädchen, gepaart mit der scheinbaren Verstrickung von Hendons Sohn in die Angelegenheit, hatte beinahe das ganze Vorhaben ruiniert. Aber schließlich war alles so gekommen wie geplant. Die Whigs waren in Verruf geraten, Perceval und die Tories würden an der Macht bleiben und der Krieg würde andauern, bis die Franzosen endlich und unwiderruflich niedergeschmettert wären. Bald gäbe es niemanden

mehr auf der ganzen Welt, der die britische Vormacht-
stellung herausfordern konnte. Unbesiegbar und all-
mächtig würde Britannia ihre gottgewollte Stellung als
das neue und endgültige Rom einnehmen. Es wäre das
glückliche Schicksal von Jarvis' eigener Generation von
Engländern, endlich den Beginn eines Imperiums zu er-
leben, das tausend Jahre und noch länger andauern
würde.

„Jarvis?" Die Stimme des Prinzen erhob sich zu einem
mürrischen Wimmern. „Wo ist Jarvis?"

„Hier", sagte Jarvis und nahm das Weinglas aus den
fleischigen Fingern des Prinzen. „Sollen wir gehen,
Eure Hoheit? England und Euer Schicksal warten auf
Euch."

Anmerkung der Autorin

Obwohl man es im frühen neunzehnten Jahrhundert nicht erkannt hätte, sind die ungewöhnlichen Fähigkeiten von Sebastian St. Cyr charakteristisch für das Bithil-Syndrom, einer beinahe unbekannten, aber dennoch existenten genetischen Mutation, die in bestimmten Familien walisischer Abstammung vorkommt.

Das Bithil-Syndrom zeichnet sich durch ein erstaunliches Seh- und Hörvermögen aus, sowie durch eine abnorme Lichtempfindlichkeit, welche es den Menschen mit dieser genetischen Variation erlaubt, selbst im Dunkeln scharf zu sehen. Weitere Merkmale des Syndroms sind außergewöhnlich schnelle Reflexe, ein deformierter Wirbel im unteren Rückenbereich und gelbe Augen, deren Farbe, wenn sie auf die Anlagen für blaue oder braune Augen trifft, rezessiv vererbt wird.

Obwohl es selten vorkommt, hat das Bithil-Syndrom eine lange Geschichte, denn es wurde bei mindestens einer Person entdeckt, die erwiesenermaßen vor etwa zehntausend Jahren in Wales gelebt hat. Im achtzehnten und neunzehnten Jahrhundert breitete sich diese Mutation durch walisische Einwandererfamilien in Nordamerika aus, wo sie noch heute zu finden ist,

insbesondere im Südosten der Vereinigten Staaten bei
Familien, die sowohl von den Cherokee-Indianern abstammen, als auch walisische Vorfahren haben.

Das könnte dir auch gefallen

**Nell Sweeney und
der schwarze Freitag**

P.B. Ryan
E-Book-ISBN: 978-3-96817-231-6
Print-ISBN: 978-3-96817-263-7

Gouvernante mit Herz und Detektivin aus Leidenschaft – Nell Sweeneys vierter Fall.

Boston, 1869: Die Finanzkrise am Schwarzen Freitag macht auch vor der feinen Gesellschaft nicht halt. Einige ruinierte Gentlemen wählen lieber den Freitod als die Armut, doch bei einem der Toten findet der Arzt Will Hewitt Hinweise auf Mord. Er bittet die Gouvernante Nell Sweeney, deren klarer Verstand und irischer Charme ihm unverzichtbar geworden sind, um Hilfe. Zusammen kommen sie zwischen den Abgründen der menschlichen Seele einem Geheimnis nahe, das von bodenloser Habgier genährt wird und die beiden ins Verderben stürzen könnte ...